비평의
고독

권성우 權晟右, Kwon, Seong-woo

1963년 서울에서 태어났다. 서울대 국문과를 졸업하고 같은 대학교 대학원 국문과에서
석·박사 과정을 마쳤다. 1985년 서울대 대학신문사에서 주관하는 〈대학문학상〉에
이문열론이 당선되면서 문학비평을 쓰기 시작했다. 1987년 『서울신문』 신춘문예 평론
부분에 당선되며 비평가로 정식 등단했다. 『세계의문학』, 『내일을 여는 작가』, 『사회비평』,
『문학수첩』 등의 편집위원을 역임했다. 현재 숙명여대 한국어문학부에 재직 중이다. 지은
책으로는 『비평의 매혹』(1993), 『모더니티와 타자의 현상학』(1999), 『비평과 권력』(2001),
『비평의 희망』(2001), 『논쟁과 상처』(2006), 『횡단과 경계』(2008), 『낭만적 망명』(2008)이 있다.

비평의 고독   권성우 비평집

초판 1쇄 발행 2016년 6월 15일   **초판 2쇄 발행** 2016년 12월 10일

지은이 권성우   **펴낸이** 박성모   **펴낸곳** 소명출판   **출판등록** 제13-522호

주소 서울시 서초구 서초중앙로6길 15, 2층

전화 02-585-7840   **팩스** 02-585-7848

전자우편 somyungbooks@daum.net   **홈페이지** www.somyong.co.kr

값 27,000원 ⓒ 권성우, 2016

ISBN 979-11-5905-089-3 03810

권성우
비평집

Solitude
of
Criticism

비 평 의
고 독

소명출판

'바람 한가운데 섬처럼'

『낭만적 망명』(2008) 이후 8년 만에 새로운 비평집을 펴낸다. 이번 비평집 『비평의 고독』은 2008년 이후에 쓴 글들을 엮은 것이다. 그 8년의 세월은 『낭만적 망명』에서 제기한 몇 가지 문제의식을 더 심화시키며 가다듬고 되돌아보는 시간이었다. 그 동안 한국사회와 한국문학, 대학, 인문학을 둘러싼 정황은 많은 사람들이 충만감을 느끼기 힘든 방식으로 점점 황폐하게 변해갔다. 대학제도 내에 속해 있든 아니든, 누구라도 비평을 지속적으로 쓰는 게 쉽지 않은 쪽으로 흘러가고 있다. 이런 상황에서 비평가는 어떻게 존재해야 하고 어떤 글을 써야 하는 것일까. 이 시대 비평가의 운명과 고독에 대해 생각해본다.

『비평의 고독』에 수록된 글을 쓰는 시간은 다음과 같은 몇 가지 고민과 문제의식을 스스로 구체화하는 과정이었다. 우선 무엇보다 한국문학을 위해, 작가와 작품에 대한 애정과 칭찬 못지않게 균형 있는 비판과 문제제기가 필요하다는 점을 다시 한 번 이 책에서 강조하고 싶다. 바로 이런 비평의 기능이 지금까지 제대로 수행되지 않았기에, 한국문학은 작년 표절사건으로 상징되는 중대한 위기에 처한 것 아닐까. 한강 작가의 맨부커상 인터내셔널 부문 수상으로 한국문학에 새로운 희망의 기운이 움트고 있다. 반가운 일이다. 그러나 이 점은 꼭 지적하고 싶다. 한국문학을 둘러싼 제도적 인프라와 독서현실, 비평풍토가 개선되지 않는다면 그녀의 쾌거는 일회적인 사건으로 그치게 될 것이다.

나는 한국문학을 사랑할 수밖에 없는 운명이다. 내 전공이자 업業이며 평생을 함께할 친구이다. 그 길을 기꺼이 즐거운 마음으로 선택했다. 문제는 이 시대 문단에 한국문학을 긍정적으로 바라보고 사랑해야 한다는 강박관념이 존재하는 현실이다. 이 점 자체가 한국문학이 마주한 모종의 딜레마와 빈곤을 상징한다. 정말 이 시대 문학의 풍요와 문학적 질에 자신감이 있다면 어떤 비판과 문제제기도 사뿐하게 극복할 수 있는 것이 아닌가. 그렇다면 무엇이 한국문학의 위기를 낳았는지 냉철하게 인식하는 것이 정말 중요하겠다. 아울러 한국문학을 진정으로 사랑하는 방식은 무엇인지를 잘 헤아려야 한다. 한국문학은 특정한 작가의 영광이나 추락보다는 이러한 고민을 우리의 문제로 스스로 껴안는 과정에서, 말하자면 한국문학을 둘러싼 비평, 번역, 독서환경이 함께 진전하는 가운데 비로소 그 단단한 내실을 확보할 수 있을 것이다.

이 책에는 조정래, 김훈, 신경숙, 김연수에 대한 비판적 대화와 몇몇 논쟁적 평문, 비판에 대한 문제의식이 담긴 글(「아름다운 비판을 위하여」)이 포함되어 있다. 그것은 한국문학의 갱생과 희망을 위해 비평의 역할이 중대하다는 문제의식에서 비롯된다. 작가를 자극시키는 생산적이며 애정 어린 비판이 섬세하고 정확한 칭찬만큼이나 필요하다. 엄정한 비평, 예리한 문제제기야말로 넓게는 한국문학, 좁게는 한 문인의 갱신과 도약, 성찰에 근본적인 계기를 제공하리라. 책과 저자에 대한 존중과 깊은 사랑을 담고 있으면서도 냉철한 비판을 할 수 있는 비평, 그런 비평을 쓰고 싶었다. 물론 이런 취지가 『비평의 고독』에서 얼마나 제대로 구현되었는지를 판단하는 것은 독자의 몫일 터이다. 그 점에 대해서 나는 한없이 낮은 마음이 될 수밖에 없다.

　『비평의 고독』에는 내가 존중하는 문인과 사랑하는 작품을 적극적으로 의미부여하는 평문도 다수 수록되었다(작품론 위주로 접하기를 원하는 독자들은 이 책의 2-3-4-1부의 순서로 읽기 바란다). 특히 김석범의 『화산도』와 최인훈의 『화두』에 대해 쓰면서 한국문학, 한민족문학의 저력, 성취, 역사에 대해 많은 것을 느끼고 배웠다. 대개의 문학비평은 당대의 신작을 주로 다룬다. 물론 이런 현장비평의 감각은 매우 중요하며 충분히 존중되어야 한다. 그러나 이러한 문제의식과는 별도로, 이미 하나의 고전으로 자리 잡은 작품, 가령 최인훈, 조세희, 김석범의 대표작은 과연 충분히 논의되고 해석되었는가?, 라는 질문을 던져볼 수 있을 것이다. 최인훈의 만년晩年의 걸작 『화두』와 조세희의 대표작 『난장이가 쏘아올린 작은 공』을 다시 읽으며, 고전은 끊임없는 재해석의 대상이라는 사실을 다시 한 번 실감했다. 1988년 한국어로 일부 번역되었다가 2015년 완역된 김석범의 『화산도』론을 쓴 것도 이런 문제의식과 연관된다. 과연 우리는 최인훈과 김석범 문학의 정수를 제대로 이해한 것일까. 당대에 쏟아지는 신작에 대한 의미부여 이상으로 새로운 시선으로 고전적 명작을 해석하는 작업이 참으로 중요하다는 사실을 이번 책을 엮으며 실감했다.

　정치적 올바름Political Correctness과 미학적 품격이 어떻게 만날 수 있는가 하는 문제의식은 이 비평집을 관통하는 의제이다. 대개 아름다운 글은 사회적 의제에 무관심하고, 반대로 사회적 의제에 관심을 기울이는 글은 미학적으로 거친 경우가 흔하다. 이런 맥락에서 정치적 올바름과 미학적 품격이 결합된 작품과 비평이 어떤 방식으로 가능한지에 대한 고민을 이 비평집에 담았다. 물론 문학은 어떤 두 가지 요소의 균형 감각이나 산술적 종합, 중용으로 이루어지는 세계라고 할 수는 없다. 빛나는 개성을 끝까지 밀어붙이는 어떤 극단이야말로 한층 문학적이며 예술적인 세계인지도 모른다. 비유컨대 정치와 지성의 깊은 경지를 통과한 아름다움과 허무는 그렇지 않은 세계보다 더 예술적 깊이를 확보하는 경우가 많다는 사실을 『화산도』를 비롯한 여러 작품을 읽으며 절감했다. 그렇다면 깊은 고독과 단아한 서정조차도 이 사회의 실상에 대한 투철한 응시가 필요하겠다. 그게 우아한 심미적 작품이 되었건, 헌걸찬 민중문학이 되었건 더 깊어지고 넓어질 필요가 있다는 것이 내 생각이다.

비평의 위기를 돌파하는 방법의 하나로 나는 비평의 대상이 확장되어야 한다는 점을 제안하고 싶다. 두 가지 점에서 그렇다. 우선 이 시대 한국문학비평의 대상을 주로 한국어로 발표된 시와 소설에 한정짓는 관행은 근본적으로 재검토될 필요가 있다. 『비평의 매혹』(1993)에서부터 나는 이런 주장을 지속적으로 개진해왔지만, 비평계의 완강한 관행은 그다지 바뀌지 않았다. 에세이, 기행문, 평전은 물론이려니와 인문학 단행본을 비롯한 여러 장르의 책 중에서 기존의 문학작품보다 더 문학다운 문제작들이 분명 존재한다. 이런 글과 책이 면밀한 비평적 검토대상이 되어야 한다. 아울러 다른 언어로 씌어져 번역된 한인 디아스포라 문학, 더 나아가 외국문학 번역본도 엄연한 우리문화의 자산이라는 사실이 환기될 필요가 있다. 예컨대 일본어로 발표된 김석범, 서경식의 글(작품)은 한국어로 발표된 어떤 문학 작품 못지않게 한국인의 삶과 고뇌, 상처, 지성, 역사, 슬픔에 대해 뜨겁고 애잔한 진실을 전하고 있지 않은가. 그렇다면 한국어로 다시 태어난 이들의 번역 작품에 대한 비평은 비평가의 의무이자 뜻깊은 권리가 아닐까. 이제 우리는 이 시대

비평의 대상이 되는 문학이 어떤 문학인지를 다시 물어야 한다. 그 물음은 (한국)문학의 범주에 대한 새로운 시선과 질문을 던지는 과정이기도 할 것이다. 이런 시간을 통과할 때 한국문학이 마주한 위기의 한 줄기와 대면할 수 있지 않겠는가. 3부 「망명의 문학, 이산의 문학」에 수록된 『화산도』론을 포함한 6편의 글은 이 같은 문제의식에서 씌어졌다.

이렇게 적고 보니, 이 비평집에서 내가 전하고자 하는 가장 핵심적인 문제의식은 기존의 비평적 관행에 대한 근본적인 질문과 재검토가 필요하다는 주장으로 정리될 수 있겠다. 이런 질문이 던져질수록 그 사회의 비평문화가 더 다양해질 수 있는 것이 아닐까.

제목을 『비평의 고독』으로 지었다. 아주 오래전부터 생각해왔던 제목이다. 비평은 숙명적으로 모든 사람을 만족시킬 수 없다. 오래 전에 게오르크 루카치가 말했던 바, "작가에게 '좋은' 비평가는 자기를 칭찬하고 자기 이웃을 공격하는 사람이고, '나쁜' 비평가는 자기를 비판하거나 이웃을 칭찬하는 사람이다"(*Writer and Critic and Other Essays*, Merlin Press, 1970, p.203)라는 언명은 부인할 수 없는 비평의 진실 한 자락을 담고 있다. 비판은 물론이거니와 적극적인 공감을 선택하는 것도 경우에 따라 어떤 민감함을 동반할 수밖에 없다. 이렇게 보면 통상적인 의미의 고독과는 다른 의미에서 비평은 숙명적으로 고독한 글쓰기일 수밖에 없다. 그 고독을 견디는 마음이 좋은 비평을 낳는다고 나는 믿는다.

다케우치 요시미竹內好의 『루쉰』과 왕후이汪暉의 『절망에 반항하라』를 읽으며 루쉰魯迅에 대해 새삼 다시 생각해본다. 내가 느낀 루쉰은 동시대와 인간에 대한 도저한 사랑, 애정, 분노를 간직하면서도 그 자신이 지녔던 마음의 균열과 모순, 심연과 같은 고독을 끝까지 응시했던 사람이다. 왕후이는 "루쉰이 창도한 것은 시종일관 실패를 두려워하지 않고 고독을 두려워하지 않으며 영원히 진격하는 영원한 혁명가다"라고 적었다. 비록 혁명가는 아니지만, 고독을 두려워하지 않는 그런 마음이 비평가인 내게도 필요하다고 생각했다. 식민지시대의 가장 문제적인 비평가였던 임화林和는 일제의 군국주의 파시즘이 횡행할 무렵 "죽음과 같은 고독 속에서 깊은 사고와 반성을 통해 문학하는 정신"을 얘기하고 '비평가의 고독'을 강조했다. 이제 그 마음을 알겠다. 그에게 고독은 단지 수동적 정서가 아니라 그 시대의 전체주의 시스템과 국책문학에서 망명하기 위한 심리적 거점이 아니었을까. 그에게는 마치 '바람 한 가운데 섬처럼'(허연의 시 「저녁, 가슴 한쪽」, 『불온한 검은 피』) 자신의 입장을 단단하게 유지하기 위해 고독이 필요했을 것이다.

생각해보니 올해 2016년은 비평가로 등단한 지 30년째 되는 해이다. 그동안 『비평의 매혹』(1993)에서 시작하여 이번 『비평의 고독』까지 여섯 권의 비평집을 펴낸 셈이다. 평생 동안 비평을 쓴다는 것은 어떤 의미를 지니는 것일까. 나는 과연 그렇게 쓸 수 있을까. 청탁제도나 특정한 문학매체(집단)에 관계하지 않은 상태에서 지속적으로 비평을 쓴다는 것은 때로 쓸쓸한 심정을 동반할 수밖에 없는 지난한 과정임을 절감했다. 그 시간은 어떤 자존심과 마음의 강단을 필요로 했다. 내가 선택한 이 길을 기껍게 생각하다가도 가끔은 과연 이 길이 내 길일까 하는 생각이 들곤 했다. 시인 이성복의 표현을 빌면 "비 오는 날 차 안에서 / 음악을 들으면 / 누군가 내 삶을 / 대신 살고 있다는 느낌", "있어야 할 곳에서 / 내가 너무 멀리 / 왔다는 느낌"(「음악」, 『호랑가시나무의 추억』)이 가슴을 스치며 지나갔다. 그러나 이마저 내가 스스로 감당해야 할 운명이겠다.

이런 선택을 하면 결국 고립되리라는 것, 패배하리라는 것을 알면서도 그렇게 갈 수밖에 없는 그런 순간들이 있었다. 그 고독한 시간을 견디는 과정에서 서경식과 루쉰의 글은 단단한 버팀목이 되어 주었다.

"오늘날의 성공과 그것이 초래하는 자기도취를 거부하고 소멸·실패의 계열에 속하는 '최후의 경험'을 고통스럽게 경험하려는 자 앞에는 의외로 드넓은 지평을 지닌 새로운 경험의 영역이 펼쳐져 있다"(『전체주의의 시대경험』, 2014)고 말한 후지타 쇼조藤田省三의 전언은 비평가로서 늘 목마름과 결핍감을 느끼던 내게 홀연 희망의 등불처럼 다가왔다.

이 비평집의 전체적인 구상이 떠올랐던 도쿄도 고다이라小平 시 도쿄경제대학 국제교류회관의 게스트하우스를 아련하게 기억한다. 나는 서경식 교수의 초청으로 그 대학을 방문한 객원연구원이었다. 아무도 나를 알아보지 않는 그곳에서 혼자 6개월간 지내면서 늘 바로 옆의 무사시노 미술대학을 산책하고 다마가와상수玉川上水를 따라 형성된 산책로를 걷곤 했다. 근처에는 축구선수 정대세가 나온 조선대학교도 있었다. 대학가이지만 그토록 호젓한 그곳에서 나는 은둔한 망명자의 심정으로 비평가로서의 내 운명을 생각하며 천천히 산책하고 글을 썼다. 하루 종일 아무도 만나지 않는 날이 계속되기도 했다. 작년의 어느 화창한 봄날, 게스트하우스 창문 너머로 무사시노 미술대학 정문 앞의 활짝 핀 벚꽃을 보며 오랜 동안 뇌리에 맴돌던 이 책의 제목을 비로소 내 것으로 할 수 있었다. 그 시절이 없었더라면 이 책의 모양새는 조금 달라졌을지도 모른다. 그때 만난 재일조선인 학생들과의 대화를 기억한다. 그들이 일본에서 겪은 깊은 슬픔과 차별, 상처에 대해 생각해본다. 그 만남과 대화의 의미를 내 마음 깊은 곳에 쟁여두고 싶었다. 그렇게 쌓인 비애의 마음이 기꺼이 김석범의 『화산도』에 대한 평문을 쓰게 만든 동력이 아닐까.

바라건대 『비평의 고독』이 한국문학 평단의 획일적인 풍토에 아주 조그마한 숨구멍이라도 뚫을 수 있다면 내게 그것처럼 커다란 보람은 없을 것이다. 반 고흐는 동생 테오에게 보낸 편지에서 "인물화나 풍경

9

비평의 고독

화에서 내가 표현하고 싶은 것은, 감상적이고 우울한 것이 아니라 뿌리 깊은 고뇌다. 내 그림을 본 사람들이, 이 화가는 깊이 고뇌하고 있다고, 정말 격렬하게 고뇌하고 있다고 말할 정도의 경지에 이르고 싶다."고 자신의 심경을 피력한 바 있다. 반 고흐의 고뇌에 내 생각을 포개놓는다는 것이 참으로 쑥스럽지만, 내게 이런 생각이 없다고 그저 말하는 것은 정직하지 못한 태도일 것이다. 반 고흐가 말한 '뿌리 깊은 고뇌'의 경지와는 도저히 견주지 못하겠지만, 마치 바다에 띄워진 유리병 통신처럼 『비평의 고독』에 담긴 문제의식과 고민이 누군가의 공감을 얻게 되기를 바라는 마음을 부정할 생각은 없다. 이런 생각을 하는 비평가도 있다고, 담담한 목소리로 말하고 싶었다. 이 시대 평단에 대한 깊은 비판 속에서도 이런 희망을 내칠 수 없다.

    내가 이런 글이나마 쓸 수 있었던 것은 무엇보다 어느 대학보다도 자유로운 숙명여대에서 문학을 연구하고 가르치는 입장에 놓여있기 때문이리라. 이 엄연한 사실을 잘 알고 있다. 어떤 보직도 맡지 않으면서, 온전히 공부와 글쓰기에 전념할 수 있었던 것이 내게는 커다란 행운이자 축복이었다. 그 자유를 가능하게 해준 숙명여대와 내 까칠한 비평적 입장을 따뜻하게 이해해준 제자들에게 감사한다. 원고 교정을 포함한 대학원 제자들의 도움, 그들과의 대화로 인해 이 책의 완성도가 조금이라도 높아졌을 것이다. 인생을 살아갈수록 '천지유정天地有情'의 의미, 즉 세상의 모든 것에 사랑이 깃들어 있다는 사실을 절절하게 깨닫게 된다. 이런 의미에서 이 책과 만날 미지의 독자들에게 감사의 뜻을 전하지 않을 수 없다.

    앞으로 나보다 훨씬 힘들고 고독한 환경에서 묵묵히 좋은 글을 쓰는 이 땅의 비평가와 문인을 생각하며 글을 쓰고 살아갈 것이다. 그들의 글쓰기와 인생에 행운이 함께 하기를 바란다.

소명출판에서 출간하는 네 번째 책이다. 이 시대 인문지성의 산실 소명출판에서 『비평의 고독』을 출간하게 되어 더욱 기쁜 마음이다. 이제 소명출판은 언제 찾아가도 나를 환하게 반길 것 같은 마음속의 고향 같은 곳이다. 내 글을 기꺼이 받아준 정다운 친구다.

이 책을 재작년 가을 새벽에 밤하늘의 별이 되신 어머님 영전에 바친다. 내가 문학하는 것을 무척이나 좋아하셨던 어머님 덕분에 계속 글을 쓸 수 있었다. 이 책을 보고 하늘나라에서 미소를 지으시리라. 어머님이 많이 그립다.

2016년 초여름,
창문 너머로 은행나무의 푸르른 잎사귀가 보이는
청파동 연구실에서
권성우 씀

차례

정치적 올바름과
미학적 품격의 만남

1

비평의 고독,
임화의 고독

작년 여름에 출간된 임화林和(1908~1953) 산문선집『언제나 지상은 아름답다』(박정선 편)를 읽어 내려가면서 나는 끊임없이 새로운 해석의 지평을 제공하는 임화의 글들이 지닌 서늘한 마력과 적실한 현재성에 대해 다시 한 번 생각하게 되었다. 식민지시대 가장 탁월한 비평가이자 문학사가, 시인, 그리고 한때 영화배우이기도 했던 임화의 글들은 만질수록 덧나고, 파헤칠수록 새로운 의미를 던져주는 해석의 보고에 다름 아니다. 주로 수필, 에세이, 기행문, 단상, 설문조사로 이루어진 이번 산문집을 꼼꼼히 읽어내려 가면서 나는 지금까지 충분히 알려지지 않았던 임화의 내면, 실존, 사유, 열정의 편린, 무의식적 취향을 참으로 인상적으로 목도했다. 아울러 연애, 결혼에 대한 임화의 생각, 임화의 산책 루트, 임화가 여행한 곳곳의 공간들, 임화가 읽었던 책들을 기왕에 알려진 자료에 비해 한층 구체적으로 인식할 수 있었던 것도 임화 산문선집을 접한 뜻깊은 성과이다.

그렇다면 임화 산문의 어떤 점들이 7~80여 년이 지난 지금 이 시기에도 한참이나 후배 비평가인 내 마음을 그토록 뒤흔드는 것일까? 이번에 다시 임화의 수필과 산문을 읽으면서 이러한 질문에 대한 답변의 하나로 판단할 수 있는 화두 하나를 발견했다. 그것은 '비평(가)의 고독'이다.

임화는 청년시절부터 센티멘털한 '고독'과 '적멸寂滅'의 정서에 심취했다. 그는 십대에 발표한 「환멸의 철인」(『매일신보』, 1926.10.3)이라는 수필에서 "나는 모든 것에 대하여 조금도 원망치를 않는다. 오직 나의 마음으로 정성을 다하여 적멸로 고독으로 걸어가는 모든 것에 대한 무언의 감사를 이 길고 긴 가을밤이 새어지도록 드릴 뿐이다"라고 자신의 심경을 표출한다. 또한 "조그마나마 성공이란 근처를 가 본 일이 없었던 것이다"라는 언명에서 엿볼 수 있듯이 스스로를 세속적인 성공과는 거리가 먼 패배자로 생각하는 아웃사이더적인 감성이 십대 후반인 청년 임화의 내면에 깊이 스며들어 있다. 그래서였을까. 임화는 이 글뿐만 아니라 「영춘부迎春賦」(『매일신보』, 1927.5.8)에서도 "스러져 가는 것은 아름답고 아름다운 것은 스러져 간다"는 적멸의 미학을 인상적으로 표출한다. 이와 같은 임화의 고독과 적멸에 대한 경사는 임화의 마음 밑자리에 지속적으로 내면화되어 있었다.

임화는 삼십대 초반이었던 1939년과 1940년에 다시금 고독에 대해 피력한다. 「창조적 비평」(『인문평론』, 1940.10)과 일본어로 발표된 「내지 문단인에게의 공개장 — 고독을 향한 사랑」(『국민신보』, 1939.4.30)을 읽다 보면 임화가 얼마나 오랜 동안 고독에 대해 근본적으로 생각해왔는가 하는 점을 역연히 확인할 수 있다. 임화는 이렇게 적었다.

작가에게는 일정한 시기가, 다른 이에게 뭔가 말하기도 듣기도 전부 싫어지는 시기란 게 있지 않을까? 그러한 시기에는 무엇보다도 고독이 작가의

재산이 된다. 죽음과 같은 고독 속에서 깊은 사고와 반성을 통해 문학하는
정신이 스스로를 시험해 보아야 하기 때문이기도 하다.

—「고독을 향한 사랑」 중에서

훌륭한 철학처럼, 훌륭한 예술처럼, 모든 것에서 떼어놓아도 능히 독행
(獨行)할 수 있는 비평, 그러한 비평은 독자적일 뿐만 아니라 창조적이다.
창조의 길에서 고독을 두려워할 필요는 없다. 나는 이 고독이 시인이나 철
학자에게만 있는 것이 아니라 비평가에게도 있는 것이라고 생각한다.

—「창조적 비평」 중에서

두 편의 글 모두 곡진하게 '고독'을 얘기하고 있지만 그 성격은 다
소 다르다. 우선 「고독을 향한 사랑」에서 임화는 작가가 고독할 수밖에
없는 시대적 정황이 있다고 언급한다. 그런 시대는 "죽음과 같은 고독
속에서 깊은 사고와 반성을 통해 문학하는 정신이 스스로를 시험해 보
아야"하는 문제적 시기이다. 이 글이 발표된 1939년은 일제의 군국주
의 파시즘과 국책문학론이 본격적으로 발호하기 시작하던 시절이다.
당시 임화는 식민지 조선의 작가들에게 일본어 창작을 강요하던 하야
시 후사오林房雄를 위시한 일본 작가들에게 문제제기를 하는 차원에서
「고독을 향한 사랑」을 발표한다. 이광수를 비롯한 수많은 문인들, 특히
한때 동지이기도 했던 일부 카프 출신 문인들조차 천황제 이데올로기
에 귀순하고 관제 국민문학론에 포섭되는 상황에서 임화가 자기 입장
을 단단하게 유지하기 위해서 선택한 실존적 고투가 심리적으로 구현
된 정서가 바로 '고독'이 아닐까 싶다. 철저한 고독(주체성)을 견지할 때,
폭력적인 타자에 동화되지 않을 수 있으며 당시의 주류 이데올로기로
부터 거리를 둘 수 있기 때문이다. 이렇게 보면 임화의 고독은 일본 제

국주의가 강요한 국책 문단 시스템 속에서의 '내적 저항'을 의미하는 소중한 심리적 징표가 아닐까.

「고독을 향한 사랑」에서 임화가 얘기한 고독이 야만적인 시대에 맞서 온전한 주체를 유지하기 위한 방법적 모색의 차원이었다면 「창조적 비평」에서 운위되는 고독은 한층 근본적인 맥락을 지닌다. 임화는 비평이 철학이나 다른 예술에 종속되는 장르가 아니라, 독자적으로 존재하는 창조적 글쓰기라는 것을 '비평가의 고독'을 통해 말하고 싶었던 것이 아닐까. 진정한 창조의 과정에서 고독은 필수적으로 요청되는 마음의 자세이기 때문이다. 그는 말의 바른 의미에서 창조적 비평가가 되고 싶었으며, 그 과정에서 철저하게 고독해야 한다고 생각했으리라.

나는 임화의 비평이 지금 이 시대에도 높은 평가를 받고 있다는 사실, 임화가 제출한 비평적 의제가 지금 이 시대의 문학을 투사하는 중요한 현재적 의의를 지니고 있다는 사실은 임화가 제대로 고독할 줄 알았기 때문이라고 생각한다. 그는 그토록 치열한 숱한 논쟁의 과정에서도, 카프 서기장이자 주목받는 시인이며 늘 문단의 중심에 존재했던 중요한 비평가라는 문제적 위치에 서 있으면서도 내면적으로는 단단한 고독을 아리아드네의 실처럼 부여잡고 있었다. 임화의 그 고독이야말로 그로 하여금 시대의 압력에 맞서, 한 사람의 비평가가 끝끝내 양보할 수 없는 단단한 입장과 주체성을 지키게 만든 심리적 거점이자 담대한 마음의 무늬였다.

임화의 고독을 접하면서 나는 늘 마음속에 아로새겨 두었던 마루야마 겐지의 언급을 떠올렸다.

고독을 이길 힘이 없다면 문학을 목표로 할 자격이 없다. 세상에 대해, 혹은 모든 집단과 조직에 대해 홀로 버틸 대로 버티며 거기서 튕겨 나오는 스파크를 글로 환원해야 한다. 가장 위태로운 입장에 서서 불안정한 발밑을 끊임없이 자각하면서 아슬아슬한 선상에서 몸으로 부딪치는 그 반복이 순수문학인의 자세다.

— 「소설가의 각오」 중에서

임화의 고독에 비해 마루야마 겐지의 고독은 좀 더 실존적이며 절박한 의미를 담고 있다. 누구나 임화나 마루야마 겐지가 선택했던 우뚝한 고독의 경지를 스스로 선택할 수 있는 것은 아닐 것이다. 우리는 모두 치명적 한계를 지니고 있고 더없이 나약하며 때로 스스로도 이해가 안 되는 자기모순과 마음의 균열을 간직한 그런 존재들이기 때문이다. 박정희 유신독재에 목숨을 걸고 저항했던 한 저항시인이 슬프게 보여 준 '인정에 대한 욕망'이 내게는 전혀 없다고 누가 과연 자신 있게 말할 수 있겠는가? 그럼에도 불구하고 지금 이렇게 말할 수는 있을 것 같다. 우리는 임화가 대면했던 저 식민지시대에 비교해서도, 고독을, 혼자가 되는 것을, 문단에서 망각되는 것을, 중심에서 배제되는 것을 지나치게 두려워하고 있는 것 아닐까.

올해 2013년은 임화가 평양의 법정에서 사형을 선고받고 저세상 사람이 된 지 60년이 되는 해이다. 어쩌면 지금 이 시대야말로 임화가 말했던 바, "죽음과 같은 고독 속에서 깊은 사고와 반성을 통해 문학하는 정신이 스스로를 시험해 보아야" 하는 바로 그런 시대인지도 모른다. 비평가의 깊은 고독 속에서 시대를 견디는 단단한 힘이 싹트리라.

비평가여, 당신은 임화와 마루야마 겐지의 고독을 기꺼이 선택할 수 있는가? 그래서 "나는 아무것도 바라지 않는다. 나는 아무것도 두려워하지 않는다. 나는 자유다"라는 니코스 카잔차키스의 외침을 통해 당신의 내면을 투명하게 응시할 수 있는가? 그런 선택과 응시, 깊은 고독 속에서 새로운 비평이 탄생하게 될 것이다.

(2013)

비평은 다시 우리를
설레게 만들 수 있을까?

1

한 편의 비평문을 읽고, 그에 대해 뭔가 얘기하고 싶은 욕망이 사라진 지 꽤 오랜 시간이 지난 것 같다. 여전히 수많은 비평문이 다양한 지면을 통해 발표되고 있고, 그 비평문에서 구사되는 논리는 한층 매끈하고 세련되어 보이지만, 내 마음에 어떤 거부할 수 없는 파동의 무늬를 만드는 매력적인 비평, 이 시대 문학제도와 비평 시스템에 대한 근본적인 문제제기를 수행하는 담대한 비평에 대한 갈증은 채워지지 못한 채 지속되었다. 아마도 스스로 그런 비평을 내보이지 못하고 있다는 자의식이 이와 같은 고백을 하게 만들었을 터이다.

이제 비평은 비평가들과 해당 비평문의 대상이 된 문인들만이 읽는다는 얘기가 결코 농담으로 들리지 않는다. 그럼에도 불구하고 비평 읽기를 멈출 수는 없을 것이다. 감히 말하건대 '비평'은 내게 숙명과도 같은 단어이자 존재 이유raison d'être이다.

때때로 현장 비평 읽기가 시들해질 무렵에는 외려 마르크스나 니체의 고전으로 회귀하여, 저 빛나는 자유정신이 지닌 강렬한 사유의 힘을 재확인하면 다시 새로운 지적 열정이 생기기도 했다. 아마도 그것은 거의 쏟아져 나온다는 표현이 어울릴 정도로 양산되는 무수한 장편소설, 창작집, 시집 읽기가 지루해질 무렵에 이미 검증된 세계문학이라는 고전적 세계로 들어가 인간과 역사, 예술의 오묘한 심연과 깊은 사유를 새삼 확인하고픈 욕망과 비슷한 심리이리라.

지금으로부터 30여 년 전 내가 사숙했던 비평가들의 비평과 예술 기행을 읽고 느꼈던 설렘과 지적 충만감, 무지하고 가난했던 마음을 온통 뒤흔들어 놓았던 인문적 충격을 아직도 잊을 수가 없다. 생각해보면 그 설렘이야말로 나를 비평가로 만들었다. 지금의 내 인생을 규정한 가장 원초적인 감정이자 운명적인 계기가 바로 비평으로 인한 설렘인 것이다.[1] 그래서인지, 비평가로 등단한 지 어언 27년이 가까워오는 지금까지 언제 어디서나 고수하고자 했던 화두가 있다면 그것은 매혹적인 비평(에세이)을 읽고 싶다는 열망, 동시에 좋은 비평을 쓰고 싶다는 소망이었다. 그 열망과 소망은 아직도 내 핏속에 그대로 남아 있거니와, 이즈음에는 그러한 감정이 사라지는 순간 어떤 회한과 아쉬움도 없이 비평 쓰기를 그만두자는 생각을 하곤 한다.

최근에 읽은 『잘 표현된 불행』이나 『몰락의 에티카』에 수록된 몇몇 글들은 때때로 이 시대 비평이 지닌 드문 매혹과 품격의 경지를 보여주며 내게 비평쓰기에 대한 새로운 자극과 그들의 비평에 대한 대화적 비평의 욕망을 불러일으켰다. 그와는 다르면서도 독특한 비평적 품격과

---

[1] 이에 대해서는 『비평의 매혹』(1993)에 수록된 「동경과 분석, 그리고 유토피아」와 「비평이란 무엇인가?」를 참조할 수 있다.

매혹을 드러내는 글을 선보이고 싶은 마음이 간절했다. 이 염원은 영원히 포기할 수 없는, 동시에 쉽게 도달할 수 없는 비평적 목마름에 다름 아니다.

최근 몇 년 동안 나는 미학적 품격과 정치적 올바름이 결합된 글을 쓰고 싶다는 생각을 하면서 몇 편의 글을 썼거니와, 그 과정에서 지금보다 훨씬 젊었던 날에 열정적으로 참여했던 논쟁의 풍경을 떠올려보기도 했다. 쓸 수밖에 없었지만 그 글로 인한 상처와 파장들, 내가 준 상처들, 그 치명적인 논쟁의 운명에 대해서. 지금은 애잔하게 느껴지기도 하는 논쟁의 기억과 추억을 떠올리며, 어느 순간 '이제는 정말 논쟁적인 글은 쓰지 말아야지'라고 생각하기도 했었다. 이 다짐은 최근까지 지속되었다. 아주 가끔, '아! 이건 아니다, 누군가 이 글에 대한 명쾌하고 냉철한 반론을 쓸 필요가 있다, 이런 글에 대한 비판적 대화가 수행되지 않는다면 그건 정상적인 평단이 아니다'라고 생각되는 순간이 있었지만 나는 비판과 논쟁에 대한 욕망을 조용히 억누르며 일제 말 임화의 산문이나 니체의 책을 묵묵히 읽곤 했다. 그러나 대개의 경우 그 '누군가'가 되어 선뜻 논쟁에 참여할 비평가는 존재하지 않았다. 자주 쓸쓸했고, 가끔은 창백한 분노가 마음속에 회오리치기도 했다.

올해 봄에 접한 두 편의 글과 작년 겨울에 읽었던 한 편의 좌담을 정독하면서, 어쩌면 내가 이 글들로 인해, 다시 논쟁에 참여할지도 모르겠다는 마음의 기류를 얼핏 느꼈다. 말하자면 이 평문들과 좌담에 대해서 그게 반론이든 비판이든, 칭찬이든 뭔가 대화가 필요하다는 생각을 했던 것 같다. 살아 있는 비평문화를 위해서, 평단의 균형 감각을 위해서, 이 평문들에 대한 비판적 대화가 절박하게 요청된다는 생각을 했으리라. 이런 고민을 하고 있던 어느 초여름 오후, 캠퍼스를 산책하다가 정말 우연히도 바로 내가 유심히 생각하고 있던 주제에 대한 청탁

전화를 받았다. 우연 같지만 단지 우연만은 아닌 어떤 성향과 예감에 대해 생각해본다.

그렇다. 이 글은 2013년 봄에 발표된 두 편의 비평문과 2012년 겨울에 진행된 한 편의 좌담을 읽고서 내 마음에 자리잡은 어떤 불편함과 반가움, 의문, 괴리감을 논리적으로 해명하고자 하는 욕구의 발로發露이다. 그 두 편의 글은 신진비평가 권희철의 「너무도 여리고 희미한 능력」(『21세기문학』, 2013년 봄호)과 강동호의 「파괴된 꿈, 전망으로서의 비평」(『문학과사회』, 2013년 봄호)이며 좌담은 「도전과 응전 — 세기 전환기의 한국문학」(『문학과사회』, 2012년 겨울호, 100호 기념 좌담 : 앞으로『문학과사회』를 '문사'라 칭한다)이다. 이 두 편의 평문과 좌담은 각기 고유한 방식으로 이 시대 비평과 문학에 대한 응시를 통해, 논쟁적 아젠다를 제출하고 있다는 점에서 면밀한 검토와 비판적 대화의 대상이 될 만한 가치가 있다고 판단된다.

2

먼저 좌담에 대한 언급을 해야 될 것 같다. 이 좌담은 이 시대 문학과 평단의 습속을 냉철하게 진단하면서 전통적인 문학에콜 문사의 자기 성찰과 갱신에의 의지를 드러내고 있다는 점에서 정독할 가치가 있다. 정과리, 우찬제, 김형중, 이수형, 강계숙, 강동호 등의 전·현직 문사 편집동인들이 참여한 좌담을 관류하는 문제의식은 상업주의문학 비판, 비판적 비평의 활성화, 소수문학에 대한 옹호로 정리될 수 있다. 그 과정에서 문학제도에 함몰된 이 시대 비평에 대한 성찰적이며 비판적인 자의식이 선연하게 드러나 있다. 아래 발언들을 다시 읽어보자.

비평가들이 특정한 출판사들과 직접적인 연관을 맺으면서 근본 지향적인 담론을 견지하면서 정작 그에 어울리지 않는 텍스트를 옹호하는 경향이 점증하였다. 이런 마당에 비평가들의 담론이 내부로부터 솟구친 진정한 담론이라는 것을 우리가 어떻게 믿을 수 있겠는가.(339 : 앞으로 나오는 괄호 속의 숫자는 해당 지면의 면수를 의미한다)

지금 한국에서 나오는 장편소설들은, 거의 대부분 아이디어는 배출하는데 형식상의 유기성이 제대로 갖추어진 작품이 드물다. 올해 들어서 소설시장이 급격히 위축됐다. 문화 산업의 중요 상품으로서 소설이 지금 상당히 위기에 처해 있다. 인터넷 연재 등을 통해 소설의 연재와 출간이 봇물을 이루더니 제대로 퇴고되지 못한 작품이 나오는 예까지 생겼다. 그러다 보니 독자들이 급격히 빠져나가는 상황에 직면하고 있는 것이다.(348)

우리나라의 문학잡지들의 문제는 잡지들이 본래의 기능을 상실하고 출판사를 보조하는 역할로 축소되어버린 것인데, 잡지들의 그 본래의 역할을 상실했다는 이야기는 소위 제도 바깥에서 제도를 비판적으로 성찰하는 기능을 상실했다는 뜻이다. 여기서 벗어나기 위해서는 비판적으로 성찰하는 장으로서의 고유한 정치적, 사회적, 문학적 이념을 스스로 형성하고 있거나 형성해가는 고유한 집단이 있어야 한다. 그리고 이 고유한 집단 스스로 다른 것들과의 차별성을 드러내야 한다. 그러나 지금 그게 안 된다.(352)

위의 예문들을 읽는 내 마음이 착잡해졌다면 그것은 무엇 때문일까. 우선 위에서 피력된 발언들이 2000년을 전후한 시기의 이른바 문학권력 논쟁과 주례사비평 논쟁 과정에서 숱하게 언급되었던 내용이라는 사실 때문이다. 그 명확한 기시감이라니. 그동안 문사를 비롯한 주류 문예지 장의 바깥에서는 비판적 비평의 회복을 위한 다양한 노력이 있어왔다. 지금 문사가 그러한 입장에 연대의 손길을 보내고 있는 것을 어떤 유보도 없이 환영해야 마땅할까.

논쟁 당시에는 비판적인 진영의 문제제기에 냉소적 반응을 보였던, 오히려 위에서 소개한 좌담 예문에서 비판했던 부정적 관행에서 자유롭지 않았던 문사가 이즈음 이와 같은 주장을 전개하는 것을 어떻게 보아야 할까. 물론 상대적인 맥락에서 생각해볼 때, 문예지『문학과사회』는『창작과비평』이나『문학동네』와 비교하여 출판 상업주의에 밀착되어 있는 정도가 훨씬 약하다. 그러나 문사의 입장이 창비나 문학동네에 대해서 상업주의라고 떳떳하게 비판할 수 있을 정도의 독립성과 비평적 주체성을 확보해 왔는가라는 질문 앞에서 흔쾌하게 긍정적인 답변을 내리기 힘들 것이다. 문사 역시 출판과 계간지를 연동시킨 비평 시스템에서 결코 자유롭지 않았기에 문사의 상업주의 비판이 일면 공허하고 설득력을 담보하지 못하는 것 아닐까. 물론 나는 문사의 이러한 변화를 새로운 세대 비평가들의 자기 성찰과 갱신에 대한 의욕으로 긍정적으로 평가하고 싶다. 그러나 문사 동인들은 다른 문예계간지와 차별되는『문학과사회』의 차별성을 주장하기 이전에, 상업주의문학에서 탈피하기 위해 지속적으로 분투해왔지만 아직 문단이나 평단에서 충분히 조명 받지 못했던 다양한 비평지나 문학지가 존재했다는 사실을 인식할 필요가 있는 것이 아닐까.

나는 문사가 진작 이러한 비판적 담론을 제대로 펼치면서 부정적인 의미의 상업주의에 대한 비판적 진영을 형성했다면, 평단의 부정적인 관행에 의연하게 맞서면서 문학적 자존을 고수하는 유의미한 에콜로 남았다면, 적어도 지금보다는 문단과 비평이 훨씬 건강하지 않았을까 하는 진한 아쉬움을 떨칠 수 없다. 바로 그러한 소망이 좌절되었다는 사실이 한국문학에 치명적인 악영향을 미친 것이 아닐까.

그렇다면 비판적 비평의 복원을 위한 문사의 새로운 프로젝트는 너무 늦게 가동되기 시작한 것이다. 왜 이렇게 비평적 지체 현상이 벌어졌을까. 무엇보다도 문사가 과거의 문학권력 논쟁에 대해 지나치게 냉소적으로 접근했다는 사실에서 그 원인을 찾을 수 있겠다. 물론 그 논쟁 과정이 매끈한 것만은 아니었고, 당연히 한계도 있었다. 그러나 이와 별도로 문사는 문학권력 논쟁을 통해 기존의 비평적 습속과 시스템의 모순에 대해 투명하게 되돌아볼 필요가 있지 않았을까. 아마도 그런 과정이 올바른 의미에서 문사의 진정한 갱신을 가능케 했을 터이다. 그렇지만 그 갱신은 지체되었다. 그 무렵 억압되거나 유보되었던 비평계의 현안들이 지금 부메랑이 되어 마치 유령처럼 문사에 '귀환'해오고 있는 것이 아닌가.

이러한 문사의 지체, 혹은 뒤늦은 각성과 연관하여 또 한 가지 지적하고 싶은 것은 소수문학, 혹은 '전위적인 순문학'에 대한 문사의 태도이다. 좌담 내내 문사 동인들은 상업주의를 비판하면서 소수문학과 전위적인 순문학을 옹호하고 있다. "우리가 택했던 방식이 속류 문화 영웅들을 양산하려고 하는 주류 문학 시장의 균열을 내는 소수문학 지향의 작품이나 작가, 시인들을 주목해서 그들에게 작은 이름이라도 끊임없이 붙여주는 것이었다"(342)는 언급, "소수적인 문학의 활성화"라는 표현, 아울러 기존의 문학제도나 문화산업에 대한 비판적 성찰에 대한 강조가 바로 문사의 소수자적 지향을 뚜렷하게 보여주고 있다. 문학적인 맥락에서 소수문학과 순문학을 옹호하고자 하는 문사의 선택에 대해 두 손을 들고 존중하고 싶다. 그러나 문제는 문사의 문학적 지향과 문학판 내에서 차지하고 있는 문사의 위상 사이에 적잖은 괴리감이 존재한다는 사실이다.

가령 이런 얘기를 할 수 있겠다. 상대적으로 『문학과사회』가 지닌 영향력이 이전 연대에 비해 점차 감소하면서, 문단의 이너서클이라고 불리는 문예지 사이에서는, 특히 『창작과비평』이나 『문학동네』에 비해 문사가 일견 '문학적 소수자'에 가까운 형편에 놓여 있다고 볼 수도 있겠다. 그러나 전체 문학 장의 위상에서 보면 문사는 여전히 확고한 주류이자 중심(권력)에 해당한다. 그게 잘못되었다는 것이 아니다. 생각해보면 그들의 아름다운 전통과 지속적인 노력이 지금의 지위를 만들었을 터이다. 문사 동인들과 비평가들은 다른 어떤 문학 집단이나 에콜보다 팔봉비평문학상, 파라다이스문화재단, 동인문학상, 대산문화재단, 한국문학번역원 등의 공적인 위원회와 문화재단, 문학상 등과 직간접적으로 밀접한 관계를 맺어왔다. 이런 대목들도 문사의 전통과 능력, 명성이 가져온 정당한 자산이자 네트워크라고 수용될 수 있으리라.

여기서 문제가 되는 것은 제도적 차원에서는 중심 친화적이며 많은 혜택을 받은 문사가 문학적으로는 소수자를 지향한다는 사실이다. 이런 입장에서, 제도적으로 극심한 소외를 체험한 문인들, 문학 매체를 지니고 있지 않기 때문에 자신이 원하는 글을 자유롭게 쓰기 힘든 많은 고독한 비평가들, 즉 랑시에르의 표현을 빌리자면 '몫 없는 자들'에 대한 깊은 이해와 공감 없이 제도에 대한 근본적인 비판과 성찰이 과연 가능할까. 일면 가장 순수하게 보이는 문학이 가장 정치적이라는 사실을 문사는 인식할 필요가 있다. 예를 들어 순수문학을 주창했지만, 정치적으로는 우익 정당이나 단체, 미군정과 노골적으로 혹은 은밀하게 연루되었던 해방 직후 순수문학단체의 모순과 균열을 우리는 기억한다.

문학제도적인 차원에서 주류에 해당되는 유수한 문예지가 문학적인 측면에서 소수자를 옹호하고 지원하는 것은 충분히 가능하고 어떤 면에서는 권장될 필요가 있다. 다만 그러한 과정이 설득력과 신뢰, 진정성을 얻기 위해서는 그 분열과 모순에 대해 진솔하게 응시할 필요가 있다는 점, 그리고 문학적인 차원에서나 제도적인 차원에서나 공히 소수자에 해당하는 문인들('몫 없는 자들')에 대한 열린 이해와 연대의 마음, 공감의 프로그램이 요청된다는 사실이다. 그렇다면 실제 소수자에 해당하는 문인들의 입장에서 볼 때 문사의 주장이 얼마나 깊은 공감을 얻을 수 있는지에 대해서 문사가 진지하게 검토해볼 필요가 있을 것이다.

소수문학에 대한 옹호와 전위적인 순문학에 대한 애정을 단지 일시적인 주장이 아니라, 어떤 문학집단의 주된 기치나 화두로 내걸기 위해서는 그 존재방식과 실존 역시 그에 부합되는 방식으로 정향될 필요가 있다. 실제로는 문단제도의 운용과 혜택에 깊이 연루되어 있으면서, 문학적으로 소수문학을 지향한다고 주장하거나 문학제도에 대한 비판적 성찰을 강조하는 것은 어떤 균열과 자기기만의 산물일 수 있다. "누구나 자기기만일 수밖에 없는 것이고 특히 오늘날은 그 경우가 더 심할 것이다"(354)라는 『문학과사회』 100호 기념 좌담의 발언은 정직하다고 평가될 수도 있겠지만, 또 다른 한편으로 보면 그 자기기만을 자연스럽게 정당화하는 발언에 가깝다. 누구나 자기기만적일 수밖에 없다는 관점으로 세상을 해석하자면, 모든 의미 있는 차이도 무화될 수밖에 없거니와, 그건 허무주의에 다름 아니다.

어떻게 보면 마루야마 겐지가 말했듯이 순문학을 지향한다는 것은 제도나 시스템, 정치적 지평과는 상관없이 오로지 글쓰기에만 모든 열정을 투여하는 스타일을 의미한다. 그렇기에 중심과 거리가 먼 어떤 문학적 고립, 가장 위태로운 입장까지 가보는 극한적인 고독을 삶의 자세로 받아들이는 것이 순문학인의 자세 아닐까. 유사한 맥락에서 여러 가지 제도나 이해관계에서 배제되거나 자유로운 문인들, 문단에 거리를 두면서 은둔과 망명, 불화의 삶을 선택한 문인들, 평단의 지배이데올로기나 중심적 가치에 대해 불편한 문제제기를 수행했던 비평가들이야말로 소수자에 값하는 것이 아닐까. 내게 소수자로 불리는 자격은 없을 테지만, 여기서 허만하, 조세희, 최성각, 함민복, 김영승 같은 문인들을 생각해본다.

그렇다면 당신은 모든 문인들이 제도에서 원천적으로 자유로울 수 없다고 말하고 싶은가. 나는 이렇게 말하고 싶다. 의외로 생각보다 중요한 것은, 그래서 우리의 운명을 궁극적으로 규정짓는 것은 문학과 인생을 대하는 실존적 태도나 기질, 성향의 차이, 세계관의 미세한 차이일 수 있다고.

최근 "『문학과사회』는 올해 초에 '소수의 문학'을 추구하겠다고 밝혔는데 중요한 심사위원을 다수 점유하는 그들이 주류이면서도 '소수'라고 말하는 것을 이해할 수가 없습니다"[2]라고 한 출판평론가가 발언한 것도 문사의 소수문학에 대한 감각이 아직 문인들과 출판 관계자들에게 충분히 공감대를 얻지 못하고 있다는 사실을 의미하는 것이다.

3

그럼에도 불구하고, 뒤늦게나마 문사가 비판적 대화의 복원과 상업주의에 대한 문제의식을 전개하고 있는 것은 분명 뜻깊은 징후이다. 특히 최근에 문사 편집동인으로 참석한 강동호와 강계숙은 비평의 윤리

---

2 한기호 · 백가흠 대담, 「관행을 부수어라―문단과 출판계를 흔드는 지각변동」, 한국예술인복지재단 웹진 '들음', 2013.7.30. http://kawfzine.net/50176500696.

나 비판적 대화를 시종일관 강조하면서 새로운 의욕을 보여주고 있다. 100호 기념 좌담 이후에 강동호는 「파괴된 꿈, 전망으로서의 비평」에서 비판적 대화의 구상을 한층 명료한 언어로 개진하고 있거니와, 이 글은 비판적 대화가 현저하게 감소한 이 시대 평단의 현실에 대한 밀도 깊은 사유가 담겨 있는 문제적 평문이다. 그는 이 글에서 "역사로서의 비평은 그 자신의 글쓰기의 역사철학적 원천을 더듬어 보면서, 역사와 현실에 대한 비판으로 나아가게 한다"(362)고 주장하면서 다음과 같이 천명한다.

> 최근의 한국 비평이 한동안 이 비판적 대화의 가능성에 다소 무심했던 것은 아닌지 되물어볼 시점에 이른 것이 아니겠는가. 우리는 이 글의 서두에서 '논쟁'으로서의 시대라는 말을 언급했는데, 이때의 논쟁을 다시 비평의 비판적 대화로서의 정치라는 화두로 되돌려주어도 무방하다. 여전히 비평이 비판적 대화를 수행할 의지와 능력을 보여준다면 비평은 이 시대의 유의미한 사유의 '장치'로 거듭날 수 있을 것이다.(364)

이 대목을 접하면서도 나는 한편으로는 반가운 마음이, 또 다른 한편으로는 안타까운 마음이 들었다. 평소에 비판적 대화와 논쟁의 상실을 평단의 문제로 지적했던 입장에서 보면 이와 같은 강동호의 주장은 모처럼 비평가로서의 연대감을 느끼게 만들었다. 그동안 몇몇 비평가들이 비판적 대화와 논쟁의 필요성을 환기하며, 텍스트에 대한 수동적 해설에만 몰두해 있는 평단의 문제점에 대해 지적해왔다. 새로운 세대의 비평가들이 이런 취지에 연대의 뜻을 밝히고 있는 것은 기꺼이 반길 일이다.

그렇지만 강동호가 강조한 비판적 대화로서의 비평은 2000년대 문학권력 논쟁의 과정에서, 또한 그 이후에도 몇 번이나 강조되었던 논점이라는 사실을 다시금 인식할 필요가 있다. 강동호는 이전의 비평 논쟁과 그에 연계된 비평가들의 문제의식이 마치 존재하지 않았던 것처럼 새삼스럽게 비판적 대화의 복원을 주장하고 있다. 한마디로 비판적 대화의 활성화를 주장하는 그의 입론은 전혀 새롭지 않다. 더 구체적으로 말해보자. 그동안 문사를 비롯한 주류 문예지 장의 바깥에서는 상품미학에 종속되지 않는 비평의 주체성 확보와 비판적 비평의 회복을 위한 다양한 노력이 있어왔다. 『비평과 전망』, 『작가와 비평』, 『오늘의 문예비평』, 『문화과학』, 『녹색평론』, 『크리티카』, 『내일을 여는 작가』, '포럼 X' 등의 이름을 열거하는 것으로 그 구체적인 내용을 대신하겠다.

강동호는 이들 문예지나 비평지에 참여했던 비평가들이 비평계에서 사실상 고립되는 것을 각오하면서, 평단의 부정적인 관행을 극복하기 위해 분투해왔는지에 대해서는 생각해본 적이 있는가. 어쩌면 문사 동인이나 강동호의 시각에는 이러한 노력은 전혀 포착되지 않았을 수도 있겠다. 여기서 나는 문학적 엘리트주의의 편협함과 둔감함을 읽는다. 물론 이들 매체가 의미 있는 영향력을 지닌 충분한 비평적 대안으로 자리잡았다고는 할 수 없다. 그중 몇몇은 이미 폐간되었다. 그런 점에 대해서는 각 해당 문예지 구성원의 철저한 반성이 따라야겠지만, 동시에 그렇게 된 한 원인으로 창비, 문학동네, 문사를 중심으로 한 주류 문예지들이 점차 자발적으로 빠져 들어간 상업출판-문예지 연계 시스템과 완고한 카르텔 구조의 정착을 꼽지 않을 수 없다는 점은 분명하게 지적되어야 할 것이다.

어쨌든 강동호는 "한국문학장 특유의 제도와 시스템에 대한 반성적 성찰"의 필요성을 언급하고 있는데, 이 대목은 앞에서 소개한 좌담의 "지금의 제도 속에서 편하게 소비되는 비평에 안주하지 말고, 제도 바깥에서 새롭게 제도를 창안하는 비평적 글쓰기를 모색할 필요가 있는 것 아닐까"라는 문제의식과도 맞닿아 있다. 기꺼이 동의하지 않을 수 없는 중요한 지적이다. 비판적 비평의 활성화와 시스템에 대한 반성적 성찰을 강조하는 강동호의 입장은 적어도 내게는 커다란 반가움으로 다가왔다.

다음과 같은 강계숙의 발언 역시 이 시대 비평가의 존재방식에 대한 진지한 응시의 한 표정임을 믿는다.

> 비평의 윤리, 비평가의 윤리를 견지하는 것이 결코 쉬운 일이 아님을 잡지를 편집하면서 더욱 뼈저리게 느끼는 바다. 하지만 비평의 어원이 반성적 판단과 성찰이라는 점은 비평의 가치가 우리 시대에도 여전히 유효하고 또한 유용한 것임을 생각게 한다. 반성의 처음과 끝은 언제나 자기반성에서 시작하여 자기반성으로 귀결되어야 하는 것일 터이니.(『문학과사회』 100호 기념좌담, 367면)

강동호가 말하는 비평의 비판정신의 회복, 제도를 거스르는 비평, 그리고 강계숙이 말했던바 비평의 자기 성찰이 구체적인 설득력을 지니기 위해서는, 그리하여 그들의 주장이 단지 구두선으로 끝나지 않기 위해서는 그 비판적 대화가 단지 자신과 다른 문학적 입장에 대한 비판적 대화에 그치는 데에서 더 나아가 문사 스스로 익숙해졌던 비평적 관행에 대한 근본적 재검토가 요청될 것이다. 그렇다면 이렇게 말할 수 있지 않을까. 가령 강동호가 방민호의 저작『일제 말기 한국문학 담론과 텍스트』(2011)의 서평「문학사의 역사철학적 복원을 위한 길」(『민족문학사 연구』 50호, 2012.12)에서 개진한 면밀하고도 예리한 문제제기와 비판이 문학과지성사에서 간행된 장편소설이나 비평집에 대해서도 적용될 수 있어야 하겠다. 바로 그런 노력이 문사 동인들이 그토록 강조했던 '자기반성'을 비평적으로 스스로 실천하는 것이 아닐까. 물론 비판적 견해만 개진하라는 얘기는 전혀 아니다. 미학적으로 의미 있는 작품은 분명하고 아름답게 옹호하되, 그렇지 못한 작품은 그 작가를 위해서도 세밀한 비판과 조언을 하라는 것이다.

　나는 기본적으로 강동호와 강계숙의 주장이 지닌 선의와 진정성을 신뢰한다. 그럼에도 불구하고 그들의 제도를 거스르고자 하는 새로운 비평적 구상이 성공적으로 구현되기 위한 과정이 결코 쉽지 않다는 현실, 비평적 습속을 둘러싼 평단의 강고한 카르텔 구조를 엄밀하게 자각할 필요가 있다는 점을 강조하고 싶다. 비판적 비평을 활성화하고자 하는 문사의 비평적 기획은 주류 계간지의 비평 시스템과 습속에 대한 근본적 혁신 없이는 그야말로 일시적인 해프닝으로 귀결될지도 모른다.

　그래서 출판자본의 이해관계에 따라 비평을 지나치게 종속시키는 습속과 시스템에 대한 급진적 단절이 바로 지금 필요하다고 생각된다. 아마도 그 단절은 고통스러운 윤리 감각을 동반하게 될 것이다. 이런 예를 소개하고 싶다. "그렇게 많은 노동력을 투입하여 폭탄을 생산했는데, 실질적으로 이것을 산이나 벌판에 던져버릴 수는 없는 노릇이었습니다."[3] 이 대목은 2차 세계대전 기간 중 영국 공군이 드레스덴, 베를린을 위시한 독일 도시에 대한 무차별적 폭격을 자행하여 약 60만 명의 독일 민간인을 학살할 수밖에 없었던 숨은 논리이자 이데올로기이다. 수십 만 명에 이르는 적국 민간인의 생명보다는 자국 군수산업의 이해관계를 추종했던 정황을 생생하게 보여준다. 미국의 군수산업, 북한 핵을 둘러싼 이데올로기 역시 이와 유사한 맥락을 지니고 있는 것 아닌

3　W. G. 제발트, 이경진 역, 『공중전과 문학』, 문학동네, 2013, 93면.

가. 쉽지 않지만, 그 군수산업의 논리에서 단절할 수 있을 때, 평화는 조금씩 가까워지리라. 그 단절을 위해서 얼마나 많은 노력과 희생, 헌신, 비움, 정의감이 필요한 것인가. 이 시대의 비평문학에 바로 그러한 '단절'의 상상력이 필요하다.

이 시점에서 볼 때, 그 단절을 스스로 감당해낼 수 있는 비평에콜이 존재한다면, 그건 문사가 아닐까 생각해본다. 그런 단절이야말로 궁극적으로 문사를 거듭나게 만들어 문사의 신뢰를 높여주는 길이자 한국문학의 갱신을 위한 도정이기도 할 것이다.

4

한편 권희철의 「너무도 여리고 희미한 능력」은 문사 기념 좌담에 대한 대단히 논쟁적이며 비판적 대화를 시도하고 있다는 점에서, 각 문예지 사이의 차별성과 고유한 문학관이 현저하게 약화된 이 시점에서 볼 때 비판적 비평의 복원이라는 대의를 실천하고 있다는 점에서 각별하게 주목할 필요가 있다.

권희철의 주장은 다음 두 가지로 요약된다. 첫째, 문학이 현실이나 정치와 한층 직접 대면해야 된다는 평단 일각의 주문이 지나치게 조급한 생각의 소산이며, 그런 관점은 오히려 문학 고유의 특성을 억압할 수 있다는 것이다. 둘째, 『문학과사회』 100호 기념 좌담에서 개진된 상업주의 비판에 대한 문제제기로, 상업주의의 실체나 성격에 대한 명확한 설명 없이 이루어지는 문사의 상업주의 비판은 역설적으로 상업주의에 사로잡힌 고고한 비평의 불만에 불과하다는 것이다. 두 가지 주장모두 이 시대 문학의 성격과 연관하여 대단히 민감하고 근원적이며 논쟁적인 아젠다에 틀림없다. 첫 번째 주제에 대한 반론은 비판 대상이 되었던 비평가들에게 맡겨두기로 하고, 여기서는 두 번째 주제에 대해 얘기해보고자 한다.

일단 비평적 차이를 드러내기 꺼려하는 시대, 논쟁을 회피하는 이 시대에 이처럼 논쟁적 문제제기를 수행한 권희철의 비평을 반가운 마음으로 읽었다는 점을 밝혀두고 싶다. 그는 다음과 같이 주장하고 있다.

> 모든 것이 상업주의라는 악으로 물들어 있지만, 자신만은 시장의 바깥에서 보고 듣고 말할 수 있다는 환상에서 벗어나지 못할 때, 문학은 비평의 불만이 원하는 대로 현실의 구체적인 세목들과의 모든 연결고리를 잃고 추상적이고 고귀한 미의 진공 상태에 진입하는 게 아닐까. 그러한 자아도취가 문학의 자리일 리 없다.(394)

> 상업주의에 투신할 것이냐, 고귀한 문학의 자리를 지킬 것이냐가 문제가 아니다. 그것은 선택의 문제로 성립되지 않는다. 다만 시장의 바깥에서 보고 듣고 말할 수 있다는 저 환상의 지위를 내려놓을 수 있느냐 없느냐가 문제가 된다.(394)

이러한 주장을 통해 권희철은 이 시대의 비평(가)은 상업주의로부터 결코 자유로울 수 없다는 것, 그리고 상업주의에 대한 비판이 그 행위의 주체로 하여금 시장의 바깥에서 사유한다는 근거 없는 우월적 환상을 지니게 만든다는 점을 강조하고 있다. 지나치게 고고한 입장에서 상업주의를 쉽게 매도하는 입장에 대한 비판으로는 권희철의 이러한 지적이 유효한 반박이 되어줄 것이다. 그러나 대체로 권희철의 주장은 상대적인 차원에서 세심하게 접근해야 할 문제를 그 누구도 상업주의에서 자유롭지 않다는 식의 일반론으로 몰고 가고 있다. 그런 입장은 자연스럽게 상업주의에 대한 비판적 문제의식을 휘발시키면서 결과적으로 상업주의를 옹호하거나 고착시키는 효과를 발휘하고 있다. 과연 "모든 것이 상업주의라는 악으로 물들어 있(다)"고 주장한 비평가가 있었던가. 그 누가 "시장의 바깥에서 보고 듣고 말할 수 있다는 저 환상의 지위"에 있다고 생각하는가.

지금 상업주의가 다시 문제가 되고 있다면, 그것이 권희철이 주장한 방식의 상업주의에 대한 지극히 원론적이며 일반적인 차원의 문제제기 때문에 비롯되는 것은 전혀 아닐 것이다. 권희철 식의 주장은 예컨대 극심한 경쟁 자본주의의 폐해를 극복하고자 다양한 노력을 하는 논객들에게 우리는 자본주의 체제에서 벗어날 수 없다고 말하면서 정글 자본주의 체제를 선험적으로 정당화하는 논법과 다를 바 없다. 자본주의 체제에서 삶을 영위하는 한 상업주의에서 자유로운 사람도 아무도 없을 것이다.

비유컨대 독립운동가에게 당신들도 일본 제국주의가 창안한 시스템에서 자유롭지 않다고 하는 식이 아닌가. 친일협력자도 독립투사도 당연히 일본 제국주의의 교육제도, 검열, 문화정책, 사상적 지형에서 전혀 자유롭지 않다. 평생을 민족해방을 추구했으며 투철한 혁명가였던 『아리랑』의 김산도 제국주의의 수도인 도쿄에서 마르크스주의를 접하지 않았던가. 중요한 것은 상업주의 그 자체가 아니라, 그에 대한 구체적인 대응방법이자 세계관이며 실천의 지형이다. 앞에서 인용한 권희철의 두 번째 예문을 이렇게 패러디해보자.

일본에 협력할 것인가, 일본에 투철한 저항을 수행할 것인가의 문제가 아니다. 그것은 선택의 문제로 성립되지 않는다. 일본 제국주의 시스템의 바깥에서 보고 듣고 말할 수 있다는 저 환상의 지위를 내려놓을 수 있느냐 없느냐가 문제가 된다.

요컨대 권희철의 주장은 상업주의의 폐해를 극복하기 위한 여러 차원의 노력들에 눈감으면서, 상업주의를 둘러싼 다양한 상대적 차이와 차별적인 문제의식에 대해 전혀 주목하지 못하게 만든다. 예를 들어 비평가 이명원, 강동호, 권희철, 오창은, 오길영이 취하고 있는 상업주의에 대한 입장은 모두 다르지 않을까. 그 차이에 주목할 필요가 있는 것 아닐까.

『크리티카』라는 자율적인 비평 공동체가 있다(http://kritika.or.kr/). 그 창간호 서문에는 "잡지사의 상업성이나 혹은 문학작품의 해설에 종속된 비평이 아니라, 비평 고유의 정신으로 살아 있는 비평"을 추구한다고 명시되어 있다. 물론 『크리티카』라는 단행본 저작은 일종의 상품으로 서점에서 판매되고 있다. 그러나 이러한 사실이 출판 상업주의와 거리를 두면서 주체적이며 독립적인 비평을 추구하고자 하는 크리티카 동인들의 노력을 무의미하게 만드는 것은 아닐 것이다.[4]

실상 문사에서 문제 삼고자 했던 상업주의는 어떤 특정한 집단이나 출판사, 문학에콜이 지닌 상업주의적 전략과 기획의 문제일 것이다. 더 구체적으로 말하자면 겉으로는 문학주의나 인문적 지성, 비판적 지성을 강조하면서 속으로는 노골적인 상품미학 시스템에 의해 지배되는 출판자본에 대한 문제제기라고 하겠다. 출판자본의 이러한 전략이 얼마간 피치 못할 요소라고 감안하더라도, 이런 분열과 이중성이 가장 적

---

4 이 글의 문제의식과 연관하여 오길영의 「비평의 아비투스」(『크리티카』 6호, 2012)를 읽어볼 필요가 있다. 이 평문은 신랄하고 소신 있는 비평을 수행하고 있는 뉴욕타임스 서평 담당자인 비평가 가쿠타니 미치코, 독일 비평가인 라니츠키의 예를 탐색하며 이 시대 비평의 현안에 대해서 정면으로 응시하고 있다. 그는 이렇게 말한다. "지금 한국비평계의 맹목은 기존 비평계를 '근본적인 물음의 대상'으로 삼지 않는 데 있다."

나라하게 드러났던 곳이 문학동네가 아니었던가.[5] 물론 현재의 문학동네를 '출판 상업주의'라는 잣대로 간단히 매도할 수는 없을 것이다. 어쨌든 문학동네는 여러 문제제기에도 불구하고, 혹은 그 비판을 극복하면서 우리 사회에서 가장 경쟁력 있는 문학 분야의 출판사로 등극했다.

문학동네가 20년 만에 한국의 대표적인 문학출판사로 자리잡고 문예지『문학동네』가 역시 가장 대중적이면서도 권위 있는 문예계간지로 안착한 문학동네 성공신화는 몇몇 편집위원들의 출중한 글쓰기[6]와 문학에 대한 남다른 애정, 편집위원 선발과정의 혜안, 출판사 구성원의 탁월한 상업적 마인드와 헌신적 노력, 출판 트렌드에 대한 민활한 감각이 잘 어우러진 결과일 것이다. 또한 이런 성공을 여러 가지 신선한 기획을 통해 다양한 인문총서나 세계문학전집을 위시한 수많은 양질의 책을 발간하는 과정으로 활용한 것도 높이 평가할 대목이 아닐 수 없다. 문학동네의 이런 순기능과 출판산업의 특성에 대한 이해와 고려 없이 이루어지는 원칙적인 비판은 공허하다.[7]

그럼에도 불구하고 문학동네의 저 이례적인 성공신화가 모든 과정을 정당화해줄 수는 없으리라. 한국 사회는 유달리 성공지향적인 문화가 팽배하기에, 성공은 모든 문제를 은폐하고 마치 그 문제들이 존재하

---

5 문사 좌담에서 강계숙은 "문학주의를 상품 그 자체로 만든다는 혐의로부터 자유롭지 못한 비평가라는 자의식을 품은 쪽에서 오히려 '정치'를 화두로 삼는 데 훨씬 더 적극적이었던 것은 아닌가 하는 의구심을, 나는 내내 버리지 못하는 것 같다"라고 말했거니와, 문맥상 강계숙이 비판적으로 의식한 비평가그룹은 '문학동네'인 것으로 해석된다. 문학동네의 상업적 성격에 대해서는 강준만의『문학권력』(2001), 조정환의『카이로스의 문학』(2006)에서 언급된 바 있다.

6 특히 김홍중의『마음의 사회학』과 신형철의『몰락의 에티카』는 인문학과 비평 전반을 통틀어 가장 인상적이며 탁월한 성과에 속하며 서영채의『인문학 개념정원』(2013)은 일독할 가치가 있는, 드물게 잘 정리된 개설서이다.

7 분명히 말해두거니와, 출판사가 상업주의를 추구할 수밖에 없는 것은 너무나 당연하다. 그것 자체를 부인할 수는 없을 것이다. 다만 비평가가 거기에 쉽게 동원되지 말라는 얘기를 하고 싶은 것이다. 앞으로 문예지와 출판을 독립시켜서 운용하는 방안에 대한 진전된 모색이 필요할 것이다.

지 않았던 것처럼 여기게 만든다. 문학동네 성공의 이면에는 비평가의 윤리, 논쟁의 품격과 정당성, 문학과 언론과의 관계 등의 몇 가지 착잡한 문제들이 잠복되어 있다. 지금 다시 그런 문제들을 언급하자는 것은 아니다. 진짜 문제는 억압된 그 사안들이 어느 순간 돌출해서 귀환할 수밖에 없다는 점이다. 최근 문학동네 출판사가 종편방송 'TV조선'에 지분을 투자한 것으로 보도가 된 바 있다. 계간지에서는 문학과 정치의 관계를 탐문하고 2008년 촛불정국을 되돌아보는 특집 좌담을 하면서, 출판사 차원에서 'TV조선' 지분에 참여하는 것을 자연스럽게 볼 수 있을까. 창간호부터 지금까지 한결같이 문학주의를 내세워왔던 문학동네라면 이러한 선택을 하지 않았어야 했다. 문학동네가 주장하는 문학주의의 실체는 과연 무엇인가. 문학동네에 그 어떤 부탁도 할 생각이 없지만, 다만 '문학주의'라는 일관성을 제대로 지켜달라는 얘기는 이참에 꼭 하고 싶다.

권희철은 앞의 글에서 문사를 비판하면서 문사 동인에게 이렇게 주문한 바 있다.

시장에 대한 파괴적인 시선을 얻기 위해서라도 교환의 논리 자체를 비틀어버리기 위해서라도 후광을 잃은 채 세속의 진흙탕길로 뛰어들 '용기'를 가져야 한다는 것뿐이다. 그런데 저 고고한 비평의 불만이 함축하는 태도에는 이 겸허한 용기가 결여되어 있는 것처럼 보인다는 것이다. 이런 맥락에서 비평의 불만을 다시 한번 되돌려주자. 후광의 상실을 거부하는 비평의 불만이란 기실 고귀한 지위의 상실에 대한 불만이지 않을까.(394)

과연 권희철은 "시장에 대한 파괴적 시선을 얻기 위해서", "교환의 논리 자체를 비틀어버리기 위해서" 등등의 표현을 기꺼이 감당할 의사가 있는 것인지 궁금하다. 이런 표현이 단지 문사를 비판하기 위한 수사修辭가 아니라면, 먼저 우선되어야 할 것은 문학동네가 주창하는 문학주의에 대한 근본적 성찰일 것이다. 동시에 권희철이 문사를 비판하는 열정만큼 동세대 한국문학의 어떤 결여에 대해서도 면밀하게 짚어내는 비평을 쓸 수 있을 때, 그가 그토록 존경해 마지않는 신경숙의 문학세계에 대해서도 거리를 두고 비판적으로 쓸 수 있을 때, 비로소 "시장에 대한 파괴적 시선"을 확보하고 "교환의 논리 자체를 비틀어버리는" 조그마한 계기를 만들 수 있으리라. 그런 노력이 실제적으로 수행되지 않는다면, 나는 권희철의 방식으로 이렇게 되돌려줄 수밖에 없다. 문학주의에 집착하는 비평의 전략이란 기실 고귀한(?) 상품미학을 은폐하기 위한 알리바이이지 않을까.

5

권희철의 글에 대해서 과연 문사는 어떤 반응을 보였을까. 『문학과사회』 2013년 여름호 서문은 권희철 글의 논지를 요약하면서 다음과 같이 언급하고 있다.

충분히 경청할 만한 지적이라 인정하지 않을 수 없을 것이다. 계속해서 그 외연을 다양한 형태로 변화시켜온 (이제는 그 명칭의 유효성도 의심스러운) 상업주의의 저 괴물적 운동 양태에 대한 계보학적 고찰을 생략한 상태에서 마치 그것을 하나의 명확한 실체처럼 간주하고 나아가서는 일종의 당위적인 비판적 거점으로 활용한 점이 없지 않음을 겸허히 수긍할 필요가 있을 것이다.(32~33)

문사의 상업주의 비판이 구체적인 맥락 없이 전개되었다는 점을 인정하고, 상업주의에 대한 비판이 결코 단순하게 이루어질 수 없다는 사실을 감안하더라도 생각보다 지나치게 수세적인 입장이다. 물론 이 뒷부분에 권희철에 대한 몇 마디 반론을 시도하고는 있지만 그 반론이라는 것도 그 글에 대한 정확한 비판보다는 문사의 입장에 대한 해명에 가깝다. 이를테면 "『문학과사회』 스스로가 이미 그 세속의 장터에 오랫동안 발을 걸치고 있는 주체라는 것은 누구도 부인하지 못할 것이다. 이 말에는 그 어떤 자부심도 서려 있지 않다. 우리에게는 현실 바깥의 진공 상태에서의 자아도취적인 비판을 감행하고자 하는 공격적인 의도 같은 것이 없다고 주장하고 싶다. 오히려 현실에 몸을 담그고 있는 와중에도 현실의 이중성과 모순성을 효과적으로 드러내면서 독자를 충격하는 일을 『문학과사회』가 오롯이 감당했는지를 묻는 두려움이 우리에게는 더욱 실제적인 것이었다"(33)는 답변이 특히 그렇다. 보기에 따라 문사의 이러한 태도는 성마른 반론보다 성숙한 자기 성찰적 태도의 표출로 여겨질 수도 있겠다.

그러나 나로서는 권희철의 비판에 대한 문사의 이런 태도가 문사의 과거와 현재의 정확한 반영이라고 판단할 수밖에 없다. 앞에서도 이미 지적되었지만 문사가 힘주어 비판한 출판자본에 종속된 비평이나 부정적인 의미의 상업주의에 문사 역시 오랫동안 발을 담그고 있었다. 한마디로 문사의 입장에서는 문학동네를 제대로 비판할 수 없는 것이다.

수차례 지적되었거니와, 문사, 문학동네, 창비가 형성한 주류 문예지 카르텔 구조가 일종의 시스템화 되면서, 해당 문예지 사이의 상호 비판이 현저하게 감소하고 있으며, 각 문예지의 고유한 정체성이 사라지고 있다. 어느 순간 비판적 지성의 산실이던 『창작과비평』마저 적어도 문학 지면에서는 텍스트에 밀착된 찬사 위주의 해설비평이 주가 되었다. 이제 잘나가는 작가들이 이 출판사들을 순회하며 책을 낸다는 것은 아주 자연스러운 현상이 아닌가. 정도의 차이는 있겠지만, 거기에는 어떤 문학적 이념도 정체성도 소수문학도 존재하지 않는다. 베스트셀러 작가 확보를 위한 벌거벗은 욕망이 앞설 뿐이다.[8] 그러니 이런 상황에서는 특정한 문예지 진영에서 다른 문예지를 비판한다는 것은 자기 얼굴에 침 뱉기가 될 수밖에 없는 것이다.

한 가지 예를 더 들어보자. 나는 권희철의 글을 읽으면서 너무나 익숙한 기시감을 느꼈다. 그렇다. 권희철이 「너무도 여리고 희미한 능력」에서 구사하고 있는 논리는 그가 비판의 대상으로 삼은 문예지 『문학과사회』 1999년 여름호에 수록된 글 「'90년대'는 끝나지 않았다」에서 이광호가 구사하는 논리의 판박이다. 당시 막 문사 편집위원으로 부임한 이광호는 출판자본의 상업주의와 부정적 권력 행사로부터 조금이라도 거리를 두고자 하는 비평가들을 겨냥하여 이렇게 주장한 바 있다.

'나는 상업주의를 비판하기 때문에 그 더러운 현장에 부재한다는' 의도적 착각에는 '그들은 전략적이고 나는 순수하다'는 기이한 윤리적 우월감이 깔려 있다. 90년대 문학의 상업주의 비판이 자기 문학의 '순수성'을 정당화하는 알리바이로 이용되는 사례는 많다. (…중략…) **문학과 비평이 문화산업의 완전한 '바깥'에 머물 수 있다는 것은 어쩌면 환상이다.** 문학적 활동을 포기하지 않는 이상 우리 모두는 공모자의 혐의를 벗을 수 없다.(762~763, 강조는 인용자)

---

8 상대적인 맥락에서 문사가 에콜의 정체성을 확보하기 위한 노력을 기울이고 비판적 비평의 복원을 위해 주류 문예지 카르텔에 어떤 균열과 파문을 생성시키고 있다는 점은 참 반가운 사실이다.

이와 같은 화법은 "모든 것이 상업주의라는 악으로 물들어 있지만, 자신만은 시장의 바깥에서 보고 듣고 말할 수 있다는 환상", "시장의 바깥에서 보고 듣고 말할 수 있다는 저 환상의 지위"라는 권희철의 주장과 얼마나 유사한가. 이광호의 이러한 논리에 대해서는 이미 당시에 아래와 같이 반론을 펼친 바 있다.

> 모든 출판이 자본주의적 유통구조에 포섭되어 있는 상황에서 그 누가 상업주의 그 자체를 잘못되었다고 말할 수 있을까. 우리가 진정으로 세심하게 고려해야 할 것은 어떠한 식의 상업주의며, 어떠한 식의 전략적 글쓰기인가?, 하는 차원의 문제이다. 내가 보기에 비평가 한기 및 유사한 문제의식을 지닌 논자들이 비판하는 것은 단순히 상업주의 그 자체가 아니다. 그들이 비판하고자 하는 것은 문학성의 이름으로 위장된 상업주의적 책략이라고 보아야 되지 않을까.[9]

14년의 세월을 두고 진행된 이광호와 권희철의 비평담론이 지닌 그 유사성을 통해, 나는 특수한 차원에서 제기된 문제를 누구도 부인할 수 없는 보편적인 차원의 테제로 환치시켜, 비판자들의 문제의식을 무화시키는 논법에 대해서 생각해보았다. 문제는 비판자들이 이에 대해 면밀하게 반론을 전개하지 않는 한, 이런 논법이 그대로 언론과 대중들에게 전파된다는 사실이다. 마르크스는 『루이 보나파르트의 브뤼메르 18일』의 첫 대목에서 이렇게 말한 바 있다.

> 헤겔은 어디선가 세계사에서 막대한 중요성을 지닌 모든 사건과 인물들

---

9   권성우, 「비판, 그리고 성찰의 현상학」, 『문예중앙』, 1999년 가을호.

은 반복된다고 언급한 적이 있다. 그러나 그는 다음과 같은 말을 덧붙이는 것을 잊었다. 한 번은 비극으로 다음은 희극으로 끝난다는 사실 말이다.[10]

슬라보예 지젝이 책 제목(『처음에는 비극으로 다음에는 희극으로』, 창비, 2010)으로 삼기도 한 이 유명한 구절처럼 권희철의 글이 지닌 성격을 잘 설명해주는 문구도 달리 없을 것이다. 이제는 이 희극도 재미없지 않은가. 참신한 다른 연극을 보고 싶다.

문사는 권희철의 평문에 대한 입장을 정리하면서 이렇게 적었다. "『문학과사회』는 그 어떤 비판적인 의견도 환영하고 들을 준비가 되어 있다. 우리에게 필요한 것은 손쉬운 동의가 아니라, 다양한 형태의 비판적 견지를 담고 있는 대화적 가능성이라는 믿음을 포기할 수 없기 때문이다."(35) 이런 주장에 대한 최소한의 믿음이 없었더라면 이 글을 쓰지 않았을지도 모른다.

6

강동호와 권희철의 글, 그리고 문사의 기념 좌담을 읽으면서 나는 니체가 『반 시대적 고찰』에서 피력한 아래 문장을 떠올렸다.

아, 나는 잘 안다. 너희는 고독이 무엇인지 모른다는 것을. 강력한 사회, 정부, 종교, 여론이 있는 곳에서, 즉 전제 정치가 지배하는 곳에서, 고독한 철학자는 증오의 대상이었다. 왜냐하면 철학은 인간에게 어떤 전제 정치

---

10 칼 마르크스, 최형익 역, 『루이 보나파르트의 브뤼메르 18일』, 비르투, 2012, 10면.

가 침입할 수 없는 피난처, 내면의 동굴, 가슴의 미로를 열어주었기 때문이다. (…중략…) 이 고독한 사람들, 정신적으로 자유로운 사람들은 알고 있다. 자신들은 어디에서든 항상 생각과는 다르게 보인다는 것을, 그들이 원하는 것은 오로지 진리와 정직성인데, 그들 주변에는 오해의 그물망이 둘러싸고 있다는 것을.[11]

니체의 언명에서 철학자를 비평가로 바꾸어보며, 이런 생각을 해보기도 했다. 어떤 강력한 문학적 권위를 지닌 문예지의 편집위원들에게 이해관계에서 자유로운 비평가는 증오의 대상일 수도 있다고. 왜냐하면 그들의 독립적인 비평은 중심적 매체가 침입할 수 없는 내면의 동굴과 가슴의 미로를 열어주기 때문이다. 그 고독한 비평가들은 알고 있다. 그들이 원하는 것은 오로지 진리와 정직성인데, 그들 주변에는 오해의 그물망이 둘러싸고 있다는 것을.

생각해보면 이 가상의 패러디마저도 이 땅의 평단에서는 제대로 실현된 적이 없었다. 그들의 글을 온전히 수록할 수 있는 지면과 그 자유로운 비평가들의 열정과 구체적인 비전이 부족했기 때문이다.

강동호와 권희철의 비평 담론, 그리고 문사의 좌담에서는 존재하지 않는 것처럼 여겨지는 많은 비평가들, 고립되어 있지만 자유로운 비평가들을 생각하며 이 글을 썼다. 여기서 나는 늘 팽팽한 정치적인 긴장의 자리에 놓여 있으면서도 고독한 망명자 정서를 지니고 글을 썼던 발터 벤야민, 늘 문단의 중심에 있었지만 시스템의 모순에 대해 민감한 안테나를 유지했던, 그러면서도 내면적으로는 항상 고독했던 비평가 임화에 대해서도 생각해본다. 그들은 늘 온전한 개별자였으며 진정으

---

11 니체, 이진우 역, 『비극의 탄생 · 반시대적 고찰』(니체 전집 2권), 책세상, 2002, 410~411면.

로 고독한 단독자였다.[12]

이런 상상을 해본다. 매호에 비판적 서평과 비평계의 현안에 대한 밀도 깊은 논쟁, 생산적인 화제, 품격 있는 에세이가 수록되는 그런 비평 계간지를. 물론 출판자본과의 독자성을 유지하면서도, 자립적인 재정적 기반이 가능하기 위해서는 정말 퀄리티가 높은 글, 아름다우면서도 예리한 비평, 미학적 품격과 정치적 올바름이 성공적으로 결합된 글들을 실어야 하는 것이 기본이겠다. 문사 좌담에서 개진된 정과리의 표현을 빌리면, 이런 비평지는 "제도 바깥에서 제도를 비판적으로 성찰하는 기능"을 담당할 수 있는 매체를 지향하게 될 것이다.

누군가는 이렇게 말할지 모른다. 지금까지 그런 시도들이 다 실패하지 않았느냐고, 『비평과 전망』, 『작가와 비평』은 사실상 폐간되었으며, 『크리티카』의 미래는 불투명하다고. 『오늘의 문예비평』만이 근근이 지속 가능성을 보여주고 있는 어려운 출판 인프라 속에서 그런 매력적인 비평전문지가 과연 가능하겠느냐고.

이런 상상이 비현실적으로 보이는가. 그렇다면 가라타니 고진이 『세계공화국으로』에서 창안한 개념 '어소시에이션association'의 예를 들고 싶다. 자본=네이션=국가라는 보로메오의 매듭을 극복하기 위한 거점으로 그는 자율적인 공동체라고 번역될 수 있는 어소시에이션을 든다. 얼핏 보면 이러한 제안의 실현 가능성은 비현실적인 것처럼 보인다. 그러나 이와 같은 '규제적 이념'의 존재로 인해 우리는 현실의 모순을 극복할 추진력과 구체적인 실천 가능성을 얻게 되는 것이다. 이즈음 다양하게 펼쳐지는 협동조합 운동도 이러한 '어소시에이션'의 현실화 과정으로 볼 수 있겠다.

---

12 임화의 이런 면모에 대해서는 이 책 1부에 수록된 「비평의 고독, 임화의 고독」을 보라.

모든 것을 구체적인 실현 가능성으로만 둘 때, 오히려 현실의 모순을 극복하기 위한 상상력은 현저하게 쪼그라들기 마련이다. 그러니 구상은 담대해야 한다. 우리에게는 실현되기에는 결코 쉽지 않지만, 지금 이 시대의 비평 시스템을 대담하게 돌파하는 상상력이 필요한 것이 아닐까. 설사 실패하고 좌절하면 어떤가. "다시 시도하라, 또 실패하라, 더 낫게 실패하라"는 사무엘 베케트의 경구는 늘 우리의 마음속에 있을 것이다.

일단 이름을 짓자. 『현대비평—낭만적 망명자들을 위한 텃밭』이라고. 언젠가는 출판될 이 비평전문지를 상상할 때마다 나는 지금도 가슴이 설렌다. 이런 상상과 설렘이라도 없다면 망명한 비평가의 인생은 얼마나 쓸쓸할까.

(2013)

문학의 운명,
혹은 패배한 자의 아름다움

1. 스스로 상처가 되는 문학

15년 전이던 1994년 나는 프랑스 영화 〈시라노〉의 주인공 어투를 빌려 다음과 같이 말한 적이 있었다. "대중적 관심도, 자본의 저 화려한 마력도, 사회를 개선할 수 있는 추진력도 다 가져가라. 그러나 한 가지만은 문학에게서 절대로 빼앗아갈 수 없다. 패배하고 좌절하여 스스로 창공의 빛나는 별이 되는 문학의 고유한 힘만은"(「다시 문학이란 무엇인가」, 『세계의문학』, 1994년 겨울호). 그 사이에 문학을 둘러싼 사회적 환경과 미디어 지형이 많이 바뀌었으며, 문학에 대한 내 생각도 다소 변화했다. 그러나 지금까지도 여전히 변하지 않은 한 가지는 스스로 패배자가 되어 세상에 맞서는 것이 문학의 고유한 존재방식이라는 소박한 신념이다.

생각해보면 그 후 전개된 15년의 세월은 세상에서 패배하고 좌절한 자의 아름다움을 보여주면서 스스로 상처가 되는 글쓰기야말로 비평가로서 내가 궁극적으로 지지해야할 문학이라는 것을 마음에 아로

새기는 과정이었다. 그것은 동시에 고독과 은둔을 각오하면서도 문단 시스템이나 부정적 관행에 맞서 문학적 자존을 지키는 아름다운 문인과 예술가들의 상처를 곡진하게 이해하는 도정이기도 했다. 그들과 마음으로부터 연대하는 것이 한 사람의 비평가로서 내가 가야 할 길이 아닐까.

그 사이에 어떤 변화가 있었던가. 의심할 바 없이 "대중적 관심"은 분명 15년 전에 비해서 문학으로부터 많이 떠나갔다. 우리는 그 점에 대해 슬퍼할 필요도 없으며 한탄할 여지도 없다. 뒤집어 생각해 보면, 문학에 대한 대중의 관심은 문학이 쉽게 접근 가능한 유일한 예술이며 유력한 오락이자 지성의 전위로 기능할 수밖에 없었던 시대의 산물인지도 모른다. 그 시대를 추억할 권리는 있지만, 그 시대의 프레임으로 이 시대 문학을 바라볼 필요는 전혀 없을 것이다.

문학이 "사회를 개선할 수 있는 추진력"과 관계하는 영역 역시 15년 전에 비해 분명하게 감퇴했다. 물론 문학 자체가 사회를 근본적으로 바꿀 수는 없다. 문학은 다만 그 사회의 병든 그림자와 야만적인 문화에 대해서 근원적으로 성찰하게 만드는 조그마한 계기를 제공할 뿐이다. 문제적인 것은 언젠가부터 이 시대의 문학에서 그러한 역할조차 점차 위축되고 있다는 사실이다. 90년대 중반 이후 전개된 민족문학의 퇴조, 체제 비판적 문학의 위축은 이러한 현상을 상징적으로 보여준다.

그러한 추세는 그것대로 인정한다 하더라도 우리는 이제 이런 얘기를 할 수 있을 것이다. 정치, 언론 등 사회의 각 부문에서 퇴행적이며 파시즘적 권력이 횡행하는 이즈음이야말로 현실에 대해 성찰하고 지배 이데올로기나 주류 시스템을 전복하는 비판적 문학의 소임이 새로운 방식으로 요청된다고. 이를테면 이 시대 정치 현실에 맞서, 저 6~70년대에 시인 김수영, 신동엽, 그리고 김지하가 「오적五賊」에서 대담하게 보여주었던 시적 저항과 비판적 상상력이 새롭게 갱신된 방식으로 분출할 필요가 있다고. 그러나 지금 이 시대 문학이 용산참사를 형상화한 시인 이시영의 「경찰은 그들을 인간으로 보지 않았다」(창비주간논평, 2009.1.28) 같은 몇몇 예외를 제외하면 그런 기능을 충분히 감당하지 못하고 있다.[1] 아니 관점에 따라서는 문학이 현실과 맞서는 방식 자체가 이미 달라졌다고 주장할지 모른다. 지금은 선지자적 고발이나 즉각적인 저항이 가능한 위대한 계몽주의의 시대가 아니라고 말이다.

문학의 역할에 대한 소망과 문학의 현실적 추세는 다를 수 있다. 문학의 사회적 성찰을 강조하는 것은 문학과 정치를 일대일 대응관계에 놓고 바라보는 것을 의미하지 않는다. 예컨대 반파시즘을 노래한 그 어떤 시도 히틀러의 집권과 2차 세계대전을 막지 못했다는 사실을 여기서 떠올릴 필요가 있으리라. 문학은 어떤 경우에도 전쟁을 막지 못한다. 다만 그 전쟁이 정당한가에 대해 고민하게 만드는 게 문학이리라. 이런 생각은 문학의 역할과 존재방식에 대한 근원적인 허무주의로 유인한다. 그러나 달리 보자면, 파시즘에 저항한 어떤 시편들은 히틀러에 미혹된 사람들의 마음에 미세한 균열을 생성시켰던 것이 아닐까. 그 파문과 균열이 축적되고 기억되면서 독일사회는 서서히 변해갔던 것이다. 그 변화는 종전終戰 후의 이루어진 나치즘의 과감한 청산을 위한 눈에 보이지 않는 자산이 되었던 것이 아닐까. 반파시즘 시는 직접적인 변혁을 감당하기보다는 파시즘을 내면화한 독일국민들 마음의 동심원에 작은 파문을 생성시키는 방식으로 역사와 만났으리라.

---

1 이 글이 발표된 후인 2009년 12월 '작가선언 6·9'에 의해 용산참사 헌정문집 『지금 내리실 역은 용산참사역입니다』(실천문학사)가 발간되었다. 물론 이 문집의 성과는 우뚝하지만, 그렇다고 해서 중요한 정치적 현안에 대해 문학이 다른 예술이나 미디어에 비해 가장 순발력 있고 본격적으로 대응했다고 볼 수는 없다.

문학과 정치, 혹은 문학과 현실 사이에 놓인 복합적인 맥락과는 별도로, 그리고 한 시대에 대한 성찰을 문학이 감당해야 한다는 소망과는 별도로, 이제 이 점을 인정할 필요가 있겠다. 적어도 한 사회의 지배 이데올로기에 대해 성찰하고 구체제를 전복하는 전선에서 문학이 헌걸차게 맡아왔던 소임이 줄어들고 있다는 사실 말이다. 이 과정에 대해 자연스러워 할 수도 있고 안타까워할 수도 있지만, 분명한 점은 저 민족문학이 밟아온 계몽미학의 도정을 이 시대의 문학이 동일한 방식으로 보여주지 않을 가능성이 크다는 사실이다.

　　그렇다면 "자본의 화려한 마력"과 문학과의 관계는 어떨까. 이 문제는 앞에서 언급한 두 가지 문제에 비할 때, 다소 복잡하다. 자본과 연관하여 문학은 이중적인 속성을 지니고 있다. 두루 알다시피 문학은 여러 예술 장르 중에서 상대적인 의미에서 자본으로부터 가장 자유로운 영역에 가깝다. 대개의 영화나 공연예술과는 달리 문학은 환금 가능성이 전혀 없는 작품도 그 미학적 가치만으로 온전히 출판되고 높이 평가되는 예술이다. 자본에 흡수되지 않는 비판적 사유가 가장 활발하게 작동하는 분야가 문학(비평)이라는 사실은 여전히 유효하다. 그러나 다른 한편으로 이른바 IMF 사태 이후 이 시대의 문학과 비평은 점점 출판자본의 영향력과 마케팅 산업의 구도에 종속되고 있다(이와 연관하여 최근의 베스트셀러 신경숙의 『엄마를 부탁해』나 황석영의 『개밥바라기별』이 홍보, 비평, 연예인 촌평을 포함한 여러 형태의 문학마케팅 전략과 맺고 있는 연관성을 정밀하게 탐문해볼 필요가 있을 것이다). 자본은 늘 문학의 편이 아니었지만, 역설적으로 점차 문학이 자본에 종속되기 시작하고 있는 이 시대의 어떤 풍경이야말로 지금 자본과 문학을 둘러싼 미묘한 장면이 아닐까.

　　자 이제 마지막 한 가지가 남았다. 다름 아닌, "패배하고 좌절하여 스스로 창공의 빛나는 별이 되는 문학의 고유한 힘" 말이다. 자본과 대중의 사랑, 사회 변혁의 추동력에서 멀어진 문학은 스스로 상처가 되어 세상에 자신의 존재를 입증하는 그런 희한한 문학이다. 스스로 상처가 되는 문학은 마치 타들어가는 촛불처럼 이제 빼앗길 것이 없다. 그 자체가 그대로 존재의 근원이자 본질이므로. 그러나 문학이 세상과 맞서 스스로 곡진한 슬픔이 되기 위해서는 그러한 문학을 배태한 사회의 그늘과 주름, 역사적 굴곡과 윤리적 지평, 타인의 상처와 절망을 투시해야 한다.

스스로 슬픔이 되어, 상처가 되어 세상과 대면하는 문학은 곧 주체적이고 독립적인 문학의 다른 이름이기도 하다. 존재 그 자체의 상처와 자존을 연료로 삼기에 그들은 상대적인 맥락에서 문단시스템과 출판자본과 거리를 둘 수 있고, 대중성에 연연할 필요가 없다. 달리 표현하자면 문학만이 할 수 있는 역할에 충실한 문학은 어떤 것에 대해서도 눈치 볼 필요가 없다. 그러니 그 문학은 존재론적 맥락에서 자본, 문학제도, 언론, 국가의 포섭으로부터 자유로운 문학이다.

이 땅의 시민으로 살아가는 이상, 정도의 차이는 있을지언정 대부분의 문인들은 언론, 출판, 대학, 국가 등의 문학을 둘러싼 시스템에 연루되어 있으며 그것은 필연적이기도 하다. 이를테면 여기서 이런 예를 들 수 있지 않을까. 이 땅에 문인지망생이 대단히 많다는 사실, 그리고 인구 규모에 비해 볼 때, 그 어떤 나라보다 문예지와 문학상, 문예창작과가 다수 존재한다는 사실을 인식해야 한다고. 이런 현상 자체는 그 자체로 부정적인 것도 아니고 긍정적인 것도 아닐 것이다.

그러나 언론과 출판자본, 대학, 문화예술위원회 등을 비롯한 문학시스템이 문학적 글쓰기와 문인에게 미치는 영향이 점점 증대될수록, 문인들의 문학세계가 획일화되고 있으며 문인들의 독립성과 주체성이 훼손되고 있다는 사실은 분명히 지적되어야 할 것이다. 더욱 근본적으로 말해서 뛰어난 문학은 늘 시스템의 울타리를 월경越境하고, 시스템의 이데올로기를 전복하면서 그 존재를 입증해왔다는 사실을 여기서 상기하자. 그렇다면 이 시대의 현실을 예리하게 투시하면서 지배 이데올로기를 비판하는 문학이 줄어들고 있다는 사실은 당대의 문학시스템에 대한 문인들의 종속이 심화되고 있다는 것을 반증하는 것이 아닐까. 그러니 문인들이 이 시대 문학을 구성하는 문학시스템으로부터 얼마나 자유로우며 주체적인가 하는 점은 그 시대와 정면 대결한 다양하고도 뛰어난 문학의 산출 기반을 검증하는 리트머스시험지일 것이다.

이제 문인들을 위해서도, 한국문학의 다양성을 위해서도 자명하게 다가오는 여러 문학시스템과 제도를 의심하고 그로부터 자율성을 확보하는 것이 관건이 될 것이다. 바로 여기에서 나는 다시 스스로 패배하여 세상의 상처가 되는 문학의 고유한 역할에 대해 강조하고 싶다. 그런 문학만이 제도를 횡단하여, 문학의 품격과 자존을 드높이는 역할에 스스로 헌신할 수 있는 것이 아닐까.

시인 백석白石의 만주행과 『난장이가 쏘아올린 작은 공』의 작가 조세희의 오랜 침묵에 대해 생각해본다. 각기 다양한 방식으로 문학적 '고립'을 때로는 '은둔'을 혹은 '잊힘'을 기꺼이 각오하면서 문단시스템에서 자유로운 문인으로 살아가는 이들을 생각해본다. 시인 고故 박영근의 가난과 죽음에 대해 생각해본다. 그리고 소설가 고故 이청준의 문학정신에 대해 생각해본다. 문학의 고유한 역할에 대해 집요한 질문을 던지는 동시에 문학과 언어미학에 대한 투철한 자의식을 지닌 문인들의 존재에 대해. 이들의 글쓰기야말로 스스로 슬픔이 되어 이 세계와 정면 대결한 문사文士의 자존과 개성을 각기 그만의 방식으로 보여주고 있는 것이리라.

그래서 나는 15년 전의 그 얘기를 여전히, 그러나 좀 더 절박하고 서늘한 목소리로 노래하고 싶다. 문학은 체제에서 이탈한 자의 서늘하고 아름다운 상처의 흔적이라고.

2. 시인의 결기, 고독, 자의식

스스로 패배하여 세상의 슬픔이 되는 글쓰기는 필연적으로 '시詩'와 접속될 가능성이 높다. 시는 문학의 다양한 장르 중에서도 자본, 대중, 사회 변혁을 위한 총체성과 가장 간접적인 관계를 맺고 있기 때문이다. 그래서일까. 나는 이즈음에 어떤 소설이나 산문 이상으로 허연의 『나쁜 소년이 서 있다』(2008), 진은영의 『우리는 매일 매일』(2008), 심보선의 『슬픔이 없는 십오 초』(2008), 김사이의 『반성하다 그만둔 날』(2008) 등의 시집에 마치 새로운 별자리를 조우하듯 내 마음이 크게 공명하는 것을 느꼈다.

첫 시집 이후 15년이라는 오랜 공백 끝에 가열한 자기 성찰을 통해 허연이 보여준 치명적인 자기모멸의 언어, 철학자의 지성과 시인의 감각의 절묘한 결합을 통해 새로운 방식으로 현실과 대결하고 있는 진은영의 멜랑콜리, 사회학자의 현실 인식과 예술가적인 부정정신이 만나 형성된 심보선의 "빛나는 폐허", 노동문학의 새로운 발성법을 통해 김사이가 펼쳐놓은 통렬한 자기반성의 세계 등은 이 시대 어떤 소설보다도 스스로 상처가 되어 세상과 대결하는 문학의 방식을 성공적으로 구현하고 있다. 이 시인들은 각기 자신의 방식대로 "홀로 맞서야 한다는 것이 얼마나 고독한가 / 지난하고 더딘 시간으로부터 / 맞짱을 뜨며 진정 고독하게 가는 것이다"(김사이, 「살갗으로부터 오는 긴장」)라는 명제를 실천하고 있는 것이리라. 그 시집들의 대열에 역시 19년이라는 세월의 더께를 뚫고 어느 날 홀연히 솟아나온 김사인의 『가만히 좋아하는』 (2006)이 펼쳐놓은 극진한 여백의 미학을 포함시킬 수 있을 것이다.

미래파, 그리고 새로운 서정을 둘러싼 논쟁과는 별도로 이 시대의 시문학은 어떤 다른 방식의 글쓰기보다 현실의 상처를 감싸 안는 시인의 자의식이 여전히 팽팽하게 살아 있다. 이 점은 『완전에 가까운 결단』(백무산 · 조정환 · 맹문재 편, 전태일 열사 탄생 60주년 기념시집, 2009) 같은 현실과의 접촉으로 설명될 수도 있지만, 그보다 더욱 주목해야 할 것은 박형준과 진은영의 시론詩論에서 펼쳐진 시와 현실의 관계에 대한 시인들의 선연한 자의식이다. 예컨대 박형준은 "(시적) 회상행위 속에서 과거와 현재 사이의 관계는 상호적이고 역동적이며, 따라서 이 행위 자체는 상당한 윤리적인 지평을 동반하는 것이 된다"[2]면서 시적 행위와 윤리적 지평 사이의 관계에 대해 탐문하고 있다. 또한 진은영은 "삶과 정치가 실험되지 않는 한 문학은 실험될 수 없다. 이것을 망각할 때 문학은 필연적으로 에밀 시오랑Emile Cioran이 말한 기만의 상황에 빠진다"[3]고 말하며 정치와 문학 사이의 관계에 대한 근본적 인식으로 나아간다.

이러한 시적 자의식은 진은영의 시에서 보듯 "우리는 목숨을 걸고 쓴다지만 / 우리에게 / 아무도 총을 겨누지 않는다 / 그것이 비극이다"(「70년대産」, 『우리는 매일 매일』)에서 묘사되는 촌철살인의 세계나 "젊은이를 비탄으로 몰고갈 / 실업의 총알을, 죽음에 못 이른다면 / 비정규직의 주황색 망토에 뚫릴 동그란 구멍이라도"(「문학적인 삶」)라고 표현되는 현실 인식과 맞물려 있다.

한마디로 말해 진은영의 시론과 시에는 시의 운명과 정치성에 대한

---

2 박형준, 「우리 시대의 '시적인 것', 그리고 기억」, 『창작과비평』, 2007년 가을호, 410면.

3 진은영, 「감각적인 것의 분배」, 『창작과비평』, 2008년 겨울호, 82면.

자의식이 가득하다. 그것은 무엇보다도 지성의 산물이 아닐까. 진은영과 박형준의 시론은 지성과 감각의 깊이를 고루 갖추고 있다. 이에 비해 이 시대 젊은 소설가들이 보여주는 소설론의 형체는 아직 뚜렷한 윤곽을 보여주지 않는다. 소설 장르의 특성 때문일까.

최근에 벌어진 미래파 논쟁이나 서정시의 갱신과 연관된 논쟁처럼 작품 해석과 그 방향성에 근거한 소설논쟁이 거의 없다는 사실도 시와 소설의 차이와 연관하여 대단히 시사적이다.

아마도 이 점은 시가 상업주의로부터 상대적으로 자유로운 장르라는 사실에서 연원하는 것일 게다. 시인의 운명은 늘 그러했지만, 대중도 자본도 사회를 바꾸는 추진력도 모두 떠나버린 이 시대의 시인들은 그 어떤 시기보다도 당대와 불화하는 망명자의 입장에서 시를 쓰는 것이 아닐까. 그래서 진은영이 자크 랑시에르에 기대어 피력하는 "모든 감각적인 것의 분배를 자본의 논리에 따라 재배치하는 자본주의의 의미망을 철저히 피하는 것을 미학적 원리로 채택하는 예술론"[4]은 그녀가 다름 아닌 시인이라서 가능한 혜안을 동반하고 있다.

지금 이 시점에서 볼 때 "자본주의의 의미망을 철저히 피하는 것을 미학적 원리로 채택하는 예술"은 바로 '시'이다. 그렇다면 진은영이나 심보선의 예술론(시론)을 상당수 소설문학상이 1억 원 상금을 홍보하는 시대에 대한 어떤 문학적 저항으로 해석할 수도 있겠다. 이즈음 소설을 읽는 것보다 시집을 읽는 것이 나에게 더욱 정제되고 서늘한 미학적 감동과 쾌감을 선사하는 것도 바로 이러한 이유와 연관된 것이 아닐까. 소설은 이제 명망 있는 작가가 쓴 작품일수록 창작과 기획, 홍보의 거의 모든 단계에서 마케팅 마인드가 은밀하게 혹은 노골적으로 작동

---

4 위의 글, 82면.

하고 있다.

그러니 기꺼이 이렇게 말할 수 있겠다. 출판자본의 유혹, 문단 시스템과 언론의 구도에서 자유로운 작가, 침묵과 잊힘을 스스로 선택할 수 있는 작가, 말하자면 스스로 상처가 되어 세상의 슬픔과 대화할 수 있는 문인이 궁극적으로 이 시대를 관통하면서도 미학적 품격을 지닌 작품을 쓸 수 있는 것 아닐까. 아마도 그럴 것이다.

3. 소설가의 절망, 침묵, 잊힘

이 시대 소설가들은 분노하고 절망한다. 물론 다 그렇다는 것이 아니다. 늘 그러했듯이 읽을 만한 소설은 항상 있어왔다. 이 시대 베스트셀러 문학작품의 대부분은 소설이며, 평단의 찬사를 독차지하는 소설도 많다. 일례로 신경숙의 『엄마를 부탁해』, 김연수의 『밤은 노래한다』, 황석영의 『바리데기』, 김훈의 『남한산성』, 김애란의 『침이 고인다』 등의 소설(집)들은 비평가의 찬사와 독자의 사랑을 동시에 받은 이 시대의 문제작들이다. 그리고 또 다른 작가들의 수많은 가편佳篇이 있다. 그런데도 어느 소설가들은 이 시대 문학을 둘러싼 황폐한 현실에 대해 얘기한다.

예컨대 생태운동에 적극적으로 참여하고 있는 소설가 최성각은 최근에 아래와 같이 일갈한 바 있다.

영화나 심지어 한국에서 특히 발달되었다는 텔레비전 드라마보다 더 리얼하게 당대를 표현해내지도 못하는 '소설'이 문학판에서 그 장르에 대한 대접이라는 면에서 여전히 압도적인 우선순위와 영예를 차지하고 있다는 것은 참으로 기이한 현상이라고 생각합니다. 한국의 소설은 '조세희 황석영 이문구' 등으로 요약해 말할 수 있는 70년대에 만발했다가 '김영현'에게서 끝난 게 아닌가, 생각합니다. 이미 한 시대를 증언하려는 윤리적 · 비판적 책무를 저버리고, "비루한 인간의 욕망과 언어적 탐닉에 집중하는 트리비얼리즘의 세계"(김곰치-이명원과의 대화)에 함몰된 몰가치적 · 몰역사적 · 몰현실적 집착들이 어떻게 문학이 현실에서 살아 펄펄 작동되던 시대에 받았던 존경까지 거머쥐려는 야무진 꿈을 꿀 수 있을 것인가, 묻게 됩니다.(최성각, 「생태적 위기와 새로운 글쓰기 – 소설의 특권적 장르계급, 혹은 한국문학의 옹졸함에 대하여」, 『녹색평론』 103호, 2008)

이런 표현을 한 최성각은 문학을, 소설을 사랑하는 것일까? 그의 문학에 대한 사랑은 이 종언의 시대에 문학에 대한 절박한 사랑을 줄기차게 고백하는 수많은 시인, 소설가, 비평가들의 사랑과 과연 다른 것일까? 최성각의 주장이 이 시대의 소설문학에 대한 지나친 폄하라고 바라볼 문인들도 있을 것이며, 그의 주장이 우리 소설이 당면하고 있는 치명적인 한계를 제대로 짚었다고 바라볼 문인들도 있을 것이다. 최성각의 주장에 대한 의견은 다양할 수 있다. 그러나 여기서 분명한 사실은 적어도 현실과 소설에 관해서라면 이런 주장에 대한 심화된 논의와 성찰, 문제제기 없이는 이 시대의 소설문학이 제대로 진전하지 못하리라는 점이다. 최성각은 그만의 방식으로 소설에 대한 사랑과 애정을 보여준 것이라고 해석할 수는 없는 것일까.

그리고 또 최성각이 한국의 소설이 만발했던 시대의 마지막 작가로 언급한 김영현이 있다. 그는 인터넷신문 『프레시안』(www.pressian.com)에 발표한 글 「문학이여 먼저 나라도 침을 뱉어주마 – 이것은 '표절 시비'가 아니다」(2008.10.14)에서 한국문학의 현실에 대해 다음과 같이 우울하게 진단하고 있다.

적막하다. 바위처럼 외롭다. 아니 나무처럼, 안개처럼 외롭다. 문학의 신은 이미 오래 전에 사망 선고를 받고 죽었다. 아니, 죽지 않고 떠났는지도 모른다.

슬픔과 그리움과 분노를 먹고 살았던 신, 우리가 외로울 때에 위안을 주었고, '생활이 그대를 속일지라도 슬퍼하거나 노하지 않게' 다독거려 주었던 신, 독재의 푸른 발톱 하에서도 살아 펄펄거리던 문학의 신은 어디로 갔는가. (…중략…) 사방을 둘러본다. 어디에도 살아있는 목소리 하나 들리지 않는다. 해마다 연중행사처럼 모 시인의 집 앞에는 수많은 기자들이 모여 초조하게 노벨상을 기다렸다 흩어지고, 아직도 문단 황제의 꿈을 버리지 못한 작가들이 판을 휘젓고 다니지만 그럴수록 판은 더욱 초라해져 가고, 살아남은 것은 적요하게 무덤을 지키는 자들 뿐. 분노도 슬픔도, 비판적인 이성도 열정도, 자존심도 품격도 없는 문학 기술자들, 문학 전공자들이 벌이는 축제들 뿐. 대다수의 작가들이 일용직 노동자처럼 궁핍한 시대, 소설 한 편에 수천만 원, 시 한 편에 수천만 원이 호가되는, 로또복권보다 더 로또적인 문학상. 그렇게 자본주의적인, 너무나 자본주의적인 줄을 세우고 있는 자들과 줄서서 입을 벌리고 있는 초라한 군상들 뿐.

제발 문학은 죽어도 작가 정신만은 살아있기만을 바랐던 것은 꿈이었을까.

이 글을 관통하여 흐르는 어떤 절박한 멜랑콜리의 분위기만큼이나 이 글에 대한 뜨거운 반응이 있을 법하다. 역시 김영현이 말한 문단의 부정적인 풍경이 상상된 허구에 불과하다고 혹은 지나치게 과장된 것이라고 바라볼 관점이 있을 것이고, 김영현의 주장에서 도저히 부정할 수 없는 어떤 진정성과 적확한 통찰력을 발견하는 시선도 존재하리라. 그러나 한국 현대문학사에서 잊을 수 없는 이정표를 지닌 출판사(실천문학사)의 대표이자 인상적인 문학세계를 보여준 중견소설가가 스스로 나서 이런 주장을 했다는 사실 자체가 이 시대 문학판에 대한 절박한 위기의식의 소산이라는 점만은 인정되어야 하지 않을까.

나는 최성각과 김영현의 주장을 점차 자본과 대중, 문학시스템과 마케팅 파워에 휘둘리기 시작하는 이 시대 소설문학에 대한 경종의 목소리라고 받아들인다. 대중과 비평가의 찬사를 동시에 받은, 그리하여 이 시대 소설문학의 승리라고 운위되는 최고의 평판작인 신경숙의『엄마를 부탁해』나 김연수의『밤은 노래한다』, 황석영의『바리데기』에 대한 충분한 비평적 대화와 다양한 해석이 진전되지 않았다는 사실은 이 시대 소설문학이 여전히 논쟁과 갱신, 비판적 대화의 대상이라는 점을 아프게 일깨운다.

단적으로 말해서, 이 소설들이 지닌 몇몇 장점과 문학적 미덕에도 불구하고, 그 작품들이 "패배하고 좌절하여 스스로 창공의 빛나는 별이 되는 문학의 고유한 힘"이 되기에는 세상의 상처와 자기모멸을 응시하는 침묵의 시간이 부족했던 것이 아닐까.

최근 문학동네소설상(상금 5천만 원), 뉴웨이브문학상(상금 1억 원), 문사장편문학상(상금 1억 5천만 원)을 위시하여 엄청난 상금이 걸려 있는 수많은 소설문학상이 수상작 없음으로 귀결되는 추이는 문제적이다. 이러한 현상은 탄탄한 장편소설의 시대를 열어 제치기에는 아직 준비가 안 된 소설문학의 현황을 있는 그대로 보여주는 것이 아닐까. '소설에 대한 자의식'이 둔화된 정황 속에서 스스로 상처가 되어 세상의 그늘을 투시하는 소설적 갱신을 보여주는 작품이 나오기는 쉽지 않을 것이다.

나는 이 모든 것들이 상대적인 맥락에서, 가령 시인 진은영이나 박형준의 시론(예술론)에 비견되는 현실과 깊이 있게 대결하는 독자적이며 정치한 소설미학을 발견하기 힘들다는 점과 연관된다고 본다. 여기서 70년대 소설문학의 융성은 단지 사회적 분위기나 문학적 열정뿐만 아니라 이청준의 「지배와 해방」, 「언어사회학서설」 같은 도저한 소설적 자의식의 언어를 동반했다는 사실을 상기하자. 그렇다면 시와 소설 장르의 차이를 감안하더라도, 허연이 보여준 지독한 자기모멸의 세계(「간밤에 추하다는 말을 들었다」)를 정면으로 통과할 때 이 시대 소설문학은 창조적 갱생을 향한 희미한 가능성이라도 발견할 수 있지 않을까.

4. 문학, 그것은 소수자와 망명자의 언어

나는 아직도 2008년 11월 14일에 있었던 난쏘공 30주년 기념 낭독회 자리에서 소설가 조세희가 청중들에게 절규하는 장면이 눈에 선하다. 그는 교보문고 강당을 가득 채운 독자들에게 "나는 여러분들 젊은 세대에 희망을 걸고 있다", "절대 냉소주의에 빠지지 말고 희망을 가지고 절망하지 말라", "여러분이 싸우지 않으면 내가 죽어서 귀신이 되어 다시 싸우러 이 세상에 오게 될 것"이라고 의연하게 말하면서 "제발 그렇게 되지 않게 해 달라"고 간절하게 호소했다. 이러한 조세희의 호소는 노소설가의 시대착오적인 망상일까? 아니다 결코 그렇지 않다. 그의 호소는 그동안 소설을 쓰지 못했던 자신의 문학적 침묵에 대한 간접적인 해명이 아니었을까.

그는 또한 "'난쏘공'을 처음 썼을 때 이렇게 30년 넘게 읽힐 것이라고는 상상도 못했다"며 '난쏘공'이 더 이상 안 읽히는 사회가 되기를 바란다고 말했다. 이러한 조세희의 발언은 분석의 대상이다. 누구나 독자들이 많이 찾아 읽기를 바라고, 그들로부터 잊히기를 결코 바라지 않는 현실에서 조세희의 이런 고백은 그야말로 역설적인 의미를 지니고 있다. 표면적으로 보면, 이 주장은 한국사회의 노동문제와 빈부격차가 완화되기를 소망하는 조세희의 절박한 마음을 담고 있다. 그렇다면 이 발언의 속뜻은 어떻게 해석되어야 할까. 유일하게 독자들의 폭넓은 사랑을 받고 있는 그의 대표작, 어떤 면에서는 자신의 생계를 해결해준 난쏘공이 독자들에게 안 읽히는 것을 개의치 않는 그의 태도는 누구나 선택할 수 있는 것은 아닐 것이다. 한마디로 그는 자신의 생존의 근거로부터도 자유로운 것이다. 독자들을 마음 깊이 존중하면서도 궁극적으로 독자들의 기억과 관심에서 자유로운 의연한 태도는 그가 그토록 오랜 세월 동안 침묵할 수 있었던 이유를 설명해주는 듯하다. 적어도 나에게는 그렇다.

그렇다면 조세희야말로 '침묵'이라는 기이한 방식을 통해, 스스로 패배자가 되어 세상의 상처를 드러내는 자로 남은 드문 예술가가 아니겠는가.[5] 그의 침묵과 운둔을 경배할 필요는 전혀 없다. 그러나 많은 소설가들이 침묵과 고독, 공백을 두려워하는 이 시대, 언론을 비롯한 당대의 문학시스템에서 배제되고 독자들의 관심에서 멀어진다는 것에 대해 지나치게 의식하고 있는 이 시대에 조세희의 태도는 오롯이 빛난다.

그래서 이렇게 말하고 싶다. 끝끝내 소수자와 망명자의 언어를 지지하는 것, 자신을 스스로 태우는 촛불이 되는 것, 타자의 상처와 고통에 공감하는 것, 몰락하고 패배할 수밖에 없는 운명이라는 것을 알면서도 여전히 문단시스템과 당대문학에 대한 비판과 성찰을 수행하는 것,

---

5 실제로 조세희는 2002년 『작가세계』 가을호 지면을 통해 이루어진 문학평론가 이경호와의 대담에서 "나는 좋은 뜻의 어떤 말도 들어서는 안 되는, 어린 시절 말로 실패자입니다. 나는 무엇 하나 제대로 이룬 것이 없습니다"고 말한 바 있다. 그리고 조세희의 침묵이 지닌 의미에 대해서는 이 책에 수록된 「삼십 년의 사랑과 침묵에 대한 열 가지 주석」을 참조할 수 있겠다.

모국어의 아름다움을 통해 아름답지 못한 세계에 대해 말하는 것, 아니 그 모든 것 이전에 세상의 깊은 상처 속에 드리워진 아름다움의 지극한 경지를 보여주는 것, 그것이 내가 생각하는 문학이라고.

공간의 변화가 가끔 현실 감각을 흐트러뜨릴 수도 있다는 관점에 동의한다면 이 글의 한계 역시 자명하겠다. 아무런 문인도 만날 수 없는 곳에서 글을 쓰면서, 남부 캘리포니아의 햇살 속을 방황하면서 나는 가끔 조국의 시인과 소설가, 에세이스트들에 대해 생각했다. 시 몇 편을 읽을 때마다 말 그대로 청명하기 그지없는 하늘을 바라보면서 이곳에서 발원하는 내 사유의 편향을 생각하기도 했다. 설사 그것이 주관적이며 엉성한 미망이라 하더라도 "패배하고 좌절하여 스스로 창공의 빛나는 별이 되는 문학의 고유한 힘"에 대한 나의 신뢰는 여전히 계속될 것이다. 그게 문학이니까.

곧 다시 피워질 오월의 촛불이 활활 지속되기를 염원한다. 촛불, 그것은 스스로 자신을 태우면서 세상의 상처와 모순을 드러내는 가장 아름답고 정치적인 예술이다. 그것은 우리가 추구해야할 문학의 또 다른 얼굴이다.

(2009)

문학과 정치 사이의
팽팽한 지적 긴장

최인훈의 에세이와 문학론에 대해

1. 최인훈 글쓰기의 총체적 이해를 위하여

소설가 최인훈崔仁勳(1936~)은 그동안 한국현대소설사를 통해 독보적인
지성적 소설세계를 일군 작가로 평가받아 왔다.『광장』,『회색인』,『태
풍』,『화두』등으로 이어지는 그의 소설은 '분단'으로 상징되는 한국현
대사의 굴곡과 상흔을 작가 특유의 관념적이며 지성적인 소설언어를
통해 활짝 펼쳐놓은 현대지성사의 커다란 봉우리이기도 하다. 최인훈
의 소설은 다른 어떤 작품보다도 한국의 근대를 휩쓸고 간 식민주의와
탈식민주의에 대한 분석적 성찰과 핍진한 응시를 보여주고 있다는 점
에서 주목하지 않을 수 없는 문학적 성과에 해당된다. 한때 노벨문학상
수상후보로 언급되기도 했던 최인훈은 만년의 걸작 장편소설『화두』
(1994) 이후 사실상 오랫동안 침묵을 지키고 있다. 그 사이에 「바다의
편지」(2003)라는 제목의 단편소설 한 편이 발표되었을 뿐이다.

　이런 침묵에도 불구하고 최인훈은 여전히 한국현대문학사의 우람

한 거목이자 빛나는 상징이다.[1] 그가 『광장』이나 『회색인』에서 제기한 한국사회와 한국문화에 대한 첨예한 진단은 발표된 지 어언 오십 여년이 지난 현재 시점에서 보더라도 여전히 유효한 날카로운 통찰과 진중한 사유를 담고 있다. 이미 십여 년 전에도 문화비평가 김성기는 『회색인』의 현재적 의미에 대해 "그리고 40년 가까운 세월이 지났다. 『회색인』 이후 우리 지식인의 현실 통찰은 얼마나 깊고 성숙해졌는가? 이렇게 자문하니 참으로 아득하다."[2]고 적은 바 있다.

최근 최인훈에 대한 연구는 신선한 관점으로 무장한 비평가와 연구자들에 의해 꾸준히 진척되어 왔다. 특히 식민주의(탈식민주의), 오리엔탈리즘, 분단, 소설의 형식 실험, 지성사, 예술론, 문화사, 문학과 정치, 한국문화의 특수성과 보편성 등의 주제와 연관하여, 최인훈의 문학세계는 많은 연구자(비평가)의 욕망을 자극하고 이론의 적용가능성을 실험하는 매력적인 연구대상이었다. 이런 의미에서 최인훈의 소설과 문학은 '문학 연구의 실험실'이라 부를 만하다. 그럼에도 불구하고 최인훈의 문학은 새로운 접근과 해석을 기다리는 미지의 영역들을 아직 많이 남겨두고 있다.

여기서 최인훈의 글쓰기가 소설뿐만 아니라 희곡, 에세이, 문학론 등에 걸쳐 있다는 점을 주목할 필요가 있다. 그렇다면 지금까지 진척된

---

1   2011년 세계적인 문학상을 표방하는 제1회 '박경리문학상'의 수상자로 최인훈이 선정된 사실은 그의 작품이 지닌 탁월한 문학사적 가치를 새삼 웅변하고 있다. 김치수, 김인환, 오생근, 정현기, 최원식 등의 박경리문학상 심사위원들은 심사평에서 "자본주의와 사회주의가 다 같이 한국 사회의 자생적 동력학이 되지 못하고 남북의 이념대립이 박래(舶來, 타국에서 배를 타고 온) 소비품 경쟁에 지나지 않는다는 그의 비판은 한국인에게 좀 더 근원적인 성찰이 필요하다는 탈식민주의적인 인식의 반영이다"(『동아일보』, 2011.11.6)라고 언급하고 있거니와, 이 대목은 최인훈 문학의 현재성과 문학사적 의의에 대한 정확하고 간명한 표현이라고 생각된다.

2   김성기, 「내가 요즘 읽는 책 – 최인훈의 『회색인』」, 『동아일보』, 2001.3.20.

최인훈 연구의 거의 전부가 소설과 희곡에 집중되어 있다는 점이 문제다. 최인훈의 문학론과 예술론을 다룬 몇몇 논의도 산문집이나 문학론에 해당되는 저서보다는 오히려 소설에 개진된 문학론을 다루고 있다는 점에서 근본적인 한계가 있다.

이 글에서 집중적으로 환기하고자 하는 점은 최인훈이 탁월한 에세이스트이자 문학론자이기도 했다는 사실이다. 그는 현재까지『문학을 찾아서』(현암사, 1970 초판), 『문학과 이데올로기』(문학과지성사, 1979 초판), 『유토피아의 꿈』(문학과지성사, 1980 초판), 『길에 관한 명상』(청하, 1989 초판) 등의 산문집을 발간했거니와, 이러한 산문집과 문학론은 면밀한 탐구가 필요한 그 자체로 대단히 독보적이며 귀중한 성과라는 것이 이 글의 기본 전제이다. 여기서 또 한 가지 반드시 유념해야 될 사실은 최인훈 자신이 시, 소설, 희곡 등으로 이루어진 전통적인 장르 구분의 한계에 대한 문제의식을 분명하게 지니고 있다는 점이다. 이를테면 최인훈은 "나는 기본적으로는 적어도 문학 안에서는, 음악 같은 것은 잘은 모르겠지만, 말을 사용하는 문학 안에서의 세부 하위 장르는 그냥 편의적인 것에 지나지 않고, 무슨 치명적인 구별은 무의미한 거라고 생각해요"(3 : 431)[3]라고 말한 적이 있다. 이 같은 입장은 학계나 문단에서 통용되는 장르의 위계서열에서 최인훈이 자유롭다는 사실을 명료하게 보여준다. 또한『회색인』, 『서유기』, 『화두』로 대변되는 평판작들이 대체로 전통적인 소설문법에서 현저하게 자유로운 에세이소설의 형식을 띠고 있다는 점을 감안해야 한다. 장르 해체의 관점에서 보자면 최인훈의 상당수 소설 자체가 전통적인 형식과는 커다란 차이를 보여준다.

---

3 인용문 뒤 괄호 속의 숫자는 해당 책의 번호와 면수를 의미한다. 『문학의 이데올로기』(1), 『유토피아의 꿈』(2), 『길에 관한 명상』(3), 『소설가 구보 씨의 일일』(4).

이런 점을 감안한다면, 최인훈의 에세이와 문학론에 대해 각별하게 주목할 필요가 있지 않을까 싶다. 그리고 문학론이나 에세이에서 개진된 최인훈의 사유와 단상들이 소설에서 다양하게 변주되어 피력되어 있으며, 역으로 소설에서 피력된 주인공의 사유들이 최인훈의 에세이에서 한결 이론적으로 정제된 형태로 나타난다는 점도 그의 에세이와 문학론에 주목해야 될 또 하나의 이유다. 말하자면 최인훈의 에세이는 소설의 밑그림이자 원재료에 해당하며, 다른 한편으로는 그의 에세이는 소설의 심화와 이론적 구체화로 해석할 수 있겠다.

그러나 최인훈의 에세이와 문학론이 각별하게 주목되어야 하는 가장 중요한 이유는 다음과 같다. 최인훈의 비평적 에세이와 문학론에는 다른 어떤 문인의 에세이와 비해보더라도, 이즈음 문학계의 가장 첨예한 의제인 문학과 정치의 관계, 다른 예술과 문학의 차이, 문학의 고유한 속성에 대한 깊은 사유와 개성적인 인식, 밀도 깊은 성찰의 표정이 드러나 있다.『문학과 이데올로기』,『유토피아의 꿈』,『길에 관한 명상』등 그가 출간한 세 권의 산문집은 문학과 예술의 존재론과 특성에 대한 메타적 사유의 진수가 가득 펼쳐져 있다. 그럼에도 불구하고 최인훈의 에세이나 문학론에 대해서는 내실 있는 탐구와 접근이 지금까지 거의 이루어지지 않았다는 사실은 이 시대의 문학연구와 비평이 시, 소설 등의 중심 장르 편향에서 전혀 자유롭지 않다는 사실을 여실히 보여준다.

이 글은『문학과 이데올로기』,『유토피아의 꿈』,『길에 관한 명상』등에 개진되어 있는 최인훈의 문학론과 예술론을 구체적으로 검토하기 위해 씌어진다. 그것은 곧 문학의 고유한 역할에 대해 선구적으로 탐색했으며, 누구보다 문학과 정치의 관계에 대해 심원하게 고뇌했던 한 소설적 지성의 사유를 톺아보는 과정이겠다.

2. 문학과 정치의 관계에 대한 인식

최인훈은 당대의 어떤 소설가보다도, 아니 우리 시대의 어떤 소설가 이상으로 문학(예술)과 정치의 관계에 대해서 근원적이며 밀도 깊은 성찰을 수행해왔다. 그는 『문학과 이데올로기』, 『유토피아의 꿈』, 『길에 관한 명상』 등 세 권의 산문집에서 문학과 정치에 대한 수많은 단상과 언급을 남겼다.[4]

문학과 정치에 대한 최인훈의 언급 중에서 가장 촌철살인寸鐵殺人에 해당하는 인식을 보여주는 것으로 "정치를 기피하는 문학은 무엇인가를 숨기고 있으며, 정치를 편중하는 문학도 무엇인가를 숨기고 있기 때문이다"(1 : 192)라는 간명한 에피그램을 들 수 있다. 단 한 문장으로 이루어진 이 짧은 표현에는 문학과 정치를 바라보는 최인훈의 절묘한 균형감각과 기본적인 관점이 넘침도 모자람도 없이 드러나 있다. 말하자면 정치를 경원시하는 문학도 동의할 수 없으며, 정치에 일방적으로 종속되는 문학에도 동의할 수 없다는 것이 최인훈의 문학관에 해당된다고 하겠다.

문학과 정치의 관계에 대한 최인훈의 이와 같은 인식은 『소설가 구보씨의 일일』에서 "칼 빛에 어리는 안개 – 그게 시다. 칼이 없는 시도 가짜고, 시가 없는 칼도 가짜다"(4 : 15)라는 주장과 일맥상통한다. 여기서 '칼'은 자연스럽게 '정치'로 번역될 수 있다. 그의 소설과 에세이가 상호텍스트적 연관성을 띠고 있다는 사실을 명료하게 보여주는 대목이다.

---

4 최인훈과 1960~70년대에 함께 문학 활동을 영위한 비평가 염무웅은 2011년 4월 16일 오후에 이루어진 대화를 통해서, "최인훈 선생은 박정희 유신정권 시절, '자유실천문인협의회' 등이 주도한 정국 비판 서명 및 석방운동 서명에 늘 참여했다. 그는 직접 나서서 행동으로 보여주는 스타일은 아니지만, 그 자신의 방식으로 현실 비판을 꾸준히 실천해온 문인이다"라고 직접 증언한 바 있다.

당대의 정치를 민감하게 의식하고 있으면서도 그 정치에 종속되지 않는 문학의 길을 최인훈은 선택했으며, 50년이 넘는 작가생활 동안 시종일관 그러한 입장에서 글쓰기에 매진해 왔다. 문학과 정치에 대한 최인훈의 관점은 다음과 같은 문학과 현실 사이의 관계에 대한 입장과 밀접하게 연계된다.

'문학과 현실'이라는 문제 제기의 방식 스스로가 우리들에게 함정을 마련하고 있다. 현실이라는 개념의 다양성에서 오는 혼란을 피하기 위하여는 문학은 현실에 대립하는 개념이 아니라 현실의 한 계기이며, 현실은 문학을 그 속에 계기로서 가지고 있는 다층적 개념이라는 입장을 명백히 하는 것이 먼저 필요한 일이다.(1 : 31)

이러한 최인훈의 언급은 이 글이 발표되던 시기에 횡행하던 문학과 현실에 관한 두 가지 관점, 즉 문학이 현실과 상관없는 자율적인 존재라고 주장하는 '순수문학의 이데올로기'("문학과 현실은 대립하는 개념")와 분명한 거리를 두고 있으며, 동시에 문학과 현실을 일대일의 관계로 단순하게 번역하는 환원론적 관점과도 일정한 거리를 두고 있다. "문학은 현실에 대립하는 개념이 아니라 현실의 한 계기"라는 표현에서 기존의 순수문학에 대한 비판적 문제의식을 감지할 수 있으며, "현실은 문학을 그 속에 계기로서 가지고 있는 다층적 개념"이라는 표현에서 현실과 문학의 관계를 일대일로 상정하는 당시 일부 도식적인 계몽문학에 대한 비판적 성찰을 인식할 수 있다. 그렇다면 최인훈의 문학관은 순수문학과 참여문학의 맹점을 동시에 비판하고 있는 것이 아닐까. 아래 예문을 읽어보자.

정치적 소재를 회피함으로써 정치로부터 초월하려 할 것이 아니라, 정치의 핵심을 돌파하여 정치를 극복하는 입장에서 문학이 영위되도록 힘쓰겠다. 현재까지의 한국문학의 참여 · 순수 논의는 미학적으로 불모한 개념 혼란이었다. 이 논의는 동계의식 속에서의 사회적 견해의 대립이었기 때문에 '순수'란 표현은 무용하고 잘못된 명명이다.(2 : 150)

이 글은 "1970년대의 당신의 과제는?"라는 설문에 대한 답변과정에서 도출된 견해이다. 최인훈은 1960~70년대의 순수-참여문학 논쟁을 통해, 자신의 고유한 문학관을 가다듬었는데, 그에게 진정한 문학은 정치를 회피하는 것이 아니라 오히려 정치적 세계를 온전히 돌파하는 가운데 형성되는 그 무엇에 가깝다. 여기서 눈여겨보아야할 점은 최인훈이 상대적으로 순수문학이라는 개념에 대해서 비판적으로 접근하고 있다는 사실이다. 그는 '순수'라는 용어 자체가 무용하고 잘못된 명명이라고 주장하고 있다. 한 편의 서정시조차도 사회적 맥락 하에 존재할 수밖에 없다는 아도르노의 전언을 따르자면, '순수문학'이라는 개념 자체가 지닌 한계는 분명하다고 할 수 있거니와, 최인훈은 그 점을 또렷하게 자각하고 있다. 이는 장편소설 『회색인』의 주인공 독고준의 "문학의 미디어로서의 언어는 순수 물질이 아니다. 그것은 역사와 풍토의 토양에서 자란 동물이다", "문학에서의 순수란 한계가 있다"는 통찰과 접맥된다. '순수문학'이라는 용어 자체가 지닌 근본적인 한계에 대한 최인훈의 이와 같은 관점은 「문학과 정치」라는 에세이에서 자크 랑시에르가 주장했던 지적과도 정확히 부합된다.

'문학의 정치'라는 표현은 문학이 그 자체로 정치행위를 수행하는 것을 함축한다. 따라서 이 표현은 '작가가 정치적 참여를 해야 하느냐' 또는 '예

술의 순수성에 전념해야 하느냐' 하는 문제로 제기되지 않는다. 이 순수성
자체도 사실 정치와 무관한 것이 아니다.[5]

최인훈은 한국의 현대문학사에서 '순수문학'이라는 관념이 그 실
제적인 함의에 부합되는 개념이 아니라, 특정한 이념이나 정치적 입장
과 은밀하게 공모하고 있는 '문학적 이데올로기'의 일종이라는 사실을
정확히 갈파한다. 이때 순수문학은, 해방 직후의 김동리 등이 주창했던
순수문학론이 당대의 우익 이데올로기와 간접적으로 연루된 결과적으
로 순수하지 않은 문학인 것처럼, 일종의 문학적 프로퍼갠더에 가까운
개념이다.

그렇다면 최인훈에게 정치적인 문학이나, 문학작품의 소재로 정치
를 선택하는 것은 어떠한 의미를 지니는가? 최인훈은『문학과 이데올
로기』에서 다음과 같이 주장한다.

> 소재로서의 정치를 택하는 경우에도 작가의 태도는 여러 가지일 수 있
> 다. 다만 모든 경우에서 불가결한 단서는 작가의 정치적 입장은 현실의 어
> 떤 정치 이론, 정치 현실이라 할지라도 백지위임적인 신임, 절대적인 신뢰
> 를 부여하는 것이어서는 안 된다는 점이다. 작가의 정치적 입장은 '정치적
> 유토피아'의 그것이어야 한다고 표현하면 어떨까. 어떤 현실의 정치도 궁
> 극의 것으로 받아들여서는 안 된다는 것이 근대인의 정치적 감각이기 때
> 문이다.(1 : 347)

최인훈은 물론 문학에서 정치를 소재로 하는 작품이나 정치를 형상

---

5   자크 랑시에르, 유재홍 역,『문학의 정치』(제2판), 인간사랑, 2011, 9면.

화한 문학의 필요성을 충분히 인정한다. 그러나 정치적인 목적의 달성을 위해 문학을 일종의 부속품으로 간주하는 정치지상주의에 대해서는 분명한 유보를 표명하고 있다. 여기서 이른바 진보적인 참여문학론자와 최인훈 사이에 존재하는, 정치와 현실을 바라보는 관점의 낙차가 확연히 드러난다.

최인훈에게 있어서 정치적 소재는 글감의 한 가지일 뿐이다. 그에게는 어떤 정치적 소재나 정치적 입장도 성찰과 회의, 비판과 분석의 대상이다. 그래서 작가가 취해야 할 정치적 입장은 현실 정치의 논리를 그대로 추수하는 과정이 아니라 이상적인 차원의 '정치적 유토피아'를 지향하는 과정에 가깝다. 물론 이와 같은 최인훈의 입장은 그 자신의 기질이나 문학적 취향, 세계관에서도 연유하지만, 동시에 1970년을 전후한 시기의 역사적 정황이 본격적인 의미의 진보적인 문예이론을 피력하는 것이 허용하지 않았다는 사실에서도 비롯될 것이다.[6]

그러나 정치와 문학에 대한 이와 같은 최인훈의 입장이 그가 문학적 보수주의자라는 사실을 의미하는 것은 아니다. 아래 예문을 보라.

> 만일에 정치가 그 시대 주기의 가장 심층을 흐르는 기본적 풍속이라며, 그 풍속이 잘못되었기 때문에 문학의 가장 두드러진 비판이 정치에 쏠리게 된다면 그것은 할 수 없는 일이다. 그것은 방법의 책임이 아니라 풍속의 책임이기 때문이며, 방법은 대상에 대해 가림이 없기 때문에 바로 방법이다.(1 : 193)

---

6 『화두』에서 특히 인상적으로 드러나듯이, 최인훈은 사회주의, 러시아, 마르크스주의 등에 대해 어떤 작가보다도 진지하게 고민하고 성찰해 왔다. 그는 마르크스주의와 사회주의의 장점과 단점, 영광과 좌절, 효용성과 한계에 대해서 정확하고 면밀하게 인지하고 있다. 그에게 반공 이데올로기가 횡행했던 1960~70년대는 사회주의나 마르크스주의에 대한 입장을 자유롭게 드러낼 수 없었던 닫힌 시대였다.

최인훈이 문학의 정치화를 인정하는 것은 단지 풍속사적인 차원에 근거해서이다. 이러하다 보니, 최인훈은 리얼리즘 문학론에 근거한 진보적인 이념적 차원에서 수행된 문학의 정치화에 대해 유보적인 입장을 취하고 있는 것이다. 가령 "문학이라는 글의 목표는 일찍이 어떤 도달 목표가 정해진 바가 없다. 그래서 문학에서는 진보라는 말을 하기가 어렵다"(2:148)는 주장에서도 이러한 태도가 잘 드러난다. 그는 문학의 정치적 기능과 사회 비판적 역할을 충분히 인정하고 소중하게 생각하지만, 그럼에도 불구하고 문학이 정치에 종속되는 것에 대해서는 시종일관 거리를 둔다. 최인훈이 참여문학이나 민중문학의 역할을 인정한다면 그것은 문학의 비판적 기능과 문학의 다양성을 중시하는 소박한 원칙론의 한도 내에서다.

『소설가 구보씨의 일일』의 주인공은 "어떤 소설이건 현실을 반영했대서 아름다워지지는 않아"(4:224)라고 주장하고 있는데, 여기서 수인공의 목소리는 정확히 최인훈의 목소리이기도 하다. 최인훈은 근본적으로 아름다움을 추구하는 자유로운 예술가라는 정체성을 지니고 있다. 한 사람의 소설가로서 최인훈은 언어의 아름다움이나 문학이 선사하는 미감에 대단히 민감하다. 이런 의미에서 그는 유미주의자에 가깝다. 그가 그토록 『광장』을 자주 개고·수정했던 것도 이와 같은 언어미학에 대한 최인훈의 집요한 욕망과 한글에 대한 섬세한 자의식에서 연유한다.

그러나 이처럼 아름다움을 추구하는 최인훈의 미학적 취향이나 기질을 곧바로 '예술을 위한 예술'과 동일 선상에 존재한다고 볼 수는 없으리라. 최인훈은 예술가의 자유를 적극적으로 옹호하면서도 동시에 예술가의 책무와 사회의식에 대해서도 늘 민감하게 생각해왔다. "근대 이후의 예술가가 자신은 정치에 취미가 없고 아무런 책임도 없다는 식으로 이야기하면 안 되는 것입니다"(3 : 322)라는 언급에서 인식할 수 있듯이, 그는 근대 이후에 예술가가 마주한 사회적 책임에 대해서 분명하게 자각하고 있다.

'문학과 정치'는 이 시대 평단의 가장 핵심적인 비평적 의제다. 여러 비평가들이 지젝이나 들뢰즈, 랑시에르, 아감벤, 바디우의 이론을 활용하면서 문학과 정치에 대한 다양한 주장을 제기한 바 있다. 상당수의 문예지들은 '문학과 정치'에 대한 특집기획을 통해 이 시대 새로운 문학의 정치화를 모색하고 있다. 이런 주장 중에서 현재 문학지형에 결정적인 보탬이 되는 적확한 논리도 물론 많다. 그러나 이 시대의 '문학과 정치'에 대한 담론들이 경시하고 있는 것은 한국의 지성사와 문학사에서 제기되었던 문학과 정치의 관계에 대한 이론적 진술이 아닐까. 말하자면 최근에 이루어진 '문학과 정치'에 대한 논의는 문학과 정치 담론의 통시적이며 역사적 전개과정에 상대적으로 둔감하다.

1960~70년대에 최인훈이 펼쳐놓았던 '문학과 정치'에 대한 사유는 지금 이 시점에서 보더라도 충분히 유효하다. 그의 문학론은 문학의 자율성을 살리면서도 문학이 정치적 문맥을 지닐 수 있는 쉽지 않은 가능성을 지혜롭게 밀고가고 있다. 최인훈의 논리는 이 시대 문학과 정치의 관계에 대한 성찰과 사유에 유효한 도움을 제공한다. 최인훈의 문학론에 대한 냉철한 응시와 비판, 극복을 통해서 이 시대 정치와 문학에 대한 논의는 한 단계 진전할 수 있으리라.

3. 예술에 대한 인식과 문학의 특성

최인훈이 『문학과 이데올로기』를 위시한 세 권의 산문집에서 가장 집중적으로 탐사했던 테마 중의 하나는 예술과 문학의 역할과 독자적 기능이다. 그는 예술과 예술가의 존재에 대해서 다음과 같이 천명한다.

장작개비로 거미줄을 때리면 배기는 거미줄이 있을 턱이 없지만, 그것은 거미줄을 다룬 것이 아니라 없애버린 것이다. 예술은 거미줄 같은 것이다.(1 : 391)

예술가가 되기 위해서는 어떤 컴퓨터도 따를 수 없는 예민한 정신이 티끌만 한 것에도 반응할 줄 아는 것이 필요하다.(2 : 286)

우선 첫 번째 예문을 통해 최인훈은 예술이 눈에 잘 안 보이는 거미줄 같이 섬세한 존재라는 사실을 주장하고 있다. 이처럼 섬세하기 이를데 없는 예술을 비판할 때는 역시 대단히 치밀하고 유연한 관점이 요청된다는 것이 이 예문의 요지다. 두 번째 예문에서 최인훈은 예술가가지극히 예민하고 민감한 존재라는 사실을 주장한다. 그에 따르면 '티끌만 한 것에도 반응할 줄 아는 예민한 정신'이야말로 예술가가 되기 위한 중요한 조건인 것이다. 이 두 예문을 통해, 최인훈은 예술이 다른 인식론적 수단보다 월등 섬세하고 예민한 성격을 지니고 있다는 점, 예술가가 되기 위해서는 이런 예민한 정신이 필요하다는 사실을 환기시킨다.

최인훈은 인간을 둘러싼 다른 유력한 인식론적 수단인 종교, 정치, 과학과 예술의 차이에 대해 아래와 같이 말한다.

예술은 과학처럼 현실의 시공에서의 행동이 아니라는 약속 아래 이루어지는 것이기 때문에 전지전능하다. 현실의 정책적 고려에서 벗어나 있는 것이 약속이기 때문에 어떤 유보 사항도 없이 정의를 실현한다. 또 특정의 신의 이름 아래 인간의 운명을 좌우한다고 선언하는 것은 아니기 때문에 언제나 사람의 편에 서서 인생과 우주를 생각한다.

예술은 도그마 없는 종교며, 당파심 없는 정치며, 불가능이 처음부터 없는 과학이다.(1 : 458)

위의 의견에 따르면, 예술의 역할은 과학이나 정치, 종교가 지닌 역할과 유사하면서도 다르다. 과학이나 정치, 종교가 지닌 어떤 규범, 도그마, 당파심이 예술에는 존재하지 않는다. 최인훈에게 예술은 그 어떤 제약과 규범도 뛰어넘을 수 있는 자유로운 인식론적 장치에 근접하는 존재이다. 예술이 어떤 도그마나 규범을 지니지 않고 있다는 사실은 예술이 지닌 무한한 가능성의 다른 표현이다. 이런 인식을 거쳐 최인훈은 예술이 왜 인간에게 필수적인 위안인가 하는 점에 대해서 아래와 같이 언급하고 있다.

인생이 영원하고 역사에 불가능이 없다면 예술은 생기지도 않았을 것이다. 인생이 유한하고 역사에 불가능이 있는 동안은 예술은 인간에게 필수의 위안이며 스스로의 힘으로 얻을 수 있는 억압 없는 행복임을 그치지 않을 것이다.(3 : 222)

예술은 인생과 역사에서 온전히 채워지지 않는 몫을 상상적으로 충족시켜주는 역할을 수행한다는 것, 그러니 인생이 영원하지 않으며 역사에 불가능이 존재하기에 예술이라는 제도적 위안('억압 없는 행복')은 인간에게 필연적으로 존재할 수밖에 없다는 것이 최인훈이 생각하는 예술의 근본적인 존재이유이다. 심리학적으로 해석하자면 인간 욕망이 충족되지 않으며, 늘 결여상태에 있다는 것이 예술의 발생론적 조건인 것이다. 즉 억압되거나 결여된 것을 상상적으로 채우고자 하는 욕망에서 예술이 시작되는 것이다.

최인훈은 다른 예술과 구별되는 문학의 고유한 특성에 대한 인식을 통해 개별 예술의 성격에 대한 한층 구체적인 해명에 도달한다. 그래서 그가 미술, 음악, 영화 등의 인접예술과 문학의 차이에 대한 탐구를 진행하는 것은 지극히 자연스러운 논리적 수순이다. 음악, 미술과 문학의 차이점에 대한 최인훈의 관점은 아래와 같다.

> 어떤 의미에서 음악이나 미술 같은 것은 반드시 그 제작자가 살고 있는 사회의 당대의 현실과 밀착돼 있다고 할 수 없다. 그 분야에 망명자나 국적 변경자가 많은 것이 한 증명이 된다. 그것들은 개인적—보편적 예술이다. 그러나 문학은 개인적—종족적—보편적 예술이다. 삶의 모든 항을 다 떠맡은 팔자 센 예술이다. 그렇기 때문에 번역이라는 문제가 나오고 표현이라는 문제가 나온다.(2 : 57)

> 인간의 정신 능력의 어느 한 면만을 떼어서 매체로 삼는 미술이나 음악과는 달리 인간 정신의 포괄적인 능력을 전면적으로 대표하는 도구인 언어 속에서 삶의 정화된 모습을 나타내야 하는 문학은 그러므로 자기 자신을 끊임없이 넘어서는 작업이다. 이 같은 정신이 근대 유럽의 방법이며, 인간의 역사상 처음으로 뚜렷한 깨달음을 가지고 관념을 방법과 풍속으로 찢는 용기와 슬기를 보여준 것이며, 그 선구자로서의 영예는 영원하다.(1 : 190)

음악이나 미술은 예술가가 소속된 국적이나 사회의 영향을 상대적으로 받지 않는 보편적인 예술인 것에 반해서, 문학은 그 해당국가나 민족의 언어가 개입하는 종족적 예술이라는 것이 최인훈 주장의 요지이다. 그래서 문학은 음악이나 미술에 비해 삶과 인생의 다양한 모든 항목을 다 떠맡는 예술이라는 점이 강조된다. 이 점은『화두』에서 언급되었던 바, 최인훈이 부모님, 동생들과 함께 미국 이민을 떠나지 않고 홀로 한국에 남은 이유와도 일맥상통한다. 문학은 무엇보다도 해당 국가나 민족, 공동체의 언어가 숙명적으로 작용할 수밖에 없는 예술인 것이다. 최인훈이『광장』을 비롯한 몇몇 작품을 끊임없이 수정하면서 한국어의 아름다움과 표현 가능성에 대해 혼신의 힘을 기울이는 이유도 바로 자신이 창작하는 소설이 한국어라는 근본적인 존재론적 조건의 반영이라는 엄연한 사실과 연관된다.

두 번째 예문은 음악이나 미술과 달리 문학은 인간 정신의 포괄적인 능력을 언어를 수단으로 하고 있기에, 문학의 특성을 "자기 자신을 끊임없이 넘어서는 작업이다"라고 규정한다. 최인훈이 보기에 문학은 모든 예술의 선구자에 해당한다. 그러나 이 대목은 관점에 따라 문학의 특성을 지나치게 신비화시키고 있는 것이 아닌가라는 차원의 비판이 가능할 것이다. 차라리 아래의 진술이 문학의 특성을 좀 더 구체적으로 해명하고 있다고 볼 수 있지 않을까.

소설은 다른 예술과는 달리 다소간에 사상이며, 논리며, 역사며 하는 의식 과정을 전제하지 않고서는 쓸 수 없는 예술 형식이다. 다소간에, 라고 쓰는 까닭은 작가가 처한 환경에 따라서 이 전제 부분에 대한 의식은 다를 수 있기 때문이다.(3:174)

문학이 언어를 수단으로 하고 있다는 사실은 상대적으로 다른 예술에 비해 사상이나 논리, 역사, 이념과 무관할 수 없다는 점과 연동된다. 물론 작가 개개인이 마주하고 있는 환경이나 철학에 따라 그 연관의 강도는 달라지겠지만 문학이 사상과 역사를 다른 어떤 예술보다도 적극적으로 다룰 수 있다는 사실은 확연하다.

최인훈의 산문집에 문학과 영화의 차이에 대한 구체적인 언급은 없다. 다만 장편소설 『화두』에서 언급된 아래 예문은 책(문학)과 영화의 차이를 대단히 효과적으로 대비하고 있다는 점에서 충분히 되새겨볼 만한 가치가 있다.

책에 있는 일들을 영화 속에 다 담을 수는 없다. 책을 읽는다는 일은 머릿속에다 이 세상 어떤 극장도 따르지 못한다는 극장을 지어놓고 아낌없이 제작비를 들여서 만든 영화를 상영한다는 일이었다. 현실의 어떤 영화도 그렇게는 만들지 못하지 않는가.[7]

언어를 수단으로 하는 책(문학)은 자본에 결정적으로 의존하는 영화에 비해 상상력의 한계가 존재하지 않는다는 것이 위 예문의 요지이다. 그가 결국 소설가로 남을 수밖에 없었던 것은 바로 이러한 언어의 능력, 즉 문학의 고유한 역할에 대한 신뢰와 자부심 때문일 터이다.

---

7   최인훈, 『화두』 1권, 문학과지성사, 2008, 63면.

4. 문학이란 무엇인가? : 문학에 대한 자의식과 문학 중심주의

어떤 대상의 본질이나 정체성에 대해 탐문하는 메타적 사유는 해당 대상이나 사물의 특성을 파악하는 과정에서 꼭 필요한 지적 단계이다. 최인훈은 메타적 사유에 대단히 능숙한 문필가이다. 그가 한국현대소설사를 통해 드문 지적인 작가라는 사실은, 달리 표현하면 그가 예술과 문학의 본질에 대해 철학적 질문을 본격적으로 던진 작가라는 사실을 의미한다. 그래서 그는 문학이란 무엇인가? 라는 질문과 끊임없이 대결해왔다.

김수영, 이청준 등의 탁월한 문인들이 그러했듯이, 최인훈은 문학과 소설, 글쓰기, 그리고 더 넓게는 예술에 대한 투철한 자의식을 지니고 있다. 『문학과 이데올로기』, 『유토피아의 꿈』 등의 산문집을 통해서 최인훈의 문학에 대한 자의식은 매우 명료한 형태로 표출되어 있다.

가령 "문학이란 행동은 인간에게 있어서 무엇인가, 하는 '문학에 대한 자의식'은 문학의 빠트릴 수 없는 한 부분이라고 생각한다"(3 : 12)라고 언급하는 대목에서 소설가 최인훈을 평생 동안 지배했던 '문학적 자의식'의 흔적이 오롯이 드러나 있다. 또한 "나는 허구의 이야기로 엮는 창작 장르에 못지않게, 그 창작이란 것은 대체 무엇인가 하는 이론적 파악을 주기적으로 하지 않으면 늘 견딜 수 없이 불안하다"(3 : 28)는 고백을 통해, 자신의 글쓰기를 체계적으로 파악하고자 하는 작가의 이론적 욕망과 문학적 자의식을 뚜렷하게 감지할 수 있다. 바로 이와 같은 열망과 불안이 최인훈으로 하여금 『문학과 이데올로기』, 『유토피아의 꿈』, 『길에 관한 명상』에 수록된 문학에 관한 에세이를 쓰게 만든 심리적 동력이리라. 그렇다면 이러한 예민한 문학적 자의식의 바탕 하에, 최인훈이 문학을 어떤 관점에서 바라보고 있는가를 다음 예문을 통해 확인해볼 수 있겠다.

어떤 진보적 주장보다도 진보적인 인식, 그것이 문학적 인식이다. 문
학에는 타협이나 정략이 없다. 적전에서도 반군을 비판하는 것—그것이
문학이다. 그것이 허락되지 않을 때, 그 상황은 문학이 불가능한 상황이
다.(1 : 263)

그 어떤 진보적 주장에 대해서도 비판적 사유와 전복적 성찰을 전
개하는 것이 문학이라는 것, 경우에 따라서는 생각을 달리하는 우리 편
을 비판하는 것이 진정한 문학의 역할이라는 것이 최인훈이 생각하는
문학이다. 그가 생각하는 문학은 흔히 진영 논리에서 볼 수 있는 당파
성과 일정한 거리를 둔다. 그러니까 진정한 문학은 특정한 정치적 입장
에 연루된 당파성이나 정치적 경향성에 대해서도 의문과 비판의 시선
을 보낼 수 있어야 한다는 것이 최인훈의 관점이다. 따라서 이와 같은
문학관을 지닌 최인훈이 문학에 대해 다음과 같이 진술하는 것은 자연
스러운 귀결이다.

처음에 문학을 시작할 때는 방향이나 지침 같은 것을 알지 못해 답답했
는데, 그동안 경험해보니, 적어도 예술이나 문학이라는 것이 어떤 방향에
끌려가는 것도 아니고, 그런 말로 요약할 수 있는 것도 아니라는 걸 알게
되었습니다.(3 : 306)

한마디로 말해서 소설가 최인훈에게 문학은 어떤 지침이나 방향,
책무에서 종속되지 않는 자유 그 자체에 가깝다.『문학과 이데올로기』
에서 피력된 이와 같은 문학관은 연작소설집『소설가 구보씨의 일일』

에서 주인공이 말했던바 "문학은 삶의 도식화에 대해서 끊임없는 해독제 · 보완 원리로서 작용해야 한다는 말입니다"(4 : 310)라는 명제와 상호 텍스트적 연관성을 지닌다. 최인훈은 어떤 경우에도 문학이 도식화되어서는 안 된다는 점, 오히려 문학은 도식화에 대한 저항이라고 주장하고 있다.

이념적인 차원에서 당파적 문학을 추구하는 입장에서 보면, 지금까지 살펴본 최인훈의 문학관을 자유주의자의 세계관이라고 비판할 수 있으리라. 그러나 앞에서도 살펴보았듯이 최인훈이 공인으로서의 작가의 사회적 책임이나 당대 사회에 대한 인식과 성찰을 등한시하는 작가는 아니다. 『소설가 구보씨의 일일』의 주인공은 "동네가 난리를 만나거나 염병에 걸렸는데 가야금을 뚱땅거리는 건 잡담 제하고 개새끼에 틀림없다"(4 : 132)고 얘기하고 있는데, 이와 같은 주장은 자연스럽게 저자 최인훈의 목소리와 겹쳐진다. 요컨대 최인훈은 문학의 사회적 역할을 중시하면서도, 동시에 문학의 자율성을 강조하는데, 이 같은 문학이 지닌 절묘한 양면적 역할을 아래와 같이 설명한다.

> 변하는 것을 소재로 하면서 효력이 변하지 않는 것을 만드는 모순을 실천하고 있는 것이 문학이다. 이 모순은 인간의 조건을 이루는 것이기 때문에 피할 수 없는 것이고, 그 모순 자체가 문학을 성립시키는 해결의 바탕이 되고 있다.(1 : 448)

지금까지 살펴온 최인훈의 문학적 자의식은 때때로 문학중심주의로 간주될 수 있는 관점과 맞닿아 있다. 최인훈은 "문학은 인류의 꽃이다"(2 : 227)라고 말한다. 또한 "문학만큼 개인의 영혼의 문안에까지 들어와서 그의 삶의 어두우면서 빛나는 본모습을 알려주는 전도자들은 없다는 것이 사실이다"(3 : 65)라고 진술하기도 한다. 이 대목에서 다른 예술에 비해 인간 내면의 심리를 가장 깊이 있고 전면적으로 보여주는 문학이라는 장르에 대한 작가 최인훈의 적극적인 의미부여를 엿볼 수 있다. 물론 이러한 관점은 문학에 대한 애정, 혹은 문학을 한다는 것의 자부심의 또 다른 표현이리라.

최인훈이 『문학과 이데올로기』나 『유토피아의 꿈』에 수록된 문학적 에세이들을 발표하던 1960~70년대는 어떤 다른 예술보다도 문학이 당대 사회 비판과 계몽적 기능을 선도적으로 수행하며 문학이 예술의 중심으로 대접받던 '문학의 전성시대'였다. 가라타니 고진 식으로 말하자면 문학이 당대의 체제나 주류 이데올로기에 대해서 커다란 영향력이나 근본적인 비판을 행사할 수 있던 시기가 바로 그때였다. 그러므로 그즈음 최인훈이 문학에 대한 각별한 애정과 문학만이 수행하는 기능에 대한 자부심을 표출하는 심리는 당대의 지식사회학적 시평에서 볼 때, 자연스러운 습속이라고 할 수 있다. 최인훈은 또한 이렇게 말한다.

사회의 모든 악은 사람들이 어른이 되면서 문학을 접하지 않는 데서 시작한다. 문학의 기쁨을 모르면 사회는 썩고 사람은 간사스러워진다. 문학을 통하여 사람은 사람이 되는 것이다. 자기 손톱눈의 백(白) 속에 심연의 어지러움을 보는 감각을 문학은 길러준다. 그런 감각을 가진 사람들이 시를 만들었고 우주의 공간 속으로 폭탄을 쏘아 보내는 생명의 꿈틀거림을 보여주었다. 또 그런 것을 아는 사람은 남을 속이거나 치사스러운 짓을 하지 않는다. 작가나 시인 가운데 어느 한 사람 돼먹지 않은 인격의 소유자가 있다는 말 들은 적이 없다. 이것 이상의 증거가 또 어디 있겠는가.(2 : 63)

여기서 최인훈의 도저한 문학사랑, 혹은 문학중심주의를 구체적으로 목도한다. 이러한 발언을 가능하게끔 만든 당대의 시대적 · 문화적 정황을 감안하더라도, 위의 지적에서 다소 과도한 문학 중심주의를 발견하기란 어렵지 않다. 문인을 인격자와 동일시하는 이러한 발상은 근대 이후 진, 선, 미가 분화된 사회 구성의 원리를 면밀하게 인지하지 못한 소박한 차원의 인식에 해당한다.

그리고 또 이런 비판이 가능하겠다. 최인훈이 이 글을 발표한 연후에도 한국의 문학산업은 지속적으로 성장했다. 1990년대 이후 문학의 사회적 영향력은 전반적으로 감소했지만, 그럼에도 불구하고 문인들의 숫자나 문학상, 문예지는 꾸준히 증가했다. 그렇다면 세계의 어느 나라와 비교하더라도 그 비율이 높은 수많은 문인과 문예지, 무수한 문예창작과의 존재, 수백 개에 달한다는 문학상에도 불구하고 한국사회는 OECD 최고의 자살률, 처절한 경쟁사회로 인한 극심한 스트레스, 점차 커지는 빈부격차 등에서 볼 수 있듯이 수많은 문제들이 확대되고 있는 것이 현실이 아닌가. 문학의 융성이 그 사회의 건강과 양식을 보증해주는 것은 아니다. 그러나 이와 같은 최인훈의 발언조차도 잘못된 판단이라기보다는 역설적인 맥락에서 최인훈의 도저한 문학 사랑의 흔적이라고 해석되어야 하지 않을까.

5. 최인훈을 위하여

최인훈이 전후 최고의 작가 중의 한 사람이라는 사실은 우선 그가 창작한 작품들의 빛나는 성과에서 비롯될 것이다. 그러나 최인훈의 문학적 성과는 소설이나 희곡 같은 창작에 한정되지 않는다. 최인훈은 에세이와 문학론만으로도 고유한 일가를 이룬 문인이다.

　세 권의 산문집 곳곳에 마치 숨겨진 보석처럼 박혀 있는 그의 문학적 에세이는 어떤 시나 소설 이상으로 문학과 정치, 예술의 역할과 특성, 문학 고유의 미학에 대해 예리한 통찰과 매혹적인 정의를 보여준다. 최인훈의 문학적 에세이에 의해 당대의 문학과 예술은 순수주의의 미망과 정치적 환원론의 오류로부터 분명한 거리를 두면서, 문학이 감당해야 할 적확한 자리를 찾을 수 있었다. 이런 과정을 통해, "최인훈의 문학론은 문학에 관한 최고 수준의 이론적 성찰의 결과"[8]라는 사실을 구체적으로 확인할 수 있는 것이다. 또한 최인훈의 문학론과 비평적 에세이에 대한 탐구를 통해, 뛰어난 소설가는 동시에 뛰어난 에세이스트이자 문학이론가라는 사실을 인식할 수 있었다.

　공교롭게도 그가 문학에 대한 에세이와 매력적인 문학론을 펼쳐놓던 시기, 즉 문학의 전성시대가 지나가면서 최인훈은 거의 글을 빌표하지 못하고 있다. 누구보다도 문학을 사랑했고, 문학의 고유한 역할에 대해 진지하게 고민했으며, 문사로서의 드높은 자부심을 지녔던 그의 창작열이 마지막으로 다시 한 번 분출될 수 있기를 간절하게 염원한다.

(2012)

8 　김태환, 「문학은 어떤 일을 하는가」, 『문학과 이데올로기』 해설, 문학과지성사, 2009, 532면.

정치적 올바름은
미학적 품격과 만날 수 있는가

창비식 글쓰기에 대한 몇 가지 단상

1. 쇄신

『창작과비평』은 창간 40주년을 맞이하는 2006년부터 대대적인 쇄신과 변화를 모색한다. 당시 참여정부의 위기와 연동되어 사회 각부문에서 진보적이며 개혁적인 가치가 위협받고 있는 상황에서 안팎으로부터 다양한 문제제기와 제언을 받아오던 창비 지면의 혁신은 필연적인 바가 있었다고 생각된다. 여기에 덧붙여 민족문학의 퇴조, 상업주의 출판자본의 전면화 등으로 요약될 수 있는 문단지형과 출판 인프라의 변화 역시 창비의 변화를 추동한 요인일 것이다. 요컨대 새로운 사회 분위기와 변모된 문단환경에서 창비가 어떤 위치에 있어야 하고, 어떠한 진로를 선택해야 하는가에 대해 성찰하는 것은 창비의 생존과 갱신에 직결된 문제였다.

　창간 40주년 기념호(2006년 봄)에는 이러한 변화와 쇄신에 대한 창비의 의지가 구체적으로 반영되어 있다. 가령 편집주간 백영서는 「운동성 회복으로 혁신하는 창비」(책머리에)에서 다음과 같이 언급한다.

90년대 이후 이념적 지형이 변하고 다양한 전문저널이 등장한 상황에서도 『창비』는 문학지와 정론지의 두 역할을 아우르며 총체적으로 사회를 볼 수 있는 지적 자양을 독자에게 제공하기 위해 애써왔다. 특히 자본주의적 근대가 추동하는 전지구화의 대세에 한민족 및 동아시아인으로서 주체적으로 대응하는 길을 모색하기 위해 새로운 담론 개발을 꾸준히 계속해왔다고 자부한다. (…중략…) 이미 주류문화의 일부가 되기도 한 『창비』편집진부터 타성을 떨치고 우리 시대의 요구에 헌신하는 과제 수행에 더 많은 이들이 동참할 수 있도록 앞장서려는 것이다.

이 글의 제목과 위의 내용에서도 나타나듯이 창비가 새로운 변화를 위해서 내세운 화두는 '운동성 회복'과 '자기쇄신'이다. 그리고 그러한 새로운 노력은 '운동성을 담은 새로운 글쓰기'에 의해 구체화되어 계간지 지면에 반영되어야 한다는 점이 강조된다. 실제로 창비는 이 무렵부터 온라인에서 '창비주간논평'을 발간하면서 현실에 밀착된 신속한 대응력을 키워왔으며, '도전인터뷰' 코너 등을 통해 이른바 논쟁적 대화에도 적극적인 행보를 보여준다. 대개의 문예지와 시사학술지들이 제도적인 관성에 매몰되어 전반적인 현실대응력이 현저히 떨어지고 있던 상황에서, 창비의 이런 지속적인 자기갱신의 노력을 기본적으로 높이 평가한다. "이미 주류문화의 일부가 되기도 한 『창비』편집진"이라는 대목도 창비가 아니라면 결코 쉽게 쓸 수 있는 표현은 아닐 것이다.

그 후 3년의 세월이 지났다. 그 사이에 정권이 교체되었고 세계적인 금융위기로 인한 경제 한파가 우리사회를 뒤덮고 있으며 양극화로 인한 서민들의 생활은 한층 악화되고 있다. 남북관계는 교착상태에 빠져 있으며 신공안정국이 다시 한국사회의 저항적 움직임을 옥죄고 있다. 개혁과 변화를 위한 지혜를 다시 근본적으로 모색하고 성찰할 시기인 것이다.

그렇다면 지금 이 시점에서, 창비가 창간 40주년을 즈음하여 선언한 운동성 회복과 자기쇄신의 기치가 창비 지면에 어떻게 반영되었는지 중간평가할 필요가 있을 것이다. 최근 백영서는 창비에서 간행한 『이중과제론』(이남주 편), 『87년체제론』(김종엽 편), 『신자유주의 대안론』(최태욱 편) 등 '창비담론총서'의 머리말에서 다음과 같이 주장한다.

> 우리가 계간지 창간 40주년을 맞아 약속한 것을 돌아본다. 창비가 우리 시대의 요구에 부응하는 과제 수행에 더 많은 이들이 동참할 수 있도록 앞장서되, 단순히 공론의 장을 제공하는 일을 넘어 '창비식 담론'을 만들겠다고 밝혔다. 그리고 '창비식 담론'은 '창비식 글쓰기'에 의해 뒷받침될 것이라고 했다. 여기서 말하는 '창비식 글쓰기'란 현실 문제에 직핍해 날카롭게 비평하고 대안을 제시하는 논쟁적 글쓰기를 뜻하는데, 이것이야말로 문학적 상상력과 현장의 실천 경험 및 인문사회과학적 인식의 결합을 꾀하는 창비가 남달리 잘해야 마땅한 일이다. 우리는 그 일에 나름대로 정성을 다해 기대에 보답하려는 자세를 견지해왔다.

이 글은 여기서 '창비식 글쓰기', 즉 "현실문제에 직핍해 날카롭게 비평하고 대안을 제시하는 논쟁적 글쓰기"가 과연 효과적으로 구현되어왔는지 살펴보고자 한다. 이러한 과정은 창비가 주창한 '운동성 회복'과 '자기쇄신'이 과연 얼마나 구체적인 실감과 현실적인 동력을 지니고 있는가를 탐문하는 도정이기도 하리라.

이러한 작업을 위해서는 창작은 제외하더라도 창비의 문학비평이나 민족문학론은 물론이거니와 분단체제론, 동아시아론, 이중과제론, 신자유주의 비판론, 87년체제론, 변혁적 중도주의론 등을 포괄하는 창비의 사회인문학 담론 전반에 대한 탐문과 평가가 요청될 것이다. 이 각각의 담론들 중에서 특정한 주제 하나에 대해서 글을 쓰는 데에도 엄청난 공력이 요구될 터인데, 내게는 그 모든 것을 포괄하는 창비담론 전반에 대해 살펴볼 능력도 식견도 없다.

이 글은 2006년 봄에 이루어진 창비의 혁신 이후 계간『창작과비평』이나 창비주간논평에 발표된 몇몇 글을 중심으로 내게 소중하게 다가왔던 이른바 창비식 글쓰기를 둘러싼 몇 가지 주제와 쟁점에 대해 탐색해보고자 한다. 그것은 궁극적으로 정치적 올바름이 미학적 품격과 어떻게 만날 수 있는지를 고민하는 길이기도 하다. 따라서 이 글은 창비담론에 대한 포괄적인 고찰이라기보다는 내 비평안테나에 포착된 창비의 어떤 글들에 대한 주관적인 단상에 가깝다. 그러므로 창비식 글쓰기, 혹은 창비담론이 공유하는 특성보다도 창비 필자 개인간의 차이가 더 크다는 사실을 고려해서 이 글을 읽어주기 바란다.

2. 실감

대부분의 문예지와 학술지에서 다루어지는 현실 속에 정치적 현실은 삭제되어 있는 경우가 많다. 그러나 43년에 이르는 창비의 역사는 문학지와 정론지의 성격을 아우르는 그 성격상 필연적으로 현실 정치와의 갈등을 수반할 수밖에 없었다. 실제로 1980년 계간지가 정치권력에 의해 폐간되는 아픈 역사도 있었거니와, 발행인의 구속, 판매금지, 압수, 출판등록 취소 등 정치권력과 빚은 갈등은 창비 역사에서 가장 파란만장한 대목이자 자존심의 근거이기도 할 것이다. 작년에 한나라당 심재철 의원이 네티즌의 글「이것이 아고라다」를 문제삼아『창작과비평』2008년 가을호의 배포금지가처분을 법원에 신청한 사건은 창비와 정치권력의 갈등관계가 여전히 지속되고 있음을 단적으로 보여준다. 창비는 흔히 민족문학의 산실로 불리지만, 어떤 면에서 창비가 걸어온 길은 여러 정치권력과의 관계 속에서 벌어지는 저항과 갈등, 투쟁, 제휴, 연대의 역사이기도 했다.

여기서 흥미로운 점은 2006년을 기점으로 창비 지면에서 현실정치에 대한 비판적 글쓰기가 현저하게 증가하고 있다는 사실이다. 상대적으로 1998년 국민의 정부 등장 이후 2005년에 이르는 동안 창비 지면에서 현실 정치와 연관된 첨예한 의제는 적극적으로 부각되지 않았다. 그 시기에는 주로 통일문제, 동아시아론, 탈냉전, 반전평화운동 등 좀더 원론적이며 광범위한 시야가 요청되는 담론들이 창비 지면을 장식한다. 생각건대 이러한 측면은 그때까지 현실정치와 창비의 입장 사이에 근본적인 괴리가 없었다는 사실을 의미한다. 그리고 그즈음 창비가 "이미 주류문화의 일부"(백영서)로 자리잡았다는 점은 부인할 수 없는 진실이다. 당시 창비가 민감한 논쟁과 첨예한 쟁점을 회피하며 정론성을 상실하고 있다는 비판이 제기된 바 있다.

그러나 2006년의 혁신 선언 이후 최근에 이르는 창비 지면에는 주로 참여정부의 신자유주의 정책, 양극화, 한미FTA 체결, 그리고 이명박정권의 퇴행적인 경제정책과 4대강 개발 공약, 악화되는 남북관계 등을 집중적으로 겨냥하는 현실정치에 대한 비판적 담론들이 다수 수록되어 있다. 이런 변화는 노무현 참여정부가 보여준 몇몇 한계와 현재 이명박정권이 노정하는 총체적인 난맥상을 생각해 볼 때, 필연적인 수순이리라.[1] 이에 덧붙여 이른바 진보의 위기, 개혁의 위기라는 사태에

---

1 김근식의 「2007 남북정상회담을 결산한다」(『창작과비평』, 2007년 겨울호)와 강대호의 「변화하는 한

봉착해, 새로운 돌파구를 마련하고자 하는 창비의 입장이 현실 정치와의 접속으로 나타난 것이 아닐까.

요컨대 2006년의 혁신 이후 '운동성 회복'과 '현실 문제에 직핍해 날카롭게 비평'하는 것을 강조해마지 않았던 창비는 현실 정치나 민감한 의제에 대한 비판적 대화를 통해 정론성을 회복하기 위한 노력을 기울인다.

이즈음 이러한 창비의 사회인문학 담론의 취지와 내용에 대체로 동감하면서도 비판의 방법론과 관련해서는 어떤 아쉬움이 있다. 여기서 창비의 대표적인 논객 백낙청이 스스로 밝힌바, "지식인의 담론은 정권이 책임질 대목과 누가 해도 힘든 대목을 식별하는 정교한 비판이 되어야 한다"[2]는 합리적인 전제는 아무리 강조해도 지나치지 않을 것이다. 그렇다면 여기서 창비의 비판이 스스로 내건 그런 "정교한 비판"을 충족시키고 있는가라는 질문을 던져본다. 내가 보기에 특히 참여정부에 대한 비판의 과정에서 창비에 수록된 상당수의 글들은 당위적인 일반론에서 크게 벗어나지 못하고 있다.

가령 노무현 개인의 자질과 한계, 분단된 한반도의 현실, 자본주의 일반의 층위, 주류 언론과의 적대적인 불화 등이 복잡하게 뒤얽혀 있는 것이 참여정부의 한계를 구성하는 다양한 층위라면, 그 각각의 한계 층위들이 미치는 규정력과 영향력에 대한 세밀한 운산運算이 필요하지 않을까. 바로 그러한 운산에 기초하여 정권 자체의 한계와 미국에 종속된 분단 자본주의라는 태생적인 한계, 언론과의 불화로 인해 제대로 평가

미관계와 노무현 독트린의 운명」(『창작과비평』, 2006년 가을호)은 예외적으로 참여정부의 정책에 대해 우호적인 입장을 취하고 있지만, 역시 다수의 글은 비판적인 입장에서 서술되고 있다. 그리고 창비 지면에서 이명박 정부에 대해 우호적인 글은 아직까지 한 편도 수록되지 않았다.

2 백낙청, 「곱셈의 정치는 가능할까」, 창비주간논평(weekly.changbi.com), 2006.6.6.

받지 못한 성취 등을 좀더 엄밀하게 준별할 수 있을 때 비판의 실감과 설득력을 높일 수 있지 않을까.

특히 참여정부를 신자유주의라는 잣대로 비판하는 글들과 한미 FTA를 비판하는 글들이 이런 점에서 아쉬웠다. 물론 이남주는 "현재 노무현정부가 보여주는 한계는 상당 부분 자본주의 세계체제와 분단체제 등의 제약요인과 연관된 문제이기 때문이다"[3]라고 정당한 주장을 펼치지만, 창비의 담론에서 몇몇 예외를 제외하면 이런 인식이 비판적 글쓰기에 성공적으로 녹아 있는 글은 드물었다. 비판이 정치精緻할 때, 그에 적합한 대안이 모색될 수 있다. 이런 면에서 참여정부의 신자유주의를 지속적으로 비판해온 유종일의 「참여정부의 '좌파 신자유주의' 경제정책」(2006년 가을호)과 「신자유주의, 세계화, 한국경제」(2007년 가을호)는 그 비판의 강도에도 불구하고, 실질적인 대안 모색이라는 점에서는 아쉬움이 있다. 예를 들어 유종일은 "정체성이 분명한 진정한 정책정당을 발전시키지 않으면 진보적 개혁을 기대하는 것은 대단히 어렵다는 점이다. (…중략…) 참여정부의 실패가 반면교사가 되어 진보개혁 세력의 정치적 수준을 끌어올리는 데 기여하기를 바랄 뿐이다"[4]라며 글을 맺고 있는데, 지금 진보정당의 지리멸렬한 현황을 보면 이런 진단의 구체적인 현실성을 되묻게 된다.

아마도 이런 한계에 대한 인식의 당연한 수순으로 신자유주의의 대안이 모색될 수밖에 없었으리라. 정승일의 「신자유주의와 대안체제」와 서동만의 「대안체제 모색과 '한반도 경제'」(이상 2007년 가을호), 최태욱의 「신자유주의 대안 구현의 정치제도적 조건」(2007년 겨울호) 등은 시

---

3 이남주, 「한국에서의 '진보'와 동아시아 협력」, 『창작과비평』, 2006년 가을호, 358면.
4 유종일, 「참여정부의 '좌파 신자유주의' 경제정책」, 『창작과비평』, 2006년 가을호, 311면.

의적절한 논점을 담고 있다. 이 글들의 문제의식은 신자유주의에 대한 당위적이며 원론적인 비판에서 탈피하여 새로운 시야를 펼쳐 보인다. 다만 그 대안들이 과연 분단된 한국사회에서 어느 정도 현실성을 확보하고 있는가의 문제는 지속적으로 논의되고 검증되어야 할 것이다.

그렇다면 "2009년의 새로운 촛불"과 관련하여 다음과 같은 백낙청의 발언이 나에게 구체적인 실감으로 다가오지 못한 것은 무슨 연유였을까.

> 관건은 '촛불소녀'로 상징되는 발랄함과 유쾌함이 한층 절박해진 군중과의 결합을 통해 또 한번 새로운 시위문화를 창출하는 일이다. 그리고 이번에는 대중의 토론과 합의를 이어받아 언론과 여러 전문집단, 권익집단을 포함한 시민사회가 정당들과 함께 건설적으로 국정에 기여하는─단순한 시위참여가 아니라 국가 거버넌스에 참여하는─ 길을 마련해야 한다. 그러자면 길을 닦는 작업이 상당 정도 미리 진척되어 있어야 하며, 그랬을 때 한국사회에서 국민주권과 민중자치, 그리고 한반도 분단체제의 극복이 2009년의 새로운 촛불과 함께 큼직한 발걸음을 내디딜 것이다.[5]

백낙청의 제안과 기대대로 현실화되면 이상적이겠지만, 현재로서는 촛불시위와 국가 거버넌스 참여 사이에는 커다란 간극이 있다. 그리고 그 촛불과 국민주권, 민중자치, 한반도 분단체제의 극복이라는 거대담론 사이에는 더욱 길고 먼 중간과정과 거리가 존재한다. 그리고 2009년의 "한층 절박해진 군중"이 언론이나 여러 전문집단, 권익집단의 이해관계와 어떻게 만날 수 있는지는 다소 막연한 차원에 머물고 있

5　백낙청, 「거버넌스에 관하여─2009년을 맞이하며」, 창비주간논평, 2008.12.30.

다. 그러다 보니 "그러자면 길을 닦는 작업이 상당 정도 미리 진척되어 있어야" 한다는 조건이 붙는데, 역으로 이 점이 현실에 대한 당위적 낙관주의에서 멀지 않다는 것을 보여주는 것 아닐까.

당위적 원론은 옳지만 지루하고, 현실에 대한 낙관은 시원하지만 불편하다. 이를테면 한국사회의 전망과 저항운동에 대해 언뜻언뜻 자신의 생각을 내비쳤던 재일 디아스포라 논객 서경식의 내면에 드리워진 짙은 비관주의에서 나는 더 진한 공감과 진정성을 느낄 때가 많았다.

창비 논객들이 보여주는 한국사회의 변혁에 대한 열정, 분단체제 극복을 향한 지난한 노력, 신자유주의에 대한 단호한 비판 등에 대해서는 늘 경외의 마음을 가지고 있다. 그러나 그 마음 한 자리에는 그들이 보여주는 투철한 비판, 건강한 낙관주의, 의연한 당위의 세계에 드리워진 또 다른 그 무엇을 보고 싶은 욕구가 늘 내게 있었다. 그것을 이렇게 표현할 수 있겠다. 실존의 그늘이 드리워진 비판적 이성이 더 진실하고, 짙은 비관이나 허무의 심연을 통과한 낙관과 당위가 더 문학적이라고. "문학적 상상력과 현장의 실천경험 및 인문사회과학적 인식의 결합을 꾀하는 『창비』"(백영서)이기에 하는 말이다.

3. 언론

이른바 장자연 리스트 사건과 박연차 비자금 사건을 보며 "대한민국을 지배하는 최강 권력은 언론이다. 국민 대다수가 매일 구독하는 몇몇 신문의 지면 편성과 논조와 보도 내용을 지배하는 사주와 그 대리인들이 대한민국을 지배한다. (…중략…) 그들은 선출되지 않으며 신임을 묻는 일도 없다. 교체되지도 않으며 누구의 통제도 받지 않는다"[6]라는 주장을 다시 한번 제대로 실감하게 된 것은 나만의 체험은 아닐 것이다. 물론 인용한 내용은 이제 낯익고 얼마간 상투적이기도 하다. 그러나 낯익다고 해서 그런 주장에 담긴 생생한 통찰력의 중대성이 반감될 수는 없을 것이다.

일례로 앞의 두 사건에 대한 보도에는 극단적으로 이중적인 기준이 적용되고 있다. 박연차 비자금사건을 보도하듯이 삼성 비자금과 BBK, 장자연 사건을 보도했다면 어떤 결론에 이를까. 거대보수언론은 물론이거니와, 최근에는 KBS를 위시한 공중파방송까지 심각할 정도로 공정성이 훼손되고 있는 상황이다. 물론 독립성을 잃어버린 검찰의 편파적인 조사가 또 하나의 중요한 변수이다. 그러나 그것을 지적하는 언론의 역할이 살아 있다면, 과연 검찰의 편파적인 수사가 그렇게 쉽게, 조직적으로 이루어질 수 있을까. 적어도 언론이 현대통령의 BBK 스캔들을 비롯한 여러 의혹과 문제들을 지금의 박연차사건만큼이나 집요하게 파헤치고 실시간 중계방송하듯이 전파했다면, 아니 최소한 공정한 척도로 보도했다면 과연 이명박정권이 탄생했을까 하는 근본적인 의문을 던지지 않을 수 없다.

창비는 언론문제를 방기하고 있는 다른 주류 문예지와는 달리 언론문제에 대한 자의식을 분명히 가지고 있는 것으로 보인다. 편집위원 김종엽은 거대 보수신문의 편향성에 대한 문제의식을 꾸준히 보여주었으며 백낙청 역시 최근 창비주간논평에서 "언론이 자신의 탐욕 때문이건 정부의 탄압 때문이건 제 기능을 하지 못하고"[7]라고 언급한 바

---

6 유시민, 『후불제 민주주의』, 돌베개, 2009, 194면.
7 백낙청, 「거버넌스에 관하여─2009년을 맞이하며」, 창비주간논평, 2008.12.30.

있다. 창비주간논평에는 이밖에도 이명박정권의 공영방송 장악이나 MBC 및 YTN, 시사저널 사태에 대한 외부 필자들의 글들이 수록돼 있다. 시기를 더 거슬러 올라가보면, 이른바 안티조선운동이 첨예한 사회적 쟁점으로 떠오르던 2000년 여름 계간지에는 임영호의 「언론개혁운동의 과제와 전망」이라는 글이 게재되었으며 2001년 가을호에는 「언론개혁, 어디로 갈 것인가」라는 제목의 좌담이 열리기도 했다.

그러나 내게는 아직도 창비가 언론문제에 대해 제대로, 정확하게 인식하고 있다는 생각이 들지 않는다. 창비 논객들이 주장하는 언론에 대한 문제의식은 소박한 일반론 차원의 지나가는 문제제기에서 크게 멀지 않다. 그리고 역설적으로 창비주간논평에 수록된 언론문제에 대한 글들은 일종의 면피용이 아닌가 생각될 정도로 최근의 창비 지면에서 언론문제에 대한 제대로 된 문제의식은 거의 발견할 수 없다. 2000년 무렵의 기고문과 좌담도 당시 안티조선운동의 열기에 마지못해 편승한 것처럼 보인다고 말한다면 나만의 착각일까.

주류언론과 척지는 것을 기피하는 것이 출판사를 거느린 모든 문예지의 숙명일 수밖에 없는 것일까. 이 문제를 수동적으로 추인하는 한, 문학에서는 언론문제에 관한 한 어떤 저항과 비판의 공간도 가능하지 않다. 한 시대의 모순과 온몸으로 대결한 빛나는 문학이 늘 그러했듯이 그 심리적 지지선을 돌파하는 담대한 과정에 진정한 문학적 상상력이 존재하는 것 아닐까.

더구나 창비가 주장하는 "현실 문제에 직핍해 날카롭게 비평하고 대안을 제시하는 논쟁적 글쓰기의 모범"이 어떤 진정성을 담보하려면, 바로 거대보수신문을 중심으로 한 언론권력은 도저히 회피할 수 없는 문제일 것이다. 창비식으로 말해서 이 문제를 천착하지 않는 진보담론은 우리의 현실과 괴리될 수밖에 없고 따라서 그로부터 진정한 대안을 기대하기 어렵다는 것이 내 판단이다. 예를 들어 대안언론의 가능성과 현황, 거대보수언론 문학기사의 프레임 분석, 문학상과 언론의 관계, 일간지 서평의 문제점 등 수많은 과제를 분석적이며 심층적으로 다룰 필요가 있다.

물론 창비가 전개해 온 분단체제론, 신자유주의 비판, 동아시아론, 이중과제론 등은 모두 그 자체로 중요한 의제이다. 그러나 이제 그러한 지당한 주장 못지않게, 편향적인 거대보수언론의 프레임에 대한 비판과 문제제기가 항상적으로 탐구되는 독립적인 주제가 되어야 한다고 본다. 적어도 "긴 싸움에서 승리할 방도"(백낙청)를 추구하는 입장이라면, 그리고 창비가 단지 상대적으로 개혁적이고 진보적인 문예지로 남는 것에서 더 나아가, 진정 그 긴 싸움에 참여하는 것을 꺼리지 않는 입장이라면 거대보수언론의 편파적인 프레임을 어떻게 돌파하느냐의 문제가 지속적으로 관건이 될 것이다.

이런 의미에서 창비에서 그토록 힘들여 주창하는 분단체제론을 비롯한 여러 사회인문학 담론마저도 거대보수신문의 프레임 속에서 용해되고 있는 것은 아닐까. 그렇다면 창비의 입장에서는 역으로 분단체제론의 프레임으로 언론문제의 실상을 조망할 수도 있으리라. 이를테면 분단체제가 그들의 이데올로기, 운용방식, 족벌族閥 형성에 어떤 영향을 미쳤는지, 언론의 문제점들을 어떤 방식으로 확대시키고 파생시켰는지에 대해서 논의할 수 있지 않을까 싶다. 그러니 백낙청이 김종철을 비판하면서 "그의 이번 글에서 분단체제에 관해 일언반구가 없는 점도 심상치 않다"[8]며 비판할 때 나로서는 '분단체제' 대신에 '언론'이 들어갈 필요가 있다고 생각하는 것이다.

---

8 백낙청, 「근대 한국의 이중과제와 녹색담론」, 『창작과비평』 2008년 여름호, 452면.

이른바 거대보수언론에 대한 일반시민과 네티즌의 문제의식이 광범위하게 조성된 이즈음이야말로 지난 안티조선운동의 편향과 오류[9]를 냉철하게 되돌아보면서 새로운 차원의 언론개혁운동을 조직적으로 시작할 때가 아닌가 싶다. 물론 그러한 일을 창비 혼자 감당할 수는 없으리라. 암울한 역사적 시기마다 늘 빛나는 문학적 상상력으로 희망의 불씨를 지폈던 창비가 그런 역할에 힘을 보탠다면 언론개혁운동은 더할 나위 없이 커다란 추진력을 확보할 수 있을 것이다. 지금 언론문제가 이렇게 악화된 것도 창비 같은 신뢰받는 지식인 집단이 이 문제를 소홀하게 취급했기 때문이 아닐까.

4. 논쟁

『창작과비평』 2009년 봄호에 수록된 비평가 손정수의 글 「진정 물어야 했던 것」을 읽었다. 그전의 2008년 겨울호 문학특집에 대한 반론의 형식을 지닌 이 글은 백낙청의 「문학이 무엇인지 다시 묻는 일」, 한기욱의 「문학의 새로움은 어디서 오는가」에 대한 전면적이며 직설적인 비판으로 채워져 있다. 놀라운 점은 백낙청, 한기욱, 그리고 창비에 대해 "손쉬운 단정", "엉뚱한 비판", "무반성적인 의식구도에 갇혀 있는", "심히 의심스러울 따름이다" 등의 표현을 통해 다소 신랄하게 비판하는 글이 다름 아닌 창비 지면에 수록되었다는 사실이다.

---

9 생각해보면, 그 당시의 안티조선운동은 여러 가지 성과에도 불구하고, 『조선일보』 기고자들에 대한 지나치게 감정적인 단죄 위주로 전개되었다는 한계를 지니고 있다. 순혈주의를 강조하는 이런 방식은 운동의 선명성을 얻는 대신, '배제의 효과'로 인한 감정적인 반발과 이탈을 동반했다.

지금까지 창비 지면에서 창비나 창비 편집위원들의 논지를 비판하는 글들은 간헐적으로 존재해왔다. 그러나 그 비판들은 창비를 근본적으로 부정하는 차원은 아니었고, 필자들 역시 대개는 넓은 의미의 창비 진영에 속하는 논자들이었다. 이번 글처럼 창비와 대척적인 위치에 놓인 비평가의 강도높은 비판을 수록했다는 사실은 역설적인 의미에서 창비의 어떤 자부심과 자신감의 발로가 아닐까 싶다. 그것은 또한 다음과 같은 논쟁과 연관된 지적 전통의 힘이기도 할 것이다.

창비의 상대적인 진보성과 대화성, 열린 태도는 분명 존중되어야 한다. 생각건대 이러한 창비의 면모는, 다른 두 에콜과는 달리 창비가 수십 년에 걸친 치열한 문학논쟁을 성실하게 수행한 텃밭이었다는 사실, 그리고 민족문학 논쟁을 비롯한 끊임없는 논쟁과 상호 비판의 체험을 축적하면서 비판과 논쟁에 단련되어왔다는 지적 전통에서 연유한 것이리라.(권성우, 「열린 진보와 권위주의 사이」, 『사회비평』, 2001년 가을호)

그야말로 열린 마음으로 자신의 한계와 대면하겠다는 의지 없이는, 논쟁적 대화에 대한 부단한 성찰 없이는 손정수의 반론을 수용하는 창비의 선택이 가능하지 않았을 것이다. 이런 창비의 선택이 우리들에게 신선함과 놀라움으로 다가온다면, 이 점은 역으로 대부분의 문예지들이 자신에 대한 비판을 거의 용납하지 않는 편협한 관행이 얼마나 널리 퍼져 있는가를 역력하게 드러내주는 증거이리라.

가령 『문학과사회』나 『문학동네』에서 정과리나 이광호, 남진우나 황종연을 비판하는 글을 자체 지면에 수록할 수 있을까라는 질문 앞에서 긍정적인 답변을 할 여지는 거의 없지 않을까.

논쟁을 통한 대화야말로 한국문학의 내성을 키우고 진정한 의미의 다양성과 경쟁력을 확보하게 할 것이라는 점을 강조해온 내 입장에서는 창비의 이런 고무적인 태도에서 대화에 대한 확고한 의지와 노력을 읽을 수 읽었다. 근대적응·근대극복의 이중과제론과 녹색담론에 대한 김종철과 백낙청의 논쟁 역시 창비가 최근에 수확된 논쟁문화의 소중한 성과이다.

그렇다면 조영일의 『가라타니 고진과 한국문학』(도서출판b, 2008)에서 이루어진 창비 비판에 대한 창비의 견해는 무엇인가. 내 생각에 조영일의 창비 비판은 최근에 이루어진 다양한 형태의 창비 비판 중에서도 가장 문제적이며 과감한 논거를 담고 있다. 조영일은 가라타니 고진의 근대문학의 종언론을 창비 진영이 생산적으로 수용할 수 없었던 문학사적 맥락을 구체적으로 살펴보며 창비 역시 진보적인 정체성을 상실하고 '문학동네화'되어 가는 현실을 비판적으로 검토한다.

조영일은 이 책의 마지막 대목에서 아래와 같이 말한다.

지금 이 상황에서 최선의 선택은 창비 스스로 자발적인 해체를 감행하여(언인스톨하여) 그로 인해 확보될 공간(또는 언덕)을 새로운 전위들에게 물려주는 것이다. (…중략…) '문학'을 제 2자연으로 받아들이지 않는 비평가들은 이제 창비에게 아무 것도 기대할 것이 없다는 것이며, 만약 앞으로의 문학에 어떤 희망이 여전히 존재한다면 그것은 분명 창비 너머에 있을 것이라는 말이다. 창비 슈퍼스타스의 팬클럽 역시 해체할 때가 된 것이다.(조영일, 『가라타니 고진과 한국문학』, 도서출판b, 2008, 156면)

아마도 이런 지적은 지금까지 창비가 받아온 비판 중에서 가장 혹독한 차원의 것일 듯하다. 위 인용문의 어떤 표현들은 창비 구성원들의 감정적인 반응을 야기할 가능성이 높다. 그러나 대체로 본문에서 이루어진 조영일의 창비 비판은 일본현대비평사에 대한 해박한 이해를 바탕으로 나름대로 충분한 설득력과 논거를 동반하고 있다.[10] 그렇다면 조영일의 문제제기가 나온 지 6개월이 지난 현재까지 백낙청과 창비가 아무런 반응도 보여주지 않았다는 것은 창비 진영이 천명한 투철한 논쟁적 태도에 비추어볼 때 의외이다. 물론 모든 소모적인 비판에까지 창비가 답변할 의무는 없을 것이다. 그러나 창비의 정체성이나 이론적 정당성과 연관된 문제를 문학사적 맥락에 근거하여 비판적으로 해석하는 조영일의 평문을 그런 범주에 속한다고 볼 수는 없지 않을까.

5. 차이

문학담론과 사회인문학담론은 창비 담론을 구성하는 마주보는 두 축이다. 이 둘은 서로의 존재에 빛을 던지는 그런 관계이다. 창비의 문학은 창비의 사회인문학으로 인해 그 권위를 더욱 보장받았으며 그 역도 마찬가지였다.

창비 사회인문학담론의 필자들은 거의 예외 없이 진보적인 논객으로 이루어져 있다. 적어도 내가 이번에 읽은 바로는 보수적인 필자가 등장한 경우는 없었다. 그들은 대체로 신자유주의나 한미FTA에 대해 단호하게 비판적이며, 이명박정부는 물론이거니와, 몇몇 예외를 제외하면 참여정부에 대해서도 대부분 비판적이다. 그러다 보니, 창비의 사

---

10 우리 시대의 문제적인 두 신진비평가인 조영일의 『가라타니 고진과 한국문학』, 『한국문학과 그 적들』, 신형철의 『몰락의 에티카』에 대해서는 다른 기회에 한층 구체적으로 언급하게 되기를 바란다. 이 열정적인 두 젊은 비평가의 길항과 차이야말로 지금 한국문학비평의 가장 뜨거운 논점 중의 하나이다.

회인문학담론은 현실과 제도, 이데올로기 등에 대한 '비판'을 글쓰기의 주요한 방법론으로 채택한다.

그에 비해 최근 창비에 수록되는 문학비평들은 정도의 차이가 있겠지만, 대체로 문학작품에 대해, 특히 창비에서 발간된 작품에 대해서는 우호적인 시선을 보내고 있다. 예컨대 고은, 황석영, 신경숙, 박민규, 김애란 등 창비와 가까운 문인들이 발간한 신간도서에 대한 비평은 대체로 긍정적인 맥락에서 씌어졌다. 아울러 문학창작과 문학비평 쪽의 필자들은 다양한 입장과 스펙트럼을 보여주고 있다는 점에서 진보적 필자들이 대부분인 창비의 사회인문학담론과 구별된다.

2006년 이후로 한정하더라도, 시인 황동규 정진규 오탁번 신달자 김명인 박주택 정끝별 김언희 황병승, 소설가 정미경 권지예 하성란 윤성희 이기호 김태용 박형서 편혜영 윤이형 정한아 김사과 등이 창비 지면에 등장하는데 이들은 우리의 기억의 창고 속에 존재하는 창비적 세계에 부합되는 문인들과는 분명한 거리가 있다. 우호적으로 해석하자면 "이제 진영 개념의 비평적 위력은 대세의 흐름에 의해 거의 소멸된 듯하다. '민족문학 진영'으로 명백히 분류가능한 작가들의 작품에만 국한하다보면, 그러잖아도 위기설에 휘말린 민족문학의 빈곤을 스스로 부각시키는 결과밖에 안되기 때문이다"[11]에서 보듯이 실제 작품의 부족도 이러한 변화를 낳은 요인이다. 여기서 더 나아가 문학의 특수성에 대한 관심이 창비 진영에 더 확대되었다고 해석될 수도 있다.

이미 오래전에 김영현 논쟁(1990)을 통해 나는 그러한 견해를 드러냈거니와, 정치적 진보-보수의 개념을 문학이나 예술에서 그대로 적용할 수 없다는 점을 우리는 분명히 인지할 필요가 있다. 운동권 청년의

---

11 백낙청, 「2000년대의 한국문학을 위한 단상」, 『통일시대 한국문학의 보람』, 창비, 2006, 185면.

내면의 흔들림과 번민을 밀도 깊게 형상화한 김영현의 소설은 도식적인 노동소설보다 더욱 진보적이며 열린 문학인 것이다. 실존적 내면의 흔들림을 새로운 어법으로 보여준 뛰어난 서정시는 통일을 타성적으로 노래한 시보다 더욱 진보적이라고 말할 수 있지 않을까.

그러나 동시에 창비의 이러한 변화가 창비의 정체성을 희석시키고 있으며, 결국 창비의 문학지면은 정작 『문학과사회』나 『문학동네』의 그것과 별다른 차이가 없게 되었다는 시각도 광범위하게 존재한다. 이제 창비적인 문학은 없다고 주장할 법도 하다.

여기서 다음과 같은 일련의 의문을 품지 않을 수 없다. 왜 창비의 문학비평은 사회인문학담론과는 달리 이 시대의 문학장에 대한 비판, 문학을 규정하는 제반 시스템에 대한 성찰을 방기하고 있는가. 그리고 창비의 문학비평은 가령 분단체제론에 비판적인 견해나 비평가 김종철의 논리를 겨냥한 비판의 열정만큼 고은이나 황석영, 신경숙, 박민규, 김애란 등에 대한 정교하고 섬세한 비판을 전개할 수는 없는 것일까. 그런 과정이 창비의 고유한 문학세계를 일구어가는 길이 아닐까. 창비의 비판문화는 안선재가 '창비주간논평'에서 피력한 다음 주장에서 과연 자유로운가.

모든 작가가 직면한 가장 큰 위험은 자기에게 너그러운 것이다. 사려 깊고 도전적인 비평 없이 어떤 작가가 기량을 연마하고 약점을 고치고 성숙한 예술을 발전시킬 수 있으리라 희망할 수 있겠는가? '체면'과 '명성'이 핵심 고려사항인 한국 같은 문화에서 정직한 비평은 자주 거부된다. 이건 큰일이다.[12]

12 안선재, 「외국독자들은 한국문학을 어떻게 읽을까? - 한국문학 번역의 과제들」, 창비주간논평,

만약 창비의 고유한 문학세계라는 것이 있다면, 그것은 예리하고 섬세한 비판과 작품의 만남에 의해 형성될 수 있을 것이라고 나는 생각한다. 그런 비판을 견디면서 스스로 자기갱신을 이룩한 작가만이 창비와 함께 호흡하는 작가가 될 수 있는 그런 자격을 갖춘 것 아닐까. 아름다운 작품을 아름답다 말하는 것은 물론 언제나 필요하다. 그러나 비평가들이 진정으로 사랑해야 할 것은 적절한 비판과 조언이 있었다면 더욱 아름다워졌을 작품들의 살아 있는 가능성 아닐까. 그렇다면 작가와 시인을 성찰케 만들며 그들의 문학이 더 깊고 넓은 세계로 가게끔 생산적으로 유도하고 자극하는 그런 비판이 지금 창비에 필요하다. 아니 한국문학 전체에 필요하다.

언젠가 백낙청은 다음과 같이 말한 바 있다.

> 훌륭한 창작을 어렵게 만드는 여건이 출판과 언론매체들의 거의 전면적인 상업화일 경우, '중개상'으로서의 비평가에 대한 수요는 전에 없이 커지게 된다. 다시 말해 잘못된 풍토를 바로잡을 임무를 띤 비평가에게 이 잘못된 풍토에 이바지하라는 압력이 도리어 집중되고 그렇게 하는 비평가의 영향력도 증가하는 것이다.[13]

12년 전에 발표된 이 글 앞에서 나는 다시 이러한 일련의 질문들을 던지지 않을 수 없다. 이 글이 발표된 이후 백낙청이 지적한 "잘못된 풍토", 즉 비평이 상업주의에 굴복하면서 중개상 역할에 자족하는 풍토가 현저하게 일반화되었다. 실제로 지금 평단에서 '중개상'으로의 역할

2007.5.15.

13 백낙청, 「비평과 비평가에 대한 단상」, 『통일시대 한국문학의 보람』, 창비, 2006, 456면.

을 적극적으로 수행하는 비평가일수록 영향력이 크다는 점은 부인할 수 없는 사실이다. 위의 백낙청의 언급에 일말의 진심이 담겨 있다면, 그리하여 "'중개상'으로서의 비평가에 대한 수요"가 분명 "잘못된 풍토"라면 창비가 이러한 풍토를 조장하는 문학집단에 대한 단호한 비판적 대화를 수행하는 것이 필요하지 않았을까. 창비가 바로 그러한 역할을 방기했기에, 이즈음 평단은 자정능력과 논쟁에 대한 감수성이 현저하게 퇴화된 것이 아닌가. 어떤 면에서 1997년 이후 전개된 창비의 문학비평은 백낙청이 지적한 비평의 "잘못된 풍토"에 창비 스스로 조금씩 오염되기 시작한 과정은 아니었을까.

6. 스타일

일본의 비판적 잡지 『젠야前夜』의 편집위원 다카하시 데츠야高橋哲哉는 창비 40주년을 기념하는 글에서 「젠야 선언」을 소개하는데, 그중에서 "우리는 문화·예술분야의 비평에 특히 힘을 기울이고, 장르의 벽을 초월한 **새로운 비평적 스타일을 창조한다.** 지금처럼 비평정신이 쇠약한 상태로는 '밤'을 견디고 신생의 때를 맞이할 수 없기 때문이다"[14](강조는 인용자)라는 대목이 내게는 대단히 인상적으로 다가왔다. 우리의 비평문화는 지나치게 글의 내용에 편향적으로 경도되어 있는 것이 아닐까. 새로운 스타일과 결합된 내용의 올바름이 글쓰기의 진화와 갱신을 가능하게 하지 않을까. 이렇게 볼 때, 창비 역시 "새로운 비평적 스타일을 창조"하는 것이 긴요하다.

---

14 다카하시 데츠야, 「파국의 전야를 신생의 전야로」, 『창작과비평』, 2006년 봄호, 30면.

그렇다면 이런 얘기를 해볼 수 있겠다. 근 한달에 걸쳐서 최근 5년 동안 창비에 수록된 이른바 창비담론 70여 편을 읽으면서 많은 공부와 자극이 되었다고. 그러나 그 지적 자극의 짧은 시간은 기나긴 지루함을 견디는 과정에서 발견한 섬광과 같은 것이라고. 아마 모든 문예지와 시 사지가 그러하리라. 그래도 이 지면은 온전히 창비를 위한 것이니, 다시 나는 이렇게 말하지 않을 수 없다. 내게 진정으로 아쉬웠던 것은 오히려 창비담론의 내용 못지않게 형식(스타일)에 있다. 학술지에 실리는 논문도 아닐진대, 창비에 수록된 상당수가 저자 이름을 지우면 과연 누가 쓴 글인지 판별하기 힘든 글, 말하자면 실존적 주체의 체취와 고유한 무늬를 감지할 수 없는 개성 없는 글들이었다. 특히 신자유주의 비판론을 비롯하여 사회과학적 주제를 담은 글들이 대체로 그러했다.

가령 이런 것이다. 노무현정권의 신자유주의나 한미FTA 체결을 논리적으로 비판하는 것도 창비의 몫일 수 있지만, 동시에 그런 선택을 하게 만든 노무현의 심리는 무엇이라고 생각하는지, 그 노무현에 대한 나의 애증은 어떤 차원의 심성에서 연유하는지, 내가 한미관계를 비롯하여 국제적인 역학관계를 면밀하게 살필 수밖에 없는 대통령의 입장이었더라도 이라크 파병을 과연 단호하게 반대할 수 있는지 등에 대해서도 얘기할 수 있는 창비담론이 되어야 하지 않을까. 바로 그런 시도가 인문사회과학 학술지와 문학지 창비의 차이가 되어야 하지 않을까.

정치적 올바름이 개성적 문체와 심미적 품격에 실려 전달되는 그런 아름다운 창비식 글쓰기를 좀더 많이 볼 수는 없는 것일까. 아울러 다양한 글쓰기 장르와 형식 실험, 예컨대 일기, 단장, 에세이, 기행문, 단상 등을 창조적으로 활용하는 그런 열린 창비담론이 될 수는 없는 것일까. 이와 연관하여 나는 창비가 기존의 문학적 분류나 장르 구획에서 탈피하여 글쓰기 방법에 대해 한층 열린 태도를 보여주기를 기대한다.

문체와 스타일의 단지 형식적인 차원의 문제가 아니라 세계관의 반영이라는 점에 동의한다면 지금까지 내가 접할 수 있었던 창비식 글쓰기의 주류는 의외로 보수적이며 교과서적이 아닌가 하는 의문을 거둘 수 없다. 한마디로 재미가 없는 것이다. 뒤집어보자면 이런 글쓰기 형식의 보수성과 상투성이 창비에 아직 강력하게 잔존하는 어떤 닫힌 사유의 반영이 아닐까.

이런 의미에서 창비의 입장과 다소 그 결이 다르지만 창비를 자극할 수 있는 개성적인 글쓰기가 필요하다. 자기만의 고유한 비평적 문체와 스타일을 지니고 있으면서도 창비의 지면을 한결 풍성하게 만들 논객들, 예컨대 강준만, 김영민, 김진석, 고종석, 서경식의 글을 앞으로 창비 지면에서 자주 볼 수 있으면 좋겠다.

최근에 내가 접한 창비에 수록된 글을 예로 들면, 백낙청의 「외계인 만나기와 지금 이곳의 삶」(2007년 여름호), 김종철의 「민주주의, 성장논리, 農的 순환사회」(2008년 봄호), 한홍구의 「현대 한국의 저항운동과 촛불」(2008년 겨울호), 박노자의 「한국 대학사회의 슬픈 단상들」(2007년 가을호), 백지운의 「무라카미 하루키와 동아시아의 역사적 기억」(2005년 겨울호), 진은영의 「감각적인 것의 분배」[15](2008년 겨울호) 같은 글이 지닌 단단한 문체와 예리한 현실인식, 밀도 깊은 내용이 대단히 인상적이었다는 점을 여기서 밝혀두고 싶다. 그래서 나는 말하고 싶다. 궁극적으로 아름답고 개성적인 글이야말로 아름다운 세상을 형성하는 가장 핵심적인 구성요소라고.

---

15 진은영의 「감각적인 것의 분배」가 지닌 문학적 의미에 대해서는 이 책 1부에 수록된 「문학의 운명, 혹은 패배한 자의 아름다움」을 참조할 수 있다.

7. 맺는 말 : 창비의 몫

2001년의 「열린 진보와 권위주의 사이」 이후 8년 만에 다시 창비와 대화를 나누게 되었다. 그 8년의 세월은 개인적으로 창비에 대한 기대와 실망이 끊임없이 교차하는 시간이었다. 사람과의 만남도 그러하듯이 자꾸 만나면 서로를 이해하게 되는 것인가. 여전히 창비의 어떤 부분은 나에게는 도저히 가까이 다가갈 수 없는 안개로 쌓인 성벽이다. 그러나 이 글을 쓰면서 내가 창비의 입장이었더라도 비슷한 선택을 했을 것이라고 생각되는 공감의 순간도 있었다. 그 점이 나에게는 작은 위안이기도 하고 언어로 형용할 수 없는 애틋함이기도 하다. 그러나 다음에 창비와 내가 어떠한 방식으로 만나게 될지는 나 자신을 포함하여 그 누구도 모를 것이다. 곰곰이 생각해 보니, 그동안 나에게는 창비에 대한 아쉬움과 기대가 그만큼 컸던 모양이다. 가끔씩 "창비마저도"라고 탄식하곤 했으니까. 그 '탄식'이 앞으로 "역시 창비는 뭐가 달라도 다르다"는 '깊은 신뢰'로 바뀌기를 염원한다.

애초의 의도와는 달리 너무나 많은 얘기를 한 것 같다. 처음 이 글을 구상할 때와는 완전히 다른 글이 되어버린 형세를 보니, 민망한 마음이다. 그러나 어쩌겠는가. 이 글도 나 자신의 흔적인 것을.

시대가 하수상하다. 신공안정국이라는 얘기도 들리고, 다시 80년대가 돌아왔다는 풍문도 있다. 촛불은 다시 타오를 수 있을까. 많은 사람들이 모멸의 시간들을 묵묵히 견뎌내고 있다. 이 시대에 창비는 무엇을 할 수 있을까. 그리고 나는 어떤 글을 써야 하는 것일까. 이즈음 저 태평양 건너 편 먼 곳에서 바라본 내가 돌아가야 할 한국사회의 슬픈 모습이 계속 눈에 선하다.

무엇보다도 이제 우리 지식사회에서 냉소와 오만의 대명사로 변해

버린 진보와 개혁의 이미지를 원래 그 의미대로 온전히 되돌려놓아야
하지 않을까. 그것이 참여정부의 오만에서 비롯되었건, 아니면 진보진
영이 지닌 본원적인 한계에서 연유했건 간에 지금 '진보'와 '개혁'을 바
라보는 시민들의 시선은 싸늘하다. 치명적으로 오염되어버린 '진보'와
'개혁', 그것을 아름다운 진보와 성찰적인 개혁의 이미지로 되돌려놓은
과정에 창비가 감당해야 할 몫이 크다고 생각한다. 그 몫 중의 하나는
정치적 올바름과 심미적 품격이 결합된 아름다운 글이 창비에 더 자주
실리는 것이리라.

(2009)

80년대 비평의 뜨거운 상징

민중문학론을 둘러싼 두 비평가의 대화

1. 80년대의 가장 뜨거운 두 편의 비평에 대하여

이 글은 1980년대의 민중문학비평을 둘러싼 기억할 만한 논쟁적 장면을 탐구하기 위한 소박한 시도이다. 해석학적 관점에서 보면, 모든 과거의 기억과 담론은 현재적 시점에 의해 투사되어 재구성될 수밖에 없는 운명이다. 지금으로부터 25~30여 년 전에 치열하게 전개되었던 어떤 비평적 대화의 풍경을 탐색하는 작업은 필연적으로 지금 이 시대의 지식사회학적 정황이 개입될 수밖에 없다. 말하자면 1980년대 비평의 전체상을 객관적으로 그대로 복원한다는 것은 불가능하다는 사실, 그러므로 1980년대 비평을 대상으로 한 이 글 역시 필자의 비평적 취향이나 세계관, 현재의 정치적 · 문학적 문맥에 의해 80년대 비평담론이 의식적 · 무의식적 차원에서 재배치되는 과정을 통해 주관적으로 기억되고 소환될 수밖에 없다는 사실을 인정하는 것이 필요하겠다.

한국현대사에서 그 어떤 시기보다도 진보적 열망이 활발하게 분출하고 이데올로기 투쟁이 격정적으로 전개되었던 1980년대를, 이와 대조적으로 그 어떤 확고한 전망도 존재하지 않는 불확실성의 시대, 대의와 이념은 희미해지고 욕망과 감각(이미지)이 한껏 자유롭게 유동하는 이 '액체근대'(지그문트 바우만)의 시대에 되돌아보는 작업은 그야말로 어떤 격세지감에 가까운 쓸쓸하고 묘한 감정을 느끼게 만든다. 더군다나 그 대상이 지금은 그 추세가 현격하게 약화된 민중문학 비평에 관한 담론이라면, 이러한 느낌은 한결 증폭될 수밖에 없을 것이다.

생각해보면 나 자신 1980년대 후반의 평단을 신진비평가로 직접 체험했음에도 불구하고, 이번에 다시 읽었던 80년대 비평의 뜨거움을 상징하는 몇몇 문제적 비평문은 매우 낯설게 다가왔다. 그 어떤 연대보다도 비평적 열정, 정치로서의 비평, 비평논쟁이 적극적으로 분출했던 1980년대와 그 시대의 비평이 마치 먼 옛날의 꿈같은 일화처럼 아득하게 기억되는 이유는 무엇인가. 생각해보면 과연 그 사이에 너무나 많은 지각변화가 있었다. 늘 역동적인 한국사회는 물론이거니와, 세계사적인 차원에서 보더라도 그 사이에 분출했던 베를린 장벽의 붕괴로 상징되는 동구사회주의의 몰락, 신자유주의의 득세, 세계적인 금융위기는 현대사회의 지형과 패러다임을 근본적으로 변화하게 만든 중대한 세계사적 사건임에 틀림없다. 이와 같은 획기적인 역사적 사건들이 발생할 때마다 그 어떤 사회나 국가보다도 한국사회는 심각한 몸살을 앓았으며, 그에 따라 새로운 사상과 습속이 재빠르게 형성되었고 급격한 사회적 변화가 진행되었으며 기존의 낡은 이념과 습속은 신속하게 폐기처분되곤 했다. 사상적 변화와 지식 교체가 한국 지식인사회보다 더 경박하고 빠르게 이루어지는 곳이 또 있을까. 정치적 지평, 욕망, 이데올로기 지형의 측면에서 볼 때, 1980년대 사회와 현재는 각각 그 시대를 추동한 주된 사상이 마르크스주의 / 프로이트주의라는 사실에서 볼 수 있듯이, 정치적으로나 문화적으로나 여러모로 상반되는 환경에 처해 있는 것으로 보인다.

이른바 '불의 시대'라고 기억되는 80년대의 그 역동적인 이데올로기 투쟁은 비평문학에도 커다란 영향을 미쳤거니와, 민중문학비평은 80년대 문학에서 가장 뜨겁고 민감한 영역이었다. 1980년대 민중문학비평은 기존 주류 이데올로기와 보수적인 문학장에 대한 혁신적인 문제제기와 근본적인 비판을 감행했다. 마르크스주의는 그 시대의 대표적인 이념이자 시대정신이었다. 이에 따라 게오르그 루카치를 위시한 무수한 마르크스주의 문예이론 저작들이 폭넓게 소개되고 번역되었다. 문학사 연구의 관점에서 보면 1980년대는 KAPF 문학이 활발하게 연구되고 복원되던 연대였다. 1988년 이루어진 월북문인 해금, 1987년 6월 항쟁의 유산에 힘입은 진보적인 이념 서적의 왕성한 번역은 민족문학과 민중문학의 활성화에 박차를 가한 문화사적 배경이었다. 당시 비평에서 역사적 전망의 부재를 논하거나 노동자계급 당파성에 충실하지 못하다는 비판을 전개하거나, 소시민적 감성에 매몰되어 있다는 표현을 구사하는 것은 그 어떤 비판 못지않게 대상자에게 치명적인 비판으로 기능했다. 비평가가 문학장에서 헤게모니를 행사하면서 정당한, 때로는 날선 지도비평은 수시로 행해졌다.

1980년대 진보적 비평이나 민중문학비평에 대한 전체적인 지형도를 작성하는 것은 이 글의 목적이 아니다. 가령 1980년대에 이루어진 전체적인 비평의 지형도는 물론이거니와, 진보적인 진영의 민중문학비평, 민족문학비평으로 주제를 한정하더라도 백낙청을 중심으로 한 창비의 민족문학론, 김명인의 민중적 민족문학론, 조정환의 민주주의 민족문학론, 정남영, 조정환의 노동해방문학론 등을 위시하여 임헌영, 채광석, 이재현, 현준만, 황광수, 신승엽, 백진기 등의 다기한 비평적 논리를 검토할 필요가 있다. 이 글은 그중에서 김명인의 「지식인문학의 위기와 새로운 민족문학의 구상」(1987), 그리고 김명인의 글을 포함한 민중문학론과 민족문학론에 대한 근본적 문제제기라고 할 수 있는 정과리의 「민중문학론의 인식구조」(1988) 이 두 편의 글을 둘러싼 논쟁적 대화와 비평사의 어떤 풍경을 탐구하기 위한 의도로 작성된다. 김명인과 정과리가 갓 서른에 해당되던 시기에 발표된, 각기 200자 원고지 250~300매에 이르는 이 두 편의 의욕적인 글은 1980년대에 발표된 어떤 평문보다도 문제적이며 논쟁적이다.

　김명인의 「지식인문학의 위기와 새로운 민족문학의 구상」은 당시 신춘문예를 통해 비평가로 갓 데뷔하여 새로운 비평의 길을 모색하고 있던 내게 아직도 잊을 수 없는 강렬한 인상을 주었던 것으로 기억된다.[1] 김명인은 이 글에 대해 "나의 주체성과 그 절대적 객관성의 융합은 연금술처럼 확신에 찬 황금 같은 예언적 언어들을 빚어낼 수 있었던 것이다"[2]라고 언급한 바 있다. 이 글에서 조우했던 그 단호한 확신의 언어와 비평적 결기는 늘 방황하고 모색하기만 하던 내게 하나의 의미 있는 비평적 모색으로 인식되기도 했다. 물론 그의 모든 주장에 동의했던 것은 아니다. 그러기에는 당시 내 입장은 다소 복합적이었다. 김현의 매혹적인 자기 성찰의 비평과 김윤식의 낭만적 실존주의, 백낙청, 염무웅을 위시한 창비 진영의 진보적 민족문학 사이에서 내 비평관은 진동하고 있었다. 당시 민중문학의 대의에 많은 부분 동의하고 있었지만,

---

1　김명인의 글이 내게 준 커다란 인상으로 인해 나는 당시 『대학신문』에 그 평문(「지식인문학의 위기와 새로운 민족문학의 구상」)을 대상으로 짧은 글을 썼던 것으로 기억된다. 그 무렵 문학과지성사에 들렀을 때, 한 원로비평가는 내게 김명인의 글에 대해 어떻게 읽어보았느냐고 질문을 던지기도 했다. 대체로 긍정적인 내 답변을 접하며 조금은 난처해하던 그의 표정을 아직도 잊을 수 없다.

2　김명인, 「다시 비평을 시작하며」, 『불을 찾아서』, 소명출판, 2000, 16면.

그 민중문학이 최대한 풍요롭고 다양할 필요가 있다는 것이 내 생각이 었다.[3]

어쨌든 김명인의 비평적 견해는, 내 문학적 입장과 성향으로 보건 대 전폭적으로 수용할 수는 없었지만, 충분히 매력적이며 가능한 비평 적 견해로 수용되었다. 그리고 그 이듬해 김명인의 평문에 대한 본격적 인 비판이 포함된 정과리의 「민중문학론의 인식구조」가 발표되었다. 이 글을 읽으며, 김명인의 글이 내게 주었던 단호한 아름다움과는 완전 히 다른 어떤 분석적 논리의 깊은 경지를 느꼈다. 물론 정과리의 주장 에 모두 동의했던 것은 아니었다. 그러기에는 당시 내 가슴에는 민중문 학에 대한 애정과 그 대의에 대한 기본적인 동의가 여전히 자리잡고 있 었다.

80년대의 가장 인상적인 비평 두 편과의 만남이야말로 비평가로 서의 내 욕망을 한껏 자극한 의미 깊은 순간이었다. 이 두 편의 글은 갓 등단한 신진비평가이던 내게 비평이란 무엇인가? 민중문학을 어떻게 볼 것인가? 어떤 방식으로 비평을 써야 하는가? 라는 문제에 대해서 근 본적인 고민을 하게 만들었다.

이 글은 논문이 아니다. 나는 이 글에서 다뤄질 김명인과 정과리의 평문에 대해 엄밀한 논리적 분석과 학적 체계를 통해 서술할 능력도 지 식도 없다. 다만 나는 이 글을 통해 지금보다 훨씬 젊은 날 걸어 나갔던 비평적 여정에서 마주친, 카프카의 표현을 빌면 마치 내 내면(비평정신) 의 얼어붙은 바다를 도끼로 깨부수는 것처럼 커다란 설렘과 지적 자극 을 선사한 두 비평정신에 대한 자유로운 비평적 단상을 펼쳐놓고 싶을

---

3 이에 대해서는 『비평의 매혹』(문학과지성사, 1993)에 수록된 「다시 생산적인 대화를 위하여, 혹은 '타자 의 현상학」, 「예술성 · 다원주의 · 문학적 진정성」 두 편의 글을 참조할 것.

뿐이다. 이 정도가 지금 이 자리에서 내가 할 수 있는 최대치이다. 이런 이유로 인해 이 글은 비평적 에세이에 가까운 형식으로 작성될 것이다.

2. 민중적 민족문학론의 부상과 그 그늘

김명인의 「지식인문학의 위기와 새로운 민족문학의 구상」(『전환기의 민족문학』 창간호, 1987)은 1980년대 진보적 비평의 도정에서 커다란 획을 그은 기념비적 평문이다. 전형적인 지도비평에 가까운 이 평문에 의해 이른바 '민중적 민족문학론'이 부상하면서, 백낙청을 중심으로 한 기존의 민족문학론과 소시민적 시야에 머물러 있던 80년대 지식인문학의 한계가 도발적이며 명쾌한 언어로 지적되었다. 김명인은 이 글을 통해 기존의 소시민적 문학이 근본적인 한계에 도달했다고 질타하면서, 민중적 민족문학이라는 새로운 비평적 기획을 의욕적으로 제출한다.

　이 평문이 발표되던 1987년은 해방공간과 4·19에 이어 한국현대사에서 유례없이 개혁과 진보에 대한 열망이 집단적으로 분출하던 시기였다. 그래서인지 이 글의 분위기와 문체에는 1987년 6월항쟁 직후에 팽배했던 변혁에 대한 낙관적인 분위기가 그대로 진하게 배어 있다. 특히 이런 대목이 그렇다.

　지금 소시민 계급의 몰락과 함께 위기에 다다른 지식인 문학인들이 새롭게 선택해야 할 준거 집단은 노동하는 생산 대중이다. 노동하는 생산 대중의 세계관을 받아들여 그 전망 아래 세계 인식의 질서를 재편성해야 한다. 그것은 역사의 주체로 성장하는 생산 대중에 대한 단순한 의존이나 신뢰의 표현과는 본질적으로 다른, 노동하는 생산 대중의 고통 속에서 획득

한 세계관을 비타협적으로 스스로에 내화시키는 뼈를 깎는 작업이다.[4]

이와 같은 주장을 추동하는 전제는 한국사회의 근본적인 변혁이 가능하리라는 낙관적 세계관, 소시민의 계급적 한계를 돌파하는 기층 민중과 생산 대중의 세계관에 대한 굳건한 믿음, 지식인의 존재이전에 대한 당위적 요청이다. 김명인은 지식인 중심의 소시민 계급이 주도하는 80년대 문학의 한계와 위기의 양상을 이 평문 내내 선명한 언어로 강조한다.

거듭 확인하는 바이지만, 이제 소시민계급의 시각으로는 더 이상 눈앞에 펼쳐지는 세계와 진리의 총체상을 보는 것이 불가능하다. 역사주체에서 밀려난 계급의 손에 역사는 다시 열쇠를 쥐어주지 않는 것이다. 그러면 어떻게 할 것인가? 소시민계급으로서 그대로 남으면서 문학을 포기할 것인가? 그것은 손쉬운 해결책이지만 지식인으로서 또 문학하는 사람으로서의 역사적 책무를 방기하게 된다. 이는 그나마 존재론적 고민의 결과이고 스스로의 역사적 한계를 깨달은 결단이지만, 아직도 많은 소시민 지식인문학인들은 이러한 명백한 위기 상황을 위기상황으로 인정하지 않고 소시민으로서의 계급적 지위도 지키고, 문학으로서의 기득권도 그대로 유지하겠다는 태도를 바꾸려 하지 않고 있다.(50)

소시민계급의 한계에 머물러 있는 지식인문학에 대한 질타, 그리고 이와 대비되는 기층 민중의 새로운 문학적 가능성에 대한 환기가 바로

---

4   김명인, 「지식인문학의 위기와 새로운 민족문학의 구상」, 『희망의 문학』, 풀빛, 1990, 51면. 앞으로 인용문 뒤의 숫자는 이 평문의 면수이다.

이 평문이 요지이다. 이런 김명인의 비평적 태도는 80년대 판 과학적 메시아주의의 한 양상이라 할 만하다. 이 논리를 도출하는 과정에서 김명인은 80년대의 문학적 성과를 시, 소설, 비평(민족문학론)에 걸쳐 구체적으로 진단하고 있다. 예컨대 다음과 같은 예문을 통해 비평가 김명인이 당시 문학을 해석하고 평가하는 미학적 기준과 그가 지향하는 바람직한 문학의 면모를 인상적으로 확인할 수 있겠다.

『태백산맥(제1부)』은 애써 노력한 흔적이 보이는 객관적 서술과 우연성을 극복한 인물들, 전반적 진지함에도 불구하고(이는 아마도 현재까지 나온 장편분단소설 최고의 경지가 아닐까 한다), 한 중립적이고 회의적인 인물과 그를 둘러싼, 사실상 당대의 적대적인 두 개의 인간집단 어디에도 뿌리박지 못한 몇몇 인물들의 오도가도 못하는 처지와 의식을 중심으로 당대를 바라봄으로써, 결국 지금 역시 변혁을 요구하는 대다수 민중과 이를 저지하려는 지배세력 간의 화해되기 힘든 적대성과 갈등의 한가운데에 서서 감상적 휴머니즘과 시효를 상실한 민족주의를 역설하는 셈이 되어 오히려 싸움에 나선 대중들에게 '전선이탈'과 회의주의를 조장하는 반역사적 기능을 은연중에 수행하게 된다.(31)

개인주의적 문학관이 타파되어야 한다. 앞서 열거한 민중의 여러 문학행위들이 모두 분산된 개인들의 주관적 영역에서 끝난다면, 그리고 그것도 문학임에는 틀림없으니까 그런대로 의미 있지 않겠느냐는 선에서 그냥 그대로 둔다면, 그것은 운동으로서의 문학을, 즉 다듬어지고, 축적되고, 공유되는 하나의 집단적 형성물로서의 문학을 저차원의 개인적 영역에 묶어두는 결과를 낳는다.(48)

우선 첫 번째 예문을 통해, 분단소설의 새로운 지평을 열어 제친 것으로 평가받는 80년대의 대표적인 장편대하소설 『태백산맥』을 바라보는 김명인의 관점은 중심인물의 세계관과 역사적 전망에 현저하게 기울어져 있다는 점을 확인할 수 있다. 그가 『태백산맥』을 비판하는 가장 중대한 이유는 주인공 김범우가 보여주는 중도적이며 회의적인 태도에 있는 것이다. 두 번째 예문을 통해서는 소시민 지식인에 해당하는 문인들의 글쓰기가 사적 개인주의에 함몰되어 있다는 주장을 개진한다. 그는 이 평문의 말미에서 전문문인의 개인 창작 모델과 기존 장르를 넘어서는 새로운 창작행위의 모델을 제시하면서 "민족문학은 이러한 내용과 형식의 상호규정과 발전을 통해 민주적 민족문화의 형성에 이바지하고, 민족해방운동의 궁극적 승리를 위한 든든한 문화적 기초를 이룰 것이다"라는 문장으로 끝맺는다.

이상의 내용을 통해 드러난 김명인의 입론이 지닌 한계나 허점을 적발하는 것은 손쉬운 일이다. 그것은 26년 전에 발표된 글을 지금 이 시점, 즉 나중에 해석하는 자의 특권에 기대어 비판하는 행위이리라. 2000년대 이후의 역사적 맥락에서 저 80년대의 마르크스주의 문학론이나 민중문학론의 한계를 지적하는 것은 공정치 못한 태도일 수 있다. 진정한 비판은 특정한 시대의 담론 내부로 깊숙이 들어가 그와 같은 담론이 형성될 수밖에 없었던 내적 필연성과 그럴 수밖에 없었던 정황을 충분히 고려해야 한다. 그러므로 보다 중요한 것은 이 평문의 사유구조를 해명하고 그 비평사적 맥락을 탐문하는 작업이다. 그러나 이런 모든 정황을 감안하더라도, 즉 1987년 당대의 문학사적 맥락과 역사적 요청을 고려하더라도 김명인의 글이 지닌 한계에 대해서는 지적할 필요가 있을 것이다(실제로 80년대에도 성민엽, 홍정선, 임우기, 이남호, 이동하 등의 비평가들에 의해 김명인의 글을 비롯한 민중문학론에 대한 다양한 차원의 비판이 전개된 바 있다).

　발표 당시에는 무척이나 절박하고 내적인 타당성을 지닌 논리도 역사와 시간의 흐름이라는 괴물 앞에서는 한낱 관념적인 망상으로 치부될 수 있다. 바로 그런 것이 역사라는 괴물일 것이다. 그 역사의 간지는 한때의 가장 명징하고 매력적인 언어를 시간에 흐름에 따라 맹목적이며 관념적인 주장으로 바꿔놓기도 한다.

　당시에 이루어졌던 김명인에 대한 비판적 대화를 참조하고 지금의 입장에서 내 견해를 덧붙이면 다음과 같은 비판이 가능하겠다. 원론적인 맥락에서 정치적인 진보의 논리와 문학적 진보는 일치하지 않거니와, 김명인의 글은 정치적 진보의 논리를 지나치게 환원론적으로 문학에 그대로 적용시키고 있다는 것, 지식인 집단과 기층 민중을 단순 대립적으로 인식하고 있으며 이에 따라 지식인 문학의 고유한 미덕과 기여를 평가절하하고 있다는 것, 집단창작에 대한 환상을 지니고 있으며 개인주의적 문학관에 대한 불신에서 보다시피 문학의 특수성과 자율성에 대한 충분한 고려가 부족하다는 점, 노동자를 비롯한 기층 민중 집단의 세계관을 그 자체로 지순한 것으로 설정하여 과도하게 환상적으로 바라보고 있다는 점 등을 지적할 수 있다. 구체적인 작품 해석의 예를 든다면, 조정래의『태백산맥』은 당시의 역사적 지평에서 보더라도 경화된 반공이데올로기에 의미 있는 균열을 생성한 작품이라고 평가하는 것이 타당하지 않을까 싶다.

　김명인의 글을 지금의 입장에서 비판하고 해석하는 내 입장이 흔쾌하지만은 않다. 왜냐하면 이런 비판은 아주 편리한 사후적 해석에 불과할 수 있기 때문이다. 생각해보면 김명인의 글에 나타난 어떤 단호함과 열정, 패기야말로 글의 표면적인 전개와 내용 이상으로 어떤 시대정신과 뜨거운 진실의 한 자락을 표상하고 있는 것 아닐까. 그런 지점을 이해하는 가운데 이루어지는 비판적 대화가 여전히 필요하다.

　　나는 김명인의 이 문제적 평문, 그리고 그 도발적인 문제의식에 일면 동의하고 공감하기도 했던 내 자신의 모습을 통해, 한 시대의 지배적인 인식틀을 넘어 거시적이면서도 현실적인 시야를 확보하는 것이 얼마나 쉽지 않은 일인지를 절감할 수 있었다.[5] 80년대에 투철된 민중 시인이기도 했던 김정환은 소설가 이인성과의 대담 자리에서 "나는 개인적으로 이성복을 '이해'할 수는 있어도, 이 시대 앞에 권장할 수는 없다"[6]고 말한 적이 있는데, 이러한 김정환의 발언은 80년대의 경색된 문학적 분위기를 여실히 보여주는 증좌이다.

3. 민중문학론에 대한 비판적 대화 : 정과리의 「민중문학론의 인식구조」

정과리의 「민중문학론의 인식구조」(『문학과사회』, 1988년 창간호)는 1980년대에 이루어진 민중문학론에 대한 비판 중에서 가장 근본적이며 밀도 깊은 문제의식을 지닌 성과이다. 이 평문은 백낙청, 김명인, 채광석, 조정환 등의 1980년대에 분출했던 다기한 민중문학론의 인식론적 구조에 대해 면밀한 이론 비판을 전개하고 있다. 김명인의 글이 마르크스 레닌주의의 문학론과 1987년 6월항쟁이라는 역사적 배경을 그 바탕에 깔고 있다면, 정과리의 글에는 당시 점차 지적 유행으로 대두하고 있던

5　당시의 진보적인 민중문학론과 분명한 거리를 두고 있는 비평가 성민엽도 김명인의 평문을 비롯한 민중문학론자의 글에 대하여 "이 두 가지 점을 비판적으로 전제하고 보면, 이들의 현실 인식의 상당 부분에 설득력이 있다고 나는 본다(좀더 솔직히 말하면 그 상당 부분에 동의한다)"고 말한 바 있다. 성민엽, 「전환기의 문학과 사회」, 『문학과사회』 창간호(『문학의 빈곤』, 문학과지성사, 1988), 112면.

6　김정환·이인성 대담, 「80년대 문학운동의 맥락―문학의 시대적 대응 양상을 중심으로」, 『문예중앙』, 1984년 가을호(성민엽 편, 『민중문학론』, 문학과지성사, 1984), 193면.

포스트모더니즘과 탈구조주의의 흔적이 진하게 아로새겨져 있다.

정과리가 민중문학론을 비판하는 요지는 민중문학에 대한 비평담론이 특정한 인식 구조의 자장에 갇혀 있는 '내부 고수주의'와 자기 동일성에 대한 집착을 지니고 있으며, 80년대에 새롭게 부각된 '제도 관리의 모순'에 대한 인식이 결여되어 있다고 정리될 수 있다.

그는 백낙청, 김명인이 주창한 민족 · 민중문학론을 비판하면서, "민족 · 민중문학론자들의 자기 고수주의가 단순한 개인의 태도가 아니라, 그들의 인식의 메카니즘과 맞닿아 있음", "현실의 복합성을 단일한 무엇으로 환원시키는 단일주의의 세계관에 연루되어 있음을 암시한다", "이론과 경험 사이의 편의주의적 왕복은 근본적으로, 미리 설정된 이론에 알맞은 경험의 내용을 찾으려는 데에서 기인한다", "그들의 자기 성찰에는 그 존재 양식에 대한 성찰이 없다", "그것은 숱한 집단들의 주관성들을 노동 계급의 현재의 주관적 요구를 정점으로 하여 그것에 예속시키는 위계 질서를 세우겠다는 것에 다름 아니다", "지배 체제의 상징적 위계질서를 그대로 둔 채, 그 정점만 자신으로 대체하겠다는 욕망, 정신분석의 용어를 빌자면, 사생아적 욕망에 다름 아니다" 등의 비판을 구사한다.

정과리는 그 당시의 어떤 비평가보다도 민중문학 담론의 구조와 성격을 면밀하게 분석하고 있다. 그의 평문은 민중문학비평 담론의 표면적인 내용 너머의 구조를 문제 삼는다. 그것은 문제를 근원적으로 사유하는 과정을 통해, 그 담론의 핵심과 본질에 정면으로 다가서는 것을 의미한다. 그가 구조와 제도에 비판적 성찰을 보여주는 것은 바로 민중문학비평 담론의 근원을 규정하는 것이 그것(구조와 제도)이기 때문이다. 이렇게 보면 그는 탈구조주의의에서 연원한 담론 비판과 해체론의 문제의식을 뚜렷하게 지니고 있다. 「민중문학론의 인식구조」에서 바로 이와 같은 사유의 흔적이 잘 드러나 있다. 정과리의 글에 의해 민족문학론과 민중문학론이 지닌 담론의 특성과 한계가 이론적으로 제대로 해명되었다고 생각된다. 그 의의를 충분히 인정하면서도 동시에 우리는 과연 그의 평문이 탈구조주의가 지닌 주체와 구조에 대한 저항과 비판의 맥락을 과연 얼마나 담보하고 있는가 하는 물음을 던져볼 수 있겠다.

1980년대 당시 주로 민중문학, 민족문학의 의의와 정당성을 선험적으로 전제한 상태에서 이루어지는 민중문학 진영 내의 내부 논쟁(가령 백낙청에 대한 김명인의 비판을 들 수 있다)이 대부분인 가운데, 이와 같은 정과리의 비판은 기존의 비판과 달리 민중문학 내부의 동일성을 전혀 전제하지 않은 입장에 속한다. 말하자면 정과리의 입장은 민중문학론이 그 내부에서 공유하는 자기동일성을 근본적으로 의심하는 해체주의나 탈구조주의적 비판에 가까운 것이다.

이 장문의 평문의 말미에서 정과리는 김명인이 주도한 '민중적 민족문학론'의 성격에 대해 아래와 같이 정리하고 있다.

나는 두 가지 사실을 주목한다 : ① 민중적 민족문학론은 현재, 민중의 세계관을 구성하려기보다는, 그들의 싸움 의식을 고취하는 데 중점을 두고 있다 ; ② 민중적 민족문학론은 지식 · 언어가 중립적이라는 환상에 젖어 있다.[7]

설득력 있는 지적이다. 정과리의 민중문학론 비판은 한번쯤은 제기되었어야 할 유의미한 시도임에 분명하다. 그때로부터 25년여의 세월

---

7 정과리, 「민중문학론의 인식구조」, 『스밈과 짜임』, 문학과지성사, 1988, 265면. 앞으로 인용문 뒤의 숫자는 이 글의 면수를 의미한다.

이 흐러 민중문학론이 현저하게 쇠퇴한 지금 시점에서 보면 당시의 민중문학론이 지니고 있었던 인식론적 한계와 편향에 대한 정과리의 지적은 커다란 설득력이 있는 선구적인 비판에 해당한다. 80년대에 이루어진 민중문학 담론에 대한 비판이 대개 문학의 순수성에 대한 막연한 환기나 문학의 정치성에 대한 소박한 거부반응, 반공이데올로기의 구태의연한 반복에서 크게 벗어나지 않고 있었거니와, 이에 비해 정과리의 민중문학론 비판은 담론의 구조와 성격을 그 뿌리에서부터 문제 삼고 있다는 점에서 진일보한 논리이다.

그럼에도 불구하고 정과리의 관점에 대해서는 문제제기가 가능하다. 그는 "그들은 '기본 모순의 해결 주체로서의 계급의 헤게모니 문제'를 역설한다. 그러나 헤게모니를 쥔다는 것은 헤게모니를 의도하는 쪽의 세계관 자체가 밝혀지지 않으면, 지배 체제와 똑같은 질서의 수립을 기도하고 있다는 비판을 면하기 어렵다"고 주장하고 있는데, 이런 주장은 "괴물과 싸우는 사람은 그 싸움에서 스스로도 괴물이 되지 않도록 조심해야 한다. 우리가 괴물의 심연을 오랫동안 들여다본다면 그 심연 또한 우리를 들여다보게 될 것이다"라는 니체의 주장(「선악의 피안에서」, 1886)을 연상시키는 바가 있다. 이런 논리를 일반화하면 거의 모든 저항과 투쟁은 한계가 있을 수밖에 없다. 지배진영에 저항하는 저항진영에 대한 비판은 언제나 필요하다. 그러나 지배진영과 저항진영의 공통점 못지않게 그 차이점이 정확하게 진단될 수 있을 때, 저항적 비평에 대한 비판도 유의미한 결과를 얻게 되지 않을까. 정과리의 입장은 허무주의에 이르는 길목과 결코 멀지 않다. 요컨대 비판적 주체의 모순이 지배이데올로기의 모순과 닮아가고 있다고만 말해서는 안 된다. 더욱 중요한 것은 그들이 처해 있는 상황의 차이, 지향하는 가치관의 차이일 터이다.

아래와 같은 주장에 정과리의 입장과 비평적 열정이 잘 드러난다.

민중적 민족문학론이건, 민주주의 민족문학론이건, 그들은 모두, 크게 두 가지의 이데올로기를 은닉하고 있다. 첫째, 자신의 지식에 대한 절대적 신앙 : 그들에게서 지식 전반, 그리고 그 지식을 담론 체계화하는 언어 전반에 새겨져 있는 지배 이데올로기를 해체하는 일은 기대할 수 없다. 그 지식 · 언어는 늘 그들의 유효한 무기일 뿐이다. 둘째, 민중의 주체성의 회복의 문제에 그들을 가둠으로써, 노동자 · 농민 · 도시 빈민 · 화이트칼라 등등의 다양한 집단들이 자신들의 존재 양식을 통해 기획 · 개발해낼 수 있는 세계관에 대한 접근의 봉쇄. 이 두 가지는 서로의 원인이며 결과가 되어 악순환한다. 지식에 의한 지배를 확립하기 위해, 민중들을 자기 동일성의 회복에 대한 열망의 차원에 묶어놓는다.(269)

80년대 진보적 민족문학론이 그 이후 급격하게 쇠퇴했다는 사실은 이러한 비판의 예리함과 통찰력에 대해서 충분히 인정하게 만든다. 다만 여기서 정과리가 표현한대로 "지배 이데올로기를 해체하는 일"이 지닌 함의는 결국 김명인과의 논쟁 이후에 정과리가 밟아 나갔던 비평적 여정을 통해 구체적으로 검증될 수밖에 없다. 그렇다면 해체주의나 탈구조주의가 지향했던 경화된 주체에 대한 비판과 탈주, 저항의 맥락을 이후 그의 비평이 어떤 방식으로 감당하고 있는가 하는 질문을 던져볼 수 있겠다.

김명인은 정과리의 「민중문학론의 인식구조」에 대해 「민족문학 논의의 올바른 인식을 위한 시론」(『월간중앙』, 1988.6)을 통해 반론을 전개한다. 그는 정과리의 주장에 대해 "엄혹한 현실과 지배이데올로기의 교묘한 변신과 적응을 강조하는 것이 오히려 더 대중을 주눅들게 하고 주저앉게 만드는 결과를 낳을 가능성이 높다", "기존체제에 대한 투항주의의 혐의가 짙게 드리워져 있다"고 지적하면서 다음과 같이 묻고 있다. "그는 지배적 담론구조의 해체라고 하는 그의 전략을 위해 고의적으로 언어의 본질을 왜곡하고 있다. 그 담론구조의 해체작업도 결국 언어로 이루어지는 것임을 그는 왜 직시하지 않고 있는 것일까?" 이 주장은 비판과 저항, 해체와 탈구축, 언어라는 숙명 등의 중요한 논점을 담고 있다. 이에 대한 심화된 논의가 필요하다.

4. 논쟁 그 이후 : 성찰과 진단

김명인과 정과리의 논쟁은 그 두 편의 글이 담지하고 있는 중대하고 근원적 문제의식에 부합되는 상호대화가 충분히 이루어지지 못했다. 논쟁은 더 이상 진척되지 않은 채 종결되었다. 결과적으로 그들의 논쟁은, 한국현대비평사에서 명멸한 대부분의 논쟁들이 그러했듯이, 최소한의 합의나 상호 스밈, 긍정적인 영향 없이 줄기차게 평행선을 달렸다. 나는 바로 이 점이 그 이후 민족문학과 민중문학이 급격히 위축된 하나의 계기로 작용한 것이 아닌가 생각한다. 그들은 좀 더 치열하고 제대로 논쟁을 수행했어야 했다. 각자의 주장과 그 토대가 허물어지는 것을 감수하면서, 끝까지 가보는 논쟁을 통해 어떤 위태로우면서도 새로운 경지에 도달할 수는 없었을까. 그런 과정이 오히려 민중문학의 방향을 좀 더 건강하고 풍성하게 만드는 생산적 자극이 되지 않았을까 하는 아쉬움을 가져본다. 민중문학에 대한 제대로 된 비판과 성찰이야말로 역설적인 의미에서 민중문학을 더 풍요롭게 만드는 과정임을 인식했어야 하지 않았을까.

정과리의 문제제기와 비판을 그대로 수용할 수는 없었겠지만, 그 문제의식의 일단에 대해 민중문학론을 주장해온 비평가들이 진지하게 숙고할 필요가 있었다는 생각을 해본다.

이런 대화적 논쟁이 제대로 전개되기에는 80년대 지식사회와 평단은 너무 조급하고 관념적이었으며 근시안적 안목을 지니고 있었다. 아무도 이러한 한계에서 자유롭지 않았다. 당시 논쟁에 참여했던 비평가와 논객 누구도 그 이후에 전개된 세계사의 운명, 민족문학(민중문학)과 진보적 비평의 급격한 몰락을 정확히 예감하지 못했다. 물론 이 모든 한계를 단지 시대적 추세 탓으로만 돌릴 수 있는 것은 아닐 터이다.

정과리와 김명인이 80년대 후반의 그 논쟁 이후에 보여준 비평가로서의 궤적은 당시에 그들이 보여준 세계관의 편차나 비평적 태도만큼이나 다르다. 우선 김명인은 「지식인문학의 위기와 새로운 민족문학의 구상」 이후 몇몇 글을 통해 민중적 민족문학론을 계속 주창하다가 동구사회주의의 몰락을 둘러싼 국내외적 정치지형의 근본적인 변화를 계기로 1995년 다음과 같이 선언하기에 이른다.

나는 이제 우리의 '민족문학'에 감히 작별을 고하고자 한다. 이제 민족문학은 끝이다. 깃발을 내림은 물론 문도 닫아야 한다. '반제 반봉건 민주주의 민족혁명'의 문학적 교두보로서의 민족문학, 프롤레타리아 계급혁명을 위한 문학적 통일 전선 전술의 담지체로서의 민족문학, 또는 분단된 민족현실의 처음과 끝을 증언하는 문학적 근거지로서의 민족문학, 그 어느 편이든 오늘날 우리 삶의 총체성을 다 끌어안기에는 이제 너무 낡았다.[8]

8 김명인, 「지상토론―90년대 문학계의 신쟁점을 논한다」, 『실천문학』, 1995년 여름호, 176면.

「지식인문학의 위기와 새로운 민족문학의 구상」만큼이나 과감한 주장이자 진단이라고 하지 않을 수 없다. 김명인은 자신의 급격한 전회에 대해서 "이러한 나의 태도가 청산주의적임을 굳이 부정하지 않겠다. 단순한 전략 전술적 미봉책만 가지고는 아무것도 해결되지 않기 때문이다"라고 언급한다. 이 주장은 그가 민족문학론을 적당히 유지 · 관리 · 보수하면서 자신의 비평적 입지를 적당히 유지하는 것보다는 민족문학의 존재론적 위상에 대한 발본색원拔本塞源의 성찰을 수행하고 있음을 의미한다.

부정 정신과 전복적 성찰은 그 자체로 소중하다. 그리하여, "근래에 이루어지고 있는 근대성의 논의의 과정에서 나는 하버마스류의 계몽적 이성보다도, 푸코류의 해체적 회의보다도 보들레르의 고통스런 자기응시의 노력에 더 관심이 간다. 하버마스의 기획도 푸코의 회의도 근대성을 대면하는 방법이지만 보들레르의 고통은 방법이 아니라 삶이라고 할 수 있다"는 김명인의 발언을 우리는 있는 그대로 순수하게 수용할 수 있을 것이다.

김명인은 최근에 『내면 산책자의 시간』이라는 산문집을 통해 이렇게 고백한다.

젊은 날, 말하자면 나는 두 차례에 걸쳐 허황된 글솜씨로 사람들을 크게 속인 적이 있다. 갓 스물 세 살이던 1980년에는 민중혁명을 하자고 사람들을 선동했고, 서른 살이던 1987년에는 다시 민중혁명의 문학을 해야 한다고 마음 여린 문사들을 닦아세웠다. 본의는 순정했고 논리는 그럴듯했지만 그 내용은 나 자신도 책임질 수 없었던 허황한 것들이었다. 지금 생각하면 참 낯부끄러운 노릇이지만, 그 당시엔 모든 사람들의 가슴속 웅어리가 그러한 진짜 같은 '사기'를 대망하던 때였다. 나의 한 줌의 이론과 한 줌의 수사학이 우연히 그럴 만할 때를, 사람들이 열광하고 싶었던 그때를 만났던 것이다.

얼마나 많은 사람들이 나의 그 설익은 이론과 수사학에 걸려들었는지는 모른다. 하지만 적지 않은 수였던 것은 사실인 것 같다. 나의 의도하지 않은 두 차례의 '사기 행각'은 적지 않은 사람들의 삶에 흔적을 남겼다, 고 나는 생각한다. 그리고 이제 온전히 20년 이상의 세월이 흘렀다. 아마도 그때 내 어설픈 속임수에 걸렸던 사람들은 다 자기 나름의 방법과 행로로 그 일은 물론, 그 일에 의해 흔들렸던 자신들의 삶조차도 잊거나 극복했을 것이다. 속임수에 걸렸다고는 하지만 결국 삶이란 궁극적으로 자기 자신의 몫이기 때문이다.

하지만 사기를 쳤던 나는 다르다. 나는 나만 속인 게 아니고 다른 사람들까지 속였고 그로 인해 그들의 삶에 개입해 들어갔기 때문에, 엄격히 말하면 그들 속에 개입해 들어갔던 그 많은 나들을 다 소환해서 추스르지 않으면 내 삶을 추스를 수가 없는 것이다. 사기 피해자는 잊으면 되지만, 가해자는 잊지 못한다. 아니 잊을 수가 없다. 대가를 치러야 하기 때문이다.[9]

임화의 자기비판을 포함하여 한국현대비평사에서 이루어진 숱한 자기비판과 자기 성찰의 역사 중에서 나는 김명인의 고백처럼 근본적이며 가열찬 자기비판의 풍경을 목도한 적이 없다. 이러한 자기비판이 내면의 든든한 버팀목이 되어 주었기에 그는 그 이후에도 어떤 주류 이데올로기나 퇴행적인 습속에 자신을 적시지 않고 올곧은 비평적 자존과 주체성을 견지할 수 있었던 것이 아닐까. 이렇게 보면 제대로 된 자기비판은 자신감의 다른 표현일지도 모른다. 그는 자기비판 이후 오랜

---

9 김명인, 『내면 산책자의 시간』, 돌베개, 2012, 172~174면.

세월 동안 비평현장에서 거리를 두고 있다. 그의 문학비평을 자주 보고 싶다는 열망을 그에게 전하고 싶다.

정과리는 「민중문학론의 인식구조」를 발표한 이후 한국평단 현장에서 누구보다도 성실하고 인상적인 비평 활동을 영위했다. 그의 정교하고 아름다운 비평을 빼놓고 1980년대 이후 한국비평을 온전히 논의할 수는 없을 것이다. 지금 그가 확보한 중요한 위치와 명성, 권력이 그 자신의 숱한 노력과 문학적 열정, 비평적 헌신의 결과라는 사실을 누구도 쉽게 부인할 수는 없으리라. 그럼에도 불구하고 그가 김명인을 비판하면서 내건 기치, 곧 "지배 이데올로기를 해체하는 일"이 그 이후 전개된 그의 비평에서 제대로 수행되었는가 하는 질문을 던져볼 수 있지 않을까. 문학과 정치라는 맥락에서 보면, 정과리가 민족문학론 비판 이후에 보여준 행보는 편향적인 주류 미디어와 보수적인 이데올로기의 자장에서 결코 자유롭지 않았다.

소설가 황석영의 '동인문학상' 수상후보 거부를 계기로 고종석과 벌인 논쟁 「'꽃을 든 괴물' 어떻게 볼 것인가 : 고종석과 정과리의 논쟁 – '조선일보' 문화권력을 보는 두 가지 시각」(『한겨레21』320호, 2000.8.10)에 이러한 정과리의 태도가 드러나 있다. 정과리는 이 논쟁에서 동인문학상이라는 '꽃'이 조선일보라는 '괴물'의 문제점을 약화시킬 수 있다는 취지의 주장을 전개한다. "'조선일보'도 조금씩 변하고 있다고 봐줘야 한다"는 진단 역시 이러한 맥락에 존재한다. 그러나 정과리의 진단과는 달리 오히려 그 이후 조선일보의 편향성과 극우 이데올로기는 한층 강화된 것이 아닌가.

물론 이런 비판 역시 김명인에 대한 비판처럼 사태가 끝난 다음에 지금 이 시점에서 사후적으로 내리는 손쉬운 지적일 수 있다. 그러나 그 누구도 아닌 정과리이기에, 아직 그의 비평을 높이 평가하기에 나는 푸르른 서른 살의 정과리가 「민중문학론의 인식구조」에서 제기했던 바, "지배 이데올로기를 해체하는 일", "지배 체제 자체의 새로운 변혁"이라는 표현을 쉽게 망각하면 안 된다고 생각한다.

나는 그가 「문학의 사회적 지평을 열어야 할 때」(『21세기문학』, 2014년 봄호)에서 주장한 바, "만일 전 시대의 문학이 가난하고 힘없는 사람들의 대변인임을 자처하면서 쉽고 무던한 작품만을 요구하고 있었다면, 그것은 그가 그 사람들의 세상 안으로 뛰어들기보다 바깥에 있으려고 했기 때문일 것이다. 문학에도 간부의 욕망이 곯고 있었던 것이다"라는 내용에 대해 일면 공감했다. 그러나 그 '간부의 욕망'으로만 포착할 수 없는 '헌신'과 '희생', '이타성', '지는 싸움' 역시 존재했다는 사실을 인정하는 것에서 다시 뭔가 시작될 수 있지 않을까. 진보적 문학에 대한 욕망을 간부의 욕망으로 치환할 때, 그가 젊은 날 말했던 "지배 체제 자체의 새로운 변혁"은 어떻게 가능할까. 그 변혁에 대한 마음이 '간부의 욕망'에 대한 질타로 전화한 과정에 대한 충분한 설득력이 필요한 것 아닐까. "정의의 준엄한 얼굴로 혈압이 오른 주관적 열정"이라는 그의 표현이 너무나 뼈아프다. 진보적 진영의 오류와 오만에 대한 지적은 살펴보면 그 원인이 다 존재한다. 기본적으로 공감한다. 그러나 이런 비판이 충분한 설득력을 지니기 위해서는 그 비판의 당사자가 적어도 지배 이데올로기로부터 분명한 거리를 둬야 한다. 평생 지방에서 고독하게 글만 쓰는 강준만을 높이 평가할 수밖에 없는 이유다.

최근 정과리가 발표한 「지금 한국문학은 무엇이 문제인가」(『쇎』창간호, 2015)에서 나는 비판적 글쓰기의 소중한 가능성을 엿본다. 이 글은 신경숙 표절논란에 즈음한 이 시대 한국소설과 문학장에 대한 특유의 예리한 진단과 더불어 자기비판을 수행하고 있다. 그는 "오늘날 한국문학의 소설은 아이디어 경연장으로 화했다. (…중략…) '플롯'에 관해서 말하자면 우리의 훌륭한 착안 소설들은 그걸 제대로 갖춘 경우가 손을 꼽을 정도이다"라고 진단한다. 지금 한국소설은 정과리의 이 진단에 대한 심화된 토론을 통과할 필요가 있다. 또한 정과리는 "놀랍게도 문학의 정치로부터의 독립은 상업주의로 빠져드는 길을 열어주었다", "문학상업화와 더불어 비평도 그 기능을 상실해왔다"고 지적하며 문학출판의 상업화에 대해 전면적으로 비판한다. 그 과정에서 그는 "나와 나의 동류들의 오류가 희석될 수는 없다"고 적었다. 이즈음 그의 글에서는 비판정신을 회복하고자 하는 절박한 의지를 느낄 수 있다. 다소 늦었다고 생각하는 순간이 가장 적절한 때일 수 있다. 뒤늦은 자각(비판)은 어떤 방관이나 자기정당화보다도 소중하다. 그래서 나는 정과리가 다시 문학장에 대한 비판적 프로젝트를 발동하기 시작한 것을 귀하게 여긴다. 그가 80년대 민중문학론의 인식구조를 비판하던 그 절박한 심정으로 다시 돌아가, 이 시대 문학장에 꼭 필요한 유의미한 비판을 수행하게 되기를 바란다. 그만이 쓸 수 있는 정교한 비판이 아직 이 시대 문학판에 필요하다.

김명인과 정과리를 통해 우리가 인식한 분명한 사실은 자신의 과거와 한계에 대한 정확한 진단이야말로 비판적 지성을 유지하게 만드는 마지막 항체라는 점이다. 그들이 논쟁 이후에 밟아간 비평가로서의 도정은 그 성취와 한계까지 포함하여 내게 한 사람의 비평가로서 어떻게 살아야 하는가, 어떤 글을 써야 하는가, 비평적 위기의 순간에 나는 어떤 태도를 취해야 하는가, 라는 질문에 대해 깊은 고민을 하게 만든다. 이 질문들에 대한 모색은 지금도 계속되고 있다.

(2013; 2016 개고)

비평의 윤리와 문학장의
혁신을 위한 단상

남진우의 「표절의 제국」을 읽고

적이 한 사람도 없는 사람을 친구로 삼지 말라. 그는 중심이 없고 믿을 만
한 가치가 없는 사람이다. 차라리 분명한 선을 갖고 반대자를 가진 사람이
마음에 뿌리가 있고 믿음직한 사람이다.

— 알프레드 테니슨

1. 진실을 응시한다는 것

작년 6월 16일 소설가 이응준이 신경숙의 표절에 대한 문제제기를 「우
상의 어둠, 문학의 타락」이라는 제목으로 인터넷 언론에 발표한 연후
에 어언 8개월에 가까운 시간이 흘렀다. 이응준의 글을 읽고, 다음 날
6월 17일 페이스북에 의견을 밝힌 대가로 나는 애초에 의도하지 않았
던 신경숙 표절 논란의 한복판에 엮여 들어가는 운명이 되었다. 그 글
에서 나는 "이 문제를 제대로, 면밀하게, 정직하게 응시하지 않고는 한
국문학이 조금도 나아갈 수 없다고 생각한다", "이번 건이 한국문단과

평단의 건강성을 판단하는 리트머스 시험지가 될 가능성이 크다"고 적었다. 이 발언에 대한 책임을 지기 위해서라도 그 후 문예지, SNS, 언론을 통해, 이 사안에 대한 수많은 글과 의견, 좌담, 공개토론회, 사유, 단상을 최대한 챙겨서 보기 위해 노력했다. 신경숙 표절 논란에 대한 다양한 견해와 글을 목도하는 과정은 곧 인간의 용기, 욕망, 담대함, 비루함, 관계, 비애, 정념, 방관, 슬픔, 미움, 체념, 회한, 열정, 이중성, 판단력…… 그 모든 것을 또렷이 조우하는 시간이기도 했다. 그렇다. 그것은 어떤 책을 통해서도 쉽게 배울 수 없는 하나의 기나긴 인문기행이었다. 좀 더 구체적으로 말해서 그 인문기행을 통해 신경숙 표절 논란을 바라보는 문인과 논객들의 다양한 입장과 감정, 이 시대 문학장의 폐해와 모순, 한국문학을 둘러싼 착잡한 현실, 각 문예지의 입장과 문학적 행보 등을 확인할 수 있었다. 많은 것을 배우고 느꼈다.

나처럼 한국문학에 대한 강의와 공부를 업으로 삼거나, 한국문학에 대해 각별한 애정을 지닌 독자들과 문인들의 입장에서는 지난 8개월의 시간이 썩 유쾌한 과정은 아니었을 것이다. 아니 그 누군들 이 시대 문학장을 둘러싼 착잡하고 복잡한 마음에서 자유로웠겠는가. 그러나 현실을 직시한다는 것은 늘 고통과 인내, 용기를 동반한다는 사실을 유념할 필요가 있다. 여기서 한 가지 근본적인 질문을 던지고 싶다. 이응준 작가의 신경숙 표절 비판 글이 발표되지 않았더라면, 그 상황이 지금보다 더 바람직하다고 할 수 있는가? 신경숙 표절 사태 이후 그동안 봉합되고 온전히 드러나지 않았던 문학장의 여러 문제들이, 마치 평온하고 푸르른 호수 바닥에 묻혀 있던 오물이 한꺼번에 떠오르듯이, 일반 독자들에게 그 존재를 선연하게 드러냈다. 그것은 단지 한 작가의 표절에 관한 것이 아니다. 이 시대 문학장을 둘러싼 비평행위에 대한 신뢰가 결정적으로 추락했다는 것, 한국소설에 대한 독자들의 애정과 관심이 심각한 정도로 하락하고 있다는 것, 권위 있는 유력한 문예계간지의 문학적 판단과 감성에 커다란 문제가 있다는 것 등등이 공공연하게 논의되고 밝혀졌다. 새로운 변화에 대한 열망을 간직한 신경숙 사태 이후의 문학장이 그 이전보다 건강하다는 점은 양보할 수 없는 진실이겠다. 그러나 다시 이렇게 물어본다. 그 변화는 과연 가능할까? 솔직히 그 전망이 결코 밝지 않다고 본다. 그러나 체념과 방관만으로는 그 어떤 변화도 이루어낼 수 없다. 그래서 내 마음 깊이 자리한 압도적인 비관 속에서도, 문학장의 변화와 비평의 혁신을 위한 작은 목소리나마 보태는 심정으로 이 글을 쓰게 되었다.

신경숙의 표절 논란을 계기로 표절과 문학권력에 대한 세 차례의 공개 토론회가 열렸으며, 주요 문예지들은 작년 가을호와 겨울호를 통해 좌담과 특집의 형식으로 각자의 입장을 밝혔다. 그렇지만 아직도 충분히 해명되지 못한 대목들이 여전히 존재한다. SNS를 통해 이번 논쟁에 참여한 한 낭사자로서, 그리고 2000년대 초반 문학권력 논쟁에 참여한 비평가로서 나는 현재에 이르기까지 진행된 논의가 미처 감당하지 못한 어떤 민감한 비평적 논점에 대한 내 생각을 밝혀볼까 한다.

지금까지 설명한 맥락에서 이 글은 남진우가 최근에 발표한 평문 「표절의 제국」에 대한 비판으로 구성된다. 「표절의 제국」은 이번 신경숙 표절 논란과 문학권력론과 연관하여 참으로 착잡하고 치명적인 진실을 스스로 드러낸다. 비평 공론장에서 이 글에 대한 정확한 비판적 개입이 이루어지는가의 여부는 곧 '문학장의 갱신을 위해 최소한의 생산적인 기반을 마련할 수 있는가?' 하는 문제와 접맥될 것이다. 그 과정은 8개월에 걸친 초유의 문학적 사건을 배태한 비평문화의 기원과 내력에 대해 탐문하는 도정이기도 할 것이다.

2. 「표절의 제국」을 어떻게 볼 것인가?

비평가 남진우는 작년 말 신경숙 표절 논란이 종반부를 향해 달려가고 있을 무렵 「표절의 제국 — 회상, 혹은 표절과 문학권력에 대한 단상」(『현대시학』, 2015.12)이라는 제목의 글을 발표한다. 그는 이 글에서 "신경숙을 비롯해서 여러 작가들의 표절 혐의에 대해 무시하거나 안이하게 대처한 것은, 해당 작가를 위해서나 한국문학을 위해서나 전혀 적절한 대응이 아니었다"며 사과의 뜻을 표하는데, 작가 신경숙의 남편이기도 한 남진우의 사과는 수많은 언론과 지면, SNS를 통해 커다란 화제가 되기도 했다.

남진우의 평문이 과연 사과를 위한 진심을 담은 글인지의 여부는 이 시대 문학장과 한국문학에 대한 성찰이라는 주제와 연관하여 대단히 의미심장한 관건이다. 36쪽에 이르는 남진우의 글은 대부분 소설가 이인화의 데뷔작 『내가 누구인지 말할 수 있는 자는 누구인가』가 표절이라는 해묵은 사실을 다시 꼼꼼하게 제기하는 내용과 이인화에 대한 신랄한 비판과 조롱으로 이루어져 있다. 정작 사과에 대한 내용은 마지막 한 페이지 정도에 불과하다. 물론 제대로 된 사과라면 분량이 중요한 것은 전혀 아닐 것이다. 정말 문제가 되는 것은 이 글의 의도와 남진우의 욕망이다. 그는 언론에서 보도한 대로 진짜 사과를 위해 이 글을 쓴 것일까? 이제 이 글은 바로 그 점에 대해서 면밀하게 살펴볼 것이다.

「표절의 제국」 앞부분에서 남진우는 내가 이인화의 『내가 누구인지 말할 수 있는 자는 누구인가』에 대해 쓴 문학월평(『중앙일보』, 1992.3.31) 전문을 인용한 후에, 두 페이지에 걸쳐서 비판하고 있는데 그 요지는 다음과 같다.

1. 그동안 주례사비평에 대해 날카로운 비판을 해온 권성우는 이인화의 『내가 누구인지 말할 수 있는 자는 누구인가』가 출간된 후에 『중앙일보』 지면을 통해 이 작품에 대한 주례사 비평, 즉 찬사 일색의 서평을 작성했다.

2. 권성우는 나중에 이인화의 소설이 표절이라는 추문으로 번진 후에도 자신의 관점에 대한 어떤 성찰의 흔적도 보여주지 않았다.

우선 첫 번째 문제부터 살펴보자. 평단에서 이른바 '주례사비평'에 관한 문제의식이 본격적으로 대두되었던 것은 2000년대 초반 문학권력논쟁이 전개되던 시기다. 그 논쟁과정에서 발화된 문제의식이 『주례사비평을 넘어서』(김명인·김진석·진중권 외, 2002)라는 단행본으로 한층 구체화되었던 것이다. 물론 그 이전에 유사한 문제의식이 존재했을 터이나, 단지 개인적인 차원에 불과했으며 평단의 주요 쟁점으로 부각되지는 않았다. 더군다나 1992년이라면 내게 주례사비평에 대한 문제의식이 존재하지 않던 20대 후반 등단 초기에 해당한다. 남진우는 지금 이 시대의 비평적 논점을 23년 전의 신진비평가 시절의 내 글에 그대로 투사하는 방식으로 억지를 부리고 있다. 비유컨대 고은 시인에게 민중문학을 주장하는 당신이 젊은 날 왜 그토록 퇴폐적이며 허무적인 시를 썼느냐고 심문하는 꼴이다. 나는 역으로 남진우에게 묻고 싶다. 이런 식이라면 지금 이 시대의 문학작품에 대해 커다란 애정을 보여주는 당신은 20여 년 전 하일지, 박일문 등 동료 문인들의 작품세계에 대해 왜 그토록 가혹하고 신랄한 비판을 구사했는가? 누구나 자신의 문제의식과 입장을 창조적으로 변화시켜 나간다. 남진우 자신도 누구보다 진폭이 큰 문학적 관점의 변화를 겪어오지 않았는가.

남진우는 '제1회 작가세계문학상' 예심평에서 이렇게 적었다.

「내가 누구인지 말할 수 있는 자는 누구인가」는 지금까지 국내에서 산출된 메타픽션적 작품 가운데서 가장 성공적인 작품이라 할 수 있을 것이다. 장이 바뀔 때마다 화자가 달라지는 기법 역시 신선하게 받아들여진다. 그러나 무엇보다 이 작품을 빛내주는 것은 시종일관 작품을 관류하고 있는 젊음의 열정일 것이다.[1]

"지금까지 국내에서 산출된 메타픽션적 작품 가운데서 가장 성공적인 작품"이라는 표현에서 볼 수 있듯이, 남진우는 이인화의 응모작에 최상급의 비교를 동원한 찬사를 부여하고 있다. 균형 감각을 지닌 비평가라면, 다른 소설도 아닌 신인의 작품에 이런 식의 과도한 찬사는 피해야 하지 않을까. 남진우의 심사평은 지금까지 현대문학사가 산출한 수많은 탁월한 '메타픽션적 작품'에 대한 평가절하에 다름 아니다. 굳이 '주례사비평'[2]이라는 용어를 쓴다면 남진우의 예심평이야말로 그 전형적인 유형에 가깝다. 남진우는 박완서, 이제하, 김주영, 김원일, 이문열 등의 본심위원과 다른 예심위원(이동하, 권성우)의 심사평에 비해서도 가장 적극적으로 해당 작품의 문학성을 인정하고 있다(『작가세계』, 1992년 겨울호 심사평 참조).

반면 나는 남진우가 「표절의 제국」에서 인용한 월평에서 "다소 엄

---

1   남진우, 「치열한 문제의식, 정련된 구성, 방법적 새로움 과시」, 『작가세계』, 1992년 겨울호, 세계사, 207면.
2   언젠가 페이스북에서 의견을 밝혔지만, 책 뒤의 해설이나 발문, 추천사를 획일적으로 주례사비평이라고 비판하는 것에 대해서는 전혀 동의하지 않는다. 저자가 있는 책의 해설에서 부정적인 얘기를 할 수는 없을 것이다. 좋은 발문이나 해설로 인해서 그 책에 대해 더 정확하게 이해하고 그 책을 사랑하게 되었던 기억이 꽤 있다. 다만 문예지에 수록된 자유로운 비평이 가능한 글에 합리적 근거 없이 지나치게 호평을 하는 건 문제 삼을 필요가 있다. 문제는 정확하고 섬세한 비평과 부정적인 의미의 과대평가를 칼로 무 베듯이 구분하기가 힘들다는 사실이다. 정말 그 책을 더 읽고 싶게 만드는, 설득력이 동반된 아름다운 발문이나 해설은 얼마나 매력적인가.

격하게 말하면 이인화씨의 『내가 누구인지……』는 지적인 인물들이 펼치는 예술과 이념에 대한 신선한 지적인 대화를 제외하면 그다지 높이 평가할 만한 소설적 성취를 발견할 수 없다"는 점을 기본적으로 전제하며 그 소설이 지닌 지식인소설의 특성과 미덕에 대해 언급했다. 그렇다면 남진우와 권성우의 글 중에서 과연 누구의 글이 신진작가의 데뷔작에 대한 과도한 찬사에 해당하는가.

남진우의 극찬은 훗날 정반대로 변모한다. 그로부터 5년 후 발표된 「오르페우스의 귀환」이라는 평문에서 남진우는 이인화에 대해 "하루키 소설의 문장 몇 개를 훔쳐 쓴 것을 제외한다면 이 작가처럼 하루키를 닮지 않은 작가도 드물 것이다. 노골적인 권력 추종과 현실 추수의 논리는 하루키와 가장 먼 거리에 있는 특질이라 할 수 있다. 그의 문장 베끼기는 작가적 천품을 타고나지 못한 자의 안간힘과 간지가 낳은 한 바탕 소극에 불과하다"고 신랄하게 비판한다. 다시 18년의 시간이 흐른 후 남진우는 「표절의 제국」(『현대시학』, 2015.12)이라는 평문을 통해, 『내가 누구인지……』가 심각한 표절이라는 사실을 주장한다. 그는 다섯 쪽에 이르는 구체적인 문장을 비교하는 도표까지 동원하여 주도면밀하게 이인화의 표절 양상을 고발한다. 이런 변화가 진지한 자기 성찰과 비평적 자각의 결과라면 기꺼이 남진우의 논리를 수긍할 수도 있다. 과연 그는 반성과 사과의 차원에서 「표절의 제국」을 쓴 것일까?

더 중대한 문제는 다음과 같은 남진우의 태도에 있다. 남진우는 예심이 끝난 후 『내가 누구인지……』가 심각한 표절에 해당된다는 사실을 인지했다고 주장하며 이렇게 적었다.

무엇보다 심사가 본심까지 이미 다 진행돼 이 작품이 수상작으로 결정됐으며 그 사실이 언론을 통해 문단 안팎에 알려져 있는 형편이었다. 이제

와서 수정을 권고하기에도 너무 늦었다는 생각이 들었다. (…중략…) 봄이 오는 길목에서 느긋하게 휴일의 한가로움을 즐기던 나는 뜻하지 않은 발견으로 참으로 난처한 지경에 처해졌다. 무엇보다 나 자신이 예심위원으로 이 작품의 수상 결정에 일정한 역할을 했다는 점이 마음에 걸렸다. 그 다음날 세계사 편집부 담당자에게 전화를 걸어 사실을 알린 게 내가 할 수 있는 일의 전부였다. 그러나 며칠 후 세계사에서 계간지 및 이인화 수상작 출판 기념회가 열리는 날까지 나에겐 아무런 소식도 들려오지 않았다. (…중략…) 이창동의 견해로는 비록 표절이 많은 분량을 차지하고 있긴 하지만 장편소설인 만큼 그 부분을 들어내도 소설의 얼개를 유지하는 데 큰 문제는 없어보인다. 다만 심사과정에서 표절 사실이 제대로 알려지지도 논의되지도 않았으므로 다시 본심위원들을 소집해서 수상 결정의 유지 / 취소에 대해 최종 결론을 내려야 할 것으로 보인다는 것이었고 나도 대체로 그 제안에 동의했다. 그러나 이창동을 통해 다시 듣게 된 세계사의 반응은 의외였다. 수상자인 이인화는 자신이 요시모토 바나나를 일부 베낀 것은 사실이지만 표절은 아니라는 것, 그리고 자신의 기법의 정당성을 논리적으로 설명할 수 있다는 것, 본심위원들에게도 자신이 개별적으로 전화를 걸거나 편지를 써서 양해를 구하겠다는 것 등의 이야기를 하고 있으며, 수상자가 저렇게 나오는 이상 출판사는 그 의견을 존중하기로 결정했다는 것 등이었다. 황당한 반응이자 결정이었지만 이창동도 그렇고 나도 그렇고 이 문제로 더 이상 할 수 있는 일은 없어 보였다.[3]

일단 이러한 남진우의 주장을 있는 그대로 받아들인다 하더라도 심각한 의문이 남는다. 다음과 같은 일련의 질문을 던지지 않을 수 없다.

---

3   남진우, 「표절의 제국—회상, 혹은 표절과 문학권력에 대한 단상」, 『현대시학』, 2015.12, 24~27면.

남진우는 왜 당선작이 명백한 표절이라는 사실을 요시모토 바나나의 「키친」과의 구체적인 비교를 통해 분명히 확인하고도 그처럼 극도의 찬사로 채워진 심사평을 그대로 두었는가? 남진우의 주장대로 본심까지 심사가 끝난 후 출간 직전인 상태였더라도, 분명한 표절이라는 사실을 인식했다면 최소한 이 이례적 극찬에 해당되는 심사평을 수정해 달라고, 혹은 폐기해 달라고 출판사에 얘기했어야 하는 것이 아닌가? 더 나아가, 자신의 입장에 대한 문학적 자존심과 주체성이 있었다면 설사 출판사가 문제제기를 수용하지 않더라도 예심위원 사퇴를 비롯한 다른 방법을 통한 문제제기가 충분히 가능하지 않았을까? 가령 그에게 표절에 대한 확신이 있었다면 심사평에서 이인화의 작품을 대체로 호의적으로 평가한 본심위원들을 본격적으로 설득하거나 심사위원 사퇴 후 다른 문예지에 표절에 대한 비판을 제기하는 것도 충분히 가능한 선택이었으리라. 이 모든 노력과 절차를 시도하지도 않은 채, 출판사의 결정에 맥없이 물러난 남진우가 그로부터 23년이라는 세월이 지난 후에 신경숙 표절 논란을 사과하는 글에서 갑자기 나를 거론하며 비판하는 이유는 무엇인가? 표절 사실을 분명하게 인지하고도 극찬으로 이루어진 심사평을 남긴 남진우와 그 사실을 정확하게 인식하지 못하고 월평을 쓴 권성우, 누가 문제인가?

그렇다면 "더 이상 할 수 있는 일은 없어 보였다"는 발언은 직무유기이자 사후 변명에 불과하다. 물론 이 일련의 과정에 나를 포함한 예심위원, 본심위원, 작가세계문학상 운영위원, 출판사 모두 엄중한 책임을 질 수밖에 없는 정황이다. 그러나 이 점은 분명히 말할 필요가 있다. 되돌아보건대 이 작품이 애초에 표절이었음에도 불구하고 초기에 그대로 묻힌 점은 누구보다도 남진우에게 책임이 돌아갈 수밖에 없다. 그는 당시 심사와 출판과정에 참여한 이들 중에서 표절에 대한 가장 구체적이며 정확한 정보를 지니고 있었다. 그때는 용기가 없었다고 말하고 싶은가? 그 부끄러움을 조금이라도 인식했다면 23년이 지난 시점에 이런 '이해할 수 없는 방식'으로 문제제기를 하면 안 되는 것 아닐까. 그게 문학하는 사람의 최소한의 윤리 아닐까. 그는 사과하기 위해 「표절의 제국」을 쓴 것이 아니다. 「표절의 제국」은 신경숙의 표절이 이인화의 표절에 비해서는 심각하지 않다며 물 타기 하고, 한때 자신과 논쟁을 수행한 권성우에게 타격을 가하기 위해 쓴 것이다.

남진우는 이렇게 주장하고 있다.

> 문제의 핵심은 권성우의 이 글이 과연 비평으로서 정도를 걷고 있으며 이 글의 발표 후 이 작품을 둘러싼 추문이 더 이상 비밀이 아니게 되었을 때 비평가가 보인 태도— 오불관언의 침묵이 과연 적절한 것이었나 하는 것이다. 권성우는 자신이 그토록 높이 평가하던 이 작품의 어두운 이면이 드러나자 언제 그런 말을 했냐는 듯 입을 닫았을 뿐이다. 또한 다른 사람에게 "자신의 비평을 엄중히 되돌아볼 것"을 주문하길 즐겨하던 그가 그 후의 비평 활동에서 정작 자신의 그런 비평적 실수에 대해 어떤 성찰의 시선을 던졌다는 흔적도 발견되지 않는다.[4]

분명히 말하거니와 『내가 누구인지……』에 대한 월평은 박완서, 이제하, 김주영, 김원일, 이문열 등의 호의적인 심사평처럼, 표절에 대한 정확한 정보 없이 씌어진 것이다. 이인화의 당선작(단행본)은 1992년 3월 5일자로 정식 발간되었다. 예심 때 지적된 내용이 수정된 단행본을 다시 읽은 것은 그 직후일 것이다. 중앙일보에 기고한 월평은 1992년

---

4 남진우, 「표절의 제국」, 『현대시학』, 2015.12, 21~22면.

3월 31일자에 게재되었다. 그렇다면 내가 이 글을 쓴 것은 3월 중순경이라고 판단되는데, 그 열흘에서 보름 사이에 판단을 철회할 만한 정확하고 구체적인 정보는 적어도 내게는 전해지지 않았다. 그로부터 두 달여의 시간이 흐른 후, 작고한 비평가 이성욱의 글 「심약한 지식인에 어울리는 파멸」(『한길문학』, 1992년 여름호)이 발표된 후에 표절의 심각성을 제대로 실감할 수 있었다. 그 이후 『현대문학』 월평(1992.9)을 통해 이인화의 작품을 포함하여 일련의 신세대문학에 대해 비판적으로 언급하거나("80년대의 진보적이며 긍정적인 여러 가지 인식이나 덕목들을 너무나도 가볍게 스치고 지나가는 청산주의 태도가 과도하게 발견된다"), 이인화·김탁환이 편집진으로 참여한 『상상』의 대중문학론에 대해 비판한 것(「현단계 비평의 쟁점과 젊은 비평의 가능성」, 『세계의문학』, 1995년 겨울호)은 그 월평에 대한 내 나름의 반성이자 후회의 한 방식이었다.

지극히 상식적으로 생각해보자. 만약 내가 남진우의 표현에 의하면 "평소 친분이 두터운" 이인화의 데뷔작에 대해 시종일관 호의적이며 표절을 두둔하는 입장이었다면 그들이 편집하는 문예지 『상상』에 글 한 편쯤은 수록되지 않았을까. 주지하다시피 그 이후 내가 취한 문학적 행보는 정확히 『상상』의 대중문학론과 대치되는 입장에 가깝다. 제3자가 내게 이인화의 데뷔작을 둘러싼 과정에 대해 반성하라고 요구한다면 나는 기꺼이 그 점을 진지하게 수용하겠다. 그러나 함께 예심에 참여했으며, 애초에 표절 문제가 봉합되어 문제가 커지는 데 결정적인 역할을 한 남진우에게는 적어도 그럴 자격이 없다고 나는 생각한다.

그 어떤 강도 높은 비판도 좋고 치열한 논쟁도 필요하다. 그러나 남진우와 같은 방식으로 오로지 상대방에게 타격을 가하고 상처를 주고자 하는 의도에 의해 추동된 글을 과연 비평이라고 할 수 있을까? 문제는 남진우의 이와 같은 글이 처음이 아니라는 사실이다. 문화평론가 정희진은 "그간 '남진우 교수, 남진우 편집위원'이 특정 작가를 타기팅, 비난해온 행태는 짚고 넘어갈 필요가 있다"(「표절 이후의 사회」, 『한겨레신문』, 2015.8.7)고까지 지적하기도 했다. 남진우의 「표절의 제국」 같은 글이 공공연히 발표되고 언론에 주목을 받으며 사과로 인정받는 현실과 이 시대 비평 공론장에 대해 어떤 절망감을 느꼈다. 이런 착잡한 현실의 기원을 탐문하기 위해서 남진우와 내가 참여한 2000년대 초반 문학권력논쟁의 풍경과 지형을 다시 떠올리는 것은 필연적인 수순이리라.

3. 문학권력논쟁은 실패한 논쟁이었나?

신경숙 표절과 문학권력에 대한 논의 과정에서 2000년대 초반의 문학권력논쟁이 자주 소환되었다. 그 과정은 역설적인 의미에서 15년 전의 문학권력 비판의 문제의식이 기본적으로 정당했다는 사실을 보여주고 있는 것이 아닐까. 몇몇 비평가들이 주장하듯이, 이전의 문학권력논쟁은 과연 실패한 논쟁이었는가? 분명한 한계는 있었지만 단지 실패한 논쟁으로 쉽게 정리될 수는 없다.[5] 그렇다면 '성공한 논쟁', '성공한 비판'이란 과연 어떤 식으로 가능할까. 예컨대 박근혜 비판이 현정부의 바람직한 변화를 이끌어내지 못하면 그 비판은 실패한 비판인가? 이즈음 수많은 논자들에 의해 다발적으로 언급된 문학권력과 연관된 거의 모든 주제들이 이때 이미 언급이 된 바 있다.[6] 나는 방향과 문제의식,

---

5   조세희 작가가 자신의 작품에 구사한 표현을 빌면, 당시 문학권력논쟁은 '수천 개의 한계'를 지니고 있을지도 모른다. 나는 논쟁과정에서 비평적 글쓰기 논자들의 한계와 자기 성찰의 필요성에 대해 지적한 바 있거니와, 다만 이 점이 문학권력에 대한 비판이 지닌 정당성을 훼손하지는 못할 것이다.

6   이에 대해서는 이명원의 『파문─2000년 전후 한국문학 논쟁의 풍경』(새움, 2003)을 참조할 수 있다.

진단은 옳았으나 힘과 지혜로움이 부족했다고 생각한다. 매체환경의 차이도 분명히 작용했을 것이다. 만약 당시에 지금과 같이 SNS가 존재했다면 논쟁의 향배는 완전히 다르게 전개되었으리라.

청산되지 않은 과거는 반드시 돌아온다. 어설프게 마무리되거나 은폐되었던 논제는 언젠가는 다시 귀환할 수밖에 없다. 신경숙 표절을 비롯하여, 2000년대 초반의 문학권력논쟁 과정에서 제대로 해결되지 않고 봉합되었던 문제들이 부메랑이 되어 지금 한꺼번에 귀환하고 있는 것이다. 마르크스의 말대로 중요한 역사적 사건은 반복된다. 한번은 비극으로 한번은 희극으로. 이 희극의 기원과 내력을 제대로 인식해야 한다. 그래야 다시는 그 역사적(?) 사건이 반복되지 않을 것이다. 그렇다면 15년 전의 그 논쟁이, 그 비판이 단지 실패한 것일 수는 없다.

이 대목에서 '문학권력'이라는 용어에 대해 한번 되짚어볼 필요가 있다. 이번 신경숙 표절 사태가 이른바 '문학권력'에 대한 아젠다로 확전되었다는 점을 비판적으로 보는 시각이 존재한다. 이런 입장에 따르면 문학권력이라는 용어 자체가 부적절하며, 이 용어를 사용하는 것이 복잡한 사태를 단순화시킨다고 한다. 문학권력에 대한 문제제기나 비판이 생산적이지 않다는 시각도 문단 일각에 남아 있다. 일면 귀담아들어야 할 지적이지만 동의할 수 없는 시각이다. 분명히 말하거니와 문학권력을 둘러싼 논쟁은 필연적인 과정이었다. 단지 표절만이 문제인 게 아니라는 얘기다. 표절이 묵인되고 그에 대한 비판이 묵살되는 구조와 시스템을 문제 삼지 않고 어떻게 한국문학의 진정한 혁신과 변화가 가능하겠는가.

모든 용어와 표현은 세상의 반영이다. 언어와 사물 사이에는 필연적으로 빈틈이 존재할 수밖에 없다. 그 어떤 용어도 현실의 모든 부면을 다 담을 수는 없다. '문학권력'이라는 용어 역시 마찬가지다. 용어와 세상 사이의 빈틈이 클 경우 더 적합한 용어로 자연스럽게 대체되기 마련이다. 지금까지 많은 논자, 문인, 독자, 미디어가 문학권력이라는 용어를 사용하는 이유는 무엇인가? 이 용어가 다른 어떤 용어보다도 사태를 명쾌하게 해명하는 적실성을 지니고 있기 때문이다. 가령 이번 표절 사태에 대한 창비의 초기 대응이나 문학동네의 자기중심적이며 일방적인 토론 초청이야말로 '문학권력'이 엄연히 실재한다는 사실을 보여주는 생생한 실례가 아닌가. 자신들의 발언 하나하나가 얼마나 미묘한 파장을 일으킬지 인식하지 못하는 둔감함, 바로 그것이 스스로 권력화 되었다는 사실의 방증 아닌가. 나는 이러한 일련의 과정을 통해, 이전보다 좀 더 명확하게 문학권력이 존재한다는 사실을 인식하게 되었다. 물론 모든 문학을 '문학권력'이라는 잣대로 바라보자는 말은 전혀 아니다.

'문학권력'이라는 용어가 정말 적합하지 않다고 생각하는 논자라면 새로운 대안적 용어를 찾아 사용하면 될 것이다. 만약 그 용어가 설득력이 있다면 문학권력이라는 용어를 대체해서 독자와 공론장, 미디어의 적극적인 선택을 받을 것이다. 특정한 용어의 적합성은 결국 대중과 공론장, 미디어의 선택과 경합에 의해 검증될 수밖에 없다. '문학권력'이라는 용어가 공론장에서 압도적으로 선택되었다는 사실 자체가 이시대 착잡한 문학장의 현실과 정황의 정확한 반영이 아닐까.

다른 한편으로는 문학권력보다 정치권력에 집중하고 비판해야 하지 않느냐는 시각이 존재한다. 물론 문학권력은 정치권력에 비해서는 그 규모가 작다. 그러나 문인들이 체감하는 정도를 보면 오히려 문학권력이 정치권력 이상으로 더 절실하고 크게 다가오리라. 문인들이 정치권력은 쉽게 비판해도 문학권력은 제대로 비판하지 못하는 현상에서 이번 사태의 진짜 원인을 찾을 필요가 있다.

4. 묵인과 방관의 구조, 그리고 비평의 윤리

그렇다면 2000년대 초반의 문학권력논쟁이 일정한 의의에도 불구하고, 전반적으로 생산적으로 전개되지 않은 원인은 무엇일까? 분명 비판자들의 내공 부족과 한계도 있었을 것이다. 그러나 나는 좀 더 치명적인 요인이 존재한다고 생각한다. 비평가 김명인의 다음과 같은 지적이 그 핵심을 관통하고 있다.

> 문학권력에 관한 논의는 이제 비로소 시작이다. 이미 지난 2000년대 초두부터 『주례사 비평을 넘어서』(2002)를 비롯하여 90년대 이래 점차 현실화되기 시작한 일부 대형 문학출판사 및 문학저널의 상업주의화와 권력화에 대한 경고와 문제 제기가 시작되었지만 그동안 주류 출판사와 저널에서는 이 문제를 그저 '어느 개가 짖는가'라는 식으로 무시하거나, '주변부 비평가들의 도착된 권력의지의 표현'이라는 지금도 익숙한 물타기 논리로 회피해 온 바 있다. 하지만 이제는 그렇게 처리될 수는 없게 되었다. 나는 이 문제에 관해서는 그야말로 계급장을 떼고 벌이는 본격적인 상호논쟁과 상호침투가, 그리고 가능하다면 변증법적 지양이 일어나야 한다고 생각한다. 이야말로 문학사회학적 접근을 포함한 한국의 근대문학(제도) 전반에 대한 전면적인 해석과 성찰을 필요로 하는 작업이며, 표절 문제 역시 그 안에서 함께 해결되어야 한다고 생각한다. (…중략…) 나는 정작 '문학권력'이라 호명된 측에서 무시와 왜곡 외에 이 문제에 대한 성실한 논리적 대응을 했다는 소식을 들은 바가 없다.[7]

---

7   이상의 대목은 김명인의 페이스북(2015.9.14)에서 인용한 것임. 참고로 최근에 발표된 강동호의 평문 「비평의 장소」(『문학과사회』, 2015년 겨울호)는 신경숙 표절 사태 이후 발표된 수많은 글 중에서 가장

위에서 김명인이 예로 든 '물타기', '무시', '왜곡'의 선봉에 선 비평가가 바로 남진우이다. '무시'와 '왜곡'까지는 있을 수 있다고 치자. 문제는 남진우가 논쟁 과정에서 극렬한 인신공격을 통해 생산적 논쟁이 될 수 있는 최소한의 가능성까지 참담하게 붕괴시켜왔다는 사실이다. 이미 강준만은 이 점에 대해 「남진우의 글쓰기, 무엇이 문제인가? : 글쓰기의 기본 윤리에 대하여」(『인물과사상』, 2002.1)라는 글에서 적확하게 문제제기한 바 있다. 강준만은 남진우의 논쟁적 글쓰기가 보여주는 행태를 '기지촌 지식인의 현학'을 비롯한 몇 가지 유형으로 정리하면서 이렇게 말한다. "남진우는 논쟁의 모든 의제와 논점을 인신공격 수준으로 끌어내리는 데에 탁월한 재주를 지녔다", "그가 싸운다면 그건 오직 자신을 비판한 사람에 대한 사적 복수, 그것뿐이다", "남진우는 의제와 논점을 피해 가면서 그걸 제기한 사람만 죽이려 든다. 이런 싸움을 논쟁이라고 할 수는 없다. 남진우식의 싸움 때문에 한국의 논쟁 문화가 피폐해진다". 나는 이와 같은 강준만의 지적이 결코 과하지 않다는 사실을 2000년대 초반 남진우와 직접 논쟁을 전개하면서 절실하게 인식할 수 있었거니와, 그 결과 그의 인신공격적 비판에 대해 적극적으로 대응하는 「심미적 비평의 파탄」(『문학권력』, 개마고원, 2001)을 쓸 수밖에 없었다. 논쟁 과정에서 보여준 남진우의 상대방 비난과 인신 공격적 글쓰기로 인해 정작 문학권력논쟁의 중요한 쟁점은 희석되면서 제3자의 눈에는 이전투구로 보이게 되었다.

남진우는 「표절의 제국」에서 문학권력 비판자들을 겨냥해 이렇게 적었다.

열린 대화의 정신과 균형감각을 동반하고 있다. 특히 최근 표절을 둘러싼 남진우의 주장에 대한 강동호의 비판과 지적은 충분히 수긍할 만하다.

이인화의 맞은편에 1980년대 운동권 문학의 후예들이 중심이 된 '좌파 문학권력 비판론자'들이 있다. 이들은 80년대 학생운동과 노동운동과 통일운동의 정신을 계승하되 이를 제도권에서 달성 가능한 것보다 훨씬 급진적인 방식으로 추구하고자 하는 세력이다. 그들은 기존문학을 제도권 문학으로 치부하고 공격했으며 그것의 해체를 기도했다. 그러나 80년대말 현실사회주의 정권의 몰락이란 최악의 상황을 거치면서 이들의 현실 주도권은 급속히 약화되었고 담론의 장에서도 대부분 철수할 수밖에 없었다. 결국 이들은 잠행을 하다가 가끔씩 무대에 나타나서 기존 문학에 비판을 퍼붓는 것으로 자신의 존재를 유지하고 있다.

물론 문학권력 비판론자들의 면면은 다양하다. 그들 중엔 한창 지식인 문학의 종말을 외치다 현실사회주의 정권의 총체적 몰락이란 역사의 격변을 겪고 문단 일선에서 철수했다가 틈만 나면, 다시 말해 기존 문학장에 무슨 문제가 발생한 듯 싶으면 달려나와 확성기에 대고 외치는 인물도 있고, 오히려 지식인 문학의 적극적 부흥을 기획하며 주요 문학매체의 구성원으로 관여하다가 이런저런 이유로 팅겨져나온 후 갑자기 문학권력 비판의 전사로 나선 이도 있다. 일본산 근대문학 종언론의 신봉자도 있고 프랑스산 유목주의의 전도사도 있다. 아직도 특정 이념에 대한 집착에서 벗어나지 못한 좌익 소아병자도 있고 시장만능주의와 대중추수주의가 혼합된 신자유주의의 열렬한 추종자도 있다.[8]

이러한 남진우의 주장에는 자신과 다른 생각을 하는 사람의 견해를 이해하고자 하는 그 어떤 열린 태도도 발견할 수 없다. 이 대목을 관류하는 것은 남진우의 "뒤틀린 심사"와 문학권력 비판자들을 향한 날선

---

8 남진우, 「표절의 제국」, 『현대시학』, 2015.12, 50~51면.

적의, 앙상한 편견이다. 그는 최소한의 구체적인 분석도 없이 부정적인 딱지 붙이기에 몰두하고 있다. 이와 같은 공공연한 비아냥으로 가득 찬 글을 과연 정상적인 비평적 대화를 위해 씌어진 글이라고 할 수 있을까? 적어도 비평적 행태의 면에서 보면 남진우는 2000년대 초반에 비해 전혀 변하지 않았다.

「표절의 제국」은 사과의 형식을 빈 비난과 자기 정당화에 불과하다. 「표절의 제국」이 정말 신경숙 표절 사태에 대한 사과를 목적으로 한 글이었다면 절대 이런 식으로 작성되어서는 안 된다. 사과는 정말 제대로 사과답게 하는 것이 사람의 마음을 움직인다. 그게 진실한 사과의 힘이다.

이 대목에서 나는 남진우가 누구도 동의하기 힘든 이런 글을 쓰게 된 것이 단지 남진우만의 책임일까? 하는 질문을 던지고 싶다. 이 점을 되짚어볼 필요가 있다. 남진우의 「표절의 제국」이 '권두시론'의 형식으로 문학적 연륜을 자랑하는 시월간지에 수록되었다는 사실, 또한 남진우의 주장이 공적인 비평문을 통해 비판되는 것이 아니라 SNS나 뒷담화를 통해 비난, 소비되고 마는 현상은 비평 공론장이 참담하게 붕괴되었다는 사실을 상징한다. 그 붕괴는 평단의 묵인과 방조가 누적되면서 완성된 것이다. 과연 『창작과비평』이나 『문학과사회』 지면에 남진우를 비판하는 평문이 수록될 수 있을까?

"나는 남진우의 글에 매우 심각한 문제들이 많이 있다고 생각한다. 어느 정도로 심각한가? 나는 『황해문화』가 남진우의 반론을 싣지 말았어야 옳았다고 생각한다"[9]라는 평가를 받을 정도의 글에 대해서 논쟁

9 강준만, 「글쓰기의 기본 윤리에 대하여—남진우의 글쓰기, 무엇이 문제인가?」, 『인물과사상』, 2002.1, 91면.

당사자들을 제외한 어느 누구도 공식적으로 문제제기와 비판을 하지 않았다는 사실, 이 점을 주목할 필요가 있다. 지금 문학판을 지배하는 냉소와 무기력증이 남진우 같은 비평가의 몰상식을 결과적으로 묵인하는 과정과 관계가 없다고 할 수 있을까. 아마 정치평론가나 영화평론가가 남진우 비슷한 글을 썼다면 진작에 비평 공론장에서 퇴출되지 않았을까. 문학권력 비판자들에 대해서는 그렇게 쉽게 비판하면서, 남진우 같은 중요한 문학권력을 장악하고 있는 비평가의 심각한 모순에 대한 어떤 비판도 수행하지 못하는 것이 지금 평단의 현실이다.

나는 『현대시학』 주간 홍일표와 편집위원 권혁웅을 통해 「표절의 제국」에 대한 반론권을 요청했다. 권혁웅 시인은 내게 반론권이 보장되는 것이 바람직하다는 의견을 표명한 바 있다. 그러나 홍일표 주간은 반론권에 대한 편집위원들(권혁웅, 남진우, 조재룡)의 의견이 일치하지 않는다는 이유로 반론을 수용하기 힘들다는 의견을 밝혀왔다. 반론을 받아들이지 않겠다는 사실 자체가 남진우의 글이 정당한 비판이 아니라는 것을 스스로 입증하는 것 아닌가. 자신의 글이 지닌 정당성과 설득력에 대한 자신감이 있다면 왜 반론을 거부하는가. 남진우는 「표절의 제국」에서 "나는 권성우의 글과 관련하여 얼마든지 더 그를 비판하고 희화화할 수 있지만 이 정도에서 그치고자 한다"고 적었다. 나는 오히려 이런 표현을 통해 남진우의 기이한 정념과 불안을 읽는다. 자신의 비판과 논리가 지닌 품격에 대해 신뢰한다면 이런 어처구니없는 표현을 구사할 필요가 전혀 없을 것이다. 남진우의 글이 그대로 묵인되는 구조라면, 그런 비평 공론장은 진작에 붕괴되어 마땅하다. 그래서 지금 이 글을 쓰고 있는 것이다.

인간의 품격과 비평가의 윤리에 대해 생각해본다. 그리고 문학하는 사람의 마음의 결에 대해 생각해본다. 나는 남진우에게 어떤 요구도 하고 싶지 않다. 도덕과 인성을 요구하는 게 전혀 아니다. 치명적인 흠결이 있는 사람, 광기에 들린 사람, 퇴폐와 허무의 바닥을 체험한 사람도 충분히 좋은 글을 쓸 수 있다. 아니 어떤 면에서는 철저한 에고이스트가 좋은 글을 쓸 가능성이 높을지도 모른다. 문학은 인간적인 도덕 너머에 존재한다. 그러나 문학을 하는 사람의 마음이라면 글쓰기의 차원에서는 최소한의 일관성과 기품, 윤리는 지켜져야 하는 것 아닐까. 그게 없다면 우리는 도대체 왜 글을 쓰는 것인가. 어떤 방식으로든 논쟁 상대에게 타격을 주고자 하는 마음이 앞서는, 이해할 수 없는 방식의 사과 글을 쓰게 만든 남진우의 제어되지 않는 정념과 뒤틀린 욕망에 대한 냉철한 비판 없이 이 시대 비평문화의 꼬인 매듭은 풀리지 않을 것이다.

5. 복잡함을 감싸 안는 분명한 판단이 필요하다

한국작가회의 소속 '자기성찰을 위한 소위원회'(김사인 · 김응교 · 박수연 · 정은경 · 김성규, 이하 '성찰위원회'로 칭한다)는 최근 한국작가회의 총회(2016.1.23)에서 작년 문단을 강타한 표절 사태에 대해 "작가회의 2000여 명의 회원들을 대표할 만한 의미 있는 문건에 이를 만큼 합의의 수준을 더 높이는 데는 미달했다. 송구하다", "표절 논란이 안고 있는 문제의 양상이 생각보다 깊고 심각한 뿌리에 닿아있었다", 이는 "한국 현대 문학사의 근원적인 취약성을 비롯해 손쉬운 답을 허락하지 않는 난관들에 부딪혔고, 이 문제들을 피해서는 지난 여름 이후 제기된 문제의 본질에 이를 수 없으며 문제의 본질에 닿지 않는 절충과 미봉으로는 대안다운 대안은 마련할 수 없었기 때문"이라고 주장한 바 있다. 우선 성찰위원회의 노고에 대해서는 마음 깊이 경의를 표하고 싶다. 누가 참여하더라도 반듯한 결정을 내리기가 쉽지 않았으리라. 표절을 주제로 타당하면서도 설득력 있는 결론을 내린다는 것이 얼마나 어려운지 잘 알고 있다. 표절은 당연히 신경숙만의 문제가 아니며, 시야를 확대하면 일면 이식문학사의 성격을 지닌 한국 근현대문학사 자체가 표절, 이식, 번안의 역사에서 결코 자유롭지 않다. 표절에 대한 한층 장기적인 연구와 탐색이 필요하다는 사실에 전적으로 동의한다. 이런 점들을 모두 인정하더라도 깊이 생각해 볼 문제가 남는다. 표절과 문학권력에 대한 성찰위원회의 입장은 이렇다.

> 시기와 창작자를 달리하는 두 작품이 정도 이상의 닮음을 보이는 것은 특별한 사례가 아닌 한 바람직하다고 하기 어렵다. 그럼에도 불구하고 불가피할 때에는 다양하고 창조적인 방식으로 선행 작품이 참조·원용됐다는 것을 독자가 알 수 있도록 노력하기로 한다. 부정적 의미의 권력적 현실이 한국문학 공동체 안에 있다면 그에 대한 비판은 언제나 행해짐이 정당하다. 그렇지만 그것은 문학의 토대를 이루는 현실 사회의 제반 권력 비판에까지 나아갈 때 더 유효할 수 있으며, 동시에 응분의 자기비판을 겸할 때만 건강한 것일 수 있다.

신경숙 표절 논란 이후 약 6개월 동안 행해진 활동과 연구의 결론이 위와 같다면 어떤 아쉬움을 느끼지 않을 도리가 없다. 인용한 표절과 문학권력 비판에 대한 지적은 지나치게 상식적이며 공허하다. 이런 입장은 신경숙 표절 논란에 대한 구체적인 진단과 해석을 전혀 담고 있지 않다. 어떤 고유명사도 포함되지 않는 이런 결론을 내리기 위해 그토록 애를 쓴 것인가? 물론 표절이 신경숙과 특정 출판사에게만 해당되는 문제는 아닐 것이다. 그러나 그 특정한 사건이 우리 문단을 지금까지도 강타하고 있지 않은가. 표절이라는 국민적 이슈는 특정한 작가, 출판사의 태도와 반응, 판단이라는 매우 구체적인 사건으로 인해 점화된 것이다. 성찰위원회는 표절 문제를 신경숙이나 특정 출판사 차원이 아니라, 한국문학이 통과해온 근대의 어떤 한계에서 그 원인을 찾고 있는 듯하다. 분명 의미 깊고 필요한 시각이지만, 그렇게만 보면 일반적이며 허망한 결론에서 더 나갈 수 없다.

문학권력 비판에 대한 지적도 지극히 원론적이며 지당한 말씀에 불과하다. 현실 사회 비판과 자기비판이 문학권력 비판의 조건이 될 수는 없을 것이다. 마치 '수신제가치국평천하修身齊家治國平天下'의 전도된 주장을 보는 듯하다. 중요한 것은 그 비판의 설득력과 내용이다. 대부분의 문학권력 비판자들은 꾸준히 시국성명에 참여해 왔으며, 각자의 방식으로, 이를테면 SNS를 통해서 현실 정치에 내한 비판직 문제의식을 지녀 왔다. 오히려 문제가 되는 것은, 다른 지면에서도 지적했지만, 현실 정치에 대해서는 관성적으로 비판하면서도 정작 자신이 소속된 문학장의 모순에 대해서는 눈감는 태도가 아닐까. 나는 작가회의 성찰 위원회의 이번 결정이 문학장을 지배하는 모호하고 편의적인 양비론적 태도의 정확한 반영이라고 본다. 말하자면 구체적인 비판과 지적이 필요한 사안에 대해 두루뭉술하게 넘어가는 관성에서 한국작가회의라는 조직 역시 자유롭지 않은 것이다. 물론 여러 가지 이해관계와 입장이 복잡하게 얽혀 있기에, 어려움이 있었을 터이며 그 애로사항을 충분히 이해한다. 그러나 바로 그런 난제를 지혜롭게 풀어나가라고 성찰위원회가 조직된 게 아닌가.

지금 이 시점에서는 사태의 복잡함, 복합성을 감싸 안으면서도 사안에 대한 구체적이며 분명한 태도를 보여주는 것이 필요하지 않았을까 싶다. 진보적인 문학단체인 작가회의도 이럴진대, 과연 누가 소신 있는 비판과 문제제기를 전개할 수 있을지 의문이다. 논쟁과정에서 최소한의 옳고 그름과 작고 큰 차이들이 면밀하게 판별되지 않은 채 편의적 양비론에 매몰되는 태도야말로 지금의 바람직하지 못한 비평문화를 만든 결정적인 요인이 아닐까. 성찰위원회에 속한 한 분, 한 분 모두 내가 마음 깊이 신뢰하고 좋아하는 문인들이다. 그러나 이번 결정에 대해서는 흔쾌한 마음으로 동의하기가 힘들다. 문제는 중요한 쟁점에 대한 명료한 판단이 유보되는 이러한 문학장의 구조가 「표절의 제국」 같은 글이 버젓이 발표되는 토양으로 작용하고 있다는 사실이다.

6. 글을 맺으며 : 고립을 두려워하지 않는 비평가를 위하여

문학과 인간을 둘러싼 진실이 대단히 복합적이며 결코 단순하지 않다는 점을 우리는 알고 있다. "진실은 순수한 적이 드물고 단순한 적은 없다"고 갈파했던 오스카 와일드의 말을 기억한다. 진실과 허위를 구분하는 것이 점점 힘들어지고 있으며 사실에 근거한 합리적 주장과 왜곡에 기초한 엉터리 주장이 한꺼번에 뒤엉켜 혼동되는 시대이다. 좀 더 근본적으로 하나의 진실, 고정된 사실이 존재하는가에 대한 물음이 필요한 측면도 분명히 존재한다. 어쩌면 문학이란 그 복잡성과 다면성에 대해, 인간의 마음속에 서식하는 균열과 혼란, 이중성에 대해 깊고 섬세하게 성찰하는 문화적 제도인지도 모른다. 그럼에도 불구하고 이러한 인식이 분명한 사실과 명백한 진실, 보편타당한 상식, 문학을 한다는 것의 기본적인 윤리를 무시하는 수단으로 악용되어서는 안 될 것이다. 비평은 설사 작은 차이라 하더라도 그 주장의 옳고 그름, 상대적인 설득력, 진위를 세밀하게 따져야 한다. 이 시대의 비평문화는 총체적인 불신과 조롱을 받고 있다. 여러 가지 이유가 있지만, 현재 평단이 다양한 비평적 주장의 차이와 설득력을 섬세하게 감별하고 판단하지 못하고 있다는 사실에서도 그 불신이 비롯되는 것 아닐까. 명백하게 악의적인 주장이 하나의 비평적 주장으로 버젓이 승인받을 때, 비평 공론장은 그 어떤 공적인 설득력도 확보하지 못할 것이다. 특히 현실적인 권력과 매체를 지닌 쪽에서 설득력 없는 주장을 할 경우 문제점은 더 증폭되면서 비평 공론장이 붕괴될 가능성이 높다. 바로 그렇기 때문에 이 시대 비평은 무엇보다 정확한 판단을 위한 지혜와 통찰력이 필요하다. 특히 "오늘의 소음이 어제의 소음을 덮고 내일의 추문이 오늘의 추문을 가려버리는 포스트모던 사회의 현상이 우리의 일상이 되어버렸다"[10]는 지적에 그대로 해당되는 글이 바로 「표절의 제국」이라는 아이로니컬한 사실을 인식하기 위해서.

작년 신경숙 표절 논란 이후 한국문학이 마주하고 있는 참담함과 슬픔의 원인에 대해 정말 정직하게 생각해야 한다. 한국문학 전체에 대한 조롱과 배설에 가까운 비판이 하나의 문화로 자리잡은 현실에 대해서도 그 정확한 이유를 생각해야 한다. 한국문학에 대한 깊은 애정과 관심과는 별도로 이 시대 한국문학을 둘러싼 출판, 비평 행위에 허상과 거품이 존재했다는 사실은 인정되어야 할 것이다. 그것을 제거하는 작업은 참으로 고통스러울 수밖에 없다. 그 과정은 허상과 거품을 향유한 세월보다 몇 배 이상 시간이 많이 걸릴 것이다. 이 시대 한국문학과 비평은 그야말로 원점에서 다시 시작되어야 한다. 어설픈 타협과 미봉책으로는 갱신이 불가능한 상태이다. 이즈음이야말로 "시를 쓰는 사람,

---

10 남진우, 「표절의 제국」, 『현대시학』, 2015.12, 47면.

문학을 하는 사람의 처지로서는 '이만하면'이란 말은 있을 수 없다"는 시인 김수영의 단단한 결기가 필요하다.

정말 열심히 묵묵하게 좋은 작품을 쓰는 문인들에게 참 힘든 시대가 아닐 수 없다. 그들의 노력과 열정, 땀에 의미 깊은 결실이 주어지는 문학장을 만드는 일, 그것은 비평의 공공성과 윤리를 회복하고자 하는 지난한 노력 없이 결코 이루어지지 않을 것이다. 한 사람의 비평가로서 이 시대의 문학현실을 깊이 직시하면서 품격과 자존심을 지킨다는 것에 대해 생각해 본다.

알베르 카뮈는 "부자유한 이 세상을 대처하는 유일한 방법은 절대적으로 자유로워져서 너의 존재 그 자체가 반역 행위가 되는 것이다"라고 말한 바 있다. 나는 카뮈의 방식으로 비평가의 자유를 추구하고 싶다. 그 비평적 자유를 추구하는 과정은 곧 문학장에서 고립되는 도정일 수도 있다. 상처를 받더라도 그 고립(고독)에 대해 두려워하지 말아야 한다. 그 마음의 결, 비평의 윤리는 비평가가 이 글의 서두에서 인용한 알프레드 테니슨의 표현처럼 "분명한 선을 갖고 반대자를 가진 사람"이 되는 것, 그리고 "모름지기 평론가에게 적이 없다면 엉터리나 다름없고, 그게 두렵다면 다른 밥벌이를 찾아야 하는 법"(마르셀 라이히-라니츠키)이라는 태도를 기꺼이 자신의 실존으로 받아들일 때 비로소 조금씩 다가오리라. 그 출발선상에 우리가 서 있다.

(2016)

더 넓고 깊은 시선으로
: 한국문학에 대한 애정과 비판 사이

2

근대문학과의 대화를 통한
망명과 말년의 양식

최인훈의 『화두』에 대해

1. 『화두』는 과연 충분히 이해되었는가?

이 글은 소설가 최인훈의 말년의 걸작 장편소설 『화두』를 지금까지 '근
대문학과의 대화', '망명', '말년의 양식late style' 등의 세 가지 주제를 중
심으로 고찰하고자 하는 시도이다. 이 세 가지 키워드는 서로 유기적으
로 연관되면서 『화두』 해석에 새로운 빛을 던지고 있다. 과연 『화두』는
충분히 논의되었는가? 아직 『화두』는 작품의 내용과 형식의 다양한 측
면에서 면밀한 재해석과 새로운 조망이 필요한 작품이다.

최인훈은 『화두』에서 조명희, 임화, 이태준, 박태원, 이용악, 김사량,
김태준 등의 식민지시대에 개성적인 문학세계를 보여준 주요문인들
의 작품과 삶을 수시로 등장시키며 소설을 이끌어간다. 『화두』에서 피
력되고 있는 작가-초점화자의 근대문학과 문인에 대한 사색과 단상은
그 자체로 흥미로운 주제이다. 또한 식민지시대 문인과 문학을 해석할
때 최인훈이 '망명'의 개념을 중심으로 사유와 단상을 진행하고 있다는

점을 주목할 필요가 있다.

한국전쟁 때 원산부두에서 미군함정 LST를 타고 월남한 최인훈의 정체성 자체가 난민이나 망명자에 해당한다고 볼 수 있는데, 이 망명이라는 개념을 통해『화두』를 재해석하는 작업은 왜 말년에 최인훈이 이 작품을 쓸 수밖에 없었는가에 대한 중요한 단서를 던져준다. 한마디로 말해서 '망명'은『화두』를 정확하고 심층적으로 이해하는데 대단히 핵심적인 개념이다. 아울러 테오도르 아도르노T. W. Adorno(1903~1969)가 창안하고 에드워드 사이드Edward Said(1935~2003)가 심화시킨 '말년의 양식' 개념 역시『화두』를 이해하는 데 매우 유용한 용어라고 할 수 있다. 고전적 소설규범을 탈피한『화두』의 파격적이며 자유로운 형식이나 최인훈의 예술적 태도를 탐구하기 위해서는 '말년의 양식'이라는 개념이 커다란 도움이 될 것이다. 말하자면 최인훈이 왜 말년에 전통적인 소설 형식을 완전히 탈피한 자신의 대표작『화두』를 창작했는지를 해명하기 위해서는 말년의 양식에 대한 깊은 이해가 요청된다. 물론 여기에서 언급된 말년의 양식은 단지 생물학적 개념이 아니라, 인간과 세계에 대한 어떤 태도와 가치관을 포함한 예술적 자세에 가깝다. 식민지시대 주요 문인에 지극한 애정과 관심, 망명, 말년의 양식, 이 세 가지 주제는『화두』에서 서로 긴밀하게 결합되거나 변주, 응용되면서『화두』를 현대소설사에서 가장 문제적인 작품으로 만들고 있는 독특한 미학적 요소이다. 이 글은 최인훈의『화두』에 등장하는 근대문학과의 대화, 망명, 말년의 양식에 대해 탐구하기 위해서 작성된다.『화두』는 아직 한국문학의 장에서 충분히 이해되고 설명되지 않았다는 것이 이 글의 기본전제이다. 이 글을 통해『화두』의 문학적 본질에 다가서는 또 하나의 새로운 통로가 열릴 수 있게 되기를 기대한다.

2. 『화두』에 나타난 근대문학과의 대화

그동안 제대로 조명되지 않았던 최인훈 소설의 미적 특징 중에서 이 글에서 주목하고자 하는 것은 작가가 몇몇 소설에서 근대문학 유산과 의미 깊은 대화를 시도하고 있다는 사실이다. 예를 들어 장편소설『소설가 구보씨의 일일』이라는 제목 자체가 1934년에 발표된 박태원 소설의 제목과 동일하거니와, 무엇보다도 말년의 장편소설『화두』에서 근대문학과의 대화라고 부를 수 있는 소설미학의 특징이 두드러지게 표출된다.

『화두』는 "낙동강 700리, 길이길이 흐르는 물은 이곳에 이르러 곁가지 강물을 한몸에 뭉쳐서 바다로 향하여 나간다"라는 문장으로 시작한다. 이는 식민지시대의 망명 작가 포석拖石 조명희의 대표작「낙동강」의 첫머리다.『화두』의 끝 역시 러시아를 여행한 작가가 조명희의 처형과 연관된 문서를 읽으며 전개되는 성찰과정에서 조명희의「낙동강」첫 머리를 다시 적는 것으로 종결된다. 이렇게 본다면 최인훈이 고등학교 때 접하며 미적 충격을 받았던「낙동강」의 작가 조명희의 흔적을 탐문하는 과정이『화두』의 가장 주된 스토리이다.

최인훈은『화두』에서 조명희 외에도 박태원, 임화, 이용악, 이태준의 삶과 작품에 대해 대단히 구체적으로 언급하며, 또한 신채호, 김사량, 김태준 등의 망명 문인들을 중요한 비중으로 소개한다. 주목할 점은 작가가『화두』에서 등장시킨 문인들이 대체로 진보적인 진영에 가깝다는 사실이다(식민지시대의 대표적인 모더니스트인 박태원도 결국 월북하여『갑오농민전쟁』이라는 북한소설사의 기념비적 작품을 쓴 바 있다). 이 점은 최인훈의 문학관이나 세계관이 뚜렷한 진보적인 지향을 보여주고 있다는 사실보다는, 식민지시대의 문인들 중에서 그 시대와 정면으로 대결한 문인이나 망명과 관련된 문제적 문인들을 주로 언급하고 있다는 사실에서 연유한다.

자신의 인생을 되돌아보는 자서전적 회상과 기행문, 사유의 단상을 담은 에세이로 이루어진 『화두』에서 식민지시대 몇몇 문인들은 수시로 호출되어 자유로운 기술 방식을 통해, 소설 스토리에 삽입된다. 식민지시대 문인들과 그들의 작품은 단순한 에피소드나 파편적 스토리가 아니라, 소설 『화두』를 이끌어가는 중요한 미적 동기로 작용한다. 그렇다면 최인훈이 『화두』에서 이처럼 몇몇 식민지시대의 문인들에 대한 커다란 관심과 애정을 보이는 이유는 무엇인가. 아래 예문들을 통해 이에 대한 답변을 유추할 수 있겠다.

식민지체제에서 살았던 선배 문학자들의 여러 갈래 모습이 언제부턴가 남의 일 같아 보이지 않는다. 그들을 거울삼아 나를 짐작하는 일이 가장 실삼나는 자기 파악일 것 같다는 생각. 언제부턴지 이끌리게 된 그런 식의 관심의 시야에 들어온 사람이 내 경우에는 소설가 박태원이었고 그래서 쓰게 된 소설이 「소설가 구보씨의 별 볼일 없는 하루」였다. 그의 모든 단편들이 마음에 들었고, 그의 『천변풍경』이 좋았다. 특히 「소설가 구보씨의 일일」이 대뜸 그 안에 나를 들여앉히고 싶은 그릇으로 좋았다. 그것은 저항할 수 없는 인력이었다.(『화두』 2권, 문학과지성사, 2008, 52면)[1]

이상이나 박태원, 이태준 같은 사람들에게 나는 지식 종사자로서 전혀 이질감을 느끼지 않는다. 나는 동경에 유학한 적이 없으면서도 그들과 함

---

1 단행본 『화두』는 1994년 민음사에서 최초로 출간되었다. 그 이후 문이재(2002)를 거쳐 2008년 문학과지성사에서 전집판으로 재출간되었다. 민음사 판본과 문이재 판본을 참조하되, 내용에 일부 변화가 있었다는 사실을 고려하여 최종판본인 문학지성사본을 기본으로 하여 인용한다. 인용문 뒤의 숫자는 『화두』의 권수와 면수를 의미한다.

께 '와세다'며 '명치' 대학에 다닌 느낌을 갖는다. 그리고 지식인으로서는 1920년대와 1930년대의 그들의 지적 방황과 인간적 고뇌를 계승하고 있는 것처럼 느낀다.(2 : 226)

작가 최인훈이 왜 그토록 식민지시대의 문인들에 대한 애정과 관심을 진하게 표출했는지를 알 수 있는 대목이다. 작가는 그들의 삶과 글쓰기를 통해 스스로의 작가적 정체성을 되돌아보고 있는 것이다. 아울러 식민지시대에 이루어진 그들의 방황과 인간적 고뇌를 후배작가인 자신이 계승하고 있다고 여긴다. 박태원, 이태준을 위시한 선배작가와의 정신적·문화적 유대감이야말로 작가 최인훈에게 너무나 소중하기에 문학적 인생을 총결산하는 『화두』에서 자연스럽게 그들을 호출하게 되었으리라. 이러한 최인훈의 심리는 "한 많은 식민지 지식인의 지적인 호기심의 계승자라는 것이 현재로서는 내가 그것에다 자기를 일치시키는 데 가장 자연스러움을 느끼는 심리적 자기동일성이다"(2 : 226)라는 문장으로 명료하고 아름답게 표현된다.

자신의 글쓰기가 진공 속에서 탄생한 것이 아니라, 식민지시대를 고투하면서 통과해 온 선배 문인들이 일구어온 문학적 흐름의 연장선상에 존재한다는 사실은 그에게 전통의 힘과 역사적 맥락에 근거한 문화적 소속감을 부여한다. 그래서 최인훈은 식민지 문인들의 한과 호기심에 대한 깊은 공감을 통해 그들을 이해하기 위해 적극적으로 노력한다. 식민지 문인이 마주한 과제는 그대로 그가 대면할 수밖에 없는 화두이기도 하다. 그는 식민지시대 문인들의 글쓰기와 고뇌를 "1920~1930년대의 식민지 지식인들이 인생을 던져 풀려고 그렇게 몸부림쳤던, 자기 머리로 확인한 확실한 앎을 지니고 이 세상을 살고 싶다는 몸부림"으로 표현한다. 궁극적으로 『화두』의 주인공, 즉 최인훈은

"내가 곧 이상이며, 박태원이며, 이태준이며 그리고 조명희이기까지 하다는 느낌이 주는 이 법열法悅을 어떻게 부인할 수 있겠는가"라고 고백하기에 이른다. 이 구절을 통해, 왜 『화두』에서 최인훈이 그토록 식민지시대 문인들에 대한 묘사를 자주 등장시켰는가 하는 점을 이해할 수 있겠다. 그것은 곧 최인훈이 한 사람의 작가로서 스스로를 증명하는 과정이었다.

식민지시대 작가들에 대한 이와 같은 깊은 애정은 단지 일시적인 관심이나 호기심에서 비롯된 것이 아니라, 작가의 인생 전체에 걸쳐 오랜 세월 동안 축적되어온 터였다.

> 나는 고등학교 교실에서 「낙동강」에 대한 감상문을 써서 인정받은 몸이었다. '박성운'은 지도원 선생님보다 더 높은 인물이었고, 박성운을 창조한 포석 조명희는 '박성운'보다도 더 높은 인물이었다. 내 마음속에서 '박성운'을 등장시킨 독서감상문을 문학 선생님으로부터 인정받은 사실이 마치 포석 조명희로부터 인정받기나 한 것처럼 전이가 이루어져 있었다.(2 : 288)

청춘기에 이루어진 '인정에 대한 욕망'의 충족. 그것은 최인훈의 평생을 통해 잊을 수 없는 의미 깊은 계기였다. "인간은 타인의 인정 없이는 살아갈 수 없으며, 타인의 인정을 받고 타인을 인정하는 지속적인 상호인정을 통하여 긍정적 자아를 형성"[2]시키는 것이라는 논리에서 자유로운 사람은 없다. 세상에 자신의 글을 전하고자 하는 작가는 더더욱 그렇지 않을까. 이렇게 보자면 『화두』에서 조명희의 「낙동강」이 중요

---

2 악셀 호네트, 문성훈 외역, 『인정투쟁』, 사월의 책, 2011.

한 미학적 모티프로 기능하고 있는 것은 지극히 자연스러운 현상이다.

최인훈은 일각에서 오해하는 것처럼 단지 관념적인 지성과 사변만으로 글을 쓴 작가는 아니다. 오히려 그는 식민지의 질곡과 세파를 온몸으로 통과한 진보적 문인들의 고뇌와 전통을 창조적으로 계승한 작가이다.

3. 망명의 의미와 형식

『화두』 전편을 통해 최인훈은 '망명'의 의미에 대해 지속적으로 모색한다. 물론 『광장』의 주인공 이명준이나 『회색인』의 주인공 독고준도 이북에서 스스로 월남한 망명자에 가까운 존재이지만 특히 『화두』에서 망명자의 정체성과 망명에 대한 성찰이 본격적으로 전개된다. 그것은 무엇보다 식민지시대에 망명을 선택한 문인들에 대한 깊은 경외감으로 표출된다. 에드워드 사이드에 의하면 '망명'은 인간 존재와 고향 사이에 부과된 메울 수 없는 균열에 다름 아니다.[3] 최인훈은 그 균열을 극복하기 위해서 혼신의 고투를 보여준 식민지시대의 망명문인들에 주목한다.

『화두』의 화자는 조명희, 박태원, 이태준, 임화, 이용악, 김태준, 김사량 등에 대한 단상과 사유를 전개하고 있는데, 특히 식민지 체제에서 망명한 문인들에 대해서 각별한 관심을 보인다.

---

3 Edward W. Said, *Reflections on Exile : Reflections on Exile and Other essays*, Harvard University Press, 2002, p.173.

그가 「해방전후」의 후반 부분인 해방 후의 현실에서 맡고 있는 공직은 그가 말하는 '동지'들이나 맡아야 할 자리일 듯하다. 그런 동지 중에서도 신분이 작가인 사람이어야 제격이라고 덧붙여야 할 것이다. 그런 사람은 그때 두 사람밖에 없었다. 중국의 연안으로 가서 공산군과 함께 일본군과 싸운 소설가 김사량과 국문학자 김태준이었다. 해방 전후의 시기에는 이 두 사람은 아직 나라 밖에 있었다. '합방'에서부터 셈해서 36년 동안에 작가로서 망명한 사람의 경우가 그처럼 희귀하였다.(2 : 72)

망명자 가운데서 지금 말하는 전문직으로서의 문학자라고 분류할 만한 사람이 누굴까. 보기로 신채호. 그는 학자요, 언론인이요, 소설도 지었으니 그를 언론인이자 작가라고 할까? 언론인, 학자임에 틀림없지만, 그를 문학자라 하기에는 그 이외의 자격이 차지하는 비중이 너무 크다. 신채호는 그렇다 치고 그 밖의 경우는 신채호처럼 정의하기에 망설이어야 할 사람은 생각나지 않는다. 국내에서 이미 신분이 뚜렷이 문학자였다가 망명한 사람은 포석 조명희, 김사량, 김태준 세 사람뿐인데, 김사량과 김태준은 해방 직전에 중국 공산군 지역으로 갔고 해방 후 귀국하여 한 사람은 남쪽에서 처형되고 다른 쪽은 북한에서 활동하다가 6·25전쟁 때 기자로 종군 중 행방불명된 사람이다.(2 : 279)

이와 유사한 정보를 전달하는 문장들이 『화두』에서 수차례 더 등장한다. 그만큼 최인훈이 식민지시대의 망명 작가에 대해 커다란 관심과 애틋한 감정을 지니고 있음을 알려주는 대목이다. 특히 최인훈이 유달리 주목하는 세 사람의 망명 문인 조명희, 김사량, 김태준은 에드워드 사이드의 표현을 빌면, '망명의 윤리'를 자신의 삶과 글쓰기, 실천을 통해 스스로 보여준 작가에 가깝다. 망명 이후에 전개된 그들의 삶은 E.

H. 카가 *The Romantic Exiles*(『낭만적 망명자』)에서 묘사한 게르첸이나 오가료프 못지않게 험난하고 비극적인 여정이었다. 그렇다면 과연 무슨 이유 때문에 최인훈은 망명 문인들에게 그토록 주목하는 것인가.

우선 첫 번째로 그것은 식민지시대 문학의 어떤 결여와 연관된다. 최인훈이 보기에 제대로 된 망명문학의 부재야말로 식민지시대 문학의 상대적 빈곤을 가져온 중대한 요인에 해당한다. 아래 예문을 보자.

채만식이나 염상섭이 아니었다면 쓸쓸할 뻔한 문학사지만, 그들의 작품조차도 영혼을 뒤흔들 만한 것은 아니었다. 나는 그 중요한 이유가 그들이 국내에서 합법 공간에서 창작한 탓이라고 보고 싶다. 만일에 수많은 문인이 망명한다는 현실이 있었더라면 어떻게 되었을까? 우선 당대 한국의 현실이 유보 없이 풍부하게 다루어진 방대한 작품들을 가지게 되었을 것이 아닌가? 이름 없는 저항자들의 인생이 소설이나 시라는 형식으로, 비교할 수 없는 사실적 깊이를 지니고 정착되었을 것이다. 이것은 당대가 아니고서는 포착이 불가능한 측면이다. 이렇게 말할 때 혁명운동의 현장 기록성만을 말하는 것이 아니다.(2 : 74)

이처럼 최인훈은 식민지시대 문인들의 망명문학이 활발하지 않았다는 점, 그래서 검열제도에서 상대적으로 자유로운 망명문학이 그 풍부한 현실을 담을 여지가 부족했다는 점을 지적한다. 아울러 만약 당시에 망명문학이 활성화되었더라면, 그 망명문학이 검열을 통과한 작품이 도저히 보여줄 수 없는 당대의 격동적인 현실을 어떤 유보도 없이 생생하게 보여줄 수 있었을 것이라고 주장한다. 즉 "더 많은 그런 작품이 있었더라면 그 많은 고뇌와 슬픔과 또 기쁨들은 더 잘 기록됐을 것이다. 망명지에서 쓴다는 조건은 그렇지 않고는 얻지 못할 성격을 망명

작품에게 주었을 것"(2 : 280)이기 때문이다.

최인훈이 망명문인에 대해 주목하는 두 번째 이유로 최인훈의 삶 자체를 들지 않을 수 없다. 국경도시 함북 회령에서 출생한 그가 원산으로 이주한 후에 한국전쟁 때 원산항에서 미군 LST선을 타고 가족과 함께 월남한(망명한) 존재라는 점은 그의 평생을 지배한 자의식이다. 월남 이후 작가 최인훈은 늘 한 사회의 소수자 내지 망명자라는 자의식을 가지고 인생을 영위해왔다. 최인훈의 대표작 『광장』의 주인공 이명준과 『회색인』의 주인공 독고준은 공히 이북에서 월남한 존재로 망명자의 자의식을 뚜렷하게 간직하고 있다. 예를 들어 "이날 준은 근 한 시간이나 고문을 당했다. 그리고 이런 일은 그 후 심심치 않게 계속됐다. 그는 점점 더 망명자가 되었다"(『회색인』, 문학과지성사, 2008, 30면)는 대목이 그렇다. 『화두』의 주인공은 가족이 있는 미국에서 체류하며 아예 조국을 떠나 미국에 정착하는 삶을 상상하곤 하는데, 이 대목 역시 평생을 망명자라는 자의식을 지니고 살아온 작가 최인훈의 심리를 인상적으로 대변한다.

망명과 망명문인에 대한 최인훈의 깊은 성찰은 그의 문학과 글쓰기에도 커다란 영향을 미쳤다. 이와 연관하여 "망명자는 남겨두고 떠나온 것과 지금여기의 모두를 통해 사물을 보기 때문에 사물들을 고립시켜 보지 않는 중첩된 시각을 갖게 됩니다", "일반적으로 공공의 적을 반대하는 판단에 관한 단순한 쟁점에서 망명자의 이중적 시각은 서양의 지식인으로 하여금 훨씬 넓은 시야를 갖도록 만듭니다"[4]라는 관점을 눈여겨볼 필요가 있다. 이런 망명자의 태도는 최인훈에게도 유사하게 구현된다. 그가 한국현대사의 어떤 작가보다도 이념과 사상, 정치에 대한

---

4 에드워드 사이드, 최유준 역, 「지적 망명―추방자와 주변인들」, 『지식인의 표상』, 마티, 2012, 73~74면.

드문 균형감각과 복합적인 인식을 보여주고 있다는 점, 예를 들어『화두』에서도 확연히 드러나듯이 최인훈은 마르크스주의와 진보적 사상에 대한 격찬과 폄하 사이에서, 그 진보사상의 성취와 한계를 두루 헤아리는 냉철한 지적 균형 감각을 유지하고 있다는 점은 그가 '망명자의 이중적 시각'을 체득하고 있다는 사실과 긴밀하게 연관된다. 여기서 "자유로운 비평 능력과 민족이나 당파의 영향으로 약화되지 않는 지적 형식을 계발"하기 위해서는 "지식인의 망명 상태는 이로울 뿐만 아니라 어떤 의미에서는 필요하다"[5]는 시각을 참조하면, 작가 최인훈이야말로 한국지식사회에서 망명 지식인의 장점을 탁월하게 보여준 그런 존재가 아닐까 싶다.

4. 망명하지 못한 문인들 : 일상 속의 모색, 내부로의 망명

레이몬드 윌리엄스는 "망명자는 그가 속한 사회의 생활 방식을 거부한다는 면에서 반역자와 마찬가지로 단호하지만, 그것과 싸우는 대신 떠난다"[6]고 주장한다. 그렇다면 망명자도 못되고, 반역자도 아니지만 식민지 현실의 일상적 공간에서 글을 쓰는 작가는 어떠할까. 최인훈은『화두』에서 그 식민지의 현실에서 묵묵히 글을 쓰고 일상적 삶을 꾸릴 수밖에 없었던 문인들, 예를 들어 박태원, 이태준, 임화에 대해 앞에서 소개한 망명문인 이상의 애정과 관심을 보여준다. 조명희 김사량 김태준 등의 소수의 망명문인들에게 최인훈이 지녔던 감정이 경외라면, 망

---

5   빌 애쉬크로프트 · 팔 알루와리아, 윤영실 역,『다시 에드워드 사이드를 위하여』, 앨피, 2005, 89~90면.

6   레이몬드 윌리엄스, 성은애 역,『기나긴 혁명』, 문학동네, 2007, 152면.

명을 선택할 여지가 없었던 문인들에 대한 최인훈의 감정은 애잔함과 속 깊은 애정에 가깝다. 레이몬드 윌리엄스는 반역자와 망명자를 구분하면서, 이렇게 언급한 바 있다.

> 반역자는 사회의 가장 중요한 부분을 공격한다는 점에서 현실적인 위험에 더 많이 노출되어 있지만, 자신의 개인적인 가치들을 적극적으로 실현하면서 산다는 사실 때문에 어느 정도는 긍정적인 관계를 지니고 있다. 반면 진정한 망명자는 그냥 기다리는 것뿐이다. 그의 사회가 바뀌면 그는 고향으로 돌아갈 수 있겠지만, 실제적인 변화의 과정에는 개입하지 않는다. (…중략…) 자발적 망명자는 그가 태어난 사회 안에 살고 그 안에서 움직이기도 하지만, 자신의 개인적인 현실 전체를 걸고 있는 대안적인 원칙들로 인하여 그 사회의 목적들을 거부하고 그 사회의 가치관을 경멸한다. 반역자와는 달리 그는 이러한 원칙들을 위해 싸우지 않으며, 다만 지켜보고 기다릴 뿐이다. 그는 자신이 다르다는 것을 알고 있으며, 그의 활동은 이러한 차이점을 보존하고 그의 분리성의 조건인 개인성을 유지하기 위한 것이다.[7]

이러한 반역자와 망명자의 구분은 식민지 조선의 현실에서는 이론 그대로 구현되지 않는다. 조명희, 김사량, 김태준 등은 윌리엄스의 구분에 따르면 '반역자'에 가까우며, 박태원, 이태준이 오히려 망명자에 근접하는 태도를 보여준다.[8] 그들은 자신이 삶을 영위하는 사회 내부에 있으면서, 그 사회의 지배적인 가치관에 대해 회의하는 작가이다.

---

7 위의 책, 152~153면.
8 이렇게 보면 에드워드 사이드의 망명자 개념과 레이몬드 윌리엄스의 망명자 개념에는 분명한 차이가 존재한다.

『화두』에서 소설가 박태원이 지닌 의미는 아래와 같이 묘사된다.

> 그가 나에게 가지는 의미는 그의 「소설가 구보씨……」에서 표현된 동업
> 자로서의 친근함이었다. 그 상황하에서 나도 그쯤한 삶을 보냈을 것 같은
> 생각이 들게 한다. 그런 관심을 가졌을 듯하고, 그렇게 걸어다녔을 듯했다.
> (…중략…) 그가 묘사한, 자기를 포함한 동료 문학자들의 초상은 적극적,
> 소극적으로 저항하는 사람들은 아니지만 점령자들에게 적극적으로 협력
> 하는 사람들도 아니다. (…중략…) 적들이 점령한 땅에서 발행되는 자리에
> 서 쓸 수 있는 한계와 싸우고 있는 긴장이 보인다. 그 긴장이 문학예술에서
> 는 이른바 '예술성'이다. 나라 밖으로 나가지 않고, 표현 활동을 계속하자
> 면 이렇게 굴절될 수밖에는 없지 않았겠는가?(2 : 55)

이 대목에서 망명을 선택하지 못한 소시민 작가 박태원에 대한 최
인훈의 진한 애정과 공감을 발견할 수 있다. 저항과 협력 사이의 회색
지대에 놓여 있는 작가 박태원을 통해, 최인훈은 그의 또 다른 초상을
발견하고 있는 것이다. 작가는 망명 여부 그 자체를 준거로 하여 식민
지시대 문인을 평가하지 않는다. 선택으로 인한 진실은 복합적이기 때
문이다. 그래서 "국내 잔류가 옳으냐, 망명이 옳으냐 사이에서 양자택
일의 평가는 해서는 안 되리라. 그때는 결과적으로 어떤 국내저항인가,
어떤 망명저항인가, 그 내용에 달려 있다"(2 : 94~95)고 적는다. 또한 식
민지라는 현실 속에서 쓸 수 있는 한계와 싸우고 표현의 가능성을 타진
하는 과정을 통해 예술성이 생성된다는 대목을 특히 유의해서 봐야한
다. 이 구절은 검열을 비롯한 식민지에서 이루어지는 글쓰기의 본질과
그 제도적 문맥에 대해 심층적으로 사유하는 최인훈의 태도를 잘 보여
준다.

망명하지 못했지만, 식민지 현실 내부에서 소중한 문제의식을 보여
준 문인에 대한 최인훈의 깊은 애정은 임화에 대한 평가에서 대단히 인
상적으로 드러나 있다. 최인훈은 임화의 문학과 인생에 대해 다음과 같
이 적고 있다.

국내의 좌파문학은 30년대에는 완전히 억압당했다. 다만 임화 개인이
도달한 지점은 놀랄 만하다. 그의 굴복이 말해지지만, 그의 「조선신문학
사」 연작은 그의 최고의 달성임이 명백한 듯싶고, 그 저작이 해방 직전의
시점에서 쓰이고 있다는 것은 그의 이성이 얼마나 깨어 있었고, 논리의 형
식으로 역사에 봉사하겠다는 결의 속에 있었음을 간단히 증거하고 있다.
이 마지막 지적 걸작을 포함해서 그의 전 작품 — 시편들과, 실천평론들과
문학사 서술에 전제되고 있는 이론적 체계로 구성된 의식의 생산물은 해
방 전 우리 문학의 최고의 업적이다. 사람은 노예살이를 하면서, 폐병쟁이
노릇을 하면서도 이런 내면을 유지할 수 있다는 것은 그 이상 위안이 없고,
그가 동업의 선배라는 것은 그렇게 즐거울 수 없다. 그러나 그조차도 그의
재능을 다 꽃피우지는 못하였다. 망명자들의 활동은 이론 이전에 스스로 정당
했으나, 그 활동의 내면적 이론화가 활동 자체의 사실적 위대성만큼은 병행된 것
은 아니었기 때문에, 이 사정은 '사실'의 일방적 독주에 주박呪縛당할 소지가 되었
다. 그가 해방 후 이태준을 설득했던 논리 — 정치적으로는 자본주의를 포
섭한 사회주의라는 논리를 미학적으로도 이론화하는 작업이, 어쩌면 그
에게 더 좋은 환경이 보장되었다면 가능하지 않았을까, 하는 꿈을 꾸어 본
다.(2 : 76, 강조는 인용자)

임화의 문학에 대한 최인훈의 이러한 평가는 임화를 연구한 어떤
학자나 비평가 이상으로 적극적이며 호의적이다. KAPF의 수장이자,

식민지시대의 대표적인 마르크스주의 문학비평가이자 경향파 시인이었던 임화의 업적에 대한 평가는 연구자의 문학적 입장이나 취향에 따라 찬사와 비판이 다소 엇갈리고 있다는 점을 감안하면, 1994년 당시 이루어진 최인훈의 이러한 임화에 대한 극찬은 이례적이라 할만하다. 『임화문학예술전집』(소명출판, 2009)의 간행과 『임화 산문선집』(역락, 2012)의 발간, 「경성 산보도」(『국민신보』, 1939.7.30)를 비롯한 새로운 일문자료의 발굴로 인해 임화의 진면목과 비평가로서의 탁월성이 점점 제대로 알려지고 있는 추세를 미루어보건대, 당시 최인훈의 임화 평가는 어떤 선구적인 안목을 획득하고 있다.

위의 예문에서 강조된 '망명자들의 활동'에 관한 구절은 김사량이나 김태준과 같은 국경을 넘어 실제 망명한 문인이 아니라 문학적 망명, 말하자면 식민지시대의 진보적 문학을 의미한다. 최인훈은 임화가 실제 망명하지 못했지만, 임화의 글쓰기는 어떤 망명문학자 못지않게 뛰어나다는 사실을 전반적으로 지적하면서도 그 한계에도 눈길을 준다. 그래서 그에게 좀 더 좋은 환경이 주어졌다면 임화는 한층 진일보한 논리에 도달할 수 있었으리라는 가능성을 타진한다. "임화의 그 후의 운명도 그가 국내에서만 활동하였다는 사실에 의해 결정된 것이었다"(2:78)는 언급은 망명을 쉽게 선택할 수 없었던 식민지 문인의 비극적 운명에 대해 착잡한 생각을 하게 만든다. 이미 많은 연구가 이루어졌다시피, 임화는 일제 식민지 말기에 한편으로는 식민권력과 대화하거나 편승하면서(앞에서 인용한 "그의 굴복이 말해지지만"이라는 표현을 보라), 또 다른 한편으로는 식민권력을 비판하면서 내부로부터의 저항의 가능성을 타진해왔다.[9] 최인훈은 임화를 통해, 망명 / 망명하지 못함의 이

---

9 권성우, 『횡단과 경계』, 소명출판, 2008. 이 책의 1부 「임화의 저항과 현재성」을 참조할 것.

분법적 구도를 허물며, 저항과 협력의 관계, 그리고 망명과 망명하지 못함의 관계가 결코 단순하지 않다는 사실을 일깨우고 있다.

　한 사람의 식민지시대 문인으로서 임화가 밟아나갔던 도정은 "이들은 주류의 바깥에 남고자 하며 동화되지 않고 흡수되지 않으며 끝까지 저항합니다"[10]라는 차원의 투철한 저항이나 온전한 망명의 맥락과는 분명한 거리가 있었다. 그러나 동시에 임화는 제국주의 식민권력과의 대화, 전술적 제휴, 식민권력 문법을 비트는 방식의 전유를 통해, 망명을 하지 않은 상태에서 가능한 '비판의 길'을 끊임없이 모색했던 것이다. 바로 이런 대목을 해석해내는 작가의 혜안이 이십 여 년 전에 이루어진 『화두』의 임화 해석에 반영되어 있으며, 최인훈의 정치적 감각에도 스며들어 있다. 이런 감각이나 태도를 내부로부터의 저항이나 내부 망명자의 시선이라고 부를 수 있을 것이다.

5. '말년의 양식'과 『화두』의 의미

『화두』는 최인훈 문학의 말년의 대표작이다. 『광장』, 『회색인』, 『태풍』, 『서유기』 등의 소설과 희곡집 『옛날 옛적에 훠어이 훠이』, 그리고 산문집 『유토피아의 꿈』, 『문학과 이데올로기』를 통틀어 『화두』에서는 가장 자유롭고 파격적인 형식이 펼쳐진다. 물론 『태풍』이나 『서유기』 같은 소설도 첨예한 실험의식을 보여주고 있지만, 이 작품들은 실험이나 전위의 틀에 갇힌 안정된 양식에 가깝다. 이에 비해 『화두』는 한 소설이라는 장르 자체에 대해 근원적인 질문을 던지는 글쓰기에 해당한다. 단

10　에드워드 사이드, 최유준 역, 「지적 망명—추방자와 주변인들」, 『지식인의 표상』, 마티, 2012, 66면.

장에피그램, 에세이, 자서전, 논설문, 고백록, 신문기사, 연설문, 역사문건, 기행문 등의 다양한 글쓰기 형식이 자유자재로 스며들어 있는 이 소설은 그 어떤 장르에도 단일하게 귀속되지 않는다. 중심 스토리가 존재하지 않으며, 수많은 파편적인 일화의 불규칙한 나열에 가깝다. 굳이 장르를 특정하자면 『화두』는 전통적인 의미의 장편소설이라기보다는 자서전적 에세이나 회상록에 가깝다. 그렇기에 『화두』가 발표된 직후, 이 작품의 장르적 성격을 둘러싼 논쟁적 문제제기가 수행되었던 것이다.

그렇다면 최인훈은 왜 자신의 문학적 인생을 마감하는 말년의 대표작 『화두』에서 이러한 독특한 글쓰기를 선보인 것인가? 이와 연관하여 아도르노에 의해 창안되어 에드워드 사이드에 의해 중요한 비평적 개념으로 부각된 '말년의 양식late style'이라는 개념을 떠올려본다. 사이드는 이 개념에 대해 "아도르노는 1937년에 집필되어 1964년 음악 에세이 모음집 『음악의 순간』에 수록되었고 사후에 발간된 『음악 에세이』(1993)에 다시 실린 「베토벤의 말년의 양식」이라는 제목의 에세이에서 '말년의 양식'이라는 표현을 인상적으로 활용했다"[11]고 적었다.

아도르노와 에드워드 사이드가 주창한 '말년의 양식' 개념의 핵심은 이렇게 요약될 수 있겠다. 대체로 예술가들은 나이가 들수록, 즉 말년에 이를수록 안정과 조화에 이끌린다. 이와 반대로 말년에 이르러서도 전통이나 규범으로부터 자유로우며, 세상과 자신의 모순과 균열을 그대로 드러내는 예술가, 어떤 예술적 전통과도 굳건한 비타협적 태도를 견지한 예술가들의 상태를 진정한 말년의 양식에 도달했다고 표현한다. 형식적인 측면에서 보자면, 말년의 양식이란 생의 말년에 이르러 얻게 되는 자연스러운 양식적 귀결이 아니라, 비연속성, 단일한 중심에

---

11 에드워드 사이드, 장호연 역, 『말년의 양식에 관하여』, 마티, 29면.

의해 수렴되지 않는 삽화적 성격을 의미한다. 요컨대 말년의 양식은 안정과 규칙을 선택하는 예술이 아니라, 제도의 결을 거슬러 불규칙과 혼란을 있는 그대로 수용하는 태도이다.

이렇게 보자면 최인훈의 『화두』는 작가의 말년성이 이채롭게 빛을 발한 문제작이 아닐까. 에드워드 사이드는 베토벤의 음악을 해석하는 아도르노를 언급하면서 말년성의 형식에 주목한다. 그는 "베토벤의 말년의 작품에서 아도르노를 사로잡은 것은 바로 작품의 삽화적 성격, 연속적인 연결에 무심한 듯 보이는 특징이었다", "젊은 시절의 베토벤의 작품은 박력이 넘치고 유기적인 전체를 이루었지만, 말년으로 갈수록 정도에서 벗어난 유별난 음악이 되었다"[12]고 적고 있거니와, 『화두』야말로 유기적인 소설 미학, 전통적인 소설 미학과는 완전히 다른 층위의 소설에 해당한다. 그렇다면 다음과 같은 에드워드 사이드의 통찰이야말로 『화두』의 형식에 부합되지 않을까.

> 베토벤의 말년의 작품은 더 높은 종합에 의해 화해되거나 흡수되지 않은 채 남아 있다. 어떤 도식도 들어맞지 않으며 화해되거나 해결될 수 없다. 작품의 확고하지 않은 특성, 종합되지 않는 단편적 특성이 뭔가 다른 것의 장식이나 상징이 아니라 작품의 본질적인 구성물이기 때문이다.[13]

『화두』에서 무수하게 등장하는 파편적 회상이나 곁가지 에피소드는 단지 장식이 아니라, 이 작품의 '본질적인 구성물' 그 자체이다. 예컨대 작품 속에 산재한 근대문학이나 망명에 대한 서술, 마르크스주의에

---

12 위의 책, 31~32면.
13 위의 책, 34면.

대한 단상은 단지 지적 장식이 아니라 작품의 본질적인 요소이다. 얼핏
보면 한가한 객담으로 보일 수도 있는 그 일화가 최인훈 자신의 정체성
을 드러내기 위한 뜻깊은 의도의 소산이다. 말하자면 작품 곳곳의 파편
적인 에피소드가 바로 그『화두』의 핵심을 구성하고 있는데 바로 이것
이『화두』의 고유한 형식이다.

　『화두』의 형식과 연관하여 또 한 가지 염두에 두어야 할 사실은 에
세이 양식에 대한 것이다.『화두』는 현저히 에세이에 가까운 소설이다.
에세이 형식은 개념적 글쓰기나 형상적 재현의 한계를 넘어 삶과 세상
의 구체적 실상 속으로 파고들면서 자본주의 문화의 매개된 전체 모습
을 들추어낸다.[14] 이러한 의미에서 다음과 같은 에세이에 대한 사이드
의 언급 역시 최인훈이『화두』에서 펼쳐놓은 자유로운 글쓰기 스타일
과 연관하여 의미심장한 관점을 전달한다.

　　아도르노는 일차적으로 에세이스트였고, 에세이란 그에 따르면 "대상 속
　　에서 앞이 보이지 않는 캄캄한 것에 관심을 두는" 형식이며, "내밀한 형식적
　　법칙은 이단이다". 아도르노의 의미로 볼 때 에세이스트라는 존재는 당대의
　　유행하는 모든 것에 영원히 맞서 싸우고 화해하지 않는 사람을 뜻한다. 그
　　는 보통 "에세이가 당대에 갖는 의미는 시대착오에 있다"고 말한다.[15]

아도르노와 사이드의 시각으로 보면 진정한 에세이스트는 장르적
규범이나 법칙으로부터 자유로우며 당대 사회에 대한 비판적 사유를
지닌 사람을 의미한다. 이러한 의미에서 보자면 최인훈은 말년성의 의

14　테오도르 아도르노, 김유동 역,『미니아 모랄리아 — 상처받은 삶에서 나온 성찰』, 길, 2009, 13면.

15　에드워드 사이드, 장호연 역,『말년의 양식에 관하여』, 마티, 130면.

미를 온전히 체득한 에세이스트에 가깝다. 물론 최인훈의 말년의 형식과 사이드가 고찰한 베토벤, 장 주네의 말년의 형식이 그대로 부합되는 것은 아니며 그럴 필요도 없으리라. 예컨대 최인훈의 말년에는 어떤 파국이나 짙은 불화해의 그림자가 뚜렷하게 부각되지 않는다. 그러나 글쓰기의 형식이나 스타일, 그리고 자신만의 예술적 기준의 고수라는 기준에서 보면 최인훈은 결코 전통적인 문법이나 당대의 유행과 요구에 복종하지 않았다. 이러한 의미에서 그는 말년에 오히려 예술적 비타협을 훌륭하게 성취한, 말하자면 그만의 방식으로 '말년의 양식'을 보여준 드문 예술가이다. 말년의 최인훈은 전통적인 소설 규범과 제도적 형식에서 완전히 자유로운 상태에 도달한 것이 아닐까.

이 대목에서 새삼 다시 눈여겨볼 점은 『화두』에서 개진된 최인훈의 말년성이 '망명'의 형식과 연계되어 있다는 사실이다. 『말년의 양식의 관하여』의 머리글에서 마이클 우드는 "사이드에게 말년성은 '망명의 형식'이다"[16]라고 갈파한 바 있는데, 이러한 사이드의 태도는 그대로 최인훈의 태도와 접맥된다.

물론 사이드의 말년성과 최인훈의 그것에는 차이가 존재한다. 가령 "말년의 양식은 이렇게 예술이 자신의 권리를 포기하지 않고 현실에 저항할 때 생겨난다"고 주장했던 현실에 대한 저항의 맥락은 최인훈의 말년에 뚜렷하게 감지되지 않는다. 최인훈 역시 정치나 현실에 대해 커다란 관심을 지니고 있었지만 그것이 강한 저항적 의지로 발전하지는 않았다. 물론 이것은 두 거장의 스타일과 세계관의 차이에서 연유한다. 최인훈에게는 "낭만적 지식인은 조직력의 결여를 그 약점으로 갖고 있지만, 그것은 또한 장점이 되기도 한다. 왜냐하면, 조직력이 없기 때문

---

16 위의 책, 16면.

에 그는 싸움의 변두리로 밀려나지만, 그렇기 때문에 조직의 전체주의적 성격을 드러낼 수가 있다"[17]는 고독한 소수자의 감각이 투철한 저항의 덕목보다 더 소중하게 다가왔을 것이다. 아니, 최인훈은 그의 고유한 방식으로 늘 현실에 저항해온 것이 아닐까. 여기에 작품이 발표되었던 당대의 역사적 정황을 덧붙일 필요가 있다. 분단이라는 상황과 늘 마주할 수밖에 없는 남한의 예술가에게는 최소한의 합리적 지성을 유지하는 것조차 양심과 용기를 필요로 했다는 사실을 인식해야 한다. 요컨대 사이드와 최인훈의 차이는 개인의 스타일의 문제이기도 하지만, 동시에 그 둘을 둘러싼 정황의 차이, 즉 한국현대지성사의 어떤 특성에서 비롯되었던 것이다.

6. 새로운 말년의 양식을 위하여

에드워드 사이드는 "망명에 대해 상상하는 것은 기이할 정도로 흥미롭지만, 그것을 직접 체험하는 것은 끔찍한 일이다"[18]라고 적었다. 그렇다. 이러한 사이드의 발언은 망명이나 디아스포라를 주제로 글을 쓰는 연구자나 비평가에게도 그대로 적용될 수 있으리라. 우리가 '망명'에 대해 상상하거나 그에 대한 담론을 구사하는 것은 주류 이데올로기에 대한 저항의 감각을 동반하면서 쉽게 거부할 수 없는 매력으로 다가올 수 있다. 그러나 그 망명을 실제로 체험하는 것은 얼마나 고통스러운

---

17 김현, 『김현문학전집 15권─행복한 책읽기』, 문학과지성사, 1995, 30면.

18 Edward W. Said, *Reflections on Exile : Reflections on Exile and Other essays*, Harvard University Press, 2002, p.173.

일일 것인가. 아도르노에 의하면 "망명 지식인이란 모두 예외 없이 상처받은 사람이다. (…중략…) 망명 지식인의 고립감은, 질서가 잘 잡힌 단단한 그룹들이 형성되어 있고, 소속원에 대한 불신이 깊고, 낙인찍힌 타자에 대한 적대감이 강할수록 더욱 커진다."[19]

그 세대의 상당수의 사람들이 그러했겠지만, 최인훈은 한국 현대사의 질곡과 고난을 직접 체험했다. 한국전쟁 때 원산 부두에서 그가 가족과 함께 타고 온 LST선이 없었더라면 한국현대소설사는 조금 다르게 기술되었을지도 모른다. 그에게 '망명'은 절박한 실존의 의미 그 자체였으리라. "지식인의 망명은 쉼 없는 운동이며, 영원히 불안정한 타자가 되는 것입니다"[20]라는 명제는 최인훈의 방식대로 전유되어, 그만의 개성적인 글쓰기로 표출되었다.

최인훈의 『화두』는 끊임없이 새롭게 재해석될 필요가 있는 20세기 한국소설의 사상 지성석이며 개성적인 성과이다. 한국문학이 도달한 지성의 깊이와 사상적 넓이, 현대사에 대한 진중한 성찰은 이 작품에서 그 절정에 달한 듯싶다. 『화두』에서 펼쳐진 망명에 대한 성찰과 말년의 양식, 그리고 근대문학과의 대화는 『화두』의 예술성과 작가 최인훈의 정체성을 온전히 이해하기 위한 핵심적인 주제다.

최인훈이 박태원, 조명희, 이태준, 임화의 문학적 유산에 대한 진지한 탐색을 통해 그만의 고유한 문학세계를 일구어 나갔듯이, 최인훈 문학과의 본격적인 만남을 통해 한국의 현대소설은 새로운 갱신의 계기를 만나게 되리라. 그 만남의 시간은 다음과 같은 전언을 끊임없이 되새기는 도정이기도 할 것이다.

---

19 테오도르 아도르노, 김유동 역, 『미니아 모랄리아―상처받은 삶에서 나온 성찰』, 길, 2009, 52면.

20 에드워드 사이드, 최유준 역, 「지적 망명―추방자와 주변인들」, 『지식인의 표상』, 마티, 2012, 66면.

지식인이 실제의 망명 상태와 같이 주변화된 자, 길들여지지 않는 자가 되는 것은 권력자보다는 여행자에 가깝고, 관습적인 것보다는 임시적이고 위험한 것에 가까우며, 현 상황에 주어진 권위보다는 혁신과 실험에 가깝게 반응한다는 의미입니다. 망명자적인 지식인의 역할은 관습의 논리에 따르지 않고 대담무쌍한 행위에, 변화를 표상하는 일에, 멈추지 않고 전진해가는 일에 부응하는 것입니다.[21]

(2014)

---

21 위의 책, 77면.

30년의 사랑과 침묵에 대한
열 가지 주석

조세희론

1. 세월

1978년 6월 5일 억압적인 유신정권이 점차 그 종말을 향해 달려가던
시기에 문학과지성사에서 『난장이가 쏘아올린 작은 공』이라는 책이
출간되었다. 그해 2월에는 이른바 동일방직노동자 오물세례사건이 발
생했다. 한국 노동자의 열악한 위치를 상징하는 이 충격적인 사건을 소
재로 김민기는 노래극 〈공장의 불빛〉을 그해 겨울에 만들었다. 동일방
직 사건과 〈공장의 불빛〉 사이에 『난장이가 쏘아올린 작은 공』(이하 '난
쏘공'으로 칭함)이 존재했던 셈이다. 이를 통해, 『난쏘공』이 발표될 수밖
에 없었던 엄혹하고 암울했던 역사적 정황을 유추할 수 있겠다. 그로부
터 어언 30년이 넘는 세월이 흘렀다. 출간 당시에는 『난쏘공』이 그 후
한국문학을 그토록 오랜 시간 동안 강타할 고성능 다이너마이트가 되
리라는 사실을 아무도 짐작하지 못했으리라.

　한 세대에 이르는 그 삼십 년의 세월 동안 너무나 많은 변화들이 있

었다. 그동안 대통령이 일곱 번 바뀌었으며, 상전벽해桑田碧海라고 표현할 수 있는 엄청난 변천과 역사적 굴곡, 격동기의 현실이 존재했다. 그 사이에 18년 동안 장기독재를 자행했던 대통령의 피격, 쿠데타, 계엄, 학살, 탄압, 항쟁, 투쟁, 운동, 무수한 분신자살이 있었으며, 동시에 개혁, 민주화, 경제적 발전, 올림픽, 월드컵, OECD 가입, 남북평화협정도 있었다. 그런가 하면 우리는 그 삼십년의 언저리에서 사회주의의 몰락, 개혁의 좌절, 다양한 욕망의 분출, 새로운 반동화의 흐름도 목도할 수 있었다. 그리고 1978년에 중학교 3학년 때 '공부 못하면 공돌이가 된다'는 선생님의 문제적(?) 발언을 아무런 고민 없이 자연스럽게 수용했던 순진한 소년은 이제 '낭만적 망명'을 꿈꾸는 40대 중반의 비평가가 되어 이 글을 쓰고 있다.

그러나 생각해보면, 변하지 않는 것들도 물론 존재한다. 그중의 하나는 조세희의 『난쏘공』이 여전히, 아니 갈수록 독자들의 뜨거운 사랑을 받고 있다는 사실이다. 예를 들어, 2008년 7월에 인터넷 서점 YES24에서 독자 4만여 명이 참여한 설문조사를 실시한 결과, '네티즌 선정 '한국의 대표작가'' 1위에 조세희가 선정되었다는 사실은 『난쏘공』이 현재까지도 독자들의 마음에 커다란 파문을 던지고 있다는 사실을 분명히 보여준다. 그렇다. 포스트모던, 세계화, 다문화사회, IT강국, 세계 10대 경제대국, 엽기문화, 신세대문학, 인터넷문학 등 30년 전과는 사뭇 판이한 사회, 문화적 현실이 전개되고 있는 이 시대에도 『난쏘공』은 여전히 독자들의 뇌리에 영혼의 충격을 전달하고 있는 것이다. 조세희의 『난쏘공』은 세월이 흐를수록, 그 근본적이며 단단한 문제의식과 단아하면서도 서늘한 문체가 주목받고 있다. 어떻게 이런 일이 가능했던 것일까.

그 어떤 작품보다도 문학적 염결성에 기초하여 한 문장, 한 문장 수를 놓듯이 씌어진『난장이가 쏘아올린 작은 공』이기에, 삼십여 년이 지난 이 시대에도 여전히 독자들의 사랑을 받는 것이 아닐까. 그렇다면 1978년부터 2008년에 이르는『난쏘공』의 역사는 투철한 역사의식으로 무장한 장인정신이 독자들의 지속적인 사랑을 받은 희귀한 실례라고 볼 수 있겠다.

1983년 대학교 2학년 때『난쏘공』을 처음 접한 이래, 나는 지금까지『난쏘공』을 일곱 번 읽었는데, 그때마다 새로운 느낌과 신선한 감동을 받았다. 무릇 걸작이란 이런 것이 아닐까. 이 글을 쓰기 위해 이번에도『난쏘공』을 두 번 정독했는데, 이전에 읽을 때는 충분히 감지하지 못했던 새로운 미학적 전율을 느꼈으며 독특한 소설미학을 인식할 수 있었다. 읽을 때마다 신선한 느낌과 새로운 충격을 준다는 것이야말로 지금까지도 많은 독자들이『난쏘공』을 사랑하는 이유 중의 하나일 것이다.

2. 현재

『난쏘공』이 발간 30년이 지난 지금 이 시대에 독자들의 변치 않는 사랑을 받는 이유 중의 하나는 30년 전에『난쏘공』에서 제기된 수많은 문제들이 여전히 현재진행형이라는 사실 때문이 아닐까.『난쏘공』에서 지속적으로 제기된 근본적인 의제인 극심한 빈부격차는 이즈음 점점 확대되고 있으며, 수많은 비정규직 노동자들이 양산되면서, 계층 간의 벽은 더욱 단단해지고 있다.

표제작인 「난장이가 쏘아올린 작은 공」에서 난장이 가족을 누구보다도 따뜻하게 감싸 안고 그들과 함께 연대했던 지섭은 "사람들은 사랑이 없는 욕망만 갖고 있습니다. 그래서 단 한 사람도 남을 위해 눈물을 흘릴 줄 모릅니다. 이런 사람들만 사는 땅은 죽은 땅입니다"[1]라고 탄식하는데, 이러한 발언은 지금 이 시대의 우리에게도 커다란 울림과 통렬한 자기 돌아봄의 계기를 제공한다. 난장이의 큰아들 영수의 공책에 적혀 있었던 다음과 같은 대목은 또 어떤가.

> 나는 과거의 착취와 야만이 오히려 정직하였다고 생각한다. 햄릿을 읽고 모차르트의 음악을 들으면서 눈물을 흘리는 (교육받은) 사람들이 이웃집에서 받고 있는 인간적 절망에 대해 눈물짓는 능력은 마비당하고, 또 상실당한 것은 아닐까?(110)

『난쏘공』의 이러한 주장은 실상 이즈음 여러 논객에 의해 적극적으로 주창되는 '타자의 고통과 상처에 공감하는 능력'의 선구적 버전으로 볼 수 있다. 이미 30년 전에 조세희는 타자의 절망과 상처에 공감하는 능력의 중요성에 대해 뚜렷한 문제의식을 가지고 이를 문학적으로 형상화했던 것이다.

또한 「우주여행」에서 "지난 이 년 동안 자기가 무엇을 잘못했을까 생각했다. 그러나 아무것도 알아낼 수 없었다"(79)고 말했던 율사의 아들 윤호는 자기 각성과 현실 인식을 거쳐 「궤도 회전」에서는 "우리나라에서 십대 노동자에 대해 죄스러운 마음 없이 이야기할 수 있는 사람은 하나도 없습니다. 나도 마찬가지입니다"(166)라고 말하고 있는데, 여기서 십대 노동자를 비정규직 노동자나 시간강사로 바꾸면 그대로 이 시

---

1   조세희, 「난장이가 쏘아올린 작은 공」, 『난장이가 쏘아올린 작은 공』, 이성과힘, 2007, 108면. 앞으로 인용문 뒤에 있는 괄호 안의 숫자는 이 판본의 면수를 의미한다.

대 현실을 직시하는 메시지가 되지 않을까. 또한 "우리 삼남매는 공장에 가서 죽어라 일했으나 방세 내고, 먹고…… 남는 것은 없었다. 우리가 땀을 흘려 벌어온 돈은 다시 생존비로 다 나가버렸다. 우리만 그런 것이 아니었다. 은강 노동자들이 똑같은 생활을 했다"(218)는 영수의 인식은 이 시대 대다수 비정규직 노동자의 현실이 아닌가. 그런가 하면 「기계도시」에서 언급된 "바다에 떠 있는 기름을 서울 사람들은 보려고 하지 않는다"(185), "은강을 움직이는 사람들은 서울에 있었다. (…중략…) 수많은 공장, 그 공장을 움직이는 경영인들, 그리고 그 경영인들을 움직일 수 있는 사람은 서울에 있었다"(187)라는 대목이 상징하는 서울중심주의의 실상은 그 후 삼십 년 동안 더욱 공고해지고 심화된 것이 아닌가.

『난쏘공』에서 간헐적으로 등장하는 환경 문제와 생태 오염에 대한 저자의 날카로운 인식 역시 지금 이 시대의 심각한 생태 오염을 선구적으로 예견하는 듯하다. 이를테면 『난쏘공』의 무대 은강시, 난장이의 자식 영수, 영호, 영희가 다니는 공장이 있는 은강시는 폐수로 오염된 도시로 설정되고 있는데, "영희가 팬지꽃 두 송이를 공장 폐수 속에 던져놓고 있었다"(126)라는 상징적 표현은 바로 환경 문제를 가장 집약적으로 표상하는 대목이다. 아울러 "나는 공장 주변의 아이들이 자라면서 나타낼 질병의 증세를 생각했다. 은강 공업 지역이 저기압권에 들면 여러 공장에서 뿜어내는 유독 가스가 지상으로 깔리며 대기를 오염시켰다. 어머니는 은강에 온 후 계속 머리가 아프다고 했다. 호흡 장애·기침·구토 증상도 자주 일으켰다. 영희는 청력 장애를 일으켰다"(218)로 표현되는 은강시의 현실은 이제 대한민국 대부분의 도시에서 발생하고 있는 현상이 아닌가. 최근 한국타이어 노동자들의 의문의 집단사망 사건에서 볼 수 있듯이, 노동현장은 여전히 심각한 오염상태에서 자유롭지 않다.

요컨대 『난쏘공』이 발표된 지 30년이 넘는 세월이 지나갔지만, 지금 우리 사회는 『난쏘공』에서 제기되었던 수많은 문제들이 엄존하고 있고, 경우에 따라서는 악화되고 있다. 최근 삼성의 이건희 회장이 법원에서 사실상 무죄 판결을 받는 모습을 보면서 『난쏘공』에서 제기된 문제는 본질적으로 전혀 해결되지 않았음을 실감한다. 이즈음 일어난 논현동 고시원의 묻지마 살인사건은 절망과 경제적 늪에 빠진 수많은 사람들을 전혀 배려하지 않는 양극화 사회의 병폐를 뼈아프게 되돌아보게 만든다.

그렇다면 『난쏘공』이 유신시대와 광주민중항쟁, 6월 민주항쟁, 군부독재정권을 겪어보지 못한 이 시대의 젊은 독자들에게도 커다란 공감과 반향을 불러일으키는 이유는 무엇보다도 그들이 마주하고 있는 현실이 본질적으로 30년 전과 크게 다르지 않다는 사실에서 연유하는 것이리라.

3. 침묵

감히 말하건대, 소설가 조세희처럼 오랜 세월 동안 침묵과 은둔의 시간을 보내면서도 독자들의 오랜 사랑과 관심을 받는 작가를 지금까지 본 적이 없다. 나는 어떤 문학행사나 문인들의 떠들썩한 모임에서도 그를 조우한 적이 없다. 대신 그는 그 시간에 홀로 집에서 침묵하거나 사진을 찍기 위해서 집회현장과 거리와 공장, 탄광을 배회하고 있었던 것일까. 물론 침묵과 은둔은 취향이나 기질의 문제일 수 있다. 그러나 한 세대를 이어 그 문학적 이름을 얻고 독자들의 지속적인 사랑을 받아온 조세희의 경우에는 이와는 다른 맥락에서 바라볼 필요가 있다.

아마도 그에게『난쏘공』의 명성과 후광에 기대 후속 작품을 남발하는 방식으로 문단의 중심에 진입하는 기회는 무수히 있었을 것이다. 한 작품이 베스트셀러가 되었을 때, 대부분의 작가는 그 책의 성과에 기대 계속 새로운 작품을 발표하고자 하는 욕망에서 자유롭지 않다. 그러나 조세희는 그렇게 하지 않았다.『난쏘공』이후 조세희는 단지『시간여행』(1983), 사진 산문집『침묵의 뿌리』(1985)를 발표한 이후 이십 년 넘게 계속 침묵을 지키고 있다. 그 사이에 「하얀 저고리」를 시사월간지와 문예지에 연재하기도 했지만, 아직까지 단행본으로 묶이지 않았다.

물론 글을 쓰는 것이 직업인 전업작가에게 침묵 그 자체가 미덕일 수는 없다. 그러나 독자들의 커다란 사랑을 받은 연후에, 자신의 문학적 눈높이를 지키고자 하는 의도에서 나온 침묵, 많은 독자와 문인들의 기다림을 인지하면서도 끝끝내 문학적 자존을 지키기 위한 침묵은 너무나 많은 작품이 제도적으로 양산되고 때로 범작이 탁월한 문제작으로 추켜세워지는 이 시대에 글쓰기에 대한 준열한 태도로 마땅히 존중받아야 한다. 이렇게 볼 때 조세희의 침묵은 그 자신의 의도와 관계없이 이 시대 문학판과 문학산업에 대한 저항으로 작용하고 있다.

조세희는 사진작가 강운구에 대해 다음과 같이 적었다.

진정한 사진작가는 빼앗기지 않는다! 정치적인 압제와, 그 압제자들이 풀어놓은 욕망에 이중으로 포위된 동시대인들 속에, 큰 주택에, 큰 승용차에, 콘도미니엄이나 농가를 사 뜯어 고친 주말농장에, 한 사람이 천 평의 공간을 차지하는 골프장에, "우리도 이제 부르주아가 다 됐군!"이라고 누가 말하는 대학 동문회나 몸 불어난 중장년들의 어떤 모임자리에도 그는 없었다. 진정한 사진작가는 표현 욕구를 자극해 사랑을 퍼부을 수 있는 것

에만 무섭게 사로잡힐 수 있다.[2]

　　아마도 조세희 그 자신에게 바로 이 표현이 되돌려져야 하는 것이 아닐까. 그는 오랜 세월동안 문학상 시상식에도, 심사위원의 자리에도, 원로들의 덕담 자리에도 없었다. 대신 그는 늘 서재와 거리와 시위 현장과 탄식의 공간에 있었던 것이다. 달리 표현하면 조세희는 항상 동시대 역사의 현장에 있었다.

　　생각해 보면 아무 예술가에게나 '침묵'이나 '은둔'이라는 용어가 어울리는 것은 아닐 것이다. 평범한 소설가가 작품을 안 쓴다고 해서, 우리는 그가 침묵한다고 표현하지 않는다. 그러니 조세희가 침묵한다는 언급은 역으로 그에 대한 깊은 사랑과 기대의 표현이리라. 그러나 그는 그 기대와 사랑으로부터도 자유로워지고자 한다. 그렇다면 『난쏘공』의 「에필로그」에서 "지구에 살든, 혹성에 살든, 우리의 정신은 언제나 자유이다"(318)라고 말하는 수학교사의 선언은 그대로 조세희의 내면이 아닐까. 그는 자유로운 영혼이기에, 문단이라는 시스템에서 망명하여 은둔할 수 있는 것이 아닐까.

　　부박한 속도전과 물량주의가 판치는 이 시대 문학판에서, 문학적 침묵과 은둔을 묵묵히 견디면서도 끝끝내 느림의 미학을 온몸으로 보여주고 있는 조세희의 존재는 스스로 오롯이 빛난다.

2　조세희, 「영혼의 심장, 살아나는 집」, 『강운구, 우연 또는 필연』, 열화당, 1994, 10면.

4. 염결廉潔

조세희는 늘 자신의 삶이 지닌 아쉬움에 대해, 그리고 자신의 작품이 지닌 한계와 단점에 대해 말한다. 2002년 그는 문학평론가 이경호와의 대담에서 "나는 좋은 뜻의 어떤 말도 들어서는 안 되는, 어린 시절 말로 실패자입니다. 나는 무엇 하나 제대로 이룬 것이 없습니다"[3]고 말한 바 있다. 최근에도 조세희는 내게 끊임없이 자신의 작품이 지닌 한계에 대해 조곤조곤 말하곤 했다. 『난쏘공』에 대해서 그는 "물론 어렵다는 지적도 많았고, 한계가 너무 많은 작품이라는 말도 수없이 들었다. 내 '난장이'는 십만 백만의 한계를 가졌다", "책상 앞에 앉아 며칠 밤을 새우고도 제대로 된 문장 하나 못 써 절망에 빠졌던 것도 바로 나였다"(10)고 말한다.

나는 이 시대의 재능 있는 젊은 작가들이 이런 태도로부터 많은 것을 배우기를 마음 깊이 바란다. 『난쏘공』의 서문에 있는 다음 구절은 모든 문인과 예술가들이 가슴 깊이 되새겨야할 내용이리라.

> 나는 좋은 작품을 쓸 자신이 없었다. 이것 역시 괜한 이야기일지 모르겠는데, 그 당시 나에게 큰 감동을 준 예술가들은 이상하게도 뛰어난 작품을 남긴 것과 상관없이 개인적으로는 모두 불행한 삶을 살고 간 사람들이었다. 어떤 사람은 회의에 빠져 자기의 작품을 모두 없애버리라고 했고, 어떤 예술가는 절망에 차 자살을 했다. 스무 살 나이에 내가 제일 좋아했고 지금도 좋아하는, 많은 사람이 '인류의 자산'으로 칠 훌륭한 작품을 남긴 또 다른 예술가는 그의 시대가 대주는 고통들과 싸우다 지쳐 죽고 말았는데 그의

---

3 조세희 · 이경호, 「2.5세계의 불안한 나날」, 『작가세계』, 2002년 가을호, 18면.

장례식에 모인 사람은 가족을 포함해 여섯 명밖에 안 되었다.[4]

　　조세희의 문학적 염결성을 여실히 보여주는 대목이 아닐 수 없다. 아마도 이런 언급에는 역설적인 의미에서 자신의 글쓰기와 작품에 대한 깊은 자부심이 스며들어 있는 것 아닐까. 아니다, 그렇지 않다. 자신의 작품에 대한 그의 절망과 도저한 염결성은 조세희의 생래적인 기질에 가깝다. 차라리 이런 대목은 한 사람의 문인으로서 작가 조세희의 순정과 진정성을 상징한다고 보아야 한다.

　　그래서 앞의 예문은 『난쏘공』의 「에필로그」에서 학생들에게 교사가 말하는 대목, 즉 "나는 우리 모두가 공감할 수 있는 무엇을 글을 써서 제군에게 읽어주고 싶었다. 그러나 한 줄도 쓸 수가 없었다. 물론 나는 실망했다. 수학을 빼앗긴 것이 나에게는 너무 큰 슬픔이어서 한 문장도 바로 끝낼 수 없었다. (…중략…) 한 주전자의 커피와 한 말의 술을 마시면서 좋은 글을 못 쓰고 울기만 한 나를 이해하라"(316~317)는 교사의 부탁과 자연스럽게 접맥된다. "한 주전자의 커피와 한 말의 술을 마시면서 좋은 글을 못 쓰고 울기만 한 나"는 바로 소설가 조세희의 초상이다. 「칼날」에 등장하는 신애의 남편 현우는 "좋은 책을 쓰는 것이 가장 큰 소망이라던 남편은 단 한 줄의 글도 쓰지 못했다"고 묘사되고 있는데, 이 구절 역시 작가 조세희의 글쓰기에 대한 자의식이 간접적인 방식으로 드러난 대목이다. 작품 속의 인물을 통해서, 자신의 문학적 자의식과 결곡한 태도를 드러내는 조세희의 내면을 이해한다면, 그에게 왜 쓰지 않느냐고, 혹은 침묵에서 벗어나라는 얘기는 너무 쉬운

4　　조세희, 「작가의 말―파괴와 거짓 희망, 모멸의 시대」, 『난장이가 쏘아 올린 작은 공』, 이성과힘, 2007, 7면.

조언이 아니겠는가.

조세희는 "내가 생각하기에 작가에게 제일 어려운 것은 물론 좋은 글을 쓰는 것입니다. 두 번째로 어려운 일은, 안 쓰는 거예요. 세 번째로 어려운 일은 침묵입니다"[5]라고 고백한다. 그는 두 번째, 세 번째 선택은 자신도 해보았다고 말한다. 이런 그에게 좋은 글을 쓰는 것에 대한 갈망은 얼마나 오랜 세월 동안 절박하게 다가왔을까. 비평가와 독자, 동료 작가들이 아무리 글을 쓰라고 권해도 그는 자신이 설정한 기준에 미달하는 경우, 결코 작품을 쓰거나 발표하지 않는다.

말하자면 조세희는 어떤 경우에도 편한 길을 선택하지 않는 것이다. 그는 『당대비평』 창간사에서 "우리 『당대비평』은 앞으로 더 많이 고민하고, 무슨 일이 있어도 편함을 취하지 않겠다는 것을 여기서 약속드린다"고 썼는데, 이 구절에는 그의 성정과 태도가 전형적으로 드러나 있다. 후배들과 함께 만드는 잡지가 그 정도일진대, 글쓰기에 관해서라면 조세희는 지금까지 그보다 한층 원칙적이며 깐깐한 태도를 취해 왔다. 바로 그 염결성 때문에 그는 지금까지 시종일관 엄격한 자의식 속에서 살아온 작가인 것이다.

물론 모든 문인과 예술가가 조세희가 밟아온 그런 고통스럽고 힘든 길을 따라 갈수는 없을 것이다. 조세희의 글쓰기 자세와 투철한 장인정신, 엄정한 자의식 등이 어떤 부류의 문인들에게는 시대착오적으로 보일지도 모르겠다. 그러나 소수의 몇몇 예술가들은 이런 길을 기꺼이 걸어야 하는 것이 아닐까. 그리고 비평가들은 이런 문인과 작가들의 편에 서야 하는 것 아닐까.

역설적인 의미에서 그 누구도 조세희가 지금까지 보여준 그 고요하

---

5 조세희 · 이경호, 「2.5세계의 불안한 나날」, 『작가세계』, 2002년 가을호, 32면.

면서도 담대하고 단아하면서도 치열한 문학적 여정을 감내하지 않으려는 데서 바로 이 시대 한국문학의 어떤 위기와 한계가 초래된 것은 아닐까. 그렇다면 미학적 장인정신과 진지한 역사의식을 고리타분하게 생각하는 문단 일각의 착각을 단호하게 부정하는 증거가 바로 『난장이가 쏘아올린 작은 공』일 것이다. 이러한 의미에서 30여 년 만에 비로소 이루어진 『난쏘공』 백만 부 발간은 지금 이 시대 문학과 글쓰기의 태도에 대한 근본적인 성찰의 계기를 부여하리라.

5. 사진

『침묵의 뿌리』를 처음 접하던 1985년의 어느 가을날을 나는 아직도 잊을 수 없다. 그 먹먹한 충격이라니. 한마디로 말해 사진의 힘이라는 것이 바로 이런 것이구나 하는 생각을 했던 것으로 기억한다.

조세희가 『난쏘공』, 『시간여행』의 세계 이후에 『침묵의 뿌리』로 상징되는 사진의 세계로 나아간 것은 과연 무슨 이유인가. 아래의 글은 그 일단의 정황을 추측하게 해준다.

사회학이 한창 유행하고 그것이 문학예술을 이야기하는 자리에서도 자주 원용될 때, 인간과 사물을, 또는 자기 시대의 현실 문제를 담아 비춘다는 의미에서 소설을 거울에 비유한 어떤 사람의 글을 읽으며 나는 소설이 아닌 사진 생각을 한 적이 있다. 사진은 톱니바퀴와 지렛대가 쓰인 기계를 사용해야 되는 유일한 예술이다. 그 기계에 거울이 들어 있다.[6]

6   조세희, 「영혼의 심장, 살아나는 집」, 『강운구, 우연 또는 필연』, 열화당, 1994, 7면.

세계의 상처를 거울처럼 보여주는 사진예술의 반영적 특성을 조망하는 조세희의 시선은 한국의 대표적인 사실주의 사진 예술가인 강운구와 최민식에 대한 각별한 관심으로 향한다. 다른 문인들의 책에도 발문을 거의 쓴 적이 없었던 조세희가 강운구 사진집과 최민식 사진집에 발문을 썼다는 사실은 그가 얼마나 사진이라는 예술에 대해 지대한 관심을 지니고 있는가를 확연히 보여주는 징표이다. 그는 리얼리즘 문학이 보여줄 수 있는, 혹은 제대로 보여주지 못한 세상의 어둠과 고통, 상처, 절망을 사진이라는 예술이 효과적으로 담을 수 있다고 생각한 것이 아닐까. 그래서 조세희는 "최민식의 사진을 볼 때마다 나는 우리가 이미 겪었던 일과 지금도 겪고 있는 일, 그리고 그것이 크고 깊어 무엇으로도 감출 수 없는 우리의 상처에 대해 말하고 싶어진다"고 털어놓는다.

그렇다면 조세희가 사진이 지닌 심미적 기능에 대해 별다른 가치를 부여하지 않는 것은 자연스러운 태도이다. 조세희는 최민식 사진집에 수록된 글에서 "최민식은 바로 이 악몽과 같은 우리 땅 현실과 맞서며 사진가가 된 사람이다. (…중략…) 사진은 무엇보다도 예술적이기 때문에 먼저 아름답지 않으면 안 된다는 심미주의자들에 둘러싸여 이 어려운 작업을, 그것도 사십육 년 동안이나 계속해 온 유일한 작가로 나는 최민식을 이해해 왔다"[7]면서 최민식의 사진이 지닌 사회적 맥락에 대해 높이 평가한다. 아울러 조세희는 강운구의 사진에 대해서도 "그가 사진을 찍으러 가는 것은 그것이 바로 자신의 진실과, 자기가 뜨겁게 사랑하는 것들, 자신을 키워 준 사람들, 그들의 생활, 노동, 그리고 그 모든 것에 들어 있는 영혼에 가는 것이었다"[8]고 적은 바 있다.

7 조세희, 「종이거울 속의 슬픈 얼굴」, 『최민식』, 열화당 사진문고, 2003, 4~5면.
8 조세희, 「영혼의 심장, 살아나는 집」, 『강운구, 우연 또는 필연』, 열화당, 1994, 17면.

조세희 자신의 사진에 대한 생각 역시 이러한 사회적 역할을 사뭇 강조하고 있다. 그는 『침묵의 뿌리』 서문에서 "작가로서가 아니라 이 땅에 사는 한 사람의 '시민'으로서 그동안 우리가 지어온 죄에 대해 말하고 싶었다"[9]고 언급한다. 그리고 "내가 찍어온 사진들은 문화생활을 할 수 있게 된 대도시의 이른바 신중산계층의 시민들이 이미 손 흔들어 작별했다고 믿는 30년 전 것, 즉 50년대의 풍경을 그대로 되돌려다 놓은 것 같았다"[10]고 말하면서 사진 예술을 통해 명확한 사회적 메시지를 전하고 있다.

생각해보면 조세희에게 무엇보다 중요한 것은 현실의 모순과 세상의 상처를 어떤 방식으로 보여줄 수 있는가에 대한 고민이었다. 그래서 그는 소설이 효과적으로 전달하지 못하는 탄광촌 사북의 모습을 바로 사진이 담을 수 있다고 생각한 것이 아닐까. 그러므로 그에게 소설이냐, 사진이냐는 선택은 중요하지 않다. 문제는 세상의 상처와 절망을 있는 그대로 보여주는 예술의 역할인 것이다. 그는 90년대 내내 줄곧 시위현장에 있었으며 2000년대 이후에도 마찬가지였다. 그 뜨거운 현장의 순간을 사진으로 기록하는 것이 그에게는 또 다른 방식의 소설이었다.

---

9   조세희, 『침묵의 뿌리』, 열화당, 1985, 11면.
10   위의 책, 40면.

6. 불화

조세희는 자신이 살았던 시대를 한 번도 정상적이거나 충만한 시대로 기억한 적이 없다. 그는 늘 시대와 불화하면서 시대에 대한 성찰을 통해 자신의 글감과 사진감을 얻어왔다. 이를테면 『난쏘공』 '작가의 말'에서 "아직 젊었던 시절 칠십 년대와 반목했던 것과 같이 나는 지금 세계와도 사이가 안 좋다. 내가 작가가 안 되었더라면 젊음을 다 잃어버린 나이에 자기 시대, 그리고 동시대인 상당수와 불화하는 불행한 일은 안 일어났을지도 모른다"(7)고 말한다. 그런가 하면, 「칼날」에 등장하는 신애는 "아버지는 전 생애를 통해서 그의 시대 · 사회와 불화했던 사람이다"(34)라고 묘사한다. 이 신애의 아버지는 조세희의 또 다른 모습이 아닐까.

조세희는 강운구 사진첩 말문에서도 나음과 같이 고백한다.

> 쿠데타 제2세대의 집권기는 대중이 중요하게 생각하는 성공이나 실패, 또는 승리와 패배를 초월해 살겠다는 사람들, 특히 무슨 일이 있어도 악을 편들지 않고 끝까지 자기 자신의 세계와 진실을 지키며 '파괴를 견디겠다'는 고집불통 예술가들에게는 유난히 힘이 든 어려운 시기였다.[11]

그 역시 어떤 예술가 못지않게 그 시대를 유난히 힘들게 영위해 온 것이 아닐까. 시대와 불화하는 예술가들의 특징은 그들이 한결같이 진실을 갈구하는 인물이라는 점에 있다. 「칼날」에 등장하는 신애의 남편이 바로 그렇다. 그 진실을 향한 풍경은 다음과 같이 묘사되고 있다.

---

11 조세희, 「영혼의 심장, 살아나는 집」, 『강운구, 우연 또는 필연』, 열화당, 1994, 9면.

아들은 아버지의 영향을 너무 많이 받았다. 아들은 아버지에게서 물려받은 생각 때문에 고통을 받을 것이다. 너무나 바르고 너무나 옳은 그 생각들은 아들을 또 얼마나 괴롭힐 것인가? 사회에 나갔을 때 아들은 무서운 혼란을 맞을 것이 뻔했다.(40)

조세희에게 문학은 다름 아닌 진실을 마주하는 과정일 터인데, 그것은 현실에 대한 분노와 맞닿아 있다.

7. 분노

이 시대를 지식인이 분노를 잃어버린 시대로 규정한 몇몇 논자들의 글을 읽으면서 내가 가장 먼저 생각한 사람이 바로 조세희였다. 그는 지금도 세상에 대한 분노를 달고 살아간다. 대개 그렇듯이 젊은 시절에는 누구나 세상에 대한 분노와 개혁의 목소리를 내지만, 세월이 흐른 뒤에는 체질적인 보수주의자로 변하기 마련이다. 누구나 그 과정을 자연스럽게 여기는 사회이다. 그러나 조세희의 세상에 대한 분노, 정의와 진실을 가리는 집단에 대한 증오는 화갑의 나이를 훌쩍 넘긴 이즈음까지도 여전히 변함없이 지속되고 있다. 표현컨대 분노는 그에게 생의 원동력이 아닐까. 그런데 바로 그 분노로 인해 조세희는 너무나 힘든 시간을 겪었다.

그는 "이것은 개인적인 경험이지만, 분노와 증오 때문에 나는 건강을 해치고, 글을 해치고, 그것이 지나쳐 감정에 잡아먹히기까지 했었다. 감정에 잡아먹힌다는 것은 예술을 던져버린다는 말의 다른 표현이다"[12]라고 말한 바 있다. 조세희는 2002년의 대담에서 "그것이 무엇에 대한 것이든 분노와 증오가 가슴 안을 꽉 채워 이 상태에선 마지막 조금만 더 써넣으면 될 글을 끝내기도 정말 어렵다"[13]고 털어 놓는다. 그에게 이제 세상에 대한 분노를 거두고 당신과 완연히 다른 사람들의 선택에 대해서도 감싸면서 이해하라고 말하고 싶기도 하다. 그런데 그 마음의 다른 한편으로는, 세상에 대한 분노를 잃어버린 조세희는 더 이상 조세희가 아닐 수도 있다는 생각이 스친다.

이러한 사회적 분노가 있었기에, 그가 1997년 창간된 사회비평지 『당대비평』에 참여하여 다음과 같은 창간사를 기꺼이 쓸 수 있었던 것이 아닐까.

20세기를 우리는 끔찍한 고통 속에서 보냈다. 백 년 동안 우리 민족은 너무 많이 헤어졌고, 너무 많이 울었고, 너무 많이 죽었다. 신은 익에 겼다. 독재와 전제를 포함한 지난 백 년은 악인들의 세기였다. 이렇게 무지하고 잔인하고 욕심 많고 이타적이지 못한 자들이 마음 놓고 무리지어 번영을 누렸던 적은 역사에 없었다. 다음 백 년의 시작, 21세기의 좋은 출발을 위해서라도 지난 긴 세월의 적들과 우리는 그만 헤어져야 한다.(『당대비평』 창간호, 생각의나무, 1997, 17면)

조세희는 25년 전에도 『시간여행』에 수록된 「과학자」라는 제목의 짧은 글에서 "나는 증오에 대해 썼다. 물론 그 증오는 사랑의 결핍이 낳

---

12 위의 책, 11면.
13 조세희 · 이경호, 「2.5세계의 불안한 나날」, 『작가세계』, 2002년 가을호, 32면.

은 것이다. 사랑이 없는 불행한 세계가 나의 공격 목표였다"[14]라고 적은 바 있는데, 이 대목은 그의 분노와 증오가 궁극적으로 사랑을 잃어버린 세상을 향한 것임을 일깨운다. 그렇다면 조세희의 분노는 역설적으로 세상에 대한 지극한 사랑의 표현이리라. 조세희 고유의 사랑방식에 의하면 분노를 잃어버린 사람은 세상을, 사회를, 공동체를 사랑하지 않는 사람들이다. 지금으로부터 23년 전, 유시민은 법정에 제출한 「항소이유서」를 "슬픔도 노여움도 없이 살아가는 자는 조국을 사랑하고 있지 않다"는 네크라소프의 시구로 맺은 바 있다. 분노가 지닌 진정한 의미에 대해서라면 유시민 이전에 조세희가 있었던 것이 아닐까.

과연 언제쯤 그의 분노가 누그러지는 시대가 올까. 그 시대는 행복한 시대일까?

8. 신애

『난쏘공』에 등장하는 주요 인물들 중에서 개인적으로 가장 공감할 수 있었던 캐릭터는 「칼날」, 「육교 위에서」의 신애이다. 이제 내 주위에서 난장이, 앉은뱅이, 꼽추를 조우하는 것은 점점 힘들어진다(이 점은 그나마 긍정적으로 생각해도 될 것 같다). 지섭과 윤호와 같은 인물도 이 시대의 현실에서 점점 소수파로 변하고 있다. 은강그룹 오너 가족들은 나에게 완전히 딴 세상 사람들이다. 영수, 영희, 영호와 같은 사람들은 지금도 여전히 많다. 그러나 내가 그들을 온전히 이해하고 있다고 말하는 것은 분명 오만일 것이다. 가끔은 『난쏘공』에 등장하는 교사의 역할에 버

---

14 조세희, 「신에게는 잘못이 없다」, 『시간여행』, 문학과지성사, 1983, 151면.

금가는 '인식의 충격'을 학생들에게 선사해야 한다고 생각하지만, 내게 그런 능력이 있는지는 모르겠다.

지금 내 나이와 같은 『난쏘공』 속의 신애는 등장인물 누구보다도 많은 생각과 고민을 하게 만든다. 물론 나는 난장이를 폭행하는 사내를 칼로 찌른 신애의 과감한 행동을 따를 만큼의 용기는 없다. 생각해보면 신애가 보여준 타자의 절망과 고통에 대한 공감의 능력도 내게는 없는 듯하다. 과연 「칼날」의 신애처럼 펌프집 사내에게 맞아서 피범벅이 된 난장이에게 "저희들도 난장이랍니다. 서로 몰라서 그렇지, 우리는 한편이에요"(57)라고 담담하게 말할 수 있을까. 그럴 수 있기를 바랄 뿐이다. 난장이의 처지와 고통을 이해하고 공감하며, 그를 돕기 위해서 기꺼이 실천하는 신애의 마음이야말로 지금보다 더 좋은 세상을 만드는 과정에서 절실하게 필요한 것이 아닐까.

이 시대의 낳은 사람들은 신애의 동생 친구가 보여준 길을 걸어가고 있다. 그는 대학시절 정권에 저항했던 자신에게 상처를 주고 회유했던 그 사람 바로 옆 자리에서 일하고 있는 것이다. 현재도 마찬가지다. 신애 동생의 친구와 같이 대학시절 누구보다도 선두에서 민중과 역사를 얘기했던 사람들 상당수는 지금 그 반대의 길을 가고 있다. 『난쏘공』은 이후 한국 사회의 많은 지식인들이 밟아나간 그 유구한 배반과 변절의 길에 대해 정확히 예견하고 있는 것이 아닐까. 조세희는 이 대목에 대해 이렇게 묘사하고 있다.

> 친구의 낙원은 언제나 따뜻했다. 비싼 그림도 사다 걸었다. 곧 아내와 아이들을 위한 승용차도 갖게 될 것이다. 그러나 신애는 행복이라는 말을 빼어놓는다. (…중략…) 동생의 아이들이 사진 속에서 웃고 있었다. 사람을 제일 약하게 하는 것들이 아무것도 모르는 채 웃고 있었다.(158)

신애의 관점에서 볼 때, 동생의 친구가 획득한 물질적 풍요는 진정한 의미의 '행복'과는 거리가 먼 가짜 행복에 가깝다. 그러나 신애의 이런 생각이 언제까지 지속될지는 아무도 모르는 일이다. 웃고 있는 동생의 아이들을 위해서 모든 것을 해줄 수 있는 그 마음이 바로 동생 친구가 유혹에 넘어갈 수밖에 없었던 그 마음이기에. 지금 이 시대에 신애가 존재한다면 그녀는 어떤 생각을 할까?

신애가 빠진 『난쏘공』도 물론 한 권의 소설이겠지만, 그 소설은 훨씬 앙상하고 거친 작품일 것이다.

9. 미완

조세희는 「시간 여행」이라는 중편소설의 끝자락에서 "다음 이야기를 자세히 이끌어갈 능력이 지금의 나에게는 없다. 1999년이나 2009년, 늦어도 2019년까지는 생략한 부분을 채워 넣을 수 있을지 모른다. 그 사이에 또 한 세대가 흘러갈 것이다"[15]라고 말하면서 실제 이 대목 바로 뒤에 "몇 장 생략"이라고 표시하고 있다. 놀라운 점은 「시간 여행」이 발표된 것이 1983년이라는 사실이다. 그렇다면 조세희는 빨라도 16년 후에야 이 작품을 보완하겠다는 얘기를 하고 있는 셈이다. 작품 발표로부터 25년이 지난 2008년 현재 「시간 여행」의 그 대목은 아직 보완되지 않았다.

물론 이러한 대목을 작가적 태만이나 불성실로 바라볼 수도 있을 것이다. 그러나 그렇게만 보기에는 조세희가 「시간 여행」 이후 살아온

---

15 조세희, 「시간 여행」, 『시간 여행』, 문학과지성사, 1983, 247~248면.

인생과 그의 건강문제는 그 세월이 단지 태만의 세월이 아니었음을 웅변하고 있다. 「연극」이라는 짧은 글에서 행해진 "나는 몸이 약해 빨리 쓸 수가 없어"[16]라는 고백은 실제 저자 자신의 글쓰기 기질이자 존재론적 조건일 것이다. 더군다나 어떤 작가보다도 작품에 대한 독자들의 기대수준이 높은 상황에서 조세희는 커다란 부담을 지닐 수밖에 없었으리라. 1987년 『월간중앙』에 연재하다가 중단되어, 1991년 『작가세계』에 다시 연재되었던 「하얀 저고리」 역시 결말만 남긴 채 아직 미완 상태이다.

조세희는 1980년 광주민중항쟁의 역사적 기원을 다룬 이 장편소설을 2002년 『작가세계』 특집과 함께 간행하고자 하는 의지를 지니고 있었으나, 그의 결벽증과 건강문제로 인해 「하얀 저고리」는 아직까지도 완간되지 못했다. 『난쏘공』 30주년을 기념하는 올해까지 「하얀 저고리」를 간행하고 싶다는 그의 간절한 열망이 이루어지기만을 바랄 뿐이다.

10. 바람

지금 이 시대 사회와 정치적 현실이 돌아가는 추세를 보면, 정말 이제야말로 조세희가 견지해왔던 치열한 비판정신이 절실하게 요구되는 것이 아닌가. 지난 10년간 우여곡절을 통해 조금씩 진전해 온 민주주의의 역사와 남북관계의 진전은 한순간 부정되고 있으며, 기본적인 언론 자유가 침해받기 시작했다. 대부분의 언론은 이제 정권의 나팔수가

---

16 조세희, 「연극」, 『시간여행』, 문학과지성사, 1983, 136면.

될 준비를 하고 있다. 이와 같은 퇴행적 현실과 민주주의의 후퇴에 대한 진지한 성찰을 보여주는 문학작품은 그다지 보이지 않는다.

미국의 서브 프라임 사태에서 촉발된 경제위기는 우리 사회의 양극화를 심화시키고 있으며, 수많은 영세 자영업자들의 몰락과 불안정한 비정규직 근로자의 양산을 부채질하고 있다. 취업에 모든 것을 건 대부분의 대학생은 전공과 관계없이 고시 공부나 공무원 시험에 전념하고 있으며, 이른바 88만원 세대가 급속도로 증가하고 있다.

그렇다면 한마디로 이 시대는 다시금 조세희를 커다란 분노로 이끌고 있는 것이 아닐까. 궁극적으로 사랑을 위한 과정이라 하더라도 이제 곧 칠순을 바라보는 그에게 분노는 건강을 악화시킬지 모른다. 세상이 동요하고 정의롭지 못하면 그는 늘 분노하고 아프다.

조세희는 문학의 윤리적 책무와 사회적 과제에 대해 그 어떤 작가보다도 성실하게 고뇌했던 소설가로 기억될 것이다. 그의 문학에는 이 시대 우리문학이 잃어버린 문학의 사회적 대응과 성찰이 가장 밀도 깊은 방식으로 녹아있다.

이제 그가 글을 쓰거나 사진을 찍을 수 있는 시간이 이전보다 많이 남지 않았다는 사실은 우리를 안타깝게 한다. 그가 지금까지 지켜온 세상에 대한 관심과 사랑의 힘으로 조세희 문학이 영예로운 결실을 맺을 수 있기를 기원한다. 그래서 그가 보여준 사랑과 분노가 세상을 차차 변화시켰음을 『난쏘공』을 읽은 수많은 사람들이 알게 되기를 염원한다. 『난쏘공』은 무엇보다 아래와 같이 세상에 대한 사랑을 전하는 소설인 것이다.

나는 그날 밤 아버지가 그린 세상을 다시 생각했다. 아버지가 그린 세상에서는 지나친 부의 축적을 사랑의 상실로 공인하고, 사랑을 갖지 않은 사람 집에 내리는 햇빛을 가려버리고, 바람도 막아버리고, 전깃줄도 잘라버리고, 수도선도 끊어버린다. 그 세상 사람들은 사랑으로 일하고, 사랑으로 자식을 키운다. 비도 사랑으로 내리게 하고, 사랑으로 평형을 이루고, 사랑으로 바람을 불러 작은 미나리아재비꽃줄기에까지 머물게 한다.(233)

지금 이 시대야말로 위의 예문에서 조세희가 말한 사랑의 정신이 필요할지도 모른다. 아마도 가까운 미래까지도 포함하여.

(2008)

리얼리즘의 기품과
아름다움

김원일과 조갑상의 신작장편에 대해

1. 두 편의 소설이 준 감동과 여운

2014년 2월 10일 현재 1,130만 명의 관객을 돌파한 영화 「변호인」에서 고문경감 차동영은 주인공인 변호사 송우석에게 이렇게 말한다. "변호사 양반 당신 눈엔 6·25전쟁 끝난 것 같지? 휴전이야 휴전, 잠시 쉬는 거라고. 근데 요새 사람들은 배부르고 등따시니깐 전쟁이 끝난 줄 알아." 이 음침한 목소리가 결코 영화적 과장만은 아닐 것이다. 오히려 이 질타의 목소리는 이즈음 우리가 목도할 수 있는 한국사회의 괴물성과 자주 은폐되곤 하는 정치적 무의식, 편 가르기의 기원을 적확하게 상징하고 있는 것이 아닐까. 최근에 한겨레신문에 만화 『인천상륙작전』을 연재하면서 1·2권을 출간한 『이끼』와 『미생』의 만화가 윤태호는 출간 인터뷰에서 이렇게 자신의 견해를 피력한 바 있다. "한국전쟁을 잊혀진 과거 정도로 생각하는 젊은 독자들에게 한국전쟁은 아직 끝나지 않았고 진행 중임을 보여줄 생각이다. 세대 간 갈등 역시 최근 나타난 새로운 사건이 아니라, 과거청산이 제대로 이뤄지지 않은 해방 이후부터 지금까지 이어져 오는 것이란 점을 이야기하고 싶다." 각기 다른 관점에서 이루어졌지만 차동영과 윤태호의 발언은 우리 사회의 여러 문제점과 모순의 배후에 있는 중대한 원인 중의 하나를 선연하게 끄집어내서 환기시킨다. 그렇다. 한국 전쟁은 아직 끝나지 않은 것인지도 모른다. 곰곰이 생각해보면 이 시대의 한국 사회를 지배하고 있는 양극화, 극단적인 이념 갈등, 세대 간 단절, 배제와 증오의 정치학, 일베 신드롬, 통합진보당 이석기 의원 20년 구형으로 상징되는 일련의 사태, 친일의 프레임과 반공주의의 프레임이 대결하고 있는 현실 등은 궁극적으로 한국전쟁과 분단을 그 역사적 기원으로 하고 있는 정치적·문화적 현상일 터이다.

나는 최근에 두 편의 장편소설을 읽으면서도 한국전쟁이 아직 끝나지 않았음을 또렷하게 실감할 수 있었다. 김원일의『아들의 아버지』와 조갑상의『밤의 눈』이 그것이다. 이 두 작품은 한국전쟁의 그림자가 우리의 가족사와 일상, 세계관, 정치적 무의식, 세상살이에 얼마나 짙게 드리워져 있는가를 여실히 보여주고 있다. 분단, 한국전쟁은 이미 케케묵은 스토리가 아니냐는 독자들에게 김원일과 조갑상은 그렇지 않다고, 창작의 차원에서 분단과 한국전쟁은 '영원히 마르지 않는 샘물'이라고 작품 자체를 통해 말하고 있는 듯하다. 물론 분단과 한국전쟁을 소재로 했다고, 그 자체로 좋은 작품이 될 리는 없다. 주목할 점은 이 두 편의 장편소설이 최근 수년 간 발표된 수많은 작품과 견주더라도 근래 보기 드문 문학적 감동을 선사하고 있다는 사실이다(『밤의 눈』은 창비가 주관하는 제28회 만해문학상을 수상했다). 두 작품을 통해 오랜만에 튼실한 정통 리얼리즘 소설미학을 향유할 수 있었거니와, 소설을 읽으면서 느낀 감동과 쾌락, 문학적 여운을 좀 더 자세하고 구체적인 비평언어로 서술하고 싶다는 순수한 욕망을 느꼈다.

이 글은 『아들의 아버지』와 『밤의 눈』 두 편의 장편소설에 대한 탐구를 통해, 소설에서 역사와 인간의 삶에 대해 성찰한다는 것의 의미에 대해, 리얼리즘은 단지 가능한 소설 양식 중의 하나가 아니라, 여전히 문학에서 가장 핵심적인 미학적 태도에 해당한다는 사실에 대해 얘기해보고자 한다.

2. 회고록과 소설 사이 : 『아들의 아버지』

김원일의 『아들의 아버지』를 읽으면서, 평생을 분단소설 쓰기에 바친 대가의 열정과 치열한 문학적 자의식을 실감할 수 있었다. 이 소설은 한국전쟁으로 대변되는 역사라는 괴물이 할퀴고 간 가족사의 애환과 상처에 대한 참으로 애잔하고 비감한 이야기를 펼쳐 보인다.

1966년에 시작되어 어언 50여 년에 가까운 김원일의 작가적 이력에는 태작이 거의 존재하지 않는데, 아마도 『아들의 아버지』는 말년의 김원일 문학이 거둔 또 하나의 뜻깊은 성취로 기억될 것이다. 이 소설은 김원일 문학의 핵심적인 소재라고 할 수 있는 한국전쟁을 역사적 배경으로 하고 있다. 평생 동안 분단을 둘러싼 현대사의 굴곡과 상흔을 지속적으로 형상화한 한 대가의 옹골진 문학적 열정이 『아들의 아버지』로 결실을 맺었다.

『아들의 아버지』는 회고록에 가까운 김원일의 신산한 자서전 형식과 한국전쟁 당시 월북한 사회주의자 아버지의 비극적 인생을 묘사한 소설 형식이 잘 버무려진 작품이다. 또한 일제 말과 한국전쟁을 주 배경으로 하여, 보도연맹 사건을 비롯한 한국현대사의 문제적 국면에 대한 상세한 서술이 소설 내내 펼쳐지고 있는 점도 주목할 만하다. 그래서 이 소설을 다 읽은 후에는 마치 한 권의 파란만장한 현대사 책을 독파한 듯한 충만감을 느끼게 되는 것이다.

작가가 유년시절에 실제 체험한 인민군 치하 서울의 풍속과 전쟁의 상흔을 작품속에서 생생하게 재현하고 있다는 점도 무척이나 흥미롭다. 특히 한국전쟁 때 연합군의 서울수복과정에서 인민군이 철수하면서 당시 인민군 서울시당 간부였던 아버지와 끝내 헤어지게 되는 장면, 을지로 5가에서 인민군과 미군이 벌이는 시가전 중간에 끼인 주인공 가족의 참담한 곤경, 누나와 열악하기 그지없는 무개차를 타고 고향 진영으로 돌아가는 대목은 참으로 애잔하기 그지없는 페이소스를 발산한다. 물론 최근에 개정판이 출간된 『불의 제전』(강, 2010; 1987 초판)에서도 이런 유사한 장면들이 소설의 형태로 이미 27년 전에 묘사된 바 있지만, 『아들의 아버지』에는 '아버지'와 가족이 겪은 한국전쟁에 초점을 맞추어 훨씬 구체적이며 역동적으로 서술되어 있다. 지금은 사라진 순우리말과 경상남도 사투리의 향연, 이념을 좇아 가족을 두고 월북한 문학애호가이자 낭만주의자 아버지에 대한 애틋한 기억, 그런 아버지가 평생의 한으로 남은 어머니의 서러운 인생, 식민지 말기 진영읍과 한국전쟁 당시의 서울의 일상과 풍속을 감상하고 향유할 수 있는 것이 바로 『아들의 아버지』의 특별한 문학적 매력이다. 이와 같은 문학적 미덕과 감동은 어떻게 가능했을까? 소설 텍스트 내부로 들어가서 작품의 문학적 특징에 대해 한층 구체적으로 탐사해보자.

무엇보다 이 소설이 회고록 내지 자서전에 가깝다는 점을 상기할 필요가 있다. '작가의 말'에서 김원일은 이렇게 적었다.

나는 이 장편을 시작할 때 세 가지 형식을 활용할 것임을 염두에 두었다.

해방과 전쟁 사이의 시대적 공간을 역사적 사실에 의거해 르포식으로 기술한다. 아버지의 생애와 내 유년을 사실대로 반영한다. 아버지를 형상화하는 부분은 내가 너무 어린 나이에 당신과 헤어져 토막기억 밖에 남은 게 없기에 여러 장면을 추측과 허구로 만들어가보자,였다.(『아들의 아버지』, 문학과지성사, 2013, 382면. 앞으로 표기되는 예문 뒤의 숫자는 해당 책의 면수를 의미한다)

소설의 화자는 "작가가 자기식으로 이야기를 꾸며서 만든다는 소설도 따지고 보면 내밀한 자기 이야기를 은연중에 드러내 보이기에, 그 또한 시침 띤 고백일 뿐이다"(38)라고 언급하고 있는데, 이 대목은 작가에게 직접체험이라는 것이 얼마나 풍요로운 문학적 자산인가 일러준다. 김원일은 유년기에 한국전쟁의 파고와 상흔을 그야말로 온몸으로 체험하고 목도한 존재가 아니던가. 그러나 그런 생생한 체험을 했다고 해서 누구나 좋은 소설을 쓸 수 있는 것은 결코 아닐 것이다. 비범한 기억력, 자신의 각별한 체험을 소설화하고자 하는 열망, 장기간에 걸친 체험의 숙성, 수많은 자료와 역사책의 섭렵과 해석, 수차례에 걸친 현장 답사 및 역사적 증인과의 대화, 문학적 열정과 재능, 이 모든 것들이 함께 버무려져서 『아들의 아버지』 같은 소설이 비로소 탄생할 수 있는 것이리라.

생각건대 김원일 자신의 작품들을 포함하여 분단과 한국전쟁을 주제로 한 수많은 소설이 이미 발표되었거니와, 현대사를 관통하는 문제적 소재를 새로운 시각으로 해석하고자 하는 창의적 안목과 은폐된 소재를 발굴하고자 하는 집요한 노력이 없다면, 분단이나 한국전쟁을 다룬 소설만큼 상투적이며 헐거운 스토리에 빠지기 쉬운 소설유형도 달리 없을 것이다. 그렇다면 한국전쟁과 아버지와의 이별로 인한 유년기 가족사의 애환이 『불의 제전』이나 「미망」, 「어둠의 혼」 등의 이전의 김원일 소설에서 이미 수차례 유사하게 다루어졌던 소재임에도 불구하고, 『아들의 아버지』가 또 새로운 느낌과 깊은 묵직한 감동을 선사하는 이유는 무엇인가? 바로 그 점에 대해 이 글에서 얘기해보고 싶다.

이 소설에서 가장 인상적인 캐릭터는 단연코 소설 화자의 아버지, 즉 김원일의 부친 '김종표'다(『불의 제전』의 주요인물 조민세가 바로 부친의 모델이기도 하다). 이 아버지의 초상에 대한 성공적인 형상화로 인해, 『아들의 아버지』는 전쟁이라는 극한적인 상황을 소재로 다루고 있음에도 불구하고, 아름다운 기억의 사진첩에 값하는 소설의 기품을 아련하게 발산하고 있다. 주인공의 아버지는 '낭만적 예술가형'이며, "아담한 체구, 지적이며 섬세한 용모, 낭만적인 기질, 조용한 언행이 여자들에게는 인기가 있었다"고 묘사된다. 또한 "할머니가 세 들어 살던 골방에는 예전 재봉틀과 함께 일어판 양장본 세계문학 전집과 인문학 서적 일백 수십 권이 꽂힌, 시골에서는 보기 드문 장서를 갖춘 서가가 남아 있었음을 볼 때 아버지가 문학애호가였음은 분명해 보인다"(38)라고 서술된다.

당시로서는 흔하지 않은 지식인이었던 김종표의 사상적 편력은 "아버지의 좌익 편향 경도는 1930년대 중반 이후 선진화된 유럽 문명을 배우러 독일로 쏟아져 들어간 일본의 유학파가 중심이 된 마르크스-엥겔스 저서의 번역과 독해가 지식인들 사이에 경쟁적으로 이루어지던 시기와 맞물려 있었다"(42)고 기술된다. 그 길은 식민지시대의 지적 호기심 많은 청년이 밟아나간 보편적 도정에 가깝다. 해방 직후에 사회주의 계열 지하조직에 헌신하던 아버지가 한국전쟁 직후에 "서대문형무소 미결감에 갇혀 있어 26일 자정과 27일 새벽 사이에 벌어진 서대문형무소의 좌익 처형 대열에 뽑히지 않고 천조일우로 살아남았던 것"(289)도 대단히 숙명적이며 인상적인 사실이 아닐 수 없다. 그 아버지가 인민군 치하의 서울시당 간부이자 성동구 임시위원장이었던 것으로 묘사된다. 이 낭만적인 사회주의자이자 가정에는 다소 무심한 예술가 유형의 가장인 아버지의 캐릭터는 한국전쟁의 결정적인 순간과 맞물리면서, 그 자체로 각별한 아우라와 여운을 생성한다. 한 편의 소설이 독서의 쾌감을 전달하는 읽을 만한 작품이 되기 위한 조건 중에서 매력적이며 개성적인 인물을 먼저 꼽지 않을 수 없다면,『아들의 아버지』의 김종표는『광장』의 이명준,『회색인』의 독고준,「삼포 가는 길」의 백화,「회색눈사람」의 강하원과 더불어 한국현대소설사에서 손꼽히는 개성적인 인물로 기억될 것이다.

『아들의 아버지』를 읽으면서 무엇보다 흥미롭게 다가왔던 대목은 이 소설이 일제 말기 경상남도 진영, 한국전쟁 직전과 인민군 치하 서울의 생생한 실감과 미시적 풍속을 전해주는 문화사적 보고서 역할을 수행하는 장면이다. 이를테면 아래 예문은 당시 진영의 풍속에 대한 귀중한 정보를 전해주고 있는데, 특히 '쇼와관'이라는 카페의 존재가 흥미롭다.

> 진영의 경우, 1921년에는 일본인 자녀의 교육을 위한 진영심상소학교가 문을 열 만큼 일본인 거주자가 늘어났다. 버스 정류장 부근에는 여관 · 양품점 · 잡화점 · 양복점 · 양과자점 · 일본식 선술집 · 노점상이 진을 쳤고, 해가 지면 문을 여는 쇼와관(小和館)이란 카페도 있었다.(29)

덧붙여 한국전쟁 직전과 인민군이 서울을 점령하던 문제적 시기에 서울 묵정동, 남산, 충무로, 퇴계로, 동국대 주변, 서울역 등지의 세밀한 풍경과 풍속도를 접할 수 있다는 점은『아들의 아버지』를 읽으면서 향유할 수 있는 미시사微視史 혹은 문화사적 차원의 즐거움이겠다. 예를 들어보자.

해방 전 일본인들이 들어와 그들이 주거하던 거리가 충무로였다(일제 때는 본정(本町)이라 불렸다). 폭이 좁은 거리에는 갖가지 물건을 파는 상품이 즐비했고 좁은 길에 통행인도 많았다. 레코드 가게에서는 확성기를 통해 유행가가 흘러나오고 있었다. 차례대로 나타나는 양품점 · 세탁소 · 양복점 · 이발관 따위의 눈요깃감이 많았다.(234)

공부란 주로 저들의 노래 부르기였다. 〈적기가〉, 〈인민항쟁가〉 따위는 하도 불러 꿈에서도 헛소리로 부를 정도였다. (…중략…) 오전 수업을 끝내면 상급생과 합쳐져 근로봉사에 동원되었다. 뙤약볕 아래 허기로 어지럼증에 시달리며 거리 청소 작업에 나섰다. 을지로와 종로통은 날마다 '영용한 인민군대 승전 축하 시가행진'이 이어졌다. 학생 악대가 선두에서 나발 불고 북 치며 뒤따르는 대열을 선도했다. 선두에는 김일성과 스탈린의 대형 초상화 액자를 앞세우고 청장년 또는 부녀자들이 꽃수막과 인공기를 들고 행진했다.(326)

작가 김원일이 한국전쟁 직전과 인민군 치하의 서울에서 직접 보고 들은 생생한 체험과 더불어 당시를 다룬 역사적 사료에 대한 면밀한 검토가 있었기에 이러한 묘사가 가능했을 터. 작은 오류 하나만 있어도 이런 형상화는 신뢰받기 힘든 것이 아닌가. 작가는 여러 가지 형태의 수기, 증언, 기록, 논문, 다른 소설들을 참조하고 인용하면서 『아들의 아버지』를 서술하고 있는데, 이 점은 사소한 묘사나 풍경에도 리얼리티를 높이고자 하는 의도에서 비롯되었으리라.

스토리의 박진감이라는 면에서 볼 때, 『아들의 아버지』의 백미는 9 · 28 서울 수복 직전 연합군이 서울을 탈환하는 과정에서 주인공 가족이 피난 가다가 인민군과 미군이 시가전을 벌이는 중간에 끼이게 되

비
평
의
고
독

218

는 장면이다. 당시 서울에서 벌어진 시가전 정황, 인민군 후퇴에 대한 시민들의 반응, 주인공 가족의 파란만장한 순간들을 박진감 있게 묘사한 이 대목을 통해, 소설만의 고유한 미덕을 만끽할 수 있었다. 그 어떤 역사책과 통계자료, 사회과학 문헌도 소설만큼 한 실존적 개인의 눈에 비친 전쟁의 모습과 참상을 실감 있게 묘사하지 못할 터이다.『아들의 아버지』의 문학적 감동은 전쟁이라는 극한적인 상황을 마주한 인간의 속성과 반응에 대한 면밀한 묘사에서 연유한다.

격렬한 시가전이 벌어지기 직전에 가까스로 그 대치의 현장을 벗어나, 아버지 지인의 집이 있는 왕십리 신답으로 피난한 주인공이 목도하는 이 장면을 보라.

> 정원에서는 사철나무와 소나무 뒤 덩실한 안채가 엿보였다. 정원에는 도장나무 뒤로 무더기로 핀 국화가 송이송이 막 꽃술을 터뜨리는 참이었다. 국화꽃 무리 사이에 옥잠화가 꽃을 피워 그 청아한 흰 꽃송이가 단장한 처녀처럼 고왔다. 전쟁에는 아랑곳없이 꽃은 어디서나 아름다움을 뽐내며 피었다.(352)

방금 전에 인민군과 미군의 그 살벌한 시가전을 목도한 주인공의 시선에 비친 이 정경을 통해, 소설은 아무리 치열한 전쟁의 참화에도 불구하고 제철이 되면 저절로 움터 오르는 자연(꽃)의 아름다움은 여전하다는 만고불변의 진실을 아스라이 전하고 있다. 전쟁의 참혹한 비극 속에서도 여전히 아름다운 자연을 목도한다는 것은 먹먹한 슬픔의 정서이리라. 바로 이런 대목이 한 편의 소설이 보여줄 수 있는 고유한 미학이자, 인식의 재발견이 아닐까.

김원일은『아들의 아버지』에서 전통적인 소설적 규범을 벗어나, 작가 자신의 목소리를 여과 없이 드러내고 있다. 소설이 허구적 진실을 전달하고 있다는 통념적인 소설관은 『아들의 아버지』에서 산뜻하게 붕괴된다. 아니 김원일은 거의 회고록 내지 자서전에 가까운 방식으로 『아들의 아버지』를 이끌어가고 있다. 관점에 따라서는 바로 이 같은 소설의 기술 방식이 한계로 해석될 수도 있을 것이다. 그러나 오히려 작가의 육성을 자유자재로 드러내는 소설 형식으로 인해, 이 작품의 감동이 배가되는 면도 분명히 존재한다.

소설 초반부에 등장하는 다음 고백을 다시 읽어보자.

> 내가 작가의 말석에 끼일 수 있었던 그 어떤 예술적인 성향, 미(美)나 색깔에 대한 감수성, 낭만적인 상상력, 감성적 충동과 격정 따위는 다분히 아버지의 디엔에이로부터 물려받은 영향일 것이다. 그러나 음식에 대한 욕심, 배고픔을 참지 못하는 소급성, 사회를 바라보는 생활인으로서의 균형 감각, 근면성 따위는 어머니의 영향이 절대적이다. 그러나 무엇보다 나는 어머니의 탯줄을 통해 육체성으로서의 생명만 물려받은 게 아니라 어머니의 당시 심리 상태를 고스란히 이식했다고 믿는다. 소심 불안증, 대인기피증, 만성적인 우울증, 걸핏하면 흘리는 눈물이 어머니 자궁 속 태아로 있을 때 내 디엔에이에 새겨졌다고 본다.(52)

이런 작가의 고백을 통해서 우리는 스스로의 운명과 기질, 정신과 육체 양쪽에 걸쳐 영구적으로 새겨진 부모의 유전적 흔적, 거부할 수 없는 삶의 내력에 대해서 되돌아보게 되는 것 아닐까. 이렇게 볼 때, 김원일의 『아들의 아버지』는 아버지에 대한 회고나 그리움에서 더 나아가, 작가 자신의 취향과 성향의 기원을 응시하는 예술가의 진솔한 기록으로 수용될 수도 있겠다. 혹시라도 『아들의 아버지』의 주인공이 펼치는 후속 인생이 궁금한 독자는 『마당 깊은 집』을 통해 그 호기심을 또 다른 감동과 더불어 해소할 수 있기를!

3. 국가로부터 배제당한 존재, 학살자 가족들의 상처 : 『밤의 눈』

『아들의 아버지』 뒷부분 19장에는 국민보도연맹 사건이 20여 면 가까이 서술되어 있다. 작품 속에서 "6·25전쟁 직후 30만 명에서 35만 명에 이르는 보도연맹 가맹자 중 20만여 명 정도로 추산되는 인원의 집단 학살"로 표현되는 보도연맹 사건은 한국전쟁기에 벌어진 대규모 민간인 학살사건이다. 작가는 당시 남한 전역에서 벌어졌던 보도연맹 학살사건의 전반적인 진상에 대해 신문기사 정보에 기대어 담담한 르뽀에 가까운 형식으로 기술한다. 아래의 문장은 특히 인상적이다.

> 서울이 전국적으로 보도연맹원 수가 가장 많았다. 특히 지식인과 예술가가 많이 참여했던 서울의 맹원들은 인민군이 사흘 만에 수도 서울을 점령함으로써 예비검속을 모면해 모두 살아남는 행운을 누렸다. 가설이 되겠지만 만약 국군이 인민군의 침략에 맞서서 서울 북쪽 전선에서 보름만 버티어주었다면? 그동안 서울 일환에서는 보련 가맹자들의 예비검속이 있었을 테고 서울을 적에게 내어줄 위급함에 처했다면 대량학살이 있었을지 모른다. 그러나 가설은 어디까지나 가설이다. 서울에 거주하던 많은 지식인, 특히 전문직 종사자·예술가·문인·학생들은 살아남을 수 있었다.(304~305 : 앞으로 표기되는 예문 뒤의 숫자는 『밤의 눈』의 해당 면수를 의미한다)

그래서 김원일 작가의 아버지 김종표도 살아남을 수 있었다. 하지만 지방의 현실은 서울과 달라서 수많은 시민, 지식인, 농민, 학생, 예술가들이 보도연맹 가입으로 인해 학살당하는 운명에 처해졌는데, 대전의 예를 들면 1,800명의 정치범을 처형하는 데 3일이 걸렸다고 한다. 김원일 작가의 고향인 진영 지역도 예외가 아니어서 251명의 학살당했다고 소설에 기술되어 있다. 김원일은『부산일보』기사 등을 활용하여 한국판 페스탈로치로 존경받던 향토교육자 강성갑 목사가 빨갱이로 몰려 학살된 사건, 강성갑과 함께 학살현장에 끌려갔던 한얼중학교 이사장이었던 최갑시가 강물에 몸을 던져 살아남은 사건, 보련 가입자였던 오빠 김영봉이 학살현장에서 구사일생으로 생존해 탈출함에 따라 진영중학교 여교사였던 여동생 김영명이 학살당했던 사건, 1950년 9월에 가까스로 목숨을 구한 최갑시가 진영 양민 학살에 앞장섰던 김병희 지서주임 외 다섯 명을 부산지법에 고소한 사건에 대해 담담히 기술한다. 보도연맹 사건과 연관하여 진영 지역의 특수성은 당시 진영지서 주임 김병희가 학살에 따른 죄로 사형선고를 받고 형이 집행된 유일한 경우라는 사실에 있다.

이와 같이 비감하기 그지없는 진영 지역 보도연맹 학살사건은『아들의 아버지』보다 10개월여 먼저 간행된 조갑상의 전작장편소설『밤의 눈』에서 전면화되어 한 편의 독자적인 작품으로 완성된 바 있다.

『밤의 눈』은 지명과 인명의 변용과정을 거치기는 하지만, 실제 보도연맹 진영 학살사건을 사실 그대로 생생하게 복원하고 있다. 진영은 '대진'으로 강성갑 목사는 남상택 목사로, 최갑시는 성시천으로, 김영봉-김영명은 한용범-한시명으로, 지서주임 김병희는 이주호로 바뀐다. 조갑상은 한 신문과 인터뷰에서 "실제 피해자들을 만나 이야기를 듣고 사실과 허구 사이의 균형을 잡느라 구상에서 집필까지 10년 가까운 시간이 걸렸다"고 밝힌 바 있다. 그가 이 작품을 완성하기 위해서 얼마나 많은 노력과 시간, 열정을 바쳤는지를 짐작할 수 있는 대목이다. 그에게 보도연맹 사건을 소설화하는 것은 한 사람의 작가로서 필생의 과제로 다가온 것이 아니었을까.

내 독서정보의 한도 내에서 보자면, 『밤의 눈』은 중단편소설을 제외하고 보도연맹 사건을 정면에서 다룬 최초의 장편소설이다. 레드컴플렉스가 강고하게 지배해온 분단된 사회에서 이 사건을 장편소설의 형식을 통해 있는 그대로 형상화하기 위해서는 한국전쟁 이후에 60여 년의 시간이 필요했던 것이다.

이 작품은 다양한 등장인물의 시점으로 전개되는데, 특히 학살의 현장에서 가까스로 목숨을 건진 한용범, 식민지시대와 해방 직후 농민조합운동에 관여하다 보도연맹 사건 당시 학살된 아버지를 둔 옥구열이 소설을 이끌어가는 중심인물이다.

『밤의 눈』의 미덕은 단순히 보도연맹 학살사건에 대한 비극적 묘사에 머물지 않고, 4·19를 계기로 분출된 피해자 가족들의 진실을 밝히려는 지난한 노력과 5·16 이후 그들이 정부로 받은 탄압을 묘사하면서, 각 시대마다 새로운 역사적 문맥에서 보도연맹 학살 사건을 조망하고 해석하고자 하는 의지에 있다. 예를 들어 아래 구절을 보자.

① 전쟁이 끝나고도 보련 가족들은 입을 봉하고 엎드려 살아야 했다. 그들은 빨갱이 가족이었다. 세상이 바뀌지 않고서는 피붙이들의 죽음은 땅 밖으로 나올 수 없었고, 가족들의 비통함과 억울함도 호소할 데가 없었다.(255)

② 5·16 뒤로 보련 가족들에게는 하나의 묵계가 생겼다. 서로 만나서는 안 된다는 것. 그날도 최연성과 우연히 마주쳐 "어디 가나 보네"라고 말

했고, 최연성은 "건강하시지예"라고 던지듯 인사를 하고는 자기 아내의 등을 밀면서 대합실 한쪽 구석으로 쫓기듯 가 버렸다. 그런 장면까지 경찰에 보고가 된다! 일거수일투족이란 말이 실감 나지 않을 수 없었다.(327)

한국전쟁 이후 보도연맹 희생자 가족은 한국사회에서 가장 억압받고 저주받은 존재, 모든 정치적 권리로부터 배제당한 존재, 아감벤의 표현을 빌면 '호모 사케르'에 가까운 존재였다. 1960년 4·19혁명을 계기로 옥구열과 한용범은 '민간인 피학살자 유족회'를 결성한다. 그러나 5·16쿠데타로 인해 한국사회에 불어 닥친 반공 이데올로기와 경찰국가의 억압적 권력으로 인해 희생자의 명예를 복원하기 위한 그들의 정당한 노력은 다시 탄압받기에 이른다. 예문 ②에서 확인할 수 있듯이, 희생자 가족은 국가권력에 의해 그들의 모든 생체와 행보가 철저하게 관리되는 존재였다.

이들에게 국가권력의 감시와 탄압보다 더 커다란 상처는 주위 사람들의 냉대와 불편한 시선, 즉 최소한의 존재이유가 훼손되는 순간에 있다. 옥구열은 한 모임에서 포목상 송 씨로부터 다음과 같은 얘기를 듣는다.

내 말은 육이오 때 죽은 사람도 구분이 있어야 한다 그 말이다! 보도연맹에 가입했다 억울하게 죽었다고 사일구 뒤에 외고 편 놈들, 그때 군인이나 경찰 나가 죽은 유가족들 심정 생각이나 해 봤나? 얼마 전에 우리 시장안에 그때 설친 자가 있다는 소리 듣고 사일구 뒤가 생각나는 거라. 오일육 아니었으몬 빨갱이들이 나라 말아먹을지도 몰라! 대한민국 국민이몬 다 같은 국민인 줄 아나? 부산 시내 다 쫓겨 다니다 어데 수정시장에 나타나 까불고 있어!(344~345)

송 씨의 관점에서 보면 보도연맹 가입으로 학살된 사람은 온전한 '국민'이 아니라 '비국민'에 해당한다. 그런 관점에 설 때, 그들의 죽음은 기억될 가치조차 없으며, 그 가족들이 겪는 고통과 상처는 비국민이기에 감당할 수밖에 없는 성격의 것이다. 지금 현재도 이와 같은 입장으로 한국사회를 바라보는 사람들이 여전히 존재한다. 송 씨의 도발적인 발언에 옥구열은 내심 여러 가지 반론을 제기하고 싶었지만, 결국에는 아무 대응도 하지 못한다.

옥구열은 자기 앞에 놓인 잔을 천천히 비우고 일어섰다. 좌중은 조용했다. 신발을 찾아 신고 문 밖으로 나오면서 옥구열은 먼 땅으로 추방되는 기분이었다. 대한민국 국민이면 다 같은 국민인 줄 아느냐는 송가놈의 마지막 말을 듣고도 신발을 신은 자신이 너무 싫었다.(345)

"먼 땅으로 추방되는 기분이었다"고 탄식하는 옥구열은 애초의 의미 그대로 고향에서 추방당한 디아스포라를 연상시킨다. 한용범 역시 옥구열이 겪었던 비참한 기분과 마음의 참혹한 상처에서 전혀 자유롭지 않다. 그는 이렇게 고뇌한다.

총을 맞고 살아나 좌익 혐의로 감옥까지 산 그에게 대진은 고난과 오욕의 땅이었다. 자식들 교육을 포함해서 먼 장래를 본다면 어디 큰 도시로 나가 모르는 사람들 속에 파묻혀 사는 것도 방법이었다. 그렇지만 그는 결행하지 않았다. 재산 정리며 어딜 가서 무얼 해 먹고살 것인지 하는 문제보다 자신의 마음을 내리누른 것은 떠나면 패자가 된다는 생각이었다. 지금까지 겪은 일들이 자신이 크게 잘못을 저질러 당한 거라고 인정하는 꼴이 될 것 같아서였다. 자신을 위무하고 격려할 이는 결국 자기 자신이었다.(356)

얼마나 많은 한용범, 옥구열 들이 이 땅에서 오랜 세월 동안 참담한 오욕의 삶을 감내해왔던가. 아니 그 상처와 오욕을 차마 견딜 수 없어, 이 땅을 뜬 비국민들도 수없이 많을 것이다. 아니 국가권력으로부터 전방위 감시를 당하던 1980년대까지는 망명이나 디아스포라의 선택조차 가능하지 않았다. 그들에게는 스스로 죽음을 선택할 수 있는 여지도 없었다. "자신의 죽음은 생명의 존엄이나 남겨질 가족 걱정을 떠나 지금 당하고 있는 부당함을 고스란히 인정하는 행위가 되기 때문이다."

『밤의 눈』의 마지막 장 '밤하늘에 새기다'는 1979년 유신 말기에 박정희 정권에 저항했던 부마항쟁을 배경으로 서술된다. 당시 부산에서 거주하던 옥구열은 시위대를 바라보면서 이렇게 되새긴다.

> 그의 입에서 유신 철폐, 독재 타도 소리가 흘러나왔다. 한 사람의 시민이면 되었다. 식당에서 소주를 마시며 할 말을 하는 국민이고 싶었다.(378)

권력과 정권에 대한 피해의식으로 오랫동안 주눅 들었던 옥구열의 입장에서 보면, 이렇게 그가 '독재 타도'라는 구호를 외친다는 것은 엄청난 변화이다. 바로 뒤에 "할 말을 하는 국민이고 싶었다"는 소망은 『밤의 눈』의 주제를 명료하게 요약하고 있다. 말하자면 지금까지 '국민'에서 배제되었던 입장에서 탈피하여, 이제 자신도 한 사람의 국민으로 인정받고 싶다는 욕망을 상징한다. 그러나 이 같은 옥구열의 염원이 국민국가의 존재에 대한 근본적인 의문이나 비판적 문제의식을 담보하고 있다고는 볼 수 없다. 이 점은 옥구열의 한계라기보다는 1979년 당시 한국사회가 도달한 정치의식과 국가관의 한계일 터이다. 그러니 『밤의 눈』이 아래 문장으로 종결되는 것은 지극히 자연스럽다.

옥구열은 오늘 밤 저 하늘에 단 하나의 마음은 새겨 두고 싶었다. 유족회 일이 반국가 행위가 아니라는 사실이 자기 생전에 밝혀지기를 소원하는 마음.(390)

이 구절은 국가에 의해서 처참하게 버려지고 배제된 비국민, 말하자면 한국적인 맥락에서 '호모 사케르'조차도 역설적으로 국가주의의 자장에서 전혀 자유롭지 않았다는 당시의 지적·이념적 풍토를 착잡하게 보여준다. 일면 이 같은 다소 허무한 결말을 이해하면서도 이렇게 말할 수는 있겠다. 이 결말 부분으로 인해 지금까지 이 소설이 보여주었던 저 참담한 죽음과 학살, 모순은 너무 쉽게 희석되고 있는 것은 아닌가. 자신의 행동이 반국가행위가 아니길 바라는 국민들의 태도로 인해 역으로 국가권력의 폭력과 관리가 정당화되고 있는 것은 아닌가.

4. 다시 문제는 리얼리즘이다.

민중문학과 민족문학이 그 전성기를 구가하던 1985년에 출간된 『문제는 리얼리즘이다』(홍승용 역, 실천문학사)라는 제목의 이론서를 선명히 기억한다. 게오르그 루카치의 리얼리즘을 한쪽에 놓고 루카치와 리얼리즘 논쟁을 벌인 에른스트 블로흐, 베르톨트 브레히트, 테오도르 W. 아도르노의 글을 배치한 이 책은 당시 민족문학, 민중문학의 이론적 거점 역할을 단단히 수행했다. 그 이후 1990년 계간 『실천문학』은 '다시 문제는 리얼리즘이다'라는 제목의 특집을 기획한 바 있다. 당시 동구사회주의의 해체와 진보적 진영의 재편성, 그리고 그 흐름에 연루된 민족문학의 위기에 대응하는 문학적 의제는 이른바 리얼리즘의 갱신과 재검토였다. 물론 여기서 언급되었던 리얼리즘은 단지 있는 그대로 묘사하라는 기법적 차원의 용어는 아니다. 이 때 리얼리즘의 문맥은 세계관이나 당파성, 새로운 전망을 선취하는 리얼리즘, 즉 루카치 식의 진보적 리얼리즘에 가깝다. 이러한 문제의식의 연장선상에서 1992년에는 『실천문학』 수록 평문을 포함하여 비평가들과 이론가들의 리얼리즘 연관 글들이 묶인 『다시 문제는 리얼리즘이다』(실천문학사)라는 제목의 단행본이 출간된 바 있다. 이 저작의 서론 격으로 작성된 평문 「다시 문제는 리얼리즘이다」에서 윤지관은 이렇게 천명했다.

> 노동계급을 주축으로 하는 반파시즘 통일전선의 형성이 90년대의 주된 당면 과제로 제기되는 만큼, 문학적 리얼리즘의 전략 또한 이같은 전망에 기초해 꾸려질 필요가 있다. 다시 말해 파시즘체제에 반대하는 모든 문학적 역량을 동원하고 이를 리얼리즘문학의 구도 속에 배치하는 것이다. 따라서 전체적으로 노동계급의 관점에 기초한 리얼리즘 양식을 지향하는 가운데, 왜곡된 자본주의 현실에 대한 비판적 리얼리즘의 건강한 비판기능은 그것대로 활성화하는 데 인색해서는 안될 것이다.(23면)

그 당시의 관점에서 보면 이러한 시각은 어떤 절박성을 띤 실천적 비평 행위일 수도 있지만, 윤지관의 입론과 실천문학의 기획이 그 이후에 전개된 한국문학의 추세와 행복하게 맞물린 것은 아니었다. 당시의 문제의식, 리얼리즘의 갱신을 위한 의욕적인 기획과 리얼리즘의 재소환은 결과적으로 실패했다. 그 이후 전개된 한국문학의 흐름은 「다시 문제는 리얼리즘이다」라는 명제를 주창하던 논객과 비평가들의 문제의식과는 상당히 다른 방향으로 전개되었던 것이다.

리얼리즘의 갱신이 운위되던 시절로부터 다시 20년이 넘는 세월이 흘렀다. 지금 이 시대의 문학적 현실은 「다시 문제는 리얼리즘이다」가 호출되던 그 시기와는 판이하게 다르다. 다국적이며 포스트모던한 현실, 민족문학·민중문학의 몰락과 쇠퇴, 탈민족주의와 탈국가주의의 유행, 진보적 리얼리즘 문학의 전반적인 감소, 루카치 식의 고전적 리얼리즘의 시선으로는 제대로 포착되지 않는 다차원적 현실(환상, 디스토피아, 좀비, 초현실 등), 계급적 틀로는 온전히 포착할 수 없는 다양한 문화적 소수자와 주변인들이 존재한다. 그러나 어떤 경우에도 그 시효를 다했다고 정통 리얼리즘문학을 과거라는 창고에 처박아둘 수는 없는 것 아닐까. 다소 편협한 루카치 식의 고전적 리얼리즘이나 전망과 세계관을 중시하는 진보적 리얼리즘이 아닐지라도 인간과 현실, 사회를 투철하게 응시하는 리얼리즘 문학은 여전히 필요하고 소중하다. 『아들의 아버지』와 『밤의 눈』이 바로 그러한 작품에 해당한다. 그렇다면 리얼리즘은 단지 수많은 문학적 기법 중의 하나가 아니라, 그 어떤 시대에도 핵심적으로 존재하는 중요한 양식이자 문학적 태도에 해당하지 않을까.

『밤의 눈』을 수상작으로 선정한 만해문학상 심사평에서 소설가 공선옥은 "그의 글에는 기교가 없다. 아예 없다. 담백하기 이루 말할 수 없다. 갈수록 재주 많은 사람들의 경연장처럼 되어가는 세태 속에서 문학판도 예외가 아닌 작금이라서 조갑상의 우직함이 더 돋보인다. (…중략…) 세상에! 아직도 이런 소설을 쓰는 사람이 있다니!"(『창작과비평』, 2013년 가을호, 603면)라고 적었다. 한국소설계의 대표적인 리얼리즘 작가가 이럴진대, 리얼리즘 문학에 대한 이 시대 문인들의 애정과 관심이 지나치게 엷은 것이 아닌가 하는 의문을 지울 수 없다. 김원일의 『아들의 아버지』와 조갑상의 『밤의 눈』은 한 시대의 풍속과 모순, 역사를 투철하게 응시하면서, 인간과 세계의 그늘과 상처를 펼쳐놓은 의연한 리얼리즘 문학이 여전히 소중하다는 사실을 보여주는 구체적인 실례다.

5. 리얼리즘 소설의 새로운 가능성을 위하여

김원일과 조갑상은 이 글에서 언급한 소설을 쓰기 위해 장기간에 걸친 열정과 시간을 바치며 자료조사와 공부에 전념했다.『아들의 아버지』는 김원일이 평생 동안 마음속에 간직해온 아버지 얘기를 회고록 형태로 펼쳐놓은 것이기에 그의 인생 전체의 무게가 걸려 있는 소설이다. 조갑상이『밤의 눈』을 완성하기 위해서는 구상부터 집필까지 십여 년이 세월이 필요했다고 한다.

이즈음 문단의 일각에는 한국전쟁을 소재로 한 작품이나 1980년대의 격동기를 다룬 소설들을 뭔가 시대적 유행에 뒤떨어진 낡은 문학으로 보는 시각이 존재한다. 그러나 그것은 엄청난 착각이다. 지금까지 무수한 작품이 한국전쟁을 소재로 하여 씌어졌지만, 늘 그 한국전쟁을 바라보는 새로운 관점이 형성될 수 있으며, 아직까지 제대로 소설로 형상화되지 않은 신선한 소재들이 수없이 존재한다는 사실을 상기하자. 한국전쟁을 다양한 관점에서 탐구하는 새로운 학문적 저작과 연구들이 지속적으로 출간되고 있다. 가령 박찬승의『마을로 간 한국전쟁』(2010)이나 김태우의『폭격 – 미공군의 공중폭격 기록으로 읽는 한국전쟁』(2013) 같은 저작들이 그러한데, 이런 새로운 문제의식을 담고 있는 역사책과의 밀도 깊은 대화를 통해 한국전쟁을 해석하는 창의적인 관점이 충분히 가능한 것이 아닐까.

한국전쟁과 분단을 소재로 하는 신선한 관점의 소설 한 편이 탄생하기 위해서는 그만큼 치열한 탐색과 공부, 저작의 시간이 필요하리라. 이런 새로운 탐색과 지식에 대한 섭렵 없이 리얼리즘 문학의 상투성과 위기를 쉽게 발언한다는 것은 나태한 문학정신의 소산이 아닐까.

김원일은 2010년『불의 제전』개정판을 발간하면서 한 평론가와의 대담에서 이렇게 자신의 견해를 피력한 바 있다.

'사람은 그가 아무리 성인의 반열에 오른 인격자라도 숨겨진 인간적인
흠결도 있게 마련이다. 그러기에 사람인 것이다. 결점만을 집요하게 파면
전체로서의 인간 자체를 놓칠 수 있다'는 게 제 기본 생각입니다. 저는 친
일 문제도 그런 관점에서 보고 이해하려 합니다. 그래서 오해를 사기도 하
지만 제 생각은 양보하고 싶지 않습니다.(『불의 제전』 1권, 강, 2010, 414면)

충분히 존중할 만한 관점이다. 그 인간의 이중성과 모순, '악의 평범
성', 인간 삶의 그토록 오묘한 무늬와 복잡한 결은 그 아무리 자주 소설
화된 소재라 할지라도 새로운 관점을 가능하게 만들기 마련이다. 그 문
학의 새로운 결이 현실화되기 위해서는 무엇보다 인간에 대한 깊은 이
해가 필요하다. 그리고 한국전쟁과 분단에 대한 소설적 탐색이 끊임없
이 이루어져야 하는 또 하나의 이유가 있다. 『밤의 눈』에서 "내가 당신
들 안 죽이면 당신들이 언제 나를 죽일지 모르잖아"라며, 한용범을 비
롯한 보도연맹 관계자들을 학살하기 직전에 털어놓는 학살 집행자의
육성이 지금 이 시대에는 사라졌다고 볼 수 있을까? "이견을 이단으로
모는 숨막히는 완고함이 한반도의 남과 북에서 오늘도 계속되고"(고명
섭, 「정도전의 불씨잡변」, 한겨레, 2014.2.10) 있다. 요컨대 아직도 해결되지 못
하고, 수면에 제대로 드러나지 않은 분단의 질곡과 상처가 존재하는 것
이다. 한국전쟁은 문화적 '진지전'의 형태로 여전히 진행되고 있다.

전쟁의 끔찍한 상처와 현대사의 질곡을 다시 반복하지 않기 위해
서, 우리는 전쟁, 학살, 죽음에 대해 성찰하고 사유하는 리얼리즘 소설
의 찬란한 가능성을 좁히지 말아야 한다.

(2014)

민생단 사건의 소설화,
낭만적 감성의 문학화

김연수의 『밤은 노래한다』에 대해

1. 문학과 역사가 만나는 자리

비평가 김현은 1983년에 출간된 『문학사회학』의 '서장을 대신하여'에서
"금반지에는 구멍이 있는데, 이 구멍은 금과 마찬가지로 금반지에게 본
질적인 것이다. 금이 없다면 구멍은 반지가 아니다. 그러나 구멍이 없다
면 금 또한 반지가 아니다"[1]라는 알렉산드르 코제브의 단상을 인용한 후
에 문학과 사회의 긴밀한 연관성에 대해 설명하고 있다. 김현이 언급한
대목은 『문학사회학』이라는 제호에서 연상할 수 있듯이 문학과 사회 사
이의 거의 숙명적이며 본질적인 연관관계를 강조하는 상징적 비유이다.

그렇다면 문학과 역사는 어떠한 관계일까. 두루 인식하다시피 문학
과 역사는 일종의 쌍생아雙生兒다. 그 어떤 문학작품도 역사적 문맥에서
자유롭지 않다. 이를테면 마음의 진공상태에서 창작된 것으로 보이는

---

1 김현, 『문학사회학』, 민음사, 1983, 9면.

한 편의 순수한 서정시조차도 역사적 차원에서 해석될 수 있으며, 동시에 아무리 창조적이며 비상한 상상력이라도 그 구체적 형상은 현실 세계 및 역사적 모습을 반전시킨 상태와 접맥된다. 파리를 다룬 어떤 역사서보다도 발자크의 소설이 파리에 대해 많은 것을 알려준다는 마르크스의 잘 알려진 전언에서 확인할 수 있듯이 문학작품에서 역사가 차지하고 있는 위치는 매우 핵심적이다.

그렇다면 "문학에서 역사적 과정, 역사적 사건, 역사적 인물들을 사용한 것은 거의 문학 자체만큼이나 장구하다"[2]는 사실을 인식할 필요가 있다. 문학 창작에서 역사나 역사적 소재가 지니는 중요성을 기본적으로 전제하면서 이 글에서 집중적으로 살펴보고자 하는 작품은 1930년대에 발생한 '민생단 사건'을 역사적 배경으로 하여 창작된 김연수의 장편소설 『밤은 노래한다』(문학과지성사, 2008)이다. 지금은 폐간된 문예지 『파라21』에 연재되었다가 4년 만에 단행본으로 묶인 이 소설은 역사적 소재를 문학적 글쓰기로 변용했을 때 나타날 수 있는 문학적 현상과 감성, 특징, 문제점을 두루 보여주는 실례라는 점에서 여러모로 주목해 마땅한 성과다.

더 구체적으로 말하자면 『밤은 노래한다』는 문학은 역사와 어떤 차이를 보여주는가? 역사적 사건이 문학적 소재로 변용될 때 어떠한 현상이 발생하는가? 역사적 사건에 대한 정교하고 심층적인 형상화를 위해서 요구되는 자질과 태도는 무엇인가?, 주인공의 기질과 성정性情은 역사적 소재를 형상화하는 소설의 분위기와 어떠한 연관을 맺고 있는가? 등의 중요한 질문을 제기하는 소설이다. 또한 이 작품은 민생단 사건을 배경으로 하여, 강고한 이념적 열정과 '배제'의 논리에 의해 스파

---

2   Horst Steinmetz, 서정일 역, 『문학과 역사』, 예림기획, 2000, 10면.

이로 의심되는 동지를 처형하는 모습, 즉 동일자의 시선으로 정치적 타자를 숙청하는 풍경을 대단히 인상적으로 보여주고 있다는 점에서도 각별하게 주목할 필요가 있다.

무엇보다도 민생단 사건은 정치적 입장의 차이에 따른 인간의 욕망과 본질, 질시, 암투에 대한 깊이 있는 묘사를 가능하게 만드는 일급 문학적 소재이다. 특히 같은 이념 아래 무장한 정치적 동질집단 간에 발생하는[3] 숙청과 학살, 배제의 정치학은 인간의 존재와 정치적 헤게모니, 인정투쟁의 욕망에 대한 치명적인 질문을 제기하는 것이다. 지금 이 시점에서 생각해 보면 80년대 진보적 문학의 한계는 바로 이러한 인간의 욕망과 예민한 인정투쟁의 영역에까지 정교하고 세밀한 묘사를 충분히 보여주지 못했다는 점에 있는 것이 아닐까 싶다. 이렇게 본다면 『밤은 노래한다』를 통해 작가 김연수가 보여준 인간의 정치적 욕망이 지닌 심연에 대한 서늘한 묘사는 그 자체로 주목해야 마땅하다.

이즈음 문단과 평단에서는 김연수의 『밤은 노래한다』에 대한 평가가 대단히 호의적이다. 예를 들어 소설가 박완서는 『밤은 노래한다』에 대한 독후감에서 "나는 김연수라는 작가를 질투하며 한편 존경하며 이 소설을 읽었다. 내가 섣불리 집적거려 놓지 않기를 참 잘했다는 안도감도 숨기지 않겠다. 아직도 생존해 있는 증인도 적지 않을 최근세사를 이만큼 성공적으로 소설화하기 위해서는 얼마나 치밀하고 참을성 있는 취재와 긴 시간과 체력을 투자했을까, 그건 내가 감히 넘볼 수 없는,

---

3 이와 연관하여 흥미로운 사실은 1980년대에 진행된 급진적인 이념의 운동권 정파 조직 사이에도 극심한 논쟁이 벌어졌으며, 때로 정치적 입장을 달리하는 조직 사이의 갈등은 애초에 저항을 낳게 만든 군부독재정권에 대한 분노보다 한층 격렬한 서로간의 증오를 배태했다는 점이다. 이는 어떤 진보적 조직도 인정투쟁에 대한 욕망에서 결코 자유롭지 않다는 사실을 극명하게 보여주는 예일 것이다.

패기 있는 젊은 작가만의 특권이다"[4]라고 언급하고 있다. 이 시대 소설문학의 중심부로 떠오르고 있는 김연수 작가에 대한 지극한 애정이 돋보이는 상찬이다.

또한 "인문학적 공부가 바탕이 된 섬세한 리얼리티의 부여로 지적인 설득력을 동반하여 감동을 선사하는 것이 김연수 소설입니다"[5]라는 평가가 젊은 비평가들 사이에 공유되고 있으며 온라인 독자서평 역시 "사막에서 찾던 오아시스 같은 책", "21세기 한국문학의 블루칩", "시적인 아름다움을 지닌 문장들" 등의 표현에서 볼 수 있듯이 김연수의 작가적 능력과 『밤은 노래한다』가 보여준 문학적 성과에 대한 찬사가 지배적이다.

이러한 평판과 찬사들이 물론 단지 빈말만은 아닐 것이다. 김연수는 또래의 어떤 작가보다도 충실한 역사공부, 광범위한 자료섭렵, 장기간에 걸친 현장 취재, 유려한 문체, 낭만적 아포리즘 등을 성공적으로 결합시켜 인문학적 깊이와 역사적 상상력을 겸비한 수작들을 잇달아 발표하고 있으며, 『밤은 노래한다』는 그중에서도 단연 주목해야 마땅한 소중한 미학적 자질을 구비하고 있다.

그러나 엄정하게 말하면 『밤은 노래한다』에는 작품으로서의 매력이나 장점 못지않게 아쉬운 대목도 존재한다. 예컨대 낭만적 센티멘털리즘Sentimentalism에 침윤된 캐릭터, 아름다운 문체에 의해 희석된 진지한 역사적 주제, 상대적으로 지지부진한 중반부 스토리, 민생단 사건에 대한 본격적인 형상화의 결여 등으로 정리될 수 있는 『밤은 노래한다』가 노정하고 있는 몇몇 문제들은 결코 가벼이 볼 수 없다. 이제 『밤은 노래한

---

4 박완서, 「작가가 뽑은 작가의 책 2─김연수의 『밤은 노래한다』」, 『동아일보』, 2009.1.12.
5 「리뷰 좌담─손해 보는 승리, 이문 남는 패배」, 『문학동네』, 2008년 겨울호, 412면.

다』는 그 문학적 성과와는 별도로 엄밀한 비평적 시선을 통해 문학과 역사의 관계 및 민생단 사건의 소설화 과정에 대한 분석과 해석이 요구된다 하겠다. 『밤은 노래한다』에 대한 냉철한 비평적 대화를 통해 이 작품이 놓인 자리에 대한 객관적인 의미부여와 정확한 진단이 가능하리라.

이 글은 민생단 사건의 소설화, 문화사와 미시사의 수용, 센티멘털리즘과 아포리즘, 사상변화의 개연성과 탈민족주의, 작가 김연수의 자기갱신 등의 몇 가지 주제를 중심으로 『밤은 노래한다』의 문학적 성과와 한계에 대해 면밀하게 고찰하기 위한 의도로 작성된다.

2. 민생단 사건의 소설화

민생단民生團 사건은 1932년 2월 간도에서 조병상, 박석윤 등의 친일조선인들을 중심으로 조직된 '민생단'이라는 정치조직에서 비롯된다. 그들은 간도지역의 조선인 자치를 주장했는데, 이러한 주장은 당시 일본제국주의의 이해관계와 맞물리면서 중국공산당의 커다란 반감을 불러일으켰다. 일본제국주의에 항거했던 일부 사회주의자들과 민족주의자들까지 포함되었던 이 조직은 몇 개월 후에 완전히 해산되지만, 민생단 사건의 후폭풍이 그 후 독립운동사와 사회주의운동사에 미친 악영향은 이루 헤아릴 수 없을 정도로 막대했다.

당시 중국공산당은 조선인 당원들이 일제의 스파이 역할을 수행하는 민생단 조직과 연계되어 있다는 의심을 품었고, 이에 따라 급기야는 중국공산당 내의 조선인 공산주의자들을 중국혁명을 파괴하기 위해 침투한 민생단원으로 간주했다. 이러한 오해와 풍문, 잘못된 정보로 인해 최소한 오백 명에서 최대 이천 명에 이르는 수많은 조선인 사회주의

자들이 민생단으로 몰려 목숨을 잃는 처참한 비극적인 사건이 발생했던 것이다.[6] 그 과정에서 중국 공산당 휘하의 일부 조선인 공산주의자들이 같은 조선인 동료 공산주의자를 일제의 스파이, 즉 민생단으로 몰아 대거 처형한 사건은 한국근대독립운동사 최대의 비극이다.[7] 그 참혹한 학살과 처형의 드라마는 대부분 다음의 진술과 같이 비합리적이며 어이없는 추정의 결과였다.

> 밥을 흘려도 민생단(어렵게 구한 식량을 허비하니까), 밥을 설구거나 태워도 민생단, 밥을 물에 말아 먹어도 민생단(화장실에 자주 가는 것은 전투력을 약화시키니까), 배탈이 나거나 두통을 호소해도 민생단, 사람들 앞에서 한숨을 쉬어도 민생단(혁명의 장래에 불안감을 조장하니까), 설사를 해도 민생단, 고향이 그립다고 말해도 민생단(민족주의와 향수를 조장하니까), 일이 어렵다고 불평해도 민생단, 일을 너무 열심히 해도 민생단(정체를 감추려고 일을 열심히 한 것이니까), 일제의 감옥에서 처형되지 않고 살아 돌아와도 민생단, 오발을 해도 민생단, 가족 중의 민생단 혐의자가 나와도 민생단, 민생단 혐의자와 사랑에 빠져도 민생단, 옷을 허름하게 입어도 민생단으로 몰리는 등 무고한 사람들을 일제의 간첩으로 모는 꼬투리는 끝이 없었다.[8]

근본적으로 민생단 문제의 배후에는 중국혁명을 우선시할 것인가?, 아니면 항일투쟁을 우선시할 것인가? 혹은 계급혁명을 우선시할

---

6 『아리랑(Song of Arirang)』의 주인공 김산 역시 민생단 사건의 연장선상에서 중국공산당에 의해 처형된 것이다. 김산 · 님 웨일즈, 송영인 역, 『아리랑─조선인 혁명가 김산의 불꽃같은 삶』(증보판), 동녘, 2005.

7 한홍구, 「만주의 민족해방운동과 중국공산당─민생단 사건을 중심으로」, 『한국민족운동사연구』 제27권, 2001. 이 글에서 소개된 민생단 사건의 요지는 주로 한홍구의 논문을 참조했다.

8 한홍구, 「밥을 흘려도 죽였다─민생단 사건 1」, 『한겨레21』 399호, 2002.3.6.

것인가? 민족모순을 우선시할 것인가?, 하는 중대한 이분법적 갈등이 자리하고 있었다. 조선인 공산주의자들과 중국인 공산주의자들의 민족적 갈등도 이 사건에 중대한 영향을 미쳤다. 한홍구의 지적대로 "민생단이 조선인에 의한 간도의 자치라는 구호를 들고 나왔을 때 중국 공산주의자들은 이를 간도를 중국에서 떼어 내어 조선에 합병시키려는 과분瓜分, 즉 제국주의에 의한 중국분할의 위기로 받아들였다"는 사실을 감안하면, 중국공산당의 시선으로 볼 때 계급투쟁이나 중국혁명보다는 항일투쟁이나 조선인 자치를 주장하는 일부 조선인 사회주의자들은 투철한 혁명노선에서 이탈한 기회주의 집단으로 받아들여졌을 가능성이 농후하다.

민생단 사건이라는 참담한 비극에 대해 역사학자 한홍구는 다음과 같은 근본적인 질문을 던지고 있다.

> 과연 무엇이 민족의 해방과 사회적 평등의 실현이라는 고상한 꿈을 실현하기 위해 일신의 안일을 버리고 혁명에 투신한 사람들을 이런 터무니없는 이유로 자신의 동료들, 그것도 온 가족을 일제에 잃어 일본이란 말만들어도 부들부들 떠는 사람들까지 일제의 간첩으로 몰아 처형해버리는 편집광적 마녀사냥꾼으로 만들었을까?[9]

모든 중대한 사건은 복합적인 맥락과 이유를 지니고 있으며 민생단 사건 역시 이 점에서는 예외가 아니다. 이념적 경직성, 공산당의 무오류성이라는 신화, 일본제국주의의 이간책, 한인 사회주의자들의 민족주의적 정서, 중국공산당 동만특위의 잘못된 판단 등이 복합적으로 작

---

9 위의 글.

용하여 바로 민생단 사건이라는 비극적인 일이 발생했다. 아울러 동일한 이념이라는 휘장 아래 숨겨진 인간의 인정욕망과 질투의 감정도 이 사건을 악화시킨 심리적 요인임에 틀림없다.

한홍구는 "어디서부터 어떻게 이야기를 풀어가야 할지 모를 얽히고설킨 복잡함과 혼돈이 민생단 사건의 특징이다"[10]라고 민생단 사건의 복잡한 성격에 대해 언급하고 있는데, 이러한 특징은 김연수의 소설 『밤은 노래한다』에서도 그대로 투영된다. 가령 과거에 김해연에게 민생단에 가입하라고 권유하면서 민족주의를 강력하게 주창했던 박길룡은 나중에 동료들을 민생단으로 몰아 무자비하게 학살하는 좌편향의 사회주의자로 형상화되며, 이러한 박길룡을 박도만은 오히려 민생단의 첩자로 간주한다. 흥미로운 점은 무장유격대원 박도만 역시 민생단으로 몰려 갖은 고난을 겪던 처지에 있었다는 사실이다. 결국 박길룡은 박도만을 민생단의 이름으로 사살한다. 서로를 민생단으로 간주하는 박길룡과 박도만의 목숨을 건 대결은 비장하지만, 민생단에서 오히려 민생단을 학살하는 공산주의자로 존재론적 전환을 시도하는 박길룡의 변천과정에 대한 형상화가 충분히 이루어져 있지 않기에, 박길룡의 캐릭터는 다소 혼란을 동반한다.

『밤은 노래한다』에서 묘사된 민생단 사건은 때로 작품 내적 맥락으로 자연스럽게 형상화되지 않은 채, 마치 민생단 관계 논문을 읽는 것처럼 직접적으로 드러나 있다는 점도 지적될 수 있다. 가령 소설 202쪽에서 203쪽에 등장하는 중공 만주성위의 순시원 반경우에 의해 민생단으로 지목된 박두만이 반경우를 사살하는 대목은 김성호의 저서

---

10 한홍구, 「그 긴 밤, 우리는 부르지 못한 노래, 밤이 부른 노래」, 『밤은 노래한다』 해제, 문학과지성사, 2008, 326면.

『1930년대 연변 민생단사건 연구』(백산자료원, 1999) 132면에 서술된 역사적 사실의 직접적인 소개에 가깝다.[11]

3. 문화사와 미시사 : 소설의 육체

김연수는 동시대의 어느 작가보다도 문학과 역사의 관계에 대해 지대한 관심을 지니고 소설을 써왔다. 그는 식민지시대 문인 이상李箱을 모델로 소설화한 『꾿빠이, 이상』(2001)부터 『나는 유령작가입니다』(2005)에 이르기까지 꾸준하게 이상, 안중근, 이토오 히로부미 등의 역사적 인물을 소설 쓰기에 창조적으로 활용해왔다. 김연수의 작품을 읽다보면 그가 얼마나 면밀하게 사료史料를 탐구해왔는가에 대해서 분명히 인식하게 되리라. 특히 『나는 유령작가입니다』에 수록된 「뿌녕쉬」, 「거짓된 마음의 역사」, 「이등박문을, 쏘지 못하다」는 각기 한국전쟁, 19세기 말, 안중근이라는 역사적 시기나 인물에 대한 창의적 해석을 통해 '역사적 상상력'이 한 편의 소설을 얼마나 풍요롭게 만드는지를 실감하게 한다.

---

11 한홍구는 이 역사적 사실에 대해 다음과 같이 설명하고 있다. "만주성위는 동만에 「1월서한」을 전달하기 위해 길동국(吉東局) 조직부장 반경유(潘慶由, 또는 潘慶友. 조선인으로 본명은 李基東)를 만주성위 순시원의 자격으로 파견했다. 1933년 6월 동만에 도착한 반경유는 「1월서한」의 정신에 따라 동만에 만연한 좌경노선을 척결하고 급진적인 소비에트를 인민혁명정부로 개편하는 방침을 추진했다. 그러나 이 과정에서 반경유는 소비에트의 건설이 1932년 중국공산당 북방회의(北方會議) 결정에 의해 이루어진 것이었음에도 불구하고, 당에 잠입한 민생단 간첩들이 당을 파괴하기 위해 건설한 것으로 몰아부쳤다. (…중략…) 당연히 반경유에 의해 민생단으로 지목된 조선인 공산주의자들은 반발했다. 그중 훈춘유격대의 정치위원인 박두남(朴斗南)은 반경유를 살해하고 도주했다. 박두남은 곧 일제에 투항하여 토벌대를 이끌고 혁명근거지에 대한 토벌에 앞장섬으로써, 그가 당에 잠입해 있던 일제의 간첩이라는 반경유의 주장이 혁명근거지의 당과 대중들에게 먹혀들 수 있게 만들었다." 한홍구, 「만주의 한국민족해방운동과 중국공산당—민생단사건을 중심으로」, 『한국민족운동사연구』 제27권, 2001, 253면.

이제『밤은 노래한다』에 이르러 김연수의 역사적 상상력을 활용한 소설 쓰기는 남다른 경지에 이른 듯하다. 아직까지 제대로 소설작품으로 형상화되지 않은 민생단 사건을 소재로 하여 김연수는 역사에 대한 면밀한 탐색이 새로운 문학적 상상력의 원천으로 작용하고 있다는 사실을 엄연하게 보여준다.

『밤은 노래한다』에는 동시대의 어떤 작가보다도 근현대사, 근대 문화사, 독립운동사, 미시사, 일상사를 지속적으로 공부하는 학인學人 김연수의 흔적이 진하게 아로새겨져 있다. 이를테면, 한홍구, 신주백, 김성호 등의 민생단 사건에 대한 역사학계의 연구논문과 저서, 몇 년 전에 번역된 고바야시 히데오小林英夫의『만철滿鐵』(임성모 역, 산처럼, 2004)이나 한석정의『만주국 건국의 재해석』을 위시한 다양한 만주국 관계 문헌을 탐독한 흔적이 소설 곳곳에 드러난다. 주인공 김해연이 만철 조사부 직원으로 설정된 사실은 이 작품이 만주에 대한 충분한 탐색과 공부가 동반되지 않고서는 결코 쉽게 씌어질 수 없다는 점과 통한다. 그렇다면 소설의 역사적 배경으로 작용하는 시대에 대한 철저한 섭렵과 세밀한 장악 없이는 한 줄도 나아갈 수 없는 소설이 바로『밤은 노래한다』와 같은 유형의 작품이 아닐까.

주인공 김해연의 독서 편력을 통해 당시의 지성사와 문화사, 독서 사회사를 유추해보는 것은『밤을 노래한다』를 읽는 또 하나의 각별한 매력이다. 보들레르의「파리의 우울」, 푸쉬킨의「대위의 딸」, 니콜라이 체르니셰프스키의「무엇을 할 것인가」, 바쇼의 하이쿠, 하이네의 시, 고리키, 괴테, 니체, 멘델스존, 브람스 등의 당시 유행하던 문학적·문화적 아이콘이 수시로 등장하는 대목은 식민지시대 지식인의 독서사회학과 풍속사, 지성사, 문화적 수용에 대한 작가의 실증적 공부와 감각을 흥미롭게 드러낸다. 여기서 세심한 문화적 디테일과 풍속에 대한 장악이 소설의 밀도와 완성도를 높이는 매우 중요한 요소라는 점을 상기할 필요가 있다.

다만 이 대목에서 시인을 지망하는 김해연, 바쇼의 하이쿠를 읊조리는 이정희를 비롯한 주요 등장인물이 지나치게 감상적인 문학청년 지향성을 지니고 있다는 점, 심지어 만철 측량반 경호중대 중대장인 나카지마 타츠키 중위도 수시로 하이네의 시를 읊는다는 점은 다소 작위적이다. 문학에 대한 감수성이 없으면 그들은 사유를 진척시키지 못할 정도로 『밤은 노래한다』의 주요 인물들은 문학에 경도되어 있다. 역으로 이 부분에서 작가 김연수의 문학적 자의식이 드러나 있다고 볼 수 있겠다.

아울러 『간도신보』, 『문예춘추』, 『아카하다』, '만철용정사무소', '훈춘한민회', '대성중학교', '중국공산당 동만특위', '용정' 등의 간행물과 단체, 학교, 지명, 조직명이 등장하여 소설의 생생한 리얼리티를 확보하는 대목은 작가가 식민지시대 신문과 잡지 정보, 한국현대사, 독립운동사, 만주사, 공산주의운동사, 풍속사 전반에 대해 끊임없이 고구하고 탐색했음을 입증한다. 예컨대 "송 영감은 로쿠오사六櫻社가 만든 일제 팔레트로 사진을 찍었다"(118 : 앞으로 인용문 뒤에 있는 괄호 속의 숫자는 『밤은 노래한다』의 면수를 의미함)는 문장을 쓰기 위해 작가는 당시 풍속사 참고문헌을 섭렵했으리라. 김연수가 작품을 쓰기 위해, 당시 만주 지역에 있는 연변대학 기숙사에서 실제 거주하면서 현장 감각을 익히고 소설과 연관된 자료를 통독했다는 사실도 『밤은 노래한다』가 성취한 생생한 현실감과 자연스러운 습속 묘사, 당대의 풍속과 제도에 대한 소설적 장악을 가능하게 했을 터이다.

이렇게 본다면 김연수는 최근 진척된 한국현대사 및 미시사, 풍속사의 성과를 가장 왕성하게 흡수하면서 소설 창작에 임하는 작가가 아닐까. 이 점은 최근 젊은 소설가들이 현대적 일상과 쇄말적인 세태풍속에 경도되어 있는 점과 뚜렷이 대비된다. 김연수의 문학적 미덕과 경쟁력은 바로 지속적인 역사 공부를 통한 통찰력에서 비롯되는 것이다.

4. 낭만주의와 센티멘털리즘

주인공의 성정과 체질, 사상은 소설의 정조와 분위기를 결정적으로 규정한다. 동일한 역사적 소재를 대상으로 하더라도 주인공의 성격과 기질에 따라 그 작품의 분위기는 확연하게 다르다. 『밤은 노래한다』의 주인공 김해연의 내면과 정서를 지배하는 것은 단연코 유미주의와 센티멘털리즘이다. 아래 문장들을 눈여겨보자.

대련에서 머무는 2주 동안, 내가 무슨 일을 어떻게 했는지 기억나는 것은 없고, 다만 만철 직원용 사택촌 길가에 심어놓은 아카시아 꽃잎들이 바람에 흩날리던 광경만이 눈에 선하다.(35)

사랑에 빠지면 자연의 아름다움이 전에 없이 더 또렷해진다는 건 바로 그때 알았다.(36)

내 주변의 자연에 관한 얘기들. 예컨대 떨어지는 빗방울이라든가 바람이 불어오는 것에 따라 일제히 고개를 흔들던 분홍색 들꽃들, 혹은 온 하늘을 가득 메운 뭉게구름 같은 것에 관한 얘기들. 간절히 그리워하면서도 사랑한다는 말은 쓰지 못한 채, 편지는 늘 고향 통영의 바다에 관한 이야기로 끝냈다.(188)

한 마디로 매력적이며 아름다운 문장들이다. 자신의 심리와 내면 정경을 자연에 비유하는 방식으로 묘사하는 위의 문장들에서 주인공 김해연의 감상적인 기질과 문학적 취향을 확인할 수 있다. 그는 자연의 아름다움 앞에서 정작 자신이 수행하고자 했던 중대한 일을 망각하곤 한다. 이러한 김해연의 낭만적이며 유미주의적 기질과 내면은 또한 하이네의 시를 읊고 "광야가 뭔지 알아? 자신을 하찮게 여기는 것을 도저히 참을 수 없는 자들이 머무르는 곳이지"(25)라고 말하는 일본제국의 첨병 나카지마 타츠키 중위의 허무주의적 세계관과 연루되어 있다. 김해연은 "나카지마는 본성상 군국주의자가 될 수 없는 낭만주의자였다"(43)라고 언급하는데, 정작 김해연이야말로 전형적인 의미의 낭만주의자가 아닐까. 김해연은 "나 역시 언젠가는 시인으로 꼭 등단하리라는 꿈을 버리지 않고 있었다"(75)는 구절에서 볼 수 있듯이 시인을 지망하는 문학청년이자 로맨티스트로 묘사된다. 그러니 이런 김해연을 두고 '연애시인'이라고 놀려대는 강정숙의 심사는 자연스럽다. 김해연의 낭만주의와 센티멘털리즘은 그로 하여금 어떤 심각한 역사적 정황에서도 내면의 무늬와 자연에 대한 관심, 실존의 풍경을 우선하게 만든다. 그래서 "온 하늘을 가득 메운 뭉게구름 같은 것에 관한 얘기들"이나 "고향 통영의 바다에 관한 이야기"는 어떤 심각한 정치적 사안이나 혁명 못지않게 소중하게 다가오는 것이다.

김해연을 비롯한 등장인물들의 낭만주의적 정서는 작가 김연수의 유려한 미문과 절묘하게 어울리면서 독특한 소설적 정취와 애수를 빚어낸다.

햇살이 반짝이는 강물과도 같은 젊은 나날들이 그렇게 지나갔다.(266)

길게 드리운 구름장 뒤에서 종이로 만든 것처럼 투명할 정도로 창백한 만월이 다시 이지러지기 시작한 열엿새의 낮과 밤. 세상의 모든 버드나무 가지들이 내게 말을 걸었던 48시간. 심장에 돋아난 귓바퀴가 어둠의 가장 깊은 곳에서 울려 퍼지는 말들에 귀를 기울이던 마지막 토요일 저녁.(147)

이처럼 마음의 풍경을 자연에 비유하여 섬세하게 드러내는 아름다운 문체와 아포리즘에 가까운 문장들이 『밤은 노래한다』 곳곳에 숨겨진 보석처럼 박혀 있다. 『밤은 노래한다』를 읽는 즐거움의 상당 부분은 김연수의 절묘한 단장斷章과 아포리즘을 향유하는 데 있다. 예컨대 "새로운 계급의 새로운 인생관이란, 다른 사람을 향한 시선과 귀 기울임에 있다는 사실을 깨치게 됐다"(114~115)는 문구는 이른바 '혁명의 도리'를 생각하는 사람들의 태도와 윤리에 대해서 촌철살인으로 표현하는 인상적인 단장이다. 그리고 다음의 문장을 보자.

유격구는 더없이 평화롭고 서로 의지하는 곳이지만, 그만큼 잔인한 곳이기도 하다. 유격구에서는 마음을 쉽게 주지 않는 편이 좋다. 왜냐하면 언제 누가 죽을지 모르는 곳이기 때문이었다. 인간은 다른 인간에게 마음을 주지 않고 살아갈 수 없는 일이지만, 마음을 준 그 인간이 소멸되는 것을 지켜보는 것만큼 힘든 일은 없었다. 그러나 역설적으로 유격구에서 살아가는 사람들이 서로에게 육친보다 더한 사랑을 퍼붓는 까닭은 그 때문이다. 곧 소멸될지도 모른다는 사실을 알기 때문에 본능적으로 그들은 그렇게 행동하는 것이다.(193)

죽음과 삶이 일순간에 교차되는 삶을 영위하는 유격대 대원들의 심리와 마음풍경을 아름답고 절묘한 아포리즘 형식으로 묘사하고 있다.

이런 특징을 김연수만의 문학적 매력이자 인장印章이라 할 수 있겠다.

문제가 되는 점은 작품 곳곳에서 산견되는 이러한 센티멘털리즘과 낭만주의적 정서, 빛나는 문장들이 오히려 민생단 사건의 심층에 본격적으로 다가가는 것을 방해한다는 사실이다. 실상 『밤은 노래하다』에서 민생단 사건에 대한 구체적이며 자세한 묘사는 상당히 함축적으로 이루어진다. 간혹 소설 속에서 민생단 사건의 개요나 연구서의 요약에 해당되는 대목도 존재하지만, 전반적으로 민생단 사건의 본질은 작품 특유의 문학적 향기와 주인공 김해연, 이정희가 내품는 인상적인 캐릭터에 가려져 있다.

『밤은 노래한다』는 시적인 문장이나 섬뜩할 정도로 아름다운 아포리즘에 비해 역사적 사건의 본질을 투시하는 투철한 산문정신이 상대적으로 부족하다. 요컨대 『밤은 노래한다』는 시적인 소설에 가깝다. 이 소설이 이정희가 김해연에게 보낸 문학적이며 센티멘털한 편지로 끝맺는다는 점을 주목할 필요가 있다. "사랑이라는 게 우리가 함께 봄의 언덕에 나란히 앉아 있을 수 있는 것이라면, 죽음이라는 건 이제 더 이상 그렇게 할 수 없다는 뜻이겠네요. 그런 뜻일 뿐이겠네요."로 종결되는 마지막 대목은 숱한 사람의 죽음을 몰고 온 처절한 역사의 굴곡보다 한 개인의 사적인 사랑에 더욱 커다란 비중을 부여하는 공산주의자 김해연과 이정희의 내면풍경을 인상적으로 보여준다. 이런 김해연의 모습에 소설가 김연수의 문학적 기질이 투사되어 있는 것 아닐까.

한층 구체적인 역사적 해석과 핍진한 묘사가 필요한 대목에서 작가는 감상주의와 센티멘털리즘에 기대 민생단 사건이라는 그 장엄하고 슬픈 역사의 바다를 슬쩍 스치듯이 서정적으로 지나간다. 물론 한 편의 소설이 늘 역사적 사건의 핵심에 도달할 수는 없으리라. 그러나 한국 근대사를 통틀어 가장 문제적이며 참담한 비극적 사건 중의 하나로 기

억될 민생단 사건을 소재로 한 장편소설이라면, 도스토예프스키의『악
령』의 소재가 된 네차예프 사건 이상으로 인간의 본질과 욕망, 인정투
쟁의 모습, 질투의 표정에 대해서 깊이 있는 시선을 보여줄 수 있지 않
았을까. 다른 작가가 아닌 김연수이기에 이런 아쉬움을 표하고 싶다.

물론『밤은 노래한다』에는 흔치않은 문학적 미덕과 장점이 존재한
다. 그럼에도 불구하고 이 작품이 개척한 성과에서 더 나아가, 혁명운
동의 과정에서 발생하는 인간 욕망의 심연과 역사적 상처에 대해, 민생
단 사건이 가져온 역사적 굴곡과 파장에 대해 한층 본격적으로 성찰할
여지가 충분히 존재하는 것이 아닐까.

5. 사상 변화의 개연성과 탈민족주의

등장인물이 보여주는 사상적 변화와 그 개연성이 소설의 밀도와 완성
도를 판별하는 기준이라면, 『밤은 노래한다』를 완성도 높은 소설이라
고 할 수는 없다. 예를 들어 주인공 김해연의 내면이 지금 이 시대에 지
적 유행이라고 할 수 있는 탈민족주의의 정서를 자연스럽게 수용하고
있는 대목은 다소 어색하다. 김해연은 만철 입사의 의미에 대해 아래와
같이 언급한다.

그들보다 더 불리한 처지에 놓인 조선인으로서 나의 관심은 곧 총독부
냐, 만철이냐, 광산이냐 하는 진로 문제로 집중됐다. 천신만고 끝에 만철에
입사하고 난 뒤에는 비록 만리타향까지 가야 한다는 점이 마음에 걸리긴
했어도 조선인으로 만철에 들어갔다는 사실에 한동안은 꽤나 우쭐했었다.
그런 내게 국가나, 민족이 구체적으로 느껴질 리가 없었다. 그러므로 나는

그게 어떤 자들이든 비적(匪賊)에게 죽는 건 개죽음에 불과하다고 생각했다.(19)

이러한 고백과 연관하여, 일본군국주의 파시즘이 당시 식민지조선에도 휘몰아치던 1930년대 당시에 김해연이 고민한 탈민족주의적, 탈국가주의적 정서가 한 사람의 지식인에게 과연 어느 정도 가능했는가 하는 의문을 던져볼 수 있겠다. 김해연은 나카지마 타츠키 중위와 만철 조사부에 근무하는 전향 사회주의자 니시무라 히데하치에 대해 "두 사람은 모두 자신의 혼을 증명하기 위해 변경으로 나섰다. 국가와 민족보다는 인간의 조건에 더 매료된 자들이었다"(22)고 말하면서, 그들을 국가와 민족 개념에서 자유로운 지식인으로 상정한다. 물론 비범한 개인에 의해 이러한 탈국가주의적 사유가 당시 가능했겠지만, 만주사변(1931) 이후 휘몰아치던 전시 군국주의 파시즘이라는 정황에서 그러한 선택이 지닌 필연성이 한층 치밀하게 묘사될 필요가 있다. 설혹 당시 상황에서 군국주의 파시즘의 자장에서 이탈한 탈국가주의 성향의 자유로운 지성인이 존재했다 하더라도, 그에 대한 형상화는 더 자연스럽게 이루어져야 하지 않을까.

한 때 총독부에 들어가는 것을 구체적으로 고민했던 김해연이 만철 직원을 거쳐 중국공산당에 가입하고 민생단 사건을 온몸으로 체험한 파란만장한 사회주의자로 거듭나는 극적인 과정의 내적 필연성도 부족하다. 자신의 사상을 근본적으로 전환하는 과정에 대한 충분한 설명과 해명이 필요한 대목에서, 이 소설은 김해연의 감상과 센티멘털리즘, 막연한 그리움, 허무주의적 정조로 채워진다. 물론 아름다운 문체나 아련한 페이소스가 『밤은 노래한다』의 문학적 아우라를 발산하는 개성적인 소설미학 자체라고 할 수 있다. 문제는 그러한 요소들이 민생단 사건이라는 무궁무진한 역사적 소재가 지닌 찬란한 가능성을 희석시키고 있다는 사실이다. 김해연과 이정희를 위시한 등장인물이 지닌 남다른 매력에도 불구하고 그들이 지나치게 감상적이며 이상적으로 묘사되고 있으며, 작가의 주관적인 취향과 감각에 의해 지배당하고 있다는 점이 저적되어야 한다.

이러한 의미에서 우리는 작가 김연수에게 독일의 문학사가 호르스트 슈타인메츠Horst Steinmetz가 던진 질문, 즉 "작가에게는 과연 '역사의 진실die Wahrheit der Geschichte'을 변조하지는 않을지라도, 역사적으로 증명된 사건을 '창작한 사건'을 통해 보완하는 일이 허락된단 말인가?"[12]라는 근본적인 질문을 던져볼 수 있을 것이다. 물론 이러한 문제제기를 『밤은 노래한다』가 애써 개척한 문학적 성과를 간과한다는 차원에서 바라볼 필요는 없겠다. 오히려 그 반대다. 역사적 사실에 대한 충실한 재현과 밀도 깊은 해석이야말로 탁월한 소설이 갖추어야할 중요한 조건이라면, 『밤은 노래한다』는 역사적 사건을 소재로 한 소설이 구비해야 할 소설미학과 형상화과정의 리얼리티에 대해 깊은 생각을 유도한 드문 작품이다. 이 작품과의 대결을 통해 비로소 한국소설은 한 단계 진전하게 될 것이다.

6. 맺는 말 : 끊임없이 스스로 갱신하는 작가 김연수를 위해

지금으로부터 26년 전, 문학비평가 김현은 『문학사회학』의 마지막 대목에서 이렇게 적은 바 있다.

---

12 Horst Steinmetz, 서정일 역, 『문학과 역사』, 예림기획, 2000, 11면.

문학사회학은 문학을 손상시키지 않는 사회학이어야 한다. 단테의 『신곡』, 「지옥편」에 나오는 한 이미지를 빌어오자면, 구리로 만들어졌으되 황소의 울음을 우는 시칠리아의 암소처럼, 문학사회학은 사회학이되 문학의 울음을 울어야 한다.[13]

이러한 김현의 발언을 제대로 이해하기 위해서는 그 발언이 나온 사회적 맥락과 김현의 문학관을 이해할 필요가 있다. 『문학사회학』이 간행된 것은 1983년이다. 당시 민중문학과 민족문학, 즉 문학이 사회변혁과 정치개혁의 중요한 수단으로 간주되기 시작하던 그 시대에 김현은 『문학사회학』을 통해 오히려 문학의 진정한 자율성과 독자성을 주장한다. "문학사회학은 사회학이되 문학의 울음을 울어야 한다"는 주장이 바로 그러한 김현의 생각을 잘 보여준다. 그 이후에 이른바 민중문학이 시대적 대세가 되어, 문학의 정치성이 극대화되었으며 문학의 자율성이 현저히 위축된 과정을 생각하면 김현의 이러한 발언은 충분히 존중될 만하다.

문학사회학을 문학과 역사의 관계로 치환하여 김현의 발언을 지금 이 시대에 그대로 적용할 필요는 없을 것이다. 오히려 이 시대에는 문학이 자신을 둘러싼 콘텍스트, 즉 역사나 사회에 대한 공부와 관심이 약화된 것이 아닌가. 그렇다면 이제 역설적인 의미에서 문학이 한층 문학답기 위해서 문학을 둘러싼 콘텍스트에 대해 정밀하게 탐문할 필요가 있는 것이 아닐까. 역사, 사회와 만나는 그 과정은 궁극적으로 문학텍스트를 풍요롭게 만드는 길과 연결될 것이다.

김연수는 문학을 둘러싼 다양한 콘텍스트를 충실하게 섭렵하는 과

---

13 김현, 앞의 책, 193면.

정을 통해 침체에 빠진 이 시대 문학의 밀도를 높인 소설가이다. 김연수에 대한 평단과 문단의 찬사는 바로 그러한 노력에 대한 정당한 평가가 아닐까. 그러나 이 시점에서 볼 때, 그는 세간의 평가에 자족하지 말고 다시금 문학을 둘러싼 다양한 콘텍스트(역사, 사회, 시대)를 한층 정밀하게 참조하고 탐구할 필요가 있다. 그러한 과정이야말로 앞으로 전개될 김연수 문학을 더욱 풍성하게 만들 것이다.

　어쩌면 지나치게 문학적인 『밤은 노래한다』의 어떤 풍경과 문학내부에 한정된 텍스트주의의 부정적 징조가 전혀 관계없다고 말할 수 없는 것은 아닐까. 김연수는 그 위험성에 대해 이미 충분히 인식하고 있는 뛰어난 작가이다. 『밤은 노래한다』는 김연수 소설의 저력과 잠재력을 유감없이 보여주는 분명한 증거이다. 그럼에도 불구하고 그는 거기서 더 나아갈 필요가 있다. 김연수는 그런 능력이 있는 드문 작가이다.

(2009)

신경숙은 세계문학의
새로운 가능성인가

1

신경숙의 『엄마를 부탁해』는 소설의 주인공 '너'가 로마의 바티칸 베드
로 성당 입구에 있는, 미켈란젤로의 3대 조각 작품 중 하나인 피에타상
을 목도하고 실종된 엄마를 떠올리는 장면으로 끝을 맺는다. 이 대목은
아래와 같이 묘사되어 있다.

> 안으로 들어가기도 전에 무엇인가가 강하게 너를 끌어당겼다. 무엇일
> 까? 너는 사람들을 헤치고 자석처럼 끌어당기는 것을 향해 다가갔다. 사람
> 들이 무엇을 보고 있는지 고개를 쳐들고 살펴보았다. 피에타상이다. 너는
> 이끌리듯이 사람들 사이를 헤치고 피에타상 앞으로 나아갔다. 막 숨을 거
> 둔 아들의 시신을 안고 있는 성모의 단아한 모습을 보는 순간 너는 얼어붙
> 는 것만 같았다.(『엄마를 부탁해』, 창비, 2008, 280면 : 앞으로 등장하는 괄호 뒤
> 에 숫자는 이 책의 면수를 의미한다)

세상의 고통과 상처를 대변하다 죽음에 이른 아들(예수)을 안고 있는 성모의 비탄에 잠긴 형상은 소설의 주인공 '너'와 실종된 엄마의 애잔한 관계로 전이된다. 내게는 바로 이 대목이 『엄마를 부탁해』의 다른 어떤 내용보다도 자못 인상적이었다. 누구보다도 희생적이며 인내심이 많은 한국적인 여인상(엄마)을 소설 내내 구현해오던 이 작품, 서울역 지하철 역사에서 실종된 엄마의 존재를 전통적인 차원의 한국 엄마의 희생과 수난사로 채색해 오던 소설은 마지막 대목에서 저 서양 문화의 가장 보편적인 문화적 상징과 포개지면서 독특한 아우라를 발산한다.

아마도 이 장면은 소설의 어떤 대목보다도 서양의 독자들에게 지극히 익숙한 어떤 보편적인 의미와 독서의 공감대를 제공했으리라. 서구의 관점에서 해석하면 지나치게 순종적이며 희생적인 엄마의 형상에 흔쾌하게 공감할 수 없던 독자라도 적어도 '피에타'가 등장하는 대목에서 눈이 홀연 밝아지는 순간을 맞이하게 되지 않을까. 말하자면 작품 말미의 피에타를 활용한 대목은 『엄마를 부탁해』가 미주나 서유럽의 독자들에게도 일정한 호소력을 발휘하게 만드는 유용한 소설 장치로 기능하고 있는 것이다. '피에타'는 이탈리아어 Pieta로 '신이여, 자비를 베푸소서'라는 뜻이며 슬픔, 비탄을 의미하는 용어이다. 물론 '피에타'라는 문화적 상징의 능숙한 활용이 『엄마를 부탁해』가 세계 32개국에 판권이 팔렸으며 15개가 넘는 나라에서 번역되었다는 사실과 직접 연관을 맺고 있다고 주장할 수는 없겠다. 그러나 동시에 『엄마를 부탁해』의 결말이 외국(특히 미주나 유럽)독자와 문인, 출판사관계자들에게 호의적으로 다가간 것과 아무런 관계가 없다고 얘기하는 것 역시 정확한 진단은 아닐 것이다. 『엄마를 부탁해』가 근 백 년이 넘는 한국현대소설사에서 그 어떤 작품보다도 수많은 외국의 문단과 평단, 독자, 출판사에게 폭넓게 소개된 이유는 과연 무엇일까? 작품 자체가 지닌 예술성, 홀

룽한 번역, 출판사와 에이전시의 효과적 기획과 홍보, 원초적인 모성에 대한 비극적이며 탁월한 환기로 요약될 수 있는 시의적절한 주제, 문학적 우연. 아마도 이런 요소들이 유기적으로 결합되어 『엄마를 부탁해』가 200만 부 이상 팔리고 세계 각국에 번역되는 등 일종의 신드롬이 형성되었던 것이 아닐까.

2

『엄마를 부탁해』의 마지막 장면은 자연스럽게 최근에 제 69회 베니스 영화제에서 황금사자상을 수상한 김기덕 감독의 영화 〈피에타 – 자비를 베푸소서〉가 지닌 문화적 함의와도 연결된다. 김기덕은 제목 '피에타'의 의미를 묻는 질문에 대해 "오늘날 한국에서도 오이디푸스, 햄릿과 같이 신화를 소재로 한 무대에 올려지고 있기 때문에 '피에타'라는 것이 그리 멀게 느껴지는 소재는 아니다"라고 답변한다.

청계천 상가가 철거되기 직전, 채권 추심업체의 의뢰로 대부분 철물관련 소상인인 채무자에게 잔인하기 이를 데 없는 폭력을 행사하는 주인공 '강도'(이정진 분), 그리고 그의 엄마라고 주장하는 여인(조민수 분)이 주요 인물이다. 이들의 시선을 통해 〈피에타〉는 '돈'이 목숨, 가족, 신체보다 우선하는 처참한 자본주의의 그늘과 비극을 충격적인 영상미학을 통해 보여준다. 이 영화를 통해, 어느 나라보다도 고도성장을 거듭한 한국 자본주의의 어두운 뒷골목에 존재하는 비인간적인 습속과 잔인한 현실이 생생하게 펼쳐진다. 영화의 제목 '피에타'는 좁게 보자면 '돈'을 위해 잔인한 폭력을 행사한 '강도'의 행위에 대한 엄마의 슬픔과 비탄을, 넓게 해석하면 '돈'으로 인해 타인들과 상처를 주고받는 이 극심한 경쟁자본주의사회에서 힘겹게 살아가는 모든 가련한 현대인에 대한 자비를 의미한다.

여기서 눈여겨보아야할 사실은 제목 '피에타'로 인해 이 영화는, OECD 국가 중에서 단연 1위의 자살률에서 확인할 수 있듯이 어느 나라 못지않은 물신사회의 참상이 도드라진 한국사회의 비극적인 현실을 넘어, 폭력과 상처, 슬픔과 비탄에 대한 보편적인 의미로 해석될 수 있다는 점이다. 다소 무리한 영화 서사적 전개, 몇몇 장면의 비약과 과장에도 불구하고 이 영화가 심사위원의 호평을 받은 이유가 혹시 거기에 있는 것이 아닐까? 과연 영화 〈피에타〉가 이탈리아 베니스 영화제에서 황금사자상을 받은 사실과 제목이 이탈리아 바티칸의 문화적 상징의 하나인 '피에타'인 것은 어떤 관련도 없을까? 이러한 질문은 우리 문학과 예술 작품을 외국에 소개할 때 중요하게 고려해야 할 요소나 딜레마를 함축하고 있다.

3

신경숙 장편소설 『엄마를 부탁해』와 김기덕의 영화 〈피에타〉에 자연스럽게 녹아있는 '피에타'라는 문화적·종교적 상징을 접하면서, 나는 소설가 최인훈이 지금으로부터 50여 년 전에 장편소설 『회색인』에서 독고준의 목소리를 통해 피력한 다음과 같은 언급을 떠올렸다.

한국의 문학에는 신화(神話)가 없어. 한국의 정치처럼 말야. '비너스'란 낱말에서 서양 시인과 서양 독자가 주고받는 풍부한 내포와 외연(外延)이 우리에게는 존재치 않는단 말이거든. 서양의 빛나는 시어(詩語)나 관용어들이 우리의 대중 속에서 매춘부로 전락하는 사례를 얼마든지 들 수 있어. 가로되 '니콜라이의 종소리' '성모 마리아' '슬픔의 장미' '낙타의 신기루' '아라비아' 같은 거. 이런 말은 그쪽에서는 강렬한 점화력을 가진 말이야. 왜냐하면 그 말들 뒤에 역사가 있기 때문이야. '니콜라이의 종'하면 희랍 정교회의 역사와 비잔틴과 러시아 교회와 동로마 제국의 흥망이 그 밑에 깔려 있는 게 아니겠나? '성모 마리아'는 더 말해서 뭣해? 바이블과 카톨릭 중세 기사들의 순례와 수억의 인간이 긋는 성호(聖號)가 이 고유명사를 받 치고 있지 않아? (…중략…) 하늘을 나르는 모포와 사이렌의 피리는 살아 있다. 그러나 손오공의 여의봉은 어디에 있는가? 그들의 경우 과거와 현재 는 이어져 있으나 우리는 끊어져 있다. (…중략…) 저들은 단단한 벽돌 위 에 얹힌 풍차와 싸우고 있으나 우리는 허공중에 거꾸로 매달린 허깨비와 싸우고 있다.

다소 급진적인 한국문화(문학)의 '전통 단절론'과 한국문학의 빈곤 을 개진하는 위의 주장은 물론 당대 사회를 둘러싼 지식사회학적 풍토 를 감안해야 제대로 해석될 수 있다. 한국전쟁 이후 불과 십여 년이 지 난 당시의 정황에서, 폐허가 된 국토, 모든 것이 파괴되고 해체된 지성 계와 대학, 문단, 전후 한꺼번에 밀어닥친 실존주의를 위시한 다양한 서구문예사조, 전통과 과거에 대한 과격한 부정, '먼 곳에 대한 그리움' 으로 표상되는 전혜린의 이국적인 정서 등이 위에서 피력된 최인훈(독 고준)의 파격적인 진단을 낳게 한 밑바탕이었다. 저 독고준의 발언 이후 많은 세월이 흘렀다. 4 · 19 이후 대학의 학문 분과와 시스템이 획기적 으로 근대화되었으며, 서양의 문화를 소개한 무수한 책들이 번역 소개 되었다. 또한 한문학의 새로운 발견, 다산과 연암으로 대변되는 조선후 기의 활력과 가치에 대한 재인식, 식민사관을 극복하기 위해 창안된 자생적 근대화론의 대두에서 목도할 수 있듯이, 한국의 고유한 문화적 상징을 발견하고, 전통(고전)과 현대를 연속성의 관점에서 재해석하려는 무수한 학문적·문화적 노력과 지적 탐구가 진행되었다.

그래서 이제 누군가가 『회색인』에서 피력된 독고준의 주장을 유사하게 반복한다면, 대번에 노골적인 오리엔탈리즘이나 문화적 사대주의라는 오명을 뒤집어쓰게 될지도 모른다. 이와 같은 현실의 동전의 양면일 터인데, 이제 소설이나 영화에서 '피에타'라는 서유럽의 문화적 상징을 활용하는 것은 한국이라는 문화적 문맥에서도 자연스럽게 수용될 수 있을 만큼 문화 번역과 교류, 이식, 수용이 활발하게 진척되었다. 그렇다면 『회색인』의 저 문제적 발언 이후, 우리의 전통과 문화에 대한 재발견과 서구의 문화에 대한 번역과 수용이라는 두 가지 경향이 동시에 전개된 셈이다. 이같은 문화적 배경이 『엄마를 부탁해』와 영화 〈피에타〉에서 '피에타'라는 서구적 문화상징이 우리 문화판에 비교적 자연스럽게 활용되고 안착한 맥락이리라.

사정이 이러하다면 다음과 같은 가정을 해볼 필요가 있다. 최인훈이 『회색인』을 발표한 그 시대에 『엄마를 부탁해』와 유사한 문제의식을 지닌 작품이 발표되었다면 어떤 반응이 있었을까. 당연히 엄마의 희생적인 모성성은 어디서나 발견할 수 있는 비근한 실례로 수용되지 않았을까. 그 시대의 문맥에서 보면, 『엄마를 부탁해』의 엄마는 지극히 평범한 캐릭터에 가깝다. 거의 모든 엄마들이 소설의 엄마가 처한 상황보다 더욱 남성 중심적이며 열악한 사회에서 엄마와 며느리 역할을 묵묵히 수행했을 테니 말이다. 아울러 '피에타'를 묘사한 대목— 그 시대에 대부분의 작가에게 이탈리아 여행은 불가능했겠지만— 은 당시의 문화적 환경에서 보면 생경하고 어색한 장식이나 사족으로 수용되었을 여지가 다분하다. 이렇게 본다면 『엄마를 부탁해』는 희생적인 모성성이 점차 약화되는 시대, 문화의 교류와 수용, 번역이 거의 실시간으로 이루어지는 이 시대의 문화적 산물 그 자체가 아닐까. '모성'을 에워싼 이 시대 풍속에 대한 비범한 장악을 통해 신경숙은 『엄마를 부탁해』를 쓸 수 있었다.

어쩌면 신경숙은 최인훈에 이어 한국 소설문학의 귀한 가능성으로 자리잡게 될 것이다. 그 가능성을 개화시키기 위해 신경숙은 자신의 문학적 장점을 십분 살리면서도 선배작가이자 대학은사인 최인훈의 글쓰기에서 많은 것을 느끼고 배울 필요가 있지 않을까. 그 과정은 '지성과 역사'와의 만남이 될 것이다. 최인훈이 한때 노벨문학상 후보로 손꼽힌 이유를 단지 문학적 감성이나 유려한 문체, 풍속에 대한 탁월한 묘사에서만 찾을 수는 없다. 자국의 역사와 전통에 대한 깊이 있는 식견, 더 나아가 서구를 포함하여 한국에 커다란 영향을 미친 세계 문화와 예술— 그 한계까지 포함하여 — 에 대한 넓고 깊은 이해, 한국문화의 가능성과 한계에 대한 철저한 응시 등이 바로 최인훈 소설을 한국문학의 범주를 넘어 세계문학의 한 가능성으로 끌어올린 요소이다. 신경숙의 문학에서는 제대로 된 지성과 역사의식을 발견할 수 없다. 물론 신경숙에게는 신경숙의 길이 있다고 편하게 말할 수 있다. 근본적으로 말해서 신경숙의 고유한 감성적 문학세계를 최인훈의 지성적이며 관념적인 문학세계와 같은 평면에 놓고 비교할 필요는 없으리라. 그러나 이런 식으로 논리를 몰고 가면 모든 비교와 상대적 평가는 원천적으로 불가능할지도 모른다. 그렇다면 문제의 핵심은 무엇인가. 이 작업에 앞서서 우선 『엄마를 부탁해』의 미덕과 장처에 대해 언급해보자.

4

나는『엄마를 부탁해』가 전통적이며 희생적인 여성상을 부각시키면서 대중들의 감성에 호소한 대중소설에 가깝다는 일각의 평가는 단지 일면적인 진실을 담고 있다고 생각한다. 이 작품은 시점, 구성, 기억의 배치, 개성적인 문체, 당대의 풍속에 대한 정밀한 장악의 면에서 공을 들인 흔적이 역력한 수작이 분명하다. 말하자면 전통적인 모성이나 피에타라는 문화적 상징, 시대적인 차원의 위로와 공감의 미학을 떠나 작품 자체의 문학적 완성도에서도 높이 평가할 만한 미덕과 자질을 지녔다.

무엇보다 이 작품을 읽으면서 근래에 흔치않은 감동을 받았던 것은 역시『엄마를 부탁해』가 누구나 무의식적으로 인지하면서도 제대로 형상화된 적이 없었던 희생적이며 원초적인 모성의 형상을 감동적으로 보여준다는 사실에 있다.

한 여자. 태어난 기쁨도 어린 시절도 소녀시절도 꿈도 잇은 채 초경이 시작되기도 전에 결혼을 해 다섯 아기를 낳고 그 자식들이 성장하는 동안 점점 사라진 여인. 자식을 위해서는 그 무엇에 놀라지도 흔들리지도 않은 여인. 일생이 희생으로 점철되다 실종당한 여인. 너는 엄마와 너를 견주어보았다. 그럼에도 불구하고 엄마는 한 세계 자체였다.(275)

생각해봐. 엄마는 상식적으로 한 사람이 할 수 있는 일을 하면서 살아온 인생이 아니야. 엄마는 엄마가 할 수 없는 일까지도 다 해내며 살았던 것 같아. 그러느라 엄마는 텅텅 비어갔던 거야. 종내엔 자식들의 집 하나도 찾을 수 없는 그런 사람이 된 거야.(260)

이렇게 묘사되는 엄마의 형상 앞에서 스스로 숙연한 마음이 되지 않을 장년 이상의 한국 독자는 그다지 많지 않을 것이다. 그래서 "아, 엄마에게도 오빠가 있었구나! 새삼스럽게 깨달았던 것이다. (…중략…) 너에게 엄마는 처음부터 엄마였다. 너의 엄마에게도 첫걸음을 뗄 때가 있었다거나 세 살 때가 있었다거나 열두 살 혹은 스무 살이 있었다는 것을 상상해본 적이 없었다"는 문장은 많은 독자들의 폐부를 통렬하게 관통하리라. 그렇다. 우리는 엄마에게도 빛나던 청춘과 꿈 많은 소녀시절이 있었다는 사실을 깨닫지 못하고 있었다. 또한 "너는 엄마에게 늘 화를 내듯 말했다. 엄마가 뭘 아느냐고 대들 듯이 말했다"(45)는 문장을 통해 세상에서 가장 편한 상대인 '엄마'에게 행했던 일상적 폭력을 상기하고 깊은 회한의 표정을 짓게 되리라. 다음의 문장들은 또 어떤가.

너는 어느 휴일 날 오빠네를 찾아갔다가 골프채를 들고 차에서 내리는 오빠를 향해 나쁜 놈! ─ 고함치며 한바탕 소란을 피웠다. 오빠마저 엄마의 실종을 받아들이면 대체 누가 엄마를 찾는단 말인가. 너는 오빠의 골프채를 빼앗아 바닥에 내팽개쳤다. 모두들 서서히 엄마를 잃어버린 아들과 딸 그리고 남편이 되어가고 있었다. 엄마가 없이도 일상은 이어지고 있었다.(272)

엄마를 잃어버린 다음에야 너는 엄마의 이야기가 너의 내부에 무진장 쌓여 있음을 새삼스럽게 실감했다. 끊임없이 반복되던 엄마의 일상. 엄마가 곁에 있었을 땐 깊이 생각하지 않은 엄마의 사소하고 어느 땐 보잘것없는 것같이 여기기도 한 엄마의 말들이 너의 마음속으로 해일을 일으키며 되살아났다. 너는 깨달았다. 전쟁이 지나간 뒤에도, 밥을 먹고 살 만해진 후에도 엄마의 지위는 달라지지 않았다는 것을.(273)

누군가의 희생과 보살핌에 기댈수록, 그 누군가의 부재는 통렬한 아픔과 커다란 불편으로 다가올 수밖에 없다. 그러나 동시에 그 누군가가 없어도 일상은 그대로 흘러가기 마련이다. 이 두 가지 모순적 정황과 심리를 위의 예문은 효과적으로 전달한다. 이렇듯『엄마를 부탁해』의 진정한 매력은 우리가 보편적으로 느끼면서도 평소에는 의식하지 못했던 엄마에 대한 미안함, 부끄러움, 원한의 감정을 문학적인 언어로 드러내고 있다는 점에 있지 않을까 싶다. 이런 면에서 나는 특정한 작품『엄마를 부탁해』가 지닌 빛나는 개성과 문학적 미덕을 인정하는데 인색할 생각은 전혀 없다. 다만 이 작품을 관류하는 협애한 가족주의, 때때로 발견되는 감상성이 아쉬웠다. 그것조차도 신경숙의 소설을 읽기 위해서는 선뜻 수용해야할 고유한 특징일까. 더욱 심각한 문제는 이 작품의 성공이 마치 한국문학의 세계화를 위한 전범典範으로 수용되는 현실에 있다. 이러한 현상은 한국문학이 특정한 국민국가에 한정된 협소한 범주에서 탈피하여 열린 세계문학으로 도약하는 과정에서 오히려 방해가 될 가능성도 있다.

5

『엄마를 부탁해』는 대중성과 예술성을 고루 갖추면서 베스트셀러로 자리잡은, 동시에 수많은 외국에 본격적으로 번역 · 소개된 최초의 한국현대소설에 해당한다. 그렇다면 이 작품의 성공을 발판삼아 한국소설과 신경숙이 과연 지속적으로 세계문학의 반열에 오른 작품을 생산할 수 있을 것인가? 이러한 질문에 대한 답변과정에서 중요한 참조가 될 수 있는 대담의 문제적인 대목을 읽어보자.

이성천 한국문학이 아직까지는 노벨문학상과 인연이 없습니다. 가까운 시일 내에 가능할지, 가능하다면 구체적으로 어떤 작가들을 후보군으로 보시는지 여쭙겠습니다.

도정일 노벨상요? 좀 미안한 얘기지만, 지금의 한국문학으로서는 세계 문학의 수준에 올라서는 일이 아주 지난하다고 생각됩니다. 가까운 시일이 언제쯤일지 전혀 감이 오지 않아요. 우리 문학을 널리 세계에서 소개하는 일은 필요하지만 작품이 있어야 소개가 가능하지요. 물량작전으로는 절대로 되지 않는 것이 문학의 대외 소개 사업입니다. 문학은 한 나라의 심미적, 윤리적, 정신적 수준을 대변하는데, 지금 우리 사회는 앞 다투어 정신 잃어버리기 경주에 몰입해 있어요. 사회의 정신적 수준이 올라가는 것과 문학의 수준 사이에는 불가결의 관계가 있습니다. 내 머리에 노벨상 후보군의 명단은 없습니다.(「문학은 '헐벗은 얼굴'에 대한 연민을 확장하는 것 — 도정일 선생과의 만남」, 『대산문화』, 2012년 가을호, 26면)

한국문학의 현황에 대한 이와 같은 단호한 부정적 진단과는 분명한 거리를 두는 문인들도 많을 것이다. 대담 형식이기에 구체적인 논리나 분석 없이 전개되는 한계에도 불구하고, 나는 이러한 도정일의 진단이 지금 한국문학, 특히 장편소설이 마주하고 있는 근본적인 딜레마를 정면으로 건드린 발언이라고 본다. 도정일의 과감한 진단은 지성과 사유, 역사의식이 결여된 이 시대 한국소설에 대한 냉철한 평가로 해석될 수 있지 않을까.

표면적으로 보면 『엄마를 부탁해』의 기대 이상의 성공으로 인해 한국문학의 세계화는 장밋빛 대로에 놓인듯하다. 그러나 냉엄하게 생각해보면 『엄마를 부탁해』의 성공은 여러 가지 요소들이 절묘하게 결합된 일회적인 사건에 가깝다. 『엄마를 부탁해』 이후 신경숙이 펴낸 또 하나의 장편소설 『어디선가 나를 찾는 전화벨이 울리고』(2010)가 지닌 미학적 퇴행과 문제점을 상기할 필요가 있다.[1] 단단한 지성과 냉철한 역사적 사유가 필요한 대목에서도 '천사표' 캐릭터의 감상적 배설이 주조를 이룬 이 작품의 한계는 이 시대 한국문학의 도약을 위해서도 엄중하게 지적되어야 마땅하다. 또한 최근에 펴낸 소설집 『모르는 여인들』은 신경숙 특유의 감성과 여전한 문학적 내공에도 불구하고, 대체로 새로운 미학적 갱신보다는 신경숙표 서사의 편안한 변주에 가깝다. 『배드민턴 치는 여자』로 대변되는 밀도 깊은 서정적 주체의 예민한 자의식은 이제 식상하게 다가오는 신경숙표 서사의 고만고만한 변주에 자리를 내주고 있다. 물론 그런 세계도 또 하나의 유의미한 문학이며, 지금의 신경숙 문학을 사랑하는 독자들도 여전히 많을 것이다.

그러나 나는 이즈음의 신경숙 글쓰기를 접하면서 어떤 허기와 공허함, 안타까움을 느낀다. 『엄마를 부탁해』의 엄청난 성공이 그녀에게 독이 된 것은 아닐까. 이제는 내게 별다른 문학적 자극을 전달하지 못하는 신경숙의 글쓰기. 그녀의 작품을 여전히 열광적으로 좋아하는 수많은 독자들. 신경숙에 대한 어떤 의미 있는 비판적 논평도 주요 문예지에서 접할 수 없는 현실. 이 모든 것이 안타깝다.

노벨문학상 수상자이기도 했던 칠레의 시인 파블로 네루다(1904~1973)는 "시는 개인적 삶의 솔직한 기록에 그쳐서는 안 된다. 그것은 인류를 향한 발언이어야 한다. 시의 목적은 고백이 아니라 설득에 있는 것이다"라고 말한 바 있다. 시보다 현실의 그늘, 역사적 굴곡, 세계의 실상과 한층 적극적으로 대면할 수밖에 없는 소설은 더더욱 그렇지 않

---

1 『어디선가 나를 찾는 전화벨이 울리고』에 대한 면밀한 비판으로는 오길영의, 「'비평가'를 찾는 전화벨이 울리면…… '신경숙을 부탁해!' ─신경숙의 베스트셀러와 비평의 위기」(『프레시안』, 2010.10.15)가 있다.

을까. 노벨문학상에 강박적으로 연연할 필요는 없겠지만, 여기서 우리는 대부분의 노벨문학상 수상자들은 아니 한 시대를 풍미했던 위대한 작가들은 한 실존적 개성의 고유한 무늬를 형상화하는 순간에도 세계와 인류를 향한 목소리를 담았다는 사실을 기억할 필요가 있다. 그것은 지성과 역사의식, 그리고 정교한 사유의 힘을 필요로 한다. 오해말기 바란다. 문학은 근본적으로 주관적이다. 거대한 역사적 지평과 현실의 모순을 묘사하는 것 이상으로 한 실존적 개인의 섬세한 내면과 사소한 마음의 무늬를 묘사하는 것은 문학의 위대한 소임이다. 그러나 그토록 섬세하기 이를 데 없는 사적 내면조차도 역사나 현실, 지성과 완전히 분리되어 존재하는 것은 아닐 것이다. 신경숙의 평판작 『외딴 방』에는 그 두 가지 요소가 비교적 성공적으로 결합되어 있었다. 그러나 어느 순간부터(특히 『어나벨』의 경우) 신경숙의 글쓰기는 역사나 현실이 하나의 장식이나 사족으로만 등장한다.

신경숙과 같은 여성문인이자 노벨문학상 수상자들인 비스와바 쉼보르스카나 헤르타 뮐러, 토니 모리슨, 나딘 고디머를 보자. 이들의 글쓰기에서 우리는 공히 명징한 지성과 단단하고 깊은 사유, 인간과 세계를 향한 섬세하면서도 담대한 발언을 접할 수 있다. 신경숙에게 부족한 것들이 바로 이러한 점들이다.

그래서 이렇게 말하고 싶다. 신경숙 문학의 고유한 특장인 한 서정적 주체의 예민한 실존의 풍경과 선연한 자의식을 묘사하는 경우조차도 지성과 역사의 울창한 숲을 제대로 통과했을 때, 그 풍경과 자의식은 더욱 그윽하고 팽팽해질 터이다. 지성과 역사의 험난한 숲을 거치지 않은 감성은 주관적 나르시시즘과 값싼 자기위안에서 멀지 않다. 나는 이즈음 신경숙의 글쓰기에서 바로 그러한 위험을 발견한다. 『엄마를 부탁해』를 평하면서 "김치냄새 나는 클리넥스 소설이 주는 값싼 위로에 기대지 말라"고 폄하했던 한 영문학자(조지타운대학교 영문학과 모린 코리건Maureen Corrigan 교수)의 평가는 물론 인종차별적 독설에 가깝다. 그러나 역으로 생각해 보면, 이 발언을 사유와 지성, 역사의식이 사라지면서 감성적 내용으로 채워진 신경숙의 최근 작품에 대한 문제제기로 수용할 여지는 충분히 존재한다.

어쩌면 『엄마를 부탁해』의 엄청난 성공이 신경숙의 글쓰기와 한국소설의 미래를 위해서, 그리고 말의 바른 의미에서 한국소설의 바람직한 세계화를 위해서 딱히 긍정적인 역할을 수행하지 못할 수도 있다는 사실을 분명히 자각할 필요가 있다.

예술가는 늘 불안해야 한다고 했던 어느 문인이 생각나는 밤이다. 자신의 이례적인 성공이 불안하고, 문단과 독자의 찬사가 미덥게 다가오지 않을 때, 그래서 스스로의 글쓰기에 대해 근본적으로 의심할 수 있을 때, 신경숙은 진정한 의미의 문학적 갱신을 이루어낼 수 있을 것이다. 새로운 설렘, 참신한 충격과 함께 그녀의 신작을 읽고 싶다.

(2012)

허무주의를 넘어서

김훈의 『공무도하公無渡河』에 대한 몇 가지 생각

1. 김훈의 추억

20여 년 전, 『한국일보』 문학담당 기자였던 김훈이 펴낸 산문집 『내가 읽은 책과 세상』(1989)에 대한 글을 쓰면서 나는 김훈 특유의 유미주의와 허무주의에 대해 언급한 적이 있다. 민주화와 진보를 향한 투쟁이 노도와 같이 타올랐던 그 시절, 김훈의 문학기행과 에세이는 당시 내가 지녔던 거의 생래적인 허무주의적 정서가 건강한 것이 아니라는 모종의 콤플렉스로부터 한 발쯤 벗어나게 만드는 상큼한 청량제였다. 지금 생각해 보면 에세이스트 김훈의 글을 만나면서, 나는 '허무'를 허무 그 자체로 인식하는 한편 내 마음에 깊게 드리운 허무의 내적 필연성에 대해서 정직하게 응시하게 되었던 것이다. 그래서 그 시절 나는 인생과 세상의 무의미함을 인정하면서 기꺼이 허무를 내 삶의 숙주로 받아들이는 것에 대해서 고민해볼 수 있었으리라.

　이제 이 땅에서 최고의 인기작가가 된 김훈의 신작 장편 『공무도하

公無渡河』(2009, 문학동네)를 읽으면서 여전히 아름다움에 대해 탐닉하고, 세상에 대해 허무주의자의 시선을 던지는 김훈의 초상을 마치 옛날 사진첩처럼 다시 발견한다. 적어도 글쓰기의 취향이나 문학적 기질이라는 면에서 본다면, 이십 년 동안 그는 전혀 변하지 않았다.

물론 다소 화려하고 멜랑콜리한 수식어로 채워졌던 그의 유려한 문장은 장황한 수식어를 제거한 채 구체적이며 건조한 아름다움을 추구하는 취향으로 변화했지만, 문체에 모든 것을 거는 소설문학의 장인 김훈의 글쓰기 자세는 여전하다. 세상을 무의미와 허무의 시선으로 바라보는 김훈 특유의 세계관도 그다지 변하지 않았다. 하기사 허무주의자라면 대체로 일종의 죄의식을 지닐 수밖에 없었던 군부정권 시절에도 당당하게 세상에 만연한 절박한 허무를 묘파했던 그가 지금 이 난마亂麻와 같은 시대에 허무주의자가 안 될 도리는 없을 것이다. 『빗살무늬토기의 추억』(2001)에서 시작하여 『칼의 노래』(2001), 『현의 노래』(2004), 『남한산성』(2007), 『공무도하』(2009)로 이어지는 그의 소설가로서의 여정은 역사와 세상, 인생사와 일상사에 켜켜이 배어들어 있는 허무의 심연을 미학적으로 확인하기 위한 소설기행이라고 부를 수 있지 않을까 싶다.

이제 김훈은 신작 『공무도하』에서 인간의 비루함과 치사함, 그리고 약육강식의 현실에 대해 있는 그대로 보여주는 방식으로 '세상의 무의미'와 '허무'를 묘사한다. 그 얘기를 위해 김훈은 새만금 간척장 논쟁, 매향리 미군 사격장 문제, 미국 장갑차에 의한 여중생 사망사건, 다문화 가정의 비극, 장기밀매, 간첩 침투, 자신이 기르던 개에 물려 죽은 소년 사건에 이르는 다양한 사건과 의제를 절묘하게 변용시켜 『공무도하』 속에 형상화한다.

소설 화자는 그 사건들에 대해 어떤 가치평가도 수행하지 않는다.

비평의 고독

그는 그 다양한 사건들을 통해 인간 욕망의 비루함과 치사함을, 이 세상의 무의미함만을 다만 관찰할 뿐이다. 그 관찰의 시선을 관통하는 정조는 깊은 허무다. 화자는, 아니 김훈은 그 비정하고 비루한 세상을 바꾸는 데는 관심이 없다. 소설은 단지 세상에 만연한 허무의 풍경과 약육강식의 현실을 제대로 묘사하는 것에 있다고 작가는 생각하는 듯하다.

2. 문장과 문체

김훈은 단 몇 페이지만 읽어도 그가 쓴 소설이라는 것을 짐작케 만드는 드문 소설가이다. 그가 쓴 대부분의 소설에는 오로지 김훈만이 쓸 수 있는 빛나는 문장들이 곳곳에 박혀 있다. 만약에 문장에 향기와 빛이 있다면, 김훈의 소설만큼 그 독특한 향기와 묘한 광채를 발산하는 문장도 달리 없을 것이다. 이런 의미에서 그는 한국어의 아름다움과 표현 가능성을 확장시킨 소설가이다. 그렇다면 그 문장들이 지닌 매력을 천천히 향유하는 것이 김훈 소설을 읽는 진정한 즐거움 중의 하나이리라. 『공무도하』 역시 김훈 특유의 문채文彩와 향기가 다채롭게 스며들어 있다. 가령 이런 문장들을 다시 음미해보자.

① 녹슨 지붕들이 햇빛을 튕겨내면서 막무가내로 색을 뿜어냈고 저녁 어스름이 내리는 오리나무숲은 고요했다.(29 : 앞으로 괄호 뒤의 숫자는 『공무도하』의 면수를 의미한다)

② 저녁 해거름이면 초병들의 얼굴이 붉었고 기관총 총구 속에서 석양이 들끓었다. (…중략…) 해안초소에서 내려와보면 죄수들의 몸놀림은 지

나간 시간의 지층 위를 기어가는 솔로 리뷰였다.(74)

③ 김밥하고 오징어튀김 사와, 국물도 좀 얻어오고, 라고 노목희가 말했을 때 문정수는 김밥, 오징어튀김, 국물 같은 단어들이 전하는 사물의 확실성을 느꼈다.(121)

④ 장철수는 대답하지 않았다. 한 세상이 자신으로부터 떨어져 나가서, 아득한 곳을 향해 돌아서는 느낌이었다.(164~165)

위의 문장들에서 볼 수 있듯이 김훈의 문장은 논리적인 연계나 인과관계 속에서 진술되지 않는다. 차라리 김훈의 문장은 독특한 이미지와 기발한 표현의 성운星雲으로 이루어져 있다고 말해야 하리라. 가령 예문 ①에서 "햇빛을 튕겨내면서 막무가내로 색을 뿜어냈고"라는 표현이나 ②의 "기관총 총구 속에서 석양이 들끓었다"는 묘사는 자연의 역동적인 변화를 절묘한 이미지를 통해 효과적으로 환기시킨다. 그런가 하면 "저녁 어스름", "시간의 지층", "한 세상이 자신으로부터 떨어져 나아가" 등의 표현들은 단어 및 표현 자체가 스스로 풍기는 깊은 여운으로 인해 책읽기의 울림을 선사한다.

한편 예문 ③에서 "김밥, 오징어튀김, 국물 같은 단어들"을 통해 "사물의 확실성"을 느끼는 문정수의 내면이 새롭게 다가온다면 그것은 무엇보다도 표현과 문장의 오묘한 분위기 때문이다. 김밥, 오징어튀김, 국물 같은 일상적인 먹을거리와 "사물의 확실성"이라는 관념적인 조어는 김훈의 문장 속에서 이상할 정도로 행복하게 만나서 완전히 새로운 의미를 획득한다. 그러니 김훈의 소설을 제대로 읽는 방법은 서사의 흐름을 따라가는 것보다는 문체의 쾌락을 그 자체로 향유하는 데 있다.

사실 김훈의 문장은 충분히 새롭지만 동시에 한국현대소설사라는 우람한 소설문체의 산맥에 민감하게 기대고 있다는 사실을 분명히 기억해야 할 것이다. 예컨대 "노목희의 몸에서 새벽안개 냄새가 났다. 문정수는 조바심쳤다. 문정수의 조바심이 노목희의 조바심을 일깨웠다"(130)는 대목에서 사람들은 자연스럽게 김승옥의 「무진기행」이나 최인호의 초기 소설을 연상하지 않을까. 그리고 다음 문장을 보자.

공유수면의 마른 펄에 억새와 민들레가 서식지를 넓혀갔다. 억새는 폐선착장 주변에 들러붙어 거점을 확보했다. 억새는 펄의 가장자리를 따라서 북쪽으로 세력을 전개했다. 민들레의 무리는 땅바닥을 긁는 포복의 대열을 이루며 소금기가 점차 빠져나가는 펄의 안쪽으로 진출했다.

이미 최재봉이 정확하게 지적했듯이 이런 문장에서 우리는 전형적인 군사적 상상력을 만난다(최재봉, 「신문엔 쓸 수 없었던 '세상의 바다'」, 『한겨레』, 2009.10.9). 거점, 확보, 세력, 포복 등의 군사용어를 마치 일상어 쓰듯이 자연스럽게 활용하는 소설가 김훈의 정치적 무의식에 대해서 정밀하게 검토할 필요가 있을 것 같다. 그에 비해 사소한 일상을 묘사하는 아래의 문장은 또 얼마나 절절하고 아득한가.

젓가락으로 김치를 마주 잡고 찢어 먹는 하찮음이 쌓여서 생활을 이루는 것인가. 그 하찮음의 바탕 위에서만 생활은 영위되는 것인가. 아니면 그 사소함으로는 감당할 수 없는 적의의 들판으로 생활은 전개되는 것인가. 그 사소함이 견딜 수 없이 안쓰럽고 그 적의가 두려워서 나는 생활로 넘어가는 문턱에서 이렇게 쭈빗거리고 있는 것일까……(218)

때로는 군사용어로 이루어진 전형적인 남성적 상상력의 웅혼한 문체로, 때로는 일상의 지겨움을 묵묵히 견디는 견인堅忍과 여백의 문체로 김훈은 『공무도하』에서 한국사회의 여러 슬픈 상처 자국들을 꼼꼼하게 들여다본다. 그가 궁극적으로 꿈꾸는 문장은 과연 어떤 문장일까. 『공무도하』에서 문정수의 연인 노목희는 자신이 편집한 책의 저자 타이페이 교수의 글에 대해 아래와 같이 말한다.

> 그의 문체는 순했고, 정서의 골격을 이루는 사실의 바탕이 튼튼했고 먼
> 곳을 바라보고 깊은 곳을 들여다보는 자의 시야에 의해 인도되고 있었다.
> 그의 사유는 의문을 과장해서 극한으로 밀고 나가지 않았고 서둘러 의문
> 에 답하려는 조급함을 드러내기보다는 의문이 발생할 수 있는 근거의 정
> 당성 여부를 살피고 있었다. 그의 글은 증명할 수 없는 것을 증명하려고 떼
> 를 쓰지 않았으며 논리와 사실이 부딪칠 때 논리를 양보하는 자의 너그러
> 움이 있었고, 미리 설정된 사유의 틀 안에 이 세상을 강제로 편입시키지 않
> 았고, 그 틀 안으로 들어오지 않는 세상의 무질서를 잘라서 내버리지 않았
> 으며, 가깝고 작은 것들 속에서 멀고 큰 것을 읽어내는 자의 투시력이 있었
> 다. 그의 글은 과학이라기보다는 성찰에 가까웠고 증명이 아니라 수용이
> 었으며, 아무것도 결론지으려 하지 않으면서 긍정이나 부정, 그 너머를 향
> 하고 있었는데, 그가 보여주는 모든 폐허 속의 빛은 현재의 빛이었다.(26)

김훈은 노목희의 관점을 통해서 자신이 꿈꾸는 이상적인 글쓰기에 대해 전하는 것이 아닐까. "모든 폐허 속의 빛"이 바로 "현재의 빛"이기를 꿈꾸는 대목은 바로 글쓰기와 문장에 대한 김훈의 도저한 욕망을 상징한다.

3. 기자와 진실

김훈은 오랫동안 기자였다. 『한국일보』, 『시사저널』, 『한겨레신문』으로 이어지는 27년에 이르는 기자 이력이 소설 쓰기에 영향을 미치지 않았을 리가 없다. 『공무도하』가 출간된 후에 김훈은 "이 소설은 나 자신의 개인적 생애나 사적인 체험과는 사소한 관련도 없다"고 말하지만, 이런 발언은 그야말로 원론적인 차원의 얘기일 뿐이다. 그가 기자생활을 하면서 바라본 세상의 풍경, 모순, 상처, 사건은 마음에 자연스레 쌓여 수많은 글감과 소재를 제공하지 않았을까.

『공무도하』의 중심인물은 사회부 신문기자 문정수와 그의 애인인 출판사 편집자 노목희다. 김훈은 문정수의 직업이 사회부 기자라는 사실을 십분 활용하여 『공무도하』에 등장하는 다양한 사건과 인물에 대한 정보를 제공한다. 그 사건들의 국면과 인물들의 행태를 통해 사람들의 근원적인 욕망이나 세상의 덧없음, 철저한 약육강식의 비정한 현실을 있는 그대로 보여준다. 그래서 호텔 화재진압 현장에서 수억원 대의 귀금속을 훔친 소방관 박옥출, 노동운동에 참여했다가 동료들을 배신하고 고향을 떠나 해망 해변에서 고철을 채취하는 장철수, 아들이 집에서 기르던 개에 물려죽자 이를 외면한 채 슬그머니 사라져버린 오순자, 끔찍한 교통사고로 고교생 딸을 잃은 뒤에 시민단체의 바람과는 달리 위자료를 챙기고 고향을 떠난 방천석 등은 문정수가 조우한 세상의 치사하고 비루한 인물군상이다. 이들 모두의 운명은 해망이라는 공간에서 거의 우연이라고 말할 수 있을 정도로 긴밀하게 맞물린다. 그들은 세상의 무의미함과 비정한 현실을 드러내는 비굴하고 속물적인 존재에 가깝다.

『공무도하』의 주인공인 문정수는 기자이기에, 이 작품에는 기자가 바라다본 세상의 풍경이라고 말할 수 있는 장면과 묘사가 자주 등장한다. "말끝마다 후배기자들의 이름 석자를 거듭 불러댐으로써 상급자의 우월적 지위를 확인시키려는 데스크들의 말버릇에 문정수는 익숙해져 있었다"(16)는 구절처럼 신문사의 습속과 풍속을 흥미롭게 묘사하는 장면들이 그것이다. 무엇보다도『공무도하』의 소설적 얼개 자체가 해망이라는 해변마을을 중심으로 벌어지는 갖가지 사건에 대한 문정수의 취재후기에 다름 아니다. 그 사건들을 취재하기 위해 문정수는 몇 차례나 해망 출장을 시도한다.

그는 소방관 박옥출의 보석 절도 행각과 장철수의 장기매매를 알면서도, 개에게 물려죽은 아들의 죽음을 외면하는 오금자의 비정한 행위를 알면서도 기사로 쓰지 않는다. 문정수에 의하면 "신문에 쓸 수 없는 것들, 써지지 않는 것들, 말로써 전할 수 없고, 그물로 건질 수 없고, 육하六何의 틀에 가두어지지 않는 세상의 바다"(125)이 존재하기 때문이다. 그 '세상의 바다'는 신문이라는 제도적 미디어의 수면 위로 부상하지 못한다. 그런 '세상의 바다'에 해당되는 은폐된 사실과 진실들이 얼마나 많겠는가.

이러한 사실은 신문(미디어)이 세상의 있는 그대로의 진실을 나르는 매체이기보다는 '선택과 배제'의 관점을 통해 단지 신문사나 신문기자의 관점에서 보도하고 싶은 것만을 보도하는 매체에 가깝다는 통찰을 극명하게 환기시킨다. 이 점은 소설가 김훈이 그 자신의 기자 경력을 통해, 신문(저널리즘)이 객관적 진실을 실어 나른다는 전통적인 관점에서 이탈하여 저널리즘 자체의 편파적인 태도, 즉 미디어나 기자의 의제 설정 권한을 분명하게 인지하고 있음을 보여준다.

김훈이 보기에 문학이야말로 "신문에 쓸 수 없는 것들, 써지지 않는 것들, 말로써 전할 수 없고, 그물로 건질 수 없는" 것들을 담을 수 있는 유력한 방법이거니와, 나는 김훈의 이러한 견해에 흔쾌히 동의하지 않을 수 없다.

4. 허무와 방관을 넘어서

『공무도하』에 등장하는 장철수의 문제적 언급, 즉 "인간은 비루하고, 인간은 치사하고, 인간은 던적스럽다. 이것이 인간의 당면문제다. 시급한 현안문제다"(35)라는 발언은 소설의 주제를 간명하고 정확하게 제시한다. 이 소설에는 수많은 비루하고 치사한 인간들이 등장한다. 박옥출, 오순자, 장철수, 방천석은 대의나 윤리보다는 현실적인 욕망의 논리에 따른다. 소설은 그 벌거벗은 욕망의 전시장을 사건기자 문정수의 담담하기 그지없는 시선을 통해 보여준다. 문정수는 아니 김훈은 그 치사함과 비루함, 헐벗은 욕망들이 이 세상의 피치 못할 모습이라고 생각하는 듯하다.

　김훈은 늘 거대담론과 이데올로기, 정치, 계몽적 주장 등에 대해서 거부감을 보여 왔다. 그는 어떤 경우에도 이상을 꿈꾸지 않는다. 『공무도하』에서 김훈의 이러한 생각은 작품을 형성하는 주요한 세계관을 이룬다. 예를 들어 "현실은 선과 악으로 판단하기 불가능한 본질적인 운명이 있다"는 생각은 현실 자체의 어쩔 수 없음을 전제한다. 이러한 현실 인식이 그 나름의 소중한 진실을 담보하고 있음은 물론이겠다. 문정수가 타이웨이 교수를 일컬어 말했듯이 "세상의 어떤 고통과 야만도 멀리 밀쳐놓고 사유의 대상으로 삼아서 즐길 수 있는 자가 바로 이런 자겠구나"(112)라는 '도저한 방관주의'의 경지도 충분히 가능하다. 그것은 예술가나 문인이 세상에 대해서 취할 수 있는 유력한 자세이자 미학적 거점이다. 그러나 나는 이 대목에서 작가 김훈에게 다음과 같은 일련의 질문을 던지고 싶은 욕망을 거둘 수 없다.

아마도 이런 반문들이 가능하겠다. 거대담론의 폐해, 이데올로기의 허망함, 정치의 폭력적 속성, 계몽적 주장의 위선, 인간이라는 존재의 지독한 에고이즘을 다 꿰뚫고 있으면서도, 새로운 변화와 희망을 일구어가는 것이 필요한 것이 아닐까? 인간의 비루함과 치사함에도 불구하고, 다시금 인간에게서 희망을 찾을 수밖에 없는 것이 아닌가? 바로 이러한 모색과 노력이 과연 김훈에게는 무의미하고 단지 허망한 것인가?

김훈이 몇 년 전 동인문학상 수상소감에서 언급했던 식민지시대의 비평가 임화는 그 모든 인간의 추악한 욕망과 약육강식의 세상을 인지하고 있으면서도 새로운 변혁의 길로 한 발, 한 발 내디딘 문인이 아니었을까. 그래서 임화는 "나는 굴욕마저를 사랑한다"(「너 하나 때문에」)고 노래했으리라.

인간의 비루한 욕망을 세밀하게 인식하는 것도 물론 소설의 중요한 소재이다. 그러나 동시에 그 비루하고 치사한 인간이 지닌 어떤 신의와 열정이 세상을 좀 더 살 만한 곳으로 바꾸는 과정에 중요한 동인으로 작용하기도 했다는 사실을 보여주는 것도 역시 소설이 감당해야 할 몫인지 모른다. 한때 비루하고 이기적이던 인간이 어느 순간에는 새로운 변화를 가져오기도 하는 바로 그 인간이기도 한 것이다. 물론 그 모든 것을 김훈에게 바랄 수는 없다. 그러나 김훈은 임화를 말하면서 "삶은 견딜 수 없이 절망적이고 무의미하다는 현실의 운명과, 이 무의미한 삶을 무의미한 채로 방치할 수는 없는 생명의 운명이 원고지 위에서 마주 부딪치고 있습니다"고 적지 않았던가. 생각해 보면 등단작 『어느 빗살무늬토기의 기억』에서부터 『칼의 노래』를 거쳐 『공무도하』에 도달한 김훈의 글쓰기에서 "무의미한 삶을 무의미 한 채로 방치할 수는 없는 생명의 운명"은 제대로 구현되지 못했다.

　최근작『공무도하』를 포함하여 김훈의 소설에 등장하는 주제가 인간은 치사하고 세상은 허무하다는 사실의 반복에 불과하다면, 그의 문학적 갱신을 위해서도, 새로운 소설적 세계의 개진을 위해서도 바람직하지 않다. 그가 너무나 당연시하는 세계관에 대한 성찰과 재점검은 필요한 것 아닌가.『공무도하』에서 타이페이 교수도 "그는 변하는 것들과 변하지 않는 것들 사이에 우열의 관계를 설정하지 않았다. 그의 글 속에서는 변하지 않는 것들이 강고한 화석으로 존재하는 것이 아니라, 변하는 것들 위에 실려서 함께 흔들렸다"(87~88)고 말하지 않았던가. 그렇다. 변하는 것들과 함께 흔들리는 것, 즉 새로운 변화를 위한 끊임없는 모색 바로 이것이 지금 김훈에게 필요하다. 이런 의미에서 나는『공무도하』의 '작가의 말'에서 김훈이 "나는 맑게 소외된 자리로 가서, 거기서 새로 태어나든지 망하든지 해야 한다. 시급한 당면 문제다"라고 말한 사실을 의미심장하게 받아들인다. 김훈은 이제 스스로 변화와 갱신의 필요성을 절감하고 있다. "한국문학에 벼락처럼 쏟아진 축복"(2001년 동인문학상 심사평)이라는 발언이 단지 의례적인 찬사가 아니라 오랜 세월 동안 내구력을 지니기 위해서 이제 김훈에게 필요한 것은 '변화'이다. 그 변화는 비루하고 치사하기 그지없는 인간들의 선의와 희망과 투쟁을 따뜻하게 감싸 안는 것에서 출발해야 할 것이다.

(2009)

소설, 미학, 정치

정치적 올바름은 미학적 품격과 만날 수 있는가? 2

1

김훈의 『내 젊은 날의 숲』(문학동네)과 조정래의 『허수아비춤』(문학의문
학)을 읽었다. 이 두 권의 장편소설은 소설의 미학과 정치에 대해 근원
적으로 사유하게 만드는 문제작이다. 이를테면 우리는 두 편의 소설을
읽고 이러한 일련의 질문을 던지지 않을 수 없다. 섬세하기 이를 데 없
는 묘사와 매혹적 문체, 독창적인 캐릭터를 보여주는 소설에서는 왜 구
체적인 현실의 맥락이 삭제되어 있는 것일까? 이 시대의 핵심적 모순
을 의연하게 고발하는 문제적 소설은 왜 미학적 품격과 충분히 만날 수
없는 것인가? 그렇다면 소설에서 정치적 올바름과 미학적 품격은 정녕
결합하기 힘든 것인가? 한 편의 소설에서 미학과 정치는 별개로 작동
하는 독자적인 자질일 뿐인가?

이러한 질문들과 씨름하는 과정은 과연 이 시대의 장편소설이 정치
와 미학이라는 두 가지 아포리아를 어떤 식으로 배치하고 있는가를 탐

구하는 시간이기도 할 것이다.

2

조정래는『허수아비춤』의 '작가의 말'에서 루쉰과 정약용의 다음과 같은 발언을 소개한다. "불의를 비판하지 않으면 지식인일 수 없고, 불의에 저항하지 않으면 작가일 수 없다." "나랏일을 걱정하지 않으면 글이 아니요, 어지러운 시국을 가슴 아파하지 않으면 글이 아니요, 옳은 것을 찬양하고 악한 것을 미워하지 않으면 글이 아니다."

이제는 많이 퇴색해버린 80년대의 투철한 계몽주의적 작가의식을 다시 장엄하게 환기시키는 작가 조정래의 결기에 찬 메시지는 복잡한 양가적 감정을 불러일으킨다. 아직도 이토록 비장한 고전적인 문학관을 고수하고 있는 이 작가의 존재는 내게 커다란 위안이다. 그러나 동시에 과연 이와 같은 지사적志士的 문학관에 이 시대의 소설가들이 얼마나 연대와 공감의 마음을 선뜻 내어줄까 라는 착잡한 질문을 던지지 않을 수 없다. 더욱 근본적으로 우리 시대의 문인 중에서 과연 몇이나 저 조정래의 계몽적 문학관을 스스로 실천할 의지와 용기를 지니고 있는 것일까.

조정래는 루쉰과 정약용의 역할을 자신이 수행해야 한다고 생각하고 있는 것처럼 보인다.『허수아비춤』에서 그는 불법비자금 사건과 불법세습을 비롯한 재벌의 치명적인 비리, 거대언론과 기업의 결탁, 지성의 비판정신이 실종되어 권력의 눈치를 보는 대학사회, 권력에 약하고 약자에게 강한 그들만의 검찰조직을 직설적인 비판과 풍자, 조롱의 대상으로 삼고 있다. 그는 이토록 민감한 정치적 소재와 정면 대결하

비평의 고독

278

는 소설을 쓸 수 있는 이 땅의 드문 작가이다. 이런 의미에서『허수아비춤』은 이 시대 한국문학이 당대의 모순과 정면 대결하는 전통이 여전히 생생하게 존재한다는 사실을 보여주는 희귀한 예다.

3

『허수아비춤』을 읽으면서 김용철 전 변호사의『삼성을 생각한다』를 떠올리는 것은 무척 자연스럽다. 한마디로 말해서『허수아비춤』은 소설판『삼성을 생각한다』라고 할 수 있지 않을까. 이 소설에서 일광그룹이 비자금을 만드는 방법, 공직자나 법조인을 스카우트하는 행태, 오너 중심의 독선적 기업문화는『삼성을 생각한다』에 묘사되어 있는 삼성의 행태를 빼닮았다.

　　『삼성을 생각한다』를 읽으면서 내 마음의 분노와 슬픔을 일으켰던 장면들에 대해 생각해본다. 가령 "삼성을 먹여 살린 휴대폰 기술자, 반도체 기술자들이 잘려나갈 때도 '비자금 기술자'는 끄떡없다는 것을 보여주는 사례다"라는 대목이나 "'삼성의 관리 대상자 명단'이 이명박 정부에서는 출세 보증수표로 통하는 셈이다"라는 구절에서 나는 분노와 열패감을 느꼈다. 그런가 하면 "양심고백을 앞두고 만난 사회 원로 한 분은 나더러 '황폐한 거리에서 쓸쓸한 최후를 맞게 될 것'이라고 말했다"는 저자의 고백이나 "언론이 신정아 씨 사건을 파헤치던 노력의 십분의 일만 이건희 비리를 파헤치는 데 썼더라면, 어떤 결과가 나왔을까. 양심고백을 다룬 언론 보도를 접하면서, 가끔 든 생각이었다"라는 대목에서는 차라리 슬픔을 느꼈다. 이러한 분노와 슬픔의 감정은『허수아비춤』을 읽는 과정에서 거의 동일하게 재연되었다.

소설의 마지막 문단을 덮으면서 내 마음을 지배한 정서는 '답답함'이었다. 그 감정은 이를테면 『허수아비춤』에서 묘사된 재벌, 언론, 대학, 법조계 등의 모순을 해결할 수 있는 현실적인 대안이 과연 존재하는가?'라는 질문에 대한 답변이 적어도 현재로서는 무망하다는 착잡한 인식과 연관된다. 그 대안과 희망은 많은 사람들의 장기적 노력과 희생, 참여에 의해 서서히 현실화될 수 있으리라.

개혁은 혁명보다 월등 어렵고 난해하다. 집요한 기득권층의 노골적인 방해와 이념 공세를 극복하면서 분단국가인 우리사회의 문제점을 혁파하는 것은 지혜로운 개혁 전략과 철저히 준비된 프로그램, 개혁 리더의 진정성과 열정, 진지한 자기 성찰이 성공적으로 결합되지 않으면 참으로 쉽지 않다. 국민의 정부와 참여정부 10년의 역사가 '개혁의 지난함'을 여실히 보여주는 것이 아닌가. 현재의 한국사회는 그 대안이 충분히 구체적으로 구현될 만큼 민주적인 역량과 시민의식을 지니고 있는가? 우리사회의 개혁을 선도하는 리더들은 현명한 현실 인식과 정확한 비전을 보여주고 있는가? 이런 물음을 던지는 내 마음에는 압도적인 비관과 희미한 희망이 겹쳐져 있다. 그 어슴푸레한 희망의 불빛이 언제쯤 환하게 밝아질 수 있을까.

4

누가 뭐라고 해도, 『허수아비춤』이 이 시대 소설이 제대로 수행하지 못한 한국사회의 핵심모순에 대해 생생하게 형상화하고 있다는 사실을 부인할 수는 없다. 그래서 이렇게 말할 수 있겠다. 한 사회의 그늘과 모순의 핵심을 고발하는 비판적 문학의 위의威儀가 조정래의 『허수아비춤』을 통해 극적으로 복권되었다고. 물론 이 한 작품이 이른바 '근대문학의 종언'이라는 어느 탁월한 문학 비관주의자의 진단을 무색하게 만들 만큼 비판적 문학이 전체적으로 부활했다고 말할 수는 없다. 그러나 이 새로운 정치적 야만의 시대에 『허수아비춤』이 지닌 소중한 계몽적 의의를 인정하는데 인색할 이유가 전혀 없다.

그럼에도 불구하고 나로서는 소설 미학적 차원에서 『허수아비춤』을 읽으면서 느꼈던 아쉬움을 이 자리에서 얘기하지 않을 수 없다. 이 소설은 통렬한 계몽적 효과를 획득한 대가로 소설미학의 훼손을 동반한다. 이를테면, 치밀하지 못한 구성, 강기준 박재우 윤성훈 등의 일광그룹 핵심적인 파워엘리트들의 행태에 대한 다소 과장된 묘사, 직설적 사회비판 칼럼에 가까운 소설의 몇몇 대목을 지적할 수 있다. 이러한 한계로 인해, 적어도 소설적 형상화와 미학적 완성도의 면에서 볼 때, 『허수아비춤』을 높이 평가할 수는 없을 것이다.

마치 한국사회의 모순을 질타하는 단호한 칼럼을 쓰는 마음으로 조정래는 『허수아비춤』을 써나갔으리라. 일광그룹의 불법적 행태와 대결하는 변호사 전인욱이 말한 바, "지식인으로서 현실의 부당함과 역사의 처절함에 대해 이성적 분노와 논리적 증오를 가슴에 품고 있지 않다면 그건 지식인일 수 없다. 더구나 작가로서 이성적 분노와 논리적 증오가 가슴에 담겨 있지 않다면 그는 작가일 수 없다"는 주장은 다름 아닌 작가 조정래의 목소리다. 그 마음의 분노와 단단한 결기를 존중하지만, 작가의 노력과 근성이 탄탄한 형상화를 비롯한 소설미학 자체에 더 투여되었어야 하는 것이 아닌가 하는 커다란 아쉬움이 존재한다.

김용철은 『삼성을 생각한다』에서 "만약 박연차 수사하듯 이건희를 수사했다면 어떤 결과가 나왔을까. 이런 생각을 하면 답답하기만 하다"고 적었다. 이런 문제가 우리 사회에 여전히 존재하는 한, '미학적 품격'

이라는 면에서는 다소의 한계가 있더라도, 시대의 모순을 비판하고 역사적 진실과 대의에 복무하는 소설의 정치적이며 계몽주의적 기능은 여전히 유효하다. 이런 의미에서 조정래의 『허수아비춤』에 대한 진정한 비판적 대화는 지금 이 시대의 작가들이 '과연 조정래만큼 이 시대의 핵심적인 모순과 사회적 의제에 대해 적극적으로 소설화하고 있는가?'라는 질문과 맞물린다.

나는 『허수아비춤』을 읽으면서 '정치적 올바름'이 '미학적 품격'과 어떻게 만날 수 있는가, 라는 한국현대문학사에서 가장 치명적인 질문을 던지지 않을 수 없다.

5

김훈의 문장은 여전하다. 아니 적어도 문체나 문장의 면에서 볼 때, 이십여 년 전의 『내가 읽은 책과 세상』이나 『풍경과 상처』에서 보여준 에세이스트 김훈의 문체는 최근까지 크게 변하지 않았다. 그 변하지 않은 매력적인 문체가 김훈 문학의 순금과도 같다.

『내 젊은 날의 숲』의 몇 문장만 읽으면 이 작품이 김훈의 소설이라는 것을 누구나 알아채리라. 예를 들어 "무수한 이파리들이 바람의 무수한 갈래에 스치면서 분석되지 않는 소리의 바다가 펼쳐졌다"는 구절이나 "그의 연구과제는 꽃들의 색깔의 내적 필연성을 규명하는 것이라고 했다"는 대목, 그리고 "상추쌈은 얼마나 절박한 음식일 것인가. 갓따온 상추의 빳빳한 잎에 흰쌀밥을 놓고 된장과 마늘과 돼지고기 한 점을 얹어서, 입을 크게 벌려서 와삭와삭 씹어먹는 상추쌈. 오십 년 전에 죽은, 소속을 알 수 없는 병사의 상추쌈이 내 입맛 속으로 살아 돌아왔다"는 문장을 보자. 이런 예들은 그야말로 전형적인 김훈표 문장이다. '소리의 바다', '꽃들의 색깔', '상추쌈' 같은 감각적이며 일상적인 어휘는 '분석되지 않는', '내적 필연성', '절박한' 등의 관념적이며 현학적인 어휘와 절묘하게 어울리면서 김훈 문장이 지닌 특유의 매력을 한껏 발산한다. 또한 "자신을 빼다박은 아들을 바라보면서 닮아서 더 힘들어, 더 가엾지, 라고 말하는 안요한 실장의 슬픔이 아버지를 면회할 때의 나의 슬픔과 근접해 있을 것이었다", "꽃에 대한 어떠한 언어도 헛되다는 것을 나는 수목원에 와서 알게 되었다. 꽃은 말하여질 수 있는 것이 아니고, 꽃은 본래 스스로 그러한 것이다"라는 문장들이 지닌 독특한 울림은 어떤가. 누구나 느끼지만 제대로 표현하기 힘든 인간의 애잔한 내면을 적시하는 문장, 그 자체로 하나의 아름다운 단장斷章에 가까운 문장들이 『내 젊은 날의 숲』을 풍성하게 채우고 있다. 그러니 이전의 다른 소설과 마찬가지로 『내 젊은 날의 숲』이 지닌 소설미학을 제대로 음미하는 것은 곧 그 문장과 문체의 감각을 이해하는 과정에 다름아니다.

6

『내 젊은 날의 숲』의 주인공 조연주는 민통선 근처의 수목원에서 나무와 꽃과 잎을 그리는 계약직 세밀화 화가이다. 내 독서범위에 한정한다면, 아마도 한국현대소설사에서 이런 직업을 가진 독특한 캐릭터는 『내 젊은 날의 숲』 이전에는 없었던 것이 아닐까. 한 편의 소설이 지닌 새로운 소설미학이 그 소설이 지금까지 소설사에서는 존재하지 않았던 새로운 인물의 초상을 형상화하고 있는가라는 질문과 연관된다면,

『내 젊은 날의 숲』은 무엇보다 세밀화 화가 조연주의 존재로 인해 그야말로 '새로운' 소설로 평가될 수 있다.

　　최윤의『회색눈사람』이 조직에서 거리를 둔 아웃사이더 주인공 강하원의 존재로 인해 한국현대소설사에 등재될 수 있었던 것처럼, 고종석의 「제망매」가 이타적인 영혼의 고결한 아름다움을 보여준 주인공 김혜원의 존재로 아직도 인상적으로 기억되는 것처럼,『내 젊은 날의 숲』은 조연주의 이색적인 직업(세밀화 화가)과 섬세한 내면정경, 독특한 캐릭터로 소설사에 등재될 것이다.

7

『내 젊은 날의 숲』에는 수목원의 계약직 세밀화 화가 조연주, 민통선 근처의 국립수목원 연구실장 안요한, 수목원에 인접한 군대의 정훈참모부에 근무하는 김민수 중위, 조연주의 아버지와 어머니가 주요 인물로 등장한다. 이 소설의 스토리를 요약하고자 하는 독자가 있다면 그는 십중팔구 실패할 것이다.『내 젊은 날의 숲』은 명확한 스토리나 메시지를 전하고자 하는 소설이 아니라, 한 인간의 내밀한 감각과 고유한 내면, 논리나 합리성으로 포착할 수 없는 미세한 실존의 풍경을 펼쳐놓고 있는 소설이다. 이 작품을 읽으면서 우리는 인간의 다양한 감각, 비합리적인 욕망의 풍경, 어긋나는 인간관계, 세상을 바라보는 한 개별적 인간의 섬세한 시선, 상식적인 논리를 배반하는 육체의 진실과 슬픔, 삶을 견디는 존재의 쓸쓸함을 처연하게 목도한다.

　　『내 젊은 날의 숲』에서 묘사된 세계는 이를테면 "밤늦은 시간에 새들이 왜 울면서 숲을 떠나는 것인지를 누가 말할 수 있으며 초겨울에 시간이 소멸하듯이 한 생애를 죽음에 포개는 한해살이 벌레들의 내면을 안요한 실장이 설명할 수 있겠는가"라는 주인공의 독백에서 확인할 수 있듯이 '벌레들의 내면', 즉 지극히 사소한 존재의 고유한 내면에도 관심을 기울이는 그런 영역이다. 꽃과 나무의 세밀화를 그리면서 자연의 세밀한 변화에 대해 온 관심을 기울이는 주인공이라면, 과연 벌레들의 내면에도 관심을 가질 수 있지 않겠는가.

8

『내 젊은 날의 숲』에는 정치적 소재나 사회적 맥락에서 발원하는 시선이 거의 등장하지 않는다. 가령 주인공 할아버지의 독립운동, 직무상의 권한을 악용한 아버지의 범죄행위, 한국전쟁 전투현장의 유해 발굴이라는 민감한 소재를 다루는 순간조차도 김훈은 그러한 소재들을 단지 실존의 섬세한 풍경을 치밀하게 묘사하기 위한 수단으로 배치한다. 물론 소설의 성격으로 보면 그 점은 자연스럽다. 김훈에게는 김훈의 세계가 있다. 그 세계와 문체를 일관되게 밀고 나가는 것은 당연히 김훈의 권리이리라. 그러나 이렇게만 말하면, 작가에게는 어떤 미학적 갱신과 변화의 기회도 부여되지 않는다.

　『내 젊은 날의 숲』의 마지막 장을 덮은 후에, 나는 김훈이라는 걸출한 재능과 문학적 내공을 지닌 작가에게 이런 질문을 던지고 싶어졌다. 이 시대의 구체적인 현실과 사회적 맥락에 한층 다가가면서도 김훈 고유의 매력적인 소설미학을 견지하는 방법은 과연 존재하지 않는가, '벌레들의 내면'에 관심을 기울이는 것만큼 그 주인공이 이 시대 한국사회의 상처와 그늘에 대해 주목할 수는 없는가. 더 나아가 '벌레들의 내면'

에 대한 궁금증이 세상의 상처와 그늘에 대한 연대의 마음을 동반할 수는 없는가라고.

실존의 깊이로 한없이 깊게 탐사하는 미학주의자 김훈의 탈정치적 글쓰기는 물론 그 자체로 매력적이다. 김훈의 소설은 정치를 기피하는 문학이라기보다는 정치를 삭제한 문학에 가깝다. 그 욕망의 배후에는 과연 무엇이 자리잡고 있는가. 앞으로 발표될 김훈의 다른 소설에서는 그 특유의 매혹적인 소설미학이 첨예한 정치의 세계와 제대로 만날 가능성은 없는 것일까.

단 한 번도 '사랑'이나 '희망'과 같은 단어를 써본 적이 없다는 김훈은 '작가의 말' 끝부분에서 "여생의 시간들이, 사랑과 희망이 말하여지는 날들이기를 나는 갈구한다"고 적었다. 그런 '사랑과 희망이 말하여지는 날들'은 과연 정치와 무관하게, 정치의 도움 없이도 도래할 수 있을까? 인간의 실존은 궁극적으로 개인적인 차원에 존재하는가? 김훈이 말한 사랑은 조세희가 『난장이가 쏘아올린 작은 공』에서 말한 "그 세상 사람들은 사랑으로 일하고, 사랑으로 자식을 키운다. 비도 사랑으로 내리게 하고, 사랑으로 평형을 이루고, 사랑으로 바람을 불러 작은 미나리아재비꽃줄기에까지 머물게 한다"의 사랑과 어떻게 다른 것일까? 이러한 일련의 질문들을 던져보는 것은 지금까지 김훈의 소설을 꾸준하게 읽어온 한 독자의 작은 권리가 아닐까.

김훈의 『내 젊은 날의 숲』을 읽으며 다시금 나는 한 편의 소설에서 미학과 정치가 어떻게 만날 수 있는지 근본적으로 고민할 수밖에 없었다.

(2010)

진보적 지식인의 자기 성찰과, 타자의 상처에 대한 깊은 공감

허준론

1. 새로운 허준 소설선집의 의의

허준許俊(1910~?)은 한국 현대소설사를 통틀어 보기 드문 과작의 작가이다. 1936년 비평가 백철의 추천으로 『조광』지에 「탁류」를 발표하면서 소설가로 등단한 허준은 「습작실에서」, 「잔등」, 「속습작실에서」 등의 대표작을 발표했다. 미완성작까지 포함해도 평생 동안 허준이 발표한 소설은 열편이 겨우 넘는 정도이다. 그러나 허준이 소설사에서 차지하고 있는 자리는 결코 작지 않다.

허준의 소설은 미학적 현대성(모더니즘), 고독과 허무주의의 의미, 역사적 균형 감각, 자기 성찰과 주체의 고뇌, 타자의 상처에 대한 교감과 연대, 조선어와 일본어의 이중어문학, 해방 직후의 진보적 행보, 월북 등의 여러 가지 측면에서 면밀하게 주목할 만한 소설사적 가치가 있다. 이와 같은 허준 소설의 독특한 문제적 성격으로 인해, 지금까지 허준 소설에 대한 연구는 작품량에 비해 활발하게 이루어져왔다. 2009년에는 허준의 거의 모든 글을 망라한 『허준 전집』(서재길 편, 현대문학)이, 2010년에는 『허준 작품집』(이재복 편, 지만지. 2013년에 『허준 소설선』이라는 제목으로 다시 간행됨)이 각각 발간되었다. 이러한 선행 전집과 선집은 허준 문학(소설)의 새로운 자료 발굴과 소개, 주석, 작품 정리에 커다란 진전을 이루었다. 그럼에도 불구하고 문학과지성사 판 허준 소설선집을 간행하고자 하는 것은 다음과 같은 몇 가지 이유 때문이다.

우선 작품의 실증적 정리가 아직 완결되지 않았다는 사실을 들 수 있다. 편자는 이번에 허준이 발표한 대표작들을 최초 문예지 발표지면, 재수록지면, 소설집 『잔등』(을유문화사, 1946), 40여 년 후에 다시 간행된 소설집 『잔등』(을유문화사, 1988), 서재길 편 『허준전집』을 면밀하게 대조하며 검토했다. 그 결과 아직도 수많은 실증적 오류와 해석의 공백이 존재한다는 사실을 발견했으며, 상세한 주석이 필요한 어휘가 여전히 많이 남아 있다는 사실을 확인했다. 이번 문학과지성사 판 허준소설 선집에서는 기왕에 존재했던 실증적 오류를 최대한 바로잡아 작품에 대한 한층 정확하고 심화된 이해를 도모하고자 한다.

두 번째로 다른 소설가에 비해 풍부한 방언과 섬세한 표현을 구사하고 일본어를 자주 사용하는 허준의 작품을 더욱 정확하고 심층적으로 이해해야 할 필요성이 있다고 판단했기 때문이다. 이를 위해 가능한 한 자세한 주석을 달았다. 허준의 소설은 한마디로 식민지시대 이북 지역 방언의 보고(寶庫)이다. 평북을 중심으로 한 이북 지역의 다채로운 사투리들이 지닌 그 정겹고 독특한 언어의 결을 제대로 느끼고 정확하게 이해하기 위해서는 세밀한 주석 작업이 필요하다. 또한 허준의 소설에는 수많은 일본어가 그대로 등장하거니와, 식민지시대의 이중언어적 상황이 가장 전형적으로 드러나 있는 것이 허준의 글쓰기이다. 이와 같은 허준의 소설을 제대로 이해하기 위해서는 기존의 전집, 선집에 포함된 주석을 최대한 참조하고 선행 연구에 포함되지 않았던 어휘에 대한 상세한 주석이 필요하다.

세 번째로는 허준 소설에 대한 좀 더 창의적이며 신선한 해석이 필요하다는 점이다. 물론 지금까지 허준 소설에 대한 연구는 다양한 시각으로 수행되어왔으나, 기존의 연구에서 한 발 더 나아가 새로운 관점의 해석과 연구가 진행될 필요가 있다. 이 세 번째 취지에 따라 이 글은 허준의 소설 중에서 데뷔작 「탁류」와 대표작 「습작실에서」, 「잔등」, 「속습작실에서」, 「평대저울」(이상 발표순)에 대해서 살펴보고자 한다.

2. 허준 소설의 기원 : 「탁류」

허준의 데뷔작 「탁류」(『조광』, 1936.2; 『잔등』, 1946.9)는 주인공 현철을 둘러싼 여성관계와 치정痴情이 인상적으로 드러나 있다. 현철은 옆집에 사는 채숙과 여선생과의 관계를 아내로부터 의심받는다. 표면적인 내용만으로 보면 이 소설은 통속적인 애정소설에 가깝다. 그러나 「탁류」가 주목되어야 하는 이유는 이 소설에 그 이후에도 면면히 드러나는 작가 허준의 기질과 감성, 세계관이 오롯이 드러나 있기 때문이다. 현철의 인생과 세계, 여자와 인간관계에 대한 단상이 소설 줄거리의 뼈대를 이룬다. 가령 다음과 같은 대목은 현철의 기질과 성격을 여실히 보여준다.

몸이 곤하면 곤할수록 어쩐 일인지 한쪽으로 맑아가는 정신의 힘은 해결 못 한 채 묻어놓은 과거의 수많은 생각 — 사회, 개인, 생명, 시간, 생, 사 같은 이런 어지러운 문제의 썩어진 뒤꼬리를 물고 그의 가슴을 한없이 파

들어가는 것이었다.(16)[1]

이런 관념적이며 사색적인 주인공의 성격과 달리 그의 아내는 창기娼妓 출신이라는 점에서 짐작할 수 있듯이 한층 감정적이며 직설적이다. 이들 서로는 끊임없이 불화하는데 특히 아내는 남편의 여자관계를 결정적으로 의심한다. 이런 상황 속에서 주인공은 인간관계에 대한 '허무'의 감정을 느끼게 되거니와, "대체 사람이 이것과 저것을 분명히 색별色別하여 알면서, 또 동시에 그 구별점이 모호해가는 그런 허무를 사람은 어떻게 하여야 했던 것이냐", "내가 왜 있는지 모르는 슬픔의 탓으로 내가 무엇을 할 것 없는 허무에서다"(17)[2] 같은 문장은 주인공의 캐릭터와 더불어 이 작품을 쓰던 당시 허준의 심리를 또렷하게 보여준다.

「탁류」에서 눈여겨볼 점은 「잔등」을 비롯하여 이후에 전개된 허준 소설의 미학적 기원을 이 작품이 배태하고 있다는 사실이다. 예를 들어 주인공은 채숙의 부친과 대화를 나누며 "철은 그의 말을 잠자코 들으면서도 남과 같이 떳떳하지 못하고, 늘 어떠한 모욕 속에 산다고 하는 뜻이 이렇게도 쓰라린 것이었던가를 새삼스러이 깨닫지 않을 수 없었다"(14)라고 고백하는데, 이 부분은 상처받은 사람에 대한 주인공의 너그러운 이해를 표상한다. 물론 이러한 타자의 상처와 슬픔에 대한 이해가 모든 사람들에게 동일하게 관철되는 것은 아니다. 주인공과 아내 사이에 상호이해는 존재하지 않으며 그들의 관계는 치명적으로 엇나간

---

1 앞으로 괄호 안의 숫자는 권성우 편, 『잔등-허준 중단편선』(문학과지성사, 2015)의 면수를 의미한다.
2 이 문장은 애초에 문예지 발표본에는 "내가 왜 있는지 모르는 죄악의 탓으로 내가 무엇을 할 것 없는 슬픔에서다"(『조광』, 1936.2)라고 적혀 있다. 이 점은 허준이 해방 직후에 「탁류」의 내용을 한층 '허무주의'에 대한 방향으로 수정했다는 사실을 알려준다. 문예지 발표본과 이를 수정한 단행본 수록본의 차이를 면밀하게 검토하는 작업은 앞으로 전개될 허준 소설 연구의 과제이다.

다. 그 어긋남이 어느 정도인가 하면 소설 뒷부분에서 "철은 가끔 이러한 때 먼저 잠든 이 계집의 얼굴을 언제까지나 노리고 있는 것이었다. 그리고 이렇게 노리던 끝에는 그만 이 계집의 목을 그대로 눌러버리고 싶은 짐승과 같은 욕심에 부대끼는 수도 한두 번이 아니었다"(43)라고 말해질 정도이다. 둘 사이의 위기는 결국 파국으로 귀결된다. 결국 주인공은 아내와 헤어지기로 결심하면서 그녀에게 보내는 편지에 "나는 너를 떠날 결심을 하였다. 내가 너를 사랑하지 않는 탓도 아니요, 너와 같이 살아가는 것이 부끄러워서 하는 것도 아니다. 더럽기로 한다면 나는 너보다 몇 갑절 더한 놈인지 모르는 놈이다"(44)라고 자신의 심경을 피력한다. 창기 출신 아내보다 자신이 더 더럽다고 처절하게 고백하는 이 대목은 주인공 현철의 준열한 자기 성찰을 보여준다는 점에서 유심히 읽어볼 필요가 있다. 특히 이와 같은 현철의 자기비판은 나중에 「잔등」, 「속습작실에서」 같은 작품에서 개진되는 주인공의 치열한 자기 성찰, 타자에 대한 공감과 연계되어 있다는 점에서 허준 문학의 원형을 이루는 문학적 자의식이다.

3. 글쓰기에 대한 자의식과 자기비판 : 「습작실에서」, 「속습작실에서」

허준은 당대의 어떤 작가 못지않게 자신의 글쓰기 행위에 대한 예민한 자의식을 지닌 소설가였다. 특히 '습작실' 연작에서 글쓰기와 문학에 대한 자의식과 투철한 자기 성찰의 풍경이 참으로 문학적으로 펼쳐지고 있다.

우선 「습작실에서」(『문장』, 1941.3; 『잔등』, 1946.9)는 허준 소설의 심리적 근거가 '고독'에 있음을 선명하게 보여준다. 홀로 도쿄 교외에서 유학하고 있는 주인공 '남목'은 끊임없이 자신의 시詩와 고독에 대해서 탐문한다. 청춘의 방황과 문학, 고독이 이 소설의 주된 내용이다. 작가는 자신의 도쿄시절을 일종의 '습작실'로 바라보고 그 아련한 기억을 한 편의 작품으로 형상화했다.

"정말 홀로 혼자 되는 것이 좋아서 그랬던지", "어쨌든 고독이라 하는 것이 그처럼 사치한 물건인 것을 알게 된 것은, 나와 같은 청춘에 있어서는 여간한 은근한 기쁨이 아니었습니다"(48), "다섯 해의 긴 세월을 두고 언제 자기의 고독과 공부가 꽃이 필 것을 기하지 아니하는 청춘의 수없는 불면증"(49), "청춘의 고독을 밝고, 슬프고, 화려한 것으로 꾸며준 전당"(50), "내 고독이 얼마마한 값의 것인가를 새삼스러이 자문해보지 아니할 수가 없는 노릇이었다"(55)에서 엿볼 수 있듯이, 주인공은 작품의 곳곳에서 자신의 고독에 대해 언급한다. 고독에 대한 주인공의 경사가 어느 정도인가 하면, "그러나 사람이 고독한 것은 그것만으로 옳은 일이요, 또 옳게 사는 사람은 고독한 것이 당연한 법이니라고 생각하게까지 이르른 그때의 내 생각"이라고 표현될 정도이다.

주인공은 주인집 할아버지와의 대화, 사귐을 통해 자신의 인생과 글쓰기에 대해 통렬하게 자각한다. 그 계기가 된 것은 할아버지가 생전에 죽을 때 외울 주문이라고 말한 액자의 한 구절이다. "무무명 역무무명진無無明 亦無無明盡"(62)이라고 적힌 그 문구는 『반야심경』에 등장하는데, 글자 그대로 해석하면 '무명은 없고 무명의 다함도 없다'는 뜻이다. 여기서 무명은 잘못된 의견이나 집착 때문에 진리를 깨닫지 못하는 마음의 상태를 의미한다. 말하자면 인간이 얼마나 자신의 집착이나 욕망에서 자유롭지 못한가를 서늘하게 되새기게 만드는 구절이다. 이 대목에 대한 할아버지의 해설은 이렇다.

사람이 자기의 존재를 밝히는 데, 자기가 이 세상 어떠한 자리에 놓여
있는가를 알자는 표현으로는 제일인 듯하여 취하여보았을 뿐이지— 제
가 이 세상에서 아무것도 아닌 것을 깨닫는 사람이 아니면 제가 이 세상에
서 위대한 일을 할 사명을 지니고 나온 사람인 것인들 모르는 것이 아니겠
소.(63)

말하자면 자신의 처지와 분수를 정확하게 알고 끝끝내 겸허할 필요
가 있다는 것이 할아버지가 애지중지하는 문자를 통해 전하고자 하는
메시지이다. 자기성찰과 겸손은 허준의 소설세계를 관통하는 주요한
정서이자 태도라고 할 수 있는데, '습작실' 연작에서 이 점이 뚜렷하게
드러난다.

대학교 동료들과 스키를 타러 왔다가 돌아가는 기차에서 주인 할아
버지의 둘째 아들과 우연히 만난 주인공은 할아버지가 며칠 전에 세상
을 떠났다는 사실을 전해 듣는다. "나는 꼭 내가 살던 모양으로 자연스
럽게 죽기를 결심하였다"며 죽음을 목전에 두고서도 아들들을 부르지
않은 할아버지의 자유로운 풍모를 확인하고 그 죽음을 안타까워하는
장면으로 소설은 종결된다. 이 작품 내내 드러나는 주인공의 자기 성찰
과 글쓰기에 대한 고뇌는 후속작인 「속습작실에서」를 통해 한층 선명
하고 감동적인 방식으로 구현된다.

「속습작실에서」의 주인공은 문학청년으로 허준이 발표한 작품의
어느 인물보다도 작가의 분신에 가깝다. 할머니가 운영하는 여관에서
심부름하며 생활하는 주인공은 「습작실에서」의 주인공과 마찬가지로,
"내 방의 혼자만이 느끼는 질서를 나는 사랑하는 사람이었다"(172), "사
실 뭐니 뭐니 해도 나는 고독하였고 고독의 본능은 이것을 알아줄 만
한 사람을 더듬어 마지 안했습니까"(194)라는 표현에서 볼 수 있다시피

끊임없이 고독에 탐닉한다. 그 고독한 정서는 한 문제적 인물을 만나며 서서히 변화한다. 우연히 객실에 든 낯선 사내 이 씨와 속 깊은 대화를 나누면서 문학과 인생에 대한 그의 고민과 생각은 깊어진다. 함께 술을 마시면서 주인공은 문학과 시詩를 이해하는 사내의 온화한 심성에 점차 마음을 열게 되고 감화되어가는 것이다.

주인공이 쓴 시「실솔蟋蟀」[3]을 좋다면서 좀 더 길게 쓰지 못한 것을 안타까워하는 사내의 평가로부터 그는 자신의 시에 대한 욕망과 그 한계가 까발려지는 것을 느낀다. 이를 계기로 자신의 시 쓰기에 대해 근본적인 성찰을 전개한다. 스스로가 '말의 사기사'이자 '사람들의 마음을 이끌려는 광대'에 다름 아니라는 인식은 엄정한 자기비판을 상징한다. 그는 자신의 시편과 삶에 대한 사내의 애정 어린 조언과 정확한 지적에 깊은 인상을 받으며 그날의 만남을 소중하게 기억한다.

사내는 떠나기 전에 동향 친구의 아들에게 보내는 책을 구입해달라고 주인공에게 돈을 주며 부탁하고 떠난다. 나중에 그 사내가 사상문제로 감옥에 수감되었다는 사실을 감옥에 함께 있었던 손님 김 씨로부터 전해 듣게 되는데, 주인공은 김 씨의 천박한 태도와 돈에 대한 집요한 욕망에 환멸을 느낀다. 감옥에 있는 사내가 보내온 편지를 통해 주인공은 사내의 인품과 정신에 대해 깊은 감동을 받으며 동시에 자신의 글쓰기가 지닌 한계를 통렬히 인식한다. 그 편지의 한 대목은 이렇다.

우리 패엔 그런 잡범적인 사람은 없다고 하는 호언장담이 안 나오는 것이나가 다 저 자신에게는 그런 위험성이 없다고 자과(自誇)할 자격이 있는

---

3 이 시 제목은 허준이 『조선일보』(1934.10.7)에 발표한 시 「실솔」과 동일하다. 이렇게 보면 이 소설은 허준의 자전적 기록에 가깝다.

것이랴 하는 스스로의 반문(反問)을 안 깨달을 수 없는 까닭이라 아옵시고 용서해주십시오. 나조차는 또 무엇인데 함을 생각할 때 저 역 등골에 식은 땀 흘러내림을 깨닫습니다.

그 김이란 사람은 잡범일 수도 있는 동시에 우리들의 패거리일 수도 있는 사람인 것이 사실입니다. 우리 패거리라 가정한다더라도 이런 어느 의미로 보거나 곤란한 시대에서는 드물게만 볼 수 있는 것도 아닌!

하지만 찌는 듯한 여름날 시원한 일진(一陣)의 맑은 양풍(凉風)이 불어오자면은 더러운 진개(塵芥) 섞인 몽당도 따라 일어나는 수가 있는 법 아닙니까? 이제 창자 밑까지도 씻어 내려갈 그 시원한 바람을 우리는 기다리는 사람들이오, 이에 따라 일어나는 몽당도 하루 바삐 맑아지고 없어지었으면 하는 것을 바라는 사람들인 동시에 이를 위하여 일심전력으로 싸우는 사람들인 것 믿어주시기 바랍니다. 저를 두고 하는 말은 물론 아닙니다.(213)

이 대목이야말로 「속습작실에서」에서 가장 핵심적인 의미를 담고 있다. 손님 김 씨의 경박한 언행으로 인해 "백성 만민의 해방과 광명을 위한 성스러운 싸움"의 대의가 훼손된다고 생각했던 주인공에게 사내의 편지는 깊은 감동과 성찰의 계기를 제공하는 것이다. 즉 위의 예문은 진보적인 운동가 중에도 참 다양한 사람들이 있다는 것, 특정한 사람의 오류를 진보적 진영 전체의 오류로 생각하지 말아달라는 것, 우리 집단 대부분은 해방투쟁을 위해 온몸으로 헌신하고 있다는 것을 감동적으로 설파한다. 인용한 편지 뒷부분은 혁명이라는 것, 진보라는 것, 운동이라는 것이 전적으로 순수한 요소만으로 이루어질 수 없음을 설득력 있게 보여준다. 혁명과 해방을 추구하는 투사들의 겸허한 마음, 융통성, 여유를 느낄 수 있는 대목이면서도 전체적인 맥락에서 보면 대의를 향한 순수한 열정을 놓치지 않고 있다. 한국 근대소설사에서 허준의 「속습작실에서」에 등장하는 이 편지의 대목만큼 혁명가의 진솔하고 겸허한 자기 성찰이 존재했던가 싶다.

편지의 마지막 대목에서 사내(이선생)는 "저의 이 모든 말씀들! 저역 형의 말씀마따나 누구를 위함도 아니요 저 스스로의 사는 길을 세우기 위하여 '말의 사기사' 안 되려고 애쓰며 이를 위하여 반평생 싸워 온 사람 외에 아무것도 아닌 것을 알아주시고 믿어주십시오"(214)라고 적고 있는데, 바로 이 구절이 역시 글 쓰는 사람인 주인공에게 커다란 울림으로 다가올 수밖에 없는 과정은 자연스럽다. 주인공은 그에 대해 이렇게 받고 있다. "이 선생님이야말로 주제넘은 말씀 같습니다만 단순한 말의 사기사가 아니라 나날이 새롭고 새로운 상처를 받기 위하여 무수한 허울을 벗어나오는 분임을 알고 저를 위하여 썼다고 헛되이 생각한 그때 그 시詩 속의 저를 이제금 저는 부끄러이 생각합니다."(214~15) 이제 주인공은 감방에서 죽음을 앞둔 독립운동가이자 혁명투사인 사내의 그토록 정결한 신념과 올곧은 자기 성찰을 스스로에게 비춰보면서 자신의 시詩를 부끄러워하고 있는 것이다. 「속습작실에서」에서 가장 감동적인 대목이라 할 수 있겠다.

소설의 마지막은 눈이 내리는 겨울날 결국 사내의 사형이 집행되었다는 사실을 확인한 주인공이 급기야 이렇게 독백하는 것으로 끝난다. "당신이야말로 당신이야말로 정말 새롭고 새로운 몸의 상처를 받아 나오기 위해 무수한 허울을 나날이 벗어 나온 분입니다. (…중략…) 아아 저는 아무 것도 아닙니다. 저는 아무것도 아닙니다. 저야말로 의외로 아무것도 아닌 단순한 말의 사기사를 지향하고 나가던 사람이었는지도 모릅니다."(222) 사내의 죽음은 이제 주인공으로 하여금 깊은 자기 각성과 뼈저린 자기 성찰로 이끄는 것이다. 독립운동가(혁명가) 사내의 아름다운 겸손과 운동(혁명)에 대한 깊고 넓은 시야 못지않게 주인공의 통렬한 각성은 먹먹한 감동을 선사한다. 한국 현대소설사가 꼭 기억해야 할 장면이 아닐 수 없다.

이처럼 고독과 청춘의 방황(「습작실에서」)에서 공감과 연대(「속습작실에서」)로 변해나가면서 점차 성숙하는 '습작실' 연작 주인공의 변화과정은 곧 작가 허준 자신의 문학적 도정이자 성장의 기록을 의미한다.

「습작실에서」는 허준의 다른 어떤 소설보다도 일본어 어휘가 자주 등장한다. 다비たび, 도리우찌とりうち, 야다이やたい, 노렝のれん, 마가리まがり, 히까에시쓰ひかえしつ, 고마기레こまぎれ, 나마까시なまがし, 제이다꾸ぜいたく, 도꼬노마とこのま, 소오바시そうばし…… 그러나 「속습작실에서」에는 일본어 표현이 거의 등장하지 않는다는 점이 주목될 필요가 있다. 식민지시대와 해방 직후라는 시대적 배경의 차이, 「습작실에서」가 일본유학 시절을 배경으로 하며, 먼저 1940년 일본 잡지 『조선화보朝鮮畫報』에 발표된 일문 꽁트 「習作部室から」를 거의 그대로 번역한 소설에 가깝다는 점이 그 이유이다. 허준의 소설은 조선어와 일본어를 함께 사용하던 이중언어시대의 감각이 진하게 투영되어 있다는 점에서 연구자들에게 또 하나의 중대한 탐구과제를 던져준다.

4. 혁명의 가혹함과 상처받은 타자에 대한 연민 : 「잔등」

「잔등」은 허준의 다른 소설에 비해 꾸준하고 활발하게 연구되어왔다. 「잔등」이 지닌 문학적 의미나 소설사적 위상에 대해서는 지금까지 '역사적 균형감각', '타자에 대한 연민과 공감', '해방 직후 지식인의 자기 성찰'의 차원에서 다양하게 탐구되었다. 여기서는 지금까지 전개된

「잔등」 연구를 기반으로 하면서, 아직까지 충분히 해석되지 못한 주제에 대해 간단하게나마 다뤄보려고 한다. 그것은 「잔등」에서 묘사된 혁명과 연민(공감)이라는 이중적 의미망에 대해서이다. 이 작품을 면밀하게 검토해보면 단지 주인공의 방관자적 자세나 역사적 균형 감각이라는 잣대로 소설을 독해하는 작업이 일면적이라는 사실을 알 수 있다.

'습작실' 연작의 주인공이 그러하듯이 「잔등」의 주인공 천복은 "나의 고독에 대한 용력과 인내력", "나는 그들의 속삭임을 엿듣고 따라가고 싶으리만큼 고혹적인 독고감獨孤感을 새삼스러이 느끼었다"는 표현에서 볼 수 있듯이 고독을 즐기는 캐릭터이다. 작품 내내 '애꽃은 제삼자의 정신!'을 통해 해방에 대한 어떤 흥분도 격정도 없이 차분하게 인물과 사태를 관찰하던 천복은 소설의 말미에서 국밥집 할머니에게 깊은 관심과 공감을 표하게 되는데, 이 대목을 꼼꼼하게 검토할 필요가 있다.

할머니는 해방이 되기 불과 한 달 전에 감옥에서 옥사한 아들을 둔 분이다. 그 아들이 당시 남아 있는 유일한 혈육이었다. 이토록 커다란 슬픔과 상처를 지니고 있으면서도 할머니는 해방 이후에 비참한 상황에 놓인 일본인에 대해 깊은 연민을 품는다. 그래서 "부질없은 말로 이가 어째 안 갈리겠습니까 — 하지만 내 새끼를 갖다 가두어 죽인 놈들은 자빠져서 다들 무릎을 꿇었지마는, 무릎 꿇은 놈들의 꼴을 보면 눈물밖에 나는 것이 없이 되었습니다그려"(144~45)라는 표현이 가능해지는 것이다. 할머니는 혁명(독립운동)을 추구했던 자신의 아들을 일본 제국주의의 감옥에서 잃은 입장에서도 곤경과 비탄에 빠진 일본인들을 진심으로 격정한다. 이는 마음 깊은 휴머니즘이 아니라면 불가능한 경지이다. 물론 여기에는 "우리 애 잡혀가던 해 여름, 가도오라는 일본 사람 젊은이 하나도 그 속에 끼어 같은 일에 같이 넘어갔지요"(147)에서

보다시피 사상적인 일에 연루되어 함께 감옥에 간 일본인 청년에 대한
동지적 연대감도 작용하고 있다.

해방 이후에 할머니는 "이렇게 내가 나온다니까 해방이 된 오늘에
야 왜 뻐젓이 내어놓고 자치회라든가 보안대라든가 안 가볼 것 있느
냐 하는 사람도 없지 않았지마는, 이 어수선하고 일 많은 때에 그건 무
슨 일이라고……", "우리 집 애하고 가깝던 젊은이들이 요새 모두들 무
엇들이 되어서 부득부득 끌고 가려는 것을 내가 안 들었지요"(151)라
는 문장에서 확인할 수 있듯이, 피해자의 입장을 이용하여 한자리 차지
하고 권력을 행사하는 일에는 전혀 관심이 없다. 할머니는 이렇게 말
한다. "이렇게 피난민이 우글우글하고 눈에 밟히는 것이 많은 때에 무
엇이 즐거워서 혼자 호사를 하자겠습니까."(152) 타자의 고통과 상처에
대한 깊은 연민과 절실한 공감의 마음이 없이는 이런 태도를 갖기가 결
코 쉽지 않으리라. 이와 같은 할머니의 이런 태도는 주인공에게 커다란
감동을 주는데, 해방 직후의 여러 풍경을 목도하며 아래와 같이 자신의
심경을 고백한다.

혁명은 가혹한 것이었고 또 가혹하여도 할 수 없을 것임에 불구하고 한
개의 배장사를 에워싸고 지나쳐 간 짤막한 정경을 통하여, 지금 마주 앉아
그 면면한 심정을 토로하는 이 밥장사 할머니에 이르기까지 그것이 어떻
게 된 배 한 알이며, 그것이 어떻게 된 밥 한 그릇이기에, 덥석덥석 국에 말
아줄 마음의 준비가 언제부터 이처럼 되어 있었느냐는 것은 나의 새로이
발견한 크나큰 경이(驚異) 아닐 수 없었다. 경이보다도 그것은 인간 희망의
넓고 아름다운 시야(視野)를 거쳐서만 거둬들일 수 있는 하염없는 너그러
운 슬픔 같은 곳에 나를 연하여주었다.(152)

이 문장은 소설 「잔등」을 관류하는 세계관을 해명하는 작업에 핵심이 되는 대목으로 면밀하게 검토할 필요가 있다. 우선 "혁명은 가혹한 것이었고 또 가혹하여도 할 수 없을 것임에 불구하고"라는 표현을 보자. 주인공은 때로는 반대자를 무자비하게 탄압할 수밖에 없는 혁명의 폭력적 속성을 정확히 인지하고 있으며, 또한 그렇게 될 수밖에 없는 역사적 정황을 충분히 인식하고 있다. 소설 본문에 등장하는 "우리가 남과 같이 살아야 한다면 노서아 사람만큼 무난한 국민이 없을는지도 몰라아"(119)라는 대목과 함께 아마도 이런 역사적 감각이 허준을 해방 직후에 북으로 이끈 요인 중의 하나이리라. 그러나 '불구하고'라는 어사가 나타내듯이 주인공 천복은 혁명의 가혹함을 수동적으로 인정하는 선에서 머물지 않는다. 그는 해방 직후 비참한 곤경에 처한 일본인을 넓은 마음으로 도와주는 장면을 통해 "인간 희망의 넓고 아름다운 시아視野를 거쳐서만 거둬들일 수 있는 하염없는 너그러운 슬픔"에 도달한다. 이렇게 보면 「잔등」은 혁명의 대의를 부정하지 않으면서도 동시에 그 혁명으로 인해 야기된 아픔과 슬픔을 감싸 안는 묘한 복합적 시선을 지닌 소설이라 할 수 있다. 혁명에 수반되는 폭력과 가혹함을 일면 인정하면서도, 혁명의 패자와 혁명으로 인해 상처받은 자에 대한 곡진한 연민을 전하는 주인공의 세심한 태도는 단지 관찰자적이며 방관적인 태도라는 관점으로는 충분히 포착할 수 없다. 그 관점에는 혁명의 필연성과 그에 수반되는 폭력에 대한 이해, 그리고 혁명으로 인해 상처받은 사람들에 대한 깊은 연민과 공감, 이 두 가지 정서가 공존한다. 이 중 어느 하나에만 비중을 두어서는 「잔등」이 지닌 복합성과 균형 감각을 온전히 읽어낼 수 없다.

5. 작가의 진정성과 체험을 강조하는 문학관 : 「평대저울」

한 편의 꽁트에 가까운 작품인 「평대저울」은 허준이 1948년 월북하기 전에 남한에서 마지막으로 발표한 소설이라는 점, 허준의 문학관과 소설관이 집약적으로 드러나 있다는 점에서 각별하게 주목할 만하다. 이 작품은 소설가의 일상과 창작과정을 직접 다룬 자전적 소설이자 일종의 '소설가 소설'이다. 궁핍한 살림 가운데 원고료를 받아 김장을 담그려고 했으나, 그 원고료가 든 봉투를 전차에서 소매치기 당했다는 것, 이 곤란한 체험을 한 편의 소설로 쓰는 과정에서 아내가 보인 반응이 「평대저울」의 기본 줄거리이다.

소설가인 작품의 주인공은 모처럼 원고청탁을 받으며 "영감靈感이니 무엇이니 하는 따위의 것 오기를 기다려본 일이 없는 그로서는" (226)이라고 표현하고 있는데, 이 대목은 직관이나 영감, 천재적인 재능을 강조하는 낭만주의적 문학관과 분명한 거리를 두고 있는 작가의 글쓰기 철학을 명확하게 보여준다. 또한 "어치피 속일 수 없는 일일 것이고 보매 이렇게 '나'라고 하는 대명사의 주인공을 설정하는 데에까지 주저하지 아니하였다"(234)는 구절은 주체의 핍진한 체험과 진정성을 강조하는 허준의 문학관이 그대로 스며들어 있다. 아래 문장은 글쓰기와 소설에 대한 저자의 생각을 집약해서 드러낸다.

> 단순한 나 개인의 한 사사로운 사건으로가 아니라 그때는 나도 앉아보드라도 이미 제삼자적일 수도 있고 객관적인 연관 밑에 놓인 현실의 한 부면으로도 나타날 수 있는 것이어서 구태여 쓸데없는 윤색(潤色)을 베풀어서 현실적인 것의 일면에 눈가림을 할 필요는 없을 듯하였던 것이다.(234)

바로 여기에 허준 문학의 가장 기본적인 핵심이 담겨 있다. 허구, 꾸밈, 윤색, 화려한 수사보다는 체험, 진실, 객관, 현실을 강조하는 위 대목은 왜 그의 소설이 대부분 자전적 기록에 가까운지, 왜 그토록 소설에서 직접 체험과 주체의 진정성을 강조하는지를 또렷이 일러준다. 물론 그렇다고 허준을 전통적인 의미의 리얼리스트라고는 할 수는 없다. 오히려 문장과 문체에 각별한 세공을 들이는 허준의 글쓰기와 현실 인식은 모더니스트에 가깝다. 그가 소설에서 묘사하는 주인공은 대개 철저히 고독에 탐닉하는 내향적인 인물이며 아름다운 인간과 아름다운 사회에 대한 남다른 감각을 지니고 있다. 「평대저울」은 허준이 추구하는 소설적 아름다움이 수사적 아름다움이 아니라 생생한 체험에 뿌리내린 정직한 아름다움이라는 사실을 상징적으로 보여주는 작품이다.

6. 맺음말 : 순정한 소설가의 절망과 좌절

「평대저울」을 발표하고 7개월 뒤, 허준은 월북한다. 감히 적거니와, 한국근대소설사에서 허준만큼 독립운동가(혁명가)와 진보적 지식인의 진지한 자기성찰을 깊이 형상화한 작가, 허준만큼 혁명의 필연성을 기꺼이 인정하면서도 혁명과 해방으로 인해 궁지와 비참에 몰린 사람들에 대해 깊은 연민과 따뜻한 공감의 눈길을 던진 작가는 없었다. 그가 해방 직후 진보적인 문학단체인 '조선문학가동맹'에 기꺼이 참여했던 것은 당시까지는 '혁명'이나 '진보'가 인간에 대한 아름다운 공감과 연대를 기꺼이 보듬어 갈 것이라고 생각했기 때문일 것이다. 그러나 이러한 허준의 희망과는 달리 그가 체험한 북한 사회는 예술의 기본적인 자율성도 인정되지 않는 사회였다. 한국전쟁 직후에 서울에서 백철과 만난 허준은 북한 생활에 대해 "문학다운 것은 할 생각도 말아야 해요"[4]라고 털어놓았다고 전해진다. 누구보다 문학과 인간을 사랑했던 허준, 누구보다 혁명을 인간적인 시선으로 응시했던 허준은 결국 비정한 현실과 만나 절망할 수밖에 없었으리라. 월북 이후 허준의 구체적 행적과 사망 연도는 아직도 제대로 밝혀져 있지 않다. 한 순정한 예술가의 소망과 기대는 가혹한 정치에 의해 근본적으로 좌절되었다. 그러나 그가 생전에 남긴 「습작실에서」, 「잔등」, 「속습작실에서」 등의 탁월한 작품만으로도, 그 작품에서 보여준 진지한 자기 성찰과 인간에 대한 깊은 연민만으로도 허준은 한국 현대소설사에서 반드시 기억되어야 할 존재이다.

(2015)

---

4   백철, 『문학자서전』, 박영사, 1975, 404~405면.

상처받은 시인의 순정

이재무론

1

시인의 성정과 기질은 시에 어떠한 영향을 미치는 것인가. 이재무의 열
번째 시집 『슬픔에게 무릎을 꿇다』를 천천히 읽어내려 가면서, 나는 시
집 속에 진하게 드리워져 있는 인간 이재무의 매력과 문학에 대한 열정
에 대해 생각하지 않을 수 없었다.

그를 언제 처음 만났는지는 뚜렷하게 기억하지 못한다. 등단 직후
인 1980년대 후반 문단 모임이나 술자리에서 몇 번인가 스쳐 지나가
며 만났으리라. 그 무렵 거의 밤을 새우다시피 하는 문인들의 술자리가
얼마나 자주 있었던가. 그러다 1990년대 후반부터 몇 년간 민족문학작
가회의(현 '한국작가회의') 기관지 『내일을 여는 작가』의 편집에 함께 관
여하며, 당시 편집위원으로 참여하던 방민호, 유성호와 허물없이 어울
리곤 했다. 그때 우리는 출판자본에 종속된 기존문예에서 탈피한, 대
안적이며 독립적인 멋진 문예지를 만들고 싶다는 순수한 열망으로 가

득했었다. 그리고 2010년 동국대 문예창작대학원 강의를 함께 맡으며 장충동에서 풋풋한 문학도들과 나누었던 추억을 내 맘에 소중하게 간직하고 있다. 최근에는 이재무 시인과 페친(Facebook 친구)이 되어 함께 소소한 대화와 근황을 나누는 중이다.

그와 이런저런 만남과 추억을 공유하고 있다 해도, 분명 우리 사이를 자주 만나 술을 마시거나 마음의 깊은 교류를 나눈 친구, 혹은 오랜 세월동안 서로의 글쓰기를 지켜봐온 절친한 문우라고는 할 수 없을 것이다. 그래서 그가 이번 열 번째 시집의 발문을 내게 부탁했을 때 솔직히 의외였다. 그럼에도 그 부탁이 참 반가웠던 것은 그가 내게 기꺼이 시집의 발문을 쓰고 싶다는 욕망을 자극하는 몇 안 되는 시인이기 때문이다. 그래서 지금 이 글을 기꺼운 마음으로 쓰고 있다.

2

내게 이재무 시인은 자연스럽게 순정과 낭만, 엄청난 문학적 열정, 손해를 보더라도 할 말은 하는 담대한 성정을 떠올리게 만든다. 몇 년 후에는 환갑(아! 이 용어만큼 그와 어울리지 않는 것도 없으리라)에 이르는 그는 아직도 우리 사회의 모순과 문단의 아름답지 못한 어떤 행태에 대해 분노하며, 때로는 그 분노와 속생각을 고스란히 말이나 글로 표출하는 순수한 열혈청년이다. 문인을 포함하여 대부분의 사람들은 자신의 분노와 생각을 그대로 말과 글로 옮기지 않는다. 대체로 그 말과 글이 연유할 여러 가지 파장과 영향을 고려하면서 마음속에만 간직하는 경우가 많다. 그러나 이재무 시인은 어느 문인보다도 자신의 생각을 있는 그대로 말과 글로 옮기곤 한다. 그래서일까, 내게 그는 무엇보다 진솔하고 용감한 시인으로 기억된다. 그가 대학교 3학년 때 『민중교육』지에 현장 르포 「교사 임용 이대로 좋은가」를 기고한 대가로 오랜 동안 동경해 왔던 교사 임용이 좌절당했다는 사실은 그의 성정과 기질을 역력히 보여준다.

바로 이런 그의 심성으로 인해 시인은 사회와 문단에서 숱한 손해와 배제의 운명을 겪었으리라(그에게 문학상이라는 복은 그나마 있는 듯하다). 평소에 자신의 어두운 상처와 정직하게 대면하고 있는 그의 시편에는 그가 아무리 숨기고자 노력해도 끝내 시인 이재무의 성정과 취향, 세계관이 그대로 배어 있다. 왜 그렇지 않겠는가. 하물며 페이스북에서도 시인 이재무의 성깔과 기질은 그대로 투영된다. 그는 어떤 문인보다도 페이스북에 이 땅의 정치와 문단의 문제점에 대해 직설적으로 질타하는 글들을 자주 올린다. 그가 페북에 올린 글들을 통해, 나는 자주 대리 만족하면서, 사회적 모순에 대해 분개하고 시와 문학에 대해 올곧은 순정을 지닌 시인의 초상을 흥미롭게 엿보곤 했다. 그가 가끔 자신의 실수를 자책하는 글을 올리면 마치 내 자신이 실수한 것처럼 안타까운 맘이 되곤 한다. 그럼에도 불구하고 나는 이런 이재무 시인이 참 좋다. 다들 자신을 긍정적이며 예쁘게 관리하는 시대에, 시인은 자신의 허물과 실수, 분노, 격정을 직설적으로 드러낸다.

그러나 오해는 마시라. 시인은 "나는 대화의 기술에 서툰 편이다. 에둘러 말해야 할 것도 직설적으로 툭 던져 상대를 불편하게 만들곤 한다. 이것은 내 각오와는 상관없는 천성이다. 이 약점 때문에 내가 입은 손해가 결코 적지 않다"(『세상에서 제일 맛있는 밥』)고 말했거니와, 이재무 시인을 직접 만나본 사람은 알겠지만 이런 발언이 그의 모든 것을 정확하게 말해주는 것은 아니다. 실상 시인은 누구보다 자연스럽게 대화를 유도하며 상대방의 입장을 세심하게 배려하기도 한다. 다만 그가 자신이 옳다고 생각되는 주장이나 입장에 대해 결코 물러서지 않는 성향이라는 건 분명한 사실이다. 그는 부드러우면서도 강하다.

3

첫 시집 『섣달그믐』(1987)부터 이번 시집 『슬픔에게 무릎을 꿇다』까지, 그리고 산문집 『생의 변방에서』(2003)와 『세상에서 제일 맛있는 밥』(2010)을 통독컨대, 그의 시세계와 문학관은 한결같다. 소외된 사람들에 대한 연민, 비주류에 대한 애정, 자연과 어머니에 대한 회상, 인생과 문학에 대한 정직한 성찰 등으로 요약되는 그의 시적 정서는 이번 시집에서도 크게 변하지 않았다. 다만 『슬픔에게 무릎을 꿇다』에서 이 같은 시적 주제는 시인의 일상과 한층 진하게 결합되어 있다는 사실을 지적해야겠다. 시집을 여는 아래 시를 가만히 읽어보자.

> 아내는 비정규직인 나의
> 밥을 잘 챙겨주지 않는다
> 아들이 군에 입대한 후로는 더욱 그렇다
> 이런 날 나는 물그릇에 밥을 말아먹는다
> 흰 대접 속 희멀쭉한 얼굴이 떠 있다
> 나는 나를 떠먹는다
> 질통처럼 무거운 가방을 어깨에 메고
> 없어진 얼굴로 현관을 나선다
> 밥 벌러 간다
>
> ― 「나는 나를 떠먹는다」 전문

이 시의 첫 문장, "아내는 비정규직인 나의 밥을 잘 챙겨주지 않는다"는 시인 이재무의 정체성과 시집의 성격을 인상적으로 상징한다. 그렇다. 시인이 "나는 이십 대 후반의 잠깐 동안을 빼놓고는 정규직으로 살아본 적이 없다"(「시와 함께 걸어온 길」, 『시인으로 산다는 것』, 문학사상, 2014)고 고백했듯이 그의 삶은 비정규직으로 점철된 여정, 바로 그것이었다. 물그릇에 밥을 말아먹으며 자신의 그림자를 응시하는 시적 화자의 모습에서 비정규직의 운명을 쓸쓸히 감수하며 자신에 대해 성찰하는 시인의 면모를 확인할 수 있다. 물론 단지 남편이라는 이유로 아내가 밥을 챙겨주기를 바라는 이 시를 남성중심주의라는 맥락에서 비판할 수는 있겠으나, 그 비판이 이 시의 핵심적인 정서를 근본적으로 건드리고 있다고는 볼 수 없다. 시인은 아내와 냉전 후에 식구들 몰래 일어나 미역국을 끓이며 "아내 가슴에 옹골차게 박힌 돌 / 슬그머니 자취 감출 것인가"(「미역국을 끓이다」)라고 생각하는 속 깊은 남편이기도 하다.

4

시인에게는 자신의 선택이 정당하다고 판단되면 끝까지 가보는 정서, 혹은 패배할 것을 명백하게 알면서도 그 선택을 소신 있게 밀고나가는 의연한 정서가 있다. 예컨대 "생의 궁극은 완전한 소진에 있는 것 / 화구 앞에서 생의 완주에 대해 생각했다", "타다 만 흔적처럼 추한 것 어디 있으랴"(「火口 앞에서」), 혹은 이전 시집 『저녁 6시』에서 읊은바, "한 점 비명, 회한도 없이 장렬하게 전사할 거야"(「푸른 늑대를 찾아서」)라는 구절들은 이러한 시인의 반골기질과 올곧은 태도를 상징하고 있는 대목인 듯하다. 실제로 시인은 "이 시대 딸깍발이로서의 존재인 시인은 그러므로 결과가 뻔히 예상되는 싸움에서조차 몸을 피하지 않아야 한다"(『생의 변방에서』)고 적고 있지 않은가. 이 대목에서 나는 지적인 망명자가 되는 것을 감수하면서도 평생 동안 비판적 지성인의 길을 고독하게 걸어온 사상가 에드워드 사이드Edward Said(1935~2003)에 대한 서경식의 발언을 떠올렸다. 서경식은 이렇게 적었다. "사이드는 '멸망할 운명임을 알고 있다'고, 그럼에도 불구하고 '우리는 앞으로 나아가고 싶다'고 말한다. '거의 승산이 없음에도 불구하고 계속해서 진실을 말하려는 의지'를 표명했다. 마치 한 편의 시와 같은 말이다"(서경식, 임성모 · 이규수 역, 『난민과 국민 사이』, 돌베개, 2006). 이 아름답고 당찬 발언에 나는 얼마나 가슴이 뛰었던가. 서경식은 에드워드 사이드의 발언에 대해 한 편의 시와 같다고 했다. 나는 그 시적 표현의 어떤 문학적 가능성을 이재무의 시편들을 통해 예감할 수 있었다.

청춘 시기나 특정한 시기에 아웃사이더가 되거나 비주류를 자처하는 건 그다지 어렵지 않다. 그러나 설사 그것이 의도된 것은 아닐지라도 평생을 걸쳐 체제와 문단의 아웃사이더로 살아간다는 것은 정말 쉽지 않은 일이다. 개인적으로 몇몇 논쟁을 통해 문단 주류미디어에 대한 비판을 수행하면서, 문단 시스템의 강고한 폐쇄성을 체험해본 내 입장에서 볼 때, 시인과 같이 기나긴 세월을 반골 정신으로 무장하여 살아간다는 것이 얼마나 쉽지 않은 선택인지를 잘 알고 있다. 어떻게 이런 자세와 경지가 가능했을까. 무엇보다 시인 이재무가 시인됨의 특성을 비제도적인 실존에서 바라보고 있다는 점을 주목할 필요가 있다. 그는 "시인이야말로 운명적으로 비제도적 존재요, 반체제적 존재 아닌가. 그리하여 체제와 제도 안에서 왕따 당하는 비운의 존재 아닌가"(『생의 변방에서』)라는 관점에서 오랜 동안 시를 써왔으며, 그런 시에 대한 생각을 삶과 문학에서도 스스로 실천해왔던 것이다.

5

시인의 정체성에 대한 이재무 시인의 태도는 자연스럽게 이 땅의 소수
자와 약자, 배제당한 자, 가난한 자, 기억되지 않는 존재에 대한 깊은 공
감과 진한 연민으로 이어진다. 아래 시를 천천히 읽어보자.

> 신발장 속 다 해진 신발들 나란히 누워있다
> 여름날 아침 제비가 처마 떠나 들판 쏘다니며
> 벌레 물어다 새끼들 주린 입에 물려주듯이
> 저 신발들 번갈아, 누추한 가장 신고
> 세상 바다에 나가
> 위태롭게 출렁, 출렁대면서
> 비린 양식 싣고 와 어린 자식들 허기진 배 채워주었다
> 밑창 닳고 축 나간,
> 옆구리 움푹 파인 줄 선명한,
> 두 귀 닫고 깜깜 적막에 든,
> 들여다볼 적마다 뭉클해지는 저것들
> 살붙이인 냥 여태도 버리지 못하고 있다.

— 「폐선들」 전문

비평의 고독

310

시인은 문득 신발장에서 이제는 신지 않는 낡은 신발들을 발견하고
이를 '폐선廢船'에 비유한다. 한때 그 신발을 신고 지난하고 누추한 삶
을 꾸려온 시인은 "들여다볼 적마다 뭉클해지는" 애틋한 마음에 그 신
발들을 차마 버릴 수 없는 것이다. 시집 도처에서 "오래 허전하고 아픈
영혼들"(「깜깜한 황홀」)에 대해 주목하고 있는 시인의 심성을 발견할 수

있다. 이미 그는 이렇게 말하지 않았던가. "시인은 모름지기 약자에 대한 관심과 배려를 아끼지 말아야 한다. 사람에 대해서뿐만 아니라 모든 생명체에 대해서도 사랑과 연민의 감정을 그 누구보다 앞서 예민하게 자신의 것으로 감각할 줄 알아야 한다"(『사람들 사이에 꽃이 핀다면』)고. 이 같은 시인의 생각은 그를 모든 사소하고 외롭고 가난한 존재에 대한 다정한 관심으로 이끈다. 그래서 "퇴근길 주머니가 허전한 실직을 불러내 따뜻한 술을 마셨으면 좋겠어"(「첫눈」), "도회지에 오래 살다 보면 진한 어둠이 그리울 때가 있다"(「어둠이 그립다」)는 애잔한 시구를 낳는다. 시인은 "배드민턴을 치면서 나는 들키지 않게 져주는 것이야말로 가장 위대한 사랑이라는 것을 알았습니다"(「배드민턴과 사랑」)라고 적는다. 이 대목을 통해서 강한 자에게는 누구보다도 강하게 대응하지만, 약자에게는 따뜻한 연민을 지닌 시인의 심성을 인상적으로 확인하게 되는 것이다.

6

이번 시집을 일별하며 나는 섬세한 변화의 징후를 감지했거니와, 그것은 시인이 짙은 허무주의에 경도되어 있다는 조짐과 연관된다. 가령 시인은 "먼지의 유구한 힘을 / 누군들 당해낼 수 있겠는가 / 이 세상 한결 같은 것은 / 먼지밖에 없는 것 같다"(「먼지의 힘」)며 인간의 노쇠함에 대비되는 먼지의 한결같음에 대해 토로하는가 하면, "우리네 설운 삶을 다녀가는 무수한 인연들이 혹여 저 돌멩이들과 구두가 맺은 지극히 사소한 우연 같은 것은 아니었을까 하는 생각 먼지처럼 피어올랐다 오늘도 내 생은 하루만큼 저물어간다"(「돌멩이와 구두」)는 시구를 통해 사람

사이의 인연과 만남을 우연이라는 시각으로 바라본다.

　누구나 세상이 좋아지리라는 기대, 내 순정이 언젠가는 보상을 받으리라는 희망을 가지고 세상을 살아갈 것이다. 그러나 시간이 지날수록, 나이를 먹을수록, 그러한 기대와 희망은 쉽게 실현되지 않는다는 쓸쓸한 사실을 자각하게 된다. 아니, 희망, 기대, 혹은 구원이라는 용어 자체가 일종의 형이상학적 환상에 불과하다고 생각할 수도 있다. 이런 사실을 깨닫게 되는 과정을 성숙이라고 부르기도 할 것이다. 수십 년간 시간강사 등의 비정규직으로 고단한 인생을 영위한 시인, 문학적으로나 정치적으로나 비주류의 길을 오랜 동안 걸어온 시인은 이제 "붉은 열정이 새어나간 몸은 / 알곡 빠져나간 광목자루처럼 헐렁해졌다"(「한강 브루스」)며, 정신과 육체가 시들어가는 과정을 처연한 심정으로 바라본다. 그러나 '시' 쪽에서 보았을 때, 시인의 처연함과 허무, 슬픔은 결코 무의미하고 소모적인 감정만은 아니다. 좋은 시란 '상처받은 자의 아름다움'에서 비롯된다는 사실을 시인은 누구보다 잘 알고 있지 않은가. 그가 늘 사석에서 말하듯이 세상에 공짜는 없으며, 시와 인생에서도 그건 마찬가지다. 오히려 시는 실패와 슬픔, 몰락, 상실을 연료로 하여 비로소 생성되는 '마음의 진주'이리라. 시인의 고통과 슬픔을 통해, 독자인 내가 행복해질 수 있다니, 나는 이 땅의 시인들에게 평생 동안 미안한 마음을 가져야 하리라.

7

개인적으로 이번 시집에 수록된 시편들 중에서 깊은 공감을 하면서 읽은 작품으로 아래의 시를 들고 싶다.

나이가 들면서 무서운 적이 외로움이란 것을 알았을 때

내가 가장 먼저 한 일은 핸드폰에 기록된 여자들

전화번호를 지워버린 일이다

술이 과하면 전화하는 못된 버릇 때문에 얼마나 나는 나를

함부로 드러냈던가 하루에 두 시간 한강변 걷는 것을 생활의 지표로

삼은 것도 건강 때문만은 아니다 한 시대 내 인생의 나침반이었던

위대한 스승께서 사소하고 하찮은 외로움 때문에

자신이 아프게 걸어온 인생을 스스로 부정한 것을 목도한 이후

나는 걷는 일에 더욱 열중하였다 외로움은 만인의 병 한가로우면

타락을 꿈꾸는 정신 발광하는 짐승을 몸 안에 가둬

순치시키기 위해 나는 오늘도 한강에 나가 걷는 일에 몰두한다

내 일상의 종교는 걷는 일이다

—「내 일상의 종교」 전문

　　시인은 외로움에 대해 말한다. 나이가 들수록 외로움으로 인하여 스스로 망가질 수 있다는 것을 엄중히 인식한다. 그래서 사소한 외로움으로 인해 결국 스스로의 인생과 가치를 부정한 선배시인을 떠올리기도 한다. 언젠가 시인은 "엄살 같지만 아픔을 견디는 일은 외로움을 견디는 일이기도 하다. 인간이 실존적 개체요, 단독자라는 것을 아픔만큼 절실히 알려주는 표지도 드물 것이다"(『생의 변방에서』)라고 적기도 했다. 외로움으로 인한 타락을 순치시키기 위해 시인은 매일 한강을 걷는다. 이제 시인은 "겨울 강물처럼 단순하게 살고"(「다시 한강에서」)자 하는 것이다. 그렇다 나 역시 외로움에 패배한 적이 자주 있기에 위의 시가 내 가슴에 비수처럼 꽂혔다. 수업이 있는 날에도 늘 백팩에 운동화를 신고 자주 걸으면, 세상과 신비한 자연이 내게 다가와 외로움의 감정은

조금씩 희석되곤 했다. 걷기야말로 마음의 난폭한 열정과 외로움을 다스리는 훌륭한 대안이라는 사실을 깨달아가는 중이다. 시인과 나는 외로움을 극복하고 세상과 자연에 더 가깝게 다가가는 방법으로 걷기를 선택했는데, 이런 의미에서 우리는 동지가 되지 않을 수 없다.

8

이번 시집에 수록된 「얼굴」과 같은 시편은 이재무 시인이 단지 문학의 정치적 쓰임새나 대 사회적 발언에 몰두하는 경향에 머무는 것이 아니라, 시의 형식이나 미감에 각별한 관심을 지닌 미학주의자이기도 하다는 사실을 작품 자체로 보여준다.

주름 가득한

더운 날 부채 같은

추운 날 난로 같은

미소에 잔물결 일고

대소에 밭고랑 생기는

바람에 강하고

물에 약한 창호지 같은

달빛 스민 빈 방 천장 같은

뒤꼍에 고인 오후의 산그늘처럼

적막한

공책에 옮겨 쓴 경전 같은

― 「얼굴」 전문

이 아름다운 시를 통해 시인은 단아한 서정시 미학의 한 전범을 펼쳐 보인다. 시인은 얼굴에 주름이 가득하지만, 마치 경전처럼 반듯하고 기품 있는 노인의 얼굴을 목도한다. "더운 날 부채 같은", "추운 날 난로 같은" 그 자연스럽고 넉넉한 얼굴을 보면서 시인은 그 자신의 얼굴과 인생을 되돌아보는 것이다. 한 단어도 보태고 뺄 필요가 없는 시가 바로 이런 시가 아닐까.

김사인, 나희덕, 문태준, 김선우 등과 더불어 이재무 시인은 이 시대에도 여전히 서정시의 본령을 굳건히 수호하는 드문 시인에 속한다. 그는 2007년에 발간된 시집 『저녁 6시』에서 "편치 않다, 우리 시대 다 낡은 서정시여 / 안쓰럽고 또 서글퍼져서 / 너의 품에 들어 잠시 칼바람을 피한다"(「공중전화」)라고 읊었거니와 바로 이 대목에서 서정시에 대한 시인의 극진한 순정을 느낄 수 있다. 그는 소월시문학상 수상소감(2012)에서 "나는 우리 근현대 시사의 가장 중요한 문학적 자산인 서정의 전통성을 법고창신의 자세로 내화하고자 합니다. 그것은 다름 아닌 '진화하는 건강한 서정'입니다"라고 언급한 바 있다. 현대시의 흐름에서 볼 때, 이재무의 시는 신경림으로 대변되는 민중적 서정시의 정서를 창조적으로 계승하고 있다. 그래서 그가 「우리시대의 민족시인, 신경림」(『생의 변방에서』)이라는 장문의 평문을 발표하고 "그 시절 현기영, 신경림 두 분 선생님을 만난 것은 내게는 평생의 가장 큰 운이자 축복이었다고 판단됩니다"라고 말했던 것이리라. 내가 접한 그의 어떤 시도 이해하기에 지나치게 어렵거나 난삽하지 않았다. 의미의 명료함을 지니고 있으면서도 마음을 움직이게 만드는 시, 바로 이 점이 이재무 시편의 가장 소중한 미덕이 아닐까 싶다.

나는 이재무의 시들을 통해 서정시의 가능성이 무한대로 열려 있음을, 서정시가 쉽게 격파되거나 극복될 수 있는 한때의 유력한 문학 형식이 결코 아니라는 사실을 실감할 수 있었다. 차라리 서정시는 세상과 자연, 인간에 대한 시인의 근본적인 태도라고 말할 수 있겠다. 그 서정시의 미적 잠재력과 아름다움을 깊고 넓게, 미적으로 단단하게 만드는 것이 시인 이재무가 기꺼이 감당해야 할 책무라는 생각이 들었다.

9

시인은 "시는 실패의 기록이다 비록 그것이 희망을 노래할지라도 절망을 통과하지 않을 때는 깊은 울림으로 오지 않는다"(『생의 변방에서』)라고 적은 바 있다. 물론 그럴 것이다. 이번 시집도 예외가 아니다. 『슬픔에게 무릎을 꿇다』라는 제목이 암시하듯이, 이 시집은 그가 최근 몇 년간 겪은 깊은 상처와 회한, 슬픔, 분노, 고독의 기록이다. 그러나 바라건대 이번만큼은 시집 발간이 당분간 그에게 행복과 충만감을 선사하는 뜻깊은 계기가 되기를 마음 깊이 바란다.

　열 번째 시집을 출간하는 이재무 시인에게 한 사람의 페친이자 문우의 입장에서 진심으로 축하의 마음을 전하고 싶다.

(2014)

자기모멸의 시학

허연론

1. 인정욕망과 자기모멸

인간이 지니고 있는 가장 궁극적이고 근원적인 욕망은 무엇일까? 내 생각에 그것은 타인으로부터 관심과 사랑을 받는 것, 말하자면 '인정에 대한 욕망'이다. "그 누구의 인정도 받지 못하는 사람은 자신의 존재와 삶의 가치를 확신할 수 없다"는 『인정투쟁』의 저자 악셀 호네트의 주장은 인간의 보편적인 정념을 관통하고 있다. 욕망의 비움을 얘기하고 그러한 욕망에서 완전히 자유롭게 보이는 사람도 궁극적으로는 인정에 대한 욕망에서 전혀 자유롭지 않을 것이다.

나는 욕심이 없다고 얘기하는 사람의 내면에는 또 다른 굴절된 욕망이 자리잡고 있지 않을까. 진보적이고 이타적이며 헌신적으로 보이는 사람 역시 인정에 대한 욕망에서 결코 자유롭지 않다. 이런 예를 들어보면 어떨까. 김대중 정권과 노무현 정권을 이끌었던 정권 실세들이 인간의 인정욕망에 대해 더 진솔하게 응시하고 자신들과 다른 관점을 지닌 사람들의 생각과 욕망을 이해하기 위해 지혜롭게 노력했다면, 한층 의미 깊은 정치적 진전을 성취했을 것이다. 개혁에 동의하지 않는 진영을 설득하고 정치적 헤게모니를 획득하기 위해서는 무엇보다 그 타자들의 욕망에 대한 세심한 파악이 필요하다. 그들의 오류는 자신은 대단히 개혁적이며 순수한 사람이고 자신의 반대자는 개혁을 방해하는 저열한 욕망을 지닌 사람이라고 이분법적으로 인식한 점에서 연유하지 않았을까 싶다. 나(우리) 역시 인정에 대한 욕망에서 전혀 자유롭지 않다는 사실을 있는 그대로 인식하는 순간, 그 인간(집단)의 정신은 한 뼘 더 성숙하게 되지 않을까. 이렇게 보면 정치는 누가 타자의 인정 욕망을 면밀하고 정확하게 파악하고 있는가에 따라, 그 성공 가능성이 갈릴지도 모른다.

생각해보면, 페이스북이나 트위터를 비롯한 SNS에 참여하는 욕구의 밑자리에도 바로 이러한 인정에 대한 욕망이 자리잡고 있는 것이 아닐까. 이를테면 지금은 내가 별 볼일 없지만 그래도 나는 꽤 괜찮은 사람이며 타인들로부터 충분히 사랑받을 만한 사람이라는 자의식, 이런 생각이야말로 이 글을 쓰는 사람을 포함해 대부분의 인간들이 지니고 있는 욕망의 심연이리라. 문제는 그토록 인간적인 욕망을 격조 있게 드러내느냐, 아니면 천박하게 드러내느냐 하는 차이일지도 모른다. 때로는 이러한 차이가 한 인간의 운명과 인생을 결정하게 되리니, 문학은 그 차이를 가장 섬세하게 형상화하는 인간의 발명품이다.

한국사회는 인정에 대한 욕망이 유난히 팽배한 곳이다. 좁은 국토, 세계 최상위권의 인구밀도, 늘 타인과 비교하고 경쟁하는 문화, 극심한 양극화에 따라 수많은 패배자를 양산하는 사회구조가 이러한 집단 심성에 영향을 미쳤다. 인구 대비로 보면 한국의 문학상은 어떤 국가보다도 많다. 이 점은 문학에 대한 한국사회의 커다란 관심을 의미하기도

비
평
의
고
독

318

하겠지만, 또 다른 한편 이 현상은 인정욕망이 난무하는 한국사회의 실상을 있는 그대로 보여주는 자화상이 아닐까. 말하자면 세계 어느 곳보다 한국사회가 인정에 대한 욕망에 민감하기 때문에 가능한 현상이겠다. 이런 사회일수록 '인부지이불온人不知而不慍'의 미덕, 즉 '사람들이 나를 알아주지 않는다고 원망하지 마라'는 경구에서 자유롭기란 쉽지 않다.

인정욕망이 이토록 팽배한 한국사회에서 지속적으로 '자기모멸', '자기부정', '자멸'을 주제로 시를 써온 시인이 있다. 이 글에서 살펴볼 시인 허연이 그다. 첫 시집 『불온한 검은 피』(1995)에서 "사람들 틈에 끼인 / 살아본 적 없는 생을 걷어 내고 싶었다"(「목요일」)는 자멸의 감각은 최근 시집 『오십 미터』의 "난 알고 있었던 것이다. 생은 그저 가끔씩 끔찍하고, 아주 자주 평범하다는 것을"(「시인의 말」) "수몰지의 폐허를 실었던 생. 이제는 단종된 생"(「아나키스트 트럭 2」)의 한층 심화된 자멸의 미학으로 지속되고 있다. 물론 이러한 자멸의 시학조차도 역으로 문학적 인정욕망을 드러내는 제스처라고 볼 수도 있겠지만, 시종일관 사멸이라는 주제를 밀고나가는 것은 결코 쉬운 길이 아니다. 세상의 아웃사이더라는 시인 역시, 설사 그가 무명시인이라도 독자에게 더 사랑받고 싶다는 욕망, 타자가 생각하는 것보다 내가 더 좋은 시인이라는 생각, 내 시가 문학적으로 의미 있다는 생각에서 전혀 자유롭지 않기 때문이다. 왜 허연 시인은 그토록 오랜 세월 동안 자멸과 자기부정, 자기모멸이라는 시적 정서를 보여주고 있는 것일까. 허연 시가 간직한 매력의 내밀한 비밀은 충분히 해명된 것일까. 이 글은 이 같은 질문에 대한 궁금증에서 시작한다.

2. 자기모멸의 다양한 시적 변주

허연은 시작 경력 25년에 걸쳐 지금까지 네 권의 시집을 펴냈다. 『불온한 검은 피』(세계사, 1995; 민음사, 2014)에서 발원하여, 『나쁜 소년이 서 있다』(민음사, 2008), 『내가 원하는 천사』(문학과지성사, 2014), 『오십 미터』(문학과지성사, 2016)로 이어지는 그의 시적 편력은 유니크한 언어 감각을 통해 다양한 주제를 담고 있다. 그의 시편들에는 처연한 실존의 쓸쓸한 내면, 타자와 어울리는 못하는 고독한 화자의 페이소스, 자멸의 우울한 감각, 도저한 자기모멸의 세계, 미술(화가)에 대한 시적 형상화 등이 인상적으로 펼쳐져 있다.

대개의 시인이 그러하듯이 시인 허연은 행복, 기쁨, 충만감, 설렘, 아름다움, 경탄, 충족감, 자신감보다는 슬픔, 비애, 패배, 외로움, 쓸쓸함, 처량함, 설움, 비관, 허망, 폐허, 환멸, 몰락, 허무, 지리멸렬에 대해 훨씬 자주 묘사한다. 그의 첫 시집을 여는 시 「지옥에서 듣는 빗소리」에서 "정의는 반드시 이기지 않는다 / 내가 아닌 다른 사람들과의 교통은 얼마나 힘겨운가"(1 : 15)[1]라는 언명은 허연 시를 일관하는 시적 주제를 간명하게 요약한다. 패배가 세상의 감각일 수밖에 없으며, 타자와의 이상적 소통은 근원적으로 불가능하다는 사실은 그의 시편들에서 다양하게 변주된다. 말하자면 이 시집의 개정판 자서에서도 언급되었던 바, "패배한 공화국이었지만 묻어 버리고 싶지는 않았다"는 문장, 즉 패배와 상처의 기억이 시인의 마음속에 고이 저장되었다가 세월이 지나

---

1   앞으로 인용문 다음 괄호 안의 숫자는 다음 시집의 번호와 면수를 의미한다. 1. 『불온한 검은 피』(민음사, 2015); 2. 『나쁜 소년이 서 있다』(민음사, 2008); 3. 『내가 원하는 천사』(문학과지성사, 2014); 4. 『오십 미터』(문학과지성사, 2016).

한 편의 시로 탄생하는 것이다.

여기까지는 다른 시인과 비슷하다. 그러나 허연은 이 슬픔과 비애에서 더 나아가, 시적 주체가 간직한 마음의 상처와 자기모멸에서 연유하는 회한의 정념을 극한까지 몰고 간다. 그래서 비루, 비굴, 비겁, 후회, 참혹함, 상스러움, 자기모멸에 대해 어떤 시인보다도 적극적으로 시화詩化하며, 끝내는 "잔인했던 내력", "내가 악마였던 날", "보여 주기 싫은 곳", "나의 이중성", "욕망이 남긴 책임"으로 표현되는 어둡고 우울한 세계를 시종일관 펼쳐 보인다. 유미리 식으로 말하면 허연은 "자기 마음속의 어둠을 들여다보는 것은 끔찍한 일이다"라는 사실을 시적으로 구현한다. 그 어둡지만 매혹적인 방에 입장하려면, 독자 역시 자신의 상처, 참혹함, 굴욕에 대해 정면으로 응시해야 한다.

아래 시편을 천천히 읽어보자.

굳은 채 남겨진 살이 있다. 상스러웠다는 흔적. 살기 위해 모양을 포기한 곳. 유독 몸의 몇 군데 지나치게 상스러운 부분이 있다. 먹고살려고 상스러워졌던 곳. 포기도 못했고 가꾸지도 못한 곳이 있다. (…중략…) 치열했으나 보여 주기 싫은 곳. 밥벌이와 동선이 그대로 남은 곳. 절색의 여인도 상스러움 앞에선 운다.(2 : 23)

— 「살은 굳었고 나는 상스럽다」 부분

그날 소금기 진하게 밴 구운 감자를 씹으며 생각했다. 비겁하다. 비겁하다. 난 언제나 싫은 일은 절반쯤만 하면서 살아왔구나. 그렇게 안심했었구나. 좋은 일의 절반이 날아가 버린 것은 생각도 하지 못했구나.(2 : 25)

— 「탑(塔)—비루한 여행」 부분

덧칠하면서 사는 나이다. 낡은 목선에 켜켜이 붙어 있는 페인트의 두께에서 어떤 절지동물 사체들이 묻혀 있는 굴곡이 보인다. 기생하면서 살아온 것들, 고래와 목선을 구분하지 못했던 것들, 그 위에 덧칠된 울퉁불퉁한 굴곡들, 뜨거운 게 치밀어 올라온다. 난 오늘 덧칠을 시작했다.(3 : 92)

— 「덧칠」 부분

시적 화자는 먹고 살기 위해서 때로 상스러워지지 않을 수 없는 정황에 처해 있다. 온전히 충만하고 정당한 일상만으로 이루어진 직업은 존재하지 않는다. 그는 먹고 살기 위해, '싫은 일'을 절반쯤 하면서, 때로는 피치 못하게 불의와 협잡을 묵인하면서 시간을 보냈으리라. 화자는 그런 자신이 '비겁하다'고 생각하며 회한의 시간을 통과하고 있다. 그 시간은 "밥 때문에 상처받았고, / 밥 때문에 전철에 올랐다. / 밥과 사랑을 바꿨고, / 밥에 울었다. / 그러므로 난 너의 밥이다."(「밥」, 2 : 73)라고 표현된다. '밥'을 위해, 즉 생계를 도모하기 위해 꾸역꾸역 일하지 않을 수 없는 소시민의 상처와 황량한 내면이 생생하게 부조되어 있다. "이른 아침 전철역은 아무리 생각해도 신파다. 태워달라고 사정하고, 선택받기 위해 서로 밀치고, 떠나보낸 걸 안타까워하는 신파다. 전철에 매달리는 신파다"(「아침 신파」, 3 : 81) 같은 구절은 밥벌이를 위해 출근길의 수모(?)를 감수하는 직장인의 비애를 실감 있게 전달한다.

세 번째 인용시구에서 볼 수 있듯이 화자는 "낡은 목선에 켜켜이 붙어 있는 페인트의 두께"를 바라보며 자신의 인생 역시 "덧칠된 울퉁불퉁한 굴곡들"로 덮여 있음을 깨닫는다. 누구나 그런 쓸쓸한 시간이 있는 것이다. 아무리 반듯한 인생을 살아온 사람도 인생을 되돌아보면 이러한 회한에서 자유롭지 않으리라. 처연하고 슬프지만 가슴을 관통하는 시이다. 이처럼 덧칠된 인생을 이해하는 시간은 곧 "혼자 술을 먹는 사람들을 이해할 나이가 됐다. 그들의 식도를 내려갈 비굴함과 설움이, 유행가 한 자락이 우주에서도 다 통할 것같이 보인다"(「슬픈 빙하시대 2」, 2:24)고 표현되는 세계, 즉 타자의 인생에 새겨진 상처와 고독을 이해하게 되는 과정이겠다. 화자는 자신의 비겁함을 인식하는 시계視界를 확장하여 타인의 설움과 비굴함을 조우한다. 이제 화자는 자신과 친구들이 마주한 세대론적 운명에 대해 응시한다.

> 내 나이에 이젠 모든 죄가 다 어울린다는 것도 안다. 업무상 배임, 공금 횡령, 변호사법 위반. 뭘 갖다 붙여도 다 어울린다. 때 묻은 나이다. 죄와 어울리는 나이. 나와 내 친구들은 이제 죄와 잘 어울린다.(2:24)
>
> ─「슬픈 빙하시대 2」 부분

참으로 쓸쓸하고 비감한 시적 묘사가 아닐 수 없다. 누구나 '때 묻는 나이'를 통과할 수밖에 없지만 이 시가 단지 인생 전반에 대한 보편적인 의미만을 담고 있다고 말할 수는 없다. 「슬픈 빙하시대 2」는 시인이 속한 386세대의 저 유구한 변절과 세속화에 대한 비유로 해석할 수 있다. 청춘시기에 사회개혁에 대한 그토록 순수한 열망을 지녔던 그 세대는 지금 어느 세대보다도 급격하게 보수화되고 소시민적으로 변했다. 나 역시 이 세대에 속하기에 이 시가 매우 구체적인 실감으로 다가왔다.

3. 욕망의 풍경과 이중성

허연 시의 화자로 하여금 자기모멸의 감정으로 치닫게 하는 것은 단지 자신의 비루함이나 굴욕감만은 아니다. 자신을 포함한 인간 마음의 균열과 이중성이야말로 화자로 하여금 스스로에 대한 최소한의 자존감을 지키지 못하게 만드는 요소이다. 아래 시편을 읽어본다.

> 초월은 먼 모양이다. 전세 빼고 직장 때려치우고, 지구를 떠돈다는 유럽 어느 골목에서 만난 배낭여행가. 아웃사이더 같았던 그놈이 쑥스러운 표정으로 서울 집값이 얼마나 올랐는지 물었다. 한편 인간적이기도 했지만, 초월은 결코 안 되는 건가? 산맥 넘고 바다 건너, 사막을 넘어 나라를 바꾸고 말을 바꿔도 결국 아무것도 잠재워지지 않는 건가? 한때 세차게 타올라 얼굴을 뜨겁게 달궜던 캠프촌 모닥불에 오줌을 갈기며 해탈은 없고 이탈만 남은 새벽을 멍하니 바라봤다.(3 : 83)
>
> ─「패배」 전문

전세를 빼서 세계여행을 떠났던, 현실적인 논리에 초연한 것으로 보였던 친구가 던지는 지극히 세속적인 질문을 통해, 화자는 초월이란 게 얼마나 힘든지 실감한다. 현실과 세속의 강고한 논리, 거기에 종속된 인간의 욕망은 "산맥 넘고 바다 건너, 사막을 넘어 나라를 바꾸고 말을 바꿔도 결국 아무것도 잠재워지지 않는" 것이다. 어쩌면 초월을 추구한다는 그 생각이야말로 세속적인 욕망이 역으로 투사된 심리이리라. 인간의 욕망이 존재하는 한, 인생에 근본적인 해탈이란 건 존재하지 않는 것이 아닐까. 그렇다면 인생이란 차라리 "별로 존경하지도 않던 어르신네가 / '인생은 결국 쓸쓸한 거'라며 자리에서 일어나 / 밖으로 나갔다 / 그는 지금도 연애 때문에 운다"(「일요일」, 1 : 63), "얼마나 더 살겠다고 MRI 찍는 통 속의 고독을 견디는 구순의 노인이 날 울릴 때가 있다"(「슬픈 빙하시대 5」, 2 : 29)에서 착잡하게 목도할 수 있듯이 생명이 붙어 있는 한, 인간의 욕망이란 결코 소멸되지 않는다는 사실을 이해하는 과정이 아닐까.

이 대목에서 중요한 것은 자신의 욕망을 얼마나 적확하게 인식하고 있는가, 하는 문제겠다. 이런 세계를 자주 통과하다 보면 "어머니가 돌아가신 날 육개장을 퍼먹으며 나는 나의 이중성에 치를 떨거나 하진 않았다. 난 그날 야간비행을 하러 갔다"(「나의 마다가스카르 3」, 3 : 20)는 어떤 초연한 단계에 도달하게 된다. 마치 알베르 카뮈의 소설 「이방인」의 주인공 뫼르소를 연상시키는 이 문장은 자신을 포함한 인간의 이중성에 대해 어느 정도 익숙해진 화자의 심리를 묘사한다. 시인은 이제 세상 전반의 이중성과 균열, 모순에 대해 충분히 인지하고 있다. 그 잔인한 세월은 "달력에 나올 것 같은 집에도 / 슬픔은 있다"(「로맨틱 홀리데이」, 3 : 68)는 누추한 진실을 이해하는 시간이기도 할 것이다. 이런 사실은 오히려 그를 절망적으로 만든다. 스스로가 속한 세상 전반에 대한 환멸이 마음에 차오를 때, 희망이 없다고 생각될 때, 시인은 어떤 태도를 취할 수 있는 것일까.

4. 자멸과 소멸의 미학

현실적인 도덕이나 상식으로는 쉽게 이해할 수 없는 자신의 돌연한 욕망과 조우했을 때, 그래서 "오랜만에 만난 늙어 버린 가족들과 삼겹살을 먹을 때나 혹은 스무 살쯤 차이 나는 여성이 여자로 느껴질 때. '사는 게 뭔지' 하는 생각을 한다"(「어느 날」, 2 : 36)는 자신과 마주칠 때 시인이 자멸의 미학으로 달려가는 것은 예정된 수순이다. 자멸은 세상이 바뀔 여지는 전혀 없으며, 동시에 그 세상의 일부이기도 한 나 자신에 대해서 절망했을 때 시적 화자가 택할 수 있는 유력한 태도이다. 자멸의 감각은 허연의 시 세계 전반을 관통하는 시적 정서다. 그 자멸의 정서는 지속적으로 변주되고 심화되어 최근 시집 『오십 미터』(2016)에서는 자멸과 소멸에 대한 열망이 결합된 세계로 나아간다.

필름 한 칸 한 칸에 담겨 있던 빗살무늬토기의 기억. 토기를 뒤집으면 쏟아지던 눈물들. 어느 날은 영웅이 되고 싶었고, 어느 날은 자멸하고 싶게 했던 날들. (…중략…) 난 수유리 세일 극장에서 생을 포기했다.(4 : 42)

—「세일 극장」 부분

당신의 웃음이 나의 이유였던 날. 이상하게도 소멸을 생각했습니다. 환희 속에서 생각하는 소멸. 체머리를 흔들었지만 소멸은 도망가지 않고 가까이 있었습니다. (…중략…) 그 이유를 짐작하지 못하는 병에 걸린 나는 오늘도 소멸만 생각합니다. 협곡을 지나온 당신의 마지막 웃음을 폭설 속에서 읽습니다. 왜 당신은 지옥이라고 말하지 않았나요.(4 : 110~111)

—「폭설」 부분

힘들게 찾아온 사랑이라고 힘들게 가라는 법은 없다. 아무리 어렵게 온 사랑도 그래프 위에선 명료하다. 정점에 선 순간 소실점까지 내리꽂는 자멸.(4 : 26)

—「좌표평면의 사랑」 부분

세상에 상처받고 자신의 비루함과 이중성에 환멸을 느낀 화자는 자멸과 소멸에 대한 열망을 토로하며 자신을 학대한다. 첫 시구에서 화자가 지닌 자멸의 욕망은 곧 생을 포기하는 자기소멸에 대한 감각으로 전이된다. 여기서 흥미로운 점. "어느 날은 영웅이 되고 싶었고, 어느 날은 자멸하고 싶게 했던 날들"이라는 고백에서 표출되듯이, 인정욕망과 자멸에 대한 열망이 화자의 마음에 공존하고 있는 사실. 실상 이 두 가지 욕망은 이형동체가 아닐까. 그렇다면 저 자멸의 감각에는 세상에서 인정받고 싶다는 소망이 은밀히 스며들어 있는 것 아닐까. 두 번째 시구에서 화자는 당신을 이해하고자 노력하지만 결국 실패한다. "당신의 웃음이 나의 이유였던 날"도 "당신은 지옥"이라고 생각되는 날도 화자는 소멸만 생각한다. 화자는 근본적으로 당신의 욕망을 온전히 짐작하지 못하는 것이다. 그 상처가 그를 소멸에 대한 충동으로 이끈다. 모든 인간관계, 연인관계는 이런 어긋난 만남과 욕망의 전시장에서 멀지 않다. 세 번째 시구는 아무리 힘들게 만들어간 사랑이라 할지라도 헤어지는 과정은 매우 단순하고 일방적일 수 있다는 인생의 쓰라린 진실을 일깨운다. 살다 보면 세상에 들인 커다란 정성과 노력이 일순간에 배반당하는 환멸의 순간이 있는 것이다. 그럴 때 화자는 자멸과 소멸의 욕망을 느낀다. 세상은 근본적으로 허무하다. 그 허무의 감각을 시인은 절묘하게 포착한다.

어느 순간 시인은 자멸의 감정을 세상에 대한 몰락의 감정으로 확장시킨다. 그래서 "세월의 이름으로 몰락을 먹는 저녁"(「참회록 그 후」, 4 : 120) 같은 시구가 탄생한다. 시인은 지속적으로 사라져 가는 것, 몰락의 아름다움을 묘사한다. 예를 들어 다음 구절을 읽어보자.

비관 속에서 오히려 더 빛났던
문틈으로 삐져 들어왔던

그 사선의 빛처럼

사라져 가는 것을 비추는 온정을

나는

찬양한 적이 있었다.

(…중략…)

문득

이미 늦어버린 것들로 가득찬

갈 데까지 간

그런 영화관에

가보고 싶었다.(3 : 64~65)

—「사선의 빛」 부분

　　시인은 도무지 어떤 충만감도 느끼지 못하며 어떤 긍정적인 희망과 비전도 공유하지 못한다. 그는 늘 '비관', '사라져 가는 것', '늦어버린 것', '갈 데까지 간 그런 영화관'과 함께 한다. 오히려 그 비관 속에서 '빛'을 발견한다. 시인은 숙명적으로 '사라져 가는 것을 비추는 온정', 즉 몰락을 찬양하는 페시미스트에 속한다.

　　이런 정서는 물론 시인의 실존적인 기질에서도 연유하지만 "말로 꺼내지 못한 신념들이 타들어가던 시간"(「좌표 평면」)으로 상징되는 역사적 상처와도 연관된다. 저 임화 같은 식민지시대의 대표적인 진보적 시인도 청춘시절 몰락과 적멸寂滅의 감각'을 보여주었다는 사실을 상기해보면[2] 시인의 몰락과 자멸의 정서가 실존적이며 사회적인 차원에 두

2　임화의 산문에 나타난 몰락, 적멸의 감각과 고독의 정서에 대해서는 다음 글을 읽어볼 것. 권성우, 「독서 · 산책 · 고독—임화의 수필에 대하여」, 『우리문학연구』 45집, 2013.

루 걸쳐 있다는 점은 자연스러운 일이다.

5. 간밤에 추하다는 말을 듣는다면?

허연 시에 펼쳐진 자기모멸의 정서는 두 번째 시집 『나쁜 소년이 서 있다』에 수록된 「간밤에 추하다는 말을 들었다」에서 하나의 기념비적 정점에 도달한바 있다. 이 시를 처음 읽었을 때 내 마음은 얼마나 먹먹해졌던가. 시 전문을 인용해본다.

배고픈 고양이 한 마리가 관절에 힘을 쓰며 정지 동작으로 서 있었고 새벽 출근길 나는 속이 울렁거렸다. 고양이와 눈이 마주쳤다. 전진 아니면 후퇴다. 지난밤이 고스란히 남아 있는 나와 종일 굶었을 고양이는 쓰레기통 앞에서 한참 동안 서로의 눈을 바라보며 서 있었다. 둘 다 절실해서 슬펐다.

"형 좀 추한 거 아시죠."
얼굴 도장 찍으러 간 게 잘못이었다. 나의 자세에는 간밤에 들은 단어가 남아 있었고 고양이의 자세에는 오래전 사바나의 기억이 남아 있었다. 녀석이 한쪽 발을 살며시 들었다. 제발 그냥 지나가라고. 나는 골목을 포기했고 몸을 돌렸다. 등 뒤에선 나직이 쓰레기봉투를 찢는 소리가 들렸다. 고양이와 나는 평범했다.

간밤에 추하다는 말을 들었다.(2:11)

— 「간밤에 추하다는 말을 들었다」 전문

아마도 화자는 일상적 생존을 위해 '얼굴 도장'을 찍으러 어떤 모임에 나갔으리라. 그곳에서 그는 술김에 주위 사람들에게 때로 실언과 허언도 하지 않았을까. 술이 취하자 큰 목소리로 논쟁도 하고 평소에 맘에 들지 않았던 후배에게 작정을 하고 싫은 소리도 했으리라. 많은 것이 기억에 안 나지만, 후배가 그에게 "형 좀 추한 거 아시죠."라고 전한 말은 다음 날까지도 그의 뇌리에 오롯이 남아 있다. 그 사실이 그의 마음을 참으로 처참하게 만든다.

전날 밤에 들었던 후배의 얘기가 계속 그의 마음을 후벼 파는 것이다. 그러나 자신의 전존재를 뒤흔드는 그 마음의 상처, 자신의 비루함을 치명적으로 확인할 수밖에 없는 치욕에도 불구하고 그는 출근을 해야 하고 '일상적 생존'은 계속될 수밖에 없는 상황이다. 여기서 고양이가 "나직이 쓰레기봉투를 찢는 소리"는 일상적인 생존 본능을 상징한다. 고양이의 모습은 한편으로 보면 시적 화자의 분사이다. 누구보다 예민한 자의식을 지닌 화자의 입장에서 보면 모든 것을 포기하고 싶게 만드는 "형 좀 추한 거 아시죠"라는 말을 듣고도 생계를 위해, 월급을 위해 일찍 출근할 수밖에 없는 그 평범한 일상만큼 슬픈 것이 또 있을까. 그래서 고양이와 나는 '평범'한 것이다.

자신의 추함, 비루함, 한계, 좌절, 실패를 고백하는 좋은 시들을 많이 알고 있다. 그러나 어떤 경우, 그 비루함, 실패, 자기모멸, 좌절에 대한 시적 묘사는 전도된 인정욕망이나 도착된 우월심리의 투사에 가깝다. 그러나 이 시에는 그런 욕망이 없다. 단지 자신의 비루함, 그리고 그 비루함을 낳은 일상을 끝내 견딜 수밖에 없다는 사실에 대한 우울하고 정직한 발견이 이 시의 주제이다. 이 얼마나 통렬한 자기 돌아봄인가. 자신의 추함을 인식하는 자는 결코 추하지 않다. 아니 아름답다. 강상중에 의하면 우리는 "무언가를 선택하려고 할 때마다 자아와 마주쳐야 하고, 그때마다 자기의 무지와 어리석음, 추함, 교활함, 연약함 등을 발견하게” 되는 존재이다. 자기모멸의 참담한 순간을 스스로 인지하는 존재의 슬픔, 허연의 시편은 바로 그 세계를 담담하게 보여준다.

　　허연은 “한국인들의 많이 취하는 방법 가운데 하나가 바로 타인에 대한 모멸이다. 누군가를 모욕하고 경멸하면서 나의 존재감을 확인하는 것이다”(김찬호, 『모멸감』, 문학과지성사, 2014, 6면)라는 주장을 시적으로 뒤집으면서, 자기모멸을 정직한 자기 돌아봄으로 변주한다. 이런 시적 자세에는 “인간에게 생명보다 중요한 것이 자존감이다. 품위를 훼손당했다고 생각할 때, 목숨을 걸고 보복하거나 그것을 회복하려고 몸부림친다”(김찬호, 『모멸감』, 210면)는 정념이 날 것으로 드러나지 않는다. 시인의 굴욕은 자기모멸이라는 감정을 통과하여 대단히 섬세하게 시적으로 형상화되어 있다.

　　한국현대시문학사를 통해 허연 만큼 자기모멸이라는 주제를 일관되게 하나의 시적 세계로 밀고 간 시인은 흔치 않다. 그런 허연의 시를 통해 어떤 아름다운 언어로 이루어진 시보다 시적 충격을 받게 되는 것은 어떤 연유일까. 좋은 시란 어떤 시를 의미하는 것일까. 아름답고 단단한 언어의 향연을 풀어놓은 시, 사회의 모순을 치열하기 그지없는 비판적 목소리로 담는 시, 기존의 시적 언어의 문법을 창조적으로 붕괴시키며 새로운 미적 지평을 연 시, 물론 이런 시들은 좋은 시일 것이다. 그렇다면 자기모멸, 자기부정, 자기 추함을 노래한 시는 좋은 시가 될 수 있는가. 진정으로 아름다운 시는 아름답고 예쁜 단어로 채워진 시가 아니라, 자신의 추함과 모멸감까지도 진솔하게 응시하는 시라는 사실을 허연의 시편들이 서늘하게 보여준다.

6. 타자와의 거리, 그 쓸쓸함에 대하여

자멸의 정서에 깊게 침잠했을 때, 타자와의 바람직한 소통은 쉽게 이루어질 수 없다. 그래서 시인은 "말로 꺼내지 못한 신념들이 타들어가던 시간. 봄날은커녕 이것도 저것도 아니었던 시간. 남지도 사라지지도 못한 내 탓이라고 치자. 하여튼 타인은 내게 어울리지 않는 계급이다"(「좌표 평면」, 3 : 58)라고 토로한다. 이런 타인과 온전히 어울리지 못하는 정서는 최근의 시편에서 다음과 같이 표현된다.

> 무엇이든 딱 잘라서 말하는 게
> 갈수록 어려워진다
> 일 없는 늦은 저녁
> 설렁탕 한 그릇 함께 먹을 사람조차
> 마땅치 않을 때
> 사는 건 자주 서늘하다(4 : 124)
>
> —「외전 2」 부분

화자는 이제 세상이 명명백백한 진실과 합리적인 논리만으로 이루어지지 않는다는 것을 인식한다. 그래서 "무엇이든 딱 잘라서 말하는 게 갈수록 어려워"지는 것이다. 세상의 복잡함과 다면성, 인간 마음의 균열과 이중성을 인식할수록 사람과 자연스레 어울리는 건 쉽지 않은 일이다. 대개의 사람은 단순한 행복과 손쉬운 공감을 원하기 때문이다. 그래서 화자는, 아니 시인은 결국 고독해질 수밖에 없다. 아마도 시인은 소설가 이승우가 말했던 바, "어울리고 사귀는 것이 중요한 재능이라는 것, 그리고 유감스럽게도 그런 재능이 나에게는 주어져 있지 않다는 것을 나는 너무 일찍 알아버렸다. 사람들 속에 섞여 있을 때 나는 불안했다. 나는 거의 항상 외로움을 느꼈다"는 사실을 본능적으로 체득하고 있지 않을까. 세상이 돌아가는 방식을, 그 모순과 시스템을, 인간들의 복잡한 욕망을 면밀하게 투시할수록 그는 고독한 운명에 처한다. 첫 시집『불온한 검은 피』에 수록된 아래 시는 시인이 마주한 고독의 우뚝한 경지가 오래전에 이미 존재하고 있었음을 인상적으로 묘파하고 있다.

> 너무 쓸쓸해서
> 오늘 저녁엔 명동엘 가려고 한다
> 중국 대사관 앞을 지나
> 적당히 어울리는 골목을 찾아
> 바람 한가운데
> 섬처럼 서 있다가
> 지나는 자동차와 눈이 마주치면
> 그냥 웃어 보이려고 한다(1 : 66)

—「저녁, 가슴 한쪽」 부분

시인은 고독한 마음에 명동으로 산책을 나간다. 그러나 그곳에서 그가 만난 것은 지인이 아니라 '자동차의 눈'이다. 시 전체의 문맥으로 보아 실연한 상태인 그는 명동에서 아무도 만나지 않는다. 그는 단지 산책할 뿐이다. 그는 수많은 군중으로 채워진 명동에서도 "바람 한 가운데 섬처럼 서 있(는)" 외로운 존재다.

그는 오히려 사람과 섞여 있을 때 불안한 마음이 되는 그런 성향이 아닐까. 그렇기에 그는 결국 사제의 길을 포기하고 시인이 되었으리라.

그 쓸쓸한 마음이 그를 시인으로 만들었을 것이다. 누구나 시인이 보여준 마음의 쓸쓸한 마음의 한 자락쯤은 지니고 살지 않을까.

7. 자멸파 시인 허연을 이해하기 위해

2009년의 어느 날, 당시 캘리포니아 어바인에 거주하던 나는 『나쁜 소년이 서 있다』에 수록된 시편들을 읽어내려 가다가 문득 언젠가 만났던 허연의 목소리를 직접 듣고 싶다는 생각을 했다. 「간밤에 추하다는 말을 들었다」는 시가 마음의 태풍이 되어 내게 남아 있는 어떤 상처를 다시 뒤흔들지 않았던가. 아마도 그러했으리라. 그래서 이 시를 읽은 직후에 하염없는 마음이 되어 혼자 술 한 잔을 마셨던 터였다. 그 마음이 움직여 나는 당시 연수차 일본 도쿄에 있던 허연 시인과 국제전화로 통화를 했다. 생각보다 살갑고 훈훈한 대화였다. 「간밤에 추하다는 말을 들었다」를 쓸 수 있는 시인만이 간직한 온기와 열정이 느껴졌다. 그 전화 한통만으로도 그의 시가 더 잘 이해됐고, 인간 허연을 더 이해하고 싶다는 갈망이 생겼다. 한 편의 시가 선사한 마음의 통렬한 흔들림이 이국에 있던 내게 얼마나 큰 위안이 되었던가. 그때부터 언젠가는 허연 시인에 대한 글을 꼭 써야겠다고 생각해왔다. 이제 7년 만에 그 빚을 갚는다.

생각해보면 그가 자기모멸의 시학을 인상적으로 밀고 나갈 수 있었던 이유 중의 하나는 시인의 지성에 있다. 허연은 네 권의 시집 외에도 『고전탐닉』 1,2권과 독서에세이 『그 남자의 비블리오필리』를 펴낸 바 있다. 세계문학, 동서양의 사상, 인문교양을 포괄하는 다채로운 책읽기를 통해 그는 단지 시적 감성을 벼리는 것에서 더 나아가 인류 문화사의 고전과 대결해왔다. 시인의 폭넓은 지성과 독서는 그의 자기모멸이 주관적인 감정의 나르시시즘에 매몰되는 것에서 구출했다. 시인이 『고전탐닉』(2011)의 자서에서 토로했듯이 "몇 번이나 포기하고 싶었지만 그때마다 '상처를 입어도 그 영혼의 깊이를 잃지 않는 자를 사랑한다' 라고 했던 니체의 말을 떠올리며 무모한 도전을 계속할 수 있"는 지성의 강단(剛斷)이 키워졌던 것이다. 같은 책에 등장하는 사마천의 「사기」 에서 적었듯이 "가장 위대한 역사서는 이렇듯 한 인간의 고통과 모멸을 딛고 세상에 나왔다"는 사실이야말로 시인에게 커다란 위로가 되었으리라. 이제 허연의 자기모멸의 시학은 한국시가 도달한 가장 개성적이면서도 매력적인 시적 화인(火印)이 되었다.

우리는 허연의 시를 읽으며 자신의 인생에 드리워진 회한을, 상처를, 상스러움을, 자멸의 감정을, 치명적인 이중성을, 치욕의 그림자를 더 투명하게 인식하게 되었다. 이런 자기모멸의 체험이야말로 어떤 긍정이나 희망, 지혜로움 이상으로 우리를 성숙시켜 줄 것이다. 그 시간은 「무진기행」의 주인공이 소설 마지막에 털어놓은 "한 번만, 마지막으로 한 번만 이 무진을, 안개를, 외롭게 미쳐가는 것을, 유행가를, 술집여자의 자살을, 배반을, 무책임을 긍정하기로 하자. 마지막으로 한번만이다"라는 처연한 독백을 이해하는 과정이기도 할 것이다. 그 성숙과 이해의 과정이 앞으로 어떤 시세계를 낳을지 꾸준히 지켜볼 일이다. 어쩌면 성숙이라는 강박관념에서 다시 탈피할 수 있을 때, 자신이 구축한 시세계를 스스로 부정할 수 있을 때, 말하자면 인정욕망에서 자유로워질 때, 다시 허연의 새로운 시적 지평이 열리게 되지 않을까. 나는 이 궁금증에서 결코 벗어날 수 없을 것이기에, 앞으로도 자멸파 시인이자 문우인 허연의 시를 계속 지켜보게 될 것 같다.

(2016)

망명의 문학,
이산離散의 문학

3

망명,
혹은 밀항密航의 상상력

김석범의『화산도』에 대하여

1. 예술과 정치의 단단한 결합

한 달 간에 걸친 기나긴 책읽기의 대장정이었다. 과연 명불허전이었
다. 역사적 소재를 다룬 좋은 소설이 대개 그러하겠지만, 마치 해방 직
후 제주에서 내가 겪어보지 못한 그토록 참혹한 비극을 바로 현장에서
목격한 느낌이다. 많이 슬펐고 크게 감동했으며 때때로 깊게 전율했다.
2015년 10월에 한국어로 번역 출간된 김석범金石範 대하소설『화산도』
(김환기 · 김학동 역, 보고사, 2015) 얘기다. 200자 원고지 22,000매에 이르
는『화산도』전편 12권을 읽는 과정은 한국현대사의 가장 비통한 상처
중의 하나인 제주 4 · 3사건을 통해 그 시대를 살아온 다양한 인간군상
을 깊이 이해하고 그들의 상처와 슬픔을 보듬는 시간이었다. 동시에 그
것은 한국문학의 현실과 범주, 성취와 결핍, 과거와 미래에 대해 근본
적으로 되돌아보는 도정이기도 했다.『화산도』는 지금까지 내가 접했
던 어떤 소설보다도 문학의 존재방식에 대한 깊은 고민과 근본적인 비

평적 자극을 선사했다. 이 작품과의 만남이 앞으로 펼쳐질 비평적 글쓰기에 참으로 뜻깊은 분기점이 될 것 같다는 예감이 읽는 내내 가슴 속을 파고들었다. 그래서 『화산도』에 대해 어떤 식으로든지 글을 쓰고 싶다는 생각을 했던 것일까. 작품을 읽다가 자주 비감한 마음이 되어 때로 불그스름한 저녁놀이 걸려 있는 창문을 우두커니 쳐다보곤 했다. 한마디로 말해 『화산도』는 비평쓰기에 대한 열망을 한껏 자극하는 최량의 문학텍스트이다.

분명히 말하거니와, 제주 4 · 3사건이라는 미증유의 역사적 비극을 소재로 하고 있다는 사실 자체가 『화산도』 평가에 있어서 결정적인 요소는 아니다. 실제로 김석범의 성향에 대해 "재일조선인 문학가 누구보다 정치와 인간 사이의 관계를 소설에 담아온 김씨는 그러나 정치의 소설 개입에는 단호하게 거부하는 반골 체질이다"(『한겨레』, 2013.10.1)라는 지적이 있다. 내게 『화산도』는 인간과 세상을 묘사하는 거시적 안목, 그 고뇌와 지성의 깊이, 중대한 역사적 사건을 바라보는 넓은 시야, 다양한 인간군상의 생생한 내면. 박진감 있는 스토리, 대하소설이면서도 상당히 치밀하게 구성된 유기적인 소설미학, 이런 다양한 요소가 성공적으로 어우러진 장편대하소설이다. 『화산도』는 작품의 미학적 완성도가 해당 소재를 둘러싼 정치적 힘(호소력)과 비례관계가 될 수 있다는 사실을 대표적으로 보여주는 작품이 아닐까.[1] 요컨대 『화산도』는 정치와 예술이 각자의 특성과 장점을 보존하면서 단단하게 결합된 작품

---

1 오은영은 김석범 연보에서 그의 교토대 문학부 미학과 입학(1948.4)과 연관하여 "예술의 '영원성', '보편성'을 부정하는 마르크스주의의 예술이데올로기론에 의문이 생겨 미학을 선택하지만 대학에 거의 나가지 않았다"고 적었다. 오은영, 『재일조선인문학에 있어서 조선적인 것—김석범 작품을 중심으로』, 선인, 2014, 254면. 김석범의 교토대 미학과 졸업논문 제목은 「예술과 이데올로기」이다. 이 같은 대목은 『화산도』를 지나치게 정치적으로 독해하는 시각에 명백한 한계가 있다는 점을 잘 보여주고 있다.

이다.

　김석범과 같은 재일 디아스포라 소설가인 양석일은 "만일 김석범 문학이 영어나 프랑스어로 번역됐다면 노벨 문학상을 수상했을 것이 틀림없다"(『동아일보』, 2005.10.1)고 언급한 바 있다. 『화산도』에 대한 높은 평가와 몰입은 4·3의 역사적 상처와 거리를 둘 수밖에 없는 일본인에게도 마찬가지였던 것 같다. 『화산도』 연구자인 故 나카무라 후쿠지中村福治 교수는 "광대한 스케일, 박진감 넘치는 전개, 마음 졸이는 장면 등 『화산도』는 나의 마음을 완전히 사로잡았다"[2]고 표현한 바 있다. 이런 평가에 과연 내가 수긍할 수 있을지 참으로 궁금했다. 그 호기심이 대하소설 『화산도』를 읽게 만든 힘인지도 모른다.

　나는 이 글에서 『화산도』가 지닌 몇 가지 문학적·역사적 의미에 대해 비평적 에세이 형식을 통해 자유롭게 펼쳐놓고 싶다. 지금까지 이루어진 『화산도』에 관한 논의는, 몇몇 일본문학 연구자의 글을 제외하면, 대부분 1988년에 번역 출간된 실천문학사 판 『화산도』를 대상으로 이루어졌다. 또한 다수 이념적이며 정치적인 지평에서 논의가 전개되었다는 한계가 존재한다. 이제 『화산도』 한국어 번역본이 완간된 이 시점에서 『화산도』에 대한 한층 다양하고 창의적 해석이 필요한 상황이 도래한 것이 아닐까. 이 글은 『화산도』를 읽으면서 내가 느꼈던 몇 가지 단상과 생각 중에서 주로 디아스포라 정체성과 망명, 밀항, 인물 형상화의 의미, 혁명에 대한 사유 등에 대해서 얘기하게 될 것이다.

2　나카무라 후쿠지, 『김석범 『화산도』 읽기』, 삼인, 2001, 249면.

2. 디아스포라 문학이라는 정체성

『화산도』를 재출간한 일본의 대표적인 출판사 이와나미쇼텐岩波書店은 최근『화산도』를 "일본어문학을 대표하는 금자탑"이라고 평가한 바 있다. '일본문학'이 아니라 '일본어문학'이다. 그럼에도 이 표현에 묘한 불편함을 느끼는 마음을 발견한다. 일본어로 발표되었으니, 당연히 '일본어문학'의 범주에 해당될 터이다. 『화산도』의 작가는 자신을 임신한 채 제주도에서 일본으로 온 어머니에 의해 일본 오사카에서 태어났지만 제주도가 고향이라는 의식을 강하게 지니고 있으며 청년시절부터 확고한 반일사상을 품어왔다.[3] 그가 8·15 해방 즈음에 서울과 제주도에 거주한 것도 민족해방을 위한 구체적인 방법을 모색하기 위해서였다. 김석범은 현재까지 한국, 북한, 일본 그 어디에도 해당되지 않는 '조선적朝鮮籍'을 고수하고 있다. 사실상 무국적에 해당한다.

『화산도』의 주무대는 제주도와 서울이며, 작품의 등장인물들은 대부분 한국(조선)사람들이다. 이 소설만큼 제주 4·3의 비극에 대해 총체적이며 면밀하게 형상화한 작품, 4·3을 둘러싼 한국인의 삶과 정신, 상처, 망명에 대해 깊이 있게 묘사한 작품은 존재하지 않는다. "해방 직후 제주도의 생태학적 문화지리"(김환기, 「평화를 위한 진혼곡」, 『화산도』, 12:373)[4]는 『화산도』에서 그 최대치의 미적 형상화에 도달한다. 그래서일까. 작가는 『화산도』를 '일본문학'의 범주에서 바라보는 시각에 대한 확고한 비판적 입장을 견지하고 있다.

---

3   오은영, 앞의 책, 253면.
4   앞으로 표기되는 인용문 다음 괄호 안의 숫자는 『화산도』(보고사, 2015) 권수와 면수를 의미한다.

나는 '재일조선인문학은, 적어도 김석범 문학은 일본문학이 아니라 일본어문학, 디아스포라 문학'이라는 주장을 오래전부터 해왔고, 이를테면 김석범 문학은 일본문학계에서 이단의 문학이다. 그것은 한마디로 일본어로 쓰여졌다 해서 일본문학이 아니다. 문학은 언어만으로써 형성, 그 '국적'이 규정되는 것이 아니라는 사상이라는 점을 일관되게 주장해 왔다.(1 : 6~7)

그렇다고 해서 『화산도』를 한국문학이라는 영역에 선뜻 포괄할 수는 없을 것이다. 그보다는 '한민족문학'이라는 범주에 가깝다. 한층 근본적인 맥락에서 보면 『화산도』는 특정한 단일국가의 문학에 포섭되지 않는 디아스포라 문학이자 망명문학에 해당된다. 김석범의 인생 자체가 깊은 고독 속에서 단독자가 걸어온 헌걸찬 여정이라고 볼 수 있지 않을까. 그는 이렇게 말한다. "외로운 싸움이었지요. 일본 문단도, 민단도, 총련도 내 작품을 달갑게 생각하지 않았지요. 좌우의 협격挾擊, 사면초가에서 살아왔지요."(『동아일보』, 2005.10.1) 김석범의 소실은 한국 문단에서도 충분히 평가받거나 그 정당한 의의를 제대로 인정받지 못했다. 1997년 『화산도』가 완간된 뒤에 한국어로 번역되는데 18년의 세월이 흘렀다. 자신이 사는 곳, 조국, 문단, 그 어디에서도 평안한 안식을 취할 수 없었던 그의 오랜 고독에 대해 생각해본다. 이러한 경계인의 초상과 문학적 자존심이야말로 그로 하여금 수십 년에 걸쳐 오로지 『화산도』를 창작해온 마음의 강단이었으리라.

3. 『화산도』는 망명문학이다

『화산도』의 시간적 배경은 제주 4 · 3사건 직전인 1948년 2월경부터 그 마무리 단계에 해당되는 1949년 6월에 이르는 기간이다. 오사카에서 태어난 김석범은 식민지시대 말과 해방 초기 몇 번에 걸친 제주도와 서울 체류를 거쳐 1946년 여름 한 달 예정 차 일본으로 밀항했지만 결국 조국에 다시 돌아오지 못하고 일본에 정착하게 되는 운명에 처한다. 말하자면 그는 4 · 3을 직접 체험하지 않고 『화산도』를 쓴 것이다. 소설을 위한 현장답사도 할 수 없었다. 오로지 제주도 체류시절에 대한 자신의 기억, 일본의 신문기사와 자료, 일본으로 밀항한 제주사람들이 토로한 통탄의 증언, 거기에다 상상력을 결합하여 전대미문의 대하소설을 완성한 것이다. 그는 실제로 밀항한 4 · 3 체험자들의 증언을 채록하며 기억에 의존해 제주도 지도를 일일이 그리면서 『화산도』를 썼다고 한다. 김석범은 1991년 「화산도」(제2부) 취재를 목적으로 한국 입국 신청을 하지만 허가를 받지 못하기도 했다.[5] 그는 한 기사에서 "나의 고향땅에 취재조차 하러가지 못한 채 집필을 계속한 것이 가장 괴로웠다고 털어놓지 않을 수 없다. 상상력에도 한계가 있는 법이다"(『제민일보』, 2012.3.30)라고 고백한 바 있다. 이 얼마나 안타까운 일인가. 『화산도』와 같은 방대한 스케일의 대하소설을 실제체험은 물론이거니와 현장답사[6] 없이 쓰기 위해서 그는 얼마나 집요한 노력을 기울였을까. 그건 그야말로 '문학적 분투'에 값하는 엄청난 열정이다. 김석범의 마음에 켜

---

5   오은영, 앞의 책, 257면.

6   그가 제주를 다시 방문한 것은 제주를 떠난 지 42년 만인 1988년이다. 『화산도』 1부가 이미 완결된 이후였다.

켜이 쌓인 그 그리움과 안타까움, 분노의 감정을 생각해본다. 그런데 이런 결핍의 정념과 가혹한 조건이 그의 문학에 부정적인 정서로만 작용했을까. 그렇지 않다. 이 점을 온전히 이해하기 위해서는 『화산도』가 지닌 망명문학의 성격을 이해할 필요가 있다.

김석범은 『화산도』 한국어판 서문에서 이렇게 적었다.

> 『화산도』를 포함한 김석범 문학은 망명문학의 성격을 띠는 것이며, 내가 조국의 '남'이나 '북'의 어느 한쪽 땅에서 살았으면 도저히 쓸 수 없었던 작품들이다. 원한의 땅, 조국상실, 망국의 유랑민, 디아스포라의 존재, 그 삶의 터인 일본이 아니었으면 『화산도』도 탄생하지 못했을 작품이다.(1:7)

작가는 자신의 문학을 '망명문학'의 범주에서 바라보고 있는데, 이점은 『화산도』를 이해하는데 핵심적인 포인트다. 즉 4·3을 다룬 최고 걸작 『화산도』가 왜 재일 디아스포라 작가에 의해 쓰일 수밖에 없었는지를 이해하기 위해서는 망명문학의 성격과 특징, 이점에 대해 인식해야 한다. 소설가 최인훈은 만년의 걸작 『화두』에서 '망명문학'에 대해 아래와 같이 언급한 바 있다.

> 유럽 문인들이 국경 밖으로 이리저리 돌아다닌 것과 비교해보면 이 지역의 특수성과 그 시절의 조건의 가혹함이 새삼 무겁게 짓눌러온다. 단 한 사람 김사량이 망명시절에 작품 「노마만리」를 남겼는데, 그 작품이 없었다고 상상해보면 그 작품의 귀중함이 실감된다. 더 많은 그런 작품이 있었더라면 그 많은 고뇌와 슬픔과 또 기쁨들은 더 잘 기록됐을 것이다. 망명지에서 쓴다는 조건은 그렇지 않고는 얻지 못할 성격을 망명 작품에게 주었을 것이다. 우리가 보낸 세월의 의미를 더 투명하게 판단해서 그만큼 헛갈림

없이 풍부해진 경험을 후손을 위해서 더 남겨줄 수 있었을 것임을 의심할
나위가 없다.[7]

　최인훈은『화두』에서 박태원, 임화, 이용악, 이태준 등의 식민지시
대의 작가들에 대해서 깊은 애정과 연민을 보여주면서도 동시에 그들
의 문학세계에 대한 아쉬움을 표한다. 그 마음은 식민지시대 문학에 본
격적인 망명문학이 거의 존재하지 않았다는 사실에서 비롯된다. 바로
그 점이 식민지시대 문학의 한계라는 것이다. 말하자면 검열이나 사상
적·문화적 억압에서 상대적으로 자유로운 망명지에서 발표된 작품이
었다면, 가령 혁명이나 마르크스주의에 대한 더 깊은 고뇌와 자유로운
묘사가 가능했을 것이라는 주장이다(물론 식민지시대에 일본은 망명의 대상
이 아니라 배움과 출세, 저항의 대상이었다). 이 같은 관점이 식민지시대 문학
에 대한 단순한 폄하로 이해되어서는 안 된다. 내가 보기에 망명문학의
부재에 대한 최인훈의 관점은, 식민지시대 문학의 의의나 뜻깊은 성취
와는 별도로, 그 시대 문학의 구조적 특성과 한계를 정확하게 파악하는
깊은 통찰력의 소산이다.

　지금까지 설명한 문제의식에서 보자면『화산도』야말로 망명문학
의 정수에 해당한다. 일본에 비하자면, 남한이나 북한은 1970~80년대
는 물론이거니와 아직도 여러 가지 검열이나 사상적 금기, 사회전반에
깊이 각인된 반공(반미)이데올로기, 이념에 대한 단순한 이분법적 인식
이 상존하고 있다.『화산도』에서 묘사된 혁명과 사회주의, 허무주의에
대한 심도 깊은 사유, 4·3사건을 바라보는 넓고 깊은 안목, 북한(북로
당)에 대한 의구심과 유연한 비판, 친일(문학)에 대한 전면적인 문제제

7　최인훈,『화두』2권, 문학과지성사, 2008, 280면.

기는, 남한에서 작품이 씌어졌다면 결코 쉽게 형상화되지 못했으리라.[8] 이렇게 본다면 "망명지에서 쓴다는 조건은 그렇지 않고는 얻지 못할 성격을 망명 작품에게 주었을 것이다"라는 명제를 전형적으로 보여주는 작품이 『화산도』라고 할 수 있겠다. 전후에 공산당이 공식적으로 존재했으며, 마르크스주의와 혁명에 대한 두터운 인문학적 사유가 축적되었던 일본 지식사회는 동시대의 한국사회에 비할 바 없이 이념적으로 열린 공간이었다. 마르크스주의에 대한 사유가 깊을수록 허무주의에 대한 이해와 묘사 역시 심화될 수 있는 것이 아닐까. 혁명의 열정에 대한 묘사가 섬세할수록 반혁명의 정념에 대한 묘사 역시 생생하게 펼쳐지리라.

"현재 남한의 많은 사람들이 자유를 찾아 일본으로 입국하려 하고 있었다……. 실제가 그랬다. '평화와 민주화를 구가하는 일본'……" (2 : 383), "이 나라는 어딜 가나 매한가지로, 일본은 이미 '망명지'로서 최적지가 되어 있어요"(4 : 479) 같은 대목은 4 · 3 당시 상대적으로 억압적인 한국과 비교되는 일본으로 망명하고자 하는 열망을 여실히 보여준다. 한때 식민지를 지배했던 제국주의 본국이 이제는 망명에 적합한 공간(국가)이라는 사실은 얼마나 통렬한 역설인가. 『화산도』는 바로 이 같은 일본의 상대적으로 자유로운 지적 풍토 속에서 결정적인 검열이나 문화적 억압 없이 창작되었다. 그러했기에 작품 속에서 혁명과 반혁명에 대한 열린 지적인 대화, 사회주의와 허무주의에 대한 그토록 깊

---

8 『화산도』는 애초에 「해소(海嘯)」라는 제목으로 1976년 『문학계』에 연재되기 시작하여, 1~3권은 1983년(文藝春秋)에 간행되었으며 1988년 실천문학사에서 한국어로 번역되었다. 그리고 「화산도」 2부가 1985년부터 『문학계』에 연재되기 시작하여, 4 · 5권은 1996년, 6 · 7권은 1997년 문예춘추(文藝春秋)에서 출간되었다. 2015년 10월 이와나미쇼텐(岩波書店)에서 주문제작 형태로 『화산도』 전 7권이 복간되었다.

은 사색이 가능했던 것이리라. 아울러 총련과 민단 양쪽으로부터 거리를 둔 김석범의 주체적인 태도 역시 특정한 입장에 구속되지 않는 객관적 묘사를 가능하게 했다고 판단된다.[9]

흥미로운 사실은 제주 4 · 3사건에 관한 자료나 증언 역시 사건 직후에는 망명지에서 더 풍부하게 접할 수 있었다는 역설이다. 이에 대해서는 역시 재일 디아스포라인 서경식의 다음과 같은 발언을 주목할 필요가 있다.

'4 · 3'이 언제 어떻게 일어났는지, 그곳에서 어떤 폭력이 휘둘러졌는지, 몇 명의 사람들이 희생되었는지, 그런 사실에 대해서는, 한국 사람들보다 먼저 우리들 재일 조선인은 알고 있었다. 군사 정권 시대의 한국에서는 펴낼 수 없었던 증언집이나 연구서가 일본에서는 간행되었기 때문이다.[10]

군사정권 시대만 하더라도 4 · 3에 대한 보다 객관적인 자료들이 일본 쪽에 더 많았다는 사실을 인식할 필요가 있다. 증언자 역시 마찬가지였을 것이다. 당시 남한은 상당 기간 동안 4 · 3에 대한 증언조차도 자유롭게 허용될 수 없는 닫힌 상황에 처해 있었다. 4 · 3이 발생한 시기 역시 이러한 정보의 격차가 확연히 존재했다. "제주 섬의 삼엄한 보도 통제를 뚫고 이 대학살의 소식은 일본의 신문을 통해 제주 출신 재일동포들에게 전해"[11]졌다는 사실을 보면, 일본에 전해진 정보는 당

---

9 식민지시대 말기 김석범이 민족해방운동에 참여하기 위해 일본에서 중국으로의 '망명'을 시도했다는 사실을 눈여겨볼 필요가 있다. 그의 제주도행은 망명을 위한 징병검사의 성격을 띠고 있었다. 자신에게 주어진 상황을 벗어나 끊임없이 이상을 추구하는 김석범의 면모를 확인할 수 있는 대목이다.

10 서경식, 「나는 '4 · 3'을 알지 못한다」, 『동백꽃 지다 — 강요배가 그린 제주 4 · 3』, 보리, 2008, 7면.

11 허영선, 『제주 4 · 3을 묻는 너에게』, 서해문집, 2014, 124면.

시 반공이데올로기에 의해 진하게 윤색된 남한의 정보(언론)와는 분명 차이점이 존재했다고 보아야 한다. 이 차이가 작가의 상상력과 묘사 가능성에도 미세한 낙차를 생성할 수 있는 것 아닐까.

『화산도』 5권에는 대일 협력 문제를 다룬 나영호의 소설에 대해 불만을 지닌 주인공 이방근의 발언이 아래와 같이 개진된다.

> 일제강점기의 대일 협력에 대한 정신적인 청산, 이게 기본이라구. 전향 문제도 포함되겠지만, 이건 작가 외에는 누구도 할 수 없는 지극히 문학적인 과제라고 생각해. 아직은 아무도 이 문제에 대해 언급을 하고 있지 않아. 해방된 지 3년이 지나고 있는데도 말이지, 어려운 일일지도 모르지만, 그런 문학 작품이 없다는 것은 이상한 일이야.(5 : 413)

1948년 시점에서 이루어진 이 주장은 해방 직후 문학에 대해서 주목할 만한 진단에 값한다. 문학에 지대한 관심을 지닌 이방근의 입장에서 보면, 당시 친일과 전향에 대해 정말 근본적이며 징직한 성찰을 보여주는 작품이 거의 없었다고 평가되는 것이다. 물론 우리는 지하련의 「도정」, 허준의 「속습작실에서」, 이태준의 「해방전후」, 채만식의 「민족의 죄인」을 기억한다. 이 문제적 수작들의 문학사적 의의는 분명하지만, 친일에 대한 엄정한 비판에 관한 한, 그 한계 역시 엄연하다. 관점에 따라, 자기 정당화와 진보의 갱신을 넘어서 식민지시대에 행해진 대일 협력에 대한 근본적인 성찰을 보여주는 문학작품이 드물었다고 볼 수 있다. 이방근의 이러한 발언은 당시 분단으로 귀결된 한반도의 첨예한 질곡과 냉전적 사고, 식민주의의 잔재가 문인의 투철한 자기 성찰을 제한하는 요인으로 작용했다는 지적으로도 수용될 수 있지 않을까.

『화산도』를 읽으며 나는 한국 근현대문학의 상상력과 활달한 사유를 제한한 정치사회적 요인이 뚜렷하게 존재한다는 사실을 절감했다. 물론 주어진 상황 속에서 작가들은 늘 최선을 다해서 양질의 작품을 지속적으로 발표했으리라. 한국문학이라는 문화적 유산에 대한 자존감과 존중은 물론 필요하다. 그러나 이런 내부적 시점만으로는 포착할 수 없는 근현대문학의 어떤 결여나 고유한 특징에 대해서도 인식해야 하지 않을까. 망명자의 시선으로 바라보면, 그 내부의 결여가 한층 또렷하게 보이지 않을까. 물론 그럼에도 불구하고 우리는 한국문학의 어떤 결여조차도 애정으로 바라볼 필요가 있을지도 모른다. 분단과 반공이데올로기라는 열악한 조건하에서도 수많은 탁월한 문제작들이 탄생했음을 알고 있다. 그러나 여기서 한국문학에 대한 진정한 애정은 무엇인가라고 되물어본다. 그 상상력의 결핍에 대해 정확하게 인식하는 것, 바로 이러한 시각이 한국문학의 새로운 갱신과 도약을 위해 긴요한 것이 아닐까.

 분단시대의 문학은 아직도 망명문학을 요구하고 있다. 이 시대의 정치, 문화적 현실이 작가의 상상력과 사상의 깊이를 제한하고 있는 면이 아직도 엄연히 존재한다. 제3 세계문학의 풍요로움을 떠올린다면, 자유로운 환경 속에서만 위대한 작품이 탄생하는 것은 물론 아닐 터이다. 그러나 동시에 분단이라는 질곡이 얼마나 작가들의 상상력을 옥죄고 있는가 하는 점은 아무리 강조해도 지나치지 않다. 작년 10월 16일에 개최된 『화산도』를 주제로 한 국제학술심포지움(동국대 일본학연구소 주최)에 참여하기 위한 김석범 작가의 입국이 불허된 것은 아직도 한국문학에 망명의 상상력이 요청된다는 사실을 보여주는 씁쓸한 사례가 아닐까.

4. 밀항의 상상력과 재일조선인 사회

『화산도』는 그동안 한국소설이 충분히 형상화하지 못한 몇 가지 사건과 장면을 참으로 인상적으로 형상화하고 있는데, 그중의 하나로 '밀항密航'을 들 수 있다. 『화산도』 곳곳에는 목숨을 부지하기 위해, 탄압을 피해 제주도에서 일본으로 밀항하는 장면이 등장한다. 그 밀항 과정에 대한 묘사가 매우 놀랍고 신선하게 다가왔다. 나는 그것을 '밀항의 상상력'이라 부르고 싶다. 주인공 이방근은 스스로 밀항선을 타고 제주에서 부산으로, 목포에서 제주로 이동하며, 혁명(항쟁)의 변절자 유달현을 밀항선에서 심문한다. 또한 배를 구입하여 밀항업자 한대용과 함께 게릴라들의 섬 탈출을 돕는 과정에 깊이 개입한다. 이방근의 여동생 유원은 일본유학을 위해 부산에서 밀항선을 탄다. 밀항선을 타기 위한 준비와 주선과정, 밀항선을 탄 사람들의 내면에 서식하는 불안과 초조감, 밀항선내의 풍경과 느낌, 구체적인 항해과정, 일본에 상륙한 후의 난관 등등이 풍부한 소설적 육체를 통해 치밀하게 묘사된다. 특히 또 한 명의 주인공 남승지가 조직의 리더인 강몽구와 함께 항쟁에 필요한 자금과 물품을 조달하기 위해 심야밀항선을 타고 일본으로 향하는 대목은 흥미진진하기가 그지없다.

내 과문한 정보 내에서 보면, 그들이 제주와 일본을 왕복 밀항하여 재일조선인의 도움을 얻는 과정은 한국현대문학사에서 아직 그 소설적 육체가 충분하게 묘사되지 않은 전인미답의 영역이 아닐까 싶다. 남승지와 강몽구는 오사카, 도쿄, 고베 등지에서 일본에 귀화한 이방근의 형 하타나카를 비롯한 여러 재일조선인으로부터 봉기를 위한 자금과 물품을 후원받게 된다. 가족(어머니와 여동생)과 함께 하는 일본에서의 안온한 삶을 등지고 항쟁을 위해 다시 고향 제주로 돌아오는 남승지는 그야말로 순수하고 고결한 혁명가의 면모를 지니고 있다. 남승지와 강몽구의 일본 밀항 왕복과정을 통해, 『화산도』는 당시 재일조선인의 일본생활과 정착과정, 일상적 감각, 차별의 실태, 귀화의 정황, 조국에 대한 복잡한 감정을 생생하게 보여주고 있다. 이 스토리만으로 한 편의 매력적인 장편소설에 충분히 부합한다고 할 수 있으리라.

재일 조선인의 근거지인 오사카의 조선인마을은 아래와 같이 묘사되어 있다.

조선인마을이라는 별명이 붙어 있는 이카이노 일대는 같은 지역에 살고 있는 일본인이 싫어할 뿐 아니라, 이카이노에 살고 있는 조선인 청년들도 한 번쯤은 이카이노에서의 탈출을 시도한다. 재일조선인으로 태어난 반발심 때문에, 그들에게 '이카이노'는 민족차별과 치욕을 집약한 지역으로 여겨지는 탓이었다. 과거에 양준오도 그런 시기가 있었다는데, 그것을 극복하고 난 후에 그는 열렬한 이카이노 예찬론자가 되었다.(3 : 212)

한 사람의 독립적인 디아스포라가 된다는 것은 '이카이노'에 대한 혐오와 환멸을 극복하는 과정, 궁극적으로 이카이노를 마음속에 떳떳하게 받아들이는 과정이지 않을까. 저 조선인마을 구성원의 태반은 제주에서 밀항해온 사람들이다. 밀항은 곧 망명을 위한 과정이다. 밀항은 자신이 살아온 땅에서 모든 걸 포기한 사람의 목숨을 건 인생의 마지막 선택이자 도박이다. 이방근은 여동생 유원에게 "밀항하는 청년들도 모두 똑같다. 망명이야"(11 : 355)라고 말한다. 김석범 역시 해방 직후 일본으로 밀항한 체험이 있기에 이토록 밀항에 대한 농밀하고 핍진한 묘사를 할 수 있었으리라. 『화산도』를 읽는 시간은 곧 "많은 '불법' 출국자에게는 가슴에 묻어 둔 비밀도 있고 치유하기 어려운 심신의 상처도 있을 터였다"(12:254)는 사실을 이해하는 과정이기도 하다. 또한 그것은 "돼지와 같은 삶이 되더라도 살아남지 않으면 살육자를 이겨낼 수 없다"(12:266)는 생각 끝에, 죽음과도 같은 고독과 공포 속에서 그 컴컴한 바다를 건넜던 밀항자들의 내면을 가슴 깊이 아로새기는 과정에 다름 아니다.

5. 주인공 이방근의 다면적 캐릭터

과연 무슨 이유로 인해 대하소설 『화산도』를 시종일관 몰입하며 읽을 수 있었던 것일까. 무엇보다 인물의 심리와 내면에 대한 형상화가 대단히 섬세하게 이루어져 있다는 점을 들 수 있겠다. 『화산도』의 미덕은 인간의 내면을 획일적으로 바라보지 않는다는 점에 있다. 주요 등장인물 이방근, 이유원, 남승지, 양준오, 이태수, 문난설 중 어느 인물도 단순한 전형적 캐릭터에서 가깝지 않은데, 그들의 복합적인 심리와 생동하는 내면이 소설 속에 성공적으로 스며들어 있다. 특히 주인공 이방근의 심리에 대한 치밀하기 그지없는 형상화는 『화산도』의 미학적 성공에 가장 핵심적인 요인이 아닐까 싶다.

소설은 대체로 이방근의 시점으로 전개된다. 이방근은 누구인가? 그는 한마디로 혁명(항쟁)의 동조자이면서 비판자이다. 이방근은 혁명의 가능성에 대해 회의하면서도 혁명에 깊이 관여하며 마음속으로 혁명을 응원한다. 그는 "나는 말하자면 혁명의 한가운데 있지 않은 게 사실이지만, 그렇다고 혁명 투쟁을 부정하지는 않네"(5:326), "난 지는 싸움이 될 게릴라 투쟁에 찬성하지 않지만, 무저항주의는 아니야"(11:324)라고 말한다. 그렇기에 "그는 반혁명적 인물이고, 그러면서 가장 혁명적인 인물이라고 말이지"(6 : 285)라는 평판을 얻는다.

이방근은 서북청년단을 필두로 한 우익세력과 게릴라를 위시한 좌익세력 양쪽과 두루 통하는 『화산도』의 중심 매개인물 역할을 수행한다. 말하자면 그는 모든 사상적 입장을 빨아들이는 용광로와 같은 존재이다. 이방근은 표면적으로 서북청년단에 자금 지원도 하고 경찰을 비롯한 우익세력으로부터 기본적인 신뢰를 얻는다. 그러나 그가 더 깊이 마음을 내주는 인물은 남승지나 양준오 같은 항쟁 조직에 참여한 투사이다. 이방근은 그들 조직에 거금을 지원하기도 하며, 그들의 주장과 행동에 공감하기도 한다.

문화적으로 보면 이방근은 "도스토예프스키의 소설을 사랑한 남자"(11 : 119)이며 "난 신을 믿는 사람은 아니지만"(11 : 323)이라는 고백에서 보듯 무신론자이자 도저한 허무주의자이다.[12] 그는 한편으로는 허무주의에 마음을 깊이 빼앗기면서도 다른 한편으로는 혁명의 언저리에 발을 담근다. 이 같은 이중적 심리는 작가 김석범의 면모와 매우 유사하다. 그는 시인 김시종과의 대담에서 이렇게 말한 바 있다.

> 더구나 사회주의적인 지향이 한 편에 있었고, 한 편으로는 아주 니힐리스틱한 생각, 인생사는 게 가치 없다는 생각이 나에게도 아주 농후하게 있었어. 하지만 살지 않으면 안 되지. 무언가 자신을 긍정하고, 지금 있는 현실을 긍정하는 게 아니라, 인간의 존재, 산다는 것을 긍정하기 위해 어떻게

---

12 이방근의 허무주의 / 허무주의 극복의 테마는 『화산도』 전편을 통해 지속적으로 반복된다. 이에 대해서는 별도의 글을 통해 집중적으로 고찰하고 싶다. 허무주의적 성향에 관해서라면, 이방근은 김석범의 거울 그 자체이다. 김석범은 「까마귀의 죽음」에 대해 논하면서 "이 소설을 쓰지 않았다면 니힐리스트(절대적 진리나 가치를 부정하는 이)인 나는 자살해서 죽었을지도 모른다. 내 안의 니힐리즘을 극복하기 위해 이 소설을 썼다"(『한겨레』, 2013.10.1)고 말한 바 있다.

할 것인가, 니힐리즘을 극복하려고 혁명을 위해 싸우는 것도 그 하나였어. 어쨌든 인생의 허무감이라는 것은 굉장해. (…중략…) 그러니까 당으로부터도 조직으로부터도 탈락해 버린 자신에 대한 절망과 고독은 정말 깊었어. '4 · 3'을 씀으로써 겨우 '고독을 밀어내어' 생에 머물 수 있었지. 그렇기 때문에 4 · 3에 대해 쓰고 있지만, '허무에서 혁명으로'가 나의 진정한 테마인지도 몰라. 현실의 혁명은 패배했지만, 허무를 극복하는 혁명.[13]

"허무를 극복하는 혁명", 그것이 김석범에게는 다름 아닌 글쓰기가 아니었을까 싶다. 그가 『화산도』에 매달린 20년이 넘는 세월은 4 · 3의 잔혹한 상처와 처연한 허무를 극복하기 위한 기나긴 여정이었다.

이방근은 개인의 자유와 혁명의 관계에 대해 대단히 인상적인 사유를 전개한다. 가령 "개인의 자유는 혁명에 종속된다. 그것이 혁명이라는 역사적 과도기이며 우리들 존재의 역사성이 된다. 그러나 나는 개인의 자유가 그 절대적인 과도기의, 역사의 청류가 아닌 탁류에 삼켜지는 것을 좋아할 수 없다"(11 : 442)는 언명은 근본적으로 자유주의자이자, 동반자sympathizer에 가까운 이방근의 실존적 정체성을 보여주고 있다. 그는 혁명의 위대함과 대의를 존중하지만, 승리 가능성이 없는 비현실적 항쟁으로 인해 개인의 자유가 억압당하는 것에 커다란 문제의식을 느끼는 것이다.

이방근이 문난설, 부엌이, 단선, 조영하, 신영옥 등의 여성을 둘러싸고 보여주는 성과 육체에 대한 퇴폐적이며 도발적인 탐닉도 매우 흥미로운 대목이 아닐 수 없다. 이방근은 퇴폐와 허무의 심연을 정면으로 응시하면서도 혁명의 심부에 깊은 시선을 던진다. 히토츠바시대학–

---

13 김석범 · 김시종 대담집, 『왜 계속 써왔는가 왜 침묵해 왔는가』, 제주대 출판부, 2007, 168~173면.

橋大學 우카이 사토시鵜飼哲 교수는 이방근의 캐릭터에 대해 이렇게 적고 있다.

『화산도』의 이방근에게는 어딘가 제주도의 햄릿과 같은 분위기가 있다고 생각하지 않으십니까? 윤리적 요청을 기묘한 방법으로 계속 회피하는 귀공자. 광기에 가까운 기지(機智)에 의해 인습을 웃어넘기는 유머의 소유자. 살인과 자살이 결코 서로 다른 것이 아니라는 진리를, 몸소 경험할 운명을 짊어진 정신.[14]

적절한 표현이다. 그러나 내 생각에 이방근은 그 이상으로 복합적이며 신비하고 이중적인 인물이다. 그는 도스토예프스키의 소설 속에 등장하는 다면적 캐릭터의 인물을 닮았다. 이방근의 복잡다단한 심리에 대한 섬세한 장악 없이 대하소설『화산도』를 제대로 이해했다고 말할 수는 없을 것이다.

6. 독서의 쾌락과 혁명 / 반혁명의 사유

다른 점을 제쳐 놓고, 단순히 독서의 쾌락이라는 면에서 보아도『화산도』는 대단히 매력적인 소설이다. 무엇보다 작가의 깊은 내공과 출중한 역량, 그리고 박진감 넘치는 이야기 전개가 책읽기의 묘미를 자연스럽게 선사한다. 여기에 덧붙여 남승지, 양준오, 유달현 등 게릴라, 즉 항

---

14 우카이 사토시, 「꿈과 자유—『화산도』 한국어판 완성을 기리며」, 『재일디아스포라 문학의 글로컬리즘과 문화정치학—김석범 '화산도'」(동국대 일본학연구소 주최 국제학술대회 자료집), 2015.

쟁 참여자 내부 시점을 통해 그들의 심리와 내면이 매우 깊이 있게 묘사되고 있다는 점을 빼놓을 수 없겠다. 그들의 열망, 공포, 절망, 희망, 비관, 신뢰, 환멸, 배신, 전향, 도피, 우정, 유대감, 연애감정……. 그 모든 것들이 작품 속에 생생하게 스며들어있다. 예를 들어 아래 문장을 읽어 보자.

> 남승지는 어젯밤 헛간의 어둠 속에서, 유원과의 포옹 사실을 놓치지 않 겠다는 듯이 가슴에 품은 채, 앞으로의 게릴라 전투의 전망에, 어떤 균열 같 은 의심이 스쳐 지나가는 것을 느꼈는데, 그것은 '투항주의'적 생각이었다.

이 단 한 문장은 정말 많은 것을 함축하고 있다. 『화산도』에서 가장 순정한 혁명가이자 투사로 등장하는 남승지(그는 일본에 거주하는 어머니 와 여동생의 함께 살자는 간절한 바람을 뿌리치고 제주도로 돌아와 항쟁에 참여한다) 는 이방근의 여동생 이유원에 대해 연애감정을 느낀다. 몰래 잠입한 이 방근 집 헛간에서 이유원과 포옹한 그 애틋한 느낌을 되새기면서도 그 는 언뜻 항쟁에 대해 비관적 전망을 떠올린다. 사랑의 달콤함 다음에 언뜻 떠오르는 혁명의 슬픈 미래, 연모하는 여인과의 포옹의 추억을 생 생하게 간직한 남승지의 마음을 스쳐 지나가는 투항주의적 생각. 충분 히 그럴 수 있으리라. 바로 이 같은 깊이 있는 내면 묘사가 남승지라는 인물에 몰입하게 만드는 것이다. 연애와 혁명을 단순히 이분법적으로 파악하는 사고 속에서는 이러한 묘사가 도저히 나올 수 없다. 『화산도』 에 등장하는 유격대들은 상투적인 캐릭터에 멀찍이 벗어나 각자의 살 아 있는 개성과 성정을 발산한다. 아울러 유격대 내부의 정황과 풍경 들, 예를 들어 죽창을 제조하는 장면, 스파이로 의심되는 인물에 대한 심문 장면, 동지간의 접선 방식, 해방구 마을의 정경, 혁명의 성공 가능

비평의 고독

성에 대한 대화에 대한 세밀한 묘사가 독서의 흥미를 배가시킨다.

서북청년단이나 경찰, 군인 등 유격대의 반대편에 서 있는 인물들에 대한 묘사 역시 단순치 않다. 예컨대 서북청년단의 폭력적 행동과 연관하여 "'북'에서 쫓겨난 실향민인 '서북'들의 고립감, 증오, 무력감이 그들의 사디즘의 밑바닥에 또아리를 틀고 있는 것이다. '서북'들은 늘 공포에 노출된 채 '타향'에 산다"(11 : 233)고 묘사되어 있는데, 이 문단은 서북청년단이 행사하는 폭력의 심리적 내력을 예리하게 짚어내고 있다. 『화산도』의 등장인물은 작가의 의도에 의해 조종되는 기계적인 형상이 아니라, 각기 그들의 욕망과 기질에 부합되는 내적인 필연성을 지닌 존재로 묘사된다.

『화산도』를 읽으며 가장 흥미롭게 다가왔던 혁명과 반혁명에 대한 다채로운 사유와 단상에 대해 언급하고 싶다. 되새길 만한 문장과 사유들이 많지만 다음 예문을 다시 읽어본다.

'혁명'이 일종의 풍속인 것처럼 공산주의에 가담하여 무슨 주의자나 되는 양 거드름을 피우는 것은 액세서리라며, 그 '유아독존'의 형태를 조소하고, 공산당 단세포 동물이라며 독을 품던 그가, 지금 조직의 요청을 받아들여 당원이 될 의사가 있다고 한다.(5 : 214)

어젯밤 양준오는 잠들기 직전 잠자리에서, 만약 확실한 승산이 있을 경우에만 싸움에 응한다면, 세계사를 만드는 건 매우 편안한 일일 것이다……라고, 마르크스가 파리코뮌에 즈음하여 친구에게 보낸 편지에 썼던 구절을 이야기했다. 그렇다, 나도 그 말은 좋아한다, 그건 잘 알려져 있는 말이지만, 그게 전부는 아니다, 그건 승산이 없더라도 싸우라는 말은 아닐 것이라고, 이방근은 말했다.(10 : 296)

우선 첫 예문을 보자. 조직이나 항쟁과 일정한 거리를 두고 있던 양준오가 끝내 당원이 되면서 항쟁에 참여하는 과정은 『화산도』에서 기억할 만한 대목이다. 속류 공산주의자를 비판하던 양준오마저 당원이 될 수밖에 없었다는 묘사는 당시 급박한 정국의 반영이 아닐까. 이 문장에 기대, 인간의 선택과 변화의 무한한 가능성에 대해 생각해본다. 실상 당시에도 각기 다른 이유와 처지에 따라 누구는 조직을 떠나가고, 누구는 새롭게 합류했으리라. 그 각각의 내면에 새겨진 고민의 흔적이 여실히 드러나 있다. 두 번째 예문은 이방근의 단상이다. 설사 승산이 없더라도 항쟁에 참여할 수밖에 없지 않느냐는 양준오의 주장에 비해 이방근의 생각은 보다 복합적이다. 항쟁의 패배가 궤멸적인 피해와 엄청난 학살을 야기했을 때, 그 싸움의 대의는 과연 누구를 위한 것인가라고 되묻는다. 하나의 해답이 있을 수 없는 역사의 아포리아일 것이다. 이방근은 끝까지 남승지와 양준오를 투쟁의 대열에서 빼내 일본으로 밀항시키기 위해 노력한다. 어쩌면 주인공 이방근의 마음 밑자리에 마지막까지 남은 것은 혁명(항쟁)에 대한 대의보다는 친구들의 고귀한 목숨을 구해야 한다는 가장 원초적인 휴머니즘일지도 모른다.

7. 망명에 대한 성찰 : 『화산도』와의 만남을 다시 기약하며

『화산도』와 함께한 한 달은 '나는 이토록 슬프고 참혹한 이야기를 소설의 형식을 통해서 편안하게 만났다'고 생각되는 묘한 안도감과 송구함, 느꺼움으로 채워진 시간이었다. 문득 "망명에 대해 상상하는 것은 기이할 정도로 흥미롭지만, 그것을 직접 체험하는 것은 끔찍한 일이다"(「Reflections on Exile」)라고 갈파했던 에드워드 사이드의 아포리즘이 떠오른다. 그렇다. 나는 망명에 대해 단지 상상했을 뿐이다. 소설에 묘사되어 있는 망명, 밀항의 장면을 흥미의 대상으로 바라보고 있는 나 자신은 도대체 어떤 존재인가? 모든 독서의 숙명이라고 말하면 다일까. 망명이 그토록 고통스럽고 지난한 삶이라는 것을, 목숨을 건 밀항자의 내면에 오롯이 간직된 슬픔의 무늬를 아마도 나는 영원히 이해하지 못할 것이다.

『화산도』에 대해 정말 하고 싶은 얘기가 많이 남아 있지만, 일단 이 글은 여기서 맺는다. 물론『화산도』와의 비평적 대화는 이 글로 종결되지 않을 것이다. 작품을 읽는 내내, 앞으로 아주 오랜 시간 동안『화산도』에 대해 공부하고 글을 쓸 것 같다는 어떤 운명과도 같은 예감을 받았다. 나중에 기회가 된다면『화산도』에 드러난 친일문제, 정치와 예술, 허무주의와 고독, 조직과 자유, 혁명과 반혁명에 대한 사유, 지극히 문학적인 묘사와 표현, 제주도의 인문지리, 해방 직후 서울 도심의 문화적 풍경, 등장인물들의 꿈, 문학적 한계[15] 등에 대해 글을 쓰고 싶다. 여기서 더 나아가『말의 주박』(1972),『입 있는 자는 말하라』(1975),『민족 · 언어 · 문학』(1976),『고국행』(1990),『전향과 친일파』(1993),『신편 재일在日의 사상』(2001) 등 여섯 권의 비평집을 남긴 김석범의 비평과 언어론에 대해서도 정치한 글을 쓰고 싶은 바람이 있다. 그 열망을 조용히 마음에 간직하기로 한다.

김석범은 "기억이 말살 당한 곳에 역사는 없다"고 말했다. 한국의 현대사, 그 절망과 희망, 식민과 해방, 상처와 영욕을 온몸으로 통과

---

15 당연히 『화산도』에도 한계가 있을 것이다. 이미 나카무라 후쿠지는 『김석범 '화산도' 읽기』(삼인, 2001)
에서 작품 속의 역사적 사건을 한국현대사의 실제와 꼼꼼하게 대조하며 몇몇 오류와 문제점을 지적한 바
있다. 다만 그 한계가 작품의 완성도에 결정적인 영향을 미치지는 않는다고 본다. 이 시점에서 『화산도』
의 한계를 본격적으로 지적하기에는 아직 공부가 부족하다는 사실을 인정하지 않을 수 없다.

한 인간 군상을 접하며 내 스스로가 한 뼘 성장했다는 느낌을 받았다. 4·3의 슬픔을 온전히 기억하는 것은 역사뿐만 아니라 문학을 위해서도 필요하다. 『화산도』는 평생 동안 이국에서 조국의 해방과 자유, 민주주의를 염원하고 제주를 그리워해온 한 망명자가 고향땅 제주의 슬픈 현대사에 바치는 문학적 위령비이자 추모의 대서사시이다. 『화산도』와의 대화를 통해 이 시대 한국문학은 한 걸음 앞으로 나갈 수 있을 것이다.

마지막으로 제주도 4·3사건의 과정에서 세상을 떠나신 모든 분들의 명복을 빈다.

(2016)

그에게 문학은 무엇인가?

서경식의 『시의 힘』에 대한 몇 가지 생각

1. 문학에 관한 첫 책을 읽다

『시의 힘』은 서경식이 '문학'을 주제로 펴낸 첫 책이다. 서경식은 『나의 서양미술 순례』(1992)에서 시작하여 『나의 조선미술 순례』(2014)에 이르는 20여 년의 세월 동안 예술기행, 사회비평, 에세이, 서간문, 대담 등의 다양한 형식과 주제로 열 권이 훌쩍 넘는 책을 출간했거니와, 처음에 일본어로 씌어져 한국어로 옮겨진 그 한 권 한 권마다 이 땅의 지식사회와 독서계에 신선한 충격과 서늘한 감동을 선사한 바 있다.[1] 생각해 보니 지난 10여 년간의 내 독서이력에서 가장 설레고 충만한 독서체험은 서경식의 책과 함께 하는 시간이었다.

미술, 음악, 독서, 역사, 재일조선인, 디아스포라, 후쿠시마, 일본사

---

1   서경식의 예술기행과 에세이가 지닌 의미에 대해서는 「망명, 디아스포라, 그리고 서경식」(『낭만적 망명』, 소명출판, 2008)을 참조할 것.

회, 한국사회, 인문적 교양 등 그가 책에서 다룬 주제는 참으로 다채롭지만 지금까지 문학을 주제로 펴낸 책은 없었다. 와세다 대학 재학시절 전공이 프랑스문학이고, 그가 소년시절부터 시인이 되길 열망했으며 청춘기에는 "어떻게든 문학과 관련된 분야에 끼어들어 살고 싶다고 생각했다"는 문학에 대한 지대한 애정과 관심을 감안하면 『시의 힘』 출간은 다소 때늦었다는 생각이 들기도 하지만 문학을 사랑하는 독자에게는 그만큼 반가운 소식이 아닐 수 없다.

『시의 힘』은 서경식이 지금까지 발표한 글 중에서 문학을 주제로 한 에세이, 문학평론, 읽기와 쓰기에 관한 글을 두루 포함하고 있으며 특히 저자가 고등학교 3학년 시절 자비 출판한 개인 소장판 시집 『8월』에 수록된 11편의 시 전문을 번역하여 수록하고 있다는 점에서 설레는 마음으로 읽어볼 충분한 매력과 가치가 있다.[2] 이 책에는 한용운, 이상화, 윤동주, 김수영, 김지하, 정희성, 양성우, 박노해, 최영미에 이르는 한국 시인 뿐만 아니라 나카노 시게하루, 이시카와 다쿠보쿠, 사이토 미쓰구, 이시가키 린 등의 일본 시인, 중국의 루쉰, 그리고 프리모 레비, 빅터 프랭클이 다루어지고 있다. 주제 면에서 보면 저자가 글을 쓰게 된 계기, 한국문학과 세계문학, 제노사이드 문학을 주제로 한 에세이와 단상이 수록되어 있다.

『시의 힘』은 지금까지 주로 재일조선인 문제나 디아스포라를 다룬 논객이라는 차원에서 알려진 서경식의 삶과 문학적 견해, 한 사람의 글쟁이로 성장하는 과정을 생생하게 보여주고 있다. 그렇다면 서경식의

2　앞으로 누군가가 서경식의 시편에 대해 따로 상세하게 검토할 필요가 있지 않을까 싶다. 그것은 재일 디아스포라 문학의 의미와 맥락에 대해 탐구하는 과정이기도 할 것이다. 이 글은 주로 『시의 힘』에서 개진된 문학에 대한 담론에 초점을 둔다.

내밀한 실존의 풍경, 사유의 깊은 표정, 그만의 감성과 기질을 제대로 알기 위해서는 무엇보다 이 책『시의 힘』을 찬찬히 읽어볼 필요가 있다.

2. 글쟁이의 탄생과 문학에 대한 열망

『시의 힘』은 모두 8장으로 구성되어 있는데, 먼저 2장「나는 왜 글쟁이가 되었는가」를 눈여겨 볼 필요가 있다. 이 아름답고 담백한 에세이를 통해 서경식은 자신이 왜 글쟁이가 될 수밖에 없었는지에 대해, 스스로에게 문학은 무엇이었는지에 대해 진솔하게 고백한다. 그는 처음으로 소설이라는 것을 써보았던 중학교 2학년 시절을 회상하며, 자신을 글쓰기로 이끌었던 욕망에 대해 이렇게 적고 있다.

　아마도 같은 학교 학생들, 특히 책 읽는 여학생들에게 내 작품을 읽히고 싶다는, 굴절된 자기과시욕 탓이었지 싶다. 그 작품으로 나라는 존재를 그녀들이 의식하게끔 하고 싶었고, 나아가 그녀들과는 다른 존재(지금 말로 하자면 '타자')로서 각인되고 싶었다. 요컨대 다른 재일조선인 소년이라면 공부나 운동, 아니면 주먹질을 통해 했을 자기주장을, 그런 능력이 없던 나는 글을 쓰는 것으로 해보려던 것이다.

　문학을 선택한 많은 문사들에게 발견할 수 있는 보편적 감성에 가깝다. 그것은 "내가 작품을 써서 보여주고 싶었던 것은 바로 너희들이었어"(토마스 만,「토니오 크뢰거」)와 통하는 세계라고 할 수 있다. 자주 아프고 운동에 능하지 않았던, 하지만 무척이나 책을 좋아했던 한 재일 조선인 소년이 자신의 존재를 세상에 알리기 위해 선택할 수 있었던 유일한 방책은 바로 '문학'(글쓰기)이었다. 문학은 그의 청춘을 지배한 가장 강렬한 열망이다. 그 열망은 고등학교 3학년 때 개인 소장본 시집 『8월』을 펴내는 것으로 한층 구체화된다. 이 시집에 수록된 11편의 시에는 일본에서 태어나 차별받으며 살다가 처음으로 조국을 방문한 청년 디아스포라의 착잡하고 우울한 감성이 참으로 강렬하게 펼쳐져 있다. 그중에서 「역사」를 천천히 읽어보자.

> 여기는 일본
> 현해탄 너머 나라를 사랑하려는
> 나의 슬픔을
> 이 나라 사람들은 모른다
>
> 지금 이 땅에서
> 흙이니 물이니 하늘이니 구름,
> 혹은 어머니를 사랑하는 것처럼
> 나는 조국을 사랑할 순 없다
>
> 나에겐
> 조국을 이야기할 언어가 없다
> 나에겐
> 조국을 느낄 살갗이 없다
>
> 하지만 나는 언젠가 들었다
> 동양의 진창에서 피를 흘려가며 부르던

혼잣말처럼 나직한, 그러나 사라지지 않을
조상들의 노래

들이밀어진 칼날 앞에서
짓밟힌 군화 아래서
태어나 노래하는
내 아버지들 내 어머니들

어둠 속을 걷는 수많은
유민들처럼
눈물을 흘리면서 묵묵히
여기까지 온 조국의 역사

그리고 나는 알고 있다
나의 이 슬픔의 근원
남의 땅 일본에 나를 태어나게 한
고통스런 역사를 고통스런……

오늘도 내 밖에 있는 나의 조국을
사랑하고자 몸부림치는 것이다 사랑하고 싶어서
이제 두 번 다시 있어서는 안 된다 이런 슬픔은
이렇게 고통스런 역사는

그러니 살고 싶은 것이다
역사의 진창 속에 있어

이 슬픈 역사를 응시하면서

응시하면서 살고 싶은 것이다

—「역사」 전문

일본에서 살아가는 재일 조선인 화자의 아픔과 안타까움이 생생하게 드러나 있다. "어머니를 사랑하는 것처럼 나는 조국을 사랑할 순 없다"는 구절은 얼마나 통렬한 아이러니인가. 그럼에도 불구하고 화자는 조국을 사랑할 수밖에 없는 운명, 즉 분열된 정체성을 마주하고 있다. 그래서 "오늘도 내 밖에 있는 나의 조국을 사랑하고자 몸부림치는 것이다." 이 얼마나 슬픈 사랑인가. 어떻게 보면 그 이후 전개된 서경식의 인생은 역사의 진창 속에 놓여 있는 조국의 "슬픈 역사를 응시하면서 살고 싶은 것이다"라는 다짐을 스스로 실천하는 과정이 아니었을까 싶다.

대학진학을 앞둔 서경식에게 문학은 무엇이었을까. "나는 문학에 대한 막연한 희망(환상이라고 해야 할까?)이 있었다. 문학으로 밥벌이를 못할 것은 알고 있었지만, 어떻게든 문학과 관련된 분야에 끼어들어 살고 싶다고 생각했다. 아니, 솔직히 말하자면 그것 말고 다른 선택지는 없었다"는 고백에서 당시 서경식에게 문학이 지닌 의미가 잘 드러난다. 일본에서 대학을 다니던 시절, 한국에 유학 갔던 두 형이 유신체제 하에서 감옥에 갇히게 되면서 서경식은 점차 김지하의 「타는 목마름으로」를 비롯하여 저항전선의 일선에 섰던 민족문학의 빼어난 성과와 만나게 된다.

70, 80년대의 꽉 막힌 상황 속에서 이런 조국의 시인들을 알고 나는 몇 번이나 뼈저리게 느꼈다. 그들의 현장과 나의 현장과는 얼마나 다른 것인

지. 나도 그들과 같은 작품을 쓰고 싶다, 써야만 한다. 간절히 원하면서도 그건 도저히 불가능해 보였다. 그들과 나는 지리적, 정치적으로 뿐 아니라, 문화적(언어적)으로도 격리되어 있었다. 나는 번역을 통해서만 그들의 작품을 읽을 수 있었고 설령 내가 뭔가를 이야기하거나 쓴다고 해봤자 그들은 이해할 수 없다.

일본어 번역본을 통해 읽은 조국의 시인들이 펼쳐 놓은 그 찬연한 시편들과 온몸으로 감응하면서, 서경식은 자신도 그런 작품을 쓰고 싶다는 간절한 염원을 지니게 된다. 그는 최근에 "진정으로 좋은 문학은 어떻게든 그 세계에 나도 들어가고 싶다는 동경을 불러일으키는 그런 종류의 것이다. 젊은 날 나도 그런 문학의 세계에 속하고 싶었다"[3]고 고백한 바 있는데, 청춘기의 그에게 김지하, 신경림, 신동엽, 양성우 등 조국에서 활동하는 민중시인의 시세계가 바로 그런 '동경'을 불러일으키는 문학적 대상이었던 것이다.

3. 장르를 횡단하는 글쓰기와 문체의 품격

『시의 힘』을 꼼꼼히 읽다보면, 서경식의 글쓰기를 관류하는 근본적인 문제의식을 발견할 수 있다. 나는 서경식의 에세이를 읽으며 왜 그의 글이 그토록 내 마음을 움직이게 만들까 하는 생각을 떠올리곤 했다.

---

3 나는 2015년 5월 12일 오후 3시부터 5시 30분까지 도쿄경제대 서경식 교수 연구실에서 이번에 출간된 『시의 힘』과 문학을 주제로 그와 대화의 시간을 가졌다. 이 글은 그가 대화에서 피력한 몇 가지 내용을 참조하면서 작성된 것이다.

이를테면 디아스포라 문제나 후쿠시마 원전 사태를 다룬 유사한 주제의 글이라고 하더라도 서경식의 글에는 다른 글에서는 찾아볼 수 없는 독특한 품격과 아우라가 깃들어 있다. 그의 책이나 칼럼을 독파하는 날마다 나는 늘 설명할 수 없는 아득한 심정이 되어 가까운 곳을 산책하며 스스로를 되돌아보는 자신을 발견하곤 했다. 왜 그럴 수밖에 없었을까.

그에 대해 이렇게 말해보면 어떨까. 아름다운 에세이는 대체로 사회적 의제에 무관심하고, 반대로 사회적 의제에 관심을 기울이는 예리한 에세이는 미학적으로 거친 경우가 많다. 그에 비해 서경식의 에세이는 정치적 올바름과 미학적 품격이 성공적으로 결합되어 있다. 이런 경지가 어떻게 가능했을까. 「나는 왜 글쟁이가 되었는가」에 등장하는 다음 대목을 세심하게 읽어보자.

> 잘 알려진 한국 정치범의 동생이 유럽에 기분 전환 여행을 다녀와 쓴 보고문. 만에 하나라도 그런 식으로 읽히는 것은 싫었다. 정치범의 동생이라는 것은 사실이고, 그 입장에서 벗어나기란 불가능하다. 그건 잘 알고 있었지만 표현활동의 차원에서는 나의 독자성, 나만의 주체성을 발휘해야만 한다, 설령 비판 받는다고 하더라도 정치범 아무개의 동생으로서가 아니라, 서경식이라는 개인의 존재를 독자에게 아로새기고 싶다는 바람이 있었던 것이다.

위의 예문에는 그만의 독자적인 표현 활동, 즉 글쓰기에서 그만의 개성과 주체성을 지니고자 갈망하는 서경식의 간절한 의지가 드러나 있다. 이런 갈망은 그로 하여금 글의 주제 못지않게 문체와 표현에 대한 지대한 관심으로 이끌었을 것이다. 말하자면 서경식은 단지 정의로운 글에서 더 나아가 그만이 쓸 수 있는 고유한 글을 쓰고 싶었던 것이다. 그가 1995년『소년의 눈물』로 일본 '에세이스트 클럽상'을 받았다는 사실, 그 수상의 이유가 '빼어난 일본어 표현'에 있다는 점은 그의 문체가 일본 평단에서도 분명히 인정받았다는 사실을 알려준다. 서경식에 의하면 그의 문체는 암울한 시대의 깊은 절망 속에서 작은 희망을 모색했던 루쉰의 산문, 홋타 요시에堀田善衞, 나카노 고지中野孝次를 위시한 일본의 일급 에세이스트와 일본 단가의 영향을 창조적으로 수용·변주하면서 형성된 것이다. 그리고 여기서 서경식이 에세이에 대한 남다른 애정과 관심을 지니고 있다는 사실을 적어두어야 할 것 같다. 그는 이렇게 적고 있다.

> 그때 내가 쓴 것은 어떤 장르의 틀에도 맞지 않는 글이었다. 소설도 아니고, 평론도 아니고, 기행문의 형식에서도 벗어나 있다. 나는 그저 우연히 미술과의 대화라는 형식을 발견하여, 말하자면 미술이라는 거울에 비추어봄으로써 가까스로 자신에 대해 이야기할 수 있는 방법을 얻었던 것이다.

이런 형식의 글이야말로 에세이가 아닌가. 서경식의 글은 에세이의 매력과 가능성을 보여주는 전범典範에 가깝다. 에세이는 어떤 장르의 글보다도 글 쓰는 주체를 명확하게 드러낸다. 그만큼 매혹적이며 치명적인 글쓰기인 것이다. 그에 의하면 좋은 에세이는 늘 '나'에 대해 의심하며 나쁜 에세이는 '나'에 대한 어떤 의심도 없는 그런 편안한 글이다. 서경식의 에세이를 읽으면서, 그가 다루는 주제 못지않게 그 주제에 대해 반응하는 서경식이라는 주체의 섬세한 감성과 깊은 고뇌에 공감할 수 있었거니와, 이 점은 그가 에세이의 장점과 매력을 극대화한 글쓰기를 실천하고 있음을 의미한다. 어쩌면 에세이는 누구나 쓸 수 있는,

누구나 시도하는 쉬운 글쓰기인지도 모른다. 그러나 바로 그렇기 때문에 말의 진정한 의미의 좋은 에세이는 참으로 드문 것이 아닐까. 『시의 힘』에는 그가 다름 아닌 에세이를 선택할 수밖에 없었던 내력이 명료하게 드러나 있다.

4. 시란 무엇인가? : 패배하리라는 것을 예감하면서도……

『시의 힘』을 관류하는 서경식의 문학관은 무엇인가? 서경식에게 진정한 시인(문인)은 스스로의 선택에 의미가 있다고 생각한다면, 자신이 패배하리라는 사실을 예감하면서도, 그 쪽으로 달려가는 그런 존재이다. 그는 이렇게 언급하고 있다.

> 여기서 사이드가 우리에게 말하는 것은, 인간은 승리의 약속이 있기 때문에 싸우는 것이 아니라 부정의가 이기고 있기에 정의에 관해 묻고, 허위로 뒤덮여 있기에 진실을 말하려고 싸운다. 현대를 살아가는 자로서 가져야 할 도덕(Moral)의 이상적 모습이다.

서경식이 늘 이런 태도를 관철했는지는 알 수 없지만, 적어도 지금까지는 이 같은 태도를 지향하며 인생을 살아온 것은 사실에 가깝다.[4] 서경식에 의하면 이런 입장과 기질은 곧 '시詩'의 존재이유이기도 하다.

4　가령 박유하는 「'우경화' 원인 먼저 생각해봐야—서경식 교수의 '일본 리버럴' 비판 이의 있다」(『교수신문』, 2011.4.18)에서 서경식이 일본의 주류 지식인뿐만 아니라 리버럴 지식인 사이에서도 고립되고 있다는 이유로 서경식을 비판하고 있는데, 이는 역설적으로 서경식이 일본사회에서 승산의 논리보다는 철저하게 소수파의 관점에서 실천하며 글을 쓰고 있다는 사실을 분명하게 드러내고 있다.

그는 이미 『난민과 국민 사이』(2006)에서 이렇게 천명한 바 있다. "사이드는 '멸망할 운명임을 알고 있다'고, 그럼에도 불구하고 '우리는 앞으로 나아가고 싶다'고 말한다. '거의 승산이 없음에도 불구하고 계속해서 진실을 말하려는 의지'를 표명했다. 마치 한 편의 시와 같은 말이다." 여기서 '한 편의 시'가 지닌 의미는 『시의 힘』에서 그가 표현한 바, "생각하면 이것이 시의 힘이다. 말하자면 승산 유무를 넘어선 곳에서 사람이 사람에게 무언가를 전하고, 사람을 움직이는 힘이다"는 전언과 접맥된다. 또한 루쉰을 예로 들어 적었던 바, "길이 그곳으로 뻗어 있다는 것을 알고 있어서 걷는 것이 아니라 아무 데로도 통하지 않을지도 모르지만 걷는다"라는 진술과 포개진다. 바로 이것이 서경식이 생각하는 시의 존재론이다.[5] 나는 이와 같은 태도에서 형용할 수 없는 느꺼운 감동과 매력을 느꼈다. 이런 경지와 태도를 말이나 언어로 표현하는 것은 충분히 가능할 것이다. 그러나 정의로 향하는 그 담대한 고립과 패배를 스스로 실천하는 것은 얼마나 어렵고 고통스러운 과정일 것인가. 그 앞에서 나는 기꺼이 머리를 숙이지 않을 수 없다.

정리하자면 서경식에게 진정한 시란 이와 같이 패배할 것임을 예감하면서도 쓰지 않을 수 없는 어떤 운명적인 정서, 길이 있어서 가는 것이 아니라 어떤 길도 보이지 않지만 그대로 갈 수밖에 없는 태도와 함께하는 것이다. 이런 시의 성격이 어떤 생산적인 의미를 담지 못하고 있다고 생각할 수도 있지만, 그렇다고 해서 시가 의미 없는 무용한 존재라고 할 수는 없다. 비록 지금 우리에게 한 편의 시가 지닌 가시적인

5 서경식은 2015년 5월 12일의 대화에서 이렇게 말한 바 있다. "좋은 시는 당대적 지평만으로 제대로 파악할 수 없다. 지금 독자와의 접점이 거의 없더라도 그 시가 먼 훗날 우리의 후손들에게 마음의 깊은 충격을 줄 수 있다면 그것이야말로 정말 좋은 시이다. 내게는 브레히트의 시가 그러했다."

성과가 보이지 않는다 하더라도, "그러한 시는 차곡차곡 겹쳐 쌓인 패배의 역사 속에서 태어나서 끊임없이 패자에게 힘을 준다"는 사실을 인식해야 하는 것이다.

시를 유희나 실험, 아름다움의 향연으로 보는 태도도 물론 참으로 소중하고 필요하다. 또한 과거와는 달리 시와 문학에 대한 기대치가 많이 바뀌었다는 점도 수긍할 필요가 있다. 그러나 지구상의 어떤 사회보다도 극심한 경쟁 속에서 무수한 패배자를 양산하는 한국 사회, 소수자의 아픈 상처가 켜켜이 배어 있는 한국 사회에서 '시'에 대한 서경식의 관점은 충분히 뜻깊고 아름다운 것이 아닐까. 서경식은 다시 이렇게 적고 있다.

시대가 변하고 세상이 바뀌었다 하더라도, 이 사회에 '소외되고 상처 입은' 사람들이 존재하고 있는 이상, 시인의 일은 끝나지 않는다. 지금 이 시대가 시인들에게 새로운 노래를 요구하고 있다.

그 새롭고 청아한 노래가 서경식에게도 되도록 많이 전해지길 바란다.

5. 글을 맺으며 : 그럼에도 불구하고 문학이 맡아야 할 몫

시에 대한 서경식의 진지한 사유는 확장되어 문학의 존재이유에 대한 통찰로 나아간다. 『시의 힘』에서 서경식은 문학의 고유한 역할에 대해 이렇게 말하고 있다. "나 자신은 무엇이 '진실'인가를 말하는 것의 중요성과 함께, 어째서 사람들은 자진해서 '거짓말'을 환영하는가, 그 심성을 깊이 파헤쳐 들어가는 것의 중요성에 대해 관심이 커졌기 때문이다. 그런 작업은 '문학'의 역할일 것이다." 그렇다. 그에게 문학은 비판적 계몽주의에서 더 나아가, 왜 사람들이 그럴 수밖에 없었을까를 깊이 탐문하는 인간학의 의미를 지닌다. 인간의 마음에 존재하는 그늘과 정념, 감성, 욕망, 비합리성, 심성을 어떤 예술보다도 섬세하게 포착하는 문학의 역할이 필요하다는 것이다. 지리멸렬한 현실에 대한 비판, 정치적 악에 대한 규탄, 사회적 모순에 대한 응시는 물론 문학의 소중한 책무이다. 그러나 이 시대 문학의 역할이 그것만으로 한정될 수는 없다. 왜 그토록 모순적인 정치적 현실에 사람들이 대책 없이 휘말리는지, 왜 거대 악에 대해 사람들은 그토록 쉽게 용서하는지에 대해서 문학은 탐구해야 하는 것이다. 그렇다면 이 시대의 문학은 서경식이 진단한 바, "최근 50년이라는 척도로 사회를 바라보면, 상상력이, 따라서 타자에게 공감하는 공감력이 급속하게 쇠퇴했다고 말할 수밖에 없다. 그 대신 유치한 자기 중심주의적 언설이 인기를 모으고 있다. 교양의 자멸, 지성의 패배라고 불러 마땅할 현실이 이어지는 것이다"로 요약되는 현실에 대한 한층 냉철한 응시가 필요하겠다. 진보와 개혁에 대한 희망이 점차 사라지고 있는 이즈음 문학은 이런 지리멸렬한 사회를 가능케 한 인간의 심성과 정념에 대해 한층 투철한 응시를 할 필요가 있다.

그렇다면 서경식은 문학에 특별하게 의미를 부여하며 문학의 가능성에 대해 신뢰하고 있는 것일까? 이제 문학의 계몽적이며 비판적 역할은 어느 선까지 가능한 것일까? 『시의 힘』 후기 「'돌아선 인간'의 저항」에서 서경식은 이렇게 적었다.

'문학'이 저항의 무기로서 유효한지 어떤지, 의심스럽다. 내가 쓰는 것이 '문학'이라고 불릴 수 있는지 어떤지는 더욱 의심스럽다. 그렇지만 이런 책을 내려는 것은 이 책 속에서 루쉰의 말을 빌려 말하고 있듯, "걸어가면 길이 되기" 때문이다. 아직 걸을 수 있는 동안은 걷는 수밖에.

　청춘시절 김지하의 「타는 목마름으로」를 위시하여 신동엽, 고은, 신경림 등의 시를 통해 조국의 민주주의와 저항의 가능성을 타진했던 그가 보기에 이제 저항의 무기로서 문학의 가능성은 의심스럽다. 솔직한 고백이 아닐 수 없다. 그럼에도 불구하고 문학의 역할이 소진되었다고 할 수는 없다는 것, 비록 이전과 같이 문학이 즉각적인 저항의 목소리나 계몽적 역할을 담당할 수는 없을지라도, 문학이 맡아야 할 고유한 역할이 여전히 존재한다는 것, 바다 속에 띄워진 유리병에 들어 있는 편지처럼 누군가는 여전히 문학의 몫을 간절하게 기대하고 있다는 것이 서경식이 독자에게 끝내 전하고자 하는 메시지가 아닐까.

　서경식은 「나는 왜 글쟁이가 되었는가」의 마지막 대목에서 "나에게 남은 시간이 얼마나 될지 예측할 수 없지만, '글을 쓴다'라는 행위를 통해 내 역할을 완수하고 이 과제를 공유하는 이들과 연대하고 싶다"고 말한다. 내게는 이 소망이 너무나 절절하게 다가온다. 바라건대 그가 늘 건강해서 이 아름다운 연대의 책무가 성공적으로 이루어지기를 마음 깊이 바란다. 그렇게만 된다면, 『시의 힘』에서 서경식이 펼쳐놓은, 치열한 문제제기와 낭만적 기품이 훌륭하게 결합된 최량의 언어에 비해 이토록 가난한 이 해설의 언어도 조금은 이해될 수 있지 않을까.

(2015)

고뇌와 지성

서경식의 사유와 내면에 대해.

1. 서경식의 에세이와의 만남

최근 재일 디아스포라 문필가인 서경식은 한 출판사에 의해 "우리시대 최고의 에세이스트"(서경식·타와다 요오꼬, 서은혜 역, 『경계에서 춤추다』, 창비, 2010. 띠 소개 글 참조)라고 일컬어지고 있다. 물론 이러한 언급을 해당 출판사의 흔한 광고 문구라고 볼 수도 있으리라. 그러나 민족문학의 소중한 텃밭 역할을 오랫동안 수행해왔으며, 40년이 넘는 세월 동안 무수한 양서를 출판해온 이 출판사의 판단을 단지 그렇게 쉽게 치부하고 그치는 것도 유쾌한 관점은 아닐 것이다.

그렇다면 과연 서경식은 우리시대 최고의 에세이스트라고 할 수 있는 것인가? 물론 이에 대한 판단은 다양할 것이다. 개인적으로 예술이나 문학에 서열을 매기는 발상법에 늘 거부감을 느끼고 있지만, 적어도 서경식에게 붙여진 이 호칭이 전혀 근거 없다고 생각하지 않는다. 서경식의 에세이에 대한 문단과 지성계의 관심을 환기시키기 위해 「망명,

디아스포라, 그리고 서경식」(『낭만적 망명』)이라는 제목의 글을 썼던 나로서는 서경식에 대한 이러한 평가가 무척 반갑다.

　이제 분명한 점은 서경식은 박노자, 고종석, 김영민, 진중권 등의 이 시대의 유수한 에세이스트와 더불어, 이 땅의 지식사회에서 문사로서의 특별한 위치를 지니고 있으며, 한국에 번역된 10여 권에 달하는 여러 인상적인 저작을 통해 그만의 글쓰기 품격과 매력을 발산하고 있다는 사실이다. 『나의 서양미술 순례』(1992)에서 시작되어 『청춘의 사신』(2002), 『소년의 눈물』(2004), 『디아스포라 기행』(2006), 『난민과 국민 사이』(2006), 『시대의 증언자 쁘리모 레비를 찾아서』(2006), 『시대를 건너는 법』(2007), 『고통과 기억의 연대는 가능한가?』(2009), 『고뇌의 원근법』(2009)으로 이어지는 서경식의 번역산문집들은 늘 내게 책읽기의 열망과 설렘, 고통이라는 드문 체험을 선사해 왔다.

　처연한 슬픔과 학살, 망명, 죽음, 깊은 고뇌, 진지한 지성의 향연으로 채워진 그의 산문집을 읽는 과정은 늘 고통스럽다. 그러나 그 고통스러운 책읽기는 다른 어떤 책보다도 나에게 진진한 감동과 먹먹한 여운, 근본적인 생각거리를 남기곤 했다. 서경식의 글쓰기가 보여준 문제의식은 이 시대 한국문학의 장에서 쉽게 찾아볼 수 없는 인식의 깊이와 근본적인 감각을 담보하고 있다. 이 점은 그가 재일 디아스포라라는 문제적인 상황에 처해있다는 점과 연관된다. 그러니 우리는 서경식의 글쓰기 및 사유와의 대화를 통해 지금 우리 문학장과 사회, 지성계의 문제와 현황을 되돌아볼 수 있는 것이다. 이런 의미에서 재일 디아스포라 에세이스트 서경식의 산문은 일종의 동일자인 동시대 한국문학(문화)의 현황과 어떤 편향을 역으로 투사하는 유의미한 타자의 역할을 수행하고 있다.

　그러나 서경식의 글쓰기가 지닌 문제적 성격과 깊은 의미에도 불구하고, 이에 대한 본격적인 탐구와 면밀한 의미부여, 충실한 해석은, 그가 "우리시대 최고의 에세이스트"로 불리는 최근까지도 거의 진척되지 않았다. 그 원인으로는 무엇보다 한국어로만 발표된 글쓰기에만 의미를 부여하는 문학장의 완고한 속문주의屬文主義 전통을 들 수 있겠다. 이에 덧붙여 소설과 시로 대변되는 중심 장르에만 관심을 기울이면서 에세이, 자서전, 평전, 일기 등의 다양한 변두리 장르를 배제하는 문학장의 또 다른 관행을 거론할 수 있지 않을까.

그렇다면 애초에 일본어로 발표되어 한국어로 번역된 서경식의 저작들은 아래와 같은 한국문학의 범주를 둘러싼 전통적 견해를 더욱 근원적으로 되돌아보게 만든다.

이와 같은 재외동포 문학을 한국문학사 논의에 적극적으로 포용해야 한다는 견해도 만만치 않다. 그러나 재외동포 문학은 표현 도구인 언어와 그 문학세계의 두 측면에서 그 가능성을 고민해야 한다. 우선적으로 언어의 측면에서는 한글로 쓰여야 하며, 그 문학 세계도 한국인 또는 재외동포들의 삶과 생각을 표현해야 한다.(윤여탁, 「세계화시대의 한국문학 ─ 세계문학과 지역문학의 좌표」, 『세계화 시대의 국어국문학』(제53회 국어국문학회 학술대회 자료집), 2010.5.28, 42면)

앞으로 전개될 한국문학 연구와 비평은 해외 한인 디아스포라의 모어 글쓰기에 대해서 지금보다 한층 커다란 관심을 기울여야 할 것이다. 한국어로 번역된 서경식의 산문은 이 시대 어떤 한국문학 작품 못지않게 한국사회의 어떤 편향에 대해, 한국 지성의 풍토에 대해, 한국의 미의식에 대해, 한국의 민족주의와 국가주의에 대해 통렬한 성찰과 반성의 계기를 제공해주고 있는 것이 아닌가. 물론 서경식의 저작을 한국문학의 범주에 그대로 포괄할 수는 없을 것이다. 그러나 한민족문학(문화)이라는 범주에는 분명히 포함된다.

이 글은 서경식의 최근 저서인 『고통과 기억의 연대는 가능한가?』와 『고뇌의 원근법』을 대상으로 그 고뇌와 사유의 풍경에 대해 탐구하기 위한 비평적 에세이 형식으로 쓰인다. 에세이 형식이 서경식의 의도와 한층 자연스럽게 만날 수 있는 것 아닐까.

서경식을 이해하는 길은 특정한 국가와 민족주의에 귀속될 수 없었던, 상처받은 디아스포라의 열린 관점을 생래적으로 체득했던 한 비판적 지성의 내면풍경과 고뇌를 이해하기 위한 과정일 것이다.

2. 국가주의 비판과 지성의 균형감각

『고통과 기억의 연대는 가능한가?』는 2006년 봄부터 2008년 봄까지 서울에서 2년여에 걸친 방문학자 생활기간 동안 저자가 진행한 강연과 대담을 한국어로 풀어쓴 강연 모음이다. 경어체의 강연 형식으로 작성된 이 책을 통해 다른 저작에서는 충분히 드러나지 않았던 서경식의 고뇌와 생생한 자의식을 만날 수 있다. 저자는 재일 조선인이라는 자신의 정체성과 그 역사적 기원을 투철하게 응시하면서 국가주의의 폐해에 대해 근본적으로 비판하고 있다. 다음 대목을 읽어보자.

어린이날이 되면 한강 공원에 가족끼리 놀러 가는 여러분과 야스쿠니 신사에 와 있는 일본 시민은 다르지 않습니다. 일본에는 아주 호전적인 군국주의자가 있고 한국에는 평화를 지향하는 자각된 시민이 있다는 그런 구도가 아니란 말이지요. 바꿔 말하면 이 나라(한국)도 그렇게 될 수 있다. 그렇게 되어 가고 있는 것 아니냐 하는 것이 이번에 와서 느낀 것입니다.(1 : 65, 앞으로 인용문 뒤의 괄호 내용에서 '1'은 『고통과 기억의 연대는 가능한가?』를 의미하며, '2'는 『고뇌의 원근법』을 의미한다. 뒤의 숫자는 각 책의 면수를 뜻한다)

이런 서경식의 언급은 국가주의가 자연스럽게 시민의 무의식에 스며드는 과정을 보여주고 있는데, 이제 한국도 이와 유사한 현상이 벌어지고 있는 것 아닐까. 그래서 "제가 여기에 와서 화교가 대학교수나 지식인이 된 사람이 있으면 꼭 만나고 싶다는 얘기를 했는데 거의 없다고 해요. 대한민국 사회가 어떤 억압을 행한 결과지요?"(1 : 37)라는 암울한 진단이 내려졌을 것이다. 이 구절은 타자에 대한 배제와 억압의 논리가 노골적으로 작동하는 한국사회를 착잡하게 되돌아보게 만든다. 월드컵 축구 한국과 그리스전이 열릴 오늘 밤에 광화문과 시울 광장, 봉은사 사거리를 점령할 거대한 붉은 물결을 축제의 현장에 함께 하려는 젊음의 열정으로 볼 수도 있을 것이다. 그러나 동시에 그런 과정에 은밀하게, 혹은 자연스럽게 새겨지는 국가주의의 내면화를 확인할 수도 있지 않을까.

이즈음 탈국가주의, 탈민족주의 담론은 지식사회에서 커다란 유행이자 논점으로 대두되고 있다. 이러한 담론의 유효성은 그것대로 인정해야겠지만, 대체로 '민족은 상상의 공동체이다'라는 베네딕트 앤더슨식의 주장에 대한 관념적 답습에서 그리 멀지 않다. 이에 비해, '재일 조선인'이라는 구체적인 실존의 상처와 뼈아픈 역사적 체험의 무게가 드리워진 서경식의 국가주의 비판은 그 절박한 감성과 설득력 있는 논리를 동반하고 있다. 가령 다음과 같은 서경식의 전언을 되새겨볼 필요가 있다.

90년대 초에 베네딕트 앤더슨의『상상의 공동체』라는 책이 번역되면서 "선생님 아십니까? 국가라는 것은 상상의 산물이에요. 선생님도 이제 국민 국가 시대가 끝나니까, 더 이상 조선 사람, 조선 이렇게 고집하지 말고 벗어나셔야지요" 하는 얘기를 했습니다. (청중 웃음) 양심적인 동료들이 호의로 그런 얘기를 많이 했어요. 그 후 15년 이상 지나서 일본 사회가 어떻게 되었는지 아세요? 일본이라는 나라가 국가주의를 벗어났는가 하면 절대 그렇지 않습니다. 정반대 방향으로 왔습니다. 그리고 양심적인 동료나 일본의 지식인들은 이런 흐름에 제대로 저항조차 못했습니다.(1 : 57)

위의 언급은 서경식의 주장하는 국가주의 비판이 관념의 산물이 아니라, 철저한 균형감각과 역사적 인식의 산물이라는 사실을 환기시키고 있다. 국가주의(민족주의)를 비판하는 서경식의 입장은 여전히 국가 간의 원초적이며 이기적인 욕망이 작동하는 냉정한 국제사회의 현실을 몰각한 이상주의적인 차원에서 개진되지 않는다. 국가주의의 명암에 대한 이와 같은 균형 잡힌 인식이 다음과 같은 진술을 낳는다.

어느 정도 정당성이 있는 주장과, 쉽게 국가주의나 배타주의가 될 수 있는 요소가 불분명하게 섞여 있습니다. 우리는 이것을 아주 냉철하게, 분명히 나누어서 이해해야 합니다. 이슬람 원리주의자들의 저항 운동을 저항적 내셔널리즘이라고 할 수 있는데요. 이것을 민족주의라고 비판만 하면 저항을 없애는, 저항을 무력화하는 그런 의미밖에 없게 됩니다.(1 : 73)

성급한 탈국가주의, 탈민족주의의 논리가 경우에 따라 제3세계의 저항운동을 어떤 방식으로 무력화시키고 있는지를 명료하게 지적하고 있다. 국가주의와 민족주의에 내재한 양면성에 대한 냉철한 인식에서 볼 수 있듯이, 서경식은 비판적이며 진보적인 논객 중에서도 특유의 균형 감각을 보여주고 있다. 특정한 진영논리에 기대서 자신의 관점을 도출하는 것이 아니라, 구체적인 역사적 체험과 현실에 근거해 진실의 복합성을 위해 헌신하는 그의 성실성과 균형 감각은 많은 독자들로 하여금 그의 글을 신뢰하게 만드는 소중한 덕목이다. 그렇다면 이러한 철저한 균형적 지성은 어떤 지적 태도에서 연유하는 것일까. 다음 문장을 읽어보자.

인간과 사회의 복잡함을 들여다보려 하지 않고, 흑백론으로 재빨리 단정 짓고 마는 것처럼 안이하고 위험한 태도는 없다. 오히려, 당연하다고 굳게 믿고 있는 전제를 다시 한 번 의심하고, 보다 근원적인 곳까지 내려가서 다시 생각해 보는 것, 간단히 답을 얻을 수 없는 답답함을 견디며 끊임없이 묻는 것, 자신을 기존 관념의 지배에서 해방시켜 기어기 정신적 독립을 얻어 내는 것, 이것이야말로 참된 지적 태도라고 나는 믿는다.(1:8)

그는 어떠한 기존 관념에서도 자유로운 입장에서 근본적인 성찰을 전개하고 있는 것이다. 그러한 과정은 당연히 철저한 회의주의와 독립적인 태도를 필요로 할 것이며, 때로는 고독과 허무를 동반하게 되리라. 그 길은 솔직한 비관주의자의 고독한 여정이 될 것이다. 서경식에 따르면 기존 관념에서 해방된 이러한 자유로운 지적 태도만이 진실의 복합성을 제대로 꿰뚫어볼 수 있게 만드는 것이다.

3. 희망과 생명에 대한 상투적인 예찬을 넘어서

『고통과 기억의 연대는 가능한가?』의 2부 「당연한 것을 다시 묻는다」
에 수록된 두 편의 에세이 「생명이 선이고 죽음이 악이다?」, 「희망이라
는 이데올로기를 넘어서」를 참으로 흥미롭고 감동적으로 읽었다. 이
두 편의 글은 그야말로 '당연한 것을 다시 묻는' 일, 즉 기존 관념에서
해방된 자유로운 지적 태도의 드높은 경지를 보여준다.

서경식은 이렇게 말한다.

> 당연하다 싶은 것도 다시 한 번 의심하고 또 의심해 봐야 합니다. 제가
> 얘기하고 싶은 것은 이거예요. 가족이 있기 때문에 죽을 수 없다? 그런데
> 그 가족을 누가 만들었습니까? 가족 없이 살 수도 있고 그렇게 살고 있는
> 사람들도 있지 않나요? 자신이 원인을 만들면서 이 원인 때문에 죽을 수
> 없다 하는 것이 말이 될까요?(1 : 139)

> 인간은 당연히 살아야 하고 당연히 결혼도 해야 하고 아이도 낳아야 하
> 는 것이 전제되어 있는 사람하고, 그 전제부터 다시 생각해야 하는, 그 전
> 제부터 의심스럽게 보고 있는, 의심스럽게 느낄 수밖에 없는 사람의 차
> 이.(1 : 141)

> 그런데 "삶은 아름답다. 삶에는 진실이 있다. 죽으면 안 된다. 자살은 무
> 책임한 짓이다. 가문의 연속성은 누가 지키냐? 친구나 가족한테 면목 없는
> 거 아닌가? 가문에서 자살하는 놈이 나오면 가문의 명예는 어떻게 되는 거
> 냐?" 이런 식으로만 설득하면 어떻게 되죠? 오히려 이것을 벗어나지 못하
> 고 이 구도를 강화할 뿐이지요.(1 : 153)

비
평
의

고
독

내가 여기 있는 어떤 사람에게 애정이나 책임감, 연대감, 이 사람하고 함께 있고 싶다는 감정을 느끼고 이 때문에 살아야 한다고 느낄 때, 진짜 이 것이 자기 것인지, 자기 내면에서 나오는 것인지, 어떤 이데올로기의 영향을 받은 것인지, 누구를 모방한 것인지, 학교에서 가르치는 대로 생각하고 있는 것을 자신의 것으로 오해하고 있는 것인지를 물어야 한다는 거지요. 그런 과정을 겪으면서 정신적으로 우리가 독립되어 가는 겁니다.(1 : 157)

위의 예문들에서 서경식이 한결같이 강조하고 있는 바는 죽음, 결혼, 자살, 가족의 의미에 대한 근본적인 성찰이다. 말하자면 우리가 무의식적으로 내면화하고 있는 가족과 결혼, 생명에 대한 고정관념이 일종의 주입된 이데올로기의 영향이 아닌지 따져보자는 것이다. 이런 관점은 상투적인 생명 예찬이나 의례적인 가족 사랑보다 월등 깊은 문제의식을 함축하고 있다. 누구나 당연시하고 있는 삶과 죽음, 결혼과 가족에 대한 고정관념에 대한 발본적인 성찰을 통해 우리는 비로소 주체적이며 독립적인 개인이 될 수 있다는 것이 서경식의 전언이다.

서경식의 자살에 대한 견해가 자살 예찬론과 거리가 멀다는 사실은 분명하다. 그의 자살과 죽음에 대한 생각은 20년 전에 저 세상으로 떠난 한 비평가의 다음과 같은 언급, 즉 "어떤 경우에건 자살이 정당화될 수는 없다. 그것은 싸움을 포기하는 것이니까. 살아서 별별 추한 꼴을 다 봐야 한다. 그것이 삶이니까"(김현의 1986년 4월 30일의 일기, 『행복한 책 읽기-김현문학전집 15권』, 문학과지성사, 1991)라는 문제의식과는 판이한 관점을 지니고 있다는 점에서 흥미롭다. 그러나 김현과 서경식이 자살을 생각하는 자리는 그 층위가 다르다. 김현은 너무나 절실하고 육체적인 생명예찬론의 입장에서 죽음과 삶에 대한 처절한 사유를 전개하고 있다. 그에 비해 서경식의 시선은 생명에 대한 상식 저편에 있는 서늘한 진실을 응시하고 있다.

어느 사회보다 극심한 생존경쟁이 난무하는 한국사회에서 희망은 약자와 소수자들이 기댈 수 있는 마음의 거처인지도 모른다. 아니 딱히 소수자가 아니라 하더라도, 희망은 대부분의 사람들에게 이 비루하고 지루한 생을 견디게 만드는 마지막 수단이리라. 그러나 서경식은 막연한 희망과 근거 없는 낙관주의를 단호하게 거부한다. 아래와 같이.

형들이 감옥에 있을 때 본인들은 모르지만 솔직히 저는 별 내용도 근거도 없는 격려, "아, 내일은 좋은 날이 올 거예요" 하는 그런 말이 제일 듣기 싫었어요. 처참하고 참혹하고 희망이 거의 없는 상태를 바로 보지 않고 안이하게 위로만 구하려고 하는 나 자신의 나약함도 싫었고, 또 남을 그런 식으로 위로해서 자기만족을 느끼는 사람들도 싫었습니다. 그런데 싫다는 말은 안 했어요. 상대방의 성의를 봐서 싫다는 말을 할 수는 없었어요. 대신 저는 자폐증처럼 지냈지요.(1 : 163)

나는 왜 내용이 없는 격려보다 아주 어두운 루쉰을 좋아하고 있을까라는 것을 다시금 생각해 보았습니다.(1 : 163)

서경식은 아무리 고통스러운 현실이라도 그것을 냉철하게 직시하는 태도가 막연한 희망이나 내용 없는 격려보다 월등 소중하다고 고백한다. 이러한 기질로 인해 그는 '솔직한 비관주의자'로 불린다. 그래서 서경식은 "오히려 가짜배기 헛된 희망을 강조하면서 모순을 직시하지 않고 유화적인 해결로 나아가려는 사람들과 끝까지 싸우려던 사람이 루쉰 아닌가?"(1 : 188)라고 되물으면서 루쉰의 철저한 비관주의와 투철한 저항정신에 공명하는 자신을 다시 발견한다. 막연한 희망을 앞세우

는 태도보다는 그의 깊은 비관주의에 더 진한 공감을 느끼는 것은 나
역시 비관주의자에 가깝기 때문일까.

4. 정의가 사라진 시대와 마주하다

한 사람의 비평가로서, 서경식의『고통과 기억의 연대는 가능한가?』를
읽으면서 가장 인상적이었던 대목을 소개해보고 싶다. 그것은 진지하
게 정의를 추구하는 것이 냉소의 대상으로 전락해버린 일본사회의 지
적 풍토와 그 일본을 닮아가는 한국 지식인 사회에 대한 냉철한 진단을
피력하는 내용이다.

　　이를테면 서경식은 안식년을 마치면서 한국을 떠나기 직전에『경향
신문』손제민 기자와 함께 한 대담에서 "정의를 정의로서 얘기할 수 없
는, 정의를 정의로 얘기하면 웃음거리가 되는 사회입니다. (…중략…)
그러니까 정의에 대해 호소하는 사람들은 다 주변화된 힘이 없는 사
람들밖에 안 남게 되죠"(1 : 249), "어떤 자리에 정의로운 사람이 끼어 있
으면 불편하니까 정의에 대해 얘기하는 사람을 고립시키려고 해요"
(1 : 250)라고 말한다. 바로 이 대목이 나를 참으로 긴장하게 만들었다.

　　몇몇 문학논쟁에 참여해본 체험으로 이야기하건대, 지금 이 땅의
문학장을 지배하는 가장 유력한 정서는 바로 냉소주의다. 비평과 문단
의 정의를 언급하는 순간, 그 비평가는 주류 비평 서클에서 얼마간 소
외될 수밖에 없다. 서경식이 말한 일본 지식사회의 냉소주의는 바로 지
금 한국 지식사회와 문단의 풍경과 정확하게 겹쳐진다. 한국에 오기 전
서경식은 보수화된 일본사회, 즉 진보와 정의가 냉소의 대상이 된 일
본 지식인사회와 한국사회는 분명히 다를 것이라고 예상했으리라. 그

래서 서경식은 "정의를 정의로 직설적으로 얘기하는 사회, 정의를 들어 싸우는 사회가 한국이었기 때문에 한국에 희망을 걸었지요"(1 : 249)라 고 말할 수 있었던 것이 아닐까. 그러나 서경식이 2년여 동안 접한 한 국 지식사회의 모습은 점차 일본을 닮아가는 형국이었다. 그가 일본에 서 발견한 탈정치주의, 젊은 세대의 탈역사주의, 주류 이데올로기와 다 른 목소리를 내는 것을 부담스러워하는 사회분위기는 바로 이 시대 한 국사회의 풍경이 아닌가.

그런 한국 지식인사회를 접하면서 서경식은 "정의라고 하면 자리 가 좀 어색해지고, 그리고 대학에서도 자신이 지식인이라고 하는 사람 들은 좀 줄어들고, 그래도 '지식인이다' 하는 사람은 좀 웃음거리가 되 고, 그렇게 될 것입니다"(1 : 251)라고 한국사회의 미래에 대해 전망하 고 있는데, 이미 한국 지식인사회는 서경식이 상상한 사회로 상당 부분 이행한 것이 아닐까 싶다.

현재 도쿄게이자이東京經濟 대학 현대 법학부 교수로 있는 서경식은 재일 조선인인 자신이 일본에서 대학교수가 될 수 있었던 사실과 연관 하여 다음과 같이 털어놓고 있다.

저는 학위도 없고, 영어로 강의도 못 하지만, 그래도 대학교 교수가 된 것이 재일 조선인 입장에서 글을 쓰고, 발언도 했고 해 온 것이, 아주 소수 이지만 '아 이런 것도 재미있다. 이런 것도 대학에 있어야 한다'고 판단한 사람들, 그나마 조금 균형 있게 생각하는 사람들이 일본에 있었기 때문입 니다.(1 : 256)

위의 서경식의 고백을 접하면서 이런 질문을 한국 대학사회에 던지 고 싶은 욕망을 거둘 수 없다. 만약 서경식과 유사한 길을 밟아온, 한국어를 능숙하게 구사하고 한국의 명문대에서 학사를 받은 외국인 문필가, 한국의 정치와 지식사회에 지속적으로 투철한 비판을 전개한 외국 국적의 디아스포라가 한국에 있었더라면 한국의 대학에 과연 교수로 취직할 수 있었을까. 대답은 물론 부정적이다. 러시아에서 한국학 전공으로 박사학위를 받은 박노자도 국내대학에 학자로 정착하기가 쉽지 않았던 것이 현실이다. 이미 서경식이 말하지 않았던가. "제가 여기에 와서 화교가 대학교수나 지식인이 된 사람이 있으면 꼭 만나고 싶다는 얘기를 했는데 거의 없다고 해요. 대한민국 사회가 어떤 억압을 행한 결과지요?"라고. 나는 이러한 예들을 통해, 비록 명백한 한계가 있다 해도, 학사학위만 가진 재일 조선인 서경식을 대학교원으로 기꺼이 채용한 일본 지식사회의 톨레랑스와 저력을 확인할 수 있었다. 정의에 대한 추구가 냉소의 대상이라는 사실은 한국과 일본이 유사하지만, 그 사회의 이방인과 비판적 디아스포라를 포용하고 이해하는 방식은 아직도 차이가 존재한다.

5. 예쁘기만 한 미술을 넘어서기

『고뇌의 원근법』은 기왕에 출간되었던 저자의 미술기행집인 『나의 서양미술 순례』와 『청춘의 사신』의 구체화이자 심화에 가깝다. 서경식은 이 책에서 그의 이전 저작에서 상대적으로 간단하게 다루어졌던 나치를 전후한 시대의 미술가인 오토 딕스와 펠릭스 누스바움의 미술세계 및 파란만장한 인생역정歷程에 대해 구체적인 현장답사를 통해 면밀하게 탐문하고 있다.

나치에 의해 퇴폐예술로 낙인찍혔지만 한 시대의 파탄과 상처를 창조적인 방법으로 보여준 오토 딕스와 아우슈비츠에서 학살당한 유대계화가 펠릭스 누스바움의 작품, 특히 제1차 세계대전의 잔혹한 비극이 압도적으로 형상화된 딕스의 〈전쟁제단화〉와 같은 문제작을 통해 서경식은 시대의 어둠을 응시하는 준열한 예술가의 초상을 발견한다. 또한 그들과는 다른 방식으로 점차 상품화되어가는 당시의 화단과 대결하는 고통의 깊이를 보여준 반 고흐에 대한 밀도 깊은 인문학적 대담, 나치시대와 불화한 전위미술가인 에밀 놀데, 막스 베크만, 조지 그로스 등을 다룬 독일미술기행이 『고뇌의 원근법』을 풍성하게 채우고 있다.

이 책을 통해 서경식이 근본적으로 제기하고 있는 문제의식은 "왜 내가 본 모든 작품이 그렇게 예쁘게 마감되어 있는 것일까?"라는 한국 근현대미술에 던지고 있는 통렬한 질문에 내장되어 있다. 그렇다면 서경식에게 진정한 예술(미술)은 어떤 경지를 의미하는 것일까. 그는 "예술적 역량이란 원래 무엇인가. 그것은 기교를 말하는 것이 아니다. 진실을 직시하고 그것을 독창적인 수법으로 그려내는 인간적인 역량이다"(2:8)라고 본다. 그렇다. 서경식에게 진정한 예술은 현실의 어둠과 고통을 직시하는 힘이며, 그것을 창조적인 방식으로 형상화하는 재능이다. 이러한 예술관이 서경식에게 아래와 같은 진술들을 낳게 했을 터이다.

나는 이들의 예술을 보고 '잘 그렸다'거나 '예쁘다'고 생각한 적은 없다. 오히려 '얼마나 절실한 그림인가' 혹은 '얼마나 치열한 그림인가'라고 늘 감탄하지 않을 수 없었다. 한 마디로 나는 그들의 작품에서 정신의 독립을 쟁취하고자 하는 인간들의 격렬한 고투를 봤던 것이다.(2:4)

여기에서 '예쁘다'는 것은 찬사가 아니다. '예쁘다'는 것은 보는 이가 그다지 저항감을 느끼지 않는 것으로, 엄밀하게 말하자면 지루하다는 것도된다. 미술도 인간의 영위인 이상, 인간들의 삶이 고뇌로 가득할 때에는 그고뇌가 미술에 투영되어야 마땅하다. 추한 현실 속에서 발버둥치는 인간이 창작하는 미술은 추한 것이 당연하다. 조선 민족이 살아온 근대는 결코'예쁜' 것이 아니었을 뿐더러, 현재도 우리의 삶은 '예쁘지' 않다.(2:6)

그가 오토 딕스의 〈전쟁제단화〉처럼 시대의 야만에 상처받으면서진실을 직시하는 예술가들의 '추한' 작품들에 대해서 그토록 관심을 기울였던 것도 바로 이러한 고통의 예술관에 근거한 필연적 과정이었다. 『고뇌의 원근법』은 우리에게 예술은 아름다운 것이라는 지극히 상투적인 통념을 비틀어, 어떤 예술이 진정으로 가치 있는 예술인지에 대해, 아울러 어떤 예술가의 삶과 자세가 의미 있는 예술적 여정인지에대해 아프게 질문한다.

서경식이 『고뇌의 원근법』과 『고통과 기억의 연대는 가능한가?』에서 공통적으로 집중적인 관심을 기울이고 있는 화가는 반 고흐이다. "정말로 뛰어난 미술가들은 목숨을 건 투쟁을 거쳐 미의 세계의 개혁자가 되었던 것이다"(2:10)라는 서경식의 예술관에 비추어보면, 고흐야말로 진정한 예술가이다. 그는 고흐에 대해 "'반 고흐라는 사람이바로 그런 투사, 혁명가다'라는 것이 제가 이야기하고 싶은 것입니다"(2:198), "고흐에 대해서 자유분방하게 하고 싶은 대로 살던 사람이라는 얘기가 있는데, 그건 오해예요. 아주 부지런하게 그림을 그린 사람입니다"(2:202)라고 언급하면서 고흐의 예술가로서의 치열성, 성실성, 그리고 혁명가에 버금가는 예술에 대한 열정을 높이 평가한다. 한국에서 고흐가 다소 광인적인 이미지나 정신이상자, 권총 자살, 스스로 귀를 자른 예술가 등의 선정적인 풍모로 수용되고 있는 점과는 분명히 차별화된 해석이라는 점에서 이런 관점을 눈여겨볼 필요가 있다.

이렇게 보면, 서경식의 고흐에 대한 견해는 "진짜 고통하는 사람은 자신이 거기에서 벗어나야 한다는 것을 알고 있다. 그러나 가짜로 고통하는 사람은 그것을 오히려 즐긴다. 그것은 아프지 않기 때문이다"(김현, 「고흐」, 『김현예술기행 − 김현문학전집』, 문학과지성사, 1993, 58면)라고 말했던 비평가의 견해와 겹쳐지는 셈이다. 고흐의 절망과 슬픔, 고통에 대해서 언급하거나 그 흉내를 내는 것은 어려운 일이 아닐지 모른다. 진정으로 어려운 것은 자살로 마감되는 고흐의 고난에 찬 삶이 말해주듯이 그 고통을 온몸으로 받아들이는 과정이리라. 그러므로 "고흐의 그림은 그러나 예술이 제스처가 아니라 바로 고통 그 자체임을 보여준다"는 김현의 발언이 가능해지는 것이 아닐까. 고통을 즐기는 것은 일종의 허위의식이라는 것, 그러므로 진정한 고통은 자신을 근원적으로 성찰하게 만드는 통렬한 아픔이 동반된 고통이라는 것을 김현은 분명히 강조하고 있다. 이러한 발언이 고흐를 조망하는 서경식의 예술관에 연결되어 있음은 물론이겠다.

고흐가 작품이 그토록 강렬한 아름다움을 지니고 있는 이유에 대해 서경식은 다음과 같이 말하고 있다.

고흐는 자신의 감각을 끝까지 관철하는 사람입니다. 대부분의 인간이 그렇게까지 철저하진 못해도, 끝까지 해봐야 한다는 명제를 부정하는 사람은 아무도 없을 겁니다. 이건 머리가 시키는 것이 아닙니다. '삶의 방식'이라고 말하면 마치 자신의 머리로 선택한 것처럼 들릴 수 있지만, 고흐의 원근감과 색채에는 신체화된 '삶의 방식'이 투영되어 있습니다. (…중략…) 보통사람이라면 이 정도에서 그만두고 돌아갈 것을, 보통 이런 느낌

의 풍경일 거라고 하고 그만둘 것을, 고흐는 아슬아슬하게도 끝까지 가버리고 맙니다.(2 : 303)

고흐를 해석하는 서경식의 관점은 역시 예술적 테크닉이나 형식보다는 예술가의 단심과 열정, 태도, 실존의 상처, 고통의 진정성에 초점을 맞추고 있다. 이는 물론 서경식의 예술관으로 그 자체로 존중받을 가치가 있다. 그럼에도 불구하고 『고뇌의 원근법』을 관통하는 예술관과 미의식에 대해 몇 가지 비판적인 문제제기를 수행할 수 있을 것이다.

이를테면 『고뇌의 원근법』의 저자에게 이른바 80년대의 민중미술이 도래하기 전까지 오랜 세월동안 한국근대미술이 공허한 유미주의 예술관념에 매몰되어 있었다는 사실조차도 폭력적인 역사의 산물이 아닌가라는 질문을 던지며, 그렇게 획일적으로 예쁠 수밖에 없었던 한국근대미술의 상처와 굴절, 이데올로기, 그 서글픈 역사를 더 열린 마음으로 이해해달라는 주문을 할 수 있을 것이다. 그러나 다시 생각해보니, 그러한 주문 이전에, 고통과 슬픔, 시대의 아픔에 대한 응시가 점차 사라져가는 한편, 상품미학에 전면적으로 휘둘리는 이 시대의 한국예술이 이 책의 문제의식과 생산적으로 만나기를 기대하는 마음이 더 절실하게 다가온다.

아울러 서경식이 『고뇌의 원근법』을 비롯한 미술기행에서 강조해 마지 않은 예술관이 지나치게 내용 중심적이라는 사실, 그리고 예술가의 주관적인 의지와 열정을 강조하는데 비해, 미술작품의 색채나 구도, 형식, 기술에는 깊이 있는 시선을 던지고 있지 못한 점에 대해서도 비판적으로 접근할 수 있을 것이다.

또한 서경식의 책을 지속적으로 읽어온 어떤 사람들에게 이 책에서 언급하고 있는 고통과 추함을 정면으로 응시하는 예술이 그다지 새롭지 않을 수도 있겠다. 그럼에도 불구하고 모든 글쓰기와 예술이 그러하듯이, 문제에 접근하는 방법의 치열성과 문체의 밀도, 시선의 깊이야말로 새로운 감동의 원천이라는 사실을 『고뇌의 원근법』을 통해 새삼 인식할 수 있었다.

6. 글을 맺으며 : 어바인에서 읽은 서경식

나는 2009년 1월부터 2010년 2월까지 인생의 첫 연구년을 맞아, 캘리포니아 주립대학 어바인 캠퍼스UCI 동아시아어문학부에서 방문학자로 지내다가 2010년 2월 중순에 귀국했다. 연구주제는 재미 한인 디아스포라 문학이었다.

　　신문기사를 통해 서경식의 『고뇌의 원근법』(2009)과 『고통과 기억의 연대는 가능한가?』(2009)가 출간되었다는 소식을 듣고, 그 즉시 온라인 서점에서 국제우편을 통해 주문했다. 일주일 뒤에 그 책들을 접할 수 있었는데, 역시 서경식의 책은 나를 실망시키지 않았다. 『고뇌의 원근법』과 『고통과 기억의 연대는 가능한가?』에 대한 독서는 미국 생활에 이루어진 독서체험 중에서도 오랫동안 뇌리에 남는 소중한 시간이었다. 한 달에 한번 씩 서경식이 『한겨레』에 기고한 연재칼럼 「디아스포라의 창」 역시 결코 빼놓을 수 없는, 미국 생활의 지적인 청량제였다.

　　서경식의 글은 늘 내 마음을 '서늘한 긴장'과 '독서의 즐거움'으로 인도한다. 특히나 나로서는 태어나서 처음으로 먼 이국에서 생활하면서 디아스포라, 국가주의 비판 등이 주제인 서경식의 책을 읽으니 참 묘한 느낌이 들었다. 아마도 그즈음 내가 커다란 관심사를 가지고 연구하고 있던 디아스포라 문학과 서경식의 글(책)이 의미심장한 관계를 맺고 있기 때문이었으리라. 다인종사회인 미국에는 한인들을 포함한 수많은 디아스포라들이 존재한다. 생각해 보면 조국에서 쫓겨난 디아스포라들이 만든 나라가 바로 미국 아닌가.

한인들이 많이 거주하는 어바인에서 보낸 안식년 생활은, UCI에 재미 한인 작가에 대한 연구가 활성화되어 있다는 사실과 함께 재미 한인 디아스포라문학 연구의 어떤 구체적 감각과 학문적 영감을 얻는데 커다란 도움을 주었다. 재미 한인 문사들의 자의식과 고뇌, 상처, 내면을 이해하고 그들과 대화하는 과정은 여행을 무척이나 좋아하는 내게 미국의 장대하고 아름다운 자연을 둘러보는 것보다 월등 절박하고 뜻깊은 시간으로 다가왔다.

2009 봄에 UCI에서 열렸던 소설가 김영하 강연회가 계기가 되어, 이미경 작가와 송호찬 시인을 만났다. 그들이 다리를 놓아주어, 재미시인협회, 재미수필가협회, 오렌지글사랑, 글마루 등의 재미 한인 문인단체에서 몇 차례의 강연을 하게 되었다. 그 시간은 다양한 입장과 문학관을 지닌 한인 디아스포라 문인들의 욕망과 상처, 비애와 기쁨, 좌절과 성공을 이해하는 과정이기도 했다. 「상처받은 자의 아름다움」이라는 제목으로 진행된 첫 강연에서 나는 디아스포라 문학에 대해 얘기하면서 서경식의 존재와 책을 각별한 마음으로 소개한 바 있다.

그 후 어바인 인근에 거주하는 몇몇 문인, 문화에 관심 있는 한인들과 '어바인 문화포럼'이라는 모임을 만들어 한 달에 한 번씩 독서토론을 진행했다. 그 첫 모임에 함께 읽은 책이 서경식의 『디아스포라 기행』(2006)이다. 그들과 『고뇌의 원근법』을 읽으며, 서승 서준식 서경식 형제들의 삶과 인생역정에 대한 대화를 나누기도 했다. 그 시간은 재미 한인들의 내면과 감각을 이해하는데 커다란 도움을 주었다.

아직까지도 아메리칸 드림이 존재하고 있는 현실에서 미국에 사는 한인들이, 특히 그곳에서도 세련된 중산층이 모여 사는 도시인 어바인 인근의 한인들이 과연 자신들의 삶을 '디아스포라'라는 관점에서 바라보고 있는지 궁금했다. 생각해 보면 디아스포라 예술가의 선연한 상처와 비극적인 인생여정을 다룬 서경식의 책에 대해서 그들이 과연 얼마나 마음 깊이 공감할 수 있을지 확인하고 싶은 생각이 내 마음 한 구석에 분명히 있었으리라. 그들에게 서경식의 인생과 책들을 소개해주고, 『디아스포라 기행』을 함께 읽은 것은 재미 한인들의 자의식과 욕망의 풍경을 엿보고 싶다는 비평가 특유의 호기심도 부분적으로 작용했던 것이 아닐까.

서경식의 책에 자주 등장하는, 그야말로 '상처받은 자의 좌절과 아름다움'을 온몸으로 보여주는 재일 조선인들과는 달리 재미 한인의 상당수는 자발적 이민에 가깝다. 내가 어바인과 LA 인근에서 만난 상당수의 한인들은 미국사회에 안정적으로 정착하여 미국사회의 일원으로 성공적인 삶을 살아가고 있고, 경제적으로도 대체로 중산층의 삶을 영위하고 있는 형편이었다. 이렇게 본다면 그들을 좁은 의미의 디아스포라라고 볼 수는 없을 것이다.

그럼에도 불구하고 그들은 내가 예상한 것보다 서경식의 책에 훨씬 예민하고 적극적으로 반응했다. 독서모임에 참가한 재미 한인들의 상당수는 『디아스포라 기행』, 『고뇌의 원근법』, 『소년의 눈물』 등의 서경식의 책에 나타난 디아스포라 정서에 깊은 공감을 표현하면서, 미국사회에서 살아가는 그들의 애환과 상처를 밤늦게 얘기하며, 조국에 대한 뜨거운 그리움을 털어놓기도 했다. 그렇다. 경제적인 안정과 이국사회에서의 성공적인 정착에도 불구하고, 그들 역시 각각 한 명의 고독한 디아스포라였던 것이다. 이러한 과정을 통해 나는 디아스포라의 정서가 경제적인 문제나 성공적인 정착 여부와 완전히 분리될 수는 없겠지만,

동시에 그와는 다른 차원에서 존재하는 마음의 깊은 상처일 수 있다는 생각을 하게 되었다. 서경식의 책을 매개로 한 재미 한인과의 만남을 통해, 나는 재미 한인 디아스포라들의 욕망과 상처, 결핍을 한층 투명하게 이해할 수 있었다.

어바인에서 재미 한인들과 서경식을 함께 읽고 얘기한 체험은 앞으로 내 글쓰기와 학문적 여정에서 소중한 이정표가 되지 않을까 싶다. 생각건대 그 무렵에 서경식의 글과 삶에 대한 탐구가 앞으로 필생의 연구주제가 되리라는 예감을 받았던 것 같다.

『낭만적 망명』에 수록된 「망명, 디아스포라, 그리고 서경식」이라는 글이 계기가 되어, 2008년 늦가을 마포의 한 음식점에서 이루어진 서경식과의 만남을 소중하게 기억하고 있다. 아니 그 이전에 2007년 여름 숙명여대에서 강연하던 서경식과의 첫 만남과 대화도 아련하게 기억하고 있다. 나중에 기회가 되면, 서경식이 거주하는 일본에서 재일 조선인 디아스포라에 대해 공부해보고 싶다.[1] 그 열망과 만남을 위해, 서경식의 형 서준식이 한국의 감옥에서 일본어책을 읽지 않기 위해 지녔던 그 마음의 결기를 내 마음에 고스란히 담아 일본 지식사회와 재일 조선인 문학, 일본문학과 일본어를 공부하고 싶다.

의미 있는 만남을 위해서는 시간과 인내가 필요하다. 그 만남은 어떤 독서보다도 진정한 아름다움에 대해서, 국가에 대해서, 삶과 죽음에 대해서, 예술과 자유에 대해서, 디아스포라의 상처에 대해서, 지성의 고뇌에 대해서 새롭게 사유하는 계기를 만들어줄 것이다.

(2010)

---

1 나는 서경식 교수의 초청으로 2015년 1학기를 도쿄경제대학에서 방문연구원으로 지내며 그가 주관하는 '재일 조선인 문학 세미나'에 참여한 바 있다.

한 디아스포라 논객의
청춘과 고뇌

강상중의 에세이에 대하여

1. 디아스포라 문학 연구의 새로운 지평을 위해

이제 디아스포라 문학에 대한 탐구는 한국문학 연구의 새로운 트렌드
에 그치지 않고, 가장 민감하고 역동적인 학문적 · 비평적 의제로 떠오
르고 있다. 세계 각지에 흩어져 있는 한인 디아스포라 문학에 대한 연
구는 나날이 새로운 성과를 쏟아내고 있다. 여기서 덧붙여 한국사회 역
시 최근에 들어, 점차 다문화 사회로 이행되고 있다는 사실도 언어 속
문주의屬文主義에 근본적인 균열을 야기할 가능성이 제기되고 있다. 조
만간 외국인이 한국어로 쓴 문학작품에 대한 본격적인 탐구가 필요
가 시대가 올지도 모른다. 앞으로 디아스포라 문학 연구는 한국문학
연구(비평)의 경계에 대해 성찰하고, 자명하게 실체화된 한국문학 연구
의 범주와 영역, 정체성에 대해 끊임없이 질문을 던지는 시금석의 역할
을 하게 될 것이다.

　이런 문제의식을 지니고 이즈음 활발하게 수행되는 디아스포라 문

학 연구나 비평을 살펴보면, 간과할 수 없는 중대한 문제점을 발견하게 될 것이다. 그것은 중심과 조국에서 배제된 경계인의 삶을 다룬 디아스포라 문학조차 시, 소설이라는 전통적인 중심 장르와 '문단'으로 상징되는 제도권 문학장에 소속된 문인들의 작품에 편중하는 학문적 관행이 여전히 완강하게 자리잡고 있다는 사실이다. 말하자면 디아스포라 문학이라는 연구 대상(영역)은 새로울지라도 그 대상에 접근하는 학문적 형식, 체제, 시스템은 여전히 보수적이며 전통적인 범주에 머물러 있다는 사실을 지적하지 않을 수 없다.

그렇다면 특정한 근대 국민국가에서 이탈해 언어와 문화가 이질적인 다른 국가의 장으로 편입된 사람들, 혹은 그들의 2세나 3세로 태어나 문화적 충돌과 혼란을 겪으면서 성장한 경계인의 글쓰기가 과연 전통적인 장르 규범이나 제도적인 문학장의 맥락으로만 파악될 수 있을지 근원적인 질문을 던져볼 필요가 있을 것이다. 단적으로 말해서, 그들이 등단한 문인이 아니라면 디아스포라 문학이 아니라고 할 수 있을지 의문이다. 그리고 그들의 상처와 좌절, 내면, 콤플렉스, 욕망, 열정이 한층 생생하고 구체적으로 드러나는 글쓰기 형식은 시나 소설 같은 중심 장르라기보다는 '주체의 직접성'이 한층 생생하게 드러나는 에세이, 자서전, 수기, 르포, 시사비평, 일기 같은 '변두리 장르'에 해당될 가능성이 크다. "인간 영혼의 가장 은밀한 곳에 자리잡고 있는 마음 상태와 동경을 표현하려는 욕구", 즉 에세이야말로 상처와 좌절, 그리고 이를 극복하기 위한 지난한 노력으로 점철된 그들의 내면과 인생을 한층 생생하고 민감하게 드러낼 수 있는 장르가 아닐까. 그렇다면 디아스포라 작가(논객)의 기행문이나 에세이에서 우리는 어떤 시나 소설 못지않게 내면이 분열된 경계인의 초상을 실감나게 느낄 수 있지 않겠는가.

이런 의미에서 디아스포라 문학의 대상을 전통적인 의미의 등단한 문인으로 한정하거나 시, 소설 같은 중심 장르로 제한하는 것은 오히려 특정한 국가나 공동체에서 배제된 디아스포라의 첨예한 문제의식과 실존적 체험의 구체적인 결을 제대로 살리지 못하는 편협한 학문적 · 비평적 습속일 확률이 높다.

2. 강상중의 산문과 만나다

서경식徐京植(1951~), 강상중姜尙中(1950~), 윤건차尹健次(1944~) 등의 재일 디아스포라 논객은 전통적인 의미의 문인들과는 분명한 거리가 있는 사회과학자나 역사학자, 혹은 논객에 가까운 존재이다. 그러나 그들이 발표한 산문(에세이, 자서전, 기행문, 일기, 시사비평), 시, 소설, 학술서는 한국의 문인들은 물론이거니와, 어떤 재일 디아스포라 문인과도 온전히 비교될 수 없는 독특한 품격과 미감, 고유한 세계를 지니고 있다. 그러나 현재 한국현대문학 연구나 비평의 장에서 이들의 산문에세이에 대한 학문적 탐구와 비평적 대화는 거의 이루어지지 않고 있다. 김석범, 김시종을 위시한 유미리나 이양지 등의 재일 디아스포라 문인에 대한 활발한 연구에 비추어보면 재일 디아스포라 논객이나 에세이스트들의 산문에 대한 탐구가 미미하다는 사실은 이 시대 문학연구와 문학장을 둘러싼 무의식적 관행과 완고한 시스템을 근본적으로 되돌아보게 만든다. 이러한 맥락에서 이 글은 재일 디아스포라 논객인 강상중의 저술[1] 중

---

1 이 글에서 주로 다루어질 강상중의 책은 다음과 같다. 1. 고정애 역, 『재일 강상중』, 삶과꿈, 2004; 2. 이경덕 역, 『고민하는 힘』, 사계절, 2009; 3. 이목 역, 『청춘을 읽는다』, 돌베개, 2009; 인용문 바로 뒤의 괄호 속 숫자는 위의 해당 책의 번호와 그 책의 면수를 의미한다.

에서 주로 산문집을 대상으로, 그의 산문세계가 지닌 세계 인식, 미감, 특성, 한계 등에 대해 탐색하고자 하는 비평적 에세이다.

강상중은 여러 재일 디아스포라 논객들 중에서 상대적으로 우리 지식사회에 널리 알려진 명망가이다. 이는 그가 도쿄대 최초의 한국인 정교수라는 점, 애초의 일본식 이름 '나가노 데쓰오永野鐵男'를 '강상중'이라는 한국식 이름으로 개명했다는 사실, 그가 사이타마 지역에서 최초로 지문날인 거부를 한 외국인이라는 사실, 일본의 TV 토크쇼에 자주 등장하는 비판적 지식인이라는 점에서 연유하는 것으로 보인다. 특히 2011년 MBC스페셜 광복절 특집 〈오모니母〉가 강상중의 소설『어머니』(사계절, 2011)를 소재로 하여 방영되었다는 사실은 한국지식사회에서 강상중의 명망을 드높였다. 일본에서 백만 부 이상이 판매된 산문집『고민하는 힘』은 한국 사회에서 널리 읽혔으며 현재까지도 스테디셀러이다.

강상중은 1950년 일본 규슈 구마모토 현에서 폐품수집상의 아들로 태어났다. 그의 부모는 일제 강점기 시절 만주사변을 즈음하여 일본으로 건너가 정착한 재일 한국인자이니치 1세대이다. 그는 와세다대학 정치학과를 졸업한 연후, 독일 뉘른베르크 대학에서 유학생활을 하며, 1998년 일본 국적으로 귀화하지 않은 한국 국적자로는 최초로 도쿄대 정교수 자리에 오른다. 2012년 현재 그는 도쿄대 정보학연구소 교수로 재직 중이며, 도쿄대 한국학연구소장을 맡고 있다.[2]

강상중의 저서 중에서 한국어로 번역된 책들은 학술서로『오리엔탈리즘을 넘어서』(이산, 1997),『내셔널리즘』(이산, 2004),『세계화의 원근법―새로운 공공 공간을 찾아서』(이산, 2004) 등이 있으며, 산문집에 해당하는 책으로는『청춘을 읽는다』(돌베개, 2009),『고민하는 힘』(사계절,

---

2   그 이후 강상중은 세이가쿠인대학(聖学院大學) 학장을 거쳐 도쿄대 명예교수로 있다.

2009), 『반걸음만 앞서 가라』(사계절, 2009), 『재일 강상중』(삶과 꿈, 2004) 등이 있다. 사회비평집 『동북아시아 공동의 집을 향하여』(뿌리와이파리, 2002)가 출간되었으며, 2011년에 번역, 출간된 자전적 장편소설 『어머니』가 있다.[3] 그렇다면 강상중의 에세이는 어떠한 현실 인식과 풍경을 보여주고 있는가? 그와 서경식의 글쓰기는 어떤 차이와 공통점을 지니고 있는가?

3. 상처받은 경계인의 실존적 기록 : 『재일 강상중』

한국어로 번역된 강상중의 산문 중에서 그의 인생과 생각, 내면, 사상을 가장 구체적으로 드러내고 있는 책은 『재일在日 강상중』이다. 2004년 3월 일본 명문출판사인 고단샤講談社에서 출간된 강상중의 자전적 에세이다. 독자들은 이 책을 통해, 강상중이 지니고 있는 자의식의 근원, 우울증과 고민의 실체, 학창시절의 상처, 내학시절의 지적 편력과 사상적 동향, 한국 방문의 느낌 등의 내밀한 대목을 생생하게 확인할 수 있다. 이런 의미에서 『재일 강상중』은 한 자이니치가 자의식의 분열을 통해, 한 사람의 탁월한 학자로 성장하는 과정을 인상적으로 보여주는 실존적 분투의 기록이라고 할 만하다.

　이 책의 '머리말'에서 강상중은 사진 찍히는 것을 좋아하지 않는다고 말한다. 바로 이 대목에 강상중의 분열된 자의식이 애잔하게 드러나 있다.

3　강상중의 『어머니』는 사실상 자서전에 가까운 소설이다. 『어머니』를 통해서 재일 디아스포라 2세인 경계인 강상중의 인생사를 생생하게 엿볼 수 있다.

나는 사진을 별로 좋아하지 않는다. 아니, 정확히 말해 사진 찍히는 것을 좋아하지 않는다. 순간의 표정을 잡아내어 정지시켜 놓은 듯한 내 얼굴을 보기가 괴롭다. 사진 속의 나는 항상 얼어붙은 표정이다. 또, 비뚤어진 내 안의 심상이나 숨기고 싶은 비밀을 드러내 보이는 것 같아 두렵기까지 하다. 그래서 나는 내 사진을 보는 것이 죽기보다 싫다.(1 : 12)

이런 경향은 대학에 들어가서 더욱 심해졌다. 사진 속의 나는 내가 재일(在日)이며, 한국 조선계 얼굴을 하고 있다는 것을 확인시켜 주는 것처럼 느껴졌다. 사진을 보면서 내가 틀림없는 한국 조선인이라고 재확인하는 것이 싫었는지도 모를 일이다. 재일이라는 것에 따라붙는 꺼림칙한 느낌은 내 얼굴을 보는 것조차도 피하고 싶은 마음이 되어 저절로 사진 찍는 것을 기피하게 되었다. 이런 엇갈린 감정은 내 얼굴과도 원만하게 타협할 수 없는 불안감에 휩싸여, 나의 정신적 유약함의 원인이 되고 있었다. 남의 시선에 과민하게 반응하는 것도, 그러한 심리적인 불안감과 관련이 있었을 것이다.(1 : 13)

이와 같은 내밀한 취향이나 콤플렉스는 단지 실존적인 차원의 기질에서 연유하는 것인가?, 아니면 그가 재일 디아스포라라는 사회적인 차원에서 연유하는 것인가? 아마도 이 두 가지가 모두 작용했을 것이다. 분명한 사실은 자신의 얼굴에 스며들어 있는 정체성의 분열이 그로 하여금 사진 찍는 것을 꺼리게 만들었다는 강상중의 고백은 일본에서 재일 한국인(조선인)들이 차지하고 있는 경계인이라는 미묘한 위치와 결코 무관할 수 없다는 점이다. 다음 강상중의 고백에서 우리는 그를 오랫동안 지배했던 내면의 상처와 우울증의 역사적·심리적 기원에 대해서 구체적으로 확인할 수 있다.

학창 시절, 역사 시간과 사회 시간이 나에게는 고통이었다. 교실 안에 혼자 남겨진 것처럼 적막감에 사로잡혀 있었던 것이다. 왜 나는 재일인가. 왜 부모의 나라는 분단되어, 서로 잡아 죽이기를 했던 것일까. 왜 자신들은 '볼품이 없는 것'일까. 이런 의혹이 나를 불안하게 했지만, 그것을 말로 나타내어 털어놓을 수 있는 친구나 선생은 없었다. 나는 그것들을 가슴 한 구석에 밀어놓을 수밖에 없었다. 그 내적인 억압은, 어디선가 불안의 그림자가 되어 나를 학대하고 있었던 것이다.(1 : 67)

강상중의 내면을 지배했던 억압이나 불안과 연관하여 그가 말더듬이 증상을 앓았다는 점도 유념해야 할 대목이다. 그는 중학교 때부터 시작된 말더듬이 증상에 대해 아래와 같이 서술하고 있다.

지금 돌이켜 보면, 말더듬이 증상의 이면에는 내가 재일이었던 것과 무관하다고 생각되지 않는다. 내가 속한 사회로부터 재일이라는 이유 때문에 소외당하지 않을까 하는 불안이 나를 말더듬이로 만들었시 않았나 하는 생각이 든다. 사회로부터 거절당할 것이라는 위화감이 나를 괴롭힌 것이다. 그 불안감이 말더듬이 현상으로 나타난 것이 아닐까.(1 : 97)

지금까지 살펴온 강상중의 자의식과 콤플렉스, 내적 억압과 불안은 근본적으로 일본사회에서 소외받는 경계인으로 살아가는 이중적 정체성에서 연유한다. "내 우울증의 근원에는, 언제나 이 분열이 있는 듯하다"는 언급은 일본사회에서 재일 한국인으로 살아간다는 것이 필연적으로 정체성의 분열을 동반할 수밖에 없다는 사실을 아프게 환기한다. 그러나 역으로 이와 같은 강상중의 독특한 이중적 정체성은 그에게 일본사회에 대한 예민한 감성과 비판적 태도를 키워준 실존적 정황이 아니었을까 싶다.

학생운동의 쇠퇴기에 대학에 진학한 강상중에게 기댈 것은 책읽기밖에 없었다. 그는 "나는 내 이상에 못 미치는 대학 강의에 실망하였고, 그 반짝임이 형체도 없이 사라질 것 같아 견딜 수 없었다. 나는 강의에서 찾지 못한 지식에의 열망을 책 속에서 찾으러 애썼다"(1 : 76)고 적었다. 일본사회에서 정체성의 분열을 느끼며 우울증을 앓던 강상중에게 1972년 여름방학 때의 한국 방문은 인식의 근본적인 전환을 가져오는 일대 사건이었다. 강상중은 그 체험에 대해서 아래와 같이 언급하고 있다.

> 거리는 혼란스럽고 이제 막 산업화가 시작되려 하고 있었다. 빈 깡통을 들고 맨발로 구걸하며 돌아다니는 거리의 아이들을 많이 볼 수 있었다. 나는 초라하고 궁색한 사람들을 보면 암담한 기분이 들었다. (…중략…) 밤이 되면 암흑 속에 갇혀 버렸다. 처음에는 당황했지만, 차츰 적응이 되어 정겹게 느껴지기까지 했다. 나는 그곳에서 어렸을 때 살았던 재일의 촌락의 풍경을 추억했다. 그곳과 비슷한 분위기가 서려있기 때문이다.(1 : 80~81)

> 저녁나절, 건물 곳곳에서 나오는 사람들의 무리와 서서히 석양에 물드는 서울 거리가 아름다웠다. 그 풍경은 압권이었다. 여기에도 사람은 살고 있다. 생활이 있다. 별스럽지도 않은 일이지만, 그렇게 생각하니 소박하게 감동이 밀려왔다. 그토록 애써 긴장하지 않으면 안 될 일이란 없는 것이다. 어떤 곳에 살고 있어도 해는 떠오르고, 그리고 또 진다. 그 속에서 사람들은 일상을 살고 있다. 당연한 일이다. 그렇게 생각하니, 모든 것이 자연스러웠고 그동안 억눌려 있던 무언가가 빠져 나가는 듯했다.(1 : 82)

첫 번째 예문은 한국사회를 바라보는 강상중의 변화과정을 인상적으로 보여주고 있다. 처음에는 자신의 내면과 무의식에 스며든 일본적인 세련됨을 기준으로 한국 사회의 거침과 초라함을 부정적으로 바라보지만, 그는 어느 순간 바로 이곳이 자신의 역사적·실존적 기원이라는 사실을 이해하게 되는 것이다. 두 번째 예문을 통해, 서울 역시 사람이 사는 지극히 소박하고 평범한 도시라는 사실을 인식하면서 그가 그동안 지니고 있던 한국에 대한 편견과 강박증에서 자유로워지는 장면을 엿볼 수 있다. 강상중이 서울을 방문했을 때의 충격은 그의 몇몇 저서에서 수차례 반복된다. 가령 장편소설 『어머니』에서 그는 다음과 같이 토로한다.

군정하의 서울은 만니치 산의 판자촌을 수백 배, 수천 배 끌어 모아다 놓은 듯한 거대한 덩어리가 되어 몸부림을 치고 있는 것 같았다. 그것은 마치 살갗을 벗겨 그 내장을 드러내놓고 격렬하게 몸부림을 치는 모습으로 보였다. 그 폭력적인 황폐함과 엄청난 에너지에 압도되어, 그리고 그때까지 본 적도 없는 빈곤에 나는 할 말을 잃었다.[4]

이런 우울한 서울 방문 체험을 계기로 그는 자신의 정체성을 명확하게 자각하게 되는데, 결국 그때까지 써왔던 일본이름 대신 강상중을 선택하게 된 것도 바로 한국 방문이 계기가 되어 생긴 일이었다.

『재일 강상중』의 뒷부분에서 저자는 그가 막스 베버에 경도되는 과정, 독일 유학을 통해 세계사 속의 재일이라는 위치에 대한 자각에 이르는 과정, 현실 사회주의에 대한 실망, 동북아의 평화에 대한 문제의

---

4   강상중, 오근영 역, 『어머니』, 사계절, 2011, 227면.

식 등을 담담하게 서술하고 있다.

4. 고민의 깊이와 대안의 부재 : 『고민하는 힘』

『고민하는 힘』은 강상중의 저서 중에서 한국에서 가장 폭넓은 독자를
확보한 책이다. 청춘의 고뇌에 대해서 집중적으로 서술하면서 자신의
입장에서 인생을 살아가는데 필요한 지침을 들려주는 이 책은 일본판
『아프니까 청춘이다』에 가깝다. 그는 '한국의 독자들에게'라는 제목의
글에서 이 책의 성격에 대해 다음과 같이 적었다.

> 우리는 현재라는 참으로 고민이 많은 시대에 살고 있습니다. 게다가 고
> 민의 원인은 끝도 없이 생겨납니다. 내일을 살아가기 위한 양식을 얻는 고
> 민에서부터 살아간다는 것의 의미를 둘러싼 고민까지, 우리는 고민의 바
> 다 속에서 일생을 보내야 하는 운명에 놓여 있다고 생각할 수밖에 없습니
> 다. 『고민하는 힘』은 그런 '고민'이라는 키워드를 실마리로 삼아, '고민하
> 는' 것이 '살아가는 힘'과 연계되는 회로를 '나는 누구인가', '일을 한다는
> 것은 무엇인가', '사랑이란 무엇인가', '돈이 전부일까' 등 우리가 지닌 근
> 본적 문제와 결부시켜 내 나름의 생각을 피력한 '인생론' 같은 에세이입니
> 다.(2 : 5~6)

그의 표현대로 『고민하는 힘』은 자신의 인생론에 해당하는 에세이
다. 구체적으로 이 책은 '나는 누구인가?', '돈이 세계의 전부인가?', '제
대로 안다는 것은 무엇일까?', '청춘은 아름다운가?', '믿는 사람은 구원
받을 수 있는가?', '무엇을 위해 일을 하는가?', '변하지 않는 사랑이 있

을까?', '왜 죽어서는 안 되는 것일까?', '늙어서 최강이 되라'의 아홉 가지 질문과 주제에 대한 탐색으로 채워져 있다. 강상중은 이 책에서 일본의 대문호인 나쓰메 소세키夏目漱石(1867~1916)와 독일의 저명한 사회학자인 막스 베버Max Weber(1864~1920)가 밟아나갔던 고뇌의 여정에 자신의 구체적인 삶과 고민을 포개어 보면서, 이른바 '고민하는 힘'에 대한 그 나름의 모색과 해법을 보여준다. 그는 다음과 같이 말한다.

> 나의 고민은 바로 거기에서부터 시작되었습니다. 나는 누구인가? 나는 어디로 귀속되는가? 나는 어디에 근거해서 살아야 하는가? 나는 누구와 만나고 누구를 믿어야 하는가? 이 세상에서 믿을 만한 가치를 지닌 것이 과연 있기나 한 것인가? 이처럼 출구가 보이지 않는 물음이 빙글빙글 내 머릿속에서 맴돌았습니다. 때로는 스스로를 말살시키고 싶은 충동에 시달린 적도 있습니다. 부모의 넘치는 애정을 한 몸에 받으면서도, 나의 정체성에 대해 언제 끝날지도 모르는 물음 속에서 고민하며 나는 앞으로 나아가지도 뒤로 물러서지도 못한 채 웅크리고 있었습니다. 그 우울한 청춘의 시대, 내 옆에서 늘 속삭이듯 말을 걸어준 것은 나쓰메 소세키와 막스 베버였습니다.(2:7)

나쓰메 소세키와 막스 베버가 그의 청춘과 사유에 얼마나 커다란 영향을 미쳤는가를 여실히 확인할 수 있는 대목이다. 이 둘의 사상적, 문학적 여정과 고민의 결을 따라가면서 강상중이 제시하고 있는 해법은 다음 몇 가지로 정리될 수 있다. 첫째 자아는 타자와의 '상호 인정'의 산물이기에, 스스로 인정을 받기 위해서는 자기를 타자에게 던질 필요가 있다. 둘째 끊임없이 본질에 대해 근본적인 질문을 던지는 정신이 바로 '청춘'이다. 따라서 육체적인 나이에 해당하는 '젊음'과는 달리 이

청춘을 유지하는 것이 진정으로 소중한 것이다. 셋째 언제, 어디서나 진지하고 근본적으로 고민하는 것이 필요하다.

강상중이 『고민하는 힘』에서 설파한 몇 가지 논리들은 물론 강상중의 실존적 체험에서 우러난 소중한 인식의 결과물이다. 그럼에도 불구하고 『고민하는 힘』에 대해 우리는 다음과 같은 비판적 지적을 하지 않을 수 없다.

우선 강상중이 이 책에서 다루고 있는 질문들은 하나같이 인간이 마주한 가장 근원적인 아포리아이다. 이를테면 "나는 누구인가?"라는 질문만 하더라도, 동서양의 무수한 철학서들이 궁극적으로 이 문제를 다루고 있지 않은가. 강상중이 던지는 질문의 거창한 문제의식에 비해 그 해법은 다소 상식적이고 막연한 제언에 머물고 있다는 것이 『고민하는 힘』을 통독한 연후의 전반적 느낌이다. 끊임없이 타자에 대해 자신을 열고 성실하게 고민을 하라는 당위적 제언은 넘쳐나지만, 정작 구체적인 현실을 돌파하는 해법과 실질적인 대안을 찾기 어렵다는 것이 이 책의 한계이다.

『고민하는 힘』의 번역자는 "저자의 말에 따르면 길을 찾고 보따리를 찾는 가장 좋은 방법은 고민하는 것이다. 고민 속에 거대한 미로와 같은 우리 삶에서 길을 찾을 수 있는 힘이 있다. 또한 우리가 서 있는 지점을 알 수 있다"(2 : 176~177)고 언급한다. 제대로 고민을 하는 과정에서 우리가 서 있는 지점을 알 수 있다는 저자의 관점은 물론 소중한 혜안이다. 그러나 단순히 고민을 깊게 지속적으로 하는 것만으로 이 신자유주의의 극심한 경쟁이데올로기를 돌파하는 구체적인 대안이나 해결책이 모색되는 것은 아닐 것이다. 보다 근본적인 맥락에서, 사회체제나 시스템에 대한 근본적인 개혁이나 수술 없이 한 개인의 노력과 고민만으로 문제가 해결될 수 있다는 발상 역시 그 한계가 분명하다. 사회

전체가 극심한 경쟁의 원리에 의해 돌아가는 곳에서 한 개인이 각고의 노력과 고민 끝에 그 사회에 성공적으로 안착하는 지점은 곧 다른 한 사람의 새로운 패배자가 생성되는 자리가 될 수도 있는 것 아닐까. 바로 이 지점에 대한 성찰이 『고민하는 힘』에 빠져 있다. 이렇게 본다면, 『고민하는 힘』에서 개진된 강상중의 주장이 지니는 한계는 뚜렷하다. 물론 이 책은 일본에서 백만 권이 넘게 팔린 엄청난 베스트셀러였으며 한국에서도 커다란 각광을 받았다. 그러나 그 대중성과 실질적인 대안의 모색은 완전히 별개의 문제가 아닐까.

5. 청춘의 고뇌와 책읽기 : 『청춘을 읽는다』

『청춘을 읽는다』는 강상중이 각별하게 아끼는 다섯 권의 책에 대한 독후감 형식을 통해, 자신의 청춘과 고뇌의 풍경에 대해서 담담하게 고백하고 있는 책이다. 나쓰메 소세키의 『산시로』, 보들레르의 『악의 꽃』, T-K생(지명관)의 『한국으로부터의 통신』, 마루야마 마사오의 『일본의 사상』, 막스 베버의 『프로테스탄티즘의 윤리와 자본주의 정신』이 그 다섯 권의 책이다. 실상 이 다섯 권의 책과의 만남을 서술하는 장면은, 강상중 자신의 인생을 수놓은 어떤 청춘과 고뇌의 표정을 효과적으로 드러내기 위한 방법론적 장치이다. 『청춘을 읽는다』는 한마디로 말해서 한 권의 책이 인생의 흐름을 바꾸어놓을 수 있다는 것을 흥미진진하게 보여준다.

여기 소개하는 다섯 권의 책은 모두 고등학교 때부터 대학 시절에 걸쳐 내가 만났던, 독자들께 꼭 추천하고 싶은 책들이다. 다양한 책들과의 만남은 구마모토의 외진 시골에 살던 소년을 도쿄로 이끌었고, 내 인생을 결정할 친구, 선배, 은사와의 만남을 만들어주었으며, 내가 접해보지 못한 세상으로 나를 안내해주었다.(3 : 18)

이 다섯 권의 책은 각기 강상중에게 어떤 의미를 지닌 것일까?

우선 일본 메이지시대 말기 시골 청년 산시로가 도쿄대학에 진학하면서 겪게 되는 도쿄 유학생활을 형상화한 나쓰메 소세키의 『산시로』를 통해 강상중은 구마모토에서 도쿄 와세다대학으로 유학 온 자신의 대학시절을 사유한다. 나쓰메 소세키가 지녔던 외발적 근대에 대한 비판적 성찰을 통해 강상중은 거대도시 도쿄가 근대적 제도에 다름 아니라는 생각을 전개하게 되는 것이다.

보들레르의 『악의 꽃』을 통해 강상중은 '퇴폐'와 '권태'의 의미를 되새기고, 누구에게나 존재하는 인간 내면의 '어둠'에 대해 응시하며, 한때 은둔형 외톨이로 책읽기에 몰두했던 자신의 청춘시절을 회상한다.

T-K생生의 『한국으로부터의 통신』과의 만남을 통해 강상중은 자신의 조국인 남한과 북한사회, 그리고 동북아시아의 평화에 대한 역사적 사유를 가다듬는다. 그가 이 책을 접한 시간은 1972년 한국을 방문한 연후에 "이러한 만남과 서울에서의 체험을 통해 내 속에서 확실히 변화가 일어나고 있었다. 고민을 거듭한 끝에 나는 '나가노 데쓰오'에서 '강상중'으로 이름을 바꾸기로 결심"(3 : 145)하게 되는 문제적 시기와 겹쳐진다.

마루야마 마사오의 『일본의 사상』에 대해서 강상중은 "나는 이 책을 통해서 나를 만났다고 할 수 있다. 무슨 말인가 하면, 나는 이 책을 통해서 모든 일에 '거리를 두는', 요컨대 나의 '입장을 갖는' 법을 배운 것이다"(3 : 166)라고 말한다. 말하자면 마루야마를 통해 강상중은 "방법적 회의를 바탕으로 대상과의 거리감을 지킬 수 있는" 태도를 배우게 되는 것이다. 그가 사회주의나 북한, 혁명적 학생운동 등에 대해 지속적으로 거리를 두었던 것도 바로 마루야마 마사오가 그에게 준 지적 영향에서 연유한다.

막스 베버의 『프로테스탄티즘의 윤리와 자본주의 정신』과의 만남은 그를 독일 유학으로 이끈다. "70년대 말부터 80년대 초가지 독일 유학 중에 나는 마치 순례자처럼 유럽 곳곳을 방황하던 시기가 있었는데, 그런 내 행보를 이끈 것이 바로 막스 베버였다."(3:203) 강상중은 막스 베버와의 만남을 통해 근대modernity의 본질과 근대 비판에 대한 깊이 있는 탐구를 수행하며 인간의 행동과 그 사회적 관계에 대한 통찰력을 얻는다. 강상중은 이 다섯 권과의 만남을 통해 지금의 자신을 존재하게 만든 지적 뿌리에 대해 해부해보며, 자신의 고민과 청춘, 인생여정을 진술하고 담백하게 서술한다.

『청춘을 읽는다』 곳곳에는 강상중을 이해하는 데 결정적인 열쇠가 될 진술들이 널려 있다. 다음 예문들을 다시 읽어본다.

그렇다고 해서 내가 논객인가 하면 그렇지는 않다. 오히려 소심한 겁쟁이에다 사람들 앞에서 말을 하는 데도 다른 사람들보다 배 이상의 기력을 쓰는 편이다. 부끄럼을 많이 타는 면도 있어서 텔레비전에 나갈 때도 늘 바짝 긴장한다.(3:10)

내 기본적인 자세는 매사에 거리를 유지하면서 나 자신을 잃지 않고 어떠한 '주의'나 '도그마'에 사로잡히지 않는 것이다.(3:17)

뒤집어 말하면, '어둠' 없는 인간이 대체 어디에 있단 말인가? 살아 있는 한 어둠이라는 존재는 누구에게나 있게 마련이고, 그러한 어둠과 같은 것 —증오, 회한, 질투, 퇴폐적 권태 등등 보들레르의 말을 빌리면 "인간의 배덕을 키우는 더러운 동물원" 속 "악마의 무리"가 되겠지만—이 없는 인간은 없다고 본다.(3:89)

앞의 두 예문을 통해 강상중의 성향과 기질을 파악할 수 있으며, 마지막 예문에서 인간의 내면에 자리한 어두운 심연을 응시하는 강상중의 인간관을 인식할 수 있다. 그의 기질은 투철한 논객이나 투사와는 거리가 멀다. 그러나 어떤 면에서 보면 특정한 이데올로기와 거리를 두는 성향으로 인해, 그는 늘 뛰어난 논객이 지녀야할 균형 감각을 확보할 수 있었던 것이 아닐까.

『청춘을 읽는다』를 통해서 가장 인상적인 장면은 대학시절 재일 한국인 학생들의 동아리인 '한국문화연구회' 모임에 참석했을 때의 추억을 회고하는 대목이다.

그곳에서 나는 나와 처지가 같은 많은 남녀 학생들을 만났다. 우리는 몇 개의 그룹으로 나뉘어 거리낌 없이 서로 토론하고 우정을 쌓아갔다. 한국의 민주화를 어떻게 해야 할지, 나는 어떻게 해서 일본 이름에서 한국식 이름으로 바꾸었는지, 오사카는 어떤 상황인지, 나고야는 어떤 상황인지 등등 다양한 학습회를 거듭하면서 정보를 교환하고 서로의 처지에 대해 이야기를 나누었다.

그리고 이튿날이면 모두 헤어지게 될 둘째 날 밤, 정해진 순서대로 캠프파이어를 중심으로 포크댄스를 춘 것이다! 내심 마음에 두었던 여학생과 가까스로 춤출 순서가 돌아온 기쁨에 가슴은 두근거렸고, 시간이 어떻게 가는지 모를 정도였다. 그렇게 고원의 싸늘한 밤공기 속에서 캠프파이어 불꽃은 차츰 사그라져갔다. 사방은 칠흑같이 캄캄해지고, 하늘 가득 수많은 별이 반짝이고 있었다. 나는 그때 인생에서 처음으로, 스무 살이 훌쩍 지나고 있던 때였지만, '청춘'이라는 것을 통감한 것이다.(3:94)

일본에서 유사한 트라우마를 간직한 디아스포라 한인 청년들 사이의 격의 없는 만남, 그리고 그 만남으로 설레는 마음을 묘사하고 있는 위의 구절은 상처와 아픔을 함께 나눈 청춘이기에 느낄 수 있는 순수한 감정을 참으로 애틋하게 묘사하고 있다.

6. 합리성과 미적 감성 사이 : 강상중과 서경식

강상중과 서경식은 한 살 차이의 재일 디아스포라 논객이다. 그들은 여러 가지 면에서 유의미한 공통점과 차이점을 지니고 있거니와, 이 둘의 글쓰기를 비교해보는 것은 재일 디아스포라 논객의 글쓰기 스펙트럼이나 그 다양성과 연관하여 대단히 의미 있는 사유와 토론의 과정이 될 수 있겠다.

강상중과 서경식은 자이니치 2세로 와세다 대학 동문(서경식이 1년 먼저 와세다대학에 입학함)이다. 두 사람은 재일 한국인(조선인) 2세 대학생을 중심으로 한 동아리 '한국문화연구회'(약칭 한문연韓文研)의 멤버였다고 한다. 이들이 모두 예민한 자의식을 지닌 내향적인 성격으로 책읽기에 탐닉했다는 점[5]도 중요한 공통점이다. 이런 성격으로 인해 이들은

---

5 이들이 각각 독특한 독서일기(독서노트)에 해당하는 『청춘을 읽는다』와 『소년의 눈물』을 펴냈다는 점이 흥미롭다. 두 사람의 인생에서 책읽기가 지니는 의미에 대한 또 한 편의 에세이가 필요할 것이다.

평범한 사람들에 비해 일본사회에서 살아가면서 커다란 트라우마를 지니게 되었던 것이 아닐까. 강상중과 서경식은 기질적으로 '소심한 겁쟁이'(강상중), '소심한 평화주의자'(서경식)에 가깝다.

두 논객 모두 이즈음 지식인에게 찾아보기 힘든 진지함과 정의감을 강조하고 있다는 점이 대단히 인상적이다. 예컨대 강상중은 『고민하는 힘』에서 다음과 같이 말하고 있다.

> 오늘날에는 '진지함'이라는 말이 별로 좋은 의미로 사용되지 않습니다. 그래서 "넌 진지하구나"라는 말을 들으면 놀림을 당한 기분이 듭니다. 그렇지만 나는 이 말을 좋아하고, 나쓰메 소세키다운 말이라고 생각합니다. 모든 것이 표면적으로 움직이는 듯한 현대사회에 쐐기를 박을 수 있는 쐐기가 될 수 있다고 생각합니다.(2 : 43)

이와 같은 강상중의 언급은 서경식의 '정의'에 대한 언급과 일맥상통한다. 그는 『고통과 기억의 연대는 가능한가?』(2009)에서 "정의를 정의로서 얘기할 수 없는, 정의를 정의로 얘기하면 웃음거리가 되는 사회입니다", "어떤 자리에 정의로운 사람이 끼어 있으면 불편하니까 정의에 대해 얘기하는 사람을 고립시키려고 해요", "정의라고 하면 자리가 좀 어색해지고, 그리고 대학에서도 자신이 지식인이라고 하는 사람들은 좀 줄어들고, 그래도 '지식인이다' 하는 사람은 좀 웃음거리가 되고, 그렇게 될 것입니다"[6]라고 말한 바 있다. 여기서 '정의'를 '진지함'으로 바꿔도 의미는 그대로 통한다. 강상중과 서경식은 공히 정의와 진지함

---

6 서경식 · 손제민 대담, 「한국판 시라케 시대가 열리고 있다」, 『고통과 기억의 연대는 가능한가?』, 철수와 영희, 2009, 249~251면.

이 조롱받는 우리시대 지식사회에 대한 문제의식을 지니고 있다. 그 점에서 둘 사이에는 의미심장한 공통점이 존재한다.

죽음을 스스로 선택할 수 있는 권리를 주장하고 있다는 점에서도 강상중과 서경식은 유사한 문제의식을 공유하고 있다. 이를테면 강상중은 『고민하는 힘』의 8장에서 아래와 같이 "왜 죽어서는 안 되는 것일까?"(2 : 129)라는 질문을 제기한다.

'사상적으로는 죽음의 존엄을 존중한다고 해도 현실적으로는 천수를 누려야 한다. 스스로 생명을 끊어서는 안 된다. 자기 생명은 자기 것이 아니라 조상들로부터 부여받은 것이다.' 이것은 어떤 의미에서는 정론입니다. 그러나 그와 동시에 이와 같은 설득이 현대사회를 살아가는 사람들에게 어느 정도의 억제력을 발휘할 수 있을지는 의문입니다.(2 : 148)

위의 구절은 서경식이 『고통과 기억의 연대는 가능한가?』에서 말했던 바, "'인간은 살아야만 된다. 자살하면 안 된다. 아기를 낳아야 한다.'는 그런 사고가 어떻게 보면, 인간을 영영 착취하려고 하는 어떤 이데올로기적인 역할을 할 수도 있고 해 왔다고 볼 수도 있다는 거죠. 그래서 국가권력은 자살을 금기시하고 죽음에 대한 사상을 금기시해요."라는 지적과 통한다.

이들이 영향 받은 사상가나 작가 중에서, 공히 존경과 깊은 공감의 눈길을 보내는 사람을 한 명 꼽자면 단연코 에드워드 사이드를 들 수 있다. 강상중은 "내가 감히 — 이 점을 특히 강조해두고 싶다 — 재일의 입장에서 사회적인 발언을 서슴지 않는 것은 에드워드 W.사이드의 영향이 크다"(1 : 179)고 적었다. 에드워드 사이드에 대한 강상중의 생각을 더 들어보자.

사이드는 가장 서양적인 인문주의의 전통을 체득하고 있었다. 그는 재일과 마찬가지로 상처를 많이 받은 지식인이었다. 그럼에도 불구하고, 어떤 정치적인 공동체에 귀속되지 않고 자유로운 자신의 생각을 사회에 던지는 것에 나는 깊은 감명을 받았다.(1 : 180)

위의 예문에서 명확하게 인식할 수 있다시피, 강상중은 에드워드 사이드를 재일 한국인(조선인)과 마찬가지로 어느 쪽에도 귀속되지 않은 채 상처를 많이 받은 지식인의 전형으로 보았다. 서경식 역시 그의 몇몇 저서에서 수차례 에드워드 사이드에 대해 말한 바 있다. 가령 그는 「끊임없이 진실을 말하려는 의지 ─ 에드워드 사이드를 기억하다」(『난민과 국민 사이』)라는 제목의 사이드론을 쓰기도 했다.

그들은 한 사람의 디아스포라 지식인인의 입장에서 에드워드 사이드의 초상에 일본사회에서 살아가는 그들 자신의 모습을 겹쳐 놓고 바라본다. 강상중과 서경식이 에드워드 사이드의 분열된 경계인의 정체성을 묘사한 아래의 문장들은 두 사람이 얼마나 유사한 방식으로 에드워드 사이드에 대해 다가갔는지를 보여주는 흥미로운 사례이다.

그는 '망명자'처럼 미국 속에서 살았고, 인사이더임과 동시에 아웃사이더이고, 아웃사이더임과 동시에 인사이더였다. 팔레스티나에 갔어도 그는 미국인으로밖에는 보여지지 않았을 것이다.(1 : 182)

사이드는 고독하다. 그는 미국에서 많은 사람들이 그를 이해해주지 못했고, 또한 팔레스타인에서도 많은 이들이 그를 이해하지 못했다. 물론 다

른 의미이지만, 그는 두 곳 어디에도 어울리지 않는 '이방인'이었다.[7]

　그들에게 사이드의 존재는 얼마나 커다란 위안이었을까. 사이드라는 훌륭한 전범典範이 있었기에, 그들은 일본에서 겪은 차별과 상처를 능히 극복할 수 있는 마음의 힘을 기를 수 있었던 것이 아닐까.

　강상중과 서경식의 차이는 물론 공통점보다 훨씬 많다. 한 사람은 정치학 전공이었고, 또 다른 한 사람은 프랑스문학 전공이었다. 정치학과 프랑스문학의 차이만큼이나 이 둘의 글쓰기 사이에는 근원적인 거리가 존재한다.

　가령 강상중은 글은 비교적 합리적이다. 막스 베버를 사숙한 정치학자답게 그는 근대적 합리성을 대단히 중시한다. 그의 글에서 어떤 절묘한 '균형 감각'을 발견하게 되는 것은 바로 이러한 이유 때문이다. 강상중은 어떤 이념이나 주장에도 쉽게 경도되지 않는다. 그에 비해 서경식의 글은 첨예한 사회적 의제를 다루는 순간조차도 예술적 품격과 미학적 감성을 보여준다. 그의 글은 쉽게 논리화될 수 없는 독특한 여운과 비극적 정서, 치명적인 매력으로 채워져 있다. 물론 이러한 차이는 상대적이다. 서경식의 어떤 글에서는 특정한 편향에 지우치지 않은 대단히 섬세한 균형 감각이 발견되기도 한다.

　번역된 문체로만 판단컨대 이 둘의 문체에 대해서 다음과 같이 말할 수 있을 것이다. 강상중의 문체는 내용 전달을 우선적으로 고려하는 사회과학자의 문장에 가깝다. 그래서 강상중의 문체는 논리적이며 명료하면서도 쉽게 읽힌다는 장점을 지니고 있다. 바로 이 점이 그의 글에 수많은 독자들이 편하게 다가가는 이유인지도 모른다. 그에 비해 서

7　서경식, 임성모 · 이규수 역, 『난민과 국민 사이』, 돌베개, 2006, 320면.

경식의 문체는 유사한 내용이라 할지라도 그 내용을 어떤 문장과 어감으로 전달할 것인가 하는 차원의 문제의식, 말하자면 글쓰기의 문체와 표현에 민감하다. 그래서 서경식의 문체는 문학적 여운과 비극적 아우라를 지니고 있다. 물론 이러한 표현은 서경식이 미학주의자라는 것을 의미하지 않는다. 그는 우리 시대의 가장 민감하고 논쟁적이며 뜨거운 주제에 대해 늘 정면으로 얘기한다. 첨예한 의제에 대해 치열하게 논의하면서도 글쓰기의 독특한 스타일과 품격을 지니고 있다는 것이 서경식 글쓰기의 고유한 특징이자 매력이다.

중요한 주제에 대한 치열한 성찰과 적극적인 대응이라는 관점에서 보자면 늘 서경식이 강상중보다 전위에 있었다. 그에 비해 다소 신중하고 합리적인 입장을 보여주었던 강상중은 그의 표현대로 상대적으로 '후위'에 물러나 있었다. 어쩌면 바로 이 점이 강상중만의 소중한 포지션일지 모른다. 차분한 합리성으로 요약할 수 있는 강상중의 지적 태도는 열광과 환상의 위험성을 넘어선 성숙한 경지를 품고 있다.

이 둘의 세계관과 입장에도 커다란 차이가 존재한다. 강상중은 기본적으로 자신이 북한과 사회주의, 현실 사회주의 사회에 비판적인 입장을 지니고 있음을 분명히 밝히고 있다. 그는 "사회주의 사상과 이념에 껄끄러운 인상을 지울 수 없었다"(1 : 107)라고 말하고 있다. 이에 비해 서경식은 북한이나 사회주의에 대한 구체적인 입장을 개진하지 않는다. 그는 혁명가들이나 망명자들을 구체적인 이념적 잣대로 평가하기보다 그들의 내면과 고뇌와 사유의 표정을 생생하게 복원하는데 초점을 둔다. 『고민하는 힘』에서 잘 드러나듯이 강상중이 현실에 대한 낙관적 의지를 강조하고 있다면 서경식은 깊은 허무를 통과한 진솔한 비관주의자에 가깝다.

강상중이 상대적으로 확고한 탈민족주의적 입장을 보여주고 있음에 반해 서경식은 탈민족주의 사상의 일정한 유효성을 인정하면서도, 탈민족주의, 혹은 민족주의에 대한 과격한 비판이 결국 강대국의 이해관계에 이용당할 수도 있다는 것을 지적하며 여전히 민족주의가 유효한 대목에 대해 명확하게 인식한다. 한마디로 말해 강상중은 온건하고 합리적인 사회과학자이며, 서경식은 비관적이며 낭만적인 예술가(혁명가)에 가깝다.

7. 글을 맺으며

최근 강상중의 산문은 어떤 재일 디아스포라 문인 못지않게 우리 지식 사회에 널리 수용되고 있다. 강상중, 서경식, 윤건차, 양석일의 산문은 이 시대 한국문학의 정체성에 대한 근원적인 질문을 던지게 만든다. 과연 한국문학이란 무엇이며, 문학적인 글쓰기는 무엇인가? 문예지에 수록되었기에, 등단한 문인이 한국어로 발표한 작품이기에, 혹은 전통적인 중심 장르인 시나 소설에 해당되기에 그것을 우리가 꿈꾸던 그 문학이라고 말할 수 있을까?

이 사회와 우리들의 인생과 역사, 인간이란 무엇인가에 대해서 근본적인 질문을 던지면서, 신선한 시각을 제공하는 것이 문학의 중요한 소임이라면 강상중을 비롯한 재일 디아스포라의 산문만큼 그 역할을 효과적으로 달성하고 있는 글쓰기는 결코 쉽게 발견할 수 없다. 한국어로 번역된 재일 디아스포라 논객의 산문은 이 시대 어떤 한국문학 작품 이상으로 한국사회의 어떤 편향에 대해, 한국 지성의 풍토에 대해, 한국의 미의식에 대해, 한국의 근대에 대해, 한국의 민족주의와 국가주의에 대해 통렬한 성찰과 반성의 계기를 제공해주고 있는 것이 아닌가.

물론 그들의 글쓰기에도 한계가 존재한다. 가령 강상중의 경우, 때로 범박한 상식론에 머물러 구체적인 대안에 대한 모색과 인식의 깊이가 부족하다는 것, 사회 전반에 대한 치밀한 구조적 통찰이 결여되어 있다는 것을 그 한계로 들 수 있다.

그럼에도 불구하고 이들의 에세이가 우리 지식사회와 문단에 신선한 충격과 성찰의 계기를 제공하는 참으로 소중한 성과라는 사실을 부정할 수는 없을 것이다. 강상중, 서경식, 양석일, 윤건차의 에세이(글쓰기)에 대한 냉철한 분석, 차분한 응시, 성숙한 극복의 과정을 통해, 우리 시대의 한국문학은, 아니 우리 시대의 글쓰기는 또 다른 새로운 진경(眞境)의 가능성을 모색하게 될 것이다.

(2012)

언어의 보편성,
탈민족주의, 트라우마

유미리의 글쓰기

1. 유미리를 이해하기 위해서 : 재일 디아스포라 문학 논의의 새로운 지평

일본의 세계적인 사상가 가라타니 고진은 『세계공화국으로』라는 저서
에서 기존 근대민족국가를 뛰어넘는 새로운 어소시에이션association 개
념을 적극적으로 검토하고 있다. 그에 의하면 근대 민족국가의 핵심 구
조인 자본=네이션=국가라는 보로메오의 매듭을 넘어서는 길, 즉 칸
트가 한때 구상했던 세계공화국에 이르는 과정이 새로운 시대의 가능
성이자 책무라고 한다.[1] 최근에 근대국가에 대한 지양止揚이 어떻게 가
능한가에 대하여 사유하면서 국제연방을 구상한 철학자 칸트의 사유,
즉 칸트의 세계공화국이라는 '규제적 이념'에 대한 관심이 증가한 사실
도 이러한 맥락 하에 있다.[2]

---

1   가라타니 고진, 조영일 역, 『세계공화국으로』, 도서출판b, 2008.
2   가라타니 고진, 조영일 역, 『정치를 말하다』, 도서출판b, 2010, 145면.

근대 민족국가에 대한 비판적 문제의식에서 볼 때, 이 시대의 문학에서 민족이나 국가에 대한 감각이나 색채가 옅어지는 것은 조금도 이상한 일이 아니다. 2007년 당시 대표적인 진보적 문인단체였던 '민족문학작가회의'가 회원들의 투표를 통해 단체 명칭을 '한국작가회의'로 변경한 사건은 민족주의가 점차 퇴색되어가는 한국문화계의 현실을 극명하게 보여주는 일대사건이었다. 물론 민족주의 문제가 결코 단순한 것은 아니다. 현실적인 맥락에서는 여전히 근대 국민국가나 민족주의의 힘이 여전히 작동하고 있다. 무분별한 탈민족주의나 민족주의 및 국가주의에 대한 손쉬운 유행적 비판에 대한 문제제기도 분명히 존재했다. 그러나 이와 별도로 지식사회나 문화계의 주류가 고식적인 민족주의 비판과 세계화로 요약할 수 있는 어떤 흐름 속에 있었다는 사실을 부정하기는 힘들 것이다.

정치적인 지평에서는 민족국가의 첨예한 이해관계가 여전히 작동하고 있지만, 문학을 비롯한 문화계 전반에는 민족주의와 국가주의의 폐해를 넘어서려는 다양한 현상과 시도들이 광범위하게 나타나고 있다. 이렇게 본다면 디아스포라 문학에 대한 최근의 학문적 열기는 미묘한 이중적 맥락을 지니고 있다. 디아스포라 문학에 대한 관심 자체는 특정한 국가주의에 획일적으로 포섭된 편협한 민족문학이나 국민문학을 넘어서려는 시도이다. 그러나 동시에 일본, 미국, 중국, 러시아, 카자흐스탄, 우즈베키스탄 등 세계 각국에 흩어진 '한민족 디아스포라'라는 용어에서 인식할 수 있듯이, 디아스포라라는 개념도 특정 민족이나 국가에 소환되는 경우가 흔하다.

특히 지금까지 이루어진 한민족 디아스포라 문학에 대한 논의는 대체로 민족주의적 코드에 의해 재소환되거나 해석되는 경우가 많았다. 가령 그들의 문학에서 지금 이 시대 한국문학에서 쉽사리 발견할 수 없는 민족애를 발견한다든지, 투철한 민족적 역사의식을 호출하는 경우가 이에 해당된다. 그러나 디아스포라 문학을 지나치게 '민족'이나 '조국'이라는 개념을 중심으로 해석하는 것은 디아스포라 문학의 다면성과 생동감을 훼손하는 안이한 독법이지 않을까. 여기서 디아스포라의 정체성과 연관하여 "근대 국민국가의 틀로부터 내던져진 디아스포라야말로 '근대 이후'를 살아갈 인간의 존재 형식이 앞서 구현되고 있는 것이라 생각한다"[3]는 입장을 주목할 필요가 있다. 말하자면 근대 국민국가nation state의 자장에서 탈피한 새로운 정체성을 지닌 존재가 바로 '디아스포라'라고 볼 수 있는 것이다.

사정이 이러하다면 재일 디아스포라 문학에 대한 논의는 보다 더 복합적인 문맥에서 전개될 필요가 있다. 왜냐하면 재일 한인 디아스포라 문학은 실존적 감각이나 세대차, 역사의식, 민족의식의 차이에 따라 대단히 복합적인 지형을 보여주고 있기 때문이다.[4] 이 점은 일본이 세계 2위의 경제대국이자 고도자본주의사회라는 사실과 더불어 일본 국적인 아닌 사람들에 대한 차별이 한층 교묘하게 이루어지고 있다는 사실과 연관된다. 경작지 부족과 경제적 문제로 인해 식민지시대에 일본으로 건너간 수많은 조선인들이 남한이나 북한으로 귀향하지 못하고 일본에 머물 수밖에 없었던 사실을 엄중하게 인식해야 한다.[5]

지금까지 서술한 문제의식을 고려할 때, 이 논의의 중심으로 자연스럽게 떠오르는 재일 디아스포라 한인 작가는 유미리柳美里(1968~)이

---

3   서경식, 김혜신 역, 『디아스포라 기행』, 돌베개, 2006, 6면.

4   예컨대 이한창의 「80년대 이후 다양해진 재일 동포문학의 세계」(『일본어문학』 44집, 2010)는 80년대 이후에 전개된 재일 디아스포라 문학의 다양한 변모를 반영한 논의다.

5   도노무라 마사루(外村大), 신유원·김인덕 역, 『재일조선인 사회의 역사학적 연구』, 논형, 2010, 34면; '역사교과서 재일 코리언의 역사' 작성위원회, 신준수·이봉숙 역, 『재일 한국인의 역사』, 역사넷, 2007, 제1장 「재일 조선인은 어떻게 형성되었는가?」 참조.

다. 그녀의 문학은 김석범, 이회성 등의 재일 디아스포라 1세대 소설가와 비교하면 물론이거니와 바로 윗세대인 소설가 故이양지李良枝(1955~1992)와 비교하더라도 사뭇 다른 정서와 세계관을 지니고 있다. 에컨대 유미리는 1997년『문학계』에 수록된 대담에서 다음과 같은 주목할 만한 언급을 하고 있다.

> 단지 재일이라는 사실을 전면에 내세운 소설은 쓰고 싶지 않습니다. 흔히 '재일을 써야 한다'는 말을 하는데 그것을 씀으로써 '재일'이라는 일반론으로 회수되어 가는 것이 싫습니다. 아무래도 개별적인 문제로서 읽힐 수 없게 되지요. 그래서 저는 거듭 '한국인도 아니고 일본인도 아닌 입장에서 쓰고 싶다'고 말한 것입니다.(『문학계』, 1997.3)[6]

위의 주장은 이 글의 논점과 연관하여 매우 의미심장한 문제의식을 담고 있다. 말하자면 한국 국적을 지닌 재일 디아스포라 작가 유미리의 글쓰기는 민족주의나 '조국'이라는 코드에 의해 회수되지 않는 일종의 '문학적 보편성' 및 현대성을 지향하고 있는 것이다. 이 점은 재일 디아스포라 작가의 세대의식 및 문학세계의 변모와 연관하여 대단히 흥미로운 대목이다. 유미리의 문학세계와 연관하여 김응교는 "마이너리티의 문제를 외면하고 내면적인 인간의 욕망에 주목"하고 있다고 평가하면서 아래와 같이 지적한 바 있다.

> 이들은 차별에 대한 저항과 민족적 각성을 주제로 했던 이전의 자이니치 디아스포라 문학을 넘어, 다양한 개성을 표출하고 영화산업과 끊임없

---

6 이한창, 앞의 글, 256면에서 재인용.

이 교류하여 성공하고 있다. 타자에 대해 경계인의 입장에서 독특하게 접근하는 이들의 활동은 일본문학계에서도 주목받고 있다.[7]

이 글의 기본적인 문제의식은 바로 이 점에 착안한다. 말하자면 글쓰기의 보편성에 기초한 유미리의 탈민족주의적인 글쓰기가 기존 재일 디아스포라문학의 민족주의적 감성과 길항하는 풍경을 탐구하는데 이 글의 기본적인 의도가 존재한다. 이 대목에서 민족주의나 역사의식이라는 문제의식으로는 충분히 해명되지 않는 유미리의 독특한 문학세계는 재일 디아스포라 문학의 다양한 풍경을 보여주고 있다는 점을 주목할 필요가 있다.

아울러 이 글은 다음과 같은 몇 가지 의문을 구체적으로 해명하기 위한 시도이다. 왜 대표적인 재일 한국인 작가인 유미리와 이양지는 가출, 퇴학, 자살 시도, 선연한 자의식, 우울증과 정신질환 등의 트라우마 trauma를 지니고 있는 것일까? 이러한 이력과 트라우마는 그들이 재일 디아스포라라는 사실과 어떠한 연관성이 있는가? 그들의 에세이와 소설에 이러한 역사적 체험과 상처는 어떻게 작용하고 있는가? 그 과정에서 유미리와 이양지의 문학적 감성과 문학관은 어떠한 차이를 표출하고 있는가? 한 마디로 말해 그들에게 민족이나 조국의 존재는 과연 무엇인가?

이러한 일련의 물음에 답하는 것은 넓게는 재일 조선인(한국인)의 역사로부터 시작해, 재일 디아스포라 문학, 민족주의와 보편성, 여성문학, 우울증과 정신질환 등의 수많은 문학적 논점과 씨름하는 과정에 다름 아니다. 일례로 유미리 자신의 죽음 충동과 자살 시도, 그리고 유미

---

7   김응교, 「이방인, 자이니치, 디아스포라문학」, 『한국근대문학연구』 21집, 2010, 135면.

리의 작품에 나타나 있는 죽음의 문제는 정교한 정신분석학적 해석과 더불어, 역사적 해석이 동시에 요구된다. 자살 시도를 둘러싼 유미리의 집요한 정념과 트라우마는 이양지의 그것과 겹쳐지면서도 분리된다. 유미리의 트라우마는 재일 조선인(한국인)이 겪어온 역사적 굴곡 및 민족차별과 전혀 관련성이 없다고 할 수 없다. 그러나 동시에 그 트라우마는 단지 역사적이며 민족주의적 지평에서 해석되어서는 안 된다. 요컨대 유미리의 에세이나 소설에 대한 정확한 해석은 기존의 민속주의적 서사를 투사한 디아스포라문학에 대한 독법이나 프레임에서 탈피하여, 그 작품의 내적 문법을 자연스럽게 독해하는 과정에 있다고 하겠다.

이 글은 주로 유미리의 에세이에 나타난 문학관과 세계관을 검토하면서 동시에 유미리의 글쓰기에 자주 등장하는 자살충동이나 트라우마가 지닌 심층적인 맥락에 대해 탐구하기 위한 것이다. 유미리의 에세이에는 그의 문학관과 세계관, 감성, 언어적 자의식이 소설보다도 한층 명료하게 서술되어 있다. 유미리의 에세이를 검토하는 과정은 이양지의 문학적 관점과의 비교를 필요로 한다. 왜냐하면 유미리와 이양지는 대단히 의미 깊은 공통점과 차이점을 지니고 있기 때문이다. 예를 들어 둘 다 일본문단의 화려한 등용문인 아쿠타가와상을 받은 유명한 재일 한인 2세 디아스포라 작가라는 점,[8] 수차례 자살을 시도하고 정신질환을 앓았다는 점, 어떤 작가보다도 자유로우면서도 예민한 예술가의식을 지니고 있었다는 점에서 유미리와 이양지는 '영혼의 쌍둥이'라고 할 수 있을 만큼 닮은꼴 소설가이다. 하지만 민족의식이나 역사관, 한국을

비평의 고독

426

---

8   일본 문단에서 신인에게 주어지는 가장 권위 있는 상인 아쿠다카와상을 수상한 재일 한인(조선인) 소설가는 이회성(1972), 이양지(1989), 유미리(1997), 현월(2000) 네 명이다.

바라보는 관점에는 둘 사이에 적지 않은 차이점이 존재한다. 또한 13년이라는 나이차 이상으로 대중문화 및 현대성에 대한 감각에도 미묘한 차이를 지니고 있다.

그렇다면 유미리와 이양지의 문학적 차이와 세계관의 낙차에 대해 탐구하는 과정은 재일 한인 디아스포라 문학이 보여주고 있는 문학적 세대차와 감각 지형의 변모를 구체적으로 확인해볼 수 있는 중요한 열쇠가 될 것이다.

2. 민족의식의 낙차 : 유미리의 삶과 세계관

1968년 일본 가나가와神奈川 현縣에서 재일 한국인 2세로 태어난 유미리는 일본 문단에서 성공적으로 안착한 대표적인 재일 디아스포라 한인 작가이다. 그녀는 초등학교 5학년 때 이미 셰익스피어의 「겨울이야기」를 희곡으로 각색하는 등 조숙한 문학적 재능을 선보인 바 있다. 열여섯 살 때는 '도쿄 키드 브라더스' 극단의 연수생으로 입단하면서 극작가 및 연출가로 활동했으며, '청춘오월당'이라는 극단을 스스로 결성하여 주목받기 시작했다. 이십 대 중반이던 1993년 희곡 「물고기의 제사」로 기시다 구니오 상을 수상한 유미리는 1996년에는 소설 「풀하우스」로 노마 문예신인상과 이즈미 쿄카 문학상을 받았으며 이듬해에는 소설 「가족 시네마」로 아쿠타가와상을 수상하면서 일본 문단에 우뚝 선다.

유미리의 가족사와 연관하여 주목해야 할 점은 외할아버지가 1936년 베를린 올림픽 마라톤 금메달리스트인 손기정 선수의 라이벌이었다는 사실이다.

외할아버지는 1936년 베를린 올림픽 마라톤 대회에서 일장기를 가슴에 달고 출전하여 금메달을 딴 손기정 씨와 5천, 1만 미터를 앞서거니뒤서거니 하는 육상 선수였다. 1940년에 도쿄에서 개최될 예정이었던 도쿄 올림픽에서 마라톤 주자로 출전하려 했는데, 전쟁이 격렬해져 올림픽이 무산되는 바람에 외할아버지의 인생은 크게 뒤틀리고 말았다.(1 : 73)[9]

이런 사실이 유미리에게 민족의식이나 조국에 대한 감정에 결정적인 영향을 미친 것 같지는 않다. 유미리는 나중에 외할아버지의 인생을 소재로 삼아 『8월의 저편』을 간행한다. 이 소설은 외조부 양임득을 주인공으로 식민지시대와 해방공간을 배경으로 씌어졌다. 외할아버지의 이민사를 추적하면서 작가 자신의 뿌리 찾기를 시도하는 이 작품은 사실 유미리 문학세계에서 예외적인 성격을 띤다. 그녀의 다른 작품에서 조상이나 민족, 조국, 뿌리 찾기가 본격적으로 다루어지는 경우는 거의 없다.

유미리는 「증오를 넘어선 언어」라는 제목의 에세이에서 재일 한국인을 다음과 같이 세 가지 유형으로 분류하고 있다.

이미 아시는 분도 많겠지만, 재일 한국인에는 세 가지 유형이 있다. 첫 번째 유형은 부모의 교육 방침에 따라 엄격하게 한국인으로 성장한 사람들이다. 그들은 민족학교에 다니면서 한국어를 구사할 줄 알고 이름도 물론 한국 이름을 사용한다. 두 번째 유형은 국적이 일본이든 한국이든 관

---

9 인용문 뒤의 숫자는 다음 책의 면수를 의미한다. 1. 유미리, 김난주 역, 『물고기가 꾼 꿈』, 열림원, 2001;
2. 유미리, 고은아 역, 『비와 꿈 뒤에』, 소담, 2007; 3. 유미리, 권남희 역, 『창이 있는 서점에서』, 1997;
4. 유미리, 한성례 역, 『세상의 균열과 혼의 공백』, 문학동네, 2002.

계없이 일본 이름을 사용하면서, 자기가 재일 한국인이라는 사실을 열심히 감추려 하는 사람들이다. 그리고 세 번째 유형이 일본 국적을 취득하지 않고 외국인 등록증을 소지하고 있으며, 한국 이름으로 생활하고는 있으나 한국말은 한 마디도 못하는 사람들이다. 나는 세 번째 유형에 속한다.(1 : 240)

이러한 유미리의 고백을 통해, 우리는 재일 한국인(조선인) 사회에서 유미리가 놓인 위치를 확인할 수 있다. 점점 첫 번째 유형이 감소하고 있으며, 두 번째 유형이 증가하는 상황이다. 이러한 변화는 재일 디아스포라 문학에도 커다란 영향을 미칠 터인데, 유미리의 성장과정은 세 번째 유형의 전형에 가깝다. 이에 비해 이양지는 애초에 세 번째 유형이었다가 첫 번째 유형으로 자발적으로 이동해갔다.

유미리는 아쿠다카와상을 받은 대표작 「가족시네마」나 또 다른 대표작 「풀하우스」를 비롯한 대부분의 작품에서 자신이 한국인이라는 정체성이나 민족의식을 거의 드러내지 않는다. 그녀의 소설에는 민족문제나 역사적 소재보다 사랑, 섹스, 현대적 일탈, 연애풍속, 붕괴된 가족이 주로 등장한다.

1997년 서울의 한 대형서점에서 열린 강연회에서 있었던 다음과 같은 장면은 유미리의 세계관과 민족의식에 대한 입장을 매우 극적으로 보여주는 사례다.

질문 시간에 그중 한분이 일어나, 한국인이 훌륭한 상을 받아 기쁘며 민족의 긍지를 가지고 어린 시절에 겪었던 차별을 작품에 그려달라고 열심히 말씀하셨습니다. 유미리 씨는 그럴 생각이 없음을 분명히 전했고요. 뜻밖의(?) 대답에 놀란 사람들도 많았지만, 그곳에 유미리 씨 작품을 읽지 않은 분들이 많다는 사실에 저는 놀랐습니다. 유미리 씨도 마찬가지가 아니었을까 싶어요.(2 : 285~286)

이와 같은 발언은 그녀의 입장 내부로 들어가서 바라보면 결코 뜻밖의 대답이 아닐 것이다. 그녀는 민족주의적 감성에 편승하지 않는다. 현대적 실존의 보편성을 소재로 언어미학의 가능성을 실험하는 소설가 유미리의 입장에서는 '민족의 긍지'라는 식의 표현이나 한국인이 상을 받았다는 식의 담론에 공감을 느끼지 못했으리라. 바로 이러한 태도야말로 그녀를 앞선 연대의 재일 디아스포라 작가와 구별되는 유미리만의 문학세계를 가능하게 만든 것이 아닐까.

3. 한국어, 언어, 일본어 : 유미리의 언어적 자의식

유미리는 "솔직하게 말해서, 재일 한국인이면서 일본어를 일본 사람 이상으로 구사할 수 있기 때문에 희곡 작가가 될 수 있었던 것이다. 이 점만은 의심의 여지가 없다"(1 : 242)에서 보듯이, 뛰어난 일본어 구사력으로 인해 작가가 될 수 있었다. 주목해야 할 사실은 유미리가 일본어를 그토록 능숙하게 구사했음에도 불구하고, 일본어에 대해 편안함만을 느끼지는 않았다는 점이다. 일본어 역시 한국어만큼 유미리에게 위화감의 대상이었다.

법률적으로는 한국인이지만 한국어를 거의 구사하지 못하는 존재, 그렇지만 누구보다 일본어를 능숙하게 구사하는 유미리의 분열된 초상은 "나는 일본어에도 한국어에도 항상 위화감을 느껴왔다. 그러나 나는 이 위화감이야말로 소설을 쓰는 무기가 되었다고 생각한다"는 진술에 잘 드러난다. 이러한 언어를 둘러싼 분열된 정체성은 디아스포라 비평가 에드워드 사이드Edward Said가 말했던바 "내 인생의 기본적인 분열은 바로 언어의 분열이었다"[10]는 언급을 상기시킨다. 팔레스타인에서도 그리고 미국에서도 위화감을 느끼는 디아스포라 비평가 에드워드 사이드의 이방인 의식은 유미리를 위시한 재일 한인 디아스포라의 운명과 흡사하다.

두 언어 사이에 끼인 경계인의 체험은 유미리에게 언어 자체에 대한 근원적인 관심을 유도한다. 그녀의 에세이에는 언어에 대한 치밀한 자의식이 명료하게 드러나 있다.

> 만약 내가 쓰기 위한 언어를 상실한다면 나의 존재 가치 역시 상실되고 만다. 세계와 마주할 수 없어진다. 이렇게 말하면 온 생명을 언어에 걸고 있는 듯하여 낯이 간지럽지만 그렇지 않다. 나는 언어에 매달려 간신히 내 존재를 확인하고 있는 것에 불과하다.(1 : 249)

> 소설에서 모든 것을 털어내면 '언어'가 남는다. 나로서는 소설은 언어가 창출하는 소우주란 말밖에 할 수 없다.(1 : 261)

유미리에게 중요한 것은 일본어나 한국어 같은 특정 국민국가의 언어나 민족의 언어가 아니라 보편적이며 추상적인 차원의 언어이다. 모든 생명을 '언어'에 걸고, 언어를 통해 존재를 확인하고자 하는 입장에서 보면 그 언어가 한국어인가 일본어인가는 중요하지 않다. 이처럼 철저한 언어적 자의식을 추구하는 입장에서 보면 민족과 역사는 단지 부

---

10 에드워드 사이드, 김석희 역, 『에드워드 사이드 자서전 *Out of Place*』, 살림, 2001, 10면.

차적인 의미를 지니고 있을 따름이다. 이 대목에서 유미리가 왜 한국어를 배우지 않겠다고 했는지, 더 나아가 민족주의적 감성에 거리를 둘수밖에 없는지를 이해하는 열쇠를 발견할 수 있겠다. 요컨대 그녀는 구체적인 차원의 역사나 민족의식보다는 추상적인 차원의 언어에 대한 예민한 자의식을 선택했던 것이다. 이에 대한 한층 구체적인 이해를 위해 1995년 가을 일본 시마네현에서 열린 '한일문학심포지움'의 다음장면을 복기해보자.

> 작가인 복거일 씨로부터 "왜 한국어를 배우지 않습니까?" 하는 질문을받았을 때 나의 긴장은 극에 이르렀다. 나는 언젠가 배우려고 생각하지 않았던 것은 아니지만 이 나이가 되어 유아 입장에서 말을 배우는 것에 굴욕을 느낀다. 이런 옹고집인 성격이어서 한국어로 소설을 쓸 마음은 생기지않으며, 일본어조차 자유자재로 쓸 줄 몰라 쓰면서 배우고 있는 형편이다, 하고 이유를 들었다.
> 그러나 그것은 말의 평계에 지나지 않고 사실을 말하자면, 어린시절 나의 양친은 일상생활에서는 일본어를 사용하고 싸움을 할 때면 한국어를써서, 의미는 모른다 해도 문자 그대로 귀를 막고 싶을 만큼 싫은 느낌이었다. 오늘 하루 부디 한국말을 듣지 않고 지내도록 해주세요, 하고 기도하면서 생활했던 경험에서 한국어를 배우는데 거부감이 있다고 복씨에게 설명하였다.(3 : 23)

위의 언질은 유미리의 문학관과 언어관을 이해하는데 핵심적인 대목이다. 한국어를 배우지 않겠다는 유미리의 단호한 발언은 그녀가 통상적인 민족주의나 '조국' 운운하는 국가주의의 자장에서 멀찍이 떨어진 한 개별자의 우뚝한 세계에 서 있음을 보여준다. 그 세계는 탈국가주의와도 구별되는 내일한 실존적 지평에 속한다. 이러한 유미리의 태도는 한국어와 한국무용을 배우기 위해 실제로 한국유학까지 왔던 이양지와 현격히 대비된다. 이양지의 경우 삶 속에서나 작품 속에서나 자신이 재일 한국인이라는 사실과 그 역사적 맥락을 명료하게 자각하고 있었다. 이에 비해 유미리 문학의 출발점은 디아스포라의 상처나 민족이 아니라, 불행했던 가족사, 인간의 원초적 실존과 언어 자체에 대한 자의식이다.[11] 그것은 한층 보편적인 세계이다.

이렇게 본다면 유미리가 한국어를 배우지 않겠다는 것은 충분히 자연스러운 선택이다. 주목해야 할 사실은 그녀가 한국어에 대한 거부감을 느끼는 이유이다. 부모님의 부부싸움에 등장하는 말이 한국어였기에 그에 대해 거부감을 느꼈다는 고백은 그녀의 한국어에 대한 애증이 논리적인 차원에서 연유하는 것이 아니라, 일상적이며 실존적 감정의 차원에서 비롯된다는 사실을 웅변한다. 이를테면 "먼 어제, 속치마 차림의 엄마가 격렬한 선율을 연상케 하는 한국말로 아버지에게 욕설을 퍼부으며 물건을 던지던 모습을 떠올린다"(1 : 19)는 구절은 유미리가 한국어를 접하던 원초적 감각을 생생하게 드러낸다.

유미리가 한국어를 배우지 않겠다는 의사를 토로하자, 소설가 복거일은 "한국 이외의 나라에서 태어나고 자란 한국인은 그 나라의 말로 써야한다고 생각합니다. 유미리 씨가 한국어를 배울 필요는 없겠지요"라고 받는다. 영어공용화론을 일찍이 주창하면서 언어민족주의보다는 언어의 국제성과 보편성을 강조해왔던 복거일의 입장에서는 충분히 가능한 답변이겠다.

물론 지금까지 살펴온 유미리의 민족관이나 작가적 태도, 언어의식

11　이한창, 「80년대 이후 다양해진 재일 동포문학의 세계」, 『일본어문학』 44집, 2010, 274면.

에 대한 문제제기는 당연히 가능하리라. 우리는 유미리와 상반되는 입장에서 소중한 많은 것을 박탈당하면서도 모국어(한국어)를 배우기 위해 모든 열정과 시간을 바쳤던 존재, 조국을 진정으로 그리워했기에 오랜 세월 동안 감옥에 갇힐 수밖에 없었던 재일 한인 디아스포라를 알고 있다. 서경식과 그의 형 서준식이 바로 그러한 존재이다. 그렇다면 다음 예문을 읽어보지 않을 수 없다.

① 나는 어느새 일본보다 각박하고 더럽고 야비했던 나의 조국을 미치게 사랑하기 시작하고 있었고, 일본인 친구들처럼 '착하고 성실하고 소박하고' 한마디로 선량하지 못했던, 아픔과 슬픔과 괴로움 범벅이 되어 살아가는 동포들에게 내가 뜨거운 애정을 느끼고 있음을 깨닫고 있었다.[12]

② 여기서 중요한 것은 '좋으니까 사랑한다는 것이 아니다. 혐오감이 있으면서도 그것을 사랑해야만 하고, 사랑해야지 일본이라는 틀 바깥으로 해방될 수 있다. 그렇지 않으면 자신은 항상 평생 식민지 지배를 내면적으로 받아야만 한다'는 겁니다. 재일 조선인에게 식민지 지배로부터 독립된다는 것은 그냥 국가가 선다는 것뿐만 아니라 자기 자신에게 내면화되어 있는 일본으로부터 어떻게 자기 자신을 해방시키느냐 하는 문제예요. 어려운 문제지요. 그런데 서준식이라는 사람은 아주 지독하게 노력했습니다. 저는 아직도 이렇게 말이 서투른데, 형은 십 몇 년 감옥 생활을 하면서 의도적으로 일본 책을 안 보려고 했어요. 얼마나 책이 보고 싶었겠어요? 그래도 일본 책 안 보고 우리말로 된 소설책을 많이 보고, 이런 어휘들을

비평의 고독

434

---

12 서경식, 『고통과 기억의 연대는 가능한가?』, 철수와영희, 2009, 122면.

많이 배웠습니다.[13]

예문 ①은 일본이라는 상대적으로 세련된 문화적 척도로 조국을 불편하게 생각했던 서경식이 서서히 조국과 동포의 슬픔과 아픔, 서러움과 상처를 이해하게 되는 과정을 보여준다. 예문 ②에서 서경식은 한국어를 제대로 배우기 위해서 감옥에서 그토록 익숙한 일본어 책을 의도적으로 멀리했던 친형 서준식의 굳센 의지에 대해서 말한다.

이들이 서 있는 자리에서 보자면, 유미리의 태도는 민족이나 한국어, 조국의 역사에는 하등 관심도 없으며 일본인의 감각을 내면화한 방관자의 그것이라고 간주되기 쉽다. 예를 들어 유미리가 한국을 방문하면서 피력한 다음 발언이 그렇다.

시간 약속이나 일을 진행하는 게 분명하지 않고 약속을 지키지 않고도 사과하지 않으며 깊이 생각하지 않고 우선 행동부터 하고 보는 그들에게 나는 일본이라는 나라에서 살면서 몸에 밴 법칙과 습관으로 반응하고 있었던 것이다. 나는 한국을 방문할 때마다 기분이 나빠지고 화가 났는데 이번에 처음으로, 내 안에 있는 일본이라는 나라의 시스템으로 그들을 비판하고 있었다는 것을 알게 되었다.(4 : 59)

한국(조국)의 문화적 습속에서 위화감을 느끼는 유미리의 태도는 그 위화감을 조국의 민중과 역사적 상처에 대한 공감과 관심으로 극적으로 전화시킨 서경식의 태도와는 사뭇 다르다. 또한 그 위화감의 실체에 대해 끊임없이 성찰하면서 한국유학생활을 장기간 진행했으며 역

---

13 위의 책, 123면.

설적으로 그 위화감을 한국어와 한국문화에 대한 도저한 탐구욕으로 승화시킨 이양지의 태도와도 현격하게 구별된다.

물론 유미리는 자신의 이러한 태도가 일본의 시스템으로 한국의 습속을 바라본 것임을 분명하게 자각하고 있다. 유미리는 그 지점에서 더나아가지 않는다. 한국사회를 바라보는 자신의 관점에 대한 성찰이 그 대상에 대한 애정과 관심으로 나아가기보다는 스스로에 대한 자각에 냉철하게 머무르는 단계, 바로 그것이 재일 디아스포라 작가 유미리가 지닌 고유한 자리가 아닐까. 그것은 유미리의 기질이자 성격이며, 또한한계이기도 할 것이다. 생각해 보면 유미리가 확보한 이 드라이한 시선이 서경식이나 이양지의 입장보다 한층 경계인의 초상에 부합되는 태도일지도 모른다. 역시 디아스포라였던 에드워드 사이드가 자주 인용했던 중세 신비주의 철학자 후고의 아래 발언이야말로 유미리의 태도를 설명해줄 수 있는 심리적 근거가 아닐까.

자신의 고국을 여전히 달콤하다고 느끼는 이는 아직 마음이 여린 초보자다. 어디를 가나 다 자신의 조국처럼 느끼는 사람은 이미 강한 사람이다. 그러나 어디를 가든지 낯선 나라처럼 느끼는 이야말로 완성된 사람이다. 여린 영혼은 세상의 한군데에 사랑을 고착시킨다. 강한 사람은 모든 곳으로 사랑을 확대한다. 완성된 사람은 모든 곳에 대한 사랑의 불을 끈다.

이렇게 보자면 유미리는 강한 사람이다. 당연히 재일 디아스포라 모두가 서준식, 서경식, 이양지가 될 수는 없을 것이며, 그렇게 되는 것이 가능하지도 않을 것이다. 유미리는 유미리의 입장에서 글을 쓸 수밖에 없는 것이다. 유미리 세대와 서경식, 이양지 세대는 십 년 이상의 시간적 거리를 지니고 있다. 그 사이에 재일 디아스포라를 둘러싼 환경은 급속하게 변화했다.

　민족주의적 코드나 국가주의의 자장에서 보면 한국인 유미리의 선택에 대해서 일말의 아쉬움을 지닐 수 있을 것이다. 그러나 냉철한 개인의 시선으로 대변되는 유미리의 입장, 즉 조국에 대한 민족주의 정서나 한국어, 한국문화를 배우겠다는 열망과는 분명한 거리를 둔 보편적 단독자로서의 실존이 이전의 재일 디아스포라 문학이 보여주지 못했던 독특한 문학적 정서를 펼쳐 보이는 것을 가능하게 했던 것이 아닐까. 서경식이나 이양지가 유미리의 문학과 실존을 평가하는 기준이 될 수는 없다. 작가는 그가 작가이기에, 자신만이 지닌 내밀한 문학적 정서가 존재하리라.

4. 트라우마의 비정치적 기원

유미리의 에세이에는 수시로 자살 충동, 우울증, 정신적 상처가 등장한다.

　나는 초등학교에 다닐 때부터 죽는 생각만 했다. 죽음을 절망적으로 파악한 것이 아니라, 앞을 향하여 한 발 내미는 것이라고 생각했다. (…중략…) 나는 열네 살 때 내 인생에 자살 프로그램을 입력했다. 그리고 지금도 시계 바늘처럼 자살 주위를 재깍재깍 맴돌고 있다. 자살하기에 가장 적합한 시간과 장소를 생각하면, 섹스를 하면서 좋아하는 남자의 은밀한 신음소리를 들었을 때처럼 몸이 떨리면서 그 잔물결같이 보이지 않는 떨림이 온몸으로 차오르는 것을 느낀다.(1 : 253)

거울에 비친 내 몸이 소름끼치도록 추해 열 두 살 되던 봄, 나는 처음으로 자살을 생각했다. 그 후로 내 머릿속에는 죽음밖에 없었다. 면도칼로 손목을 긋기도 하고, 위스키 한 병을 다 비우고 바다에 뛰어들기도 하고, 수면제를 먹기도 했지만, 어째서인가 죽지 않았다. 열다섯 살 되던 봄에 학교에서 쫓겨났다. 가출, 자살 미수를 거듭할 때마다 정학 처분을 받았다. 그러다 고등학교 1학년 때, 다른 학생들에게 나쁜 영향을 끼친다는 이유로 나는 퇴학 처분을 받았다.(1:219)

나와 다자이 오사무는 딱 한 가지 자살이란 말로 연결돼 있다. 내가 자살을 거듭 시도했을 당시, 연극이라는 가냘픈 실오라기에 매달려 있었다.(1:232)

열 살 때부터 스물세 살 때까지, 나는 해질녘이면 세상의 모든 것들이 죽어버렸으면 좋겠다고 생각했다. 그 말을 여동생에게 했더니, "언니가 죽으면 되잖아, 간단해"라고 하길래, "하긴 그렇다"라고 대답은 했지만 자기를 죽이기는 어려웠다.(1:33)

유미리는 실제 수차례 자살 시도를 했으며, 오랜 세월 동안 '죽음'에 대한 생각과 더불어 지냈다. 그러다 보니 "내 작품은 모두 죽음을 테마로 하고 있다. 그것도 주인공이 자살로 생을 마감하는 스토리가 많다"(1:252)는 진술에서도 드러나듯이 유미리의 많은 작품에는 우울증과 자살 시도가 등장한다. 가령 『돌에서 헤엄치는 물고기』의 주인공 극작가 히라카는 유미리의 분신이라고 할 수 있는데, 그녀는 두 차례의 자살미수 체험이 있으며 작품의 중반부에서 자살을 시도한다. 유미리의 대표작 상당수는 자전적 체험의 반영이기에, 이 작품에서 히라카를 유미리의 분신으로 해석하는 것은 자연스러운 독해이다. 그녀의 내면을 배회한 자살 충동, 죽음의 그림자, 우울증은 이양지의 소설에도 유사하게 드러난다.

여기서 주목하고자 하는 것은 유미리의 자살 충동이나 우울증 그 자체가 아니라, 그러한 트라우마를 형성한 원인과 기원이다. 유미리의 에세이와 소설을 면밀하게 검토해보건대, 그녀의 트라우마에 어떤 역사적 원인이나 민족적 차별이 개입한 흔적은 뚜렷하게 발견되지 않는다. 유미리의 우울증이나 자살충동은 차라리 생래적인 기질에서 연유하는 것이 아닐까. 그녀는 "나는 초등학교 시절부터 중학교, 고등학교 시절 내내 친구들을 사귀지 못했다. 타인과 말 한 마디 제대로 나누지 못하고 삐걱거리기만 하는 나를, 관 속의 주검을 꽃으로 메우듯이 언어로 메워나갔다. 책을 읽는 것만이 나의 유일한 구원이었다"(1 : 239)고 고백한다. 인간관계에 커다란 어려움을 느끼는 유미리의 성격은 이미 유년기 때부터 존재해왔다.

역사나 민족, 세계에 대해 알아가기 이전인 초등학교 때부터 그녀가 이미 줄곧 죽음을 생각했다는 사실, 중학교 때부터 정신과에 다녔다는 이력, "나는 극단적인 낯가림으로 사람들 앞에서 이야기하는 것이 서툴기 때문에 참가하는 작가분들과 어떤 식으로 대하면 좋을까 생각하는 것만으로 몸이 움츠러들었다"(3 : 21)는 자기고백에서도 인식할 수 있듯이 유명작가가 된 후에도 인간관계에 커다란 어려움을 토로하는 그녀의 우울증과 트라우마는 어린 시절부터 내면에 뿌리 깊게 자리 잡고 있었다. 이에 비해 이양지의 우울증과 자살 충동은 역사적 기원을 지니고 있다. 그녀의 트라우마는 대체로 자신이 일본사회에서 차별받는 재일 한국인이라는 사실에서 연유한다. 이양지가 일본사회에서 재일 디아스포라 한인으로 살아가면서 느끼는 우울증과 불안, 공포감은

「해녀」에서 인상적으로 드러나듯이 '관동대지진'으로 상징되는 역사적 상처에 그 뿌리를 두고 있는 것이다.[14]

유미리는 "자기 마음속의 어둠을 들여다보는 것은 끔찍한 일이다"라고 말하면서도 "그러고 보니 나는 잠들기 전에 생각 같은 것은 한 번도 해본 적이 없고 언제나 불길하고 어두운 과거와 미래를 느끼기만 할 뿐이었던 것 같다"고 고백한다. 그녀는 마음속의 어둠, 즉 우울증을 본능적으로 두려워하면서도 마치 가까운 친구와 같은 우울증과 함께 하는 일상을 영위한다. "나를 에워싼 현실에 동화할 수 없었으니, 나의 언어로 차별화하는 수밖에 없었다. 그 결과 희곡과 소설을 쓰게 된 것이다"(1:72)라는 진술에서 엿볼 수 있듯이, 그녀는 현실과의 불화나 우울증을 연료로 하여 열정적인 글쓰기에 매달렸던 것이다. 새삼 작가의 기구한 운명과 성정에 대해 생각해본다.

이렇게 본다면 유미리는 "우울한 사람은 자기 의지가 약하다고 확신하고 의지를 발달시키기 위해 과도한 노력을 한다"[15]는 주장에 그대로 부합되는 전형적인 작가이다. 수잔 손택이 벤야민에게서 '우울함'을 발견했듯이 우리는 유미리의 삶과 문학에서 "고독해야 할 필요"를 발견한다.

고독해야 할 필요는, 자신의 고독에 대한 쓸쓸함과 함께 우울한 사람의 특징이다. 일을 하기 위해서는 고독해야 한다. 아니면 적어도 영원히 지속되는 관계에 구속되지 않아야 한다. 결혼에 대한 벤야민의 부정적 생각은

---

14 권성우, 「재일 디아스포라 여성소설에 나타난 우울증의 양상—고(故) 이양지의 작품을 중심으로」, 『한민족문화연구』 30호, 2009, 108~115면.

15 수잔 손택, 홍한별 역, 「토성의 영향 아래」, 『우울한 열정』, 시울, 2006, 84면.

『괴테의 선택적 친화성』에 대한 글에 뚜렷이 나타난다. 벤야민의 영웅, 키에르케고르, 보들레르, 프루스트, 카프카, 크라우스는 결혼하지 않았다.[16]

물론 유미리도 결혼하지 않았다.

5. 맺는 말 : 유미리 문학의 갱신을 위해

유미리는 1936년에 개최된 베를린올림픽 금메달리스트 손기정의 라이벌이었던 외할아버지 양임득의 인생여정을 추적한 장편소설 『8월의 저편』을 2004년 일본과 한국에서 동시에 발간한다. 이 작품은 기존의 유미리 문학이 보여주던 것과는 사뭇 다른 정서가 드러나 있다. 유미리는 『8월의 저편』을 통해 자신의 뿌리와 재일 디아스포라의 역사적 기원을 탐문한다.

이 작품에 대해 "4대에 걸친 애증의 가족사를 격동의 현대사와 교직해서 이야기함으로써 일제강점기, 해방, 분단과 전쟁 등, 역사의 소용돌이에 휘말려 한을 품고 죽은 외할아버지 형제를 통해 '나'의 가족의 이산이 현실적으로는 한국과 일본의 관계에서 비롯되었음을 형상화하였다"[17]는 평가가 있다. 그렇다면 이제 그토록 문학적 보편성이라는 입장에서 언어미학의 극한을 형상화했던 유미리도 민족적 가치에서 결코 자유롭지 않다는 사실을 보여주는 게 아닐까. 더군다나 유미리는 한국 이름을 사용하며 여전히 한국 국적을 유지하고 있지 않은가.

---

16 위의 글, 86면.

17 변화영, 「경험과 치유의 기록」, 『재일 동포 문학과 디아스포라』, 제이앤씨, 2008, 273면.

유미리의 근작이 가족사의 기원을 응시하고 있다는 것은 유미리 문학이 중요한 변화의 전기를 맞이하고 있다는 신호로 해석될 수도 있겠다. 그러나 이러한 변화를 그녀의 문학이 지금까지 고수해왔던 태도, 즉 어떤 집단이나 이념으로부터도 거리를 둔 냉철한 자유인의 실존과 투철한 언어적 자의식이 퇴색해가는 신호로 볼 수는 없다. 오히려 그녀의 글쓰기가 민족주의나 국민국가의 자장에 쉽게 환원되지 않았기에, 앞으로도 개성적인 문학세계를 일굴 가능성이 큰 작가로 평가받는 것이 아닐까.

그러나 유미리가 진정한 의미의 문학적 혁신을 이루기 위해서는 민족주의의 울창한 숲과 국민국가의 폐쇄적인 회랑을 지혜롭게 통과해야 하리라. 그 과정은 포섭이 아니라 현명한 인식을 위해 필요하다. 그러기 위해서라도 자신의 가족사에 드리워진 이주와 식민, 차별, 분단의 역사를 정면으로 응시할 필요가 있다. 그렇다면 우리는 민족문제에 대한 밀도 깊은 고민을 하면서도 민족주의에 포섭되지 않는 작가적 지성, 국민 국가의 현황에 대해 면밀하게 인식하면서도 국민국가 이데올로기에 함몰되지 않는 냉철한 비판정신, 자본의 마력에 끝끝내 투항하지 않으면서도 내밀한 언어의 자의식을 보여주는 예술가 정신을 지닌 작가의 대열에 유미리를 기꺼이 포함시킬 수 있을 것이다. 그녀는 그런 지혜와 분별력을 지닌 흔치 않은 작가이다.

(2011)

경계인의 아름다움과 슬픔

황숙진 소설집 『마이너리티 리포트』에 대해

1. 2009년의 어바인을 그리며

지금까지 어언 50여 년에 이르는 내 인생에서 가장 평안하면서도 신선한 자극과 다양한 체험이 존재했던 그 시기부터 5년이 넘는 시간이 흘러갔지만, 아직도 늘 그 따뜻하고 충만했던 시간들을 잊지 못한다. 그 시절 체험의 한복판에 갖가지 다양한 이유로 조국을 떠나 미국 캘리포니아 LA, 오렌지카운티, 어바인Irvine 등지에 인생의 닻을 내린 한인 디아스포라와의 만남이 있었다. 그들 몇몇과 의기투합하여 '어바인문화포럼'이라는 독서모임을 만들어 매달 인문학 책을 함께 읽기도 했으며(이 모임은 지금도 유지되고 있다), 때로 LA 한인타운이나 가든글로브의 카페나 식당에서 오랜 시간 대화하며 그들의 성공과 좌절, 욕망과 상처, 회한과 그리움, 기쁨과 고뇌, 그 다채로운 내면의 무늬를 엿보기도 했다. 그러다가 문득 직장이 있던 청파동이나 서울의 지인들이 그리워질 때면 아름다운 풍광으로 유명한 라구나 비치에 들러 망연한 태평양을 바라보며 해변산책로를 정처 없이 걷곤 했다. 그들과의 대화가 내 마음에 남긴 파문을 스스로 정리할 필요가 있었기 때문이었다.

오랫동안 한국에서만 공부한 순수 국내파 한국문학도인지라 그 전에는 외국에서 살아본 적이 없었던 터였다. 그러하기에 대학 선생이 되어 15년 만에 처음 맞이하는 안식년 차 UC 어바인에서 방문학자로 보낸 일 년은 내게 새로운 기대, 설렘, 동경과 함께 하는 시간이었다. 생각해보면, 어바인에서 보낸 2009년은 내 인생의 어떤 연도보다도 세상을 바라보는 관점이 근본적으로 확장되고 인간에 대한 이해가 깊어지던 시기였다. 그 어느 때보다 내 마음의 종소리가 자주 울리곤 했다. 그 종소리를 울리게 만든 것은 무엇보다 이주, 디아스포라, 이민을 비롯한 다양한 극적 체험을 겪은 한인 디아스포라 문인들과의 대화였다. 그들은 상대적으로 평범한 일상으로 채워진 중년에 접어든 나를 끊임없이 긴장하게 만들었고 때로 부끄럽게 만들었다. 가끔 신문에서나 접하던, 남부러울 것 없는 대학을 나와 유수한 대기업에 다니다 사정상 갑자기 미국으로 이민 와서 직접 세탁소를 운영하는 또래의 심정을 이해하기 위해 노력하기도 했다. 2009년의 어느 날, 실제 세탁소 주인이기도 했던 K, S시인, 그리고 나, 이렇게 세 사람이 한국 사회와 미국 사회의 미래에 대해 밤늦게까지 조곤조곤 대화를 나누던 시간을 아직도 잊지 못한다.

인간적으로나 지적으로 나를 성장시켰던 그 만남들 중에서 유달리 뜻깊게 기억하는 소중한 순간이 있다. 2009년 LA 인근에서 있었던 한 문학강연을 통해 우연히 조우한 황숙진 작가와의 첫 만남을 선명히 기억한다. 강연 후 질의응답 시간에 그가 던지던 예리한 질문을 통해, 나는 그가 누구보다도 당대 한국문학의 현황과 조류, 문학적 아젠다에 대해 정확히 파악하고 있으며, 문학에 대한 뜨거운 순정을 지니고 있다는 사실을 분명히 감지할 수 있었다. 가령 그는 2000년대 초반 한국 문단을 달구었던 '문학권력논쟁'의 핵심 쟁점과 파장에 대해서 고국의 어느 문인 못지않게 정확하게 인식하고 있었던 것이다. 또한 그가 지닌 문학에 대한 순정은 막연한 문학 중심주의나 예술가연하는 자기 현시적 애착과는 거리가 멀었다. 정확히 말하면 문학을 조망하는 그의 사유는 단단한 지성과 날카로운 회의懷疑를 동반하고 있었거니와, 이는 이 시대 문학장을 둘러싼 시스템을 드물게 꿰뚫어보는 자의 안목 바로 그것이었다. 이 점은 그가 대학에서 프랑스문학을 전공했으며, 2008년 『미주문학』 지면을 통해 등단한 평론가라는 사실과도 깊게 연관되리라. 그이후 황숙진 작가와 몇 번 만나면서 나는 이 먼 곳에서도 이렇게 내 글쓰기와 한국평단을 정확하게 진단하고 투철하게 응시하는 문인이 있을진대, 앞으로 정말 열심히 공부하고 쓰며 살아야겠다는 생각을 했었다.

황숙진 작가와의 만남은 미주 한인문학에 대해 내가 가지고 있던 일부 선입견을 교정시키는 역할을 톡톡히 수행했다. 미국에서 살아가는 한인 디아스포라 문인들은 어떤 면에서는 훨씬 치열하고 진지한 자세로 글쓰기에 임하고 있는 것이 아닐까. 자신에게 익숙한 환경에서 벗어나 있는 상태일수록 역설적인 의미에서 자신에 대한 근원적 되돌아봄이 가능하다는 상식에 비추어보면, 황숙진 작가를 비롯한 조국을 떠난 디아스포라 문인이야말로 한국어와 한국문화, 한국문학에 대한 남다른 자의식과 그리움을 지닌 존재에 다름 아닐 것이다. 오래 전 비평가 김현은 "자기에게서 멀리 떨어질수록 자기에게로 가까이 간다! 그 모순이야말로 인간 존재의 비밀을 쥐고 있다"(『김현예술기행』)라고 적었거니와, 이렇게 본다면 역설적인 의미에서 한국으로부터 멀리 떠나와 있는 상태에서 한국어, 한국문학의 현황이 더욱 투명하고 절실하게 보이지 않았을까 싶다. 그래서 그들은 오히려 한국내의 문인들보다 한국어로 글을 쓴다는 것에 대해 한층 각별하고 애틋한 마음을 지니고 있으며 한국문학의 아름다움을 언어로 표현하는 것에 대한 엄청난 갈증을 느끼고 있을 것이다. 황숙진 작가의 소설집 『마이너리티 리포트』는 그 갈증과 문학적 순정, 그리움의 소산이다.

황숙진 작가가 이메일로 보내온 아홉 편의 소설들을 한 편 한 편 읽어 내려가면서 이 소설집에 대한 발문을 기꺼이 써야겠다고 생각했다. 나는 오랜 동안 소설책의 해설이나 발문을 쓰지 않았다. 그러나 『마이너리티 리포트』에 수록된 작품들이 내게 전달한 어떤 정서, 느낌, 풍경은 어떤 식으로든지 이 책에 대해서 무언가를 쓸 필요가 있다는 생각을 하게 만들었다. 지금 생각해 보면, 황숙진 작가의 『마이너리티 리포트』는 일 년 동안 캘리포니아 어바인에서 한인 디아스포라들과 함께 보냈던 그 시절에 대한 하나의 문학적 대화이자 우정의 화답이라고 내게 생각되었던 것이다.

2. 한인 이민자의 좌절과 상처

『마이너리티 리포트』를 관통하는 문제의식은 실패한 이민자의 좌절과 상처이다. 이 소설집에는 주로 LA에 있는 코리아타운을 중심으로 인생이라는 경주에서 패배한 한인 이민자들의 신산한 곡절과 상처받은 내면에 대한 생동감 있는 묘사가 가득 담겨 있다. 가령 기러기 엄마, 불법 체류자, 실패한 유학생, 알콜 중독자, 불법 입국한 멕시칸 이주자 등이 소설에 등장하는데, 그들은 각자 아메리칸 드림을 찾아 미국에 이주했지만 엄혹한 현실 속에서 아픈 좌절을 겪는다. 그 상처와 그리움, 회한의 사진첩 속으로 들어가 보자.

황숙진 작가는 대학에서 불문학을 전공했는데, 그의 대학시절과 청춘, 그리고 미국생활 초기의 체험은 제 7회 경희해외동포문학상 소설 부문 최우수작인 「오래된 기억」과 「거칠어진 손」에서 내밀하게 형상화 되어 있다. 아버지의 죽음을 계기로 30년 만에 미국에서 귀국하여 고향을 찾은 「오래된 기억」의 주인공 환길의 초상에는 작가의 대학시절과 청춘의 통과제의가 짙게 투영되어 있다. 예를 들어 「오래된 기억」의 아래 예문을 읽어보자.

어느 순간부터 릴케나 보들레르, 헤르만 헤세 등 한때 그에게 구원의 빛처럼 느껴졌던 작가들이 너무 순진하게 생각되었다. 이 괴물 같은 현실 앞에서 그런 작가의 작품들은 헌책방의 오래된 책들에서 그저 너덜거리는 종이쪼가리에 불과할 뿐이었다. 불과 몇 달 전까지만 해도 서클에서 그런 작가들을 거론하며 문학의 순수성 운운했던 자신이 너무 순진했다는 것을 인정하지 않을 수 없었다. 그는 문학 연구회 서클 선배들이 추천해준 파블로 네루다, 베르톨트 브레히트, 막심 고리키 등을 읽기 시작했고 루카치, 허버트 마르쿠제, 벤야민, 아도르노 등 신좌파 계열의 사회과학 서적들을 닥치는 대로 읽어갔다.

유신말기에 대학에 입학한 주인공은 처음에는 문학과 청춘의 낭만에서 구원을 기대하지만, 삭막하고 절망적인 현실 앞에서 차차 비판적이며 진보적인 문학과 사유에 다가선다. 이런 주인공의 독서이력은 작가의 고려대 재학시절의 실제체험이 짙게 배어있다. 실제로 황숙진 작가는 고려대 문학 연구회 시절 사회학자 현택수, 문학평론가 황정산과 막역한 사이였다고 한다.

순수한 기대와 꿈이 엄혹하고 절망적인 현실과 만나면서 환멸이나 냉소, 자학으로 귀결되는 주인공의 심리변화는 『마이너리티 리포트』 전체를 관류하는 서사의 기본 틀과 그대로 겹쳐진다. 말하자면 다소 순진한 아메리칸 드림이 냉엄한 현실로 인한 좌절과 상처로 귀결되는 세계인식이 이 소설에서도 전형적으로 드러나 있다. 미국으로 이민을 갔다가 참으로 오랜만에 방문한 고국에서 주인공은 자신의 인생과 사랑, 가족, 한국사회에 대해 곰곰이 반추해본다. 소설의 말미에서 주인공은 "자신의 조국 또한 삼십 년 동안 정신없이 변해버렸다. 젊은 날 소중했던 모든 것들은 모조리 사라지고 오로지 오래된 기억 속에서만 저장되어 있을 뿐이다"라는 씁쓸한 자각에 이른다. 이는 그 누구도 회피할 수 없는 시간이라는 엄혹한 운명이다.

「거칠어진 손」은 미국으로 도피성 유학을 온 주인공 '김'이 건축 공사장에서 이른바 '노가다'로 일하게 되는 체험을 실감 있게 묘사하고 있다. 주인공은 가족이 보내주는 송금이 끊기자 결국 공사장에서 육체노동을 하면서 "내가 그토록 동경하였던 지성이라는 것이 사실은 강단 위에서 번득이는 안경테에서 나오는 오만한 광채에 불과할지도 모른다고 생각한 것은 그때가 처음이었다"고 고백한다. 주인공은 "한때 내가 경전처럼 읽었던 인문학에 대한 이론들, 그러나 그런 이론들은 내가 힘들 때 햄버거 하나도 사줄 수 없었다"고 피력하고 있는데, 이 구절은 학문에 대한 열망이나 지적인 호기심, 인문학 이론 같은 관념적 열정만으로는 정글과 같은 현실의 배고픔을 결코 해결해주지 못한다는 착잡한 사실을 환기시킨다. 이 소설에서 무엇보다 인상적인 대목 중의 하나는 현장 노가다의 일상을 생생하게 복원하는 장면에 있다. 가령 "공구리를 칠 줄 알아야 비로소 노가다 일을 해봤다고 할 수 있다는 것이다"와 같은 대사는 현장 노가다를 직접 체험해 본 사람만이 묘사할 수 있는 어떤 구체적인 감각을 생생하게 포착하고 있다. 어떻게 이러한 묘사가 가능했을까.

작가 황숙진은 미국에서 누구보다도 다양한 직업을 거쳤다. 그에 의하면 미국에 온 뒤에 의류 세일즈맨, 의류 제조업자, 직업적 갬블러, 잡화 세일즈맨, 중고차 세일즈맨, 건축 노동자, 부동산 중개인 등의 온갖 직업을 전전했다고 한다. 나는 여러 국적의 한인 디아스포라 작가 중에서 황숙진처럼 다양한 직업을 체험한 경우를 알지 못한다. 이민자로서 겪은 이 같은 다채로운 체험과 직업세계는 이번 소설집 『마이너리티 리포트』에서 펼쳐지고 있는 스토리에 구체적인 실감과 선연한 감각을 전달하는데 크게 기여한다. 그래서 LA 한인타운을 중심으로 한 이민자들의 밑바닥 체험과 생동하는 육체적 정서가 이 소설을 관류하고 있는 것이다. 소설가는 자신이 쓰고 싶은 것을 쓰는 것이 아니라 자신이 쓸 수 있는 것을 쓸 따름이라는 경구는 특히 황숙진 작가의 경우에 정확히 적용된다고 하겠다.

3. LA 코리아타운의 명암

『마이너리티 리포트』에 수록된 대부분의 소설은 LA 코리아타운과 그 주변이 배경이다. 이 소설집을 통해 LA 인근에 거주하는 한인들의 욕망, 성취, 상처, 열정, 내면을 구체적으로 파악할 수 있을 것이다.

「미국인 거지」는 코리아타운에서 성성한 늙은이가 되어 마켓 캐시어로 취직한 주인공의 베트남전 상처를 그 마켓 주변을 어슬렁거리는 흑인 거지 잭의 베트남전 상처와 절묘하게 교직시키고 있다. 마약중독자이자 알콜중독자이기도 한 잭의 발작은 베트남 전쟁의 후유증 때문이다. 잭을 통해 역시 알콜 중독자인 주인공은 베트콩과 양민을 가리지 않고 학살할 수밖에 없었던 베트남전의 커다란 상처와 공포를 떠올린다. 작품 말미에서 잭은 지역 갱들 사이에 벌어진 총격전으로 인해 죽음에 이르며, 주인공 역시 베트남전의 환청과 발작 끝에 구급차에 실려간다. 두 사람의 알콜중독과 발작은 한국과 미국이 참전한 베트남전쟁의 참혹한 상처가 아직도 지속되고 있음을 아프게 환기시킨다. 동시에 「미국인 거지」라는 제목이 상징하듯이, 알콜중독, 마약중독, 전쟁의 후유증, 총기의 사용이 만연한 미국사회의 어두운 그늘을 있는 그대로 보여주고 있다.

「산타모니카의 기러기」, 「내가 달리기 시작한 이유」, 「모네타」는 각기 다양한 인물과 시선으로 실패한 이민자의 상처를 개성적으로 형상화하고 있다는 점에서 함께 논의해도 좋을 작품들이다. 「산타모니카의 기러기」는 이른바 '기러기 엄마'의 슬픔을 남편과 헤어져 살 수밖에 없었던 조선시대 시조시인 이옥봉의 극진한 슬픔과 포개놓는다. "왜 사랑하는 사람들이 헤어져 살아가야 하는 건가요? 사랑하는 사람들이 함께 다정하게 살아가는 것보다 더 중요한 일이 뭐가 있는 건가요?"라면서 주인공 숙희가 던지는 독백은 지금 이 시대 모든 기러기 가족에게 통렬한 회한으로 다가온다.

「내가 달리기 시작한 이유」에서는 이민자들의 육아와 교육문제의 지난함이 밀도 깊게 형상화되어 있다. 주인공 체리의 시선으로 포착된 한인 이민가정의 경제적 어려움과 불화는 이들의 이민 생활을 한없이 우울하고 구슬프게 만든다. 결국 사업에 실패한 체리의 아빠는 한국으로 되돌아가게 되고, 엄마가 낮에 일을 할 수밖에 없기에 체리는 혼자 설 수밖에 없는 운명에 처한다. 이 작품은 미국 이민에 대한 환상과 아메리칸 드림이 그야말로 꿈에 불과할 수도 있다는 착잡한 사실을 아프게 묘파한다. 그들 가족의 꿈이 깨진 이유는 무엇보다 그들이 봉착한 육아와 경제적 어려움, 일상의 고단함 때문이다.

한편 「모네타」는 중학교 때 이민을 와 LA에 살다가 뉴욕에서 참담한 실패를 겪고 다시 LA로 귀향한 중년의 한인 이민자를 주인공으로 등장시켜 이민자들이 미국사회에서 체감할 수밖에 없는 근본적 한계와 콤플렉스에 대해 실감 있게 묘사한다. 함께 미국에서 학창시절을 보낸 주인공의 오랜 친구 선우는 "나는 나중에 깨달았지. 주류사회란 하얀 피부와, 정신이 어쩔할 정도의 향수냄새와, 진한 화장과, 고상하고 품위 있는 말투와, 화려한 옷차림 속에 감춰진 그 어떤 치부 같은 것"이라는 내용의 이메일을 주인공에게 보내며 자살을 암시한다. 그에게 미국은 성공에 대한 꿈으로 화려하기 그지없지만, 백인 중심 주류사회의 치부에 의해 움직이는 처절한 정글과 같은 곳이다. 주인공 영진 역시 선우와는 조금 다른 맥락에서 미국사회에 제대로 적응하지 못한다. "나는 미국에 사는 동안, 먼저 살았던 15년 동안의 한국에서의 기억 속에서 늘 벗어나질 못했다", "이런 한국에 대한 기억을 가진 사람은 나중에 몇 십 년을 미국에 와서 산다고 해도 절대 미국인이 되지 못한다는 것을 나는 확신한다"며 한인 이민자에게 주어진 실존적 한계와 불리한 조건을 응시하는 주인공의 독백은 미국사회에서 살아가는 수많은 한인 이민자의 우울과 상처의 심리적 기원을 적확하게 들여다보고 있는 것이 아닐까 싶다. 라틴어로 '돈'을 의미하는 이 작품의 제목이 암시하는 것처럼 「모네타」는 미국 자본주의의 이면에 존재하는 시스템의 모순과 깊은 속살을 정면으로 응시하고 있다.

「어느 장거리 운전자의 외로움」과 「호세 산체스의 운수 좋은 날」은 재미 한인 디아스포라 문학의 소재를 넓힌 의미 깊은 소설이다. 「어느 장거리 운전자의 외로움」의 주인공은 LA 한인타운에서 노가다로 일한다. 그는 우연히 유흥업소에서 일하게 될 여성들을 밀입국시키기 위해

캐나다 밴쿠버와 LA 사이로 장거리 운전을 하게 되는데, 이 문제적 여정이 소설 속에서 적나라하게 묘사된다. "사람들이 많아진다는 것, 그것은 그만큼 음모와 배신과 증오가 많아진다는 것이라는 것을 나는 잘 알고 있다. 코리아타운, 어느 날부터인가 자고 나면 타운에는 카페, 식당, 룸살롱 등 화려한 간판이 새로 들어섰다"고 묘사되는 LA 생활에 염증을 느끼게 된 주인공은 뭔가 새로운 일을 모색하는데, 그것이 바로 마사지 팔러에 근무하게 될 여성들을 미국에 밀입국시키기 위한 운반책이었던 것이다. 이 소설은 밀입국, 불법체류, 불법 성매매, 영주권 획득을 위한 위장결혼, 사기결혼, 조직적인 인신매매, 마약 흡입 등의 법의 사각지대에서 일어나는 사건을 생동감 있는 스토리를 통해 형상화하고 있다. 「어느 장거리 운전자의 외로움」을 통해 수많은 제3세계 지역 사람들에게 동경의 대상인 미국, 세계 최강대국 미국사회의 어두운 그늘이 수면 위에 드러났다고 할 수 있으리라.

「호세 산체스의 운수 좋은 날」의 소재는 LA 한인타운에서 일하는 멕시칸 노동자들이 겪는 애환과 고단한 일상, 이중적 차별이다. 가족을 부양하고 새로운 꿈을 좇아 미국에 도착하지만 곧 그들은, "목숨을 걸고 국경을 넘어 미국 땅으로 넘어와 일자리가 천지라는 엘에이 다운타운에서 하루 종일 죽쳤지만 불러주는 사람 한 명 없었다"고 표현되는 냉엄하기 그지없는 현실과 마주한다. 주인공 호세는 "이곳이 그토록 꿈꾸어 왔던 미국이란 말인가? 이곳 미국에서도 역시 밑바닥 인생들의 만만치 않은 삶의 무게가 납덩어리처럼 그를 짓누르는 것 같았다"는 답답한 심정에 휩싸인다. 호세는 미국에서 태어난 멕시칸 조지와 함께 한인식당과 공사장에서 열심히 일하지만 최저선의 일급을 받으며 노골적인 무시와 차별을 체험한다. "엿 같은 코레아 새끼들! 우리 멕시칸 때문에 돈을 벌면서도 멕시칸들을 마구 무시하지. 내가 미국 시민권자라고 하니까 기세등등한 그 새끼가 꼬리를 내리는 것 봤지. 백인들에게는 마냥 비굴하면서도 멕시칸과 흑인들은 무시하는 게 코레안들이지"라고 분노하는 조지의 절규를 통해, 우리는 한인 이민자들에게 다시 차별받는 '소수자 중의 소수자'인 멕시칸의 존재를 비로소 인식할 수 있는 것이다. 이 작품은 미국사회에서 소수자이자 디아스포라인 한인 이민자들이 멕시칸에 대해 지니고 있는 이중성을 통렬하게 고발하고 있는 드문 소설이자, 재미 한인 디아스포라 문학에서 멕시칸이 주인공으로 등장하는 희귀한 작품이라는 점에서 주목받아 마땅한 성과라 하겠다.

4. 현대 자본주의의 모순에 대한 형상화

『마이너리트 리포트』에서 수록된 작품 중에서 개인적으로 가장 흥미진진하게 읽은 소설은 「죽음에 이르는 경기」이다. 소설집에 수록된 다른 작품과는 달리 이 소설은 이민이나 디아스포라 문제를 다루지 않는다. 「죽음에 이르는 경기」는 일종의 미래소설, SF소설, 추리소설에 가까우며, 주제적인 측면에서 볼 때 현대 자본주의의 미래와 모순에 대해 탐구하는 작품이다.

2033년이 소설의 배경이다. 주인공인 기자 unifam07은 사람이 죽어가고 있다는 제보전화에 따라 콜로세움이라고 불리는 새로운 콘도미니엄의 오너이자 "스포츠와 레저를 아우르는 신비지니스계의 총아"인 사장 lifejoy44를 탐문한다. 그 과정에서 주인공은 콜로세움에서 열리는 K2 경기 중에 실제로 선수에 대한 살인이 벌어지고 있다는 충격적인 사실을 확인한다. 마스크를 쓰고 경기에 임하는 선수이기에 "익명의 얼굴, 마스크, 본인의 본명은 개인신상정보의 사생활보호란에 굳게 잠겨 있고 오로지 닉과 아이디만이 통용되는 세상, 실제 사람이 사라져도 닉과 아이디가 존재한다면 그는 살아있는 것이다"라고 생각되는 상황이기에 선수의 죽음은 원천적으로 은폐되는 것이다. 그 죽음을 조사하는 기본서사의 곁가지로 자본주의에 대한 두 가지 관점을 지닌 교수의 발언이 배치된다. 아담 스미스의 이론에 따라 끝없는 경쟁과 상품화로 상징되는 자본주의를 철저하게 옹호하는 프랭클린 교수, 그리고 양극화 승자독식주의로 상징되는 자본주의의 문제점을 지적하고 자본주의의 멸망을 예언하는 주쩌라이 교수가 있다. 이들의 자본주의에 대한 진단, 그 옹호와 비판은 소설의 주제가 궁극적으로 자본주의를 어떻게 보아야 할 것인가, 라는 심원한 문제에 걸쳐있다는 사실을 드러낸다.

콜로세움에서 열리는 K2 경기는 처절한 경쟁 자본주의 방식을 도입하고 있다. 그 과정에서 선수의 죽음조차도 더 생생한 흥행과 자극을 위해 묵인된다. 요컨대 이 소설은 승자와 패자에 대한 대접과 운명이 확연히 갈라지며, 때로 패자의 죽음으로 귀결되는 자본주의의 잔혹한 경쟁구조와 승자 독식주의를 미래의 K2경기를 통해 풍자한다. 주쩌라이 교수는 "미국에 와서 보고 자본주의의 심각한 해독에 놀랐습니다"라고 말한다. 그러나 이러한 풍경이 과연 20여 년 후의 미국의 모습이기만 할까. 아래와 같은 주쩌라이 교수의 진단은 지금 이 시대 한국사회에도 유사하게 적용되고 있는 것 아닌가.

끊임없는 경쟁을 통해서 살아남은 단 일 프로도 안 되는 승자에게는 엄청난 부와 명성이라는 상이 주어지고, 대다수의 패자에게는 힘든 노동과 가난이라는 채찍이 가해지는 이 문명의 시스템에 이제는 어떤 변화가 와야 하는 것이 아닐까?

소설의 뒷부분에서 주쩌라이 교수는 "자본주의의 비약적 성장에도 불구하고 인간의 비인간화와 자연의 황폐화는 오히려 더욱 심각해지고 있어요"라고 진단한다. 소설은 "더 이상 자본이 경제에 역할을 못하는 사실상의 자본주의의 종식을 의미합니다. 이제 자본주의는 끝났습니다"라는 마지막 문장과 함께 끝난다. 작가 황숙진이 그리고 있는 자본주의의 미래는 이처럼 디스토피아에 가깝다. 생각해 보면 소설에서 이루어지는 이러한 비관과 비판이야말로 지금 이 시대의 문제점을 되돌아보게 만드는 것 아닐까. 「죽음에 이르는 경기」는 점점 극심해지고 있는 이 시대 자본주의적 양극화에 대한 흥미로운 소설적 응전이라 할만하다.

5. 현실에 대한 절망과 투철한 응시

무엇보다 『마이너리티 리포트』에 수록된 소설은 잘 읽힌다는 점에서 즐거운 독서였다. 흡인력 있는 스토리와 문체로 구성된 황숙진의 작품은 소설 읽기의 재미를 담뿍 선사한다. 그는 재미 한인 이민자들의 생활을 어떤 미화와 낭만화도 없이 있는 그대로 응시하고 있다. 소설집 전반을 통해 희망이나 행복, 충만감 등은 거의 드러나지 않는다. 그 대신 절망, 좌절, 회한, 상처, 죽음, 차별, 아픔, 후회 등의 정조가 『마이너리티 리포트』를 관류한다. 막연한 희망을 운위하거나 상투적인 해피엔딩으로 끝나는 것보다 현실의 상처와 고통을 직시하는 것이 좋은 문학이 갖추어야 할 조건 중의 하나라면, 황숙진은 분명 좋은 소설을 쓰는 작가이다. 현실에 대한 절망과 투명한 응시를 제대로 통과한 연후에 비로소 희망을 얘기할 수 있는 것이 아닐까.

작가의 꿈을 지닌 「모네타」의 주인공 영진은 "내가 과연 백인을 주인공으로 나의 내면을 그리듯이 그의 내면을 그려낼 수 있는가? 심각한 회의 끝에 나는 내 소설에서 백인들을 제거하였고 내가 잘 아는 월남인 식품업자나 중국인 무역업자들을 집어넣었다"고 고백한다. 이러한 영진의 마음이 곧 작가 황숙진의 마음이 아닐까. 그러니 『마이너 리포트』에 수록된 대부분의 소설이 왜 LA 한인타운 근처에 거주하는 한인 이민자를 주요 등장인물로 등장시켰는지를 알 수 있겠다. 유사한 맥락에서 "이창래가 한국출신 작가로 성공하였다고 하지만 나는 그가 미국에서 작가로 성공할 수 있었던 것은 그가 한국인이 아니고 미국인이기 때문이라고 생각한다. 그는 나처럼 열다섯 살이 아니라 세 살 때 미국에 왔던 것이다. 그는 사실 네티브 스피커였던 것이다"(「모네타」)라는 발언 역시 황숙진의 소설을 이해하는데 커다란 도움이 된다. 황숙진은 미국에 살고 있지만, 여전히 있는 그대로의 한국 작가이다.

이 소설집과 제목이 같은 필립 K.딕의 SF소설 「마이너리티 리포트 Minority Report」와 스필버그 감독의 영화 〈마이너리티 리포트〉(2002)에서 묘사되었듯이 예지자의 예언에 의해 범죄가 완벽하게 예방되는 사회, 그래서 오히려 행복하지 않을 수도 있는 디스토피아적 미래는 황숙진 소설집 『마이너리티 리포트』가 보여주는 세계와 크게 다르지 않다. 원작소설과 영화의 가상미래가 황숙진의 소설에서는 LA 한인타운으로 바뀌었을 뿐이다. 그 두 세계에서 인간이 보여주는 탐욕, 모순, 질투, 권력 지향성, 다수와 주류의 폭력, 소수자에 대한 억압과 배제 등은 본질적으로 동일하다.

황숙진은 "소설은 재미있어야 한다는 신념을 갖고 있습니다. 스토리로서 말해야 합니다"라고 언급한 바 있다. 『마이너리티 리포트』는 바로 그러한 의도를 충족시켜주는 문제적 문학세계에 충분히 값한다. 앞으로 재미 한인 디아스포라 소설의 새로운 차원을 개척하기 위해서는 먼저 『마이너리티 리포트』와 어떤 식으로든지 만나야 하리라.

6. 글을 맺으며

재미 한인 작가 황숙진 작가의 문학적 순정, 한국어로 발표된 소설적 육체와 만나면서 한국어와 한국문학의 존재를 너무나 당연시하는 내 자신에 대해 많은 생각을 할 수 있었다. 그러니 이제야 황숙진 작가에게 한국어로 글을 쓴다는 사실이 얼마나 절박하게 다가왔을까, 동시에 그가 한국문학을 얼마나 그리워했을까 하는 점이 충분히 짐작이 가고도 남는다. 그와의 만남은, 그의 소설과의 대화는 나로 하여금 무엇보다도 한국어와 한국문학의 아름다움을 위해 앞으로의 생을 헌신하고 싶다는 열망을 더 키우는 계기로 작용했다.

여러 가지 이유로 한인들이 미국으로 이민을 올 것이다. 아메리칸 드림, 자식 교육, 경제적 이유, 정치적 이유, 그냥 한국이 싫어서 등등. 설사 경제적으로 풍족한 환경과 사회적으로 존중받는 위치에 있다 하더라도, 이민 그 자체, 즉 한 사람의 경계인이 되는 체험은 내면화된 상처나 눈에 보이지 않는 차별과 마주치는 과정이기도 할 것이다. 그가 글을 쓰는 사람이라면 이러한 차별이나 모순, 상처에 더 예민하게 반응할 수밖에 없다. 바로 여기에 디아스포라 문학의 찬란한 가능성이 존재한다. 늘 뛰어난 문학은 세상에서 상처받거나 좌절한 영혼의 필사의 기록이었다. 문학사에 명멸한 수많은 디아스포라와 망명가들의 존재를 생각해 본다. 백석, 김석범, 발터 벤야민, 에드워드 사이드……. 그들에게 익숙한 조국을 떠나 낯선 곳에서의 생활은 자신을 준열하게 성찰하는 과정이기도 했으며, 자신의 선연한 상처와 만나는 도정이기도 했다. 문학이 상처받은 사람의 아름다움과 슬픔의 미학에 다름 아니라면, 디아스포라 문학이야말로 그런 미학의 가능성을 가장 풍부하게 간직하고 있는 천연석이 아닐까.

황숙진 작가를 비롯한 한인 디아스포라 문인들의 한국어에 대한 갈망과 문학에 대한 순정한 열정이 상처받은 사람들만이 보여줄 수 있는 '문학적 품격'으로 승화될 때, 한국문학은 지금보다 더욱 넓어지고 아름다워질 것이다. 앞으로 황숙진 작가가 지속적으로 그 뜻깊은 대열에 서 있기를 마음 깊이 염원한다. 아울러 그와의 문학적 우정이 내 문학적 열망을 불 지피고, 글쓰기를 더 깊고 넓게 단련시키는 연료가 되기를 바란다.

(2015)

한국문학의
생생한 현장

아름다운 비판을 위하여

김사인의 서평에 대해

상대적인 차원에서 볼 때, 문인들은 다른 예술가들보다 정치나 지배 이데올로기에 대해 현저히 비판적이다. 애초에 의사소통을 위해 탄생한 언어를 매개로 한 문학은 사회적 맥락이나 역사, 이념에서 전혀 자유롭지 않다는 사실이 이러한 문인들의 성향을 설명해주는 참조사항이겠다. 여기에 덧붙여 영화비평, 미술비평, 음악비평 등의 모든 형태의 '비평'이 언어를 통해 이루어질 수밖에 없다는 엄연한 사실을 상기해보자. 지금도 문인들은 다른 어떤 집단이나 직종보다도 제주도 강정의 해군기지 반대나 밀양 송전탑 건설 반대에 적극적으로 나서고 있다. 트위터나 페이스북에서 만나는 문인들은 대체로 현정권에 대해 비판적이며, 최근의 정치적 사안에 대해 주류 미디어의 입장과는 다른 독립적이며 비판적인 태도를 취하고 있다.

그러나 여기서 아이러니컬한 사실 하나를 지적하도록 하자. 그토록 비판적인 성향의 문인들도 정작 자신이 속해 있는 문학장이나 문학제도에 대한 문제제기나 문학작품에 대한 비판에는 소극적인 경우가 많다. 비판이 글쓰기의 중요한 스타일이자 실존의 형식이 될 수밖에 없는 비평가 역시 그 점에서는 마찬가지다. 정권이나 정치적 아젠다에 대한 문인들의 비판은 활발하지만, 정작 유의미한 비판이 필요한 문학작품이나 문학제도에 대한 문제제기는 최근 십여 년 사이에 현저하게 줄어들었다. 퇴행적인 정권이나 정치적 논점에 대한 비판은 양심의 징표로 수용될 수 있는데 반해, 스스로가 속해 있는 문학장이나 문학작품에 대한 구체적인 비판은 유무형의 구체적인 손해와 불이익을 가져올 수도 있다는 사실이 이와 같은 현상의 배후에 존재한다. 말하자면 정권 비판이나 대통령 비판, 혹은 정치적 의제에 대한 첨예한 문제제기는, 특수한 예외를 제외하면 그 비판의 주체에게 특별한 불이익이 돌아가지 않는다. 그러나 특정한 문학작품이나 문인, 문학제도, 문학권력, 문학과 연관된 미디어를 비판했을 경우, 원고청탁, 문단 인맥, 문학상 등의 실제적인 손해를 야기할 가능성이 높은 것이다. 이건 단지 처세술의 차원이 아니라, 근본적으로 먹고 사는 문제에 연동되어 있기에 서글프지만 충분히 이해할 수 있는 현상이기도 할 것이다.

2000년대 초반의 몇몇 논쟁 이후, 문인이나 비평가들은 문학장과 제도에 대해 근본적인 문제제기를 수행했던 문인들이 어떤 배제와 손해의 운명을 감수하면서 글을 쓰고 있는지를 분명히 지켜봐온 것이 아닐까. 그렇지만 권력과 자본 앞에서 그토록 약한 우리는 무엇보다 문학을 하는 사람들이며 자신만이 쓸 수 있는 글에 대해 모든 자존심을 건 존재이기도 한 것이다. 때로는 그 자존심과 허영(?)이야말로 우리들의 가장 커다란 힘이기도 할 것이다.

이런 생각들을 하면서 시인이자 비평가인 김사인의 김정환 시집 『거푸집 연주』에 대한 서평 「김정환 시를 견디기 위한 한두 관점」(『문학과사회』, 2013년 가을호)을 읽었다. 이 평문은 그야말로 기나긴 가뭄 끝에 조우하는 반가운 단비 같은 글이다. 김사인은 1980년대 초반의 대표적인 무크지 『시와 경제』를 함께 했던 오랜 문우이자 친구인 김정환의 신간 시집에 대해서 드물게 예리하면서도 곡진한 비판을 수행하고 있거니와, 이 서평은 애정 어린 비판과 조언이란 무엇인지에 대해 제대로 실감해주게 만드는 뜻깊은 글이다. 참으로 오래간만에 의례적인 서평이 아니라, 한 시집의 가능성과 결여에 대해서 정면으로 응시하는 팽팽히 충전된 서평을 만났다는 흐뭇한 생각을 하며 글을 읽어 내려갔다.

김사인은 이 서평에서 "그의 저작들이 이루는 언어의 종횡무진은 양의 방대와 규모의 장엄에만 그치지 않고, '사소'(섬세한 세부)와 '영롱'(창의적 눈부심)까지를 상당한 수준에서 겸하고 있다. 무엇보다 그의 시어들의 진폭, 시어들에 실린 긴장은 그를 이상, 김구용, 김수영, 박상륭의 반열에 세워 손색이 없을 만큼 독보적이다"라고 김정환의 글쓰기에 대한 지극한 존중을 표하면서도 "이번 시집의 난삽함에 반쯤은 동의하지만, 나머지 반의 요령부득은 그의 말 쓰기의 타성에서 온다고 나는 생각한다." "적어도 관념어의 습관적 남용, 어휘 결합의 가학적, 변태적 구사에서 오는 '1차적 독해의 교착상'을 시의 깊이와 무게에 근거한 '시 본연의 어려움'과 혼동할 일은 아닐 것이다." "비의와 예언은 그 본질상 마구잡이로 쏟아낼 수 있는 것이 아니며, 그래서도 안 되는 어떤 것이기 때문이다. 비의에 닿은 자는 결코 함부로 쏟아낼 수 없다. 마구잡이의 비의란 방사능 유출에 해당할 치명상을 자타에 안기기 때문이다." 등의 다소 근본적이며 치명적인 비판을 마치 오랜 시간을 작정한 듯 전개하고 있다. 『시와 경제』(1981) 시절부터 시작해도 삼십 년이 넘는 기나긴 세월 동안 서로를 지켜본 사이이기에, 서로의 욕망과 정치적 무의식, 삶의 굴곡과 지난함, 실존의 깊이와 넓이, 서로의 언어의 결과 무늬를 직접 보고 체험하고 마음으로 깊이 교류했기에 기꺼이 감행할 수 있는 그런 비판이 바로 이 서평이 아닐까 싶다.

김사인은 김정환에게 이렇게 묻는다. "그의 방언은 극진한가. 참의 산 몸을 그의 시적 말하기는 이루고 있는가. 이루고자 진심으로 열망하기는 하는가." 이런 질문으로부터 그 누군들 자유로울 수 있을까. 질문을 던지는 김사인도 예외가 아닐 것이다. 중요한 것은 이런 먹먹한 질문을 던질 수 있다는 사실 자체에 있다. 김사인은 김정환에 대한 아래와 같은 주문으로 글을 맺는다.

나는 그의 이른바 시 쓰기가 사변과 설명의 연장선상에서 생각만큼 놓여나지 않은 느낌을 받는다. 그의 시들은 대부분 몸이 무겁다. 그는 필사적으로 틀어쥐고 사변하고 언표한다. 저 유례없는 완력과 집요한 육질성이 시의 길이 아니라고 누가 단언할 수 있으랴. 그러나 나는 그의 아포리즘과 비의적 말하기들이 사변과 설명의 경계를 넘어 좀더 '산 말'로 꽃피기를 기대한다. 욕심과 아상의 육탈을 거쳐야 영혼이 가벼워진다는 것이 예부터 있어온 말이다. 그 경로를 통과해서야 음악과 수학이, 영롱과 사소가 본디 하나인 '말하기의 창'이 서게 되리라는 의미일 것이다. 그가 결코 모를 리 없을 것임에도, 이런 지점에 대해 새삼 숙고해주기를 변함없는 신뢰와 존경으로 간청한다.

이 대목을 읽으면서, 비판도 이처럼 아름다울 수 있구나 하는 점을 새삼 느꼈다. 이런 비판이 그야말로 '산 말'이자 오랜 세월 쌓아온 우정과 신뢰 없이는 불가능한 드물게 보는 아름다운 비평의 한 경지가 아닌가. 이와 같은 제대로 된 비판을 통해 우리 문학도 더 풍성해지고 드높아질 수 있는 것이 아닌가. 김사인의 서평은 우리 비평가들로 하여금 "칭찬하는 일이 지닌 위험성은 비평가가 자신의 신용을 잃게 된다는

데 있다. 모든 칭찬은 전략적으로 볼 때 백지수표이다"(발터 벤야민, 「문학
비평에 대하여」)라는 주장에 대해 다시금 근원적으로 사유하게 만든다.

　나는 김사인의 이 예리한 서평에 대한 밀도 깊은 논쟁적 대화와 찬
찬한 응시를 통해 김정환의 시가 더 깊어지고 넓어져 그야말로 생생한
'산 말'과 독보적인 '창의적 눈부심'으로 꽃피기를 바라고 있다. 앞으로
발표될 시인 김정환의 시편들이 더욱 기다려지는 진짜 이유이다.

(2013)

한 비평가의
성실한 자기 갱신에 대해

황광수론

1

인간 육체의 찬란한 가능성을 경이롭게 보여주는 올림픽의 유혹과 동
시에 인간이 얼마나 약한 존재인가를 참혹하게 입증하는 유례없는 폭
서暴暑를 견디면서, 736면에 이르는 황광수 평론집『끝없이 열리는 문
들』을 탐독했다. 곧 칠순을 앞둔 비평가의 역저를 접하면서 나는 한 단
단한 정신의 자기 갱신의 표정과 우리 시대 비평의 운명, 그리고 스스
로의 비평적 자의식에 대해 몇 가지 생각을 진전시킬 수 있었다. 이 글
은『끝없이 열리는 문들』에 대한 몇 가지 짧은 단상의 모음이다.

2

『끝없이 열리는 문들』은『삶과 역사적 진실』(1995),『소설과 진실』
(2000),『길 찾기, 길 만들기』(2003)에 이은 황광수의 네 번째 평론집이

다. 나는 저자의 이전 비평세계와 비교해, 이번 평론집이 어떠한 변화를 함축하고 있는가에 초점을 두고『끝없이 열리는 문들』을 읽었다. 세심하게 주목해야 할 대목은 이 새로운 평론집에서 가장 자주 등장하는 용어가 '섬세(하다)'와 '감각'이라는 사실이다. 특히 김정환의 장시 세 권과 김훈의 소설을 다룬 근자의 평문들이 그렇다. 곳곳에서 "섬세하고 날카롭다", "섬세하게 그려내면서", "섬세한 감각", "섬세하고 심오하다", "섬세하고 치밀하며 역동성이 넘친다", "예민하고 섬세한 감각", "감각적 사유 형식", "감각적 명징성", "감각작용을 통한 심미화", "감각적 사유의 치밀성과 심도"와 같은 용어가 등장한다. 이전의 평론집에서는 거의 볼 수 없었던 표현들이다. 이와 같은 용어들은 그가 문제적인 텍스트(김정환의 장시와 김훈의 소설들)와 치밀하게 대화하는 과정에서 자연스럽게 솟아나온 것이리라. 그는 이제 텍스트의 속살과 감각 속으로 깊이 있게 탐사하는 밀도 깊은 비평 쓰기를 통해 섬세하고 면밀한 텍스트 읽기를 의욕적으로 내보이고 있다. 그동안 그에게 어떠한 변화와 자각이 있었던 것일까?

3

2003년에 발간된 평론집『길 찾기, 길 만들기』에서 황광수는 다음과 같이 발언한 바 있거니와, 이 점은 최근에 황광수가 보여준 '섬세'와 '감각'에 대한 각별한 경도를 해명할 수 있는 중요한 단서가 됨직하다.

나 자신이 멀리해 온 개념들 —환상, 우연, 불확실성 등— 을 타자의 자리에 묶어두는 한 새로운 문학작품들에 효과적으로 접근하기 어려울 것이라는 생각이 점차 뚜렷해졌다. 나는 하루가 다르게 영토를 넓혀가는 가상 세계와 팬터지, 그리고 심층적 심리현상들을 구체적인 현실이나 어떤 물질적 근원과 연관지어보려 했고, 때로는 '형이상학적 표면'과 같은 생소한 개념에 기대어 작품의 주제들에 어떤 층위나 위상을 부여해보려 했다.

돌이켜 보니, 저는 정치적 판단에서 비평적 글쓰기를 시작했었습니다. 비평이 우리의 왜곡된 현대사에서 독버섯처럼 피어난 우익세력과 거기에 뿌리내린 독재정권의 근거를 무너뜨리는 데 효과적인 수단이 될 수 있다고 생각했던 것입니다. 그러나 새로운 세기를 맞이하면서, 제 의식에 똬리를 틀고 있던 비평적 회로가 감각의 촉수들이 잘려나간 민틋한 언어체계에 가깝다는 생각이 들었습니다. 거기에는 생명체로서의 예술작품을 빠르게 관통하면서 관념어와 이론체계로써 그것을 쉽게 재단해버리는 속성이 깃들여 있는 듯했습니다. **그것은 작품이 주는 미묘한 느낌이나 깊은 감동을 표현하는 데 무력했습니다.**(강조는 인용자)

위의 진솔한 고백에서 확인할 수 있듯이 황광수는 기존의 고루한 비평적 문제의식으로는 포착할 수 없는 다채로운 문학작품을 이해하고, 문학작품의 미묘한 느낌과 깊은 감동을 효과적으로 설명할 수 있는 비평적 촉수를 열망하고 있는데, 실상 그런 소망이 한층 구체적으로 현실화된 것은 이번 평론집 『끝없이 열리는 문들』을 통해서다. 대부분의 글이 작품론으로 채워졌다는 전체적인 구성에서도 그러한 변화를 확인할 수 있지만, 동시에 "사실, 창작상의 가장 큰 어려움은 표현 층위에 도사리고 있다"나 "역사적 현실이라는 것은 물론 자명한 것도 아니고 객관적으로 대상화할 수 없는 복합성과 중층성 그리고 유동성을 지니고 있습니다"는 발언에서도 이와 같은 저자의 문제의식을 발견할 수 있다. 물론 그렇다고 해서 황광수의 비평적 입지나 세계관이 근본적으로 변모했다고 말할 수는 없다. 그는 여전히 진보적인 비평관을 고수하고 있는데, 다만 여기에서 진보는 인간 욕망의 다양성. 텍스트를 통한 표현이라는 문학적 장치, 그리고 역사와 현실의 유동성과 변화 등을 최대한 섬세하게 고려한 그런 열린 비평적 태도를 의미한다. 그것은 '갱신된 진보적 비평'으로 불림직하다.

　유사한 비평적 문제의식과 고민을 공유한 나로서는 저자의 자기 갱신과 성찰, 능동적인 변모를 통해 깊은 인상을 받았다. 다만 여기서 이런 얘기를 할 수 있을 것이다. 나는 "원고들을 한자리에 모아놓고 보니, 나의 비평세계가 이념적 지평에서 문학 현상들에 대한 해석 쪽으로 많이 옮겨가 있다. 비평이 동시대의 문학 현상과 함께 갈 수밖에 없는 것이라면, 나 자신의 이념적 욕망보다는 작품에 대한 존중 쪽으로 관심이 이동한 것은 어쩌면 당연한 일일 것이다"라고 서문에서 언급한 저자의 관점을 십분 이해하고 존중한다. 다만 냉철한 균형 감각이 결여된 작품에 대한 애정과 해석이 때로는 그가 경계한 "비평가들이 자본에 종속되는 현상"(313면)과 그다지 먼 거리에 있는 것이 아니라는 사실을 염두에 둘 필요가 있을 것이다. 이러한 의미에서 "작품을 시대적 징후나 증상 같은 것으로 여기고 그에 대한 가치판단이나 비판을 유보하는 것도 비평을 대화적 차원에서 유연하게 풀어가는 방법이고 그런 만큼 그 나름의 의미도 있지만, 때로는 그 징후에 대한 반성이랄까, 자기 나름의 비판적 해석의 노력, 설령 해석이 불가능할지라도 실패를 무릅쓰고 그런 걸 시도해보려는 노력은 필요할 것 같아요"(337면)라고 말한 저자의 발언을 새삼 주목한다. 그렇다면 작품에 대한 애정이 과잉 범람하는 지금 이 시대의 비평에 절실하게 필요한 태도 중의 하나는 작품의 내밀한 감각과 텍스트에 대한 면밀한 이해를 동반한 그야말로 '섬세'하고

비평의 고독

정치精緻한 비판이 아닐까. 저자는 바로 그러한 작업을 유능하게 해낼 수 있는 귀한 비평가이다.

4

학부에서 철학을 전공한 저자의 이력답게 비평집에는 라캉, 프로이트, 융, 벤야민, 바흐친, 부르디외, 들뢰즈, 하이데거, 베르그송, 리쾨르, 칸트, 헤겔, 지젝, 알렌카 주판치치, 플라톤, 후설, 소크라테스, 라이프니츠, 파스칼, 사르트르, 소쉬르, 가라타니 고진 등의 철학자(사상가)와 비평가들이 수시로 등장한다. 이 점은 기존의 『길 찾기, 길 만들기』(2003)나 『삶과 역사적 진실』(1995)과 비교하더라도 뚜렷하게 감지되는 특징이다. 황광수는 강경석과의 대담에서 "이론적 무지를 핑계 삼아 주로 실제비평에 매달려온 저에게는 좀 버거울 수밖에 없겠습니다"(304면)라고 말하고 있다. 그러나 이는 겸사일 뿐이다. 칠순을 코앞에 둔 중견 비평가 중에서 저자만큼 지젝, 알렌카 주판치치, 라캉의 새로운 이론을 마음을 열고 끊임없이 수용하는 비평가는 참으로 흔치 않다. 황광수는 특히 라캉에 대해 자주 언급하고 있는데, 이는 인간의 욕망과 정념에 대한 탐사를 통해 이념과 역사 중심으로 작품을 해석한 비평적 편향을 돌파하는 이론의 가능성을 라캉의 이론에서 조우했기 때문이 아닐까 싶다. 황광수는 자신의 비평세계에 대해서 어떤 비평가보다도 열린 성찰을 보여주는데, 그 과정에서 마르크스주의의 산맥을 타고 넘어, 프로디안 마르크스주의로 해석될 수 있는 라캉과 지젝의 문제의식과 만나게 되었던 것이리라.

5

황광수는 이 땅의 수많은 비평가 중에서 대학제도와 연관된 강단비평에서 자유로운 희귀한 비평가이다. 그는 1981년 「현실과 관념의 변증법 — 김광섭론」을 발표하면서 비평 활동을 시작한 이래 지금에 이르기까지, 삼십여 년 동안 비평가로 지내오면서 주로 출판사와 문예지를 기반으로 활동해왔다. 잘 읽히면서도 단단한 황광수의 문장은 오랜 기간의 출판 편집 경력에서 비롯된 것이 아닐까.

「비평은 다른 미래를 선택하는 실천이다」라는 제목의 대담에서도 확인할 수 있듯이, 그가 또래의 다른 비평가들에 비해 비평의 독립성과 자율성에 대해 분명한 태도를 취하거나 "평상시에 치열한 문제의식을 갖고 늘 준비하고 있어야 한다는 것이죠. 그래야만 아류가 될 위험성에서 벗어날 수 있고, 문학권력에 휘말릴 염려도 없어지겠지요."라는 전언에서도 엿볼 수 있듯이 주체적인 비평적 태도를 지니고 있다는 사실은 대단히 인상적이다. 말하자면 그의 비평에서 나는 비강단파 비평가의 긍지와 활력을 느낄 수 있었다. 다만 그도 지적하고 있듯이 비평가들이 출판산업에 종속되고 있는 상황이 점차 심해지는 이즈음, 출판시스템에 속해 있으면서도 어떠한 방식으로 비평의 자율성을 확보해 나갈 것인가를 지혜롭게 궁구하는 바람직한 전범典範을 보여주는 것이 앞으로 전개될 황광수 비평의 미래이자 소중한 가능성이 될 것이다.

6

황광수의『끝없이 열리는 문들』을 읽으면서, 나는 동시에 황현산의『잘 표현된 불행』(문예중앙, 2012.2)을 겹쳐서 읽었다. 이 두 권의 평론집은, 여러 가지 면에서 유의미한 공통점과 차이를 지니고 있는데, 최근 몇 년 동안 간행된 비평집 중에서 가장 주목할 만한 노작勞作이라고 생각된다. 두 권의 두꺼우면서도 아름다운 근작 평론집을 이 여름에 겹쳐 읽으면서, 나는 커다란 비평적 자극을 받았다. 각기 736면과 824면에 이르는 두 비평집의 드문 부피, 곧 고희古稀를 맞이하는(1944년생, 1945년 생) 두 비평가의 끊임없는 자기 갱신과 문학적 열정을 통해, 비평 쓰기에 대한 내 새로운 의욕은 한껏 충전되었다. 나는『잘 표현된 불행』에서 언어와 텍스트의 결에 대해 지극히 민감한 아름다운 비평정신을, 그리고『끝없이 열리는 문들』에서 견실하고 균형감 있는 진보적 비평의 자기 갱신의 역정歷程을 목도했다. 행복한 체험이었다. 흥미롭게도 이 두 비평정신은 서로를 자극하는 소중한 친구인 듯하다. 진정으로 바라건대 내게도 이런 비평가 친구가 있었으면 좋겠다.

(2012)

이 시대 비평을 둘러싼
세 가지 풍경

최성일, 오길영, 신형철의 비평세계에 대해

1. 비평가의 죽음

2011년 7월 2일 출판비평가 최성일(44)이 지병인 내종양으로 인해 세상을 떠났다. 그가 그토록 좋아했던 책읽기를 더는 진행할 수 없는 처지가 된 것이다. 최성일의 죽음은 그가 지금까지 보여준 비평가로서의 염결성, 성실한 책읽기, 올곧은 태도, 의연한 비평정신으로 인해 그의 글을 아끼는 많은 이들에게 슬픔과 안타까움을 불러일으켰다. 이제 그가 세상에 살았던 흔적은 우리시대 지성인과 사상가 218명의 사유의 궤적을 담은 역저 『책으로 만나는 사상가들』(1~5권)이나 『어느 인문주의자의 과학책 읽기』 등의 책으로 기억될 것이다.

　『출판저널』, 『교수신문』, 『도서신문』의 기자를 역임한 이후 프리랜서 출판비평가로 오랜 세월동안 지속적으로 서평을 써온 최성일이 보여준 한 사람의 비평가(서평가)로서의 지난하고 뚜렷한 역정歷程은 이 시대 비평과 비평가의 존재방식에 대한 근본적이며 우울한 생각으로 유도한다.

　나는 비평가 최성일의 삶과 죽음을 통해 '과연 독립적이며 주체적인 전업비평가는 가능한가?'라는 물음을 던져보았다. 문학, 미술, 영화, 출판을 막론하고, 대학(학교), 특정한 출판사나 에콜, 컴퍼니(갤러리, 영화사) 등에 소속되지 않은 독립적인 비평가가 비평 행위를 통해서 최소한의 생존을 유지하는 일은 이전이나 지금이나 거의 불가능에 가깝다. 최성일은 그 힘든 길을 선택한 비평가이다. 적어도 최성일 앞에서라면 '비평의 독립성과 비판정신' 운운하는 글에 냉소를 보였던 이들이 머리를 수그려야 하리라. 때로는 책이 너무 좋아서, 때로는 생계의 방편으로, 때로는 출판비평가로서의 사명으로 인해 그는 그 수많은 책들에 대한 리뷰를 묵묵히 써 나갔다.

　『책으로 만나는 사상가들』을 읽다보면 그가 책과 저자에 바친 지적 분투에 대해서 경외의 마음을 지니게 된다. 그러나 이러한 그의 책과 비평에 대한 엄청난 열정이 한 순간도 그를 경제적 안정으로 이끈 적은 없었을 터이다. 그는 늘 프리랜서 비평가가 마주할 수밖에 없는 생계의 어려움, 미래에 대한 불안을 견디면서 묵묵히 비평행위를 수행해나갔다. 생각해보면 쉴 틈 없이 지속적으로 원고를 쓸 수밖에 없는 프리랜서 비평가의 고단한 삶이 그의 건강을 더 악화시킨 것이 아닐까.

　어떤 입장으로부터도 비평적 주체성과 독립성을 유지하고자 하는 그의 비평가로서의 태도는 그의 정신을 더 피곤하고 예민하게 만들었던 것은 아닐까. 최성일은 "책에 투항하느냐 투항하지 않느냐, 곧 비판적인 독서를 하느냐 하지 않느냐가 프로와 아마추어를 구분 짓는다"고 적은 바 있다. 실제로 그는 이러한 비평관을 그의 글쓰기에 그대로 실천했다. 이를테면 최성일의 비평이나 서평은 우리에게 잘 알려진 저자나 사상가의 책에 대해서도 냉철한 관점을 유지했다. 그는 체질적으로 신화화나 과대평가를 싫어했다.

　나는 최성일의 죽음을 마주하면서 이 시대 비평가는 과연 어떤 존재인지에 대해 간곡한 마음으로 다시 묻게 된다.

2. 비평가를 부탁해!

지난 10년간 많은 비평가들이 새롭게 등장했으며, 그 비평가들의 비평 언어는 더욱 화사해지고 있다. 이론에 대한 감각이나 관심도 한층 세밀해지고 증가한 듯하다. 지금 이 시대의 비평가들이 이론적인 감각의 측면에서 볼 때 한국현대비평사를 통해 가장 진보한 비평세대라는 사실은 충분히 인정될 만하다. 이전 세대와 비할 때 비평문의 형식적 완성도나 문장력은 확실히 좋아졌다. 그러나 도발적이며 문제제기적인 비평, 대담한 비판정신으로 채워진 의욕적인 비평, 문학장의 지배적인 이데올로기에 대해 근본적인 성찰을 전개하는 비평은 거의 찾아볼 수 없다. 말하자면 문학제도나 문학장에 의해서 순치된 안전한 비평언어만 넘치고 있는 것이다. 이러한 현상을 일러 비평이 문학제도, 출판자본에 포섭되는 과정이라고 표현할 수 있을까. 다음과 같은 예를 들고 싶다.

　내가 최근에 접했던 가장 인상적인 비평문 중의 하나는 영문학자 오길영의 「'비평가'를 찾는 전화벨이 울리면…… '신경숙을 부탁해!' ─ 신경숙의 베스트셀러와 '비평의 위기'」(프레시안, 2010.10.15)이다. 이 평문은 주로 신경숙의 베스트셀러『어디선가 나를 찾는 전화벨이 울리고』에 대한 주류 평단의 호평 일변도에 맞서, 이 소설이 지니고 있는 몇 가지 치명적인 한계를 예리하게 짚어낸다. 예컨대 지나치게 남용되는 센티멘털리즘, 천사표 캐릭터에서 크게 벗어나지 않는 등장인물들의 단순성, 시대적 고통조차도 아름답게만 묘사하려는 작가의 태도가 이 작품에 어떤 미학적 파탄을 야기하는지를 세밀하게 논증하고 있다. 이 비평의 어떤 문장은 작가 신경숙이 자기 갱신이나 새로운 문학적 도약을 위해서 진지하게 경청해야 될 조언이다. 가령 "신경숙은 고통을 고통스럽지 않게, 아름답게만 그린다", "『전화벨……』은 신경숙 소설의 미덕으로 흔히 꼽혀온 요소들이 냉철한 '악마'적 현실 감각에 의해 뒷받침되지 않을 때 어떻게 작품을 해칠 수 있는가를 전형적으로 보여준다" 같은 구절이 그렇다.

여기서 이런 질문을 던져볼 수 있겠다. 과연 이런 비평문이『창작과비평』이나『문학동네』,『문학과사회』등의 문예지에 수록될 수 있는가? 왜 대부분의 문예지에서는 문학작품에 대한 비판적 서평이 존재하지 않는 것인가? 오길영의 비평문에 대한 반론이나 후속논의는 왜 이루어지지 않는 것인가? 이미 이런 현실에 대한 무수한 진단과 문제제기가 이루어졌지만, 비평계의 현실은 한층 악화되고 있다.

신경숙에 대한 본격적인 비판적 평문이 문학장과는 거리를 둔, 한국소설을 아끼는 한 영문학자에 의해 '프레시안'이라는 매체에 발표될 수밖에 없다는 사실이야말로 이 시대 비평의 운명과 그 시스템을 드러내는 중요한 징후이다. 한국소설을 위해서나 이 시대 비평을 위해서나 소설가 신경숙의 문학적 갱신을 위해서나, 이러한 현상이 결코 바람직하지 않다는 점은 두말할 나위가 없을 것이다.

3. 몰락의 윤리 : 발터 벤야민과 신형철

신형철의 『느낌의 공동체』를 읽으면서 오래간만에 '비평의 매혹'을 만 끽했다. 감성적이면서 유려한 문장력, 작품의 속살을 정확히 포착하는 뛰어난 감식력, 적절하고 빛나는 인용과 이론구사, 시대적 아젠다에 대한 성찰적 문제의식 등이 돋보이는 단평집(산문집)이었다. 내가 이 시대 비평에 대한 우울한 정조나 비관적 관점에서 조금이라도 벗어나게 되었다면, 그것의 상당 부분은 신형철의 존재로 인해서이다. 그의 『몰락의 에티카』나 『느낌의 공동체』는 이 시대 문학비평이 도달한 드문 매혹적 경지와 잠재적 가능성을 활달하게 보여준다.

그럼에도 불구하고 나는 그에게 이런 얘기를 하고 싶다. "가장 정확한 방식으로 칭찬을 할 수 있는 비평을 하고 싶다"는 어느 인터뷰에서 그가 밝힌 입장을 물론 충분히 이해하고 존중한다. 그리고 또 "좋아하는 텍스트를 칭찬하기에도 시간이 모자라는데 만만한 텍스트를 두들겨 패는 일은 하고 싶지 않다"는 관점도 물론 이해받아 마땅한 태도이다. 그럼에도 나는 신형철의 이런 발언을 접하면서 다음과 같은 일련의 질문을 던지지 않을 수 없었다.

신형철이 두 번째 주장에서 구사한 어법으로 표현하자면, 그저 그런 텍스트를 칭찬하기보다는 정말 문제적인 텍스트에 대해 정확한 비판을 수행하겠다고 말할 수 있는 것 아닌가? 지금 이 시대 평단은 칭찬이 많아서 문제인가?, 아니면 비판이 많아서 문제인가? 가장 정확한 방식으로 비판하는 비평은 대부분의 문예지에 수록되기 힘들지만, 가장 정확한 방식으로 칭찬하는 비평은 문예지에서 적극 환영할 것이다. 그렇다면 대부분의 비평가들이 칭찬과 긍정의 담론을 선택하고 있을 때, 비판적이며 문제제기적인 비평을 선택하는 것은 비평문학의 균형감각을 위해서도 대단히 소중하고 필요한 작업 아닌가?

발터 벤야민의 일생을 한 편의 소설 형식으로 다룬 제이 파리니의 『벤야민의 마지막 횡단』을 읽으면서 언뜻 비평가와 '몰락'에 대한 사유를 진전시켜보았다. 『벤야민의 마지막 횡단』은 벤야민의 연애와 성을 지나치게 흥미 위주의 관점에서 접근하고 있다는 한계가 있기는 하지만, 벤야민의 인생여정을 뤼시엥 골드만의 '두 사람이 함께 책상 들기' 방법론에 의거하여 비교적 생생하게 부조하고 있는 문제적 저작이다. 나는 벤야민의 기구한 인생과 자살을 통해 때로는 내 자신의 비평적 여정에 대해, 그리고 때로는 『몰락의 에티카』의 저자에 대해 생각해보곤 했다.

'몰락의 에티카'는 그 자체로 정말 매력적인 제목이자 개념이다. 그러나 신형철의 비평이 그야말로 '몰락의 에티카'에 부합되기 위해서는 그의 비평이 기존의 문학장이나 주류 이데올로기와 더 먼 거리에 존재해야하는 것이 아닐까? 그러기에는 지금 이 시대 신형철의 비평과 입장은 적어도 문학판에 한정해서 보자면 지나치게 주류 지향적이다.

말의 진정한 의미에서 '몰락의 에티카'를 선택한 비평가는 주류 문학제도나 문학장과 불화하는 운명에 처할 수밖에 없는 것이 아닐까. 정권을 비판하고 용산참사에 대해 문제의식을 느끼는 것은 비평가라면 누구나 가능한 선택인지도 모른다. 그러나 그 자신(비평가)이 속해 있는 문학장이나 문학미디어에 대해 근본적인 비판과 문제제기를 수행하면서 '고립'을 선택하는 것은 결코 쉽지 않을 것이다. 그런 선택을 감내하는 저자나 비평가에게 우리는 기꺼이 '몰락의 에티카'라는 표현을 구사할 수 있는 것 아닐까. 「독일 비애극의 기원」이라는 제목의 박사학위논문이 보수적 학계의 이해를 얻지 못하면서 당대 주류지식사회에서 고립되었던 발터 벤야민, 혹은 그 벤야민이 '좌절한 자의 순수와 아름다음'으로 불렸던, 늘 기성체제와 불화했던 프란츠 카프카처럼. 나는 이 시대 비평가들에게 절실하게 필요한 덕목이 바로 문학적 '고립'을 담담하게 견디는 태도라고 생각한다.

물론 신형철이 가장 정확한 방식으로 칭찬하는 비평을 앞으로도 쭉 읽고 싶다. 동시에 그가 가장 정확한 방식으로 작품을 예리하게 비판하는 비평도 읽고 싶다. 나는 그가 정확하고 아름다운 비판을 전개할 수 있는 흔치 않은 재능을 지니고 있다고 생각한다. 그러했을 때 나는 비로소 그의 '몰락의 에티카'를 참으로 적절한 표현으로 흔쾌히 마음에 새겨둘 수 있으리라.

(2011)

새로운 만남을 위하여

한국문학과 러시아문학의 관계에 대한 단상

우선 〈한러 문학의 밤〉 행사에 초대되어 오늘 이 곳 모스크바에서 제 글을 발표하게 된 것을 커다란 기쁨이자 영광으로 생각합니다. 저 개인 적으로 2002년 여름에 모스크바와 상트페테르부르크를 둘러본지 5년 3개월 만에 다시 모스크바를 방문하게 되었습니다. 최근에 저는『낭만 적 망명*Romantic Exile*』(2008.8)이라는 제목의 비평집을 펴냈습니다.『낭만 적 망명』이라는 제목은 알렉산드르 게르첸과 니콜라이 오가료프, 미하 일 바쿠닌의 삶과 여정을 '낭만적 망명자'라는 차원에서 해석한 에드워 드 카Edward Hallett Carr의 저작『낭만적 망명자』에서 착안한 것입니다. 카 는 게르첸과 오가료프, 바쿠닌 등의 러시아 혁명 이전의 차르 체제에서 유럽으로 망명하여 파란만장한 혁명운동에 매진했던 인텔리겐치아 그 룹을 '낭만적 망명자'라고 칭합니다. 그들의 곡절 많은 인생은 쓰라린 비극으로 마감되었지만, 나중에 혁명적인 청춘의 모범에 대한 예찬을 위해 모스크바대학 구내에 게르첸과 오가료프의 기념비가 세워졌다고 합니다.

저는『낭만적 망명』에서 그러한 문제의식을 계승하여, 이 시대 한국사회, 한국문학이 마주하고 있는 문제들을 돌파하기 위해서는 새로운 '낭만적 망명자'가 필요하다는 주장을 펼쳤습니다. 그런데『낭만적 망명』이 간행된 지 50일 만에 바로 모스크바에 다시 오게 되었으니, 저와 이곳 사이에는 신비로운 운명적 관계가 있는 것이 아닌가 생각됩니다. 사실 게르첸의 흔적을 탐문하기 위해서도 꼭 이 곳에 다시 오고 싶었습니다.

며칠 전에 저는 제 수업을 듣는 숙명여대 학생들과 함께 한국의 수도 서울 한복판에 있는 정동 거리를 산책했습니다. 저는 그 거리에 있는 현대적이며 우람한 러시아 대사관 건물과 이제는 종탑만 남아 있는 구한말舊韓末의 러시아공사관 터를 둘러보았지요. 그 주변을 산책하면서 저는 한국과 러시아의 숙명적인 관계에 대해 다시 한 번 생각해 보았습니다. 지리적으로, 문화적으로 한국과 러시아는 근현대사를 통해 밀접한 관계를 맺어 왔습니다. 만약에 러시아라는 나라가 없었다면, 한국현대사의 운명과 방향도 지금과는 크게 달라졌을 것입니다.

문학 역시 예외가 아닙니다. 러시아문학은 한국근대문학사에 커다란 영향을 미쳤습니다. 일제 식민지시대에 전개된 진보적인 문학은 러시아 사회주의 문학이라는 존재 없이 온전히 설명하기 힘들 것입니다. 1920년대부터 마르크스주의 문예이론이 활발하게 소개되었으며 일본어로 번역된 플레하노프, 벨린스키, 트로츠키, 레닌 등의 문학론이 당시 식민지 조선의 문학논쟁과 문학운동에 커다란 참조가 된 바 있습니다. 실상 이념과 입장을 떠나 식민지시대의 문학청년들에게 톨스토이, 도스토예프스키, 체호프, 고골리, 푸슈킨, 투르게네프, 고리키의 작품들은 교양서에 가까웠습니다. 식민지시대의 사회주의 계열 문인들은 러시아혁명의 성공을 통해, 민족해방과 계급해방의 가능성을 엿보기도 했으며, 러시아 비평가와 문인들의 글을 통해 문학을 통한 사회 비판의 가능성을 모색하기도 했습니다.

1945년 일제로부터 해방된 조선이 1948년 분단되고 곧이어 1950년 6월에 한국전쟁이 발생합니다. 1945년 8월부터 1948년 8월 사이에 한국사회는 좌우로 나뉘어 격렬한 이념투쟁을 벌이게 됩니다. 그 과정에서 수많은 마르크스주의 문헌과 작품들, 소련의 문학작품이 번역되었으며, 소련기행문이 발표되기도 했지요. 그 이후 한국사회(좀 더 정확하게 말하면 남한사회)에서 진보적 문학은 쇠퇴기를 맞이하게 됩니다. 한국전쟁의 여파로 인해, 한국은 유달리 완강한 반공이데올로기가 지배하는 사회가 되었기 때문입니다(오늘 이 자리에 참석하신 이호철 선생님의 소설 『남녘사람 북녘사람』이 바로 이 한국전쟁 과정에서 인민군으로서 참여했던 저자가 겪은 기구한 체험들을 다룬 작품입니다). 그에 따라 이른바 순수문학과 탈정치적문학이 한국전쟁 이후 남한문학의 대세로 자리잡게 됩니다. 여기서 흥미로운 대목은 이 냉전시대에도 톨스토이, 푸슈킨, 도스토예프스키, 투르게네프, 체호프의 문학은 많은 한국 사람들에게 커다란 사랑을 받았다는 사실입니다. 그들의 문학이 특정한 이념을 떠나 보편적인 인간적 진실에 호소했기 때문이겠지요. "삶이 그대를 속일지라도 / 슬퍼하거나 노하지 말라 / 슬픈 날엔 참고 견뎌라 / 즐거운 날이 오고야 말리니"라고 노래한 푸슈킨의 시구를 대부분의 한국사람은 마음에 담아두고 있습니다.

한국사회에서 러시아 문학과 비평이 다시 집중적으로 주목받게 된 시기는 1980년대입니다. 1980년대는 한국사회를 지배했던 반공이데올로기에 커다란 균열이 생성되면서, 진보적인 사상과 문화가 적극적으로 분출하던 시대였습니다. 억압적인 군부 정권에 저항하는 시민과 학생, 지식인은 한국 사회의 개혁과 변혁을 위한 헌신적인 노력을 기울였습니다. 물론 그 대열에 문인도 예외가 아니었습니다. 1980년대 한국사회를 지배한 문화는 민중문학, 민중신학, 민중경제, 민중문화 등의 진보적인 흐름입니다. 그 당시 노동자가 쓴 시나 수기가 중요한 문학적 현상으로 부각되었으며 노동문학과 민중문학에 대한 논의가 활발하게 전개되었지요.

한국사회의 민주화에 결정적인 분기점이 된 1987년 6월항쟁은 진보적 문화 복권에 커다란 계기로 작용했습니다. 이에 따라 1988년 무렵부터 월북문인, 사회주의 계열의 문인과 사상가에 대한 연구와 출판이 공식적으로 허용되었습니다. 이즈음에 솔로호프의 『고요한 돈강』, 고리키의 『어머니』, 오스트로프스키의 『강철은 어떻게 단련되었는가』, 트로츠키의 『예술과 혁명』 등을 비롯한 러시아 문학작품, 철학서, 사상서, 문예이론서가 활발하게 번역되었습니다. 이 당시 헝가리 출신의 비평가 루카치 열풍이 불면서 리얼리즘 이론서들이 많이 번역되었는데, 그 몇몇은 러시아 비평가들의 저작들이었습니다. 사실 이 시기의 한국의 진보적 진영 중에는 사회주의를 한국사회의 대안으로 생각하는 그룹도 있었습니다. 정치적·문화적 측면 공히 1980년대 한국사회는 마르크스주의와 진보적 사상의 전성기였다고 할 수 있습니다.

그러나 그 시기의 러시아 문학과 문화의 수용이 진보적인 사상 일변도로 전개되었다고 말하는 것은 공정하지 않을 것입니다. 미하일 바흐친의 이론서와 러시아 형식주의 관련 이론서들도 한국어로 번역되면서 이론적 균형 감각을 확보하기도 했지요. 당시 한국문학은 순수문학과 모더니즘문학이 민중문학(민족문학)의 흐름과 대립구도를 형성하면서 지속적으로 존재해왔습니다.

그리고 톨스토이와 도스토예프스키, 체호프의 단편소설과 희곡들, 노벨상 수상작으로 선정되기도 했던 보리스 파스테르나크의 『닥터 지바고』, 또 다른 노벨상 수상작가였던 솔제니친의 작품은 특정 시대와 관계없이 한국인에게 지속적인 관심과 사랑을 받아왔습니다. 아울러 1970년대 후반부터 한국의 대학가에서는 진보적인 대학생들 사이에 러시아 민요 '스텐카라친의 노래'가 널리 불렸다는 사실도 여기에 적어 두어야 할 것 같습니다. 저도 대학시절에 친구들과 함께 그 노래를 즐겨 부르곤 했습니다. 1980년대 중반부터 한국의 주요대학에 러시아어 문학과가 생기기 시작한 점도 러시아문학 소개의 주요한 견인차가 되었습니다.

1990년대 들어와서 냉전시대가 마감되고, 동구사회주의가 몰락하면서 러시아 문학이나 비평의 영향력이 상대적으로 감소한 것은 사실입니다. 대신에 타르코프스키의 영화나 일리야 레핀의 미술작품, 블라디미르 나보코프의 소설이 한국의 예술가들에게 많은 자극과 영감을 주었습니다. 여기서 아쉬운 점은 당대의 러시아문학이 아직 한국에 적극적으로 소개되지 않고 있다는 사실입니다. 한국에서는 민중문학이나 노동문학의 흐름이 1990년대 중반 이후 눈에 띄게 쇠퇴하기 시작했습니다. 대신에 사적 개인의 진실, 내면의 복원, 대중문화와의 만남, 전복적인 형식 실험, 일상성의 미학, 다양한 욕망의 형상화 등이 1990년대 이후 한국문학을 채우고 있는 새로운 문학적 테마라고 할 수 있습니다.

지금 이 시대의 한국문학은 '문학의 위기', 혹은 '근대문학의 종언'이라는 담론이 유행하고 있습니다. 이전보다 더 많은 수의 다양한 작품이 발표되고 있지만, 예전에 비해 볼 때 문학의 사회적 대응력이나 현실에 대한 성찰이 약화된 것은 분명한 사실입니다. 90년대 이후 한국문학은 지난 연대의 이념적 편향에서 탈피하여, 다양성을 확보해나가는 과정으로도 해석되고 있습니다.

문학의 위기라는 늘 있어온 상투적 주장에도 불구하고, 현상적으로 볼 때 한국은 세계 어느 나라보다도 많은 시인, 소설가, 비평가, 문예지, 문학상이 존재합니다. 지금은 판매부수가 줄었지만 아직 시집이 수천 부, 수만 부 팔리기도 합니다. 문학작품은 그 어느 때보다 많이 출간되고 있으며, 새로운 시인과 소설가가 지속적으로 등장하고 있습니다. 분명한 사실은 그 양적 풍요로움이 질적인 수준의 상승으로 전환되기 위해서는 어느 나라 문학보다도 인간과 사회, 세계와 인생에 대해 근원적인 성찰을 보여준 러시아문학과의 밀도 깊은 대화가 필요하다는 사실입니다. 이 세계의 모순이 존재하는 한, 근대 러시아문학이 보여준 인간과 사회에 대한 깊이 있는 탐구는 한국인의 마음에 지속적으로 되새겨질 것입니다. 한국문학의 새로운 갱신을 위해서 러시아문학의 정신은 여전히 필요합니다.

역으로 이제 저는 앞으로 한국현대문학사의 걸작들이 러시아어로 활발하게 번역되어 러시아문학의 새로운 변화와 다양성 확보에 작은 기여라도 하게 되기를 간절히 염원합니다. 바로 이러한 만남을 통해, 서로의 문학세계를 더욱 풍부하게, 깊이 있게 만드는 것이 오늘 이 행사의 궁극적인 목표라고 생각됩니다. 〈한러 문학의 밤〉이 한국문학과 러시아문학의 상호 이해와 발전을 위한 소중한 계기가 되기를 희망하면서 저의 발표를 마치도록 하겠습니다. 지금까지 저의 부족한 발표를 들어주신 여러분들께 진심으로 감사드립니다.

(2008)

한 고독한 시인의
철학적 탐닉에 대하여

장석주의 『철학자의 사물들』에 부쳐

신춘문예를 통해 비평가로 막 등단했던 1987년 1월 10일, 나는 광화문 교보문고에서 한 권의 책을 구입했다. 아직 신춘문예 시상식도 열리기 전이었다. 이십대 중반의 대학원생이자 비평에 대한 새로운 열망과 의욕으로 한껏 충전되어 있던 신진비평가였던 풋풋한 시절, 내게 참으로 매력적으로 다가왔던 그 한 권의 책은 장석주의 첫 번째 평론집 『한 완전주의자의 책읽기』(청하, 1986.12)였다. 그렇다면 이 책의 어떤 점이 내 마음을 그토록 뒤흔들었던 것일까?

생각해보면, 늘 내 문학적 무의식에 뿌리 깊게 존재하고 있었지만 충분히 펼쳐놓지 못했던 심미적 감성과 아름다운 문체, 문학적 열정과 우아한 지성을 그 책을 통해 확인했던 것 같다. 1987년 6월 항쟁이 잉태되고 있던 폭풍전야의 문제적 시기, 민족문학과 노동문학의 대의가 문단을 지배하던 그 시절에도 이와 같은 섬세한 미학적 글쓰기가 가능하구나 하는 생각을 했더랬다. 특히 '머리말'이 참으로 인상적이었다. 기혼이자 실직자인 20대 중반의 무명시인 장석주가 시립도서관에서 어떤 전망이나 아무런 기약도 없이 『바슐라르 연구』를 읽으면서 느꼈던 오롯한 행복감과 충만감이 내게도 온전히 전염되어 왔던 것으로 기억한다. 그 순간 나도 언젠가는 이처럼 멋진 책을 내고 싶다는 바람을 마음 깊은 속에 고이 간직하지 않았을까 싶다. 실제 만남은 동반되지 않았지만, 이것이 그와 나의 첫 인연이다.

그때부터 장석주의 글과 책, 삶을 꾸준하게 지켜보았던 것 같다. 그와 직접 만나거나 대화를 나눈 적은 많지 않다. 그러나 그와 함께한 몇몇 장면들은 내 뇌리에 선명하게 아로새겨져 있다.

지금도 기억한다. 1990년 무렵 정기적으로 진행되던 '시운동' 동인 합평회에 함께 참석하여 그의 신간시집에 대해 토론하던 청춘의 시간을, 그가 운영하던 청하출판사가 청담동에 있던 시절 모처럼 방문하여 점심을 함께 하며 문학 얘기를 나누던 그 아련한 순간을, 계간 『사회비평』 편집위원 시절 '학술권력과 글쓰기'란 특집의 일환으로 '마광수 교수의 글쓰기와 재임용탈락'이라는 민감한 주제를 청탁하기 위해 그에게 전화했을 때 들려오던 다정하면서도 기꺼운 목소리를.

처음 만남부터 지금까지 많은 세월이 흘렀지만, 그때나 지금이나 우리는 늘 넓은 의미에서 심미주의자였으며, 니체와 카잔차키스, 벤야민에 매혹당한 비평가였으며, 한결같이 문학적 아웃사이더와 소수자의 감성 쪽에 서 있었던 문인이었다. 또한 우리는 첨예한 정치적 계몽의 문학도 미학적 품격이 동반되었을 때 문학적으로나 정치적으로나 한층 소중한 의미를 지닌다는 생각을 공유해왔던 것 같다. 지금 문단에서 우리 둘이 자유로운 고독한 단독자로서 느슨한 '마음의 연대'를 해올 수 있었던 것도 이와 같은 비슷한 취향과 문학적 기질에서 연유하는 것이 아닌가 생각될 때가 있다.

내가 알기로 장석주는 서평가 로쟈(이현우), 출판평론가 한기호 등과 더불어, 대한민국 지식사회에서 누구보다도 수많은 책을 열정적으로 탐독하는 대표적인 다독가이자 애서가이다. 그는 작년에 발표한 어느 칼럼에서 "해마다 책을 1,000권씩 사들이고, 그것들을 꾸역꾸역 읽는 것을 인생의 큰 보람과 기쁨으로 여긴다"고 고백한 바 있다. 그에게 책읽기는 삶 그 자체인 것으로 보인다. 동시에 그는 시집, 산문집, 독서에세이, 평론집, 장편소설, 철학서 등의 다양한 분야에 이르는 50여권이 넘는 책을 저술한 바지런한 글쟁이이기도 하다.

그가 이번에 또 한 권의 개성적이며 매력적인 책을 세상에 선보였다. 『철학자의 사물들』이 그것이다. 이 책을 읽어 내려가면서 이 같은 내용과 주제에 관해서라면 장석주가 누구보다도 잘 쓸 수 있는 적임자라는 생각을 했다. 그는 수많은 문인들 중에서도 철학적 탐구와 철학책 읽기에 누구보다 많은 시간과 열정을 바친 이로 손꼽힌다. 『들뢰즈, 카프카, 김훈 — 천 개의 고원 그리고 한국문학의 지평』(2006), 『진리는 미풍처럼 온다 — 장석주의 니체 읽기』(2005) 등의 단행본 저작들을 통해 여실히 확인할 수 있듯이 특히 그는 니체와 들뢰즈에 대해서 어떤 문인보다도 지속적으로 깊이 있는 관심과 전문적 식견을 보여준 바 있다. 지금 생각해보니, 1984년 그가 운영했던 출판사 '청하'에서 니체전집이 한국 최초로 출간되었던 사실은 숙명이 아닐까 싶다.

『철학자의 사물들』은 제목 그대로 우리 주변에 가까이 존재하는 서른 개의 사물을 각기 서른 명의 철학자(사상가)의 문제의식과 절묘하게 연계시켜 설명하는 일종의 철학적 에세이라고 할 수 있다. 그 서른 개의 조합에는 세탁기 / 헤겔, 진공청소기 / 스피노자, 담배 / 프로이트, 선글라스 / 니체, 비누 / 장 보드리야르, 가죽소파 / 사르트르, 거울 / 라캉, 책 / 움베르토 에코, 냉장고 / 질 들뢰즈, 시계 / 발터 벤야민, 추鍾 /

아도르노와 호르크하이머 등의 중요한 현대철학자(사상가)들이 다수 포함되어 있다. 저자는 그 서른 개의 조합을 다시 '관계', '취향', '일상', '기쁨', '이동'의 다섯 가지 주제로 분류하여 배치한다.

그는 먼저 사물의 특성이나 외관, 질감, 용도, 매력, 심연에 대해 간명하게 설명하고, 이러한 사물의 특성에 기대어 인간의 사유와 일상, 삶과 죽음, 기쁨과 슬픔, 욕망과 무의식, 꿈과 환상에 대해서 말한다. 이를테면 이런 식이다. "우리는 신용카드라는 장치를 통해 이미 금융 자본주의 시스템에 '장악'당하고, '부품'으로 전락했다. 내가 신용카드를 쓰는 한 나는 부채인간이고, 기계적 금융 시스템에 예속된 노예이고, 사물화 된 인간 '부품'의 위치를 벗어날 수 없다." "나는 휴대전화를 좋아하지 않는다. (…중략…) 나는 번번이 혼자 있을 수 있는 자유를, 고독 속에서 자아의 온전함에 침잠해 있을 수 있는 자유를 침해당한다." "자동판매기는 깊이가 아예 없는 사물이다. 애초에 제 뜻도 생각도 없기에 깊이가 만들어지지 않는다. 교양과 지혜가 없고, 그것을 만들만큼의 생각이 없다는 것을 말한다. 자동판매기는 내면으로의 여행, 사유, 멜랑콜리, 가치를 생산하는 노동에 대해 전혀 알지 못한다." 물론 그가 신용카드, 휴대전화, 자동판매기에 대해 묘사하고 탐문하는 것은 궁극적으로 그 사물에 종속되거나 매혹당하는, 혹은 사물을 이용하거나 착취하는 인간의 욕망에 대해 말하기 위해서이다. 그래서 "사물의 아름다움은 언젠가는 사라질 덧없음의 아름다움이다. 사물에의 매혹은 실은 그 덧없음에 홀린 우리 마음의 매혹이다"라는 표현이 가능했을 터이다.

이런 문장은 어떤가. "비누의 참다운 매혹은 그 덧없는 사라짐에서 발생한다. 비누가 영구불변하는 사물로 변신한다면, 그 사라지지 않는 비누란 얼마나 끔찍한가!" 이 대목에서 비누는 다만 있는 그대로 존재할 뿐이다. 오히려 여기서 문제적인 것은 그 비누의 사라짐을 해석하는 저자의 관점, 비누의 불멸을 상상하는 인간의 감정이다. 이런 맥락에서 장석주는 인간의 의식과 욕망이 투사되어 있는 사물과의 만남을 통해 인간의 숭고함과 비천함에 대해, 인간의 마음이 지닌 복합성과 균열에 대해 좀 더 투명한 시선으로 이해하는데 이른다. 그는 자동판매기의 '깊이 없음'을 인간의 성격에 투사하여 이렇게 말한다. "생각이 가볍고 감정이 들떠 있는 사람은 사물이건 사람이건 고요히 응시하지 않는다. 그들은 깊이 생각하지 않고 피상적으로 느끼고 판단한다. 그래서 자주 실수하고 낭패를 본다." 이런 과정을 통해 그는 "사람은 가장 비열한 존재이면서도 숭고하고, 가장 숭고한 존재이면서도 비열하다"는 사실을 실감한다. 요컨대 그가 이 책을 통해 말하고자 하는 것은 사물과 만나고 접하면서 형성된 인간의 내면과 속성, 마음의 섬세한 무늬에 대해서이다.

이 자체만으로 『철학자의 사물들』은 상석주의 박람강기[博覽强記]로 표현할 수 있는 드넓은 지식, 다양한 사물들에 대한 면밀한 관찰력, 인간의 욕망과 행위를 투시하는 혜안을 엿볼 수 있는 충분히 개성적인 저작이다. 그러나 그는 여기서 한 발자국 더 나아가, 그 사물들의 존재와 특성 그리고 이에 연계된 인간의 실존을 걸출한 철학자들의 독창적인 사유와 연계시켜 해석한다. 이러한 의미에서 『철학자의 사물들』은 로제 폴 드르와의 『사물들과 철학하기』의 심화이자 확대이다.

그래서 평소에는 그 존재를 특별히 의식하거나 눈여겨보지 않았던 서른 개의 익숙한 사물은 저자의 유려한 묘사와 예리한 눈썰미, 촌철살인의 해석, 단아하고 명료한 문장에 의해 홀연 새로운 철학적 의미를 획득한다. 달리 표현하면 그 과정은 현대철학자들의 심오한 문제의식이 일상의 다양한 사물과의 만남을 통해 그야말로 구체적으로 현현[顯現]되는 장면이기도 하다. 가령 앞에서 등장했던 '자동판매기'의 결말을 장석주는 이렇게 맺는다. "한밤중 아무도 없는 빌딩의 텅 빈 복도에 홀로 서 있을 자동판매기를 상상하면서, 나는 이렇게 쓴다. '나는 생각하지 않는다. 고로 나는 존재한다'라고." 이 대목에서 저자는 데카르트의 '나는 생각한다. 고로 나는 존재한다'는 명제를 재치 있게 뒤집으면서, 사물과 인간의 속성에 대해 근본적으로 성찰한다.

그런가 하면 '선글라스'는 '가면'이라는 의미망을 통해 니체 철학에 접근하는 통로를 제공한다. 장석주는 우선 봄날의 햇빛에 대해 서술하면서 선글라스를 자연스럽게 불러온다. 그리고 선글라스가 만들어진 역사와 자외선에 대해 간단히 언급한 다음에 니체를 등장시킨다. 이 대목에서 선글라스는 니체의 가면으로 전이된다. 장석주에 의하면 "니체는 가면의 철학자다." 니체의 가면은 보통사람들의 선글라스에 해당된다. 그는 이렇게 적는다.

> 니체의 콧수염은 하나의 존재 속에서 무수히 분열하는 수많은 자아를 가리키는 가면이고, 니체가 앓았던 질병들은 그의 위대한 건강을 가리는 가면이고, 정신착란은 니체 철학이 도달한 최후의 심오함을 가리는 가면이다.

니체를 조금이라도 읽은 이라면 이와 같은 서술이 니체 철학의 어떤 핵심을 성공적인 비유로 포착하고 있다는 사실을 분명히 인식할 수 있으리라. 선글라스-가면-니체의 철학으로 이어지는, 즉 점차 구체적 사물에서 추상적 철학으로 확장되는 '비유의 연쇄'를 통해 니체 철학의 비밀을 이해하는 열쇠가 우리에게 친근하게 다가오는 것이다.

이처럼 『철학자의 사물들』에서는 철학의 통찰력과 문학의 상상력이 결합되면서, 늘 정신없이 바쁜 현대적 일상에 의해 망각되어 있던 사물의 고유한 신비와 매력, 본질과 육체가 비로소 드러난다. 장석주는 이 책을 통해, 그 어떤 난해하고 오묘한 철학적 문제의식도 우리를 둘러싸고 있는 사물과 일상 속에 존재한다고 말하고 있는 듯하다. 나는 『철학자의 사물들』을 읽으면서, 스스로 충분히 체화되지 않았던 어떤 철학적 사유의 빛나는 순간들이 아주 구체적인 실감과 현실 속에서 생생하게 솟아오르며 의미화 되는 장면(스토리텔링)을 체험할 수 있었다.

다시 『한 완전주의자의 책읽기』를 처음 읽고 설렘을 느끼던 그 청춘의 시간으로 돌아가 보자. 당시 내게 무엇보다 인상적이었던 사실 하나는 이 지적이고 매력적인 책의 저자가 고독한 독학자라는 사실이었다. 아 혼자 주체적으로 책을 읽고 글을 쓰는 과정을 통해서도 이렇게 지성적이며 아름다운 비평을 쓸 수도 있구나 하는 생각을 했던 것으로 기억한다.

그래서 감히 이렇게 말할 수 있겠다. 장석주의 인생, 글쓰기, 책읽기와 만나는 과정은 내 무의식에 산존하고 있던 일말의 엘리트주의의 허상을 도려내면서, 내 문학공부의 한계를 정직하게 직시하는 과정이기도 했다고. 좋은 책을 성실하고 꾸준히 읽는 것만큼 효과적인 문학 공부는 없다는 지극히 당연한 사실을 장석주라는 존재가 내게 알려주었다. 동시에 어떤 입장이나 이념, 집단, 유파로부터도 자유로운 독립적 지성이야말로 글 쓰는 사람이 취해야할 기본적인 태도임을 그를 통해 서늘하게 자각하게 되었다. 이런 의미에서 그는 내 문학공부의 여정에서 뚜렷하게 기억될 만한 스승이자 늘 상큼한 지적 자극을 전해주는 문학적 동료 중의 하나이다.

가끔 허무하고 의례적인 술자리에서 돌아와, 아직 술에서 깨지 못한 상태로 서재에서 신간 서정시집을 읽는 늦은 밤이면, 문득 숙명적인 고독 속에서 책읽기와 글쓰기에 인생의 모든 열정을 바친 채 살아가고 있는 그에게 전화라도 걸고 싶은 페이소스에 휩싸이는 순간이 있었다. 때로 그런 순간이 인생을 견디게 하리라. 그 순간들을 내 뇌리에 기억하며 이 글을 흔쾌한 마음으로 썼다. 조만간 그와 만나서 밤늦게까지 책과 문학과 인생, 예술, 산책에 대해 얘기하고 싶다. 그런 시간이 아주 가끔이라도 주어진다면 앞으로 책읽기와 글쓰기로 인해 우리가 맞이하게 될 저 기나긴 고독과 침잠, 은둔의 시간들은 충분히 감당할 만한 기꺼운 축복일 수도 있으리라. 바로 이런 기대 때문에 그는 『철학자의 사물들』에서 다음과 같이 말했던 것이 아닐까.

어떤 사람에게 혼자 있는 시간은 나 자신과 만나고 우주에 대해 사유할 수 있는 자기 충족적 시간이고, 그래서 고독이 감미롭고 사랑스러워질 수도 있는 것이다.

(2013)

세월호의 슬픔 속에서
이어령의 『흙 속에 저 바람 속에』를 읽다

1

세월호 사건으로 우리 사회가 거나탄 슬픔과 집단적인 우울증에 빠져
있는 가운데 이어령의 『흙 속에 저 바람 속에』를 읽었다. 독서는 자주
중단되었고, 글은 오랫동안 진척되지 않았다. 세상이 슬프면 읽기와 쓰
기도 제대로 이루어지지 않을 터, 그 읽기와 쓰기의 대상이 바로 상처
받은 우리 사회이기 때문이다.

　『흙 속에 저 바람 속에』의 주제는 지금으로부터 52년 전의 시점으
로 저자 이어령이 바라본 한국사회의 문화와 특성이다. 청년 이어령이
20대 후반이던 1962년에 간행된 이 에세이를 통해 저자는 한국사회의
명암, 특성, 한계, 속살, 장단점에 대해 특유의 촌철살인의 문장과 문학
적인 언어를 통해 묘파하고 있다.

　4월 16일에 발생한 미증유의 비극적인 세월호 사건을 통해서 나는
한국사회의 어떤 특성과 습속이 이와 같은 엄청난 비극을 잉태했는가
하는 점에 대해서 숙고하게 되었거니와, 바로 이러한 맥락에서 당대의

베스트셀러이기도 했던 이 책의 문제의식은 지금 이 시대에도 여전히 유효하다.

2

이어령이라는 이름을 떠올릴 때마다 나는 늘 두 가지 기억이 아스라이 호출되곤 한다. 하나는 강연이다. 이제는 기억이 가물가물해진 어느 문학행사에서 이어령 선생의 특강을 들으면서, 나는 그의 박학다식과 명쾌하고 열정적 강의에 흠뻑 매료되었다. 보통 글과 말이 일치하지 않는 경우가 많거니와, 이어령의 강의를 통해, 나는 글의 매력과 말의 유창함이 하나일 수 있다는 생각을 했다. 또 하나는 월간『문학사상』에 다달이 수록된 '권두언'에 대한 추억이다. 1980년대에 월간『문학사상』을 읽는 즐거움의 반 이상은 온전히 이어령의 권두언 '~월의 언어'를 접하는 쾌락에서 비롯되었다. 그 문장의 아름다움과 풍부한 어휘력, 촌철살인의 상상력, 유려한 감성을 아직도 선명하게 기억한다. 얼마나 그런 글을 쓰고 싶었던가.『흙 속에 저 바람 속에』를 읽어보니,『문학사상』시절 '~월의 언어'를 배태한 어떤 기원이 이 책에 있음을 알겠다.

3

『흙 속에 저 바람 속에』는 1962년『경향신문』에 연재되었던 에세이들을 함께 묶은 책이다. 모두 50여 편의 에세이가 수록되어 있는데, 서구문화와 구별되는 한국문화에 관한 다양한 소재를 다루고 있다. 가령 울음, 굶주림, 윷놀이, 눈치, 돌담, 김유신, 의상, 한복, 모자, 장죽, 끈, 밥상, 사랑이 그 대상이다. 이 다채로운 소재의 에세이를 통해, 당시 스물아홉의 푸르른 청춘이던 이어령의 예리한 문제의식과 박학다식, 다양한 문화적 관심, 한국문화에 대한 예리한 눈썰미와 풍부한 식견을 인상적으로 확인할 수 있다.

『흙 속에 저 바람 속에』에서 개진되는 한국문화의 중요한 특성은 '슬픔의 미학'으로 요약된다. 이 책의 '여는 말' 「풍경 뒤에 있는 것」에서 이어령은 이렇게 천명한다.

> 아름답기보다는 어떤 고통이, 나태한 슬픔이, 졸린 정체(停滯)가 크나큰 상처처럼, 공동처럼 열려 있다. 그 상처와 공동을 들여다보지 않고서는 거기 그렇게 펼쳐져 있는 여린 색채의 풍경을 진정으로 이해할 수가 없을 것이다.

이와 같은 인식은 한국문화의 특징을 고통, 슬픔, 정체의 맥락에서 바라보고 있거니와, 이른바 근대화 프로젝트와 역동적인 경제개발이 본격적으로 가동되기 이전인 1962년의 시점에서 보면 충분한 설득력을 지닌다. "우리의 예술과 문화가 이미 수정알 같은 눈물에서 싹터 그 눈물에서 자라난 것이라고 말할 수도 있겠다"라는 진술은 슬픔의 미학을 강조하고 있는 대목이다. 한국문화와 서양문화를 대비하는 과정을 통해 한국문화의 특성은 아래와 같이 명료하게 정초된다.

> 'sing'은 노래 부른다는 뜻이지만 우리는 그것을 반대로 '운다'고 표현했던 것이다. 똑같은 새소리였지만 서양인들은 그것을 즐거운 노랫소리로 들었고 우리는 슬픈 울음소리로 들었던 까닭이다.

4

『흙 속에 저 바람 속에』를 관류하는 가장 핵심적인 문제의식은 서양과 일본을 비롯한 다른 나라의 문화와 한국문화의 차이를 의미화 하는 것이다. 가령 아래 예문들과 같은 방식으로.

한국의 사회에서는 '좋은 사회인'이 된다는 것과 '좋은 가정의 한 멤버'가 된다는 것은 양립되기 어려울 때가 많다. 서구의 위인들은 가정을 꾸미는 데에도 성공한 사람들이지만, 우리의 경우에는 대부분이 그렇지 못했다. 가정을 저버려야 애국자요, 충신이 되는 경우가 지배적이었던 것이다. 즉, 한국은 하나가 아니라 가정과 사회로 분리된 두 개의 고도(孤島)다.

한국에는 논리가 없다고 한다. 수학(과학)이 없다고 한다. 그 대신 감정이, 직관이, 흐느끼는 영혼이 있다고 한다. 괴롭고 어두운 심연 속에서 한국인들은 영원의 소리를 들었다. 그것을 자로 분석하고 계산한 것이 아니라 그냥 받아들였다.

끈처럼 얽혀서 하나의 실 꾸러미를 이루어놓은 것이 한국의 사회라 한다면 하나하나의 '버튼'이 접촉되어 공장처럼 움직이는 것이 서구의 사회라고 볼 수 있을 것이다.

피라미드의 특성이 그 직선에 있는 것이라면 신라의 오릉은 봉토의 곡선 속에 그 미가 깃들어 있다고 말할 수 있다. '직선'과 '곡선' 그리고 '돌'과 '잔디', 우리는 이러한 대조적인 성격 속에서 기하학적인 미와 생명적인 미의 차이를 직감할 수 있을 것이다.

이러한 인식에는 외국 / 한국이라는 명료한 이분법적 인식이 작동하고 있다. 대체로 서양＝이성, 논리, 직선, 낙관, 기하학이라는 인식은 동양＝감성, 신비, 곡선, 비관, 생명이라는 관점과 맞대고 있다. 물론 때로 이분법적 인식이 한국문화와 외국문화의 다양성을 다소 단순화하는 대목도 발견되지만, 지금 이 시점에서 보더라도 그 이분법은 대체로 한국문화와 외국문화의 차이를 명료화하는 데 기여한다. 말하자면 거친 이분법을 넘어 촌철살인에 해당되는 설득력과 날카로운 에지를 지니고 있는 것이다.

이러한 이분법적 인식 가운데 앞으로 심층적으로 탐구할 가치가 있는 테마를 여럿 발견할 수 있었다. 가령 "서양에는 태양을 찬미하는 민요가 많다. 그중에서도 '오 솔레미오'가 전형적인 것이 아닌가 싶다. 애인이나 생명을 말할 때도 그들은 으레 '나의 태양'이라고 한다. 그러나 우리나라에서는 시조나 민요에서 '해'가 나오는 일은 거의 없다. 모두가 달에 대한 노래다."와 같은 주장은 비교문화사적 측면에서 한층 세밀한 탐구가 필요한 것이 아닐까 싶다.

5

이어령은 한국에서 쉽게 발견할 수 있는 돌담의 의미와 양면성에 대해서 아래와 같이 서술한다.

'돌담의 의미'에서도 지적한 대로 우리의 문화는 완전한 폐쇄도 완전한 개방도 아닌 어중간한 지대에서 싹텄다. 뜨겁지도 않고 차갑지도 않으며, 밝지도 않고 어둡지도 않은 몽롱한 반투명체, 그것이 한국인이 지닌 본질이었던 게다. (…중략…) 그 반개방성이나 반투명성이 예술이나 정적인 면으로 흐르면 '기침 소리'와 같은, 혹은 '아리랑' 가락과 같은 그윽하고 아름다운 향내를 풍기게 되지만, 정치나 현실 면에 잘못 나타나게 되면 음모, 책략, 소극적인 만성 압제와 같은, 이승만 박사의 민주주의를 가장한 독재주의 같은 그런 말년의 위선적 삶을 빚어낸다는 것이다.

이어령은 한국의 돌담을 통해, 서양의 투명, 논리, 철저, 솔직함에 대비되는 반개방성, 반투명성의 양면성에 대해서 사유한다. 말하자면 한국문화의 반개방성, 반투명성에는 긍정적인 면모와 부정적인 면모가 혼재하고 있다는 주장인데, 이 대목이야말로 저자가 한국문화의 저력과 한계를 정직하게 인식하고 있다는 사실을 잘 보여준다. 이어령의 사유에는 어떤 쇼비니즘이나 자민족 우월주의도 자리잡고 있지 않다. 그에게 진정으로 중요한 것은 우리문화의 속살에 대한 정확한 인식이지, 과도한 신비화나 낙관적 전망이 아닌 것이다.

6

한국문화의 결여와 불합리를 서술하는 대목이 그 어느 때보다도 내 마음 깊숙이 다가왔다. 예를 들어 "결국 우리나라에 완구가 없었다는 것은 아이들에 대한 관심이 없었다는 것을 의미한다"가 그러한데, 바로 이러한 대목을 2014년 4월 16일의 세월호 사건과 연관하여 해석하는 것이 충분히 가능하지 않겠는가. 아이들에 대한 체계적 지원과 보호, 아이들을 최우선시하는 사회적 안전망이야말로 선진국 여부를 온전히 가늠하는 척도가 아니겠는가. 세월호 사건이 그토록 참담하게 다가오는 이유는 무엇보다 우리가 아이(학생)들을 전혀 보호하지 못했다는 사실 때문이다.

7

52년의 세월은 이 책에서 개진된 한국사회와 문화의 특징에 대한 어떤 서술이 시효를 다했다고 판단하게끔 만든다. 예컨대 "하나의 식탁이 아니라 몇 개의 상에 따라 가족은 분리된다. 할아버지의 상이 다르고 아버지의 상이 다르다. 윗사람과 겸상을 한다는 것은 예의에 어긋나는 일이다" 같은 구절이 그러한데, 이제 이러한 풍속은 거의 사라진 고색창연한 신화 내지 부정적인 유습에 가깝다. 그만큼 근대 이후의 한국사회가 서구적 현대성의 물결에 그 몸을 맡겼음을 입증하는 사례일 것이다. 또한 「일리어드」의 여주인공 헬렌의 지조 없음과 춘향의 정절을 대비시키며 "그것이 바로 헬렌과 춘향의 차이다. 그것이 또한 서양과는 근본적으로 다른 한국인(동양인)의 심미 의식이다"라는 주장 역시 지금 이 시점에서는 보편적으로 통용되지 않는다. 이제 한국문화는 서구 이상으로 서구화되어버렸다. 전통과 문화적 연륜을 찾기 쉽지 않은 국제적인 거대도시 서울, 세계에서 스마트폰 소지자의 비율이 가장 높은 한국에서 전통은 늘 혁신되어야할 그 무엇에 다름 아니었다. 이렇게 보면 앞으로 한국과 서울의 진짜 매력은 전통과 역사를 어떤 방식으로 의미화 할 것인가에 달려있다.

이번 세월호 사건으로 인해 한국이 산업화와 민주화에 동시에 성공한 나라라는 자부심, 식민지에서 해방된 국가 중에서 가장 경제성장에 성공한 나라라는 영예는 근본적으로 도전받고 있다. 오히려 OECD 국가 중 자살률 1위, 산재사망률 1위, 노인 빈곤율 1위 등 부정적인 통계수치들이 점점 더 부각되고 있는 형국이다. 한국은 여러 가지 면에서 극단적인 양면성을 지닌 국가이다. OECD국가 중에서 고등교육 이수율과 스마트폰 보급률 1위지만, 사회복지는 최하수준이며 연간 노동시간은 가장 많은 쪽에 속한다. 요컨대 세월호 사건은 한국의 경제발전과 성장신화, 현대성의 그늘에 존재하는 검은 심연과 불합리를 만천하에 드러냈다. 유례없는 압축 근대화와 천민자본주의의 폐해가 지금 우리에게 치명적인 부메랑으로 귀환한 것이다.

외국의 언론에는 이번 사건을 한국의 국민성과 연계시켜 설명하는 기사도 등장하고 있다. 이런 상황에서 이어령의 『흙속에 저 바람 속에』에서 펼쳐지고 있는 한국의 고유한 문화와 특성과 한계에 대한 다채로운 논의들은 이제 심층적인 탐구와 대화의 대상이 되어야 한다. 특히 이 책에서 언급된 한국의 문화에 대한 예리하고 냉철한 부정적 언급은 세월호 참사를 배태한 원인과 시스템을 감안하면 결코 근거 없다고 말할 수 없으리라.

9

이어령은 『흙속에 저 바람 속에』의 '저자 후기 — 어느 벗에게'에서 이렇게 적었다.

우리가 한국을 비판한다는 것은 아마도 거울 속의 자기 심장을 자기 부리로 쪼는 그 앵무의 아픔, 외로움 그리고 피투성이가 된 사기 분신의 모습과 닮은 데가 있습니다. 또 맹수들이 어떻게 자기 상처를 치유해 가는가를 알고 계십니까? 그는 홀로 자기 상처를 자기 혓바닥으로 핥는 것입니다. 아픈 상처를 스스로의 육신으로 건드려야 하는 의지 — 한국의 상처를 들여다보는 우리의 마음도 그와 같은 것이 아닌가 생각합니다. (…중략…) 애정이 클수록 절망도 크고, 자존심이 높을수록 자기 환멸도 높게 마련입니다. 부정적인 면에서만 한국을 보자는 것이 아니라 옛날 그 앵무새처럼, 상처를 핥는 야생의 짐승처럼 그렇게 내 나라를 보고 싶었기 때문입니다.

지금이야말로 52년 전에 이어령이 마치 "상처를 핥는 야생의 짐승처럼" 한국사회의 구태와 한계를 되돌아본 것처럼 우리사회의 모순과 부정적 관행에 대해서 근본적으로 성찰할 시기다.

대학시절 이어령으로부터 교양국어 수업을 들었다고 회고하기도 했던 한 원로평론가는 최근에 세월호 사건과 연관하여 "벗겨지는 순간의 아픔보다 더 견디기 힘든 고통은 대한민국이라는 나라의 속살이 가감 없이 드러나는 것을 목격하는 일이었다"(염무웅, 「스스로 다스리는 국민」, 한겨레, 2014.5.12)고 고백한 바 있다. 그 아픔과 고통을 제대로 통과한 연후에 한국사회는 한 단계 나아갈 수 있지 않을까. 이렇게 보면 우리는 52년 전에 이어령이 시도한 한국사회와 문화에 대한 냉철하고 애정 어린 진단을 충분히 계승, 심화, 발전시키지 못한 것이 아닐까. 우리 시대의 비극은 바로 여기에서 비롯되었다. 한국사회의 사랑과 희망은 이 비극의 밑바닥과 진창을 정확하게 응시하는 과정에서 비로소 생성될 수 있을 것이다.

(2014)

지성, 정치, 트위터

2010년 초가을의 비평일기

2010.8.26. 비

예년에 비해 비가 너무 자수 온다. 이번 주는 내내 비가 왔다. 특히 이번 달에는 비가 내린 날이 안 내린 날보다 훨씬 많을 정도이다. 비는 자주 오지만 찌는 더위는 계속되고 있다. 이런 현상이 단지 일시적인 기상 이변에서 연유하는 것인지, 온실 효과 등으로 인한 구조적인 기후 변화에 해당되는 것인지가 궁금하다. 이즈음 날씨 같으면 이제 한국도 완연한 아열대 기후에 접어들고 있는 게 아닐까 싶다.

날씨는 사람의 감각과 내면에, 심지어 문학에도 많은 영향을 미친다. 가끔 내리는 비는 많은 사람들에게 더없이 반가운 '삶의 청량제'이다. 그러나 늘 비와 함께 하는 삶에서, 비는 일상적인 감각 그 자체이기도 할 것이다. 그런 기후 속에서 '우울'은 하나의 습속으로 사람의 내면에 스며들지 않을까. 안 그래도 온갖 우울한 사회·정치적 현실과 마주할 수밖에 없으며, 수많은 패배자와 탈락자를 양산하는 처절한 경쟁사회인 이곳에서 사람들은 날씨 때문에 더욱 우울해하는 것 같다. 날씨도 그 사회를 닮아가는 것일까. 단지 일 년 동안 지냈던 남 캘리포니아의 청명한 햇살을 그리워하는 내 마음을 통해, 무엇보다도 날씨 때문에 다른 지역이 아닌 캘리포니아 샌디에이고에 산다는 어느 재미 한인의 심리를 충분히 이해할 수 있었다. 때로 그 화창한 날씨는 캘리포니아와 미국이 지니고 있는 수많은 문제점을 일순간 잊게 만드는 것이 아닌가. 이런 의미에서 날씨는 심리적이며 정서적인 이데올로기에 가깝다.

김영하의 단편소설 「여행」(『문학동네』, 2010년 여름호)을 읽으면서 다시 연구년 시절과 캘리포니아의 찬란한 햇살을 떠올렸다. 2009년 어느 봄날 캘리포니아 주립대학 어바인 캠퍼스(UCI)에서 열린 문학 강연회에서 소설가 김영하를 반갑게 조우했다. 어바인에서 그를 만나리라고는 결코 생각하지 못했다. 더군다나 강연 직전에 한국에서 가지고 온 김영하의 여행 산문집 『네가 잃어버린 것을 기억하라―시칠리아에서 온 편지』(2008)를 읽었던 터였다. 모든 만남은 신비하다. 그 강연회가 계기가 되어, 연구년 내내 소중한 친구가 되었던 시인 송호찬, 아동문학가 이미경 부부를 만날 수 있었던 것도 그야말로 기막힌 인연 아닌가.

그의 소설만큼이나 김영하의 강연은 깔끔하고 명쾌했다. 시애틀에 있다가 어바인에 강연을 겸한 여행을 온 그는 곧 뉴욕으로 날아가 당분간 거주할 예정이라 했다. 이번에 발표한 소설의 제목처럼 그의 삶 자체가 여행 중이었다. 사실상 정년이 보장된 직장(한국예술종합학교 서사창작과)을 스스로 내던지고, 소설을 위해 끊임없이 여행 중인 김영하의 용기와 생철학이 내내 부러웠다. 그는 『김영하 여행자 도쿄』(2008), 『김영하의 여행자 하이델베르크』(2007)를 쓰기도 했다. 가끔 직장을 그만두고 김영하처럼 세상의 곳곳을 정처 없이 돌아다니는 삶을 꿈꾸지만, 어떤 대안도 없는 내 신세를 발견하고는 그 꿈을 조용히 접곤 한다. 늘 현대적인 유목민을 동경하지만, 그처럼 과감하게 선택할 수 없는 나를 둘러싼 현실을 씁쓸하게 확인하고는 묘한 슬픔의 감정을 느꼈다.

「여행」은 전형적인 김영하표 소설이다. 홍상수 영화에 등장할 것 같은 남녀의 한편으로는 일상적이면서도 한편으로는 기이한 행동들, 그들이 펼치는 욕망의 심리적 게임을 이 소설에서도 흥미진진하게 엿볼 수 있다. 헤어진 연인이 다른 남자와 결혼을 앞두고 있다. 결혼 일주일 전에 그 연인을 만나 거의 강제로 강원도 바닷가로 끌고 가서 벌어지는 해프닝과 심리 대결이 주된 스토리이다.

지극히 김영하다운 이 소설에서 내게 흥미롭게 다가왔던 대목은 주인공 한선이 연인 수진을 둘러싼 인간관계와 정보를 얻는 방식이다. 가령 주인공 한선은 헤어진 것과 다름없는 연인 수진이 미국으로 떠나자 페이스북Facebook을 통해 미국에서 이루어진 그녀의 인간관계와 동선을 짐작한다. 수진이 미국에서 돌아와 다른 남자와 결혼하겠다는 전화를 하자, 한선은 그녀 친구의 싸이월드, 트위터, 페이스북을 통해 결혼 상대자의 신원뿐만 아니라 그녀의 연애체험까지도 낱낱이 파악한다. 한선에게 있어서 페이스북이나 트위터를 위시한 SNSSocial Network Service는 직접 만나서 그와 대화하는 것 이상으로 한 인간에 대한 다양한 정보를 획득하게 해주는 수단인 셈이다.

이제 한 사람의 인간관계, 성향, 세계관, 관심사, 좋아하는 영화나 책을 파악한다는 것은 곧 그 사람의 트위터 계정이나 페이스북 계정을 탐문한다는 것의 다른 표현이기도 하다. 앞으로 이런 문화적 현상은 한층 가속화될 것이다. 그것은 옳거나 그른 가치 평가의 대상이 아니다. 아마도 이런 추세는 돌이킬 수 없는 과정이리라.

나는 트위터를 비롯한 다양한 SNS가 우리 시대 소설의 형질과 인간의 행동양식을 변모시킬 수도 있다는 가능성을 「여행」을 통해 엿보았다. 그것이 가능했던 것은 무엇보다 작가 김영하가 트위터를 비롯한 온라인 미디어를 통한 소통에 누구보다도 적극적으로 참여하고 있기 때문이다. 그는 그 세계의 매혹에 중독되어 있는 게 아닐까. 김영하는 올해 초부터 자신의 블로그(김영하 아카이브)에서 팟캐스트 〈책 읽는 시간〉을 연재 중이다. 생각해 보면 늘 외국을 여행 중인 그에게는 독자나 문우, 출판사와 소식을 주고받으며 국내외 뉴스와 동향을 실시간으로 확인할 수 있는 트위터가 꼭 필요하겠다.

(추신 : 이 글을 끝낼 무렵 트위터를 통해 김영하와 안부를 주고받았다. 나는 UCI 강연회 이후 UCI 동아시아어문학과 김경현 교수 자택에서 있었던 뒤풀이 자리를 추억했고, 그는 역시 어바인의 화창한 날씨가 그립지 않느냐고 안부를 전해왔다. 아마도 트위터를 통한 만남과 대화가 어떤 방식으로든지 내 글쓰기에도 변화를 가져다 줄 것이다. 이제 트위터에도 수많은 문인들이 존재한다. 온라인상의 대화와 만남의 체험은 문인들의 인간관계와 대화의 방식, 정보 획득의 습속, 글쓰기 리듬에까지 적지 않은 영향을 미치고 있다. 우리시대의 문학과 글쓰기는 트위터, 페이스북을 위시한 SNS와의 접속을 통해 조금씩 그 형질을 변화시켜 갈 것이다. 김영하는 그런 변화의 최전선에 있는 작가이다.)

2010년 9.14. 흐림

문예지 지면에 '문학과 정치'의 관계에 대한 글들이 이삼년 전부터 부쩍 많이 보인다. '문학과 정치'라는 화두가 지금 이 시대 문학장의 핵심적인 의제라는 점은 틀림없는 사실이다. 생각건대 정치적으로는 현 정권의 어처구니없는 실정과 전횡, 폭력, 반생명적 개발정책에 대한 반발, 문학적으로는 가라타니 고진의 '근대문학의 종언' 테제에 대한 반발 심리가 다시금 우리 시대의 비평가들로 하여금 '문학과 정치'라는 논점으로 회귀하도록 한 것이 아닐까.

나 역시 한 사람의 비평가로서, 이 문제에 깊은 관심을 지니고 있기에 언젠가 기회가 되면 '문학과 정치'에 대한 본격적인 비평문을 써보고 싶다는 생각을 하곤 했다. 다만 여기서 최근 소설과 시에 나타난 정치적 상상력이 다소 과잉 해석되고 있다는 사실은 지적하고 싶다.

문학과 정치에 대한 평문들을 검토하면서 확인한 또 하나의 흥미로운 현상은 상대적으로 '시' 장르가 이 예민한 의제의 중심에 자리잡고 있다는 사실이다. 사르트르가 문학의 정치성을 논하면서 오히려 시를 부차적인 장르로 간주했다는 사실을 감안하면, 이러한 현상은 다소 의외로 다가온다. 아마도 시가 현실에 대한 발 빠른 유격전을 수행할 수 있다는 사실, 즉 시 장르의 현실에 대한 신속한 대응력에 그 이유가 있을 터이다. 이를테면 용산 참사를 다룬 '작가선언 6·9'의 『지금 내리실 역은 용산참사역입니다』(2009)에서도 확인할 수 있듯이, 용산에 대해 언급한 글들은 대부분 시나 에세이였다.

문학적 기억을 소환하면, 80년대 초반의 엄혹한 정치적 현실에 대한 발 빠른 직접적인 대응과 첨예한 유격전을 수행했던 장르가 80년대 무크지 운동의 중심이었던 '시'였다는 사실을 떠올릴 수 있겠다. 그렇다면 소설은 지금 용산 참사를 비롯한 정치적 현안에 어떤 방식으로 대응하고 있는 것인가. 이런 맥락에서 정찬의 「세이렌의 노래」(『문학과사회』, 2010년 여름호)를 주목하지 않을 수 없다.

정찬은 지금까지 예민한 정치적 주제에 대한 구체적인 발언을 거의 하지 않았던 작가이다. 그의 소설은 비유컨대 관념의 매혹과 인문적 지성의 울창한 숲이었다. 그러나 이제 정찬은 용산참사라는 이 시대의 가장 비극적인 정치적 죽음에 대해 소설을 통해 발언하고 있다. 용산참사가 그에게 그토록 아픈 상처로, 도저히 지울 수 없는 아픈 기억으로 다가왔기 때문이리라. 물론 그는 「세이렌의 노래」에서 용산의 아픔과 죽음에 대해 직설적인 화법으로 얘기하지 않는다. 정찬은 이 작품에서 그 특유의 관념과 지성을 창조적으로 활용하여, 용산 참사를 바라보는 새로운 인문학적 시선을 보탠다.

「세이렌의 노래」는 제목에서도 짐작할 수 있듯이 그리스 신화에 등장하는 영웅 오디세우스를 화자로 용산 참사를 조망하고 있다. 소설은 오디세우스 신화와 용산 참사를 겹쳐 놓는다. 그래서 용산 진압은 "트로이의 목마 작전"으로 컨테이너를 통한 진압 장면은 "컨테이너형 트로이의 목마"로 비유된다.

사람들이 크레인이라고 부르는 이상한 쇠붙이가 트로이의 목마를 푸른 망루로 올리고 있었다. 목마의 사각 창에는 검은 갑옷을 입은 병사들이 어른거렸다. 살수차들이 푸른 망루를 향해 일제히 물대포를 쏘았다. 눈의 통증과 눈꺼풀에 경련을 일으키고, 코와 목과 가슴에도 통증을 일으키는 액체가 섞인 물이라고 했다.

푸른 망루에서 흘러나오는 그림자들의 노래와 트로이의 목마에서 흘러나오는 피의 노래가 새벽의 하늘에서 격렬하게 부딪치고 있었다. 대지가 입을 벌렸고, 신들과 짐승들이 인간들 사이를 질주했다. 눈을 감았다. 낯선 도시에 온 이후 처음으로 무서움을 느꼈다. 영원히 알 수 없는 인간의 운명에 대한 무서움이었다.

오디세우스의 시선으로 묘사된 용산 참사의 참혹한 장면은 이 비인간적 사건을 인류 보편적인 비극적 사건으로 치환한다. 그래서일까 「세이렌의 노래」에서 묘사된 용산 참사의 정황들은 그 어떤 산문이나 기사 못지않게, 깊은 울림을 준다. 이 처절한 비극을 묘사하는 문체도 주목해야 한다.

나는 푸른 집을 응시했다. 안에 있는 사람들의 마음이 환영처럼 어른거렸다. 상처가 보였다. 오랫동안 모욕당한 사람들만이 갖고 있는 상처였다. 인간이 겪는 고통 가운데 가장 참을 수 없는 곳은 모욕이 불러일으키는 고통이다. 사랑이 꿈과 기적 사이의 어떤 것이라면, 모욕은 절망과 죽음 사이의 어떤 것이다.

폐허의 거리에서 꽃과 촛불을 든 이들은 그리움이 깊은 사람들이다.

먹먹한 여운을 남기는 「세이렌의 노래」의 아름답고 박진감 있는 문체는 용산의 참담한 비극을 더욱 도드라지게 만든다. 특히 희생자를 추모하기 위한 굿 장면의 생생한 묘사는 이 소설의 백미다. 「세이렌의 노래」는 비극을 묘사하는 방법으로 신화의 보편적 호소력과 지성의 힘에 기댄다. 이러한 접근이 용산 참사라는 비극적인 서사의 외연을 확장하고 그 참사에 대한 새로운 시각을 제공하고 있다는 사실은 분명하다.

정작 용산 참사의 피해 당사자인 유족들에게 이 소설이 어떻게 다가올지 궁금하다. 그들에게 오디세우스 신화는 슬픔을 신화의 단계로 승화시키는 유효한 장치일까, 현학적인 사족일까.

2010.9.23. 맑음

며칠이나 지속됐던 비가 그치니 오랜만에 구름 한 점 없는 청명한 가을 하늘이 보인다. 점점 날씨와 자연에 민감해지는 내 모습을 발견한다. 그만큼 나이가 들어간다는 의미일까. 이즈음 들어 중년의 비애에 대해 가끔 생각을 한다.

이제 문학수업을 듣는 수강생들의 부모와 내 나이가 얼추 겹쳐진다. 그들에게 따뜻하면서도 지성적인 선생으로 자연스럽게 다가가고 싶다는 욕망은 여전하다(거기서 언제 자유로워지려나). 하지만 어떤 수강생들은 그들과 나 사이에 존재하는 '세대차'만으로도 선생인 나에게 쉽게 메울 수 없는 실존적 거리를 느끼게 되지 않을까 싶다. 이런 생각을 하면 왠지 마음이 쓸쓸하고 우울하다. 그 착잡한 심정을 달래기 위해 가끔 내게도 섬광처럼 존재했던 청춘의 대학시절을 회상하곤 한다.

그 시절 내 마음의 벗이 되어주었던 두 편의 소설 작품이 과연 무엇이냐고 누가 묻는다면, 나는 조금도 주저하지 않고 토마스 만의 「토니오 크뢰거」와 최인훈의 『회색인』이라고 대답하겠다. 「토니오 크뢰거」를 통해서 나는 예술가 지망생의 순수한 고뇌와 열정을 엿보았으며, 『회색인』을 통해서는 그 어느 쪽에도 끼지 못한 한 고독하고 명민한 지성의 진지한 고뇌와 사색을 만날 수 있었다. 대학시절 나는 『회색인』의 주인공인 독고준에게 강렬한 친화감을 느꼈다.

고종석은 신작장편 『독고준』의 서문에서 "최인훈 선생님의 『회색인』과 『서유기』를 젊은 시절 읽었을 때, 나는 독고준의 미래가 궁금했다"고 적었는데, 나 역시 대학시절 그와 비슷한 생각을 했던 것 같다. 무엇보다 『회색인』을 읽으면서 독고준이라는 인물이 지닌 지적인 풍모와 '회색인'으로서의 정체성에 매료되었다.

그 시절 운동권의 입장에 기본적으로 동의하면서도 스스로 실천할 용기가 없었던 나는 설익은 치기로 스스로를 '회색인'이라고 생각하곤 했다. 독고준은 내게 결코 잊지 못할 추억 속의 캐릭터이다. 독고준이 발산하는 묘한 매력으로 인해 내 마음의 종소리가 울리는 것을 느끼며 그 암울한 회색빛 시절을 견뎌냈다. 아마도 그 마음의 무늬가 혁명과 실천을 강조하는 김학보다는 고민하고 사색하며 책을 가까이하는 독고준을 더 친숙하게 만들었으리라. 이제 지성과 진지함이 냉소의 대상이 되곤 하는 이 시대의 대학생들은 얼마나 독고준을 마음에 품고 있을까.

『회색인』과 연관된 이런 독서체험으로 인해, 고종석의 『독고준』은 여러모로 특별하게 다가왔다. 나는 최인훈만큼이나 고종석의 글을 좋아하고 신뢰하는 편이다(물론 예외는 없지 않다. 나는 그의 故 노무현 대통령과 유시민에 대한 비판에 상당 부문 동의하지 않는다. 물론 그들의 한계와 문제점을 감안하고 하는 말이다. 고종석의 글은 다른 사람을 비판할 때보다 그들을 비판할 때 더 감정적으로 날이 서 있다). 그가 『독고준』을 한 인터넷 포탈에 연재할 예정이라는 소식을 들었을 때, 누구보다도 고종석이 그 소설의 적임자라는 생각을 했다.

최인훈과 고종석은 내가 개인적으로 흠모하는 저자군의 윗자리에 속한다. 내 생각에 그들은 현재 한국문학이 보유한 가장 지성적인 작가이다. 최인훈과 고종석은 몇몇 차이점에도 불구하고, 수많은 글과 책에서 보여준 인문적 향기, 단아하면서도 화사한 문체, 지성의 넓이와 깊이, 진실에 대한 유연하면서도 복합적인 관점 등의 면에서 빼닮았다. 또한 그들은 소설가이면서도 탁월한 에세이스트라는 점에서도 유사한 면모를 지니고 있다. 그러니 최인훈의 『회색인』과 『서유기』의 주인공인 독고준을 모델로 고종석이 소설을 쓴다는 소식은 그 자체로 가슴 설레는 일이 아닐 수 없었다.

『독고준』은 고종석이 소설가로 펴내는 네 번째 책이다. 그 이전에 한겨레 문화부 기자 시절 프랑스 연수의 기억과 추억을 담은 첫 장편소설 『기자들』(1993), 첫 소설집 『제망매』(1997), 두 번째 소설집 『엘리야의 제야』(2003)가 있다. 그러니까 『독고준』은 고종석이 17년 만에 발표한 두 번째 장편소설이다. 물론 고종석은 소설가로서의 이름보다 칼럼니스트 혹은 에세이스트로서의 평판이 한층 더 높다. 그러나 이 점은 소설가로서 고종석이 지닌 매력과 고유한 가치가 에세이스트로서의 그것보다 상대적으로 떨어진다는 사실을 의미하지 않는다. 고종석의 소설은 늘 그만이 보여줄 수 있는 매력을 담고 있다. 이번 소설의 주인공 독고준의 지성은 고종석이 아니었더라면 충분히 감당할 수 없는 그런 세계가 아닐까 싶다.

과연 『독고준』에는 그동안 고종석이 글쓰기에서 보여준 드넓은 인문적 지성, 고아한 문체, 활달하고 진지한 사유, 신중한 회색인의 세계 인식 등이 잘 버무려져 있다. 그렇다면 독고준을 형상화한 최인훈의 지성과 문체가 고종석의 지성과 문체에 의해 어떻게 변주되는가를 살펴볼 수 있다는 점이 우리가 『독고준』을 접하면서 얻을 수 있는 최대의 '지적 쾌락'이 아닐까.

『독고준』의 얼개는 최인훈 장편소설 『회색인』(1977)과 『서유기』(1977)의 주인공인 독고준의 일기와 그의 외동딸 독고원이 보여주는 아버지 독고준의 삶과 기록에 대한 단상으로 이루어져 있다. 이런 의미에서 이 소설은 최인훈과 고종석의 대화라 부를 수 있는 세계를 담고 있다. 『독고준』은 주인공 독고준이 2009년까지 생존했으며, 고 노무현 대통령이 고향에서 투신자살한 바로 그 날 독고준 역시 자살했다는 가정 하에 전개된다.

이 소설을 읽는 즐거움은 곧 주인공 독고준의 지적인 사색, 책읽기, 세상과 정치에 대한 입장, 고유한 내면을 조우하는 과정에 있다. 물론 그 독고준의 일기와 대화하는 독고원의 정갈한 단상을 음미하는 쾌락도 빼놓을 수 없다.

독고준의 일기에는 최인훈, 김현, 고종석의 목소리가 진하게 스며들어가 있다. 이를테면 "광주가 무너진 모양이다. 박정희의 죽음이 내게 준 안도감은 너무 일찍 온 것이었다. 좋은 세상은 언제 올 것인가"라는 독백이나 "권력은 착한 사람을 악하게 만들고, 유약한 사람을 강건하게 만든다. 아니, 차라리 뻔뻔하게 만든다"라는 단상은 비평가 김현의 목소리와 흡사하다. 독고준의 일기를 관통하는 문제의식과 문체(스타일)는 상당 부분 김현의 에세이를 닮았다. 나는 독고준의 일기를 읽으면서 몇 번이나 김현의 『행복한 책읽기』를 떠올리곤 했다.

독고원은 아버지 독고순에 대해 "문단에 친구들이 몇 있기는 했으나, 아버지의 삶은 대체로 고립된 삶이었다. 이념과 이해관계를 같이하는 자기편이 아버지에게는 거의 없었다", "아버지는 혼자서 사유하고 혼자서 행동했다. 아버지의 그 독립성은 시몬 베유의 말을 연상시킨다. 자신과 홀로 마주 서 있는 정신 속에서만 사상은 형성된다. 집단을 결코 생각하지 못한다"고 적으며, "아버지는 혁명에 열광하지도 매료되지도 않았다. 이 역사적 사변에 호감을 보이면서도, 반동의 가능성에 불안해했다"라고 독고준이 바라본 4·19혁명에 대해 언급하는데, 이러한 묘사에서 내적인 망명자이자 고독한 자유주의자인 최인훈의 진한 그림자를 발견할 수 있다. 당연하게도 고종석의 『독고준』은 최인훈의 '독고준'의 변주다.

그리고 무엇보다 독고준의 글과 세계관, 스타일은 고종석의 그것을 빼닮았다. 그래서 복거일과 문학평론가 이동하, 언론학자 현우림(강준만)에 대한 호의, 스타일리스트에 대한 애정, 소수자와 약자에 대한 연대감, 사전편찬자에 준하는 한국어에 대한 각별한 관심, 언어에 대한 민감함, 현대시에 대한 공명 등에서 자연스럽게 고종석의 짙은 그림자를 발견하게 되리라. 이를테면 "지역 문제나 수구 언론 문제 같은, 우리 사회의 핵심적 의제들에 대해 작가들이 드러내는 무관심은 놀라울 정도다"라는 독고준의 발언은 그대로 고종석의 견해로 봐도 무리가 없다. 실제로 독고준의 일기 중에서 상당수는 고종석의 칼럼을 인명과 잡지명 등만 바꾼 채 거의 그대로 인용한 것이다. 그런가 하면 "아버지는 동년배 문인들 가운데선 드물게 언어에 민감했다. 한국어에 대한 에세이 『국어의 변두리에서』와 『한국어의 탄생』을 내신 것도 그 민감함 때문이었으리라"고 독고원이 적고 있는데, 여기서 아버지는 고종석의 초상 그 자체이다. 이 점을 자연스러운 형상화의 미진함으로 볼 것인가, 하나의 가능한 기법으로 볼 것인가에 대한 심화된 토론이 필요하겠다.

독고준의 내면과 사유에서 김현, 최인훈, 고종석 등의 다양한 흔적이 발견된다면, 독고준의 일기에 대한 딸 독고원의 해석과 단상에는 상대적으로 고종석 자신의 목소리와 관점이 짙게 배어 있다는 점이 흥미롭다.

독고준은 결국 자살을 선택한다. 독고준의 캐릭터에 잘 어울리는 결말이지만, 그토록 지적이며 성찰적이었던 독고준이 끝끝내 자살을 선택할 수밖에 없었던 정황이 더 구체적으로 묘사되었어야 하지 않았을까 싶다. 물론 누군가의 죽음은 어떤 경우에도 완벽하게 논리적으로 해명될 수 없는 지극히 개인적이며 감정적인 차원에 존재한다. 그 어두운 마음의 태풍을 어떻게 명료하게 형상화할 수 있겠는가. 그러나 자신의 내면과 입장에 대해 말로 표현하는 것에 대해 본능적인 욕망을 지녔던, 그리하여 누구보다 언어와 말을 사랑했던 독고준이 정작 말과 언어를 포함한 자신의 모든 것을 앗아갈 극단적인 선택에 대해 별다른 자의식을 표출하지 않는다는 사실은 물론 가능한 경지이겠으나 나를 충분히 설득하지 못한다. 아니 죽음으로 향한 마음의 선택은 이성과 논리 너머에 존재한다는 것을 나는 아직도 구체적인 실감으로 인식하지 못한 것이리라.

『독고준』은 이 시대에 드물게 보는 지적인 소설이다. 지성이 주는 매력이 현저하게 감퇴한 이 시대 한국문학의 현실에서 『독고준』의 존재는 귀하다.

지난 늦은 봄, 삼겹살을 안주로 와인을 함께하자는 고종석의 제안에 대해 흔쾌하게 동의했지만 우리 둘의 만남은 아직 실현되지 않았다. 서로가 정신없이 바빴던 것 같다. 올해가 가기 전에 그와 만나서 최인훈과 독고준에 대해서 함께 얘기할 수 있는 시간이 주어지기를 간절하게 소망한다. 독고준의 자살이라는 그 쓸쓸한 결말에서 나도, 고종석도, 한국문학도 다시 시작해야 하리라.

(2010)

소설과 현실,
문학과 연륜

최일남, 김현영, 구병모의 신작소설

1. 소설은 현실을 어떻게 반영하는가?

지난 계절 동안 한국사회에는 정신이 없을 정도로 다양한 사건과 사고가 발생했으며 여러 가지 의미에서 기억될 만한 일들이 있었다. 시간이 지날수록 수많은 새로운 의혹이 제기되고 있는 천안함 침몰사건, 고려대 경영대 재학생인 김예슬 학생의 당찬 대학거부 선언, 교수채용 비리가 담긴 유서를 남긴 조선대 시간강사의 자살, 고故 노무현 대통령 1주기, 4대강 사업을 비롯한 현 정권의 독선과 전횡을 심판한 6.2 지방선거의 민심, 나로호 발사 실패, 그리고 지금도 진행 중인 남아공 월드컵의 압도적인 생동감, 며칠 전 북한과 브라질 경기에서 북한국가가 연주되자 흘러내리던 정대세의 의미심장한 눈물 등을 기억한다. 이러한 사건들을 수시로 접하면서 자주 마음이 아팠으며 깊은 슬픔을 느꼈다. 때로는 답답하고 먹먹했으며, 가끔은 시원하고 유쾌한 순간도 있었다.

이런 문제적이며 엄청난 사건들을 접하다 보면, 확실히 현실이 소설보다 더 역동적이며 생생하다는 느낌을 지울 수 없다. 현란하고 흥미진진하며, 때로는 비극적이고 장엄한 뉴스 앞에서, 그리고 민족 국가 사이의 경합을 인간 육체의 건강한 아름다움을 통해 대리전 성격으로 보여주는 월드컵 축구 경기의 압도적인 영상미와 이미지의 쾌락 앞에서 과연 소설은 어떤 존재일 수 있는 것일까. 그토록 생생한 뉴스와 월드컵을 시청하는 커다란 즐거움을 제쳐두고 소설을 스스로 찾아서 읽는 이는 누구인가. 그들을 만나고 싶은 어느 한여름 밤이다.

소설이나 문학이 현실과 접속하는 방식은 다른 매체에 비해 현저하게 느리고 간접적이다. 대체로 소설은 현실적 사건이 종결된 연후에야, 그 사건에 대한 사후적인 의미의 문학적 해석을 내릴 수 있을 뿐이다. 어쩌면 소설의 이처럼 천천히 가는 성격이 현실을 근원적으로 성찰하고 다시금 되새기는 소설 특유의 역할을 제대로 수행하게 만드는 요소일지도 모른다.

그럼에도 불구하고 소설을 사랑하는 우리는 지금 이 시대의 현실, 그 핵심과 그늘을 바로 소설을 통해 확인하고픈 욕망을 지니고 있다. 말하자면 소설은 다름 아닌 당대의 역사를 해석하고 기억해야 한다는 주문이 가능하다. 물론 이러한 요청은 소설이 단지 현실을 사회학적인 의미에서 반영해야 한다는 뜻만은 아닐 것이다. 때로 문학과 소설은 마치 잠수함의 토끼처럼, 현실의 징후와 모순을 어떤 매체보다도 먼저 상상하고 경고하는 역할을 수행하기도 했던 것이다. 그래서 나는 이렇게 말하고 싶다. 이 시대를 부유하는 그 자극적이며 현란한 미디어의 표면에서는 찾아보기 힘든 서늘하고 진지한 성찰의 힘, 현실에 대한 근본적이며 전복적인 상상력을 이 시대 문학에서 확인하고 싶다고.

이번 계절에 발표된 수많은 소설들을 읽으면서, 그처럼 역동적인 현실이 소설 속에 어떠한 방식으로 담겨 있는지에 관심을 두고자 하는 것은 무엇보다 문학이 바로 그 생생하고 압도적인 현실을 근원적으로 되돌아보게 만든다는 기대를 여전히 지니고 있기 때문이다.

2. 학문과 항문 사이

『위저드 베이커리』로 제2회 창비 청소년문학상을 받은 신진소설가 구병모의 「학문의 힘」(『창작과비평』, 2010년 봄호)은 교수가 되기를 열망하지만 그 실현 가능성이 희박한 시간강사의 서글픈 현실을 소재로 하여 시간강사와 그 가족의 애환에 대해 안정된 문장력으로 형상화한 문제작이다. 이제 시간강사 문제는 누구나 어느 정도는 인지하고 있는 사안이다. 그러나 이 문제가 밀도 깊은 문장과 섬세한 내면을 동반하며 당사자 내부의 시점에서 소설로 형상화된 예는 많지 않다.

「학문의 힘」은 시간강사 남편을 둔 아내의 시점으로 전개된다. 주인공은 명함이나 선단지를 만들고 편집하는 회사에 다니며 생계를 꾸린다. 남편은 그녀 자신이 졸업한 모교의 시간강사이다. 그녀는 남편이 교수가 되는 것을 내심 포기했지만, 그래도 혹시라도 교수가 될 수 있는 가능성을 열어두기 위해 자신이 할 수 있는 여러 가지 일들을 시도한다. 이를테면 명절마다 교수들에게 선물을 하거나 회식 자리에서 교수들에게 다소곳하게 술을 따르는 것도 그런 예에 속한다. 그녀는 남편을 위해 노래방에서 남편과 함께 있는 상황에서도 아무런 저항 없이 술취한 남편의 선배와 블루스를 출 수밖에 없는 모욕을 감내한다. 그녀의 이런 행동은 다음과 같은 친정엄마의 조언을 구체적으로 따른 것이다.

내 친구 딸은 교수네 집에 가서 거기 사모님하고 김장도 같이 한다더라.

많이 배운 네 눈에는 고리타분해 보이고 씨알도 안 먹힐 것 같지. 사람이 말이다. 아무리 시시해 보여도 자기한테 사소한 거 신경 써주는 사람 한 번 더 돌아보게 돼 있어. 특히 나이 먹은 사람들은 더 그래.

물론 이러한 친정엄마의 조언이 인간 욕망과 감정을 둘러싼 처세술을 있는 그대로 드러내고 있다는 사실은 분명하다. 그러나 이런 행동과 정황을 결코 일반화하기 힘들다는 것도 부인할 수 없는 사실이리라. 그럼에도 주인공은 이러한 친정엄마의 지침과 조언을 적극적으로 받아들여 남편을 교수로 만들기 위해 갖은 노력을 다한다. 그 과정에서 주인공은 항문에 마치 꼬리가 생긴 것 같은 증상, 즉 '직장直腸 탈출'을 겪는다. 이는 그녀가 처한 지난하고 난처한 현실에 대한 생리적 반응으로 볼 수 있다. 그 연장선상에서 보자면, 제목 「학문의 힘」은 학문 / 항문이라는 말놀이를 통해 학문세세가 지닌 엄숙성과 모순을 절묘하게 까발리는 역할을 수행한다.

그렇다면 주인공의 남편은 어떤 위인인가. 그는 "학부생 시절부터 십오 년 가까이 적지 않은 교수들 밑에서 중세 길드의 새끼 도제공처럼 각종 문서수발과 허드렛일을 비롯한 몸 대주기를 생활화하여 사실상 교수실 전속비서라고 보아도 좋을 남편"이라고 묘사된다. 다음과 같은 남편의 풍모도 그 무수한 학회의 존재와 더불어 생생한 현실감을 동반하고 있다.

남편은 6년 사이에 이름을 일일이 기억할 수도 없는 몇몇 학회에서 간사인지 총무인지를 도맡곤 했다. 어느 때는 동시에 2개 학회에 속했던 적도 있다. 그는 자기 또래에 학교에 남아 학문을 탐구하는 사람들 가운데 유일한 남자였고, 어느 학회에 속하든 거기서는 막내였다. (…중략…) 그는 학회를 유지하는 잡다한 시중에 공부할 시간을 확보하지 못하면서도, 그런 활동이 다양한 학문적 경력으로 인정받는다고 했다.

그녀의 남편은 학회의 자잘한 사무들을 도맡아하는 유형이자 "지나치게 착한 사람들의 공통점은 그 옆에 있는 누군가를 불안하게 또는 피곤하게 만든다는 것이다"는 진술에 딱 들어맞는 교수지망생이다. 그는 이제 "경제적인 행위나 첨단의 그 무엇과는 인연이 없는 순수학문을 해온 그가, 서른다섯을 바라보는 마당에 새롭게 시작할 수 있는 일"을 찾기 힘든 절박한 입장이다. 죽으나 사나 그는 교수를 향한 다음과 같은 대열에 남아 있을 수밖에 없는 형편에 처해 있다.

티오가 하나 나면 자격 요건을 갖춘 대기자는 열두 명도 넘곤 했다. 그녀는 처음에 순진하게 생각하기를, 그 대기자들 가운데 티오를 오래 기다린 사람, 처자식이 있는 사람 순으로 차례차례 체제에 입고되는 줄 알았다. 머리로는 학문의 경력과 활동이 무엇보다 우선되어야 한다고 믿으나, 실제론 어디까지나 연공서열이라는 한국적 인지상정에 그녀도 길들여져 있었다. 그런데 현실은 둘 중 어느 쪽도 아니었다. 모두가 열망하는 자리는 결과적으로 그들 중 언덕을 선별하는 감각과 본능이 좀 더 예리하게 발달한 사람에게 돌아가곤 했다.

이런 생생한 묘사는 대학교수 경쟁 시장의 불합리와 모순의 어떤 측면을 적확하고 경쾌하게 포착한다. 그런가 하면 "차라리 처녀귀신으로 늙고 말겠어, 공부하는 사람하고 결혼하느니"라는 어느 시간강사의 독백은 이 시대 수많은 시간강사를 비롯한 학문후속세대의 참담한 실존을 풍자적으로 보여준다. 이러한 대목에 답답하고 먹먹한 마음이 되면서도 나로서는 「학문의 힘」에 등장하는 이른바 교수채용 풍속도나 학문후속세대의 고단한 여정에 대한 묘사를 접하면서 다음과 같은 일련의 의문을 던지지 않을 수 없다.

교수 채용을 둘러싼 학문후속세대의 애환을 묘사하는 것은 물론 이 시대의 소설이 보여줄 수 있는 흥미진진하면서도 한없이 슬픈 득의의 영역이다. 다만 교수 채용과 연관된 학문후속세대의 실존이 대단히 다양하며, 실제 체험에 따라 상이한 양상이 존재한다는 사실을 인지해야 하지 않을까. 가령 「학문의 힘」에 등장하는 주인공과 같이 남편이 교수가 되는 것을 돕기 위해 아내가 명절마다 교수들에게 선물을 하거나 회식 자리에서 분위기를 맞추고 교수들에게 다소곳하게 술을 따르는 행동을 일반적인 풍속이라고 볼 수 있을까. 소설에서 묘사된 주인공과 남편의 몇몇 행동은 얼핏 상투적으로 보인다. 그러나 이런 장면은 오히려 이 시대 대학사회에서 거의 찾아볼 수 없는 극히 이례적인 풍속이니 행동에 가깝다.

물론 이 소설에서 묘사된 장면이 대학 사회 어디에선가 유사하게 벌어질 가능성은 충분히 존재한다. 그 세태를 제대로 형상화하는 것이야말로 소설이 감당해야 할 몫이라고 할 수도 있으리라. 이런 의미에서 「학문의 힘」이 지니는 최소한의 소설적 가치를 인정할 수 있다. 그러나 거기까지다. 진정으로 좋은 소설은 거기서 한 발 더 나아가, 이례적이며 주관적인 체험을 소박하게 형상화하는데 머물지 않고, 그 체험과 현실, 보편성의 관계에 대해 성찰하게 만드는 힘을 지녀야 하는 것이 아닐까.

「학문의 힘」에서 묘사된 어떤 장면들이 지금 이 땅의 어느 곳에선가는 아직도 생생한 현실성을 동반할 수도 있겠다. 그럼에도 불구하고 이 소설에 대한 독후감이 마냥 씁쓸했던 것은 과연 무엇 때문인가. 그 이유는 일면 상투적으로 보이지만 이미 거의 퇴색되고 사라진 대학사회의 몇몇 부정적 풍속을 주인공이 지나치게 수동적이며 즉자적으로 추인하고 있다는 사실 때문이다. 이렇게 보면 「학문의 힘」에서 나타난 주인공의 행태는 자신의 체험을 지나치게 일반화하고자 하는 주관적인 넋두리나 나르시시즘에서 결코 멀지 않다. 그 욕망과 상처는 남편이 교수가 되는 순간 모든 것이 해결이 되는 그런 성격에 가깝다(아마도 남편이 교수가 되면 예의 직장 탈출도 호전되지 않을까). 주인공의 욕망은 물론 존중되어야 하겠지만, 나로서는 그 욕망의 뿌리를 근본적으로 되돌아보는 주인공의 성찰적 내면을 접하고 싶다. 그런 면에서 좋은 소설은 세태 관찰에서 더 나아갈 필요가 있는 것이 아닐까.

소설 끝부분에서 주인공이 보여주는 '불온한 상상', 즉 "마지막의 마지막까지 탈출한 기다란 꼬리가 치마 밖으로 나와서, 탱탱한 탄력을 가지고 학문하는 자의 귀싸대기를 힘있게 양쪽으로 왕복하여 갈겨버리는 장면"은 자신의 욕망이 지닌 허위의식을 투시하고 있다는 점에서 그 변화 가능성을 열어놓고 있다. 구병모의 다음 작품이 기다려진다.

3. 88만원세대와 양극화사회의 실존

여기 "제 아들은…… 흡혈귀였습니다"고 자신이 아들을 죽였다고 고백하는 아버지가 있다. 그는 왜 그럴 수밖에 없었을까. 김현영의 「피의 피」(『자음과 모음』, 2010년 봄호)는 바로 부모세대의 경제적 부가 자식의 인생을 결정하는 신판 세습사회와 양극화의 그늘을 착잡하게 풍자한다. 이 소설에서 아들이 흡혈귀라는 설정은 부모의 피(경제적 유산) 없이는 성공적인 대학생활을 영위하고 좋은 직장을 구하기 힘든 막막한 현실에 대한 비유이다. 그래서 "네 아비 피라도 쪽쪽 빨아 먹고 어떻게든 잘 살 생각을 해봐, 이 자식아!"라는 질책에 "그러고 싶어도 더 빨아먹을 것도, 빨아먹을 힘도…… 없어요, 아버지"라고 응수하는 아들의 절망적인 모습이 형상화될 수 있었으리라. 아들의 처절한 절규 앞에서 내 마음은 또 먹먹해진다.

"어느 날 갑자기 예고 없이 제가 잘리고 보니 아들도 그렇게 될까 봐 겁이 났던 게지요"라는 언급에서도 암시되어 있듯이, 주인공과 아들을 절망하게 만든 것은 무엇보다도 가난이 대를 이어 세습될 가능성이 다분한 비감한 현실이다. 그들을 더욱 절망하게 만드는 것은 "비범하지 않으면 평범할 수도 없게 되어버린" 처절한 경쟁논리로 인해 이러한 가난을 탈출할 현실적인 방도가 존재하지 않는다는 비정한 사실이다.

「피의 피」를 읽으면서 내 마음을 슬프게 관통한 대목은 비정규직 아르바이트를 전전하는 이 시대 대학생과 대학문화의 답답한 현실이었다.

요즘 대학생들은 그저 공부만 해야 합니다. 학비는 어차피 학생 알바로는 감당할 수 없는 수준이고요, 용돈이라도 번답시고 알바 하다가는 그 뭡니까, 루저요, 예, 그거 되기 십상이거든요. 지각이나 하고 놀러나 다니는 애들한테 대학생이냐며 지분거린 건 우리 젊었을 때 얘기고 요즘 애들은 학점 관리부터가 어렵다더군요. 아무도 결석 안 하고 숙제도 다들 척척인데 A고 C고 정해진 비율대로 점수를 줘야 해서 교수님들이 성실한 요즘 애들을 외려 무서워한다지 뭡니까.

그놈의 스펙이 다들 엇비슷해져서 이젠 얼굴마저 뜯어고친답디다. 말만들어도 벌써 들어간 돈이 얼맙니까. 시간이 얼맙니까. 그런데도 따박 따박 월급 받고 살지 못한다면 억울한 청춘인 게지요. 그 뒤에서 그 돈을 다 대준 부모도 마찬가지고요. 옛날에야 소만 팔면 됐지만 지금은 가진 기 다 팔고도 모자라 빚까지 져야 자식새끼 겨우 월급쟁이 만들까 말깝니다. 당장 취직이 어려우면 대학원이든 고시학원이든 로스쿨이든 가야 하는데 그건 공짜랍니까. 처음부터 가진 게 없으면 안으로도 가질 게 없는 세상이 되어버린 거지요. 대통령만 직접 뽑을 수 있게 됐으면 다 된 거냐고요, 젠장.

이와 같은 대학사회의 우울한 현실에서 나는 자연스럽게 고려대 김예슬 학생의 대학거부선언을 떠올렸다. "큰 배움도 큰 물음도 없는 '대학大學' 없는 대학에서, 나는 누구인지, 왜 사는지, 무엇이 진리인지 물을 수 없었다. 우정도 낭만도 사제 간의 믿음도 찾을 수 없었다. 가장 순수한 시절 불의에 대한 저항도 꿈꿀 수 없었다"며 "우리들 20대는 끝없는 투자 대비 수익이 나오지 않는 '적자세대'가 되어 부모 앞에 죄송하다"던 김예슬 학생은 결국 대학을 떠났다.

「피의 피」에 등장하는 대학사회의 현실에 대한 지적에 깊이 공감하면서도 이러한 문제제기를 하는 것이 가능하지 않을까. 이 소설에 묘사된 대학사회와 비정규직 아르바이트생의 모습은 이미 수많은 시사주간지와 신문기사, 인터넷언론이 기사로 다룬 바 있다. 어쩌면 김예슬 선언에 등장하는 이 시대 대학사회의 현실에 대한 비판과 묘사가 「피의 피」보다 월등 구체적이며 논리적이라고 느낄 이도 분명 존재할 것이다.

그렇다면 나는 다시 소설이란 무엇인가 하는 근원적 질문을 던지지 않을 수 없다. 수많은 미디어에 의해 이미 잘 알려진 현실이나 사안에 대해 애기할 때, 좋은 소설은 그 일차적인 정보들이 제대로 포착하지 못한 진실의 미세한 단면을 보여줄 수 있어야 하지 않을까. 이렇게 보자면, 「피의 피」에서 서술된 대학사회나 비정규직의 현실은 너무 익숙한 것이 아닌가. 소설은 정보 이상이어야 하지 않을까. 물론 흡혈귀라는 메타포가 그 낯익은 소재에 독특한 미감을 선사하지만, 소재 자체가 지닌 상투성이 미적인 쾌감의 진전을 방해하는 것은 아닌가. 작가의 문학적 저력과 잠재력을 신뢰하기에 던져보는 질문들이다.

4. 연륜과 내공

최일남의 「국화 밑에서」(『문학의 문학』, 2010년 봄호)는 이번 계절에 접했던 가장 완성도 높은 소설이었다. 올해로 여든에 가까운 이 노작가의 역작을 통해 나는 문학에서 연륜과 세월, 그리고 오랜 시간 동안 다져온 사람과 세상에 대한 눈썰미와 내공이 얼마나 소중한지를 새삼 깨달았다.

이 소설은 주인공이 하루에 두 군데 장례식장을 방문하여, 상주와 대화를 나누거나 과거를 추억하는 장면으로 이루어져 있다. 그 대화와 과거에 대한 추억은 주로 장례, 죽음, 시체, 염, 화장한 후의 뼛가루 등의 장례 풍속에 관한 것이다. 가령 다음 대목을 보자.

그렇지. 지지난번에도 유가족들 사이에 끼어 심장병으로 죽은 친구의 입관식을 지켜보았는데 칠십 노인의 사안(死顔)이 어쩌면 그렇게 뽀얗지? 화장 빨 덕이 크겠지만 생시 때 저리 가라였다구. 숨을 죽이고 남편과 아버지의 마지막 모습을 지켜보던 미망인과 아들딸의 눈이 환해지더만. 흐느낌을 멈추고 입을 감쌌던 손바닥을 조용히 풀며 지극히 편안한 사안에 마음을 놓은 기색이 역력했다네.

죽음과 시체, 화장火葬을 둘러싼 풍속이나 다양한 지식의 향연은 이 소설을 읽는 즐거움의 커다란 부분이다. 가령 레닌의 아내 크룹스카야가 레닌 시신의 영구 전시를 반대한 사실을 로버트 서비스의 『레닌 전기』에 기대 말하는 대목이라든가, 화장한 뼛가루를 어떻게 처리할 것인지에 대해 장폴 뒤부아의 장편소설 『이성적인 화해』를 예로 들며 언급하는 부분, 가와바다 야스나리의 소설에 등장하는 죽음과 장례의 모습을 소개하는 구절에서 폭넓은 독서에서 배어든 인문적 향기를 느낄 수 있다.

그런가 하면 종합병원 영안실이 장례식장으로 대중적으로 사용되기 이전의 장례풍속과 같은 반 친구인 봉수네 가족을 둘러싼 유년의 풍속을 묘사한 대목도 죽음과 연관된 세목을 얘기하고 있음에도 불구하고 정겹기까지 하다.

「국화 밑에서」를 읽는 또 하나의 즐거움은 최일남의 절묘하고 웅숭깊은 언어감각에서 비롯된다. 이를테면 '칙살스럽다', '듬성드뭇', '께복쟁이', '눈밑 살주머니', '혜실바실', '고릿적 얘기' 등의 순우리말과 토착어가 「국화 밑에서」에서 너무나 자연스럽게 구사된다. 소설가를 우리말의 넓이와 깊이, 아름다움을 위해 자발적으로 헌신하는 사람이라고 정의한다면, 최일남은 그 영예로운 대열의 앞자리에 기꺼이 포함될 수 있으리라.

고색창연한 토착어를 자주 사용한다고 해서 작가 최일남의 현실 감각이 고루한 세계에 머물러 있다고 볼 수는 없다. 이 소설은 이즈음의 문화적 추세나 사회변화에 대해서도 대단히 적극적이고 민감하게 수용한다. 가령 일본 영화 〈오꾸리비리도〉가 언급되는 장면이나, 손상된 주검을 복원하는 특수 처리 기능을 담당하는 엠바머embalmer가 대화소재로 등장하는 대목은 작가가 지금 이 시대의 장례 풍속이나 현대문화에 대해 만만치 않은 정보를 지니고 있음을 인상적으로 보여준다. 최일남의 「국화 밑에서」는 현실에 대한 일차원적 묘사와 서술만으로 한 편의 소설다운 소설작품이 만들어지지 않는다는 진실을 깨우치고 있다.

나는 지난 2월 촛불시위 불참 확인서를 조건으로 하여 예술단체 자금지원을 하겠다는 정부의 통보를 계기로 열린 한국작가회의 임시총회에서, 작가회의 이사장이던 최일남이 보여주었던 의연한 기개를 참으로 인상 깊게 기억하고 있다. 그가 "그깟 돈 안 받고 기관지 잠시 안 만들면 안 되나요"라고 단호한 입장을 밝히자, 그때까지 다소 신중했던 한국작가회의의 대응방안은 원칙과 양식에 입각하여 과감하게 결정되었다. 내게는 그의 발언이 문사적 자존심의 한 상징처럼 느껴졌다.

이른바 신세대문학과 새로운 소설적 감각이 주된 화제가 되는 문단의 편향된 풍토에서, 오랜 세월 동안 축적된 연륜과 체험에서 비롯된 그윽한 소실직 내공과 빅림깅기博覽强記의 소설미학, 고색창연한 언어감각이 성공적으로 버무려진 최일남의 「국화 밑에서」는 그 자체로 우리 시대의 소설적 귀감으로 대접받기에 전혀 부족함이 없다.

한 편의 작품을 직조하는 소설적 치열성과 창의적인 언어감각이라는 측면에서 보자면, 최일남의 소설은 어떤 젊은 작가의 소설보다도 젊다. 그 마음의 젊음이 그로 하여금 여전히 소설을 쓰게 만들고 있는 것이 아닐까. 앞으로도 오랜 세월 동안 최일남의 새로운 소설을 읽고 싶다.

(2010)

더 넓어지고 더 깊어지자

80년대 문학의 어떤 풍요와 결여에 대한 에세이

1. 세월호 사건을 통해 80년대 문학을 되돌아보다

2015년 4월 30일 오전 9시, 도쿄 인근 고다이라小平 시에 있는 도쿄경제대학 국제교류회관 게스트룸에서 이번 4·29 재·보궐선거 결과에 대한 여러가지 생각을 하며 조금은 착잡한 심정으로 이 글을 쓰고 있다. 세월호사건 1주년을 맞은 지금 이 시점에서 80년대 문학(담론)에 대해 다시 사유하고 성찰해보는 것이 이 글의 주제이다. 생각건대 세월호 참극은 지구상의 어떤 국가보다도 빠르고 역동적이며 정신없이 통과한 한국적 압축근대의 민낯과 어두운 그늘을 충격적으로 드러낸 사건이었다. 개인적으로도 이 유례없는 비극적 사건을 통해 한국사회의 비정상, 비합리, 탐욕, 부실한 시스템 등을 마치 갑자기 깨진 거울에 새삼 놀란 것처럼 목도했다. 세월호사건에 대해 생각해보는 일은 저 엄청난 참극의 과정에서 행해진 태만과 방관, 협잡, 무책임에서 과연 나 자신은 면제될 수 있을까 하는 의구심과 대화하는 우울한 시간이기도 했다. 우리 각각의 몸과 실존, 무의식에도 분명히 스며들어 있을, 저 한국적 근대의 습속과 행태를 생각해본다. 평생 살아갈 사회의 모순과 부조리에 대해 사유한다는 것은 그 자체로 고통이겠지만, 문학 쪽에서 생각해보면 항상 그 고통이 부정적으로 작용하지는 않을 것이다. 이 시대의 문학은 이 모순과 비극을 통과하고 응시하면서, 상처받은 자의 아름다움을 과연 보여줄 수 있을까?

세월호사건이 한국사회의 뒤틀린 욕망과 무의식적 관행을 다시 근본적으로 되돌아보게 만드는 계기라면 이 사건을 둘러싼 문맥과 의미망은 한층 확장될 필요가 있다. 즉 세월호사건은 너무나 어처구니없는 전개과정을 통해 꽃다운 목숨 304명이 희생되었으며, 아직도 발견되지 않은 시신 아홉 구가 바닷속에 남아 있다는 사실 자체로 한정되지 않는다. 이러한 표면적인 사실에서 더 나아가, 이 사건의 정확한 원인과 책임소재가 일 년이 지난 지금까지도 시원하게 밝혀지지 않고 있다는 기막힌 현실, 이 같은 치명적인 사고와 그 이후의 숱한 정치적 난맥상에도 불구하고 이번 4·29재보선을 위시한 몇 번의 선거결과에서 볼 수 있듯이 지배권력과 여당에 대한 최소한의 정치적 심판조차 이루어지지 않고 있다는 무력감, 오히려 세월호 희생자 가족에 대한 불편하고 악의적인 여론이 날이 갈수록 활개치고 있는 현실 등에 대해 깊이 사유하는 과정이리라. 이런 질문을 던지지 않을 수 없다. 우리 사회는, 우리 정치는, 우리의 욕망은 왜 이렇게 나쁜 방식으로 굴절되었을까? 우리 사회에 희망은 있는가?

다시 이렇게 물어보자. 국민의 신임을 잃어버린 통치자와 수권정당이 용납될 수 없는 모순과 불합리한 행태를 보여주어도 선거에 의해 심판되지 않는 사회, 야권이 지리멸렬하여 신뢰할 만한 대안으로 부각되지 않는 사회, 상식과 정당한 비판이 이분법적 진영논리와 보수화된 미디어지형에 흡수되는 사회, 이곳을 바꾸기 위한 진지한 문제제기와 뜻 깊은 노력들이 냉소주의라는 블랙홀에 잠겨버릴 수밖에 없는 사회, 이런 사회에서 문학(비평)의 역할이란 무엇인가? 이 시대 문학에 희망은 존재하는가?

이 글은 바로 이 물음들을 마음에 새기며, 1980년대 문학이 지금 이 시대에 의미하는 바가 무엇인지, 우리가 아직까지 충분히 인지하지 못한 80년대 문학의 결여와 풍요는 무엇인지에 대해 다시 사유하는 비평적 에세이가 될 것이다. 그것은 어느 연대보다 지배이데올로기와 폭압적인 정치권력에 대한 전방위적 저항이 이루어지고 문학(비평)이 그 전선에서 대단히 중대한 역할을 담당하던 80년대 문학과 그 시대를 되돌아보며 지금 이 시대 문학(비평)의 새로운 가능성을 모색하는 도정이기도 할 것이다.

우리는 80년대 문학이라는 주제처럼 특정한 연대의 문학을 하나의 단일한 프레임으로 바라보는 시선에 익숙해 있다. 그러나 80년대 문학(담론)에는 생각보다 상당히 다양한 입장과 진영, 스타일이 혼재하고 있었다. 민중문학, 민족문학, 노동문학 등의 진보적인 문학이라는 커다란 흐름 외에도 마광수, 장정일 등의 도발적이며 퇴폐적인 문학이 있었는가 하면, 시운동그룹으로 상징되는 신비주의와 다양한 형식적 모색도 존재했다. 이제는 고인이 된 박남철, 그리고 이인성, 이성복, 황지우의 해체주의적 글쓰기, 윤후명의 『돈황의 사랑』(문학과지성사, 1983)으로 대변되는 깊은 허무와 낭만적 폐허의 세계도 기억한다. 그러고 보니 내가 80년대 소설의 가장 돋보이는 성과의 하나라고 생각하는 복거일의 『비명을 찾아서』(문학과지성사)도 1987년에 출간되었다. 어느 시대에나 늘 있었던 고전적 순수문학과 순수서정시는 80년대에도 변하지 않는 문학적 상수로 있었거니와, 진보적 민중문학 진영에 대한 대타적 의미로 늘 존재해왔다. 그밖에도 다양한 문학적 흐름이 있었을 터이다.

이렇게 보면 80년대 문학을 대상으로 씌어지는 그 어떤 글도 그 시대 문학의 전체상을 포괄할 수 없을 것이다. 모든 역사는 현대사라는 말이 있듯이 과거의 특정 시점에 대한 해석은 지금 이 시점의 맥락에 결정적으로 연루되어 있다. 80년대 문학을 대상으로 한 이 글 역시 내 비평적 취향이나 세계관, 현재의 정치적·문학적 문맥에 의해 80년대 문학담론이 의식적·무의식적 차원에서 재배치되는 과정을 통해 선별적으로 기억되고 소환될 수밖에 없다는 사실을 인정하는 것이 필요하겠다.

이 같은 원천적인 한계를 인정하면서 이 글에서 내가 살펴보고자 하는 것은 80년대에 발표된 세 편의 소설과 두 편의 비평문이다. 그것은 윤후명의 「돈황의 사랑」(1982), 임철우의 「사평역」(1983), 김영현의 「포도나무집 풍경」(1988)과 백낙청의 「민중·민족문학의 새 단계」(1985), 「통일운동과 문학」(1989)이다. 이 글들은 지금 이 시점에서 80년대 문학을 바라보며 문학의 새로운 가능성을 타진하는 데 시금석 역할을 하는 의미 깊은 텍스트임이 분명하다.

2. 현실적 지평을 통과한 환상과 허무의 세계

윤후명의 중편소설 「돈황의 사랑」은, 80년대 초반에 발표되었다는 사실을 제외하면, 그 시대 문학이 응당 지닐 법한 시대정신이나 문학정신하고는 별다른 연관성이 없는 것처럼 보인다. 「돈황의 사랑」을 꼼꼼하게 읽는 작업은 곧 80년대 문학을 대상으로 한 독법이 놓쳤거나 소홀히 했던 작품의 풍부한 의미와 만나는 과정이겠다.

「돈황의 사랑」에는 지금은 전설이나 신화가 되어버린 과거의 문화적 유산과 이야기가 곳곳에 등장한다. 봉산탈춤, 신라, 인디언, 처용, 강령탈춤, 서역의 고대도시, 누란, 돈황, 공후인, 상원사 동종의 비천상, 봉은사의 연꽃, 겸재의 인왕제색도, 소림사, 달마대사……. 작품은 주간지 기자인 주인공과 친구, 연인의 부황한 일상과 현실에 이 같은 다양한 신화, 문화적 유산, 역사적 유물 스토리를 절묘하게 끼워놓는다. 예를 들어 만주를 떠돌며 '공후箜篌'를 켰던 노인을 추적하는 이야기는 상원사 범종에 새겨진 비천상飛天像의 선녀가 가슴에 안고 있는 악기 '공후'와 연결되며, 이는 또한 세종문화회관 벽면에 돋을새김으로 조각된 비천상을 보며 공후 소리를 듣는 주인공의 환상으로 이어진다. 애초에 그는 '돈황敦煌'을 화제 삼아 얘기하는 친구에 대해 "지구촌이라는 말이 있는 만큼 지구 위에 있는 어떤 것일지라도 우리의 삶과 관련을 맺고 있지 않은 것은 없다는 포괄적인 견해를 모르는 바 아니었다. 나는 녀석이 그따위 공소한 소리를 중얼거리려는가 해서 시큰둥하게 반문"하며 "비록 혜초의 『왕오천축국전』이 그 속에서 나왔다고 하더라도 전혀 그 사실이 오늘의 나의 삶과 어떤 직접적인 관련을 맺고 있다고는 전혀 실감할 수가 없었다. 서울에서 중국 감숙성甘肅省의 거리는 먼 것이었다"고 생각한다. 이처럼 철저하게 현실적 지평과 효용적 관점에서 사유하는 태도는 80년대 진보적 문학에서 주된 흐름이었다. 눈앞의 모순된 현실을 당장 변혁해야 한다는 입장에서 보면 돈황이나 혜초, 중국 감숙성은 시대현실과 직접적인 연관성이 없는 뜬금없는 얘기일 수 있다.

그러나 바꾸어 말하면 바로 이러한 주인공의 편협한 태도야말로 작가 윤후명의 입장에서 바라본 80년대 지적풍토의 한계를 정확히 투사하고 있는 것이 아닐까. "'돈황의 사랑'은 결국 자기와의 싸움이 사랑의 본질이라는 걸 여실히 보여주자는 거니까"라는 친구의 발언은 요컨대 이 작품에서 등장하는 여러 가지 전설, 신화, 환상, 신비한 스토리가 현실과 절연된 허황된 관념이 아니라, 우리의 역사와 삶 속에 깊이 배어 있는 인간의 보편적인 욕망과 정념의 산물이라는 사실을 환기한다. 실제로 주인공은 점차 돈황이나 공후인箜篌引 같은 전설에 커다란 관심을 기울이게 되며 급기야는 마지막으로 공후를 켰다는 신비한 노인을 찾아 나서는 것이다.

여기서 한 가시 사실을 덧붙이기로 하자. 주인공은 연인과의 대화에서 "에르네스트 르낭의 『예수의 생애』라든가 불트만의 신학에서부터 우치무라 간조內村鑑三며 함석헌의 무교회주의"에 대해 언급하고 있는데, 이 점은 그가 철저한 리얼리스트는 아닐지 몰라도 제도권 보수신앙의 문제점에 대해 충분히 인식하고 있는 문제적 캐릭터라는 사실을 알려준다. 그렇다면 「돈황의 사랑」은 단지 턱없는 환상을 얘기하는 소설이 아니라 진보적 신앙이나 현실적 지평에 대한 고민을 통과한 연후에 도달한 환상과 허무의 세계를 담고 있다고 볼 수 있다.

손쉬운 허무주의가 지닌 문제점과는 별도로 누군가는 인간과 세상을 정직하게 바라볼수록 깊은 허무와 마음의 폐허에 도달할 수밖에 없는 것 아닐까. 특히 이 시대 한국의 참담한 정치·사회적 현실을 목도하면 누군들 깊은 허무에 빠지지 않을 도리가 있을까. 어떻게 보면 현실적 삶은 그 허무 및 환멸과 지속적으로 대결하면서 희망을 향한 희미한 불빛을 찾아가는 과정일지도 모른다. 「돈황의 사랑」에서 묘사되는 문화적 허무의 풍경은 당대의 치열한 현실 및 모순과 동전의 양면 같은 관계를 이루고 있다고 봐야 한다. 현실이 암담할수록 그 현실에서 탈피해 저 문명의 시원이나 신화로 도피하고픈 강렬한 욕망이 생성되리라. 요컨대 「돈황의 사랑」은 80년대 민중문학의 성과와는 다른 방식으로, 어쩌면 더 거시적인 관점을 통해 80년대 초반이라는 그 암울하고 답답한 현실을 넘어서는 한층 근원적인 상상력을 펼쳐 보이고 있는 것이 아닐까.

물론 이 작품을 민중문학이나 민족문학의 범주에 포함시킬 수는 없을 것이다. 어쩌면 그런 범주 자체가 이제 명백한 한계를 지니고 있는지도 모른다. 80년대 진보적 문학담론이 「돈황의 사랑」 같은 작품과의 대화적 과정에 다소 무심했다는 사실, 스스로 문학적 폭과 깊이를 제한했다는 사실을 여기서 적어두어야 할 것 같다. 아침에는 사냥을 하고 오후에는 낚시를 하며 저녁식사 후에는 비평과 토론을 한다는,『독일 이데올로기』에서 마르크스가 꿈꾼 사회는 결코 단일한 계몽적 목소리만 존재하는 사회가 아니라 다양한 유희와 취미가 공존하는 사회였다. 지금의 시각으로 보면 그 취미에 돈황석굴과 공후인에 대한 상상도 포함될 수 있지 않을까.

3. 타자의 욕망에 대한 이해와 자기 성찰

변혁과 개혁에 대한 희망이 점차 스러져가는 이즈음의 시대적 감각 때문인지는 모르겠지만, 80년대에 발표된 몇몇 소설을 읽으면서 꽤나 문제적으로 다가온 작품이 임철우의 「사평역」과 김영현의 「포도나무집 풍경」이었다. 무엇보다 이 두 작품에 펼쳐진 인간과 시대에 대한 고민이 참 익숙하면서도 깊은 울림을 주었다. 그렇다면 과연 우리는 이 작품들이 전하는 문제의식을 온전히 이해하고 뜻깊은 문학적 유산으로 제대로 의미부여하고 있는 것일까?

잘 알려진 바와 같이 「사평역」은 작가의 절친한 문우였던 시인 곽재구의 신춘문예 당선작 「사평역에서」(1981)를 읽고 깊은 감동을 받아

서 쓴 임철우의 대표작이다. 이 작품을 통해 다양한 사연을 지닌 등장
인물들을 묘사하는 작가의 애정과 따뜻한 시선을 느낄 수 있다. 「사평
역」의 주제는 '삶이란 무엇인가?'로 요약된다. 작품의 말미에서 등장인
물들이 각자의 입장에서 바라본 인생의 의미에 대해 독백하고 있는데,
학생시위로 대학에서 제적된 대학생에게 다가온 삶은 아래와 같이 묘
사된다.

> 대학생에겐 삶은 이 세상과 구별할 수 없는 그 무엇이다. 스물셋의 나이
> 인 그에게는 세상 돌아가는 내력을 모르고, 아니 모른 척하고 산다는 것은
> 절대로 용서할 수 없다. 그런 삶은 잠이다. 마취 상태에 빠져 흘려보내는
> 시간일 뿐이라고 청년은 믿고 있다. 하지만 그는 얼마 전부터 그런 확신이
> 조금씩 흔들리기 시작하는 걸 느끼고 있다. 유치장에서 보낸 한 달 남짓한
> 기억과 퇴학. 끓어오르는 그들의 신념과는 아랑곳없이 이루어지고 있는
> 강의실 밖의 질서…… 그런 것들이 자꾸만 청년의 시야를 어지럽히고 혼
> 란을 일으키고 있는 중이다.[1]

이 대목을 더 세심하게 읽을 필요가 있다. 특히 자신이 지녀왔던 진
보와 계몽에 대한 순정한 열망이 조금씩 흔들리기 시작하는 걸 느끼는
장면을. 그리고 자신이 속한 집단의 "신념과는 아랑곳없이 이루어지고
있는 강의실 밖의 질서", 그리고 그로 인한 혼란을. 어느 연대보다도 격
동기이자 이념의 시대였던 80년대를 통과해온 우리는 과연 이러한 흔
들림과 균열, 혼란을 얼마나 정직하게 응시하고 있었던 것일까. 그리고
내가 속한 집단과 완전히 다른 생각을 지닌 타자의 내면과 욕망을 이해

---

1 임철우, 「사평역」, 『20세기 한국소설』 41권, 창비, 2006, 46~47면.

하기 위해 얼마나 노력했던 것일까. 자신이 속한 집단의 프레임으로 세상을 바라보면, 주위 사람들의 생각은 늘 내 생각과 비슷하게 여겨질 것이다. 이런 동질적인 구조 속에서는 타자의 진짜 욕망과 생각이 보이지 않는다. 그래서 어떤 사람들에게는 세월호사건 이후의 정치적 추이, 여전한 대통령의 지지율, 이번 재보궐선거의 결과도 결코 이해되지 않을 것이다.

「사평역」은 다양한 인물군상의 내면과 그 속살에 대해 참으로 핍진하고 흥미진진하게 접근하면서도 민중이나 진보적 청춘에 대한 낭만적 이상화에 머물지 않는다. 이 소설이 뛰어난 작품인 것은 인용문에서도 확인할 수 있듯이 일방적인 계몽적 목소리에서 벗어나 흔들리고 혼란스러워하는 인물의 내면을 있는 그대로 묘사하고 있기 때문이다. 「사평역」이 발표된 것은 1983년이지만, 작품에서 묘사된 어떤 사유와 표정은 1980년대 후반 동구사회주의의 몰락 이후에 이루어진 진보적 열망의 좌절, 진보와 국민정서의 괴리를 소설적 징후와 예감으로서 드러낸다. 어떤 작가보다도 기존의 경화된 이데올로기에 대한 깊은 회의와 성찰을 보여주는 작가 임철우이기에 가능한 미덕이라 하겠다.

한편 김영현의 「포도나무집 풍경」은 전형적인 후일담소설이다. 작가 자신의 분신이라고 할 수 있는 주인공은 1987년 6월항쟁의 성과로 16년 만에 이루어진 직선제 대통령 선거의 예상치 못한 패배를 겪고 커다란 좌절과 허탈감에 빠진다. 그는 선거 직후 80년대 운동사를 정리할 겸 스스로 마음을 다스리기 위해 경기도 김포 인근의 한적한 포도나무집에서 홀로 칩거를 시작한다. 이곳에서 주인공은 지금까지 자신의 삶과 현실, 80년대 운동권의 역사, 정치적 패배에 대해 찬찬히 성찰한다. "김 선생처럼 운동을 하는 사람들은 가끔 저런 별들을 볼 필요가 있다네"라는 박홍규 목사의 조언은 한 가지 목표(진보와 계몽에 대한 열망)

를 지니고 일로매진해왔던 주인공에게 밑바닥으로부터 새로운 사유의 계기를 제공한다.

나는 「포도나무집 풍경」에서 묘사된 자기 돌아봄과 회한의 풍경에 깊은 인상을 받았다. 주인공의 고뇌와 행동들이 눈앞에 그려지는 듯하다. 그럼에도 이 소설의 소중한 미덕과는 별도로, 「포도나무집 풍경」을 비롯한 대개의 후일담문학에서 이루어진 이러한 반성과 자기성찰이 실제 80년대 진보진영에 얼마나 구체적인 실감을 가시고 다가왔던가 하는 질문을 던질 수 있겠다. 80년대 진보적 지식인문학이 개척한 성과에 대해 큰 의의를 부여할 수 있겠지만 동시에 그 한계 또한 뚜렷하다. 가령 후일담문학의 확산부터 후일담문학 비판으로 이어지는 일련의 과정은 일시적인 유행이나 포즈에 그쳤던 것이 아닐까. 시대적 한계를 감안하면서도 진보, 운동, 인간, 욕망, 정념, 혁명, 좌절, 패배, 허무, 희망…… 이 모든 주제에 대한 한결 다양하고 깊은 얘기가 가능하지 않았을까 하는 아쉬움을 지녀본다.

아울러 「포도나무집 풍경」이 발표된 이후 80년대 후반부터 90년대 초반에 이르는, 사회주의 몰락으로 상징되는 그 세계사적 격변기에 우리는 과연 인간의 욕망과 계몽(이성)의 한계에 대해 얼마나 제대로 인식했던가, 그리고 이러한 물음들은 당대의 소설에 어떤 방식으로 반영되었던가, 하는 물음을 던져본다. 우리의 지성사는 그 세계사적 격변기를 너무 손쉬운 전향과 청산, 비판, 견강부회로 통과한 것이 아닐까. 한층 근본적인 차원에서 그 변화의 배후에 있는 인간의 욕망과 무의식을 깊이 천착해야 하지 않았을까. 「포도나무집 풍경」에서 묘사된 진보적 지식인의 자기성찰이 이념의 광휘에 열광한 인간의 정념에 대한 통찰로 심화되어야 하지 않았을까. 문학은 무엇보다 깊은 인간학 아닌가.

사실 「포도나무집 풍경」에서 이루어진 주인공의 자기성찰조차 근본적으로 계몽주의적 인간관이나 진보에 대한 낙관주의에서 자유롭지 않다. 인간은 한편으로는 대단히 단순하면서 동시에 얼마나 복잡하고 오묘한 존재인가. 과연 후일담 문학에 대한 알레르기 반응이 이해가 될 만큼 80년대라는 격동기의 현실을 마주한 인간의 내면과 정서, 욕망은 충분히 문학적으로 형상화되었는가. 지금 이 시대 민주주의의 한계를 87년체제의 산물이라고 평가하는 관점에서 엿볼 수 있듯이, 어떻게 보면 80년대 진보적 문학에서 묘사된 인간관, 성찰의 한계가 지금 이 시대에 어떤 식으로든지 부메랑이 되어, 가령 진보적 소설의 급격한 퇴조 같은 방식으로 귀환하고 있는 것이 아닐까.

4. 문학의 창조적 역할

80년대에 사랑해 마지않았던 세 편의 소설을 참으로 오랜만에 다시 읽으면서, 이 작품들이 지닌 풍부한 의미와 함축적 맥락을 포함하여 그 한계까지 당대의 비평이나 문학담론이 과연 충분히 포착했는가, 라는 물음을 던지지 않을 수 없었다. 물론 문학비평이 곧 가장 전위적인 정치적 담론의 하나이기도 했던 80년대의 상황에서, 민족문학론을 위시한 진보적 문학담론이 문학비평을 통한 정치적 비판의 기능을 당차고 순발력 있게 수행했다는 점은 분명히 인정될 필요가 있다. 그러나 80년대에 발표된 대부분의 민족문학론은 당대의 정치적 맥락과 이념 지형에 몰두한 반면, '문학' 자체에 대한 면밀한 인식, 인간에 대한 복합적 시선이 부족했던 것이 아닐까. 가령 진보적 문학의 영역 내에서도 인간이라는 동물의 욕망과 정념, 내면에 대한 더 세밀한 접근이 필요했던 것 아닐까. 다시 말해 타자의 내면과 욕망을 해독한다는 것이 생각보다 얼마나 지난한 과정인가 하는 점을, 타인의 상처에 공감하기 위해서는 그만큼 인간에 대한 깊고 넓은 이해가 필요하다는 사실을, 인간은 이성적이기보다 감정적 존재라는 사실을, 양심적이라고 평가받는 진보적 지식인(문인)을 포함하여 인간이 얼마나 이중적이며 인정에 대한 욕망에 목마른 존재인가를 깊이 인식할 필요가 있었으리라. 물론 인간은 합리적 이성의 명령에 따라 상식을 지키며 대의에 기꺼이 부응하는 이성적 존재이기도 하다. 그러나 인간은 더 흔하게 자기중심적이며 이기적이며 감정적인 존재라는 사실을 인정하는 것이 실제적인 사회변화를 이끌어내는 과정에서 현명한 태도이지 않을까. 이제 새로운 희망과 진보적 기획은 인간의 정념에 대한 지혜로운 인식의 과정을 통과했을 때 비로소 가능해질 것이다.

다시 생각건대 노무현정권 이후, 개혁진영이 여러 선거에서의 패배를 비롯한 계속된 실패와 좌절을 겪으면서 대중의 신뢰를 획득하지 못한 중대한 원인은 바로 인간을 너무 이성적이며 합리적인 존재로 바라보는 계몽주의적 인간관에 포박되어 있었던 점에 있지 않을까 싶다. 이런 입장은 '우리'가 옳은 정치적 입장을 지니고 있다면 국민이 '우리 쪽'을 선택하지 않을 리가 없다는 식의 오만과 독선에서 결코 자유롭지 않다. 나와 판연하게 다른 욕망을 지닌 사람에게 다가가려면 우선 그들의 감정에 정성껏 귀 기울여야 한다. 문학 쪽에서 보면, 바로 이런 대목에 대한 깊고 넓은 '내공'이 부족했기 때문에, 다소 관념적인 계몽의 목소리에 멈추어 있었던 진보적인 문학(비평)이 90년대 이후 생각보다 훨씬 급속하게 영향력을 잃어간 것이리라.

지금까지 설명한 맥락에서, 80년대 민족문학론에서 문학의 고유한 역할(특수성)을 환기한 백낙청의 「통일운동과 문학」과 「민중·민족문학의 새 단계」를 검토해보자. 이 두 글은 민족문학운동이 한창 활발하게 전개되던 시기에 발표된 평문으로, 이 시점에 다시 읽어볼 충분한 가치가 있다. 그 치열했던 80년대 민족문학논쟁을 얘기할 때 백낙청은 누구보다도 자연스럽게 떠오르는 존재이지만, 그의 주장을 꼼꼼하게 읽어보면 80년대 진보적 평단에서 비평적 전위 역할을 수행했던 '민중적 민족문학론'이나 '민주주의 민족문학론', '노동해방문학론'과는 꽤 다른 방식으로 문학에 대한 주장을 개진하고 있음을 알 수 있다. 그것은 문학의 특수성에 대한 세심한 고려, 즉 문학의 고유한 역할에 대한 통찰력이 늘 함께한다는 사실이다. 예를 들어 아래 구절을 읽어보자.

> 과학적 인식이 제대로 운동에 복무하기 위해서라도 과학의 근거와 한계에 대한 물음이 끊임없이 따를 필요가 있는데, 이는 과학 스스로가 못하는 작업이며 창조적인 문학의 부단한 일깨움이 없이는 인간해방에 실답게 이바지하는 과학— 단순히 도구적인 학문이 아니라 실천적 철학과 합일하는 과학— 은 불가능한 것이다.[2]

여기서 '과학의 근거와 한계'는 이성이 지닌 근거와 한계의 다른 표현일 것이다. '창조적인 문학의 부단한 일깨움'은 곧 사회과학이나 이성이 충분히 포착할 수 없는 인간과 감성에 대한 면밀한 파악과 연계된다. 이러한 주장은 같은 글에서 "'문학' 자체의 됨됨이에 대한 부단한 성찰이 과학이나 운동의 건강성을 지키는 데도 필요"하다는 주장으로 나아간다. 이 글보다 먼저 발표된 「민중·민족문학의 새 단계」에서도 문학의 특수성과 전문성이 강조되는데, 특히 "문학의 역사에서는 어

---

2 백낙청, 「통일운동과 문학」, 『창작과비평』, 1989년 봄호; 백낙청, 『민족문학의 새 단계―민족문학과 세계문학 3』, 창작과비평사, 1990, 99면.

디까지나 창조적 작품의 출현과 수용이 일차적이니 만큼 우리의 논의
도 그러한 특수성에 입각해야 함은 물론이다", "문학이건 예술이건 자
신이 몸담은 분야에서 정진을 거듭하여 남다른 기량을 쌓는다는 의미
에서의 전문성을 부정하는 것은 도대체가 말이 안되는 이야기다" 같은
구절[3]이 그렇다. 지금에서야 전적으로 동의할 수밖에 없는 주장이지만,
실상 이러한 입장은 80년대에 행해진 첨예한 민족문학논쟁 과정에서
는 소시민적 입장이라고 비판받기도 했다.

　　백낙청은 민족문학론을 주창하는 과정에서 늘 문학다움, 문학의 고
유한 쓰임새에 대해 고려한다. 바로 이런 혜안과 넓은 안목이 그가 오
랜 세월이 흐른 지금까지도 지속적으로 중요한 비평적·사회적 의제
를 제출하는 현역비평가로 여전히 정력적인 활동을 하고 있는 이유일
것이다.

　　그러나 이 두 변의 성문에서 개진된 문학의 창조적 역할에 대한 강
조는 뜻깊지만, 문학의 독자적인 역할에 대한 근본적인 성찰로 나아가
지는 못하고 있다. 백낙청은 문학의 고유한 역할에 대해 논의하지만 그
것은 과학적 인식이나 운동이 이미 전제된 구도 안에서의 상대적인 역
할에 가깝다. 물론 이 점은 시대적 정황에서 연유한다. 80년대 진보적
비평담론에서 대개 운동 / 문학은 유기적으로 연관될 수밖에 없다는
조건이 존재했다. 생각해 보면 바로 이런 구도가 앞에서 언급한 「돈황
의 사랑」이나 「사평역」 같은 작품과의 섬세한 대화적 비평을 가로 막
은 요인이 아닐까 싶다. 시대적 조건의 한계에도 불구하고 정치와 문
학, 운동과 문학을 한층 넓고 깊은 맥락에서 바라볼 필요가 있지 않았

3　백낙청, 「민중·민족문학의 새 단계」, 『창작과비평』 부정기간행물 1호, 통권 57호; 『민족문학의 새 단
　　계』 15, 20면.

을까. 아직 유효한 문학(비평)의 계몽적 역할은 그것대로 밀고 나가면서도, 동시에 문학의 쓰임새와 역할에 대한 근본적 고민을 진전시킬 필요가 있지 않았을까.

그렇다면 지금 이 시대의 비평은 작품의 세계관에 대한 해석에서 더 나아가 그 작품이 함축하고 있는 정념, 은폐된 욕망, 정치적 무의식에 대한 면밀한 해석이 필요하다고 본다. 표면적인 세계관이나 문학관을 기준으로 특정한 작가나 작품이 진보적 비평담론의 탐구대상에서 제외될 필요는 없을 것이다. 나는 2000년대 중반 이후 『창작과비평』에서 이루어진 배수아, 박민규, 김애란에 대한 논의를 바로 그러한 경직된 비평풍토를 돌파하려는 노력으로 본다.

생각해 보면 최근 몇 년 동안 활발하게 이루어진 문학과 정치에 관한 논쟁이 바로 '문학의 창조적 역할'을 둘러싼 쟁점이 심화되는 과정이다. 문학과 정치의 관계에 대한 사유는 궁극적으로 문학이란 무엇인가, 라는 질문과 만나지 않을 도리가 없다. 이 질문을 쉽게 봉합하지 않고 끝끝내 문학의 창조적 역할에 대한 깊은 사유로 나아갈 때, 그래서 예컨대 소설가 최인훈이 오래전에 말했던바 "정치를 기피하는 문학은 무엇인가를 숨기고 있으며, 정치에 편중하는 문학도 무엇인가를 숨기고 있기 때문이다"[4]라는 주장에서 제기된 문학관과 지금 이 시대의 (자신의) 문학관이 지닌 차이에 대해서 사유할 수 있을 때 앞으로 전개될 문학은 더 깊은 속살을 보여줄 수 있을 것이다.

---

4   최인훈, 「신문학의 기조─계몽 · 토속 · 참여」, 『문학과 이데올로기』, 문학과지성사, 2009, 192면. 소박한 계몽주의 문학론과 오히려 정치적인 순문학의 구도를 동시에 극복하고자 하는 최인훈의 문학론은 최근 이루어진 '문학과 정치' 논쟁과정에서 보더라도 소중한 참조와 극복, 사유의 대상이다.

5. 희망이 사라져가는 시대의 문학에 필요한 것들

세월호사건은 문학과 정치, 문학의 역할에 대한 논의를 다시 활성화시킨 계기이다. 그렇지만 지금은 문학의 방향과 몫이 하나의 단일한 입장으로 수렴될 수 있는 시대가 전혀 아니다. 다만 세월호사건 같은 특정한 사안에 비판적으로 개입하는 문학의 역할은 여전히 소중하고 필요하다. 아무리 문학의 계몽적 역할의 한계에 대해 논한다 하더라도 때로는 스스로 화살이 되어 정치적 메시지를 던지는 문학의 역할을 원천적으로 부정할 수는 없을 것이다. 이 같은 문학의 역할을 편협한 계몽주의라는 시선으로 비판하는 것이야말로 또 다른 형태의 문학적 획일주의와 억압이 아닐까.

그러나 그와 동시에 지금 이 시대의 문학은 현실과 인간을 한층 깊고 넓은 시선을 통해 파악하고자 하는 노력이 필요하다. 이성이나 계몽으로 충분히 포착하지 못하는 인간의 내밀한 정념을 깊이 천착하면서도 인간에 대한 신뢰를 잃지 않는 문학, 인간주의적 시선으로부터 탈주하면서도 궁극적으로 인간에 대한 이해를 심화시키는 문학, 인간이 지금까지 축적한 지성과 감성을 최대한 활용하는 문학, 바로 이런 문학이 지금 필요한 것이 아닐까. 그렇다면 어느 연대보다 현실에 대한 치열한 대응을 다양한 방식으로 펼쳐놓은 80년대 문학(담론)을 다시 꼼꼼하게 읽어볼 필요가 있다. 그 80년대 문학에서 우리가 충분히 해석하지 못한 것과 놓친 것을 발견할 때 지금 이 시대를 깊고 넓게 투시할 수 있는 문학의 잠재력도 확대될 수 있으리라.

한국사회는 진보적 이념, 진보적 문학론의 수용조차 기계적이며 지나치게 편협한 당파성 아래 이루어진 감이 있다. 압축근대의 폐해와 분단의 질곡이 이 땅의 정치와 문학이 창조적으로 진화하는 데 강력한 방해물이 되어 되돌아온 것이다. 여기서 80년대 말부터 90년대 초에 지구 저쪽에서는 사회주의가 몰락하고 있음에도 이곳에서는 다소 편협한 노동해방문학론이 주창되었다는 사실을 상기할 필요가 있다. 물론 개인적으로 노동해방문학론이 지닌 선의와 열정을 충분히 이해하며, 이는 우리 역사와 문학사에서 언젠가는 마주할 수밖에 없었던 문화사적 통과제의로 볼 수 있다. 그러나 그 같은 관념적 문학관이 오히려 진보적 문학의 드넓은 가능성을 현저히 좁힌 것은 아닐까. 그 후 시간은 정처 없이 흘렀고 새로운 문학적 흐름은 이전보다 훨씬 빠른 주기로 나타났다가 홀연 쇠퇴하곤 했다. 어떻게 보면 노동해방문학은 너무 쉽게 잊혀졌다. 노동해방문학을 포함한 80년대의 진보적 문학(론)에 대한 손쉬운 비판은 무성했지만, 그 담론을 둘러싼 정치적 무의식, 담론의 구조, 욕망과 정념, 그 한계 등이 무엇인가에 대해서는 차분하게 검토된 적이 거의 없었던 것 같다.

인간과 역사가 존재하는 한, 이성과 계몽의 역할은 쉽게 포기될 수 없다. 그러나 그 이성과 계몽의 목소리가 은폐했던 인간의 감성과 정념에 대해 이 시대의 문학은 더 집요하고 정확하게 응시할 필요가 있다. 이와 연관하여 강준만의 『감정 독재』(2013) 『싸가지 없는 진보』(2014) 같은 저작이, 그 한계에도 불구하고, 진보진영의 고질적인 한계에 대한 통렬한 성찰의 계기를 제공하고 있다는 사실을 인정해야 하지 않을까. 그러나 감정과 정념에 관해서라면, 그리고 인간에 대한 이해에 대해서라면 시인, 소설가, 비평가, 에세이스트가 사회과학자보다 훨씬 더 깊은 경지에 도달할 수 있을 것이다. 그 가능성을 최대한 열어 두자. 그렇다면 다음의 진단을 지금 이 시점에서 엄중하게 되새길 필요가 있다.

지식층의 이러한 자기정비를 위해서나 민중역량의 활성화를 위해서나 문학의 창조적 역할은 절대적이다. 물론 그것은 문학만이 몫은 아니고 유독 지금 이곳의 문학에만 주어진 몫도 아니다. 그러나 유례없이 경직되고 살벌한 분단이면서 남북 각각에서 세계가 놀라는 저나름의 실적을 올리기도 한 이 전대미문의 분단체제를 극복하려는 우리의 통일운동은 남달리 창조적인 운동이 아니고서는 성공하기 어렵게 되어 있다.[5]

지금 시점에서 볼 때, '통일운동'을 정치개혁이나 민주주의로 바꾸어도 충분한 설득력이 있다. 즉 통일운동은 물론이거니와 이 땅의 정치개혁이나 민주주의 역시 "남달리 창조적인 운동이 아니고서는 성공하기 어렵게 되어 있다"는 사실을 우리는 이후에 전개된 역사와 정치개혁의 좌절을 통해 뼈저리게 절감했던 것 아닌가. 정말 치밀한 정치적 전략과 충분한 준비, 창조적인 지혜, 사안에 따라서는 마키아벨리적인 과감한 결단이 없는 채로 개혁을 달성하고 민주주의를 진전시키는 일이 얼마나 힘든 과업인지를. 그 창조적인 과정이 내실을 얻기 위해서는 어떤 예술보다도 인간에 대해 깊게 접근하는 문학적 상상력과 함께해야 할 것이다. 그렇다면 "한국사회에 아직도 시대가 요구하는 큰 전환을 이룩할 적공積功이 부족함을 뼈저리게 느낀다"[6]는 진단에서 문학이 예외가 될 수는 없다. 지금 이 시대 한국사회야말로 '상처받은 자의 아름다움'이라는 문학의 역설적 진실이 필요하다. 그런 경지는 오랫동안 준비된 문학적 내공과 실력 없이 이루어질 수는 없으리라.

'문학의 창조적 역할'이 단지 시대에 대한 비판적이며 계몽적인 목소리로 한정될 수 없을 것이다. 그것은 고도의 인간학으로서의 문학,

---

5   백낙청, 「통일운동과 문학」, 『민족문학의 새 단계』, 창작과비평사, 1990, 129면.
6   백낙청, 「큰 적공, 큰 전환을 위하여」, 『창작과비평』, 2014년 겨울호, 15면.

즉 이 글에서 강조한바, 감정적 존재로서의 인간을 깊게 이해하면서도 민주주의에 대한 희망을 전달하는 문학, 계몽의 그늘과 진보의 허위의식을 통렬하게 인식하면서도 더 깊은 시선으로 역사를 응시하는 문학, 세상의 깊은 허무와 환멸을 응시하면서도 섣부른 절망에 빠지지 않고 각자의 마음의 바다에 통렬한 도끼 자국을 남기는 문학을 의미한다. 깊은 절망 속에서 비로소 작은 희망을 발견할 수 있다는 루쉰魯迅의 언급을 들지 않더라도 그런 문학과 예술에 대한 희망과 설렘 없이 견디는 이 절망적인 시대의 하루하루는 얼마나 우울할 것인가. 그러니 점차 희망이 사라져가는 시대의 문학이여, 더 넓어지고 깊어지자. 만약 희망이 아직 존재한다면 그런 문학이야말로 새로운 희망으로 나아가는 작은 창문일지니.

(2015)